'Chad Harbach mag meteen meespelen met de groten. Het zelfvertrouwen en de klasse spatten af van zijn debuutroman *De kunst van het veldspel*.' – *De Standaard*

'Een droom van een boek, over mensen die hun dromen najagen en daarin teleurgesteld worden en over hoe het daarna verder moet. *De kunst van het veldspel* is een boek om in te verdwijnen.' – *NRC Handelsblad*

'Ik heb het aan één stuk door gelezen. Fabelachtig geschreven.' – Mart Smeets in *De Wereld Draait Door*

'Vuistdik, zwierig én grappig is het meeslepende debuut van Chad Harbach. Wie aan dit boek begint wordt een wereld binnengezogen waaruit je niet meer kunt en wilt ontsnappen. Het grijpt de lezer met een negentiende-eeuwse onbevangenheid bij de lurven, om hem vijfhonderd pagina's later los te laten met het gevoel: 'Wat? Is het nu al afgelopen?'. *De kunst van het veldspel* is een jongensboek voor jongens en meisjes van alle leeftijden.' ***** – *de Volkskrant*

'*De kunst van het veldspel* is een roman met mythische proporties, een debuut dat de magie van een spelletje laat kristalliseren tot een versgeslepen diamant aan de al rijk bezette kroon van de Amerikaanse literatuur.' – *Knack*

'Een grootse roman. Kleurrijke, vertederende personages. *De kunst van het veldspel* is een rijk, caleidoscopisch werk. Het roept herinneringen op aan de levendige romans van John Irving. De lezer zal worden meegesleept door een even amusant als roerend relaas van een groot literair talent. Een relaas dat niet alleen iets duidelijk maakt over sport, maar ook over ambitie, perfectionisme, liefde en andere boeiende zaken des levens.' – *Elsevier*

'Wat kan deze Amerikaanse debutant schrijven; zijn losse, sprankelende stijl, gevoel voor hum[...] [...]n aan de jonge John Irving.' – *esta[...]*

D1438464

'Geschreven in de beste Amerikaanse traditie. De hoofdpersonen zijn waarachtig. Het is een *coming of age*-roman die een overtuigend beeld geeft van het collegeleven en verder verhaalt over de tot mislukken gedoemde drang naar perfectie, over opoffering, jaloezie, verlangen, verwachting, hoop, verliezen, eenzaamheid, kameraadschap en de dood; kortom alle facetten van het verduveld moeilijke veldspel van het leven.' – Nu.nl

'Een ontroerende, mooie en slimme roman.' – *De Groene Amsterdammer*

'Het lezen van *De kunst van het veldspel* is als het aanschouwen van een jong, aanstormend honkbaltalent: je wacht op een fout, maar die komt maar niet. Debuutromans die zo sterk en meeslepend zijn kom je maar zelden tegen.' – Jonathan Franzen

'*De kunst van het veldspel* is een magisch, melancholisch verhaal over vriendschap en volwassen worden dat het debuut markeert van een immens getalenteerde schrijver.' – *The New York Times*

'*De kunst van het veldspel* is een heerlijke, toegankelijke roman.' – John Irving

'Hoewel ik geen fan ben van honkbal, kon ik deze roman niet wegleggen. Zoals alle succesvolle literaire romans, is *De kunst van het veldspel* een autonoom universum dat op het onze lijkt, maar veel levendiger is.' – Jay McInerney

'Een echte pageturner, een wonderlijke en warme roman.' – *The Sunday Times*

'Charmant en verslavend. Na lezing van dit boek wil je direct weer terug naar de rijke wereld die Harbach beschrijft.' – *The Guardian*

Chad Harbach

De kunst van het veldspel

Vertaald door Joris Vermeulen

2012

DE BEZIGE BIJ

AMSTERDAM

De vertaler ontving voor deze vertaling een werkbeurs van
het Nederlands Letterenfonds.

Hij bedankt Emile van de Louw en Seb Visser voor
hun speeltechnische en taalkundige assistentie op het vlak
van het honkbal.

Een aantal zinsneden uit *Moby Dick* van Herman Melville
is overgenomen uit de gelijknamige vertaling van Barber van de Pol
(Athenaeum - Polak & Van Gennep, Amsterdam 2009).

Eerste druk januari 2012
Tweede druk januari 2012
Derde druk januari 2012
Vierde druk januari 2012
Vijfde druk februari 2012
Zesde druk februari 2012
Zevende druk februari 2012
Achtste druk maart 2012
Negende druk juni 2012
Tiende druk juli 2012
Oorspronkelijke titel *The Art of Fielding*
Oorspronkelijke uitgever Little, Brown and Company, New York
Omslagontwerp Studio Jan de Boer
Foto auteur Keke Keukelaar
Vormgeving binnenwerk CeevanWee, Amsterdam
Druk Bariet, Steenwijk
ISBN 978 90 234 6756 4
NUR 302

www.debezigebij.nl

Voor mijn familie

Lach dus, makkers, lach!
Zeg nee aan traan en gal.
De Harpooner, hij slaat,
En vlammen zal de bal.

– *Strijdlied van Westish College*

1

Het joch was Schwartz tijdens de wedstrijd niet opgevallen. Beter gezegd, Schwartz was hetzelfde opgevallen als alle anderen: dat hij de kleinste speler op het veld was, een schriel groentje van een korte stop, vlug te been maar zwak met de knuppel. Pas na afloop van de wedstrijd, toen het joch naar de zongeblakerde *diamond* terugkeerde om grondballen te oefenen, zag Schwartz de sierlijkheid waarvan al Henry's bewegingen waren doordrenkt.

Het was de tweede zondag in augustus, vlak voor Schwartz' tweede jaar op Westish College, dat kleine instituut in de holte van de honkbalhandschoen die Wisconsin is. Hij had de zomer doorgebracht in Chicago, waar hij vandaan kwam, en zijn Legion-team had daarnet een stel boerenkinkels uit South Dakota verslagen in de halve finale van een toernooi zonder naam. De nog geen honderd mensen op de tribune klapten lauwtjes nadat de laatste nul was gemaakt. Schwartz, die zich de hele dag ellendig had gevoeld van de hittekramp, smeet zijn catchersmasker naar opzij en waagde zich aan een paar wankele passen in de richting van de dug-out. Duizelig gaf hij het op en liet zich in het zand vallen, waarna zijn enorme, pijnlijke rug zich mocht ontspannen tegen het gaashek. In technische zin was het avond, maar de zon brandde nog altijd gemeen fel. Sinds vrijdagavond had hij vijf wedstrijden gespeeld, en al die keren was hij in zijn zwarte catcherstenue geroosterd als een kever.

Zijn teamgenoten slingerden hun handschoenen in de dug-out en begaven zich naar de eetkraam. De finale zou over een half uur beginnen. Schwartz vond het afschuwelijk om de zwakste te zijn, degene die elk moment onderuit kon gaan, maar er viel niets aan te doen. Hij had er de hele zomer hard aan getrokken: iedere ochtend gewichtheffen, diensten van tien uur in de gieterij, iedere avond honkballen. En

7

dan nog dit helse weer. Hij had het toernooi moeten overslaan; morgenochtend vroeg begon op Westish de footballtraining, een oneindig heftiger sportieve inspanning, met zijn levensbedreigende sprints in korte broek en shirt met vullingen. Hij zou nu moeten liggen pitten, zijn knieën moeten ontzien, maar zijn teamgenoten hadden hem gesmeekt om te blijven. Nu zat hij opgesloten in dit aftandse honkbalstadion met aan de ene kant een schroothandel en aan de andere een sexshop, aan de snelweg even buiten Peoria. Als hij slim was liet hij de finale voor wat die was, reed de vijf uur noordwaarts terug naar de campus en meldde zich aan bij de Student Health Service voor een injectie met een pijnstiller, om daarna wat te slapen. De gedachte aan Westish bood verlichting. Hij deed zijn ogen dicht en probeerde zijn krachten te hervinden.

Toen hij zijn ogen weer opendeed betrad de korte stop uit South Dakota in sukkeldraf het veld. Ter hoogte van de werpheuvel stroopte het joch het clubshirt van zijn bovenlijf en smeet het naar opzij. Hij droeg een mouwloos hemd, had een ongelooflijke kippenborst en was op de blootliggende delen genadeloos verbrand. Zijn armen hadden dezelfde omtrek als Schwartz' duimen. Hij had zijn groene Legionpet verruild voor een verbleekte rode van de St. Louis Cardinals. Warrige asblonde krullen kwamen eronderuit. Hij leek veertien, op z'n hoogst vijftien, terwijl het toernooi een minimumleeftijd van zeventien hanteerde.

Tijdens de wedstrijd had Schwartz geconstateerd dat het joch te klein zou zijn om hoge, snel geworpen ballen te kunnen raken, dus vroeg hij om de ene na de andere *fastball*, strak bovenin. Pal voor de laatste had hij het joch verteld wat hij aangegooid zou krijgen, waaraan hij toevoegde: 'Want je raakt 'm toch niet.' Het joch haalde uit en miste, knarste met zijn tanden, draaide zich om voor de lange wandeling terug naar de dug-out. Net op dat moment zei Schwartz, extreem zacht, zodat het joch zou denken dat het uit zijn eigen brein kwam: 'Lulletje.' Het joch hield even in, kromde zijn schriele schouders als was hij een kat, maar draaide zich niet om. Dat had nog nooit iemand gedaan.

Op het moment dat het joch op de plek van de korte stop arriveerde, daar waar het omgeploegde stuifzand lag, bleef hij staan en begon te stuiteren op zijn tenen en snel met zijn ledematen te bewegen alsof hij zich wilde opwarmen. Hij sprong, danste, wiekte met zijn armen en verbrandde daarmee energie die hij niet hoorde te hebben. Hij had net zo veel wedstrijden in deze moordende hitte gespeeld als Schwartz.

Enkele ogenblikken later kuierde de coach van South Dakota het veld op met een knuppel in de ene hand en een verfemmer van twintig liter in de andere. Hij zette de emmer naast de thuisplaat en begon doelloos met de honkbalknuppel door de lucht te maaien. Een ander teamlid van South Dakota sjokte met een identieke emmer naar het eerste honk en geeuwde verveeld. De coach reikte in zijn emmer, pikte er een bal uit en toonde hem aan de korte stop. Die knikte en boog enigszins door zijn knieën, met zijn handen vlak boven de grond.

Het joch gleed de eerste grondbal tegemoet, schepte de bal met een lui soort gratie in zijn handschoen, draaide om zijn as en wierp naar het eerste honk. Hoewel de bewegingen van het joch loom waren leek de bal met een explosie zijn vingertoppen te verlaten, te versnellen tijdens het oversteken van de diamond. Met het geluid van een geweer dat afgaat knalde hij bij de eerste honkman in de holte van diens handschoen. De coach sloeg een volgende bal, iets harder: dezelfde soepele gratie, dezelfde klank als van een geweerschot. Geïntrigeerd kwam Schwartz iets overeind. De eerste honkman ving iedere aangooi op borsthoogte zonder een moment zijn handschoen te hoeven verplaatsen en liet de ballen in de plastic emmer voor zijn voeten vallen.

De coach sloeg hardere ballen, verder het veld in – door het midden, diep richting buitenveld. Het joch stak ze de loef af. Een paar keer was Schwartz ervan overtuigd dat hij een sliding of een duik zou moeten maken, of dat de bal volslagen onbereikbaar was, maar hij wist ze stuk voor stuk met schijnbaar gemak te vangen. Hij leek niet sneller te bewegen dan elke andere korte stop van niveau, en toch verscheen hij plotseling op de juiste plek, feilloos, alsof hij ergens voorvoelde waar de bal heen zou gaan. Of alsof de tijd alleen voor hem vertraagde.

Na elke bal nam hij snel weer zijn katachtige hurkzit aan, waarop de vingertoppen van zijn kleine handschoen over de verschroeide aarde schraapten. Een traag rollende bal onderschepte hij met de blote hand en vuurde hij op topsnelheid naar het eerste honk. Hij sprong hoog de lucht in om een wegdraaiende *line-drive* te bemachtigen. Het zweet droop van zijn wangen terwijl hij door de loodzware lucht sneed. Zelfs op topsnelheid keek hij laconiek, bijna verveeld uit zijn ogen, als een virtuoos die toonladders oefent. Hij was licht, een vedergewicht. Waar het joch met zijn gedachten zat – of er überhaupt gedachten schuilgingen achter dat uitgestreken gezicht – Schwartz wist het niet. Hij herinnerde zich een versregel uit de poëziecolleges van professor Eglantine: 'Niets drukt het uit, behalve God.'

Toen was de emmer van de coach leeg en die van de eerste honkman vol en verlieten de drie mannen het veld zonder een woord te zeggen. Schwartz voelde zich bekocht. Hij wilde dat de voorstelling doorging. Hij wilde die kunnen terugspoelen zodat hij alles in slowmotion kon bekijken. Hij keek om zich heen, op zoek naar anderen die het ook hadden gezien – wilde op z'n minst één zo'n zalige blik kunnen uitwisselen met een getuige die net zo opgetogen was als hij – maar niemand had er aandacht aan besteed. De paar fans die geen verkoeling hadden gezocht met een glas bier of in de schaduw tuurden wezenloos naar het schermpje van hun mobiele telefoon. De teamgenoten van het joch stonden al op de parkeerplaats en knalden hun kofferbak dicht, ze hadden immers verloren.

Over een kwartier begon de wedstrijd. Schwartz, nog duizelig, krabbelde overeind. Hij had twee liter Gatorade nodig om de finale door te komen, daarna een koffie en een blikje pruimtabak voor de lange nachtelijke rit. Maar eerst zette hij koers naar de verste dug-out, waar het joch zijn spullen stond in te pakken. Onderweg bedacht hij wel wat hij zou zeggen. Zijn hele leven had Schwartz ernaar verlangd een uitzonderlijk, bovenaards talent te bezitten, een of andere unieke gave die de buitenwereld wel als geniaal móest bestempelen. Nu hij zo'n talent van dichtbij had gezien mocht dat hem niet ontglippen.

www.debezigebij.nl

Ter ere van de zeventigste verjaardag van de meesterverteller verschijnen nieuwe aantrekkelijk geprijsde uitgaven van zijn allermooiste romans.

FOTO EVERETT IRVING

JOHN IRVING

JOHN
IRVING
Bidden wij voor Owen Meany
€ 15,-

JOHN
IRVING
Weduwe voor een jaar
€ 15,-

JOHN
IRVING
De regels van het ciderhuis
€ 15,-

JOHN IRVING
In een mens

NIEUW

Een boek over de liefde in al haar verschijningsvormen en een gepassioneerd betoog voor seksuele verscheidenheid.

In een mens is Irvings meest ambitieuze en controversiële roman sinds zijn succes-romans *De wereld volgens Garp*, *Bidden wij voor Owen Meany* en *De regels van het ciderhuis*. Een intiem en onvergetelijk portret van de eenzaamheid van een biseksuele man die zich voorgenomen heeft om 'de moeite waard' te zijn.

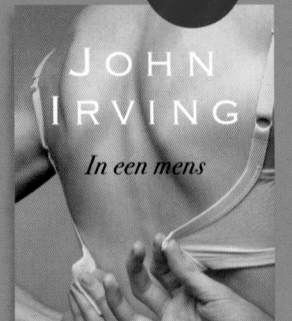

VERSCHIJNT MEI 2012

Chad Harbach
DE KUNST VAN HET VELDSPEL

'Het romandebuut van het jaar. Een droom van een boek.'
– NRC HANDELSBLAD

'Een meesterwerk. Dit boek grijpt de lezer met een negentiende-eeuwse onbevangenheid bij de lurven, om hem vijfhonderd pagina's later los te laten met het gevoel: Wat? Is het nu al afgelopen?'
– DE VOLKSKRANT

'Een hartverwarmend boek met personages die van de pagina's spatten. Magistraal.' – DE PERS

'Een literaire sensatie. Een meeslepend verhaal over ambitie, perfectionisme, angst en liefde. Fenomenaal.' – HET PAROOL

'Een heerlijke roman!' – John Irving

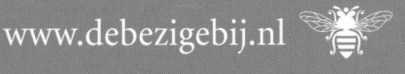

www.debezigebij.nl

12/03

2

Henry Skrimshander stond in de rij in een opbollende marineblauw-
ecru gestreepte tent, waar hij een kamer toegewezen zou krijgen. Het
was de laatste week van augustus, amper drie weken nadat hij in Peoria kennis had gemaakt met Mike Schwartz. Hij had de hele nacht in
de bus uit Lankton gezeten, de hengsels van zijn sporttassen lieten
een X van zweet achter op zijn borstkas. Een glimlachende vrouw in
een marineblauw T-shirt bedrukt met een bebaard mannengezicht
vroeg hem zijn naam te spellen. Henry deed dat, met bonkend hart.
Mike Schwartz had hem ervan verzekerd dat alles in kannen en kruiken was, maar iedere seconde die de vrouw glimlachend door haar
uitdraaien bladerde bevestigde wat Henry diep in zijn hart al die tijd
had geweten, wat nog eens werd benadrukt door het keurig onderhouden gazon en de grijze stenen gebouwen eromheen, de zon die
net was opgekomen boven het dampende meer en de spiegelende glazen façade van de bibliotheek, het gestroomlijnde meisje in haar
hemdje achter hem dat tiptoetsend op haar iPhone zo'n mondaine
zucht slaakte dat Henry zich met geen mogelijkheid een voorstelling
kon maken van haar bestaan: hij hoorde hier niet.

Zeventieneneenhalf jaar geleden was hij geboren in Lankton, South
Dakota. Het was een stad met 43.000 inwoners die omgeven werd
door zeeën van maïs. Zijn vader had een baan als metaalbewerker.
Zijn moeder werkte parttime als röntgenlaborant in het All Saints.
Zijn zusje, Sophie, zat in de tweede klas van Lankton High School.

Op Henry's negende verjaardag was zijn vader met hem naar de
sportwinkel gegaan, waar hij te horen kreeg dat hij mocht uitkiezen
wat hij wilde. Zijn keuze stond allang vast – in de winkel was maar één
handschoen met de naam Aparicio Rodriguez in de palm gegraveerd
– maar Henry nam zijn tijd, probeerde iedere handschoen uit, verbijs-

terd door alleen al het feit dat hij mocht kíezen. Destijds leek de handschoen hem reusachtig; tegenwoordig zat hij als gegoten, het ding was amper groter dan zijn linkerhand. Hij vond dat prettig, het vergrootte zijn voeling met de bal.

Wanneer hij terugkwam van wedstrijden in de Little League vroeg zijn moeder hem hoeveel fouten hij had gemaakt. '*Zero!*' kraaide hij dan, waarbij hij een gebalde vuist in de palm van zijn geliefde handschoen ramde. Zijn moeder noemde het ding nog steeds zo – 'Henry, doe Zero alsjeblieft weg!' – en hij kromp gegeneerd ineen wanneer ze dat deed. Maar in de beschutting van zijn geest duidde hij hem nooit anders aan. Noch liet hij iemand anders Zero aanraken. Als Henry aan het einde van een inning toevallig op een honk stond, bedachten zijn teamgenoten zich wel twee keer voordat ze zijn pet en handschoen voor hem mee het veld op namen. 'De handschoen is geen voorwerp in de gebruikelijke betekenis van het woord,' zei Aparicio in *De kunst van het veldspel*. 'De binnenvelder die afstand van hem doet, al is het in gedachten, begaat een basisfout.'

Henry fungeerde als korte stop, eeuwig en altijd als korte stop: de meest veeleisende plek op de diamond. Naar niemand werden zo veel grondballen geslagen als naar de korte stop, en bovendien moest die bij het werpen de grootste afstand naar het eerste honk overbruggen. Ook moest hij aan de bak bij een dubbelspel, het tweede honk afdekken bij steelpogingen, verhinderen dat lopers op het tweede honk zich ver van de plaat verwijderden, en ballen vanuit het buitenveld doorsturen. Werkelijk elke Little League-coach die Henry in zijn team had gekregen wees al na één blik op hem naar het rechtsveld of het tweede honk. Of de coach wees helemaal nergens naar en haalde slechts zijn schouders op bij de constatering dat het lot hem dit deerniswekkende onderkruipsel had toegewezen, deze geboren bankzitter.

Henry, wiens leven verder zonder enige heldendaad verliep, was in dit opzicht heldhaftig: wat de coach ook zei of wat er ook uit diens wenkbrauwen sprak, Henry nam op een drafje de positie van de korte stop in, ramde zijn vuist in Zero en wachtte. Als de coach hem toeschreeuwde dat hij naar het tweede honk moest, naar het rechtsveld of naar mammie thuis, hij verroerde zich niet, hield zich oostindisch doof, bleef maar rammen met die vuist. Uiteindelijk zou iemand een grondbal zijn kant uit slaan en zou hij laten zien wat hij kon.

Wat hij kon was *fielden*. Hij deed al zijn hele leven onderzoek naar de manier waarop de bal de knuppel verliet, de hoeken waarin en met welk effect, zodat hij van tevoren wist of hij naar rechts of naar links moest demarreren, of de bal die zijn kant uit kwam de hoogte in zou stuiteren of laag over de grond zou zeilen. Altijd ving hij de bal feilloos op, altijd voerde hij een perfecte aangooi uit.

Desondanks gebeurde het soms dat de coach hem per se op het tweede honk wilde zetten of hem op de bank liet; zo schriel en meelijwekkend zag hij eruit. Maar na een aantal trainingen en wedstrijden – twee, twaalf of twintig, afhankelijk van hoe koppig de coach was – belandde hij waar hij thuishoorde, op de positie van de korte stop, en ebde zijn slechte humeur weg.

Bij zijn overstap naar de high school gebeurde ongeveer hetzelfde. Coach Hinterberg vertelde hem later dat hij oorspronkelijk van plan was hem tot het laatste kwartier van een selectiewedstrijd naar de bank te sturen. Tot hij Henry in een ooghoek met een duik een bloedsnelle line-drive uit de lucht zag plukken en, plat op zijn buik, de bal in zijn nek zag leggen om hem in de handen van de verblufte tweede honkman te slingeren: een dubbelspel. Het schoolteam telde dat jaar een extra speler, en de extra speler droeg een gloednieuwe, extra kleine jersey.

In de derde klas begon hij als korte stop van het schoolteam. Na elke wedstrijd vroeg ma Skrimshander hoeveel fouten hij had gemaakt, en zijn antwoord luidde altijd: 'Zero'. Die zomer speelde hij in een team dat gesponsord werd door de lokale afdeling van het American Legion. Hij zorgde ervoor dat hij de weekends niet bij de Piggly Wiggly hoefde te werken, zodat hij kon meedoen aan toernooien. Eindelijk hoefde hij zich niet te bewijzen. Zijn teamgenoten en coach Hinterberg wisten dat hij, al sloeg hij geen homeruns – nooit ofte nimmer sloeg hij een homerun – hen toch hielp te winnen.

Maar halverwege zijn laatste schooljaar begon een zekere droefenis aan hem te knagen. Hij speelde beter dan ooit, maar iedere inning bracht hem weer iets dichter bij het eind. Hij koesterde geen hoop als student te kunnen honkballen. Coaches in het hoger onderwijs waren net meisjes: hun ogen zochten meteen naar de grootste, meest volumineuze kerels, ongeacht wat die kerels in het echt presteerden. Neem nou Andy Tsade, de eerste honkman van Henry's zomerteam, die met een volledige beurs naar St. Paul State ging. Andy's armkracht was matig, zijn voetenwerk was slordig en hij keek altijd naar Henry voor tips hoe hij moest spelen. *De kunst van het veldspel* had hij nooit gelezen. Maar hij was groot en linkshandig en eens in de zo veel keer beukte hij er een over het hek. Op een dag beukte hij er een over het hek terwijl de coach van St. Paul toekeek, en daarom mocht hij nog vier jaar honkballen.

Henry's vader wilde dat hij bij hem in het bedrijf als metaalbewerker aan de slag ging; twee van zijn maten vertrokken eind dat jaar met pensioen. Henry antwoordde dat hij misschien maar een paar jaar naar Lankton Community College moest voor wat lessen boekhouden en accountancy. Een paar klasgenoten van hem gingen naar de universiteit, hun dromen achterna; anderen hadden geen dromen, zij namen een baan en dronken bier. Met geen van hen kon hij zich identificeren. Hij had altijd alleen maar willen honkballen.

Het toernooi in Peoria was het laatste van de zomer. Henry en zijn teamgenoten verloren in de halve finale van een team uit Chicago met reusachtige slagmannen. Na afloop nam hij op een drafje de positie van de korte stop weer in om zoals altijd vijftig grondballen te oefenen. Er viel niets meer te oefenen, hij had geen reden om te proberen zich te verbeteren, wat niet betekende dat hij dat niet wilde. Terwijl coach Hinterberg probeerde de bal langs hem heen te jagen zag Henry zijn bekende droombeeld: hij speelt als korte stop voor de St. Louis Cardinals tijdens de zevende wedstrijd van de World Series, tegen de Yankees in het Yankee Stadium, één punt voorsprong, twee spelers uit, volle honken. De laatste actie maken en de ultieme zege is binnen.

Terwijl hij Zero in zijn tas stopte greep een hand zijn schouder vast en draaide hem om. Hij stond oog in oog – of oog in hals, aangezien de ander langer was en spikes droeg – met de catcher van het team uit Chicago. Henry herkende hem meteen; tijdens de wedstrijd had hij Henry getipt over de pitch en hem toen uitgescholden. Hij had ook een homerun geslagen die via het midveld tien meter over het hek was gegaan. Nu richtte hij zijn grote, amberkleurige ogen intens vurig op Henry.

'Ik ben blij dat ik je heb gevonden.' De catcher haalde zijn enorme, bezwete hand van Henry's schouder en bood hem aan. 'Mike Schwartz.'

Het verwarde haar van Mike Schwartz stond alle kanten uit. Op zijn gezicht strepen zweet en zand. Door het zweet zakten de zwarte vegen *eye-black* van zijn jukbeenderen naar zijn forse baardstoppels.

'Ik heb gezien hoe je die grondballen ving,' zei hij. 'Twee dingen vond ik indrukwekkend. Om te beginnen dat je er in deze hitte zo hard tegenaan ging. Jezus, ik kom amper vooruit. Da's wat je noemt karakter.'

Henry haalde zijn schouders op. 'Dat doe ik altijd na een wedstrijd.'

'Ten tweede ben je een idioot goeie korte stop. Geweldige beginstappen, geweldige intuïtie. Van de helft van die ballen begrijp ik niet hoe je ze te pakken hebt gekregen. Waar speel je volgend jaar?'

'Waar ik speel?'

'Welke universiteit. Voor welke universiteit ga je honkballen?'

'O.' Beschaamd viel Henry even stil, zowel omdat hij de vraag niet meteen had begrepen als vanwege het antwoord dat hij moest geven. 'Geen enkele.'

Een antwoord dat Mike Schwartz desondanks leek te bevallen. Hij knikte, krabde over de donkere stoppels op zijn kaak, glimlachte. 'Dat had je gedacht.'

Schwartz vertelde Henry dat de Westish Harpooners al een ontelbaar aantal jaren speelden als dweilen, maar met Henry's hulp konden ze een ommezwaai maken. Hij had het over offers brengen, passie, verlangens, aandacht voor details, de noodzaak om dag in dag uit te strijden als een kampioen. Woorden die Henry mooi vond klinken, als het lezen van Aparicio maar dan beter, want Schwartz stond daar pal voor zijn neus. Op de terugreis naar Lankton, op het krap bemeten klapstoeltje van coach Hinterbergs Dodge Ram, ervoer hij een soort leegte bij de gedachte dat hij vast nooit meer iets van de grote man zou horen, maar bij zijn thuiskomst lag er al een briefje op de keukentafel, in het meisjesachtige handschrift van Sophie: MIKE SHORTS BELLEN!

Drie dagen later, na drie lange gesprekken die hij stiekem met Mike

Schwartz had gevoerd terwijl zijn ouders aan het werk waren, begon Henry erin te geloven. 'Het gaat traag,' zei Schwartz. 'De complete studentenadministratie is op vakantie. Maar er zit beweging in. Vanochtend kreeg ik een kopie van je cijferlijst van de high school. Vooral natuurkunde zag er puik uit.'

'M'n cijferlijst?' vroeg Henry stomverbaasd. 'Hoe heb je dat voor elkaar gekregen?'

'Ik heb je school gebeld.'

Henry stond paf. Misschien lag het voor de hand: als je een cijferlijst wilt bel je naar de school in kwestie. Maar iemand als Schwartz was hij nog nooit tegengekomen, iemand die meteen actie ondernam om te krijgen wat hij wilde. Die avond tijdens het eten schraapte Henry zijn keel en vertelde zijn ouders over Westish College.

Zijn moeder keek verheugd. 'Dus die meneer Schwartz,' zei ze, 'is de honkbalcoach van die universiteit?'

'Eh... niet helemaal. Eerder een van de spelers.'

'O. Tja. Hm.' Zijn moeder probeerde verheugd te blijven kijken. 'En afgelopen zondag zag je hem voor het eerst? En nu dit allemaal? Het klinkt een beetje raar, moet ik zeggen.'

'Dat vind ik niet.' Zijn pa snoot zijn neus in zijn servet, met achterlating van de bekende veeg donker staalvijlselsnot. 'Ik weet zeker dat ze op Westish College elke dollar moeten omdraaien. Ze douwen vrolijk een stuk of honderd goedgelovige sufferds in het honkbalteam, als die hun collegegeld maar betalen.'

Het was precies het angstige voorgevoel dat Henry met veel moeite had proberen te onderdrukken: dat het te mooi was om waar te zijn. Hij vermande zich met een slokje melk. 'Maar waarom zou Schwartz zich daar druk om maken?'

Jim Skrimshander gromde: 'Waarom zou iemand zich om wat dan ook druk maken?'

'Uit liefde,' zei Sophie. 'Hij houdt van Henry. Ze hangen de hele dag met elkaar aan de lijn, als twee tortelduifjes.'

'Je bent warm, Soph.' Hun pa schoof zijn stoel naar achteren en zette zijn bord op het aanrecht. 'Vanwege het geld. Zeker weten dat Mike Schwartz zijn deel van de poet krijgt. Duizend dollar per sufferd.'

Later die avond vatte Henry het gesprek voor Schwartz samen. 'Tsss,' zei Schwartz. 'Maak je niet druk. Hij draait wel bij.'

'Je kent m'n pa niet.'

'Hij draait wel bij.'

Toen Henry het hele weekend niets meer van Schwartz had gehoord werd hij chagrijnig en begon zich een sukkel te voelen dat hij zo veel hoop was gaan koesteren. Maar op maandagavond zette zijn pa na thuiskomst de zak met zijn lunch onaangeroerd in de koelkast.

'Voel je je wel goed, schat?' vroeg Henry's moeder.

'Ik ben buiten de deur gaan lunchen.'

'Wat leuk,' zei ze. Al die jaren was Henry vaak onder lunchtijd bij zijn vader langsgegaan; wat voor weer het ook was, de mannen zaten buiten op de bankjes met uitzicht op de straat, hun rug naar de zaak, van hun sandwiches te happen. 'Met de jongens?'

'Met Mike Schwartz.'

Henry keek naar Sophie – soms, als hij zelf niets wist uit te brengen, liet hij Sophie het woord voor hem doen. Ze keek net zo verbaasd als hij. 'Nee maar!' zei ze. 'Vertel op!'

'Rond de lunchpauze stapte hij bij de zaak naar binnen. Nam me mee naar Murdock.'

Een woord als 'perplex' is misschien nog niet krachtig of vreemd genoeg om Henry's reactie te omschrijven. Schwartz woonde in Chicago, achthonderd kilometer verderop, en hij had even aangeklopt bij de zaak? En Henry's pa meegenomen naar Murdock? En vervolgens was hij teruggereden zonder Henry ook maar even een seintje te geven, laat staan dat hij was langsgekomen om gedag te zeggen?

'Het is een bijzonder serieuze knul,' hoorde hij zijn vader zeggen.

'Serieus in de zin van: Henry kan naar Westish? Of serieus in de zin van: Henry kan níet naar Westish?'

'Henry kan doen wat ie wil. Niemand houdt hem tegen als hij naar Westish wil of naar waar dan ook. Mijn enige zorg...'

'Yes!' Sophie boog zich over de tafel en gaf haar broer een high five. 'Studeren!'

'... Is dat hij snapt waar ie aan begint. Westish is niet zomaar een universiteit. Het academisch niveau is hoog en honkbal is er een voltijds bezigheid. Wil Henry slagen...'

En Henry's vader, die zelden meer dan een paar woorden aaneen-reeg, zeker op maandagavond, bleef het de rest van de maaltijd maar hebben over offers brengen, passie, verlangens, aandacht voor de-tails, de noodzaak om dag in dag uit te strijden als een kampioen. Hij praatte net als Schwartz maar leek dat niet door te hebben, en eigen-lijk klonk hij in veel opzichten ook als zichzelf, alleen dan veel breed-sprakiger en met, peinsde Henry, een ietwat positievere houding ten aanzien van de talenten van zijn zoon dan normaal. Terwijl zijn vader opstond om zijn bord naar het aanrecht te brengen klopte hij Henry op zijn schouder en glimlachte breed. 'Ik ben trots op je, menneke. Dit is een geweldige kans. Laat hem je niet ontglippen.'

Het is een wonder, dacht Henry. Mike Schwartz verricht wonderen. Vanaf die dag belde hij elke avond met Schwartz om plannen te ma-ken, details uit te werken – maar nu deed hij het openlijk, in de woon-kamer, terwijl zijn pa nooit ver weg was; met het geluid van de tv uit zat hij sigaretten rokend mee te luisteren en luidkeels commentaar te leveren. Soms vroeg Schwartz of hij Jim even kon spreken. Henry reik-te zijn vader dan de telefoon aan, waarna zijn pa achter zijn bureau ging zitten om de belastingaangifte van de Skrimshanders te bekij-ken.

'Bedankt,' zei Henry in een sentimentele bui via de telefoon op de dag dat hij zijn busticket had gekocht. 'Dank je wel.'

''t Was geen moeite, Skrim,' zei Schwartz. 'Morgen begint het foot-ball en krijg ik het druk. Probeer daarginds maar wat te acclimatise-ren. Ik neem later weer contact met je op, oké?'

'Phumber 405,' zei de vrouw glimlachend. Ze drukte een sleutel en een plattegrond in zijn handen, wees naar links. 'Small Quad.'

Henry glipte via een koele passage tussen twee gebouwen door en belandde in een felverlicht, kleurrijk tafereel. Dit was Lankton CC niet: dit was een universiteit zoals je die in een film zag. De gebouwen waren in dezelfde stijl gebouwd: allemaal vier of vijf verdiepingen hoog en opgetrokken uit platte, grijze, verweerde stenen voorzien van diepliggende ramen en spitse zadeldaken. Op de fietsenrekken en de banken zat een verse laag marineblauwe verf. Twee lange jongens in een korte broek en op teenslippers, onderweg naar een openstaande voordeur, bezweken bijna onder het gewicht van een reusachtige flatscreen-tv.

Een eekhoorn die uit een boom vloog knalde tegen het been van de jongen die achteruitliep – hij slaakte een gil en viel op zijn knieën, zodat zijn punt van de tv in de weelderige nieuwe zoden dook. De andere jongen lachte. De eekhoorn was allang weer weg. Vanuit een raam ergens in de hoogte klonken flarden vioolmuziek.

Henry vond Phumber Hall en nam de trap naar de bovenste verdieping. De deur met 405 erop stond op een kier die de klanken van piepknormuziek doorliet. Nerveus bleef Henry op de overloop staan. Hij wist niet hoeveel kamergenoten hij zou hebben, noch wat voor kamergenoten het zouden zijn, of wat voor componist hij daar hoorde. Voorzover hij zich enige concrete voorstelling van de studenten van Westish College had kunnen maken, waren het twaalfhonderd Mike Schwartzen geweest, enorm, mythisch en ernstig, en twaalfhonderd vrouwen met wie Mike Schwartz zou kunnen aanpappen: langbenig, bloedmooi, goed thuis in de klassieken. Eigenlijk was het allemaal te intimiderend voor woorden. Met zijn voet gaf hij een tikje tegen de deur.

In de kamer stonden twee identieke stalen bedden en twee identieke sets lichtkleurig houten meubilair: bureau, stoel, dressoir en boekenkast. Een van de bedden was netjes opgemaakt, met een riant turquoise dekbed en een overvloed aan donzige kussens. De andere matras was ontdaan van alle franje, afgezien van een lelijke okerkleurige vlek met ongeveer de afmetingen en de vorm van een mens. Beide boekenkasten waren al keurig voorzien van boeken op volgorde van auteur, van Achebe tot Tocqueville. De rest van de T tot en met de Z lag in stapels op de schouw. Henry liet zijn tassen op de okergele vlek ploffen en trok zijn aftandse exemplaar van Aparicio Rodriguez' *De kunst van het veldspel* uit een zak van zijn korte broek. *De kunst* was het enige boek dat Henry had meegenomen, het enige boek dat hij grondig had bestudeerd; plotseling bedacht hij dat dit weleens een vreselijke tekortkoming kon zijn. Hij wilde het net tussen Rochefoucauld en Roethke wrikken, toen – ziedaar – er al een exemplaar bleek te staan, fraai ingebonden met een nog vrijwel gave rug. Henry trok het eruit en bekeek het van alle kanten. Op het schutblad stonden, prachtig gekalligrafeerd, de woorden OWEN DUNNE.

Henry had Aparicio in de nachtbus zitten lezen. Dat wil zeggen, hij had het boek opengeslagen op zijn schoot liggen terwijl de trieste lappen snelweg aan hem voorbijtrokken. In die fase van zijn leven betekende Aparicio lezen niet meer echt lezen, want hij kende het boek min of meer uit zijn hoofd. Hij kon naar een hoofdstuk bladeren, om het even welk, waarna de vormen van de korte, genummerde alinea's volstonden om zijn geheugen de juiste prikkel te geven. Zijn lippen mompelden de woorden terwijl zijn ogen zonder scherp te stellen de bladzijde langsgingen:

26. *De korte stop is een bron van kalmte in het centrum van de verdediging. Hij straalt die kalmte uit en zijn ploeggenoten reageren erop.*
59. *Een grondbal fielden moet worden gezien als een handeling van generositeit en begrip. Men beweegt niet tegen de bal in maar met de bal mee. Slechte veldspelers halen uit naar de bal als was die een vijand. Hetgeen contraproductief werkt. De ware veldspeler laat de baan van de bal samenvallen met zijn eigen baan, waarbij de bal wordt omvat en het ik, die bron van alle leed en matige verdediging, vervliegt.*
147. *Werp vanuit de benen.*

Aparicio speelde achttien seizoenen als korte stop bij de St. Louis Cardinals. Het jaar waarin Henry tien werd hield hij ermee op. Hij trad al na één stemronde toe tot de Hall of Fame en was de beste verdedigende korte stop ooit. Als honkballer had Henry zijn held zich tot in de details eigen gemaakt: van de glijdende, tweehandige beweging waarmee hij grondballen onderschepte, tot de manier waarop hij zijn pet ver omlaag trok om zijn ogen af te schermen, tot de drie tikjes die hij op zijn hart gaf voor hij het slagperk betrad. En natuurlijk het shirtnummer. Aparicio geloofde dat het cijfer 3 diepere betekenis had.

3. *Er zijn drie stadia: gedachteloosheid. Gedachte. Terugkeer naar de gedachteloosheid.*
33. *Verwar het eerste niet met het derde stadium. Gedachteloosheid kan iedereen bereiken, ernaar terugkeren kunnen slechts zeer weinigen.*

Toegegeven: De kunst telde veel zinnen en uitspraken die Henry nog niet begreep. De obscure passages van De kunst waren echter altijd zijn favoriete geweest, meer nog dan de gedetailleerde en buitengewoon nuttige beschrijvingen van, bijvoorbeeld, de manier om een honkloper dicht bij het tweede honk te houden ('flirten', noemde Aparicio dat), of adviezen over welke noppen te gebruiken op nat gras. Hoe frustrerend ze ook konden zijn, de obscure passages gaven Henry iets om naartoe te werken. Op een dag, zo droomde hij, zou hij voldoende speler zijn om ze open te breken en de verborgen wijsheid eruit te zuigen.

213. *De dood sanctioneert alles wat de atleet doet.*

De piep-knormuziek stierf weg. Henry werd gemompel gewaar dat afkomstig leek vanachter een gesloten deur in de hoek van de kamer. Aanvankelijk had hij die aangezien voor een kastdeur, maar nu hij zijn oor ertegenaan drukte hoorde hij het geruis van stromend water. Hij klopte zachtjes.

Geen reactie. Hij draaide aan de knop, en een doordringende kreet steeg op toen de deur iets hards raakte. Henry trok de deur weer dicht. Maar dat was een stomme zet – hij kon niet zomaar weglopen. Hij deed de deur opnieuw open, en weer raakte die iets hards.

'Au!' klonk het van de andere kant. 'Stop, alsjeblieft!'

De kamer bleek een badkamer te zijn, en op de zwart-wit geblokte tegelvloer lag iemand van ongeveer Henry's leeftijd met zijn handen om zijn hoofd geslagen. Hij had kortgeknipt, asblond haar en tussen de vingers van zijn kanariegele rubberen handschoenen door ontwaarde Henry een bloederige snee. De badkraan liep en naast de persoon op de vloer lag een tandenborstel met schuimend schoonmaakmiddel dat een korrelige substantie en een turquoise-zwarte kleur had. 'Gaat het?' vroeg Henry.

'Die voegen zijn goor.' De jongen ging rechtop zitten en wreef over zijn hoofd. 'Je zou verwachten dat ze de voegen van tijd tot tijd reinigen.' Zijn huid had de kleur van slappe koffie. Hij zette een bril met een draadmontuur op en monsterde Henry van top tot teen. 'Wie ben jij?'

'Ik ben Henry,' zei Henry.

'Echt waar?' De halvemaanvormige wenkbrauwen van de jongen gingen omhoog. 'Weet je dat zeker?'

Henry keek naar de palm van zijn rechterhand, alsof daar een of ander onweerlegbaar bewijs van Henryheid te vinden viel. 'Best wel.'

De jongen ging staan en schudde Henry hartelijk zwengelend de hand nadat hij zich had weten te ontdoen van een felgele handschoen. 'Ik verwachtte iemand die groter was,' legde hij uit. 'Vanwege de honkbalfactor. Ik ben Owen Dunne. Ik ben je homoseksuele kamergenoot van gemengde komaf.'

Henry knikte op een manier die naar hij hoopte gepast was.

'Oorspronkelijk zou ik deze kamer voor mij alleen hebben.' Owen zwiepte met een hand door de lucht alsof hij een panorama ontvouwde. 'Dat maakte deel uit van het prijzenpakket dat ik kreeg als winnaar van de Maria Westish Award. Ik heb er altijd van gedroomd op mezelf te wonen. Jij niet?'

Henry van zijn kant had er altijd van gedroomd samen te wonen met iemand die Aparicio's boek in zijn kast had staan. 'Doe je aan honkbal?' vroeg hij, terwijl hij Owens ingebonden *Kunst* in zijn handen liet ronddraaien.

'Ik heb op dat vlak wat aangefiedeld,' zei Owen, waar hij ietwat mysterieus aan toevoegde: 'Maar niet zoals jij.'

'Wat bedoel je?'

'Vorige week kreeg ik een telefoontje van rector Affenlight. Ben je bekend met zijn *Sperm-Squeezers*?'

Dat was Henry niet. Owen knikte begrijpend. 'Dat verbaast me niets,' zei hij. 'Tegenwoordig leidt het onder academici een zieltogend bestaan, maar op zijn vlak was het ooit een vruchtbaar – jawel! – werk. Rond m'n dertiende, veertiende was het een grote inspiratiebron voor me. Maar goed, rector Affenlight belde me bij mijn moeder thuis in San Jose met de mededeling dat een behoorlijk getalenteerde student was toegevoegd aan de lichting eerstejaars, hetgeen, hoewel het uitstekend nieuws was voor de universiteit op zich, de afdeling Huisvesting voor problemen stelde. Aangezien ik als enige van onze lichting een kamer voor mezelf had, vroeg de rector zich af of ik bereid was afstand te doen van een van de privileges die bij mijn beurs hoorden en een kamergenoot wilde dulden.'

'Affenlight heeft een vlotte babbel,' vervolgde Owen, 'hij gaf zo hoog op over jou en, meer in abstracto, over de deugden van het kamergenootschap, dat ik bijna vergat te onderhandelen. Eerlijk gezegd vind ik de professionalisering van universitaire sport een nogal verachtelijk fenomeen. Maar als de directie bereid was die daar voor me te kopen' – hij wees met een geel gehandschoende vinger naar de fraaie computer op zijn bureau – 'en me een fikse boekentoelage toe te kennen, enkel om mij zo ver te krijgen m'n kamer met jou te delen, dan moet je aardig kunnen honkballen. Het zal me een eer zijn je af en toe een balletje toe te werpen.'

'Ze geven je geld om mijn kamergenoot te zijn?' vroeg Henry, die zo verbaasd en in de war was dat hij Owens aanbod nauwelijks hoorde. Wat kon Mike Schwartz in vredesnaam hebben gezegd of gedaan om een situatie te creëren waarin de rector magnificus van Westish mensen opbelde om hoog op te geven over hém? 'Zou het onbeschoft zijn... ik bedoel... vind je het vervelend om te vertellen...?'

Owen haalde zijn schouders op. 'Waarschijnlijk maar een fractie van wat ze jou betalen. Maar genoeg om dat kleed daar te kopen, en het is een kostbaar kleed, dus ga er alsjeblieft niet met je schoenen op staan. En genoeg voor een heel jaar eersteklas marihuana. Nu ja, misschien voor dit semester. Tot Halloween, in elk geval.'

Na die eerste ontmoeting sprak Henry Owen nauwelijks meer. Meestal rende Owen 's middags de kamer binnen om bepaalde aantekeningenboekjes uit zijn schoudertas te halen en een aantal andere erin te stoppen, of zijn prachtige grijze trui mee te nemen en zijn prachtige rode trui ervoor in de plaats te leggen, om vervolgens weer naar buiten te rennen onder het slaken van één woord: 'Repetitie.' 'Demonstratie.' 'Date.' De luttele seconden dat Owen in de kamer was richtte Henry zich met al zijn aandacht op het studiemateriaal voor zijn neus, om het even welk, en knikte, om maar niet totaal overbodig en doelloos over te komen.

De date was met Jason Gomes, een vierdejaars die schitterde in alle toneelstukken van de campus. Al snel waren Owens aantekeningenboekjes en truien overgeheveld naar Jasons kamer. Wanneer Henry 's ochtends naar college liep zag hij ze samen in het campuscafé zitten, Café Oo, Jason met zijn hand op die van Owen, nog in alle rust aan hun espresso en hun boeken, waarvan sommige een Franse titel hadden. Wanneer Henry rond etenstijd in z'n eentje in een schaars verlichte nis van de mensa zijn best zat te doen om niet op te vallen en tegelijkertijd een tevreden indruk te maken, kwamen Owen en Jason binnenslenteren om een voorraadje fruit en crackers in te slaan waarmee ze de repetities konden doorkomen, en daar slenterden ze alweer naar buiten. Wanneer Henry na middernacht de rolgordijnen liet zakken om te gaan slapen, zag hij ze samen op de stoep aan de overkant een joint roken, waarbij Owen zijn hoofd op de schouder van zijn minnaar liet rusten. Ze hoefden zich niet druk te maken om eten of slaap, of die indruk maakten ze althans op Henry: ze waren te druk, te gelukkig voor dergelijke beslommeringen. Owen had een toneelstuk met drie akten geschreven, 'een soort neomarxistische *Macbeth* die zich afspeelt in een kantoor zonder scheidingswanden,' zoals hij het ooit had samengevat, en Jason speelde de hoofdrol.

Die herfst reed Jason een paar weekends naar zijn thuisfront in Chicago of een of ander buitengewest daarvan. Voor Henry waren die weekends een bron van opluchting en vreugde. Hij had een vriend, in elk geval tot zondagavond. Owen zat de hele ochtend in zijn Schots geruite pyjama te lezen en thee te drinken; soms rookte hij een joint of tuurde wezenloos naar het schermpje van zijn zwijgende BlackBerry, tot Henry voorzichtig nonchalant vroeg of hij zin had om te gaan lunchen. Owen wierp hem dan over zijn ronde brillenglazen een blik toe en zuchtte alsof Henry een lastig kind was. Maar zodra ze buiten in de herfstlucht stonden begon Owen – meestal nog in zijn pyjama met daaroverheen een trui – te praten, vragen te beantwoorden die Henry zelf nooit zou durven stellen. 'Ik vind het helemaal prima dat hij gaat,' zei hij dan met een zoveelste blik op zijn telefoon, die maar geen signaal liet horen. 'Ik vind het helemaal prima en heb er alle begrip voor. We hebben duidelijke afspraken gemaakt over wat acceptabel gedrag is, en ik ben er vrij zeker van dat hij die afspraken respecteert. We communiceren op een open, volwassen manier. En ik weet dat als ik mijn gang zou gaan, de ervaring een volslagen ander karakter zou krijgen.'

Henry, die begreep wie die 'hij' was maar niet veel meer, knikte peinzend.

'Niet dat ik ook maar mijn eigen gang wíl gaan, laat ik daar duidelijk over zijn. Ik heb daar volstrekt geen behoefte aan. Ik heb hem dat laten weten en ik meende het. En ik waardeer het dat hij zo eerlijk is over wat hij in deze fase van zijn leven wil. We zijn allebei jong, zegt hij, en daar valt niets tegenin te brengen. Desondanks zit het me dwars. Om twee redenen. Die allebei aangeven hoe hopeloos sentimenteel en, meer in het algemeen, ongeschikt voor het moderne leven ik ben, vrees ik. Om te beginnen zit zijn familie daar: zijn ouders, zijn broer, zijn zus. Gisteravond heeft hij met ze gegeten. Kun je je vier andere mensen voorstellen die er zo uitzien en zulk gedrag vertonen? Ik geef toe dat ik ze wil leren kennen. Ik wil ze vrij ernstig leren kennen. Wat misschien wat gênant is, gezien het feit dat wij twééén elkaar nog maar zeven... zes weken geleden hebben leren kennen. Mijn god, zes weken. Wat een aansteller ben ik. Maar ik weet zeker dat als mama op rijafstand van hier had gewoond, ik hun tweeën allang in één kamer had geduwd, stom genoeg alleen om mezelf een plezier te doen. Snap je?'

Henry knikte weer en laadde zijn bord vol met pannenkoeken.

'Je moet niet zo veel meelproducten eten,' zei Owen, die zelf één pannenkoek nam. 'Zelfs als ik stoned ben eet ik niet veel meelproducten. De andere reden is, natuurlijk, dat ik hardnekkig monogaam ben. In de praktijk, zij het niet in theorie. Ik kan er niks aan doen. Erken ik de onderdrukkende, regressieve aard van seksuele exclusiviteit? Ja. Verlang ik zelf heel ernstig naar die exclusiviteit? En weer een ja. Waarschijnlijk is dat op de een of andere manier geen paradox. Misschien geloof ik in de liefde. Misschien hunker ik gewoon vreselijk naar mijn moeders toestemming. Wacht effe.' Owen draafde terug naar de bakken warme gerechten en schoof met een spatel vier extra drie-in-de-pannetjes op zijn bord. 'Sorry dat ik zo zit te snateren, Henry. Volgens mij ben ik buitensporig stoned.'

Na de lunch gingen ze naar de sociëteit om te pingpongen. Zelfs buitensporig stoned bleek Owen een verrassend goede speler. Zijn bewegingen waren bedaard maar zijn ballen raakten altijd de tafel, zodat Henry, die het vreselijk vond om met pingpongen te verliezen, moest ploeteren, grommen en zweten om voor te blijven. Al die tijd sprak Owen onverstoorbaar over de liefde, Jason en de tegenstrijdigheden van de monogamie zonder merkbaar aandacht aan het spel te besteden, terwijl hij in de tussentijd wel subtiele dropshots ten beste gaf waarvoor Henry languit over de tafel moest. Af en toe plaatste Henry een opmerking om aan te geven dat hij met belangstelling luisterde, maar voor hem was monogamie niet zozeer een contradictie als wel een grandioos, misschien wel onbereikbaar doel, het tegendeel van zijn maagdelijkheid, en hij hield zijn commentaar dan ook vaag. Op de middelbare school had hij weinig moeite gehad met zijn onervarenheid – tenslotte was hij nog maar zeventien toen hij er vertrok – maar hier op Westish, waar iedereen zo veel bijdehanter was en bovendien ouder, was die al snel op een zeldzame aandoening gaan lijken, een aandoening die, hoewel er redelijk mee te leven viel, een bron van schaamte was en zich ook nog eens moeilijk zou laten genezen.

Desondanks voelde het heerlijk om te kunnen bewegen, te spelen, en al snel stond Henry met alleen nog zijn T-shirt aan te druipen van het zweet. Na elke game wist hij gruwelijk zeker dat Owen zijn batje zou neerleggen – hij maakte een lichtelijk verveelde indruk – maar Owen, wiens hoge voorhoofd droog bleef en die nog steeds zijn trui over zijn pyjama droeg, mompelde alleen maar: 'Goed gedaan, Henry,' waarna hij met de zoveelste boterzachte opslag kwam. Ze speelden tot het tijd werd om te eten, waarna ze terugkeerden naar de sociëteit om naar de World Series te kijken. Henry zat voorovergebogen naar het toestel om de bewegingen van de korte stop te kunnen bestuderen, Owen hing ontspannen op de bank met een opengeslagen boek. Af en toe werd Owen getroffen door een naargeestige gedachte en dan haalde hij zijn telefoon tevoorschijn, tuurde naar het schermpje en borg hem weer op.

Die nacht sliep Henry goed, vermoeid als hij was door vier uur pingpong en ook dankzij het ergens kalmerende, zachte snuiven van Owens adem. Halverwege de zondag ging het mobieltje eindelijk over en verdween Owen weer.

Zelfs in zijn afwezigheid vormde Owen in Phumber 405 zo'n tastbare aanwezigheid dat Henry, wanneer hij in zijn eentje in verwarring op het bed zat, vaak getroffen werd door de griezelige gedachte dat Owen aanwezig was en hijzelf niet. Owens boeken vulden de boekenplanken, zijn bonsaiboompjes en potjes kruiden stonden op de vensterbank, en uit zijn draadloze geluidsinstallatie klonk onophoudelijk zijn sobere, hoekige muziek. Henry had andere muziek kunnen draaien, ware het niet dat hij die niet had, dus liet hij hem maar aanstaan. Owens kostbare kleed bedekte de vloer, zijn abstracte schilderijen deden hetzelfde met de muren, zijn kleren en handdoeken met de kastplanken. Met name één schilderij vond Henry mooi, en hij was blij dat Owen het toevallig boven zijn bed had gehangen: het was een grote rechthoek, vlekkerig en groen, met dunne witte vegen die probleemloos konden doorgaan voor de foutlijnen van een honkbalveld. De kamer rook naar Owens joints, vermengd met de opwekkende citrus-met-gembergeuren van zijn organische schoonmaakproducten, met dien verstande dat Henry geen idee had wanneer Owen in de kamer rookte of schoonmaakte, aangezien hij er zelden was.

De enige bewijzen van Henry's bestaan daarentegen waren de warboel aan lakens en dekens op zijn bed, een paar studieboeken, een gore spijkerbroek die over zijn stoel hing en met plakband bevestigde foto's van zijn zusje en Aparicio Rodriguez. Zero lag op een plank in de kast. Probeer nou maar gewoon je draai te vinden, dacht hij, en Mike neemt vanzelf contact op. Hij had graag de badkamer willen schoonmaken om van zijn goede wil te getuigen, maar hij kon nooit iets aan vet of vuil ontdekken wat om schoonmaken vroeg. Soms overwoog hij de planten water te geven, maar de planten leken het zonder zijn hulp prima te doen, en hij had gehoord dat te veel water funest kon zijn.

Hoewel zijn studiegenoten naar verluidt afkomstig waren uit 'alle vijftig staten, Guam en tweeëntwintig andere landen', zoals rector Affenlight in zijn openingsspeech had gezegd, kwamen ze in Henry's belevenis van dezelfde, hechte high school, of hadden ze in elk geval een of andere cruciale introductiesessie bijgewoond die hij had gemist. Ze verplaatsten zich in grote meutes en sms'ten voortdurend met de andere meutes, en waar twee meutes bijeenkwamen vond er altijd een geweldige hoeveelheid knuffels en kussen op wangen plaats. Niemand nodigde Henry uit voor feestjes of bood hem aan om grondballen te gaan slaan, dus bleef hij in zijn kamer en speelde *Tetris* op Owens computer. Alles in zijn leven leek aan zijn controle te ontsnappen maar de blokken van *Tetris* schoven keurig tegen elkaar aan en zijn scores werden almaar hoger. Hij noteerde zijn dagelijkse resultaten in zijn aantekeningenschrift van natuurkunde. Wanneer hij 's nachts zijn ogen dichtdeed zag hij de hoekige vormen draaiend naar beneden komen.

Vóór zijn aankomst in Westish had het leven daar hem heldhaftig toegeschenen, groots, diepgaand en onontbeerlijk, net als Mike Schwartz. Het ontpopte zich als lachwekkend en zinloos, bekend en gebrekkig – meer à la Henry Skrimshander. Zijn eerste dagen op de campus, hij dwaalde stilletjes van lokaal naar lokaal, kwam hij Schwartz geen enkele keer tegen. Beter gezegd: hij kwam hem overal tegen. In een ooghoek ving hij de glimp op van een gestalte die dan eindelijk, onbetwist, de trekken van Schwartz vertoonde. Maar wanneer hij er gretig op af stoof, bleek het een of andere te weinig Schwartz-achtige figuur te zijn, een vuilnisbak, of helemaal niets.

In de zuidoosthoek van het Small Quad, tussen Phumber Hall en het kantoor van de rector, stond een stenen figuur op een vierkante marmeren sokkel. Zijn peinzende, woest bebaarde gezicht was niet op het Quad gericht, wat je doorgaans bij een standbeeld verwacht, maar staarde in de richting van het meer. In zijn linkerhand had de man een geopend boek, en met zijn rechter bracht hij een kleine verrekijker naar zijn oog, alsof hij net iets aan de horizon had bespeurd. Omdat hij met zijn rug naar de campus stond – en zo voorbijgangers de bemoste scheur toonde die als een zweepslag over zijn rug liep – kwam hij aanvankelijk op Henry over als een uiterst solitaire figuur die onder zijn eigen gedachten leed. In de eenzaamheid van die eerste maand voelde hij een merkwaardige verwantschap met deze Melville. Die hij, zoals alles op de campus wat menselijk was of menselijke trekken vertoonde, diverse keren had aangezien voor Mike Schwartz.

3

Thanksgiving van dat jaar was Henry's eerste vakantie weg van huis. Hij bracht hem door in de mensa, waar hij zijn nieuwe baantje als bordenwasser uitoefende. Chef-kok Spirodocus, het hoofd van Dining Services, was een strenge baas die altijd in de buurt liep om je werk te inspecteren, maar het baantje betaalde beter dan wat Henry ooit bij de Piggly Wiggly in Lankton had verdiend. Hij draaide dienst tijdens de lunch en het avondeten, en na afloop gaf chef-kok Spirodocus hem een gesneden kalkoenborst die hij in Owens minikoelkast kon stoppen.

Henry kreeg een opwelling van vreugdevolle heimwee toen hij die avond via de telefoon de stem van zijn ouders hoorde, ma in de keuken, pa die op zijn rug in de woonkamer met het tv-geluid uit en een asbak naast hem een halfslachtige poging deed de rek- en strekoefeningen te doen die zijn rug moesten aansterken. In zijn gedachten zag Henry zijn vader zijn gebogen knieën traag heen en weer scharnieren. Zijn broek schoof omhoog over zijn schenen. Zijn sokken waren wit. Bij het beeld van het wit van die sokken – zo vreselijk helder als hij ze voor zich zag – drong zich een traan aan Henry's ogen op.

'Henry.' Anders dan hij had verwacht klonk zijn moeders stem niet Thanksgiving-achtig vrolijk maar teleurgesteld, onheilspellend, vreemd. 'Je zusje heeft ons verteld dat Owen...'

Hij veegde de traan weg. Hij had moeten weten dat Sophie haar mond voorbij zou praten. Sophie praatte altijd haar mond voorbij. Zo graag als zij erop was gebrand mensen op de kast te jagen, met name hun ouders, zo graag wilde Henry ze juist dichter bij elkaar brengen.

'... hómo is.'

Zijn moeder liet het woord in de lucht hangen. Zijn vader nieste. Henry wachtte.

'Je vader en ik vragen ons af waarom jíj ons dat niet hebt verteld.'

'Owen is een goeie kamergenoot,' zei Henry. 'Hij is aardig.'

'Ik zeg niet dat homoseksuele mensen niet aardig zijn. Ik zeg: is dit wel zo'n ideale omgeving voor jóu, lieverd. Ik bedoel, jullie delen een slaapkamer! Jullie delen een badkamer! Vind je dat niet vervelend?'

'Ik hoop het van ganser harte,' zei zijn vader.

Henry zonk de moed in de schoenen. Zouden ze hem dwingen naar huis te komen? Hij wilde niet naar huis. Omdat hem tot dusver niets was gelukt – vrienden maken, hoge cijfers halen of zelfs maar Mike Schwartz vinden – vond hij het nog afschuwelijker om naar huis te gaan dan als hij – wat voor iedereen om hem heen leek te gelden – de meest fantastische tijd van zijn leven had.

'Zouden ze je met een méisje in één kamer stoppen?' vroeg zijn moeder. 'Op jouw leeftijd? Nooit. Nog in geen miljoen jaar. Dus waarom doen ze dit dan wel? Ik snap er niks van.'

Zo er al een fout in de redenering van zijn moeder zat, Henry ontdekte die niet. Zouden zijn ouders hem dwingen van kamer te veranderen? Dat zou afgrijselijk zijn, meer dan gênant, naar de afdeling Huisvesting te moeten gaan voor een verzoek om andere woonruimte. De mensen van Huisvesting zouden meteen begrijpen waarom hij het verzoek deed, want een betere kamergenoot dan Owen was er niet: netjes, aardig en überhaupt zelden thuis. De enige kamergenoot die Owen kwijt wilde was een kamergenoot die homo's haatte. Dit was een echte universiteit, een verlicht oord – je kon hier in de problemen komen door mensen te haten, dat vermoedde Henry althans. Hij wilde niet in de problemen komen, en hij wilde geen nieuwe kamergenoot.

Zijn moeder schraapte haar keel als voorbereiding op een volgende onthulling. 'We horen dat ie kleren voor je heeft gekocht.'

Twee weken daarvoor, op zaterdagochtend, zat Henry *Tetris* te spelen toen Owen en Jason binnen kwamen lopen, Owen rustig en opgewekt als altijd, Jason met slaapogen en een grote kartonnen beker in zijn hand. Henry sloot het venster van *Tetris* en opende de site voor zijn natuurkundecolleges. 'Hé, jongens,' zei hij. 'Hoe is 't?'

'We gaan shoppen,' zei Owen.

'O, cool. Veel plezier.'

'"We" is inclusief jou. Trek alsjeblieft je schoenen aan.'

'O, ha ha, laat maar,' zei Henry. 'Ik ben niet zo'n shopper.'

'Maar je bent niet níet een expert op het vlak van de litotes,' zei Jason. *Lie-too-tus.* Henry prentte het in zijn geheugen, zodat hij het later kon opzoeken. 'Als we terugkomen steek ik die spijkerbroek in brand.'

'Wat is er mis met deze spijkerbroek?' Henry wierp een blik op zijn benen. Het was geen retorische vraag: er was duidelijk iets mis met zijn spijkerbroek. Hij had dat meteen al na zijn aankomst op Westish begrepen, net zoals hij had begrepen dat er iets mis was met zijn schoenen, zijn haar, zijn rugzak en wat dan ook. Maar hij wist niet precies wat. Terwijl Eskimo's wel honderd woorden hadden voor 'sneeuw', had hij er maar één voor 'spijkerbroek'.

Ze reden met Jasons auto naar een winkelcentrum in Door County. Henry ging een pashokje in en kwam steeds opnieuw naar buiten voor een inspectie.

'Zo,' zei Owen. 'Helemaal goed.'

'Deze?' Henry trok aan de zakken, trok aan het kruis. 'Volgens mij zit deze nogal strak.'

'Hij wordt wel losser,' zei Jason. 'En zo niet, des te beter.'

Op het moment dat ze er een punt achter zetten had Owen 'Zo, helemaal goed' gezegd tegen twee spijkerbroeken, twee shirts en twee truien. Een bescheiden collectie, maar Henry telde in gedachten de prijskaartjes bij elkaar op, en het bleek zijn banktegoed te overschrijden. 'Heb ik er echt twéé nodig?' vroeg hij. 'Eén is een mooi begin.'

'Twee,' zei Jason.

'Aha.' Henry tuurde fronsend naar de kleren. 'Mmm...'

'O!' Owen gaf een tik tegen zijn voorhoofd. 'Heb ik dat niet gezegd? Ik heb een cadeaukaart van deze zaak. En ik moet hem meteen gebruiken. Anders verloopt ie.' Hij greep naar de kleren in Henry's hand. 'Hier daarmee.'

'Maar hij is van jou,' protesteerde Henry. 'Je moet er iets voor jezelf voor kopen.'

'Absoluut niet,' zei Owen. 'In deze zaak zou ik nooit iets kopen.' Hij ontfutselde Henry het stapeltje in diens handen en keek naar Jason. 'Gaan jullie maar alvast naar buiten, jongens.'

Nu had Henry dus twee spijkerbroeken, die iets losser waren gaan zitten maar nog steeds veel te strak naar zijn zin waren. Toen hij in zijn eentje in de eetzaal zat en zijn studiegenoten langs zag lopen, viel het hem op dat zijn spijkerbroeken best veel leken op die van anderen. Vooruitgang, peinsde hij. Ik boek vooruitgang.

'Is dat waar?' zei zijn vader nu. 'Heb je die vent kleren voor je laten kopen?'

'Eh...' Henry broedde op een antwoord dat de waarheid geen geweld aandeed. 'We zijn naar het winkelcentrum geweest.'

'Waarom koopt hij kleren voor je?' Zijn moeders toon werd weer feller.

'Ik heb zo'n vermoeden dat ie geen kleren voor Mike Schwartz koopt,' zei Henry's vader. 'Een donkerbruin vermoeden.'

'Volgens mij wil hij graag dat ik er wat meer bij hoor.'

'Wáár zou je bij moeten horen, is dan een voor de hand liggende vraag. Lieverd, alleen het feit dat bepaalde mensen meer geld hebben dan jij, betekent nog niet dat je je moet schikken naar hun ideeën over "erbij horen". Je moet jezelf blijven. Is dat duidelijk?'

'Ik geloof van wel.'

'Mooi. Ik wil dat je Owen laat weten dat het heel aardig van hem is, maar dat je onder geen beding zijn cadeaus kunt aannemen. Je bent niet arm, je hebt geen liefdadigheid van onbekenden nodig.'

'Hij is geen onbekende. En ik heb ze al gedragen. Hij kan ze niet terugnemen.'

'Dan doet hij ze zelf maar aan.'

'Hij is langer dan ik.'

'Dan geeft hij ze maar aan iemand die een extraatje kan gebruiken. Ik wil hier geen woorden meer aan vuil maken, Henry. Begrepen?'

Hij wilde er ook geen woorden meer aan vuil maken. Het begon hem te dagen – wat niet eerder was gebeurd; hij was onnozel, hij was traag – dat zijn ouders achthonderd kilometer verderop zaten. Ze konden hem terughalen, ze konden weigeren het door hen toegezegde deel van het collegegeld te betalen, maar ze konden niet zijn spijkerbroek zien. 'Begrepen,' zei hij.

4

Het was bijna middernacht. Henry drukte zijn oor tegen de deur. De geluiden die van de andere kant kwamen waren zweterig en hijgerig, luid genoeg om boven de pulserende muziek uit te komen. Hij wist wat daar binnen aan de gang was, zij het alleen in grote lijnen. Zo te horen was het pijnlijk, in elk geval voor een van de betrokken partijen.

'*Uhh. Uhh. Uhhh.*'

'Kom op, baby. Kom op...'

'*Ooo...*'

'Recht zo die gaat, schat. De hele nacht.'

'*Uuhnghrrrrnnrh...*'

'Nu rustig aan. Rustig, rustig, rustig. Ja, schat. Helemaal goed.'

'*Ooorrrgghhh...*'

'Wat ben je groot! Godsamme, je bent enorm!'

'*Rrrrooaarhrraaaah...*'

'Geef me alles! Kom op! Maak het af!'

'*Rhaa... rhaa... ARH...*'

'Yesyesyesyesyesyesyesyesyes!'

'*RRHNAAAAAAAAAAGHGHHHH!*'

De deur zwaaide naar binnen open. Henry, die ertegenaan had staan leunen, struikelde de kamer in en knalde tegen de ernstig bezwete borstkas van Mike Schwartz.

'Skrimmer, wat ben je laat.' Met een ruk draaide Schwartz Henry's rode Cardinals-pet rond, zodat de klep naar achteren wees. 'Welkom in het krachthonk.'

Meteen na het telefoongesprek met zijn ouders had Henry zijn jas aangetrokken en was in het donker de campus op geslenterd. Overal was het onwaarschijnlijk stil. Hij ging op de sokkel van het Melville-standbeeld naar het water zitten staren. Toen hij thuiskwam knipperde het lichtje van het antwoordapparaat. Waarschijnlijk zijn ouders; ze hadden er nog eens over nagedacht en besloten dat het tijd voor hem werd om terug te komen.

Skrimmer! Vorige week is het footballseizoen afgelopen. Wat betekent dat nu het honkbal begint. Over een half uur zien we elkaar in het Universitair Sportcentrum. De zijdeur bij de afvalcontainer is open. Wees op tijd.

Henry trok een korte broek aan, griste Zero van de plank in de kast en rende door de zachte nacht naar het USC. Hij had drie maanden op dat telefoontje van Schwartz gewacht. Halverwege was hij al buiten adem en schakelde over op een looppas. In die drie maanden had hij niet meer beweging gehad dan het afwassen in de mensa. Hij zou willen dat het studeren je dwong je lichaam meer te gebruiken, je eraan herinnerde dat het leven in vier dimensies werd geleefd. Misschien konden ze je leren hoe je eigen studentenkamermeubilair te maken, of je eigen voedsel te verbouwen. Helaas bleef iedereen maar praten over het geestelijk leven, een idee dat hem zowel aantrok als boven zijn pet ging, zoals hij ze de afgelopen tijd al veel vaker was tegengekomen.

'Skrimmer, dit is Adam Starblind,' zei Schwartz nu. 'Starblind, Skrimmer.'

'Dus jij bent nou die knakker waar Schwartz het aldoor over heeft.' Starblind veegde zijn hand af aan zijn korte broek om die te kunnen aanbieden. 'De honkbalmessias.' Hij was veel kleiner dan Schwartz maar ook veel groter dan Henry, wat duidelijk werd toen hij zijn zilver glanzende trainingsjasje van zijn lijf stroopte. Twee Aziatische karakters tooiden zijn rechterdeltaspier. Henry, die geen deltaspieren had, liet zenuwachtig zijn blik door de ruimte gaan. In het halfduister gloorden onheilspellende apparaten. Het was helemaal verkeerd geweest Zero mee te nemen. Hij probeerde hem achter zijn rug te verbergen.

Starblind gooide zijn jasje naar de zijkant. 'Adam, je hebt de strakste rug van alle mannen die ik ken,' stelde Schwartz vast.

'Dat hoop ik wel, ja,' reageerde Starblind. 'Ik heb hem net laten doen.'

'Laten doen?'

'Je weet wel. Waxen.'

'Je lult uit je nek.'

Starblind haalde zijn schouders op.

Schwartz keek Henry aan. 'Het is toch niet te geloven, Skrimmer?' Hij wreef over zijn strak geschoren haar, waarvan de grens al zodanig begon te wijken dat er een v-vorm zichtbaar was. 'Loop ik te vechten om mijn haar te hóuden, doet Starblind hier een greep in de gemeenschapskas om het te laten verwijderen.'

Ook Starblind richtte zich nu tot Henry, op spottende toon. 'Z'n haar houden, zegt ie. Het is de meest behaarde man die ik ken. Schwartzy, na één blik op die rug van jou kan Madison met pensioen.'

'Je rugwaxer heet Madison?'

'Hij levert prima werk af.'

'Ik weet het niet, Skrim.' Schwartz schudde treurig zijn grote hoofd. 'Weet je nog hoe makkelijk het vroeger was om een man te zijn? Tegenwoordig moeten we er allemaal uitzien als Captain Abercrombie hier. Een sixpackje, drie procent lichaamsvet. Wat een gezeik. Ik voor mij verlang terug naar een eenvoudiger tijd.' Schwartz klopte op zijn forse, stevige maagstreek. 'Een tijd waarin een harige rug nog iets te betékenen had.'

'Bittere eenzaamheid?' opperde Starblind.

'Warmte. Overlevingskansen. Evolutionair voordeel. Destijds nestelden een man z'n vrouw en kinderen zich voor de duur van de winter in zijn rughaar. Nimfen vlochten het en wijdden er lofliederen aan. Gods toorn daalde als hete was neer over de haarloze meutes. Nu is dat alles vergeten. Maar ik zal je één ding vertellen: als de volgende ijstijd zich aandient zitten de Schwartzjes er warmpjes bij. Heel warmpjes.'

'Typisch Schwartzy.' Starblind geeuwde en inspecteerde via een van de vele spiegels in het vertrek de opbollende ader in zijn linkerbiceps. 'Domweg van ijstijd naar ijstijd leven.'

Schwartz stak een grote hand uit. Henry realiseerde zich dat hij zijn handschoen wilde hebben. Zeven of acht jaar, misschien nog langer, had alleen Henry Zero aangeraakt. De laatste keer dat een ander hem had aangeraakt kon hij zich niet herinneren. Ernstig, in stilte biddend legde hij Zero in de hand van de grote man.

Schwartz smeet hem over zijn schouder in een hoek. 'Ga op die bank liggen,' beval hij. Henry ging liggen. Schwartz en Starblind, snel als een pitstopteam, schoven de zware, wielachtige gewichten die Starblind had liggen heffen van de stang en vervingen ze door exemplaren met de afmetingen van schoteltjes. 'Je hebt nooit eerder aan gewichtheffen gedaan?' vroeg Schwartz.

Henry schudde zijn hoofd.

'Goed. Dan heb je geen van al die foute gewoontes van Starblind. Duimen eronder, ellebogen naar binnen, rug ontspannen. Klaar? Go.'

Na een half uur moest Henry voor het eerst sinds zijn jonge jaren overgeven: een krachteloze, haastige kuch met een plasje kalkoenpuree op de met rubber beklede vloer tot gevolg.

'Goed zo, jochie.' Schwartz haalde een sleutelbos uit zijn zak. 'Gaan jullie twee maar door.' Hij kwam terug met een gele emmer-op-wieltjes gevuld met zeepwater en een sliertige mop waarmee hij de troep opdweilde, onafgebroken fluitend.

Bij iedere nieuwe oefening liet Schwartz met een aantal *reps* zien hoe het moest, waarna hij de vorderingen van Henry en Starblind volgde onder het slaken van beledigingen en instructies. 'Van coach Cox mag ik pas met het nieuwe honkbalseizoen aan de gewichten,' liet hij weten. 'Gek word ik ervan. Maar als het hierzo te groot wordt,' hij klopte op zijn schouder, 'kan ik niet fatsoenlijk werpen.'

De sessie werd afgesloten met de *skullcrushers*.

'Kom op, Skrim,' gromde Schwartz toen Henry's armen begonnen te trillen. 'Maak verdomme eens wat herrie.'

'Uh,' zei Henry. 'Gr.'

'Noem je dat herrie?'

'Groei,' moedigde Starblind hem aan. 'Laat groeien die armen.'

Henry's ellebogen weken uiteen, waarna hij de krukasachtige stang recht op zich af zag komen razen. Schwartz liet hem gaan. De doffe klap op zijn voorhoofd voelde bijna aangenaam. Hij proefde de koele smaak van ijzervijlsel op zijn tong, voelde het bonken van een toekomstige blauwe plek.

'Skullcrushers,' zei Starblind goedkeurend.

Schwartz gooide Henry diens handschoen toe. 'Goed gewerkt vanavond,' zei hij. 'Adam, vertel Skrimmer eens wat ie heeft gewonnen.'

Starblind haalde uit een schemerige hoek een reusachtige plastic pot tevoorschijn. 'SuperBoost 9000,' ronkte hij met de bariton van een quizmaster, 'de ultieme manier om het potentieel van uw lichaam te ontsluiten.'

'Drie keer per dag,' instrueerde Schwartz. 'Met melk. Het is een supplement, dat wil zeggen een aanvulling op je gewone eetpatroon. Sla geen maaltijden over.'

De volgende dag voelde Henry tijdens de ochtendcolleges en zijn afwasbeurt spierpijn opkomen. Toen hij naar zijn kamer terugkeerde met in elke hand een zwaar glas melk, zat Owen, in het wit gestoken, achter zijn bureau met een kritische blik een soort blaadjes uit een zakje te halen.

'Wat is dát daar?' Owen gebaarde naar de plastic pot die Henry op de koelkast had gezet.

'SuperBoost 9000.'

'Het ziet eruit alsof het afkomstig is uit een garage voor hot-rods. Wil je hem in de kast zetten? Achter de servetten.'

'Tuurlijk.' Owen had hier een punt: de zwarte plastic ton vloekte nogal met de rest van het interieur. Op het etiket omsloten vooroverhangende, bliksemflitsachtige letters met vlammen in hun kielzog een gestileerde foto van de meest groteske gespierde arm die Henry ooit had gezien. 'Maar eerst moet ik er wat van proberen.'

Owen likte aan de rand van een papiertje. 'Hoe ga je dat proberen?'

'Door één flinke eetlepel SuperBoost te vermengen met tweeënhalve deciliter water of melk.'

'Je bent van plan dat ín te nemen?'

Henry draaide de schroefdop van de bus en trok de glanzende, aluminiumkleurige verzegeling los. Half weggezakt in bleek poeder lag, als een achtergelaten strandspeeltje, een doorzichtige plastic lepel. Hij gooide beide glazen melk in de drie deciliter grote herdenkingsmok van Aparicio Rodriguez die Sophie met Kerstmis voor hem op eBay had gekocht, en voegde er twee flinke eetlepels SuperBoost aan toe.

In plaats van te zinken en op te lossen bleef het poeder koppig in een bergje op de melk drijven. Henry vond een vork in zijn bureaula en begon te roeren, maar het poeder draaide als een cocon rond de langwerpige punten. Hij roerde steeds sneller. De vork ging rammelend langs het aardewerk. 'Misschien kun je dat beter ergens anders doen,' opperde Owen. 'Of helemaal niet.'

Henry stopte met roeren en bracht de mok naar zijn lippen. Hij wilde hem in één keer achteroverslaan, maar het blubberige mengsel lag meteen als een blok op zijn maag. Toen hij de beker neerzette was die nog bijna vol. 'Kun je zien of het potentieel van mijn lichaam al wordt ontsloten?'

Owen zette zijn bril op. 'Je wordt een beetje groen,' zei hij. 'Misschien is dat een tussenstadium.'

Toen twee maanden later de selecties begonnen zag Henry er in de spiegel niet veel gespierder uit, maar hij hoefde in elk geval niet meer over te geven en de gewichten die hij hief waren iets minder licht. Hij arriveerde een uur te vroeg bij de kleedkamer. Twee van zijn mogelijke toekomstige teamgenoten waren er al. Schwartz zat zonder shirt aan voor zijn kledingkastje over een dik studieboek gebogen. In een hoek achter hem stond iemand een broek aan een hanger glad te strijken.

'Owen!' Henry was perplex. 'Wat doe jij hier?'

Owen keek hem aan alsof hij gestoord was. 'Vandaag beginnen de honkbalselecties.'

'Dat weet ik, maar –'

Coach Cox verscheen in de deuropening. Hij was even lang als Henry maar had een stevige borstkas en sterke, hoekige kaken waarmee hij een stuk kauwgum vermaalde. Hij droeg een trainingsbroek en een sweater met WESTISH BASEBALL erop. 'Schwartz,' zei hij bars, zijn getrimde zwarte snor gladstrijkend. 'Hoe gaat het met de knieën?'

'Niet slecht, coach.' Schwartz stond op om coach Cox te begroeten met een combinatie van hand schudden en omhelzen. 'Ik wil je voorstellen aan Henry Skrimshander.'

'Skrimshander.' Coach Cox knikte terwijl hij Henry's hand op pijnlijke wijze begon te kneden. 'Schwartz vertelde me dat je van plan bent Tennant een poepie te laten ruiken.'

Lev Tennant, een ouderejaars, stond als korte stop in de basis en was de tweede aanvoerder van de ploeg. Schwartz zei steevast tegen Henry dat hij Tennant kon verslaan; het was een soort mantra geworden voor de avonduren die ze met fitness doorbrachten. 'Tennant!'

brulde Schwartz altijd wanneer hij zich over Henry heen boog terwijl zijn zweet in Henry's openstaande mond druppelde en Henry met de stang van de skullcrusher worstelde. 'Versla Tennant!' Henry begreep niet hoe Schwartz zo erg kon zweten terwijl hij niet eens aan het gewichtheffen was, en hij begreep al helemaal niet hoe hij Tennant zou moeten verslaan. Hij had de soepele, haaiachtige manier gezien waarmee Tennant zich over de campus bewoog en de glimlachen van meisjes verslond. 'Ik zal mijn best doen, meneer,' liet hij coach Cox weten.

'Zorg ervoor dat het je lukt.' Coach Cox richtte zich nu tot Owen en stak een hand uit. 'Bill Cox.'

'Owen Dunne,' zei Owen. 'Rechtsvelder. Ik ga ervan uit dat u geen problemen heeft met een homo in uw team.'

'Het enige waar ik problemen mee heb,' reageerde coach Cox, 'is dat Schwartz aan football doet. Het is slecht voor z'n knieën.'

De selecties zouden in het USC plaatsvinden, maar eerst stuurde coach Cox het aanwezige gezelschap de kou in. 'Een beetje looptraining,' klonk zijn bevel. 'Om de vuurtoren heen en dan weer terug.'

Henry probeerde de lijven te turven terwijl ze naar buiten liepen, maar iedereen veranderde steeds van plek en hij wist trouwens niet uit hoeveel jongens het team zou bestaan. Hij rende sneller dan hij ooit had gedaan en finishte na die zesenhalve kilometer in de kopgroep, naast een verrassend lichtvoetige Schwartz, en moest alleen Starblind voor laten gaan; die was al na een paar honderd meter weggespurt en uit het zicht verdwenen. In de tweede groep liepen de meeste vaste spelers van het team, onder wie de aanvoerders Tennant en Tom Meccini. Schwartz' kamergenoot, Demetrius Arsch, die minstens honderdtwintig woog en tussen het einde van het footballseizoen en het begin van het honkbal een half pakje per dag rookte, sloot de hekken. Dat wil zeggen: iedereen veronderstelde dat hij de laatste was, tot Owen traag maar gestaag in zicht kwam.

'Dunne!' brulde coach Cox.

'Coach Cox!'

'Waar heb je in godsnaam uitgehangen?'

'Een beetje looptraining gedaan,' bracht Owen in herinnering. 'Om de vuurtoren heen en dan weer terug.'

'Je wilt me vertellen' – coach Cox drukte een hand tussen de schouderbladen van Arsch, die voorovergebogen naar adem stond te snakken – 'dat je Meat hier met hardlopen niet kunt verslaan?'

Owen boog voorover tot Arsch' en zijn gezicht op gelijke hoogte hingen – dat van Arsch klam en aromatisch paars, het zijne ontspannen en droog. 'Wedden dat ik hem nu kan verslaan?' zei hij. 'Zo te zien is hij moe.'

Maar toen de slagtraining begon ramde Owen de ene line-drive na de andere precies door het midden van de slagkooi. Sal Phlox, die de ouderwetse machine van ballen voorzag, moest steeds achter zijn scherm wegduiken. 'Wegwezen daar, Dunne,' gromde coach Cox. 'Voordat je iemand verwondt.'

Henry had nog nooit eerder grondballen op kunstgras gevangen; het was net alsof hij deel uitmaakte van een videogame. De bal raakte nooit een steen of grasrand, maar de kunstvezels konden er wel een gemeen effect aan meegeven. In vier dagen selectie had hij niet één bal gemist. Toen het schema bekend werd bleken vier eerstejaars het team te hebben gehaald: Adam Starblind, Rick O'Shea, Owen Dunne en Henry Skrimshander.

5

Zes weken later beenden de Harpooners over het asfalt van het minuscule Green Bay Airport. De wind geselde hun gezicht, over hun schouders hingen tassen met het logo van hun Westish Athletic Department erop. Behalve Henry liep iedereen mee te knikken op de maat van de muziek die uit zijn eigen koptelefoon kwam. Het was een heldere, koude dag met een temperatuur ergens onder 0, maar ze waren gekleed op hun bestemming, jassen en truien waren niet toegestaan. De propellers van het vliegtuig vermaalden de lucht. Droge, weken oude sneeuw joeg over de startbaan in sinuscurven van windmakelij. Henry gooide zijn schouders naar achteren en liep er zo lang mogelijk bij als zijn gestel van één meter vijfenzeventig hem toestond, precies zoals alle andere rondtoerende atleten die hij op tv had gezien. Ze waren onderweg naar Florida om te honkballen en alle onkosten werden betaald.

Ze verbleven in een Motel 4, een uur landinwaarts vanuit het Clearwater Municipal Baseball Complex. De oudere jongens deelden een bed; de eerstejaars sliepen op veldbedden. Henry kreeg de kamer van Schwartz en Arsch toegewezen. De eerste nacht kon hij geen moment de slaap vatten omdat hij lag te luisteren naar het vliegtuigmotorachtige gesnurk van Meat en het gekwelde janken van de veren wanneer de twee tweedejaars met hun gezamenlijke 225 kilo in hun slaap streden om de heerschappij over het zogenaamde *queen-size* bed. Henry deed zijn ogen dicht, trok de doorrookte gordijnen van vinyl over zijn hoofd en telde de minuten tot het moment van hun eerste echte veldtraining.

De volgende ochtend, een zaterdag, stapten ze in de bus en reden naar het complex: acht riante, prachtige honkbalvelden die in twee naast elkaar gelegen cirkels van vier velden waren uitgelegd. De dauw fonkelde in het botergele licht van de Florida-zon. Terwijl Henry naar de positie van de korte stop draafde voor de binnenveldoefeningen draaide hij zich om en maakte een achterwaartse salto met een bijna vlekkeloze landing.

'Verdomme, Skrim!' schreeuwde Starblind vanaf het midveld. 'Hoe flik je 'm dat?'

Henry wist het niet. Hij probeerde zich te herinneren welk voetenwerk hij had gebruikt, maar het moment lag alweer te ver achter hem. Soms deed je lichaam gewoon waar het zin in had.

'Je moet je aanmelden bij turnen,' zei Tennant. 'Je hebt zo'n beetje de juiste lengte.'

Tijdens de slagtraining klom Henry over de afrastering langs het linksveld en ging op de parkeerplaats staan om achter de verbijsterende *moonshots* aan te rennen die Two Thirty Toover aldoor sloeg. 'Welkom terug, Jim,' juichte coach Cox terwijl bal na bal royaal over het hek verdween.

De vriendelijk kijkende Jim Toover was net terug van een mormonenmissie naar Argentinië. Jim was één meter achtennegentig en beschikte over een lange, machtige *swing*. Ze noemden hem Two Thirty omdat de Harpooners bij een thuiswedstrijd op dat tijdstip aan hun slagtraining begonnen. Henry stond inmiddels tien meter achter de afrastering, en het regende ballen alsof ze uit de wolken kwamen vallen. Toeschouwers haastten zich naar de parkeerplaats om hun auto te verplaatsen. De teams op naburige velden staakten hun training om er niets van te missen.

'Maar we zouden hem geen Two Thirty noemen,' zei Schwartz tegen Henry, 'als hij dat ook tijdens de wedstrijden deed.'

'Wat doet hij dan tijdens de wedstrijden?'

'Hij verprutst het.'

Die middag speelden de Harpooners tegen de Lions van Vermont State University. MET DE STATE LIONS VALT NIET TE SPOTTEN, stond op het spandoek van een moeder-van-ver. Henry zat in de dugout tussen Owen en Rick O'Shea. Starblind stond al genoteerd voor de basis, als centrumvelder en eerste slagman.

Owen haalde een leeslampje op batterijen uit zijn tas, bevestigde het aan de klep van zijn pet en sloeg een boek open dat *De Rubáiyát van*

Omar Khayyám heette. Henry en Rick zouden allang *shuttle drills* aan het doen zijn of helmen zitten te boenen als ze tijdens een wedstrijd zelfs maar aan lezen hadden gedácht, maar coach Cox was gestopt met het straffen van Owen voor zijn zonden. Owen was een mysterie waar het om discipline ging, want het leek hem niet te kunnen schelen of hij al dan niet speelde, en als iemand hem uitfoeterde luisterde en knikte hij belangstellend, alsof hij gegevens verzamelde voor een werkstuk over woede-uitbarstingen. Hij jogde bij het sprinten, liep bij het joggen, knikkebolde in het buitenveld. Al snel was coach Cox opgehouden te schreeuwen. Sterker nog: Owen werd zijn favoriete speler, de enige over wie hij zich geen zorgen hoefde te maken. Was de training een aaneenschakeling van blunders, wat doorgaans zo was, dan fluisterde hij Owen vanuit een mondhoek sarcastische opmerkingen toe. Owen verwachtte niets van coach Cox – geen basisplek of een betere plek in de slagvolgorde, niet eens een advies – en daarom kon coach Cox het zich veroorloven hem als een gelijke te behandelen. Misschien wel, in zekere zin, zoals de priester vooral waardering koestert voor die ene agnostische parochiaan, degene wiens ziel niet hoeft te worden gered maar die steeds komt opdagen vanwege het glas-in-lood en de gezangen. 'Je kunt zo vaak staan te niksen,' zei Owen toen Henry hem vroeg wat hem in de sport aantrok. 'En de zakken van de outfit.'

Aan het begin van de zesde inning tegen Vermont State kon Henry nauwelijks zijn ongedurigheid in toom houden. 'Wil je dat alsjeblieft achterwege laten,' zei Owen toen Henry's knieën maar bleven trillen en wiebelen. 'Ik probeer te lezen.'

'Sorry.' Henry hield ermee op, maar zodra hij zijn aandacht weer op de wedstrijd richtte begonnen zijn knieën weer. Hij gooide een handjevol zonnebloempitten in zijn mond en spuugde de vermalen schillen welgemikt in een plasje Gatorade op de grond. Hij verschoof zijn pet naar achteren. Hij liet een honkbal in zijn rechterhand ronddraaien en wipte hem naar zijn linkerhand. 'Word jij er niet knettergek van?' vroeg hij Rick.

'Ja,' zei Rick. 'Kap ermee.'

'Nee, niet wat ik doe. Dat op de bank zitten.'

Rick bevoelde de bank met beide handpalmen, alsof die een showroommodel van een matras was. 'Lijkt mij wel oké.'

'Wil je niet dolgraag het veld op?'

Rick schokschouderde. 'Two Thirty is net aan z'n derde jaar begonnen en coach Cox vindt hem geweldig. Als hij maar de helft presteert van waartoe hij in staat is, breng ik de komende twee jaar hierzo door.' Hij keek Henry aan. 'Jij daarentegen hebt Tennant flink in het nauw gedreven.'

'Nee hoor,' zei Henry.

'Jawel, zeker weten. Jij hebt hem gisteravond niet tegen Meccini horen kwekken terwijl ik op m'n veldbed lag te doen alsof ik sliep.'

'Wat zei ie dan?'

Rick keek naar links en naar rechts om te controleren of niemand meeluisterde en schakelde over op een imitatie van Tennant. 'Die – piep – Schwartz. Baalt gigantisch dat ik de aanvoerder van dit – piep – team ben. Dus wat doet ie? Komt aanzetten met zo'n – piep – onderkruipsel dat – piep – alles wat je naar hem slaat vangt, dat is wat ie doet. Traint dat kleine – piep – dag en nacht en loopt – piep – de hele winter die – piep – "fantastische" speler bij coach Cox te recommanderen. Waarom? Zodat die kleine – piep, piep – míjn plek kan inpikken, en Schwartz, die – piep – maar een – piep – tweedejaars is, kan zichzelf – piep – uitroepen tot koning van het team.'

Owen keek op van zijn boek. 'Tennant gebruikte het woord "recommanderen"?'

Rick knikte. 'En dat "piep" ook.'

'Tja, hij heeft alle reden om bang te zijn. Henry heeft voortreffelijk gepresteerd.'

'Kom op,' protesteerde Henry. 'Vergeleken met Tennant stel ik niks voor.'

'Lev kan slaan,' zei Owen. 'Maar zijn verdediging rammelt. Hij mist de panache van Skrimshander.'

'Ik had niet door dat Tennant zo'n hekel heeft aan Schwartzy,' zei Henry, waarmee hij bedoelde: ik had niet door dat Tennant zo'n hekel aan míj heeft. Nooit eerder had iemand hem een kleine 'piep' genoemd. Het was hem opgevallen dat Lev tijdens trainingen koeltjes tegen hem deed, maar dat had hij gewoon opgevat als een blijk van onverschilligheid.

'Wat? Ben jij wel helemaal wakker?' zei Rick. 'Die twee kunnen elkaar niet uitstaan. Het zou me niet verbazen als we heel gauw de poppen aan het dansen hebben.'

'Geheel mee eens,' zei Owen instemmend.

Bij de negende inning stond het gelijk met Tennant op het eerste honk, toen Two Thirty naar de slagplaat liep. Hij draaide zijn achterste voet in het zand, bewoog zijn knuppel hoog boven zijn hoofd. Alleen vandaag al had hij een één- en een tweehonkslag geslagen. Misschien had Argentinië hem goed gedaan.

'Jim Toover!' juichte Owen. 'Je hebt het in je! Wee je gebeente!'

Bal één. Bal twee.

'Hoe kun je zo'n slagzone nou missen?' vroeg Rick.

Bal drie.

Henry wierp een blik richting derde honk om te zien of coach Cox het *take sign* zou geven. 'Hij laat hem slaan,' constateerde hij.

'Echt waar?' vroeg Rick. 'Dat lijkt mij een slecht i–' Hij werd onderbroken door een oorverdovend *beng* van bal tegen aluminium knuppel. De bal werd een vlek in de lichtblauwe hemel en ging door tot ver, heel ver op de parkeerplaats. Henry meende een voorruit te horen sneuvelen, hij wist het niet zeker. Ze vlogen uit de dug-out om Jim een warm onthaal op het thuishonk te geven.

Rick schudde verbijsterd zijn hoofd. 'Nou kom ik nooit van die bank af.'

'Inderdaad!' Owen gaf Two Thirty een feestelijke pets op zijn kont met zijn Omar Khayyám. 'Inderdaad!'

Dankzij die overwinning bleven de Harpooners ongeslagen voor het eerst sinds wie dan ook zijn heugenis, inclusief die van coach Cox. Ze vierden het in het Chinese wokrestaurant in het kleine winkelcentrum naast hun motel. De drie dagen erna verloren ze de vijf volgende wedstrijden. Tennant verknalde elke grondbal die zijn kant op kwam. Two Thirty sloeg herhaaldelijk uit. Het aantal missers groeide gestaag. Coach Cox stond met zijn armen over elkaar in het coachvak ter hoogte van het derde honk, waar hij met de punt van zijn schoen een sleuf in het zand groef en die met een constante stroom tabakssap vulde, alsof hij zich wilde beschermen tegen zo veel onvermogen. De stemming in de dug-out sloeg om van optimistisch naar grimmig, naar somber, naar gemeen somber. Tijdens hun zevende wedstrijd zat Rick op de bank met zijn telefoon verborgen achter zijn handschoen stiekem de Facebook-foto's te bekijken die hun studiegenoten die dag op het net hadden gezet vanuit West Palm, Miami, Daytona, Panama City Beach: talloze mappen vol meisjes in bikini, blauwe oceanen, felgekleurde drankjes. 'Zo dichtbij,' kreunde hij hoofdschuddend. 'Maar zo, zó ver weg.'

'Owen,' zei Henry opgewonden. 'Volgens mij wil coach Cox dat jij gaat slaan in plaats van Meccini.'

Owen sloeg *The Voyage of the Beagle* dicht, het boek waarin hij onlangs zijn tanden had gezet. 'Is het heus?'

'Lopers op het eerste en het tweede,' zei Rick. 'Ik wil wedden dat je een stootslag van hem moet geven.'

'Wat is het stootteken?'

'Twee trekjes aan z'n linkeroorlel,' liet Henry hem weten. 'Maar eerst moet hij het startteken geven, te weten een kneep in zijn riem. Maar als hij met een van beide handen naar zijn pet grijpt, of je bij je voornaam noemt, blaast hij het plan af en zul je moeten wachten om te zien of –'

'Laat maar,' zei Owen. 'Ik leg wel gewoon een stootslag neer.' Hij greep een knuppel, kuierde naar de slagplaat, knikte beleefd naar de gebaren van coach Cox en drukte een volmaakte stootslag langs de pitcher. De aangooi van de korte stop was hem één voetlengte voor, waarna Owen terugdraafde naar de dug-out om de felicitaties van zijn teamgenoten in ontvangst te nemen. Het was Henry's favoriete honkbaltraditie: als een speler een homerun sloeg stond het zijn ploeggenoten vrij hem te negeren, maar als hij zich opofferde om een loper te laten doorschuiven, dan kon hij een lange rij high fives in ontvangst nemen. 'Fraaie bunt,' zei hij toen Owen en hij elkaar een boks gaven.

'Bedankt.' Owen pakte zijn boek op. 'Die pitcher is niet lelijk.'

De hele week sliepen, aten, reisden, trainden en speelden de Harpooners als een eenheid. Als ze zich niet op de velden bevonden of in hun gore vlooienmotel, zaten ze als haringen in hun aftandse huurbus. De meest onbenullige kwesties, bijvoorbeeld of ze in de Cracker Barrel moesten gaan eten of bij Ye Olde Buffet, namen uren in beslag.

'Als ik moet kakken ben ik blij,' zei Rick. 'Het zijn de enige momenten waarop ik alleen kan zijn.'

Met iedere verliespartij werd het voortdurende bijeenzijn een zwaardere opgave. Op de te lange ritten tussen het honkbalveld en hun motel zaten de derde- en vierdejaars achter in de bus bij Tennant, de tweede- en eerstejaars voorin bij Schwartz. Alleen Jim Toover strekte zijn eindeloze ledematen uit over de lege stoelen van het niemandsland; omdat hij een mormoon van één meter achtennegentig was stond hij boven alle partijen.

Ondertussen namen Tennants verdedigende kwaliteiten met de dag verder af. Zijn gezicht verstrakte tot een woeste, gekwelde grimas en hij straalde een en al negatieve energie uit wanneer Henry in zijn buurt kwam. Tussen de wedstrijden door overlegde coach Cox op rustige toon met Tennant, een hand op zijn schouder, terwijl Tennant knikte en naar zijn schoenen tuurde. 'De druk neemt toe,' zei Rick nadat Tennant een aangooi naar het tweede had verknald, met alle gevolgen voor een eigenlijk niet te missen dubbelspel. 'Moet je zijn gezicht zien.'

Owen schraapte zijn keel, legde een hand op zijn borstkas: 'Want constant hoort hij in zijn rug/ Henry's schreden, o ja, zo vlug.'

Donderdagavond lagen Henry en Schwartz languit op oncomfortabele stoelen van plastic vlechtwerk aan het met schuim bedekte, voor zwemmen ongeschikte zwembad van het Motel 4. Met het afkoelen van de aarde werden Henry's zintuigen actiever en registreerden wat ze normaal ontging: de kakkerlakken en gekko's die over de tegels schoten, de fladderende motten voor de blauwe beveiligingslampen, een zweem water van ver, meegevoerd door een bries. Schwartz bladerde door een LSAT-gids – over het toelatingsexamen voor een rechtenstudie, zo groot als een telefoonboek – hoewel hij het examen de eerstvolgende anderhalf jaar niet zou doen. 'Weet je, het is nog maar m'n eerste jaar,' zei Henry. 'Ik kan wel wachten.'

'Misschien kun jíj dat wel.' Schwartz keek niet op. 'Maar alle anderen niet. We staan op één gewonnen tegen zeven verloren wedstrijden. We hebben je nodig, daar op het veld.'

'Misschien zou Lev wat meer ontspannen en beter spelen als iemand hem vertelt dat hij zich geen zorgen hoeft te maken.'

'Wat denk je dat coach Cox tijdens hun een-tweetjes zegt? Hij is de helft van de tijd bezig Tennants ego te strelen, vertelt hem aldoor dat ie een bink is. Maar Lev is niet gek. Hij weet dat jij de betere speler bent.'

'Maar dat is niet zo, echt, Tennant speelt gewoon strak.'

'Hij speelt strak omdat ie een waardeloze korte stop is. Afgelopen jaar deed hij precies hetzelfde. Fouten maken en erover lopen zaniken. Z'n mentaliteit is afgrijselijk. Met jou heeft het niets te maken, Skrimmer. Bijna niets, dan.'

'Ik hoop het niet.'

'Met hoop heeft het ook niets te maken.' Schwartz klapte zijn LSAT-gids dicht. 'Het heeft te maken met coach Cox. Ik heb veel waardering voor de coach, maar hij is te loyaal aan bepaalde jongens, alleen omdat ze hier al een poos zitten. Waarom loyaal zijn aan een stel losers? Ik ben het zat om te verliezen. Dit is Amerika. Winnaars winnen. Losers krijgen een trap onder hun kont. Jij zou hier mee moeten doen, en Rick zou hier mee moeten doen, en de Boeddha zou hier waarschijnlijk ook mee moeten doen. Al is het maar om jou over de streep te trekken.'

'Tennant is vierdejaars,' zei Henry weifelend. 'Ik kan wel wachten tot volgend jaar.'

'Hou morgen op met wachten,' zei Schwartz. 'Da's het enige wat ik vraag.'

De eerstvolgende middag speelden ze tegen Vermont State, het team waartegen ze hun enige overwinning hadden geboekt. De Harpooners stonden met 4-1 voor met nog een inning te gaan. Maar de eerste Lions-slagman van de negende inning sloeg een voorspelbare grondbal naar de korte stop, waarop Tennant de bal niet uit zijn handschoen wist te krijgen. Het ging maar om één slagbeurt, maar het leek de Harpooners eraan te herinneren dat ze, als losers, voorbestemd waren te verliezen. Vier slagmannen later was de wedstrijd voorbij. Terwijl zijn teamgenoten met een akelig gevoel achter elkaar naar de kleedkamer liepen, bleef Henry nog even in de dug-out achter om wat rommel op te rapen en naar het veld te staren, dat er in de middagzon bijzonder groen en vorstelijk bij lag.

Toen hij de kleedkamer in stapte had Schwartz Tennant in een hoofdgreep. Een stroompje bloed liep ononderbroken van zijn neus in Tennants haar. 'Waag dat nog eens!' brulde hij, terwijl hij Tennants kruin tegen de metalen lockers ramde. 'Waag het nog één keer!'

'Haal hem van me af!' smeekte Tennant, wiens stem gesmoord werd door de vlezige onderarm van Schwartz. 'Haal die idiote hufter bij me weg!'

'Idiote hufter!' riep Owen. 'Ga bij hem weg!'

Niemand durfde tussenbeide te komen, zodat de twee een bijna vredig stilleven begonnen te vormen, met Schwartz die traag Tennants hoofd tegen de kledingkasten beukte, tot coach Cox vanuit de coachruimte naar binnen stormde in een broek waarvan de nog openhangende bovenkant tegen zijn witte slip klapperde. Arsch en hij wurmden Tennant uit Schwartz' houdgreep.

Henry bereidde zich voor op een tirade van coach Cox. Maar coach Cox schreeuwde helemaal niet. 'Schwartz, ga je gezicht wassen,' zei hij op de toon van een vermoeide ouder tegen het einde van een hemeltergende dag. Schwartz liep met opgeheven hoofd naar het wasgedeelte zonder aandacht voor het bloed dat van zijn lippen en kin vloeide. Bij zijn terugkomst hing een propje wc-papier uit één neusgat en stak hij zijn hand uit naar Tennant. Tennant tuurde er even naar voordat hij hem krachtig schudde.

'Jullie twee nemen vanavond maar vrij.' Coach Cox liet zijn blik de ruimte rondgaan. 'Ben je er klaar voor, Arsch?'

'Als een slettenbak, coach.'

'Henry, jij klaar?'

'...'

'Hénry?'

'Tuurlijk, coach.'

Tijdens de warming-ups kreeg Henry het verhaal te horen van Rick en Owen: terwijl Henry in de dug-out kartonnen bekertjes opraapte liep Schwartz in de kleedkamer langs Tennants kledingkast en fluisterde hem iets toe. Tennant draaide zich razendsnel om en deelde een woeste vuistslag uit die in aanraking kwam met de neus van Schwartz. Diens hoofd sloeg achterover en het bloed stroomde eruit. 'Schwartzy keek ongeveer een halve seconde chagrijnig, toen ie nog sterren zag,' zei Rick. 'Maar daarna glimlachte hij min of meer, alsof het precies z'n bedoeling was om te worden afgetuigd door Tennant.'

'Voor mij staat dat als een paal boven water,' zei Owen.

Rick knikte. 'Zelfs toen hij Levs knikker tegen die lockers ramde voelde je dat hij hem geen pijn wilde doen. Puur formeel gezien.'

'Hij zette die hele toestand in scène om jou op het veld te krijgen,' zei Owen tegen Henry. 'Hij incasseerde zelfs een klap op zijn smoel voor jou. Je zou je gevleid moeten voelen.'

Het leek Henry wat vergezocht. Aan de andere kant: Schwartz had beloofd dat hij in de basis zou staan, en daar stond hij, in de basis. Twee uur later draafde hij in het licht van de schijnwerpers het veld op, een tikkeltje duizelig in zijn hoofd. Hij veerde op de ballen van zijn voeten, wiekte met zijn armen, liet zich snel door zijn knieën zakken en tikte de grond aan. Starblind haalde een nieuwe bal bij de scheids en ging klaarstaan voor de eerste worp van die avond. 'Adam, Adam, Adam,' scandeerde Henry. Hij danste een stap naar links en weer naar rechts, trok eerst de ene en daarna de andere knie op, sloeg met zijn vuist in Zero, sprong omhoog en landde weer, tot in een hurkzit.

De bal laag. Starblind vroeg om een time-out en gebaarde naar hem. Henry sprintte naar de werpheuvel. 'Zijn we hier op een dance-party?' vroeg Starblind. 'Ik probeer hier te werpen.'

'Sorry, sorry, sorry,' zei Henry. 'Sorry.'

Starblind keek hem aan, spuugde in het gras. 'Ben je aan het hyper-ventileren?'

'Niet echt,' zei Henry. 'Een beetje, misschien.'

Maar toen de tweede slagman van die partij een hoge *blooper* langs de lijn van het linksveld sloeg, draaide Henry zijn rug naar het binnen-veld en spurtte weg. Hij was niet in staat om de bal te volgen maar schatte in waar hij zou belanden op basis van de manier waarop hij was weggeslagen. Niemand anders zou daar op tijd kunnen arriveren; het was aan hem. Hij stak zijn gehandschoende hand uit terwijl hij een buiklanding op het gras maakte en keek net op tijd omhoog om de bal erin te zien vallen. Zelfs de fans van de tegenpartij juichten.

Henry als korte stop opstellen was als een schilderij uit de opslag halen en het de ideale plek op een muur geven. Meteen vergeet je hoe de kamer er eerder had uitgezien. Bij aanvang van de vierde inning di-rigeerde hij de andere veldspelers, gebaarde dat ze naar links of naar rechts moesten, corrigeerde hun tactische missers. *De korte stop is een bron van kalmte in het centrum van de verdediging. Hij straalt die kalmte uit en zijn teamgenoten reageren erop.* De Harpooners maakten maar één fout, verreweg het beste resultaat van hun verblijf daar. De meeste van hun rottige kleine vergissinkjes bleven weg. Ze verloren met één punt verschil, maar na de wedstrijd stond coach Cox te grijnzen.

De volgende dag, hun laatste in Florida, begon Henry als korte stop en verhuisde Tennant naar het derde honk. Tennant leek niet verbitterd of kwaad, maar opgelucht. Wanneer Henry de bal uitsloeg – wat hij maar al te vaak deed; als slagman was hij veel minder goed dan verdedigend – gaf Tennant een tik op zijn helm en zei hem de moed niet op te geven. Ze wonnen de wedstrijd, en hoewel een score van 2 tegen 9 in het verre Florida niet fantastisch was, deed een vreemd soort optimisme zijn intrede.

Na afloop van zijn eerste jaar bleef Henry op Westish om met Schwartz te trainen. Iedere ochtend begonnen ze om half zes. Toen Henry zonder te stoppen alle trappen in het footballstadion op en af kon rennen kocht Schwartz een verzwaard vest voor hem. Toen hij vijf keer binnen zeven minuten een mijl kon lopen, liet Schwartz hem hetzelfde doen in het zand. Toen hij het in het zand kon, liet Schwartz het hem doen waar het water van het meer tegen zijn knieën klotste. Fitnessballen, *blocking sleds*, yoga, fietsen, touwen, boomtakken, ijzeren vuilnisbakken, plyometrie: geen hulpmiddelen of ideeën waren te banaal of te exotisch. Om half acht, de zon stond nog maar iets boven het meer, nam Henry een douche en begaf zich naar de mensa om af te wassen na het ontbijt van de kinderen van de zomerschool. Na afloop van zijn dienst liep hij naar Westish Field, waar Schwartz de werpmachine en de videocamera opstelde. Hij sloeg bal na bal tot hij amper nog zijn armen kon optillen. Vervolgens gingen ze naar het USC om gewichten te heffen. 's Avonds speelden ze mee met een zomerteam in Appleton.

Henry was nog nooit zo gelukkig geweest. Zijn eerste jaar als student was één ding geweest, een vreugdevol avontuur, al met al een succes, maar het was ook uitputtend geweest, met zijn voortdurende strijd, aanpassing en rumoer. Nu voelde hij zich omkaderd. Die zomer vertoonde elk dag hetzelfde stramien: wekker op dezelfde tijd, maaltijden, fitness, afwassen en SuperBoost op dezelfde tijd, steeds opnieuw, en die uniformiteit, die herhaling, gaf het leven zin. Hij genoot van de kleine variaties, de geleidelijke vooruitgang – tonijn in zijn salade in plaats van kip; twee keer extra bij het bankdrukken. Al zijn bewegingen dienden een doel. Tijdens de fitness citeerde Schwartz uitspraken van zijn favoriete filosofen, Marcus Aurelius en Epictetus – ze waren voor hem wat Aparicio was voor Henry – en Henry had het gevoel dat hij ze begreep. *Iedere dag is een oorlog.* Ja, ja, precies. *De essentie is alleen met mensen om te gaan die u geestelijk verheffen, wier aanwezigheid het beste uit u haalt.* Afgehandeld: daar was er maar één van. Hij werd honkballer.

Rond de tijd dat zijn tweede jaar begon woog Henry ruim vijf kilo meer. In het team behoorde hij nog altijd tot de kleinsten, maar de knuppel voelde anders in zijn handen, lichter en actiever. Zijn slaggemiddelde was .348 en de Upper Midwestern Small Colleges Athletic Conference riep hem uit tot beste korte stop van de aangesloten eerste teams. In eenendertig wedstrijden maakte hij niet één fout. Tijdens colleges en op de campus was hij nog steeds verlegen – hij ging nooit naar een bar en zelden naar feestjes; er viel zo veel werk te verzetten – maar onder teamgenoten bloeide hij op. Hij mocht die jongens stuk voor stuk en voelde zich goed in hun bijzijn, en nu hij zonneklaar de beste speler van het team was groeide hij uit tot een soort leider. Anders dan Schwartz was hij niet luidruchtig, maar als hij iets zei luisterde iedereen. Voor het eerst in tien jaar eindigden de Harpooners op een winst-verliesverhouding van .500.

Die zomer werkte hij nog harder dan normaal, geïnspireerd door het succes. In plaats van om half zes stond hij om vijf uur op. In plaats van vijf maaltijden per dag at hij er zes. Zijn geest voelde helder en zuiver. De bal verliet zijn knuppel als een raket. Sommige delen van *De kunst van het veldspel* begon hij op een nieuwe manier te bezien, van binnenuit, alsof de grote Aparicio niet zozeer een orakel was als wel een gelijke.

Ook hij kreeg een protegé: Izzy Avila, een speler die Schwartz had opgeduikeld in zijn oude buurt in Zuid-Chicago. Schwartz was dol op Westish, terwijl hij een haat-liefdeverhouding had met zijn plaats van herkomst. Sommige jongens wilde hij helpen met de overstap. Izzy was een perfecte kandidaat: een begenadigd sporter en een prima student die desondanks wat hulp kon gebruiken. Zijn twee oudere broers waren ook begenadigde sporters, maar inmiddels woonde een van hen bij hun moeder thuis en zat de ander in de gevangenis. 'Hij is nog wat groen,' zei Schwartz. 'Hij kan dit jaar op de bank zitten en zo wat bijleren. Dan, volgend jaar, als Ajay is afgestudeerd, kan hij op het tweede honk. Dan, als jij weg bent, is hij de nieuwe korte stop.'

Izzy had ontzag voor Schwartz en respecteerde hem; maar hij aanbad Henry. Elke dag probeerde hij bij het nemen van hun grondballen Henry's bewegingen te imiteren. Wanneer Henry het over de subtiliteiten van het positiespel op het binnenveld had, begreep Izzy hem, in tegenstelling tot de andere Harpooners. Wat hij niet begreep bestudeerde hij net zo lang tot hij het beheerste. Ze trainden op *relays*, insluiten, stootslagen, schijnbewegingen, *pick-offs*, dubbelspelen. Henry gaf hem *De kunst van het veldspel* voor zijn verjaardag.

Maar Izzy was niet klaar, mentaal noch fysiek, voor Henry's zwaarste oefeningen. Henry trainde op snelheid met Starblind, de snelste jongen van het team. Op kracht trainde hij met Schwartz, de sterkste. Nadat die twee naar huis waren vertrokken ging hij met Owen naar yogales. Vervolgens trainde hij nog wat voor zichzelf. In gedachten ving hij grondballen tot hij in slaap viel. Hij stond om vijf uur op en deed hetzelfde.

Aan het begin van zijn derde jaar was hij iemand die Westish College nog nooit had gekend: een mogelijke prof. Hij sloeg een homerun tijdens de tweede wedstrijd van een Florida-trip, weer een in de vierde, een derde in de zesde wedstrijd. Tegen die tijd stonden de nadrukkelijk nonchalante scouts met hun Ray-Bans achter de *backstop*. Er kwamen ook fans opdraven, lokale honkballiefhebbers die hadden gehoord over de wonderboy met de toverhandschoen. Aan het einde van de week stond de teller op tien gewonnen en twee verloren wedstrijden, was Henry's slaggemiddelde .519 en had hij op één wedstrijd na het record geëvenaard dat bij de National Collegiate Athletic Association op naam van Aparicio Rodriguez stond: het hoogste aantal foutloze achtereenvolgende wedstrijden. De terugvlucht naar Wisconsin was één groot feest.

6

In de lente van 1880 werkte Herman Melville, destijds zestig jaar oud, als douane-inspecteur in de haven van New York. Het was hem niet gelukt zijn gezin met literaire activiteiten te onderhouden. Hij was niet beroemd en zijn inkomsten aan royalty's stelden weinig voor. Zijn oudste zoon, Malcolm, had dertien jaar daarvoor zelfmoord gepleegd. Net als anderen vreesde Melvilles schoonfamilie voor zijn gezondheid en beschouwde die hem als gestoord. De afschuwelijke, bloederige tweestrijd van nationale omvang die hij in *Moby Dick* en *Benito Cereno* had voorspeld (beide al ver vóór 1880 niet meer verkrijgbaar) was inmiddels verleden tijd, maar met het einde van de oorlog was de angst niet verdwenen, zoals hij misschien wel als eerste had zien aankomen.

Niet verrassend dus dat de grote schrijver wat grimmig om de mond – zoals zijn bekendste hoofdpersoon het omschreef – dreigde te worden; dat hij het wellicht de hoogste tijd vond om weer de zee op te gaan. Te oud, te onbemiddeld en te zeer in familiekwesties verwikkeld om nog een oceaan over te steken, begaf Melville zich in een bescheidener avontuur. De lentedooi viel dat jaar vroeg in, zodat hij al in maart aan boord stapte van een schip dat het Erie Canal op ging, om de Grote Meren rond te varen en aldus in zijn eentje opnieuw de tocht te ondernemen die hij veertig jaar eerder met zijn vriend Eli Fly had gemaakt. Wetenschappers hebben Melvilles pelgrimage naar Jeruzalem (1856-57) uit-en-te-na bestudeerd, maar zijn latere reis in eigen land bleef onopgemerkt tot in 1969, toen een student van Westish College – een kleine, eerbiedwaardige *liberal arts school* aan de westkust van het Michiganmeer, in die dagen al enigszins op haar retour – een bijzondere ontdekking deed.

De leerling heette Guert Affenlight. Destijds studeerde hij geen literatuur. Nee, zijn hoofdvak was biologie en hij stond als quarterback in de basis van de Westish Sugar Maples. Hij was opgegroeid in het golvende, prairieachtige deel van de staat ten zuiden en ten westen van Madison, als vierde en met afstand jongste zoon van een boerenechtpaar met wat melkvee. Hij was deels tot Westish toegelaten om football te spelen, en hoewel de universiteit ook in die dagen geen opleidingen op het sportieve vlak aanbood, werd hij voor zijn inspanningen op het veld beloond met een luizenbaantje in de universiteitsbibliotheek. Officieel verwachtte men van hem dat hij twaalf uur per week boeken terugzette op de planken, maar volgens een stilzwijgende afspraak kon het merendeel van die tijd worden doorgebracht met studeren.

Affenlight genoot ervan om na sluitingstijd de hele bibliotheek voor zichzelf te hebben. Vaak gebeurde het dat hij niet studeerde en ook geen boeken terugzette, maar domweg rondsnuffelde. Ergens in de herfst tijdens zijn derde jaar vond hij 's avonds laat een dun, vergeeld papierbundeltje dat in de stilgevallen ingewanden van de bibliotheek zat weggestopt tussen twee broze tijdschriften. Het vervaagde handschrift op de eerste bladzijde verkondigde dat het een lezing betrof die gegeven was door ene 'H. Melville' in 'april 1880, op de eerste dezer'. Affenlight kreeg een voorgevoel en sloeg de bladzijde om. Een heftige siddering trok door zijn lijf toen hij de openingszin las:

Pas op mijn vijfentwintigste, tegen welk levensjaar ik was teruggekeerd naar mijn geboorteplaats New York na een vier jaar durende reis aan boord van walvisjagers en fregatten waarmee ik veel van de wereld had gezien, althans de waterige delen daarvan benevens zekere weelderig groene uithoeken die onze Wauwelsokjes en Donkermompels aanmerken als zijnde onbeschaafd, zette ik mij serieus aan het schrijven en begon te leven; sindsdien is er nauwelijks een week voorbijgegaan waarin ik niet voelde hoe mijn innerlijk zich verder ontplooide.

Bij zijn eerste lezing hiervan slaagde Affenlight er niet in het zinsdeel vóór de puntkomma grammaticaal te ontleden, maar die afsluitende opmerking nestelde zich vlot in zijn ziel. Ook hij wilde zijn innerlijk ontplooien en voelen hoe hij dat teweegbracht; hij wond hem op, deze orakelachtige vooruitblik op een wijzer, wilder leven. Hij was nooit verder gereisd dan de Upper Midwest, noch had hij iets geschreven zonder verzoek van een docent, maar die ene magische zin maakte het verlangen in hem los over de wereld te zwerven en boeken te schrijven over wat hij had ontdekt. Hij stopte de papieren heimelijk in zijn rugzak en zocht zijn kamer in Phumber Hall weer op.

Het officiële onderwerp van de lezing was Shakespeare, maar H. Melville, die zich handig verontschuldigde met de uitspraak 'Shakespeare is het Leven', gebruikte de naam van de bard als excuus om over wat dan ook te spreken: Tahiti, de Reconstruction, zijn tocht over de Hudson, Webster, Hawthorne, Michigan, Salomo, het huwelijk, scheidingen, melancholie, eerbied, de arbeidsomstandigheden in fabrieken, het gebladerte in Pittsfield, vriendschap, armoede, *chowder*, oorlog, de dood – dat alles met een ongeleide, middelpuntvliedende woestheid die niet echt zal hebben geholpen de aantijgingen van zijn schoonouders met betrekking tot zijn vermeende geestelijke disbalans de wereld uit te helpen. Hoe dieper Affenlight de lezing tot zich liet doordringen, daar in zijn studentenkamer, afgeschermd van alle prikkels die hem uit zijn vreemde stemming zouden kunnen halen, hoe meer hij ervan overtuigd raakte dat de tekst voor de vuist weg was voorgedragen, zonder de minste aantekening. Het verbijsterde hem, maakte hem nederig, het idee dat een geest zo volgroeid kon raken dat werkelijk al zijn uitingen van diepzinnigheid leken te getuigen.

De volgende dag verliet Affenlight zijn kamer en ging op zoek naar een geschikte deskundige. Professor Cary Oxtin, dé expert van deze universiteit op het vlak van het negentiende-eeuwse Amerika, bestudeerde de velletjes traag, waar Affenlight bij zat, tikkend met zijn pen tegen zijn kin. Nadat hij alles had gelezen verklaarde Oxtin dat het proza dan onmiskenbaar van Melville mocht zijn, diens handschrift was het beslist niet. De lezing moest aan het papier zijn toevertrouwd – hoe nauwkeurig was onbekend – door een oplettende luisteraar. Hij voegde eraan toe dat Melville rond 1880 weinig meer aanzien genoot dan dat van een reisauteur op zijn retour, waardoor het niet onvoorstelbaar was dat zijn lezing op de verkeerde plek was beland en men zijn bezoek aan Westish nooit in de annalen had opgenomen.

Affenlight liet de velletjes achter bij professor Oxtin, die kopieën ervan naar het oosten verstuurde, naar de vorsers en verzamelaars van dergelijke dingen. Aldus belandden ze in het wetenschappelijke bewustzijn. Een aantal maanden later publiceerde Oxtin een lang essay over Melvilles tocht door het Midwesten in *The Atlantic Monthly* – een essay waarin de naam Affenlight niet voorkwam.

Aan het einde van dat dramatische seizoen – de Sugar Maples wonnen maar één wedstrijd – leverde Affenlight zijn helm in. Football was een vorm van afleiding geweest; hij had nu een doel voor ogen, en het doel was lezen. Het was te laat om een ander hoofdvak te kiezen, maar elke avond bracht hij door met het werk van H. Melville na zijn studieopdrachten te hebben afgerond. Hij begon bij het begin, met *Typee*, en las zo verder tot *Billy Budd*. Daarna de biografieën, de correspondentie, de secundaire literatuur. Toen hij alle Melville-teksten van de Westish-bibliotheek tot en met de laatste letter had verslonden begon hij met Hawthorne, aan wie *Moby Dick* was opgedragen. Ergens onderweg was hij ook nog eens gestopt zich te scheren – het waren de begindagen van de jaren zeventig, veel van zijn mannelijke studiegenoten droegen een baard, maar in Affenlights belevenis was de zijne anders: geen hippiebaard maar een ouderwets, literair geval, het soort dat te bewonderen viel op de vergeelde daguerreotypes in de boeken waar hij zo verzot op was geraakt.

Meteen na aankomst op de campus was hij bovendien verliefd geworden op het Michiganmeer; hij die was opgegroeid in landerijen zonder open water stond versteld van de weidsheid van het meer en de spanning tussen het onverstoorbare karakter en de constante beweeglijkheid ervan. Langs de oevers lopen riep deels dezelfde diepe emoties bij hem op als het lezen van Melville, en dat lezen verklaarde en verhevigde zijn liefde voor het water, dat op zijn beurt zijn liefde voor die boeken verhevigde. Hij nam zich voor de zee op te zoeken. Na zijn afstuderen wist hij genoeg kennis van de mariene biologie te etaleren om een nagenoeg onbetaald baantje – in moderne bewoordingen een stage – in de wacht te slepen aan boord van een schip van de Amerikaanse overheid dat naar de Stille Zuidzee zou afvaren. Vier jaar lang zag hij veel van de wereld, in elk geval van de waterige delen, en ondervond zo hoe goed Melville de monotonie-in-actie van het leven op zee had weten te verwoorden. Midden in de nacht stond hij op, om de drie uur, om de gegevens van een tiental instrumenten te noteren. Met dezelfde regelmaat noteerde hij zijn eenzame gedachten op het millimeterpapier van zijn notitieboekjes, zich tot het uiterste inspannend ze diepzinnig te laten klinken.

Na die vier jaar keerde hij terug naar het Midwesten. Hij was vijfentwintig geworden, de Leeftijd van de Ontplooiing, en het werd tijd om net als zijn held een roman te schrijven. Hij nam zijn intrek in een goedkoop flatje in Chicago en toog aan het werk, maar met elke volgeschreven bladzijde nam zijn wanhoop toe. Een zin maken was makkelijk zat; maar om een *kunstwerk* te scheppen zoals Melville had gedaan, moest elke zin volmaakt aansluiten bij de voorafgaande, en bij de zin die nog moest worden geschreven. En al die zinnen moesten op hun beurt een geheel vormen met de zinnen aan weerszijden, zodat drie vijf werd en vijf zeven, zeven negen werd; werkelijk iedere zin die hij schreef bleek een broos fundament waarop het hele wankele gevaarte rustte. In die ene zin kon alles staan, wat dan ook, waarmee het soort absolute vrijheid in beeld kwam dat naar Affenlights inschatting uitsluitend en alleen de kunstenaar toebehoorde. Niettemin dankte die ene zin zijn bestaan ook aan de allereerste van het boek, evenals aan de allerlaatste en aan alle zinnen daartussen. Iedere frase, ieder woord putte hem uit. Hij dacht dat het probleem weleens kon schuilen in het stadsrumoer, in het saaie werk dat hij overdag deed en in zijn drinken; hij verliet zijn kamer en huurde een bijgebouw van een boerderij in Iowa die door hippies werd bestierd. Daar, alleen met zijn benauwende gedachten, voelde hij zich nog veel ellendiger.

Hij keerde terug naar Chicago, kreeg een baan als barkeeper en begon weer te lezen. Met elke nieuwe schrijver begon hij bij diens begin en ging zo door tot het einde, precies zoals hij met Melville had gedaan. Nadat hij het hele negentiende-eeuwse Amerika uitputtend had bestudeerd verzette hij zijn bakens. Door zo veel boeken tot zich te nemen probeerde hij zijn eigen falen als schrijver goed te maken. Het werkte niet, maar hij was bang voor wat er zou gebeuren als hij stopte.

Op zijn dertigste verjaardag leende hij een auto en reed naar Westish. Godzijdank was professor Oxtin nog in leven en bij zijn volle verstand. Met kalme, op wanhoop stoelende vastberadenheid herinnerde Affenlight de oude man aan het feit dat Melvilles lezing de kroon op zijn carrière had gevormd en dat Oxtin had nagelaten hem in het *Atlantic*-artikel te bedanken. De oude man, niet echt bereid om in te gaan op de aantijging, glimlachte minzaam en vroeg Affenlight wat hij wilde.

Affenlight vertelde het hem. De oude professor trok een wenkbrauw op en liep met Affenlight naar de kroeg op de campus. Daar nam hij Affenlight onder het genot van glazen bier een geïmproviseerd mondeling tentamen af met Chaucer als oudste en Nabokov als jongste schrijver, maar dat voornamelijk inging op Melville en zijn tijdgenoten. Tevreden, misschien wel onder de indruk, hakte hij de knoop door.

In september dat jaar trimde Affenlight zijn baard, kocht een pak en begon op Harvard aan het promotietraject 'Geschiedenis van de Amerikaanse beschaving'. Daar groeide hij voor het eerst van zijn leven – een aantal toevalstreffers op het footballveld daargelaten – uit tot een ster. Zijn meeste collega's waren jonger en geen van hen had zo wanhopig veel vat gekregen op de literatuur uit de periode van hun keuze. Affenlight kon meer koffie aan dan alle anderen samen, om van whisky maar te zwijgen. 'Monomaniakaal' was hun typering van hem, een Achab-grapje; en als hij op congressen van zich liet horen – wat hij onophoudelijk deed nu hij plotseling zo veel had te melden – knikten ze instemmend. In dezelfde tijd die hij nodig had gehad om één alinea van zijn niet-helemaal-vergeten roman te schrijven rolden er nu essays van dertig bladzijden uit zijn typemachine.

Aanvankelijk voelde Affenlight zich ongemakkelijk onder zijn kersverse welbevinden. Hij beschouwde zichzelf als een gesjeesde schrijver, verder niets. Een aantal boeken te hebben gelezen leek hem weinig loffelijk of glorieus. Maar al snel constateerde hij dat Academia het verdiende te worden veroverd, waarbij hij in het midden liet of het echt zo was of dat hij het wel móest constateren. Er konden beurzen worden gewonnen, hij kon in tijdschriften publiceren, beroemde professors imponeren. Alles waarvoor hij een aanvraag deed kreeg hij; alles waarvoor hij overwoog een aanvraag te doen gingen zijn medestudenten uit de weg. Zijn successen lagen ook op het sociale vlak. Hij was altijd al lang en breedgeschouderd geweest, een opvallende verschijning; voortaan had hij een doel, een aura, een naam die hem vooruitsnelde. 'Cambridge-dames zingen het hoogste lied/ bij Guert thuis in Bow Street.' Het was een van de vele grapjes van zijn studiegenoten, maar het was wel waar.

Hij schreef zijn proefschrift met het onstuimige elan waarmee hij altijd had gedacht een roman te zullen schrijven – het soort elan waarmee zijn held Melville in een schuur in West-Massachusetts binnen zes zinderende maanden de grootste roman schreef die ooit het licht had gezien. Het proefschrift, een studie over het homosociale en het homo-erotische in negentiende-eeuwse Amerikaanse brieven, groeide uit tot een boek, The Sperm-Squeezers (1987), en het boek groeide uit tot een sensatie: invloedrijk in wetenschappelijk opzicht, wijd en zijd vertaald en gerecenseerd in The Times en in Time ('geestig en leesbaar', 'snelt vooruit op een nieuw tijdperk van literatuurkritiek', 'vertoont geniale trekken'). Het was niet Moby Dick, maar het verkocht het eerste jaar beter dan Het Boek en werd een maatstaf in het cultureel-politieke debat. Op z'n dertigste was Affenlight nog een non-entiteit; op z'n zevenendertigste debatteerde hij met Allan Bloom op C N N.

Even plotseling was hij vader geworden. In de aanloop naar de publicatie van het boek ging hij om met een vrouw die Sarah Coowe heette, een specialist op het vlak van besmettelijke ziekten die in het Massachusetts General Hospital werkte. In diverse opzichten waren ze aan elkaar gewaagd: strak gekleed, goed van de tongriem gesneden en zo gesteld op hun carrière en persoonlijke vrijheid dat serieuze belangstelling voor zogenaamde romantiek uitbleef. Ze brachten tien maanden met elkaar door. Een paar weken nadat ze er een punt achter hadden gezet – Sarah had de eerste aanzet voor een breuk gegeven – belde ze om te vertellen dat ze zwanger was. 'Is het van mij?' vroeg Affenlight. 'Hij of zij,' antwoordde Sarah, 'is grotendeels van mij.'

Ze noemden het kind Pella. Het was Affenlights idee geweest, maar hierin had Sarah zonder meer het laatste woord. Die eerste jaren liet Affenlight geen gelegenheid onbenut om bij Sarah en Pella in hun herenhuis aan Kendall Square langs te gaan met kostbare afhaalmaaltijden en nieuw speelgoed. Zijn dochter fascineerde hem, zo echt, zo tastbaar als ze was, een mooi iets waar eerder niets was geweest. Hij vond het afschuwelijk haar gedag te moeten kussen; en toch, zijns ondanks, genoot hij van de volmaakte rust van zijn eigen herenhuis wanneer hij er naar binnen stapte, van de rondslingerende boeken en papieren en het ontbreken van babyvoorzieningen.

Vlak na Pella's derde verjaardag kreeg Sarah een subsidie om naar Oeganda te gaan. Pella logeerde die zomer bij Affenlight. In augustus kwam het bericht dat Sarahs jeep van een dijk was gereden, met haar dood tot gevolg. Pella was een halve wees en hij een voltijds vader.

Na een vervelend baantje als wetenschappelijk hoofdmedewerker, waarbij een aantal halve toezeggingen en financiële voordeeltjes van de directie hem weghield van Stanford en Yale, kreeg Affenlight een vaste aanstelling aangeboden. Hij zette nooit meer zijn tanden in een reusachtig project als The Sperm-Squeezers, maar zijn colleges waren de populairste van de hele afdeling en de studenten streden fel om zijn gunsten. Voor The New Yorker recenseerde hij literatuur over de Amerikaanse geschiedenis, als docent kreeg hij de ene na de andere onderscheiding en bleef hij aan het lezen. Hij werd hoofd van de vakgroep Engels en was niet weg te slaan op de lijst met Meest Begeerlijke Vrijgezellen van het tijdschrift Boston. In de tussentijd voedde hij Pella op, of assisteerde in elk geval terwijl Harvard haar opvoedde; iedereen op het instituut leek het meisje als zijn of haar verantwoordelijkheid te beschouwen. Affenlight roeide op de rivier de Charles om in vorm te blijven. Hij nam de Cambridge-dames mee uit naar de opera. Hij dacht dat hij zulke dingen eeuwig zou blijven doen.

Maar in februari 2002, Pella zat op de junior high school, ging de telefoon in zijn werkkamer. Affenlight, helemaal ondersteboven van wat hij te horen kreeg, smeet zijn espresso over een stapel scripties. Er zouden nog maanden van sollicitatiegesprekken en testen volgen, maar dat eerste telefoontje wond hem zo op dat hij niet twijfelde over de afloop. Nooit meer zou hij door de Yard kuieren met links en rechts van hem een student en zo zijn colleges voortzetten tegen een ondergaande zon. Nooit meer zou hij zomaar, voor de lol, op de pendelbus naar LaGuardia stappen. Nooit meer zou hij uit zijn slaap worden gehouden door de vraag of hij wel voldoende had gepubliceerd. Nog even en hij was thuis.

7

Guert Affenlight, zestig jaar, rector magnificus van Westish College, tikte met een Italiaanse mocassin op de verweerde esdoornhouten vloer van zijn kantoor op de begane grond van Scull Hall, en liet een laatste slok met zonlicht doorschoten Schotse whisky in zijn glas rondzwenken. Op de *loveseat* zat Bruce Gibbs, voorzitter van de Raad van Toezicht. Het was de laatste middag van maart, het achtste jaar dat Affenlight zijn directiefunctie bekleedde.

Behalve Affenlights bureau en de loveseat stonden in de kamer twee houten spijltjesstoelen voorzien van het Westish-insigne, twee houten dossierkasten en een dressoir dat rijkelijk voorzien was van donkere sterkedrank. In de ingebouwde, plafondhoge boekenkasten stonden leren banden uit en over de Amerikaanse negentiende eeuw – een onbestemd maar fraai palet van bruin, olijfgroen en bleekzwart – alsook keurige rijen marineblauwe ordners en grootboeken vol gegevens over de bedrijfsvoering van Westish College, en daarbij de stereo van geborsteld staal met zijn verborgen luidsprekers waarover Affenlight zijn favoriete opera's liet klinken. Hij bewaarde zijn kleuriger verzameling naoorlogse secundaire literatuur en fictie boven in zijn studeerkamer, benevens het handjevol echt waardevolle boeken dat hij bezat: vroege edities van *Walden, A Connecticut Yankee* en een aantal mindere romans van Melville, evenals Het Boek. De kamer telde zo veel boekenplanken dat er maar voor één kunstwerk ruimte overbleef, een zwart-wit, handgeschilderd bordje dat Affenlight jaren geleden had laten maken en een van zijn favoriete bezittingen: ZELFMOORD HIER NIET TOEGESTAAN, gaf het te lezen, EN VERBODEN TE ROKEN IN DE SALON.

Gibbs' wandelstok, die de man altijd als stijlelement probeerde te presenteren, stond tegen de armleuning van de tweezitter. Hij nestelde zich dieper in de leren zitting, liet de amberkleurige vloeistof in zijn whiskyglas ronddraaien, staarde naar het eenzame smeltende ijsblokje. 'Turfachtig,' zei hij. 'Lekker.'

Affenlights scotch was allang op, maar opnieuw inschenken zou Gibbs aanmoedigen te blijven hangen. De bries die het venster achter hem doorliet wakkerde zijn verlangen aan om naar buiten te gaan, naar het honkbalveld, voordat hij naar Milwaukee zou afreizen om Pella van het vliegveld op te halen.

Gibbs schraapte zijn keel. 'Ik ben wat confuus, Guert. Ik dacht dat we hadden afgesproken om nieuwe projecten uit te stellen tot we weer kapitaalkrachtig genoeg zijn. Onze aandelen zijn gekelderd, grote externe financiers rennen de tent uit en' – hij keek Affenlight recht in de ogen – 'aan particuliere giften komt er vrijwel niets binnen.'

Affenlight begreep wel waarom hij deze waarschuwing kreeg. Hij was de fondsenwerver, het gezicht van de school; in zijn beginjaren op deze positie had hij de succesvolste inzamelactie op touw gezet in de geschiedenis van de instelling. Maar de economie van de laatste jaren – het drama, de crisis, de recessie, hoe je het ook wilde noemen – had alle winst doen afkalven en mecenassen huiverig gemaakt. Met zijn invloed bij de Raad van Toezicht, die ooit vrijwel onbeperkt was geweest, ging het zoetjesaan bergafwaarts.

'En nu,' vervolgde Gibbs, 'kom je opeens met allerlei nieuwe initiatieven over de brug. Waterbesparend sanitair. Een complete meting van de CO_2-uitstoot. Bezuinigen op de verwarming. Guert, waar komt al die onzin vandaan?'

'Van de studenten,' zei Affenlight. 'Ik heb nauw samengewerkt met een aantal groepjes studenten.' In werkelijkheid had hij met één groepje studenten nauw samengewerkt. Vooruit, in werkelijkheid had hij met één student nauw samengewerkt – dezelfde student die hij dolgraag op het honkbalveld bezig wilde zien. Maar dat hoefde Gibbs niet te weten. Het was niet bezijden de waarheid dat de studenten de CO_2-uitstoot wilden terugdringen.

'Studénten,' zei Gibbs, 'begrijpen de wereld niet zo goed. Weet je nog dat ze ons dwongen afstand te doen van onze olieaandelen? Olie ís geld. Ze klagen over het stijgende collegegeld, en vervolgens beginnen ze te klagen wanneer ons kapitaal groeit.'

'De uitstoot terugdringen zou een zegen zijn voor onze pr,' zei Affenlight. 'En het bespaart ons tienduizenden dollars aan energie. De meeste collega-instellingen doen er al aan.'

'Moet je jezelf nu eens horen. Hoe kan iets nu een zegen zijn voor onze pr als onze concurrenten het al doen? Als we dit niet als eersten doen bevinden we ons weer in de meute. In de meute valt geen pr te bedrijven. We kunnen net zo goed achteroverleunen en van hun fouten leren.'

'Bruce, de meute loopt mijlen op ons voor. Milieubewust zijn is vandaag de dag feitelijk een *conditio sine qua non* voor elke onderneming. Het is onderhand een van de vijf grootste beslisfactoren voor toekomstige studenten. Als we dat niet inzien krijgen we tot sint-juttemis bij elke nieuwe toelatingsronde klop.'

Gibbs zuchtte, stond op en strompelde naar het raam. Jargon als 'conditio sine qua non' en 'beslisfactoren' vormde de lijm van hun relatie – Affenlight probeerde zich zo veel mogelijk van dat soort termen eigen te maken, en andere die hij zich niet eigen had gemaakt intuïtief te begrijpen of zelf te verzinnen. Gibbs staarde naar het Melville-beeld dat uitkeek over het meer. 'Als het een beslisfactor is zullen we de koe bij de horens vatten,' zei hij. 'Maar ik betwijfel of we het ons dit jaar kunnen permitteren.'

'We zouden meteen aan de slag moeten gaan,' reageerde Affenlight. 'De opwarming van de aarde wacht op niemand.'

Wat natuurlijk waar was – hij had de boeken gelezen, hij had het gelijk aan zijn kant – maar desondanks vreesde hij dat Gibbs of iemand anders een diepere oorzaak van zijn haast zou ontdekken. Hij wilde het juiste doen, hij wilde Westish voorbereiden op de rest van de eeuw, maar hij wilde ook O laten zien dat hij tot dat soort dingen in staat was. Eén jaar, twee jaar, drie: de gebruikelijke tijdspaden van de universitaire bureaucratie conflicteerden met zijn doelstellingen. Als het erom ging indruk te maken op iemand van wie je dacht te kunnen houden, kon een jaar wel een eeuwigheid duren.

8

Nadat hij afscheid had genomen van Gibbs stak Affenlight zo snel als zijn lange benen hem toestonden de campus over, knikkend en glimlachend naar de studenten die hij onderweg tegenkwam, en nam plaats op de bovenste rij van de niet-overdekte tribune achter het eerste honk om de Westish Harpooners te zien spelen tegen de Milford Moose: een van de eerste wedstrijden van het seizoen binnen de open competitie van Division III. Wolkenflarden waaiden voor de ondergaande zon, waardoor schaduwen zich als knaagdieren over het gras repten. Aan Affenlights rechterhand verrees de grote stenen kom van het footballstadion; aan zijn linkerhand strekte het Michiganmeer zich uit, dat die middag de kleur had van marineblauwe leisteen, een kleur die prachtig bij zijn badkamervloer paste. Het was een koude, compromisloze kleur; hij deed altijd slippers aan voor hij om 4 uur 's ochtends ging pissen. De gasten, de Moose, stonden op het veld. Elke verre velder stak geruisloos af tegen een vlakte van bevroren gras. Op die afstand kon Affenlight niet zien wat voor types het waren, of ze hun eenzame buitenposten mistroostig of opgelucht bemanden.

Zelfs de niet-overdekte tribune met zijn kleine hellingshoek bood al fraai zicht op de campus, waarvan de ligging hier aan het meer altijd veel studenten in spe over de streep had getrokken. Affenlight ademde uit en keek hoe de kooldioxide uit zijn longen wittig wegdreef. Zijn ellebogen steunden op zijn knieën, hij had zijn lange, knobbelige vingers ineengeschoven. Zijn onderarmen, handen en dijen vormden een diamantvormige vijver waarin zijn stropdas hing als de lijn van een ijsvisser. De stropdas, die van zijde was, werd in de boekhandel op de campus voor 48 dollar verkocht, maar hij kreeg elke herfst een gratis doos van zes stuks, omdat op de stropdas het officiële embleem van Westish College stond afgebeeld. Tegen de mari-

65

neblauwe zijde tekende zich een diagonaal geplaatste reeks minuscule, ecrukleurige mannetjes af die stuk voor stuk op de voorsteven van een minuscuul bootje stonden. Ieder mannetje hield naast zijn hoofd een harpoen in de aanslag, klaar om hem naar een school onzichtbare walvissen te werpen. Affenlight bezat ook een versie van de das waarop achtergrond en figuurtjes waren omgedraaid, met marineblauwe harpoeniers die op een ecrukleurige zee dobberden. Het waren de kleuren van de Harpooners: de slagman op de plaat droeg een perkamentkleurige honkbaltrui met smalle marineblauwe strepen.

In Affenlights studententijd, toen ze nog de Sugar Maples heetten, droegen de teams van Westish een nogal afzichtelijke combinatie van geel en rood als eerbetoon aan de kleuren die de staatsboom in de herfst aannam. De keuze voor de 'Harpooners' werd vlak na het afstuderen van Affenlight bekendgemaakt; het was een direct gevolg van zijn literaire ontdekking. H. Melville had tegen het einde van zijn lezing zijn gastheren voor hun gastvrijheid bedankt en de volgende opmerking geplaatst, die inmiddels voorgoed zat opgeslagen in Affenlights geheugen: 'Vol ontzag ben ik voor de strenge schoonheid van dit Westish-land en voor deze Grote Meren, Amerika's verborgen zenuw van middelpuntzoekende zeeën.' De toezichthouders van de instelling wilden zo'n welluidende aanbeveling niet onbenut laten en richtten in 1972 op de campus een standbeeld op ter ere van Melville, met op de sokkel diens woorden. Ook veranderden ze de naam van de sportteams in 'Harpooners' en hun kleuren in blauw en ecru, als verwijzing, zo veronderstelde Affenlight, naar het meer dat Melville bewonderde en de mettertijd vergeelde vellen waarop zijn bewondering was vastgelegd.

Destijds mochten sommigen het overdreven hebben gevonden, om niet te zeggen een bespottelijke wanhoopsdaad: Melville als schutspatroon nemen, zo'n vijftienhonderd kilometer van de plek waar hij zijn leven sleet, negentig jaar na een bezoek dat één dag had geduurd. Maar zoals zo veel andere *rebrandings* had ook deze prima uitgepakt. De nieuwe kleuren oogden sowieso chiquer, op een zegel of een brochure; de sporters vonden het prettig dat hun teams niet meer naar een boom waren vernoemd. En in de loop der jaren had de universiteit een bloeiende Melville-cultus tot stand zien komen, met als gevolg dat je op de campus meisjes zag rondlopen in een T-shirt met op de voorkant een walvis en op de achterkant een tekst die WESTISH COLLEGE: OUR DICK IS BIGGER THAN YOURS luidde. Ook kon je in de boekhandel een sleutelhanger met een buste van Melville kopen, evenals een ingelijste poster met de volledige tekst van 'Aan lagerwal', voor in je studentenkamer. De universiteitsbrochure, de toelatingsformulieren en de website waren doorspekt met citaten uit Melvilles werk. De vakgroep Engels bood een college aan met de titel 'Melville en zijn tijd', een van de weinige vaste onderdelen van het aanbod – Affenlight hoopte op een dag tijd vrij te kunnen maken om zelf het college te geven – en de bibliotheek had een kleine maar representatieve collectie brieven en andere documenten van Melville verworven. Affenlight had de neiging zich gesterkt te voelen door de academische erfenis die zijn held Westish had nagelaten, en te wanhopen vanwege het feit dat hij was misbruikt voor commerciële kitsch, maar hij was niet zo naïef te denken dat het één volledig gevrijwaard kon blijven van het ander. De boekhandel verdiende aardig aan die kitsch; ze verscheepten het naar alle delen van de wereld.

Het bejaarde scorebord ter hoogte van het linkermidveld gaf te lezen: WESTISH 6 BE OEKERS 2. De wind joeg in nukkige vlagen vanaf het meer over het veld. De nog geen honderd fans van de thuisploeg, overwegend ouders en vriendinnen van de spelers, zaten bijeengedoken onder wollen dekens en nipten van piepschuimen bekers cafeïnevrije koffie die allang niet meer dampend was. Een paar vaders – die te stoer waren voor cafeïnevrije koffie, die op herten jaagden – stonden naast elkaar, wijdbeens, achter de afrastering van harmonicagaas die doorliep tot aan de dug-out. Met hun handen diep weggestopt in hun jaszakken wipten ze heen en weer op hun voetzolen en wezen elkaar, mompelend vanuit een mondhoek, op de inschattingsfouten van hun zonen. Met alleen een jas over zijn wollen pak, zonder pet of handschoenen, voelde Affenlight zich te schaars gekleed. Die ene scotch die hij met Gibbs had gedronken genereerde nog een vleug innerlijke warmte. De slagman van Westish – Ajay Guladni, wiens vader doceerde bij de afdeling Economie – leverde een honkslag door het midden af. Wanten dempten het magere applaus van de fans.

De inning eindigde en de Moose verlieten in draf de diamond. Af-

fenlight boog naar voren toen de spelers van Westish in het kille daglicht opdoemden om het veld te bemannen. Hij ging er prat op dat hij
de namen van al zijn 2400 studenten kende, en zelfs op een afstand
herkende hij de gezichten van de ouderejaars: Mike Schwartz, Adam
Starblind, Henry Skrimshander. Maar waar was het gezicht waarvoor
hij was gekomen?

Misschien speelde hij vandaag niet. Affenlight wist dat hij deel uitmaakte van het honkbalteam, maar of hij nu in de basis stond, op de
bank zat of een tussenpositie bekleedde, had hij zich nooit eerder af-
gevraagd. Wat stom dat hij hier was gaan zitten, achter de dug-out van
de thuisploeg, zodat hij er niet in kon kijken. Maar ja, wat viel eraan te
doen? Naar de tribune van de bezoekers verhuizen en zo, als rector,
verraad plegen? Hoe verdacht zou dát er wel niet uitzien? Voorlopig
verroerde hij zich niet. Hij kon O niet zien, maar O en hij keken dezelfde kant uit, zagen dezelfde witte bal richting thuisplaat suizen,
dezelfde slagman gespannen een swing maken en missen, en dat op
zich, dat delen van hetzelfde uitzicht, voelde al heel prima.

Wat er ook gebeurde, hij mocht niet te laat vertrekken om Pella op
te halen. Te laat komen zou een slechte start zijn, en zonder slechte
start was de situatie al complex genoeg. Hij had haar niet meer gezien
sinds ze halverwege haar laatste jaar op Tellman Rose was gestopt om
de benen te nemen met David. Dat was vier jaar, onvoorstelbaar lang
geleden gebeurd. Als de dingen anders waren gelopen had ze deze
lente aan een universiteit kunnen afstuderen.

Twee dagen terug liet ze 's avonds een bericht achter via zijn kan-
toortelefoon – opzettelijk belde ze niet zijn mobieltje, dat hij wel had
kunnen opnemen – waarin ze hem vroeg een ticket naar Westish te
kopen. 'Het is geen noodgeval,' zei ze. 'Maar hoe eerder, hoe beter.'
Affenlight kocht het ticket met een retourvlucht zonder datum. Hoe
lang ze zou blijven, of het slecht ging tussen haar en David, hij wist
het niet.

Honkbal... Wat een saaie sport! Eén speler wierp de bal, een andere
ving hem, een derde hield een knuppel vast. De rest stond erbij en
keek ernaar. Affenlight wierp een blik om zich heen en overdacht verschillende opties. Hij had minder dan een uur. Wat hij nodig had was
een réden, een excuus om door te schuiven naar het Milford-kamp en

zo een glimp op te vangen van degene van wie hij dolgraag een glimp wilden opvangen. Zijn blik ging systematisch de bezoekerstribune af en vestigde zich op twee grote, goedgeklede mannen die zich van de andere toeschouwers onderscheidden door hun manier van doen en hun toebehoren. Affenlight combineerde wat hij zag met wat hij onlangs had opgevangen en gokte dat het om professionele scouts ging die waren langsgekomen om de korte stop van de Harpooners te zien, de derdejaars Henry Skrimshander. Wat hem het perfecte excuus leek te verschaffen: hij ging zijn gasten eens hartelijk begroeten.

Hij kwam overeind, daarbij zijn stropdas uit de vijvervormige ruimte tussen zijn knieën trekkend. Terwijl hij over de tribune liep, achter de backstop langs, resoneerden de aluminium traanplaten onder de zolen van zijn mocassins. Hij schudde twee krachtige rechterhanden – hij stond erop dat Dwight en L.P. hem Guert noemden, gewoon: Guert – en liet zich tussen hen in zakken. Deze plaat aluminium voelde ondanks zijn lange broek veel kouder aan dan die waar hij zo-even op had gezeten.

'Zo, heren,' zei Affenlight. 'Wat voert u naar Westish?'

Met een poot van zijn zonnebril gebaarde degene die Dwight heette naar de positie van de korte stop, waarmee hij Henry Skrimshander aanwees. 'Die knul daar, meneer.'

L.P. en Dwight waren, zo bleek, voormalige spelers uit de Minor League die nog niet zo lang geleden waren gestopt. Met hun gladde gezichten en keurige kleding op de grens van zakelijk en casual, en met die gelikte laptops op hun schoot en BlackBerry's op de zitting naast hen zagen ze eruit als uit hun krachten gegroeide consultants of als CIA-agenten die zich ziek hadden gemeld maar niet de bloemetjes buiten durfden te zetten. L.P. zat met zijn handen ineengeschoven achter op zijn hoofd en zijn benen voor zich uit gestrekt, over meerdere rijen van de tribune; als Affenlight naast hem had gestaan zou hij een dwerg hebben geleken. Dwight was blond en bleek, forser gebouwd dan L.P. maar een stuk minder lang. Dwight was het meest aan het woord, op dat zwammerige toontje van de Upper-Upper Midwest – Affenlight gokte op Minnesota, of misschien was hij Canadees.

'Henry Skrimshander. Zal ik jou 's wat vertellen, Guert? Een kei van een korte stop. De afgelopen zomer heb ik 'm voor het eerst zien spelen op dat toernooi in, man, vergeet ik toch waar...'

Als Affenlight wilde kon hij zijn hoofd naar rechts scharnieren, weg van de pretogen van Dwight, naar omlaag, naar die verre uithoek van Westish met zijn dug-out, om hem te zien.

'... en die pitcher voor wie ik er was gaan kijken, man, bleek dat toch even een miskleun te zijn, maar ik was te lui om op te staan en...'

Als hij wilde? Natuurlijk wilde hij. Het was dat willen, de ongelooflijke kracht van dat willen die hem tot dusver had tegengehouden. Affenlight was bang om te kijken – bang, wellicht, dat hij zich door te kijken onherroepelijk zou vastleggen. Maar waarop? Waarop zou hij zich vastleggen?

Nu Dwight eindelijk even een hap adem nam gaf Affenlight toe aan het verlangen dat in zijn hoofd sudderde. Hij wierp een steelse blik in de dug-out van Westish. Ach. Op die afstand vielen zijn trekken niet te onderscheiden, de donkere schaduwen waardoor die hoek van de dug-out werd versluierd drukten ze weg. Een iele lichtstraal verbond zijn pet met het boek op zijn schoot.

'... en dat is nou scouten,' luidde Dwights boodschap min of meer. 'Het natrekken van tips en geruchten, die voor 99,5 procent steevast blijken...'

Trekken niet te onderscheiden, maar contouren niet mis te verstaan: slanke ledematen, rechterknie meisjesachtig over de linker geslagen, bovenlijf lichtjes naar die kant overhellend, en als bescherming tegen de kou een sweater van Westish met daaroverheen een windstopper. Kin neerwaarts gekanteld, om zijn boek te kunnen lezen in plaats van de wedstrijd te volgen. Affenlight voelde in zijn borst iets jeugdigs opwellen, een bonkende pijn vermengd met iets prettigs, alsof hij achter een ossenkar door een veld klaver werd getrokken. Hij knipperde heftig met zijn ogen.

Dwight schudde traag zijn hoofd, alsof hij zijn eigen herinneringen wantrouwde. 'Ik heb heel wat honkbal gezien, Guert. Maar nooit heb ik iemand gezien zoals Henry, als het gaat om zuivere – hoe zou jij het noemen, L.P.?'

L.P. leunde op de bank achter hem met zijn ellebogen wijd uiteen. Zijn wrap-around zonnebril verhulde zijn ogen. Hij antwoordde als vanuit de diepten van de slaap: 'Voorkennis.'

De in het kastanjebruin uitgedoste slagman beukte een *one-hopper* richting korte stop. Zonder één overbodige beweging ving Henry hem met een backhand op en gooide de speler uit. Affenlight werd opgeschrikt door het gemak en de kracht van de worp; hij was minstens tien centimeter langer dan Henry en was als quarterback bepaald geen minkukel geweest, maar hij had destijds een projectiel nog niet half zo snel weten te gooien.

'Henry beheerst het vak, punt,' ging Dwight verder. 'Het enige waar sommige mensen dan hun vraagtekens bij zetten is: competitie. Het is moeilijk het plafond van zo'n vent te bepalen als ie zich honkbaltechnisch in zo'n beroerde omgeving bevindt. Wat niet rottig is bedoeld, Guert.'

'Geen enkel probleem, Dwight.' De volgende slagbeurt diende zich aan en de Harpooners draafden op een zacht applaus het veld af. Op de tribunes stonden hooguit nog dertig mensen.

'Maar ik zal u één ding vertellen. Toen we zagen hoe hij vorige week in Florida speelde ging de kogel door de kerk. Zo werkt scouting vandaag de dag: het is niet zozeer dat je jongens ontdekt, als wel dat je de *master list* erbij pakt en aan het rangschikken slaat. En Henry staat op die lijst. De enige reden waarom het hier vandaag niet wemelt van de scouts is dat het zo deksels koud is en we zo deksels ver van een fatsoenlijk vliegveld zitten. Maar ze komen nog wel.'

Vliegveld. Pella. Affenlight keek op zijn horloge.

'Tot gisteren hadden we hem genoteerd als de op twee na beste korte stop van de lichting, achter Vance White, die vorig jaar in het eerste All-American-team zat, en het schooljoch uit Texas dat scouts de Terminator noemen omdat hij eruitziet alsof hij in een lab in elkaar is gezet.' Dwight viel even stil. 'Maar na Henry vandaag bezig te hebben gezien zou ik hem best eens vóór die twee knullen kunnen zetten. Hij is niet groot genoeg om de beste te zijn, hij is niet snel genoeg om de beste te zijn, hij heeft het lijf noch de klinkende cijfers om de beste te zijn. Hij ís gewoon.'

'Mooi om naar te kijken,' oordeelde L.P. vanachter zijn donkere bril.

Dwight knikte, zijn lichtblauwe ogen en roze omrande neus glommen in de kou. 'Hij begrijpt het spel als een veteraan uit de Major

League. En qua verdedigend spel heeft hij geen concurrenten. Momenteel gaat hij gelijk op met Aparicio Rodriguez' NCAA-record qua foutloze wedstrijden op een rij door een korte stop. Eenenvijftig en de teller loopt nog door.'

De BlackBerry van Dwight begon te jengelen. Hij nam op en sprak op gedempte, bijna kinderlijke toon en slenterde weg met de telefoon stevig tegen zijn oor gedrukt. Hij droeg een trouwring; in zijn gedachten zag Affenlight een parmantige blonde vertegenwoordigster met een diamant van de nodige afmetingen, die soft-pikante verlangens in haar mobieltje fluisterde terwijl ze liep te winkelen in de Whole Foods Market in het centrum van St. Cloud. Misschien had ze op haar borst zo'n ingewikkelde babydrager. Of misschien was ze zwanger en liep ze te dubben welke babydrager ze moest kopen.

Affenlight wierp geen tweede blik in de dug-out, alsof het nadelige gevolgen kon hebben voor dat heerlijk zondige gevoel. Of misschien was hij gewoon bang. Hoe dan ook richtte hij zijn aandacht op Henry Skrimshander daarginds op het veld. Zijn outfit met de streepjes slobberde, maar op de een of andere manier paste dat perfect bij hem, leek het een uitdrukking van zijn hele wezen, zoals de uitdossing van de roeiers en artsen op de litho's van Eakins die in Affenlights studeerkamer hingen. Zijn marineblauwe sokken waren tot halverwege de kuit opgetrokken. Zijn schoenen waren goor wit. Voor de pitch stond hij heel relaxed, met zijn handschoen op zijn heup en een rond, door wind en zon verbrand, open, ontspannen glimlachend gezicht zijn teamgenoten instructies te geven of aan te moedigen. Maar zodra de bal de hand van de pitcher verliet stond zijn gezicht strak. De woordenstroom stopte abrupt. In één beweging trok hij de klep van zijn marineblauwe pet met de door een harpoen doorboorde W dieper over zijn ogen en liet zich katachtig in een hurkzit vallen, bovenbenen evenwijdig aan de grond, handschoen vegend over het zand. Ondanks dat hij zo laag hing oogde hij lichtvoetig, eerder zwevend boven de grond dan ingegraven. De worp werd gevolgd door een foutslag, maar pas nadat Henry twee forse passen naar links had gemaakt, naar de plek waar hij de bal had verwacht. Geen van de andere binnenvelders had zich ook maar een centimeter verplaatst.

'Voorkennis,' zei L.P. weer.

In de tweede helft van de achtste inning sloeg Henry vermoedelijk de laatste bal. Hij had al twee tweehonkslagen gemaakt sinds Affenlights aankomst, en de pitcher van Milford leek weinig zin te hebben hem een derde te laten slaan. Na vier keer wijd kreeg Henry een vrije loop; hij sprintte naar het eerste. Dwight en L.P. kwamen gelijktijdig overeind en borgen hun laptops op. 'We houden het voor gezien,' zei Dwight. 'We mogen onze vlucht niet missen.' Affenlight schudde de twee vertrekkende mannen warm de hand, zoals het een rector betaamt. De zon had zich als een pompoen op de spits van Westish Chapel gespietst en begon te bloeden. Hij was heel blij vanwege het weerzien met Pella, dolgelukkig, maar zag ook tegen dat moment op – ze hadden elkaar alweer zo lang niet gezien, en de tijd dat ze goed met elkaar konden opschieten was nog veel langer geleden. Hij wierp nog één laatste blik op de dug-out van Westish en merkte dat hij treurig werd. *O ik. O leven.* Misschien, dacht hij niet zonder gevoel voor melodrama, was deze hele kwestie slechts een laatste oprisping van een oude man. Een latelifecrisis, een verdoemde bevlieging.

De tweede inninghelft was afgelopen en de Harpooners bemanden het veld voor de eerste helft van de negende. Onderweg naar de uitgang ging Affenlight eerst even langs bij de tribune achter het eerste honk om het restantje rillende fans gedag te zeggen en hen te feliciteren met de heldenmoed van hun zonen en geliefden. Kijkend naar het veld stond hij zijn overjas dicht te knopen toen de slagman van Milford een grondbal richting korte stop mepte. Henry liep de afstand tot de bal snel dicht en liet zijn handschoen hem opslokken met het achteloze gemak van een moeder die haar pasgeboren baby krijgt aangereikt. Zijn voeten verschoven naar de werppositie, zijn schouders maakten een draai, zijn arm werd een waas. De bal verliet zijn hand voor iets wat er in Affenlights beleving uitzag als een volmaakte baan.

Maar opeens, door onbekende oorzaak – vanaf het water kwam een windvlaag aanzwiepen, dat zeker, maar kon zelfs de sterkste windvlaag dit teweegbrengen? – maakte de bal, die al een derde van zijn route had afgelegd, een scherpe bocht. Hij boog af, landinwaarts, steeds verder en verder, zodat Rick O'Shea, de eerste honkman, hem slechts met een vertwijfelde sprong kon uitzwaaien. Affenlights linkerhand schoot naar de halve Windsor van zijn stropdas, daar waar de

kleine harpoeniers door de draai van de knoop ruggelings lagen, terwijl de bal met angstaanjagende snelheid op uitgerekend die hoek van
Westish' dug-out afstevende waartoe de rector zich aangetrokken had
gevoeld. Die ene windvlaag en het was stil. Mike Schwartz, die zijn
masker had afgerukt toen hij naar de foutlijn rende in een poging de
bal alsnog te vangen, bleef stokstijf staan en draaide zijn hoofd in de
richting van Affenlight.

Daarna zag Affenlight alleen nog gezichten: dat van Mike Schwartz
groot, dichtbij en vertrokken tot een gepijnigde grimas, dat van Henry
erachter rond, veraf en vlak, nietsonthullend, toen er, vanuit die hoek
van de dug-out, een gedempte maar desondanks misselijkmakende
krak klonk, gevolgd door een doffe klap.

Owen.

9

Henry veegde zijn rechterhand af aan zijn dij, heen en weer, heen en weer. Zijn wijsvinger moest zijn weggegleden van de naden. Dat moest het zijn geweest. Hij had te weinig greep gehad op de naden, waarna zijn vinger was weggegleden en een onverwachte windvlaag de bal veel verder uit zijn baan had gebracht dan alleen een slippende vinger had kunnen doen. Een slippende vinger kon de bal maar over een beperkte afstand doen afbuigen, en wind kon de bal maar over een beperkte afstand doen afbuigen, maar een slippende vinger in combinatie met wind had vermoedelijk een soort multiplier-effect, zoals een joint roken als je hebt gedronken. Henry dronk zelden en rookte nooit een joint, dus hij kende dat multiplier-effect niet uit eigen ervaring. Maar iets dergelijks moest hier wel zijn gebeurd, als verklaring voor wat er was gebeurd.

Te weten: Owen was dood. Henry wist het. Hij bleef zijn hand maar aan zijn dij afvegen, heen en weer over de koele, stugge kettingsteek van zijn honkbalbroek. Heen, weer, heen, weer. Zijn wijsvinger jeukte, vlak boven de plooi tussen het middelste en het bovenste kootje, een jeuk die niet wilde weggaan. De plek waar de bal hem was ontglipt.

Owen was dood. Niemand had het hem nog verteld, maar Henry wist het. Hij hoefde daar niet te gaan kijken, bij de EHBO'ers, scheidsrechters en coaches die in de dug-out samengedromd rond het lichaam stonden. Hij kon hier blijven, op het binnenveld, in z'n eentje. Hij ging op zijn hurken zitten, veegde met de jeukende wijsvinger over zijn dij. Over het roodbruine zand van het binnenveld.

De bal had Owen vol in het gezicht geraakt. Hij was een boek aan het lezen met zijn door batterijen gevoede lampje aan de klep van zijn pet geklemd, hij had hem totaal niet zien aankomen. Zijn hoofd klapte achterover en knalde tegen het betonnen muurtje achter hem. Stuiterde weer terug, als een bal van bot. Na die stuit bleef hij zo hangen, wankel maar rechtop, met enorme, witte ogen, alsof de tijd even stilstond. Hij leek Henry recht aan te kijken, vragend zonder woorden. Toen zakte hij onderuit op het vloertje van de dug-out, waar Henry hem niet meer kon zien.

Schwartzy, die van het eerste honk was komen aanspurten om als achtervang te dienen, schoot de dug-out in. Wat coach Cox ook deed. Een lange man in een pak – kon het rector Affenlight zijn geweest? – sprong over het lage hek achter de dug-out terwijl hij iets in een mobieltje blafte. De twee scheidsrechters gingen rector Affenlight achterna, de treden van de dug-out af. Die vijf stonden er nu met de EHBO'ers over Owen heen gebogen. Over Owens lijk.

Het was zo'n gemakkelijke slagbeurt geweest: een stuiterbal met topspin, twee passen links van Henry. Toen hij de bal wierp voelde het goed, een routinegeval, niet te onderscheiden van honderden andere aangooien, die allemaal perfect waren geweest.

De stadionverlichting ging aan. Henry drukte zijn armen tegen zijn lichaam en huiverde. Het scorebord achter hem bleef branden. Negende inning. Eén man uit. WESTISH 8 BE OEKERS 3. De spelers van beide teams stonden in stilte op hun zonnebloempitten of kauwgum te kauwen en keken toe, hoewel die stilte de situatie er natuurlijk niet beter op maakte. Henry had liever dat ze schreeuwden, hun hoofd in hun nek gooiden en moord en brand schreeuwden tot de EHBO'ers Owen op hun lichtblauwe surfplankachtige ding snoerden en hem naar het mortuarium droegen. Dat zou in elk geval nog íets zijn geweest.

Schwartz kwam tevoorschijn uit de dug-out en liep het veld op: groot, met O-benen, zonder haast. Hij droeg zijn *body protector* en beenkappen nog, zijn pet stond achterstevoren. Hij draaide zich om zodat hij dezelfde kant uit keek als Henry, legde een grote hand op Henry's schouder.

'Gaat het?'

Henry beet op zijn lip, keek naar de grond.

'De Boeddha is finaal tegen de grond gegaan.'

'Finaal?' Het leek een merkwaardig woord om iemand te vertellen dat een ander was overleden. Merkwaardig maar wel treffend. Wat is finaler dan de dood?

'Finaal,' zei Schwartz knikkend. 'Je hebt 'm een flinke beuk verkocht. Hij zal morgen wel pijn hebben.'

'Morgen?'

'Je weet wel. De dag na vandaag.'

Getweeën stonden ze daar naast elkaar in het gelige, onwerkelijke licht van de diamond, dat dingen in de verte naar voren leek te halen. Even later zei Schwartz: 'Geluk bij een ongeluk is dat die twee scouts zijn vertrokken voordat de pleuris uitbrak.'

Dat was ook al door Henry's hoofd geschoten, maar hij was blij dat een ander het onder de aandacht bracht. De EHBO'ers droegen Owen de dug-out uit, klapten het onderstel van de brancard uit tot een X en reden hem naar de ambulance. De fans en spelers van Milford applaudisseerden. Als dit soort dingen op tv gebeurden stak de vastgesnoerde sporter altijd een hand op naar het publiek om aan te geven dat hij nog leefde. Om aan te geven dat de menselijke geest voor geen enkele tegenslag week. Owen deed dat niet. Rector Affenlight klauterde achter de brancard aan in de ambulance, waarna die wegscheurde.

De scheidsrechters en coaches gingen bij elkaar staan op de thuisplaat, overlegden even en schudden elkaar de hand. Toen coach Cox terugliep naar de rest van het team gebaarde hij naar Henry en Schwartz. Schwartz plaatste een hand op de onderrug van Henry en loodste hem naar het groepje.

'We hebben besloten de wedstrijd te staken.' Coach Cox streek zijn getrimde zwarte snor glad en sprak in afgemeten, sombere bewoordingen. 'Gewonnen, dus, fijn zo. Ik weet dat jullie je zorgen maken om Dunne. Maar laten we niet met z'n twintigen gaan rondlummelen bij het ziekenhuis. Ga naar huis, neem een douche. Zodra ik iets hoor laat ik het weten. Begrepen?'

Rick O'Shea stak zijn hand op. 'Morgen vrij?'

Coach Cox wees naar hem. 'O'Shea. Uitkijken, jij. Om drie uur training. En laten we hier nou opsodemieteren voordat onze reet eraf vriest.' Toen de spelers huns weegs gingen kneep hij Henry in zijn schouder. 'Ik ga naar het ziekenhuis. Wil je een lift?'

'We gaan wel met mijn auto,' zei Schwartz tegen hem. 'Zodat jij na afloop meteen weg kunt.'

Coach Cox woonde in Milwaukee, twee uur rijden naar het zuiden, en forensde het hele seizoen. 'Godverdomde Dunne,' mompelde hij terwijl hij zijn snor gladstreek. 'Hij ook en z'n godverdomde boeken.'

Henry bleef ergens aan de zijkant rillend, met kippenvel, wachten terwijl zijn teamgenoten hun spullen pakten. Ze klopten hem zwijgend op zijn rug en zetten koers naar de campus door de nawintermodder van de pikdonkere trainingsvelden. Toen ze helemaal niet meer te zien waren, zelfs niet met Henry's arendsogen, haalde hij diep adem en liep het trapje naar de dug-out af.

De dug-out was lang, breed en donker. De betonnen muren zweetten een onheilspellende koelte uit, als het ruim van een poolschip. Een smalle lichtstraal, donzig aan de randen, stak een paar meter grijsheid over en verlichtte een kleine plek op de muur. Owens leeslampje, dat nog aan zijn Harpooners-pet zat geklemd. Henry klikte het lampje uit en borg de pet-lampcombinatie op achter de rits van Owens tas. Daarna zwaaide hij over elke schouder een grote tas – die van Owen met het getal 0 op de zijkant geprint, de zijne met het getal 3. Halverwege de treden van de dug-out dacht hij aan Owens bril. Hij zwaaide de tassen op de grond, liet zich snel op zijn knieën zakken en tastte de plakkerige vloer in het donker onder de bank af: gore plasjes pruimtabak. Stukken kauwgum met de afdruk van tanden erin. De plastic doppen van Gatorade-flesjes, met stekelige onderranden als minuscule doornenkronen. Doodgewone kluiten oude modder. Owens bril was helemaal naar de andere kant van de bank getrapt. Henry raapte hem op en veegde de glazen schoon aan zijn trui. Eén poot bungelde aan zijn scharnier.

Toen Schwartzy en hij in het St. Anne Hospital aankwamen liep rector Affenlight met gebogen hoofd te ijsberen door de wachtkamer van de intensive care. Hij was binnen zes stappen de geblokte vloer over gebeend, draaide zich om en begon opnieuw. Schwartz schraapte zijn keel om hem van hun binnenkomst te verwittigen. De uitdrukking op Affenlights gezicht, afgetobd en kwetsbaar zolang hij dacht alleen te zijn, veranderde prompt in een brede, rectorale glimlach. 'Michael,' zei hij. 'Henry. Blij jullie te zien.'

Henry had niet verwacht dat rector Affenlight zijn naam zou kennen. Ze passeerden elkaar vaak op een van de stoepen van het Small Squad, omdat Phumber Hall pal naast de vertrekken van de rector lag, maar hadden elkaar nog maar één keer gesproken, op Henry's allereerste dag op Westish, toen Henry op de Feutenbarbecue knabbelend aan zijn vierde of vijfde hotdog stond aan te pappen met de tentstokken.

'Guert Affenlight.' De oudere man nipte van zijn drankje en stak een hand uit.

'Henry Skrimshander.'

'Skrimshander?' Affenlight glimlachte. 'Meer dan het zevenhonderdzevenenzeventigste deel zit er voor jou niet in, ben ik bang.' Hij droeg een zilverkleurige stropdas die goed bij zijn haar paste. Zijn mouwen waren opgestroopt tot halverwege zijn onderarmen; zoals de stof erbij hing, kreukloos van schouder tot manchet, met strakke, kraakheldere strepen, wekte hij de indruk van een man die zich in deze omgeving prima op zijn gemak voelde. Toen Sophie Henry had gevraagd Westish te omschrijven, was het eerste beeld dat zich aan hem had opgedrongen dat van Affenlights perfect opgerolde mouwen.

'Nog nieuws?' vroeg Schwartz.

'In de ambulance kwam hij even bij,' zei Affenlight. 'Lag erbij voor dood, en toen opeens floepten zijn ogen open. Hij zei: "April."'

'April?'

'April.'

'April,' herhaalde Henry.

'De grimmigste maand,' zei Schwartz. 'Zeker in Wisconsin.'

'April.' Henry knipte het woord in zulke korte klanken dat ze hun betekenis verloren, alsof hij liep te dwalen in de open ruimte die de bouwstenen van een molecuul van elkaar scheidt. 'Begint morgen.'

Coach Cox liep de wachtkamer in. Net als Henry en Schwartz droeg hij nog de gestreepte Harpooners-outfit. In elke hand had hij twee uitpuilende witte zakken met de bekende goudkleurige M erop. 'Wat gehoord?'

'Hij ligt binnen voor een CT-scan,' vertelde Affenlight hem. 'Ze willen er zeker van zijn dat hij geen hersenbloeding heeft gehad.'

'Godverdomde Dunne,' reageerde coach Cox hoofdschuddend.

'Als hij er iets aan overhoudt vermoord ik 'm.' Hij dropte de zakken op de ronde tafel van imitatiehout. 'Ik heb iets te eten meegebracht.'

Schwartz en coach Cox zetten zich achter de tafel van imitatiehout en pakten hun Big Macs uit. Henry was verzot op fastfood, maar vanavond werd hij onpasselijk van de geur. Hij zeeg neer op een harde bank en keek omhoog naar de tv die hoog tegen de muur was geschroefd. Op het scherm een beeld van Christus aan het kruis die de camera meedogenloos, in fel licht toonde. Zijn kin hing op een benige, met een toga behangen schouder. ORGELMUZIEK, luidde de ondertiteling. Een directe overgang naar een shot van een tropisch eiland, genomen vanuit een vliegtuigje: azuurblauw water, een roze strand, het vuurwerk van palmboomkruinen. HET EILAND EN ZIJN TROMMELAARS.

'Hier,' zei coach Cox. 'Je moet op krachten blijven.'

Henry raakte de Franse frietjes op zijn hand niet aan. De tv-kleuren, de snelle, onstuimige bewegingen van shot naar shot maakten zijn maag er niet beter op. Sinds het einde van de World Series, in oktober, had hij geen tv meer gekeken.

Rector Affenlight stopte met ijsberen en ging op de bank zitten. Henry draaide het rode bakje van dun karton zijn kant uit. Affenlight knikte een dankjewel en nam er een frietje uit. Het gebaar deed hem denken aan zijn rokersdagen, die – min of meer – waren geëindigd met zijn terugkeer naar Westish. Nadat hij ja had gezegd op de baan was hij naar ditzelfde ziekenhuis gekomen voor een lichamelijke controle, zijn eerste in vijftien jaar, omdat zijn nieuwe verzekering dat eiste. Hij had verwacht dat loftuitingen en stilzwijgende bewondering van de arts hem ten deel zouden vallen; kort daarvoor had hij tijdens een training nog meegeroeid in een studenten-acht van Harvard en in die hoedanigheid het teamritme nauwelijks verstoord. In plaats daarvan kreeg hij een met statistieken overladen donderpreek. De medische historie van zijn familie vormde de ultieme waarschuwing: zijn vader had twee hartaanvallen gehad; zijn oudere broer George was op z'n drieënzestigste overleden aan wat hartfalen werd genoemd. Met een LDL-cholesterolgehalte van 200 bevond Affenlight zich duidelijk in de gevarenzone. Zijn ingesleten gewoonte om drie pakjes per week te roken stond gelijk aan een zelfmoordbriefje. De arts, die dit alles met veel pathos had gebracht om Affenlight niet alleen de belofte te ontlokken dat hij zou stoppen met roken, maar ook dat hij minder rood vlees en alcohol zou consumeren, liet hem vertrekken met een recept voor Lipitor, TriCor en Toprol-XL. Veroordeeld tot een bestaan vol pillen. Bovendien werd hij verondersteld dagelijks één tablet kinderaspirine te nemen.

Wat nog het moeilijkst bleek aan het opgeven van zijn slechte gewoonten was niet het gemis van die slechte gewoonten zelf, maar het feit dat een of ander broekie van een arts hem had gesommeerd ze op te geven. Kinderaspirine, inderdaad. Blijkbaar was dit de behandeling die een man na z'n vijftigste kreeg, zelfs als hij blaakte van gezondheid. Affenlight was geschrokken van de dood van George maar werd er niet bang van; George was achttien jaar ouder dan hij en ze hadden altijd een vage relatie gehad, als tussen een oom en zijn neef. Niet te ontkennen viel echter dat ze allebei op bepaalde punten erfelijk belast waren. Na een ietwat puberale opwelling van opstandigheid besloot Affenlight zich te voegen, in elk geval grotendeels, naar de voorschriften van de arts, ervoor zorgend dat hij wel enige vrijheid behield. Vijf dagen per week nam hij zijn pillen, inclusief de kinderaspirine, met in de zomer langere periodes zonder medicijnen, alsof ze een baan waren waar hij af en toe vrij van moest nemen; de sigaretten had hij vaarwel gezegd, met dien verstande dat hij er af en toe een bietste; en hij dacht wel twee keer na eer hij een biefstuk of een tweede scotch bestelde, hoewel er vooral in het geval van de scotch een verschil was tussen twee keer denken en ervan afzien. Op de vraag of hij desondanks goed bezig was bleef het antwoord uit, maar hij voelde zich zonder meer prima.

Op de televisie stapten jongemannen in zwarte overhemden met korte mouwen en priesterboordjes achter elkaar via een trap uit een turbopropvliegtuig, met samengeknepen ogen vanwege het felle zonlicht. WELKOM BIJ DE GELOOFSTEST, zei de presentator van het programma met zijn handen nadrukkelijk in de zakken van zijn kuitbroek gestoken. VOORDAT DEZE TWAALF MANNEN TOT PRIESTER WORDEN GEWIJD ZULLEN ZE IETS MOETEN WEERSTAAN WAT VEEL VERLEIDELIJKER IS DAN VEERTIG DAGEN IN DE WOESTIJN. Een snelle overgang naar wazige jaarboekfoto's van meisjes in geruite jurkjes met een beugel en een pony boven hun ogen. DEZE JONGEDAMES HEBBEN ALLEMAAL OP EEN KATHOLIEKE SCHOOL GEZETEN. ALLEMAAL VINDEN ZE HET BELANGRIJK DAT HUN TOEKOMSTIGE ECHTGE- NOOT IN GOD GELOOFT. O, EN NOG IETS: – in kleur gedrenkte flitsmontage van zongebruinde en zweetbedruppelde buiken, decol- letés, dijen – HET ZIJN ALLEMAAL LEKKERE, ONGELOOFLIJK LEKKERE DINGEN.

Is dat zo? vroeg Affenlight zich af. De meisjes-vrouwen holden rond een strandhuis in diverse stadia van inleidende naaktheid, wurmden zich in zomerjurkjes, schudden hun haar uit. Hij nam nog een frietje. Zeker, een vleug lekkerheid kon hun niet worden ontzegd, ze blaakten van seksueel welzijn. Je kon ze omschrijven als fris, veel- kleurig, welgevormd, zongebruind en, ja, zelfs 'lekker' – maar mooi kon je ze niet noemen, niet op de manier zoals Owen mooi was.

Een novice met een babyface ging op de praatstoel zitten en blader- de door een beduimelde bijbel. Zijn droeve Iberische ogen vonden de lens. RODERIGO: WAAROM? IK VOEL DAT DE HEER ME HIER- HEEN HEEFT GEZONDEN. DAT HIJ MIJN GELOOF OP DE PROEF WIL STELLEN, NET ZOALS HIJ ZIJN ZOON OP DE PROEF HEEFT GESTELD. In beeld: ijsblauw, niervormig zwembad. Roderigo die watervolleybal speelt met drie vrouwen: perzikkleurige bikini, gestreepte bikini, crème bikini. Het gouden kruisje aan Rode- rigo's halsketting zwiept naar zijn schouder wanneer hij omhoog- komt voor een smash.

'Tv is raar,' zei Henry.

Affenlight trok weer een frietje uit het karton, zich afvragend wat Henry nog meer raar zou vinden. Was het raar dat een rector magnifi- cus zich zo'n zorgen maakte om een student? Een honkbalveld op rende? Meereed met een ambulance? Naar slechte tv-programma's keek onder het kettingkauwen van Franse frietjes, in afwachting van nadere informatie?

'Hoe lang ken je Owen al?' vroeg hij.

Henry staarde naar het scherm boven hem. 'We zijn al sinds het eerste jaar kamergenoten.'

Kamergenoten! Ja, natuurlijk. Affenlight herinnerde het zich nu:

hoe hij drie jaar geleden door de afdelingen Toelating en Sport was in-geschakeld om Owen ervan te overtuigen een kamergenoot te nemen. De kamergenoot was pas laat toegelaten en scheen een of ander honkbalfenomeen te zijn. Affenlight had zijn ogen ten hemel gesla-gen en er toen mee ingestemd; hij hield niet van speciale behandelin-gen voor sporters en kon zich niet voorstellen dat zo'n klunzige honk-balsectie baat had bij één goede speler. Hetzelfde fenomeen, Henry, werd nu het hof gemaakt door de St. Louis Cardinals.

Destijds kende Affenlight Owen alleen omdat hij de selectiecom-missie voor de Maria Westish Award had voorgezeten. Hij had bewon-dering voor de elegante essays van de jonge man, zijn belezenheid; hij steunde zijn kandidatuur, hoewel andere studenten betere examenre-sultaten en een beter cijfergemiddelde hadden. Maar bij die gelegen-heid was het strikt zakelijk gebleven, of zo had het er althans uitge-zien. Hij had altijd vermeden intiem te worden met studenten, en intiem te worden met een mannelijke student was überhaupt niet in hem opgekomen.

Tot, twee maanden geleden, de milieugroep van de campus om een gesprek had gevraagd. Een stuk of tien studenten dromden bijeen in Affenlights kantoor. Ze lazen hem de les over de gevaren van de op-warming van de aarde. Ze overhandigden hem een tien pagina's lange lijst van instellingen binnen het hoger onderwijs die plechtig hadden beloofd vanaf 2020 CO_2-neutraal te zijn. Ze eisten energiezuinige ver-lichting, betere isolatie van de gebouwen, de bouw van een biomassa-centrale achter de sportvelden die gestookt werd met houtsnippers. 'Jullie kloppen te laat bij me aan,' zei hij nadat ze waren uitgesproken. 'Waar waren jullie toen we nog geld hadden?' Driekwart van de instel-lingen op de lijst zou terugkomen op de gedane beloften; het reste-rende kwart was schandalig rijk. Trouwens: tien studenten – konden ze er niet méér op de been krijgen? Waar waren de petities, de bijeen-komsten, de blijken van woede? Een biomassacentrale voor een hand-jevol studenten? De Raad van Toezicht zou er smakelijk om lachen.

Terwijl die gedachten door hem heen schoten raakte hij als gehyp-notiseerd door Owen, die met de handen in de zakken van zijn te gro-te joggingbroek tegen de deur geleund stond terwijl zijn trawanten druk aan het gebaren en het schreeuwen waren. Als hij iets zei klonk zijn stem zacht, sereen, maar de anderen hielden dan meteen hun mond; zelfs op hun meest luidruchtige momenten hielden ze er rekening mee dat hij tussenbeide zou komen.

Later die avond – hij moest nog steeds aan Owen denken, vroeg zich af waarom hij aan Owen moest denken – ontving hij een e-mail.

Beste Guert,
Hartelijk bedankt dat je ons vandaag hebt willen ontvangen. Ik vond het opbouwend maar te kakofonisch om optimaal productief te kunnen zijn. Ik wil me niet aan je drukke agenda opdringen, maar wellicht kunnen we een kleinschaliger vergadering afspreken om te bekijken welke initiatieven financieel mogelijk zijn?
Vriendelijke groet,
O.

Normaal zou Affenlight zich hebben geërgerd aan het 'Beste Guert' en een ondertekening met alleen een initiaal, dat alles van een student. In dit geval kwam het om de een of andere reden eerder intiem dan vrijpostig op hem over. Sindsdien waren Owen en hij een paar keer bij elkaar gekomen, hadden ze een plan gesmeed en een plan om het plan uit te voeren. De groep rond Owen zou handtekeningen verzamelen onder de studenten; Affenlight zou de staf benaderen en lobbyen bij de Raad van Toezicht.

Had Owen hem erop betrapt dat hij naar hem stond te staren, en geweten wat dat betekende? Had hij daarom die e-mail gestuurd? De ogen achter dat draadmontuur leek niets te ontgaan. Tijdens hun daaropvolgende bijeenkomsten had Owen zich zelfverzekerd, geduldig en soms plagerig betoond; Affenlight liet zich Owens aandacht met graagte welgevallen. Na dertig jaar interactie tussen student en docent was er opeens sprake van verliefdheid met hem als lijdend voorwerp. Na een paar weken dekte het woord 'verliefdheid' de lading niet meer.

Affenlight trok nog een frietje uit het karton. Henry zat er met dichtgeknepen ogen bij – hij sliep niet maar leek te huiveren, mogelijk vanwege de gedachte aan zijn ongelukkige worp. Zijn gezicht was lijkbleek en nog besmeurd met zand van het binnenveld. Afgezien van

zijn pet was hij nog in vol ornaat. Zijn handschoen lag op zijn knie.
'Hij redt het wel,' zei Affenlight. 'Hij redt het wel.'

Henry knikte zonder overtuiging.

'Het is een geweldige knul,' zei Affenlight.

Henry's kin begon te trillen, alsof hij ieder moment kon gaan huilen. 'Schwartzy,' zei hij, 'heb jij een bal bij je?'

Nadat Schwartz zijn eten had weggewerkt had hij zijn laptop tevoorschijn gehaald en was hij aan het typen geslagen met een stapeltje systeemkaarten ter hoogte van zijn elleboog. Nu grabbelde hij in zijn materiaaltas en wipte een honkbal naar Henry. Henry liet de bal even ronddraaien in zijn rechterhand en ramde hem in de handschoen. De beweging leek hem in staat te stellen om te praten. 'In gedachten zie ik het steeds maar weer gebeuren,' zei hij op gekwelde toon. 'Ik heb nooit eerder zo'n aangooi uitgevoerd. Zo'n slechte aangooi. Ik weet niet hoe het heeft kunnen gebeuren.'

Schwartz stopte met typen en keek op. Zijn gezicht baadde in de koele, diepzeeachtige gloed van zijn laptopscherm. 'Je kunt er niks aan doen, Skrimmer.'

'Ik weet het.'

'De Boeddha gaat het wel redden,' zei Schwartz. 'Hij is alweer aan de beterende hand.'

Henry knikte zonder overtuiging. 'Ik weet het.'

'Godverdomde Dunne.' Coach Cox keek niet weg van de in bikini's gehulde katholieke meisjes op de tv, die met een rugmassage het geloof van de novicen op de proef stelden. 'Ik draai 'm z'n kippennek om.'

Een deur ging open. 'Guert Affenlight?' riep een jonge vrouw in lichtblauwe medische kleding. Ze las de naam op van haar klembord.

'Dat ben ik.' Affenlight stond op en trok zijn Harpooners-das recht.

'Mijn naam is dokter Collins. Bent u familie van Owen Dunne?'

'O, nee,' zei Affenlight. 'Hier is geen familie van hem. Die woont in...'

'San Jose,' zei Henry.

'Precies,' vervolgde Affenlight snel. 'San Jose.' Idioot genoeg had hij zich vereerd gevoeld dat de arts zijn naam had genoemd, alsof hij dé naaste van Owen was.

De arts richtte zich tot Henry en zei: 'Al met al gaat het helemaal niet zo slecht met je vriend. Op de CT-scan was geen epidurale bloeding te zien, iets waarvoor we in dit soort gevallen vooral bang zijn. Hij heeft een zware hersenschudding en een zygomafractuur, dat wil zeggen een gebroken jukbeen. Zijn functies lijken in orde. Het jukbeen vereist reconstructieve chirurgie, wat we zullen proberen nu meteen te doen, stel ik me zo voor, nu we hem hier toch hebben.' Dokter Collins, die ondanks de paarsige wallen onder haar ogen niet ouder dan vijfentwintig leek, viel even stil om aan de V-hals van haar jasje te krabben, waarboven haar huid rossig en sproetig was als die van een Ierse. Affenlight zag, of meende te zien hoe haar vermoeide ogen zich met belangstelling op Henry richtten.

'Mag ik bij hem?' vroeg Henry.

Dokter Collins schudde haar hoofd. 'Hij heeft een nogal zware hersenschudding en we laten hem vannacht op de IC. Hij lijkt last te hebben van licht verlies van zijn kortetermijngeheugen, wat wel weer wegtrekt, veronderstellen we. Morgen kun je zo veel bij hem op bezoek als je wilt.' Ze klopte Henry troostend op zijn arm.

De mobiel van Affenlight trilde tegen zijn dij. Het nummer kende hij niet, met dat netnummer 312, maar hij had wel zo'n vermoeden wie het was. Hij gebaarde verontschuldigend naar de arts, die dat niet zag, en liep de gang op. 'Pella. Meiske. Waar ben je?'

'Chicago. Ik heb de overstap gehaald. We gaan zo boarden, dus ik zou precies op tijd moeten zijn.' Door de elektrostatische storing van de munttelefoon klonk haar stem dunnetjes en krakerig. 'Ik dacht: misschien kunnen we naar Bau Kitchen gaan.'

Het was Pella's favoriete restaurant, in Milwaukee, de zaak waar ze haar zestiende verjaardag hadden gevierd. Als Affenlight eerder op de dag via de Interstate 43 naar het vliegveld was gescheurd met een Italiaanse opera in de cd-speler van de Audi, zou het voorstel hem hebben opgelucht, want het klonk als een vredesgebaar. Maar nee, hij dreigde te laat te komen en vroeg zich onwillekeurig af of Pella al lucht had gekregen van zijn nalatigheid – dat wil zeggen: dat wat vast als nalatigheid zou overkomen – en besloten had hem te straffen met een attent gebaar. 'Wat een prachtig idee,' zei hij. 'Maar ik vrees dat ik wat aan de late kant zal zijn.'

'O.'

Teleurstelling, breekbaarheid, een opmerking als 'doorgaan zoals we zijn gestopt' – dat alles en nog meer drong zich op via de stilte op de telefoonlijn. 'Ik ben in het ziekenhuis,' zei Affenlight in een poging zich ertegen teweer te stellen. 'Een van mijn studenten heeft een ongeluk gehad. Ik kom zo snel mogelijk.'

'Tuurlijk,' zei Pella. 'Ik zie je wel verschijnen.'

Nadat hij haastig was weggelopen nam Affenlight de tijd om bij de cadeauwinkel van het ziekenhuis een pakje sigaretten te kopen – Parliaments, zijn oude merk. Een ziekenhuis dat sigaretten verkocht: hij liet het even tot zich doordringen en vroeg zich af of het rampspoed voorspelde of dat hij er hoop aan kon ontlenen. Intussen wierp hij de vrouw met het grijze haar achter de toonbank een twintigje toe. Hij liet het pakje in zijn zak glijden en probeerde zonder zijn wisselgeld te vertrekken, maar zij maande hem terug te komen en wilde per se alles keurig uittellen, met hemeltergende en misschien wel verwijtende traagheid: een tientje, vijf briefjes van één en een paar munten. Coach Cox reed hem naar zijn auto, waarna hij de lege snelweg op racete. Uit de luidsprekers knalde *Le nozze di Figaro*, de raampjes bleven dicht.

10

Pella was uit San Francisco vertrokken met maar één slappe rieten tas met daarin nog alles van haar laatste bezoek aan het strand, negen maanden geleden: een nutteloze verzameling rotzooi – zonnebril, tampons, wormvormige winegums, zand – waaraan ze alleen haar portemonnee had toegevoegd en een zwart badpak dat ontworpen was voor serieuze zwemactiviteiten.

Toen het vliegtuig de smalle industriestrook in vloog die Chicago met Milwaukee verbond en het zwart van het Michiganmeer aan stuurboord in beeld verscheen, betreurde ze het al dat ze geen koffer had gepakt. Het was zo'n extreem impulsieve handeling geweest waar ze bekend om stond, in elk geval in haar eigen hoofd, en waar ze inmiddels toch overheen gegroeid had moeten zijn. Misschien had ze verwacht dat het de breuk met David zuiverder maakte, gemakkelijker, definitiever, zo van: *Zie je wel, ik heb je niet nodig. Ik heb niets nodig. Zelfs geen ondergoed.* Ze had nagelaten zich te herinneren dat er in de zogenaamde stad Westish, Wisconsin en omgeving nergens te winkelen viel.

Wat vond ze zichzelf toch een stomkop: je zo beroerd voelen, de indruk hebben dat je leven en alles daaromheen in gruzelementen ligt en dan toch geen verhaal te vertellen hebben. Toegegeven, in een bepaald, abstract opzicht was het een verhaal, of het zou dat ooit worden... Ja, ik ben een poos getrouwd geweest. Ik heb de high school niet afgemaakt, ging ervandoor met een of andere architect die op mijn *prep school* les kwam geven. Ik zat in de hoogste klas, was net negentien geworden. David was eenendertig. Aan het einde van zijn week op Tellman Rose ging ik met hem naar bed. Een van ons zou met hem naar bed gaan, en als het alfavrouwtje van toen mocht ik als eerste ja of nee zeggen. Ik had al eerder iets gehad met oudere jongens – van de high school toen ik op junior high zat, studenten toen ik op Tellman Rose zat, een paar uitgehongerde kunstenaarstypes tijdens uitstapjes naar Boston of New York – maar David was een geheel nieuwe ervaring voor me. Een man, punt.

Misschien een beetje een eikel, want nukkig, laks, al te netjes. Maar dat is een kwestie van beeldvorming achteraf. Destijds zag ik louter charme en beschaving, donkere pretogen boven de bruine baard, een immense algemene ontwikkeling. En vóór alles zag ik deugdzaamheid. Hij was een man die zich liet leiden door een code. Hij vond de klassieke filosofie van grote waarde, dus was hij een uitstekend classicus geworden, hoewel die kennis enkel indirect van pas kwam bij zijn werk. Dat op zich een toonbeeld van deugdzaamheid was: een poging gebouwen te scheppen die op een klassieke manier mooi waren, die, nou ja, groen waren. Het was geen man die tv keek, naar de fitness ging, zijn tijd verdeed. Hij at geen vlees en dronk alleen om met zijn wijnkennis te kunnen pronken.

Ik volgde hem waar hij ook ging of stond: naar zijn middagcolleges, naar een lezing tijdens een lunch of diner hier of daar, waarvoor ik steevast een uitnodiging wist te ritselen. Het was wel duidelijk dat ik met iets vadercomplexerigs kampte, nog meer zelfs dan normaal. Hij bezat de drie eigenschappen die ik het meest met mijn vader associeerde – ontwikkeld; deugdzaam; snel door mij van z'n stuk gebracht – en spreidde ze nog veel opzichtiger, om niet te zeggen arroganter tentoon dan mijn vader ooit had gedaan. Mijn vader was cool. David leek op mijn vader maar was totaal niet cool. Een van de meiden op Tellman Rose, niet mijn grootste rivale maar wel degene voor wie ik het meeste ontzag had omdat ze even slim was als ik, had me jarenlang in e-mails en soms ook tijdens gesprekken aangeduid als Pellektra. Ik verweerde me er niet tegen, want het was te goed getroffen en haar toon was te luchtig. 'Je bent maar één keer Jung,' luidde mijn repliek. 'Geniet ervan.'

Vanwege Davids deugdzaamheid, zijn deugdzame zelfbeeld, moest ik me voordoen als de verleidster. Wat ik dan ook deed: een onderneming die de avond voor zijn vertrek haar hoogtepunt bereikte. Wat voelde alsof ik hem aanrandde, niet omdat hij in vergelijking met andere kerels tekortschoot – nogmaals: hij was eenendertig – maar omdat hij die façade van deugdzaamheid tot het allerlaatste moment in stand hield. Je bent verschrikkelijk stijf, zei ik vlak voordat we begonnen te zoenen: mijn laatste en beste schunnige grapje van die avond.

Een week later was het voorjaarsvakantie. Ik was net toegelaten tot Yale. Ik zou met mijn vriendinnen naar Jamaica gaan om te zuipen. Al op Burlington Airport waren we aan het zuipen. David kwam aanlopen. Ik had dat wel verwacht, geloof ik. Over zijn schouder hing een tas, in zijn hand had hij twee tickets voor Rome. Zullen we? vroeg hij. Hij zweette, tobde, droeg een coltrui onder zijn jasje, was al te benieuwd naar mijn antwoord – niet cool.

Mijn vakantie duurde een week, maar we bleven drie weken in Rome. Daarna vlogen we naar San Francisco, waar Davids nieuwste project vorm kreeg; ik was opgetogen, alsof ik Yale en mijn bestaan als jongvolwassene had overgeslagen en met diploma's en al in het echte leven was beland. Soms denk ik terug aan die eerste weken met David te midden van de vervallen Romeinse bebouwing, weken waarin ik me zalig ouder dan oud voelde, dronken van mijn eigen ernst. Het is waarschijnlijk geen toeval, constateer ik dan, dat ik mijn leven niet kan beschrijven zonder het woord 'geruïneerd' te gebruiken.

Keurig overeenkomstig de instructies dronk Pella haar whisky op en zette haar rugleuning weer recht. Oké, dát gedeelte kon je als een verhaal brengen, als een onderwerp voor een cursus creatief schrijven, je kon zelfs een bloemrijke slotzin in de strijd gooien om je publiek alert te houden, maar alleen omdat het niet het echte verhaal was. Waarmee ze wilde zeggen dat het geen antwoord gaf op de vragen waar ze het bangst voor was: wie ben je? Wat doe je? Nou ja, wat wíl je?

Nee, de afgelopen vier jaar – eigenlijk vooral de laatste twee – waren voorbijgegaan als een soort droom, en niemand is geïnteresseerd in je dromen. Ze had niets bereikt. Op een gegeven moment had ze vastgesteld dat het huwelijk een vergissing was, maar dat had ze niet aan zichzelf kunnen toegeven. Ze had het weggestopt. Ze had er een rare, ondefinieerbare kwaal van gemaakt. Ze had zichzelf afgesneden van de bron van haar verdriet, die haar hele leven was, zo wilde het toeval. Met als gevolg dat ze hopeloos depressief werd. Wat David geen probleem had gevonden, want als ze hopeloos depressief was moest ze volledig op hem koersen, wat de kans verkleinde dat ze hem voor iemand van haar eigen leeftijd zou verlaten, wat altijd zijn grootste angst was.

En zo hadden de maanden zich aaneengeregen waarin Pella de hele dag op bed lag in hun fantastische, zonovergoten loft in Buena Vista en zichzelf af en toe naar de Rite Aid en de psychiater sleepte en weer terug, maanden waarin David afwisselend geïrriteerd raakte en aan het redderen sloeg door haar bedlegerigheid. Zo waren twee jaar verstreken. Er gebeurde wel wat: ruzies, uitjes, maar niets daarvan had enig gewicht, niets doorbrak de dikke mist waarin ze zich bevond. *In Rome heb ik mijn leven geruïneerd en in San Francisco leefde ik in de mist.* Het ging van kwaad tot erger. Hun seksleven begon te tanen zonder dat een van beiden het ter sprake bracht. 'Zij' hadden het prima voor elkaar. Pella moest beter worden. Waarom stond het duo tussen aanhalingstekens en de vrouw niet? David schreef haar een dieet voor dat haar moest helpen om alleen 's nachts te slapen: geen cafeïne, geen tv, geen elektrische verlichting. Elke avond ging ze naast hem liggen en stond ze op zodra zijn ademhaling veranderde. Ze liep naar de keuken en begon aan haar zoveelste nachtwake waarin ze van whisky nipte en op zonnebloempitten kauwde en zo de onvoorstelbaar afgrijselijke verveling van het bestaan uitzat.

Het was onvermijdelijk dat ze na verloop van tijd in het ziekenhuis belandde, met ernstige hartkloppingen als gevolg van de medicijnenmix die ze slikte: slaappillen waar geen recept voor nodig was, kalmeringsmiddelen en pijnstillers op recept in vrijwel willekeurige combinaties, met daarbij de nachtelijke whisky en haar antidepressiva. In het ziekenhuis zetten ze haar onder zelfmoordtoezicht. Ze had geen pogingen ondernomen zichzelf te doden, hoewel dat achteraf bezien, nu ze zich een tikkeltje beter voelde, makkelijk praten was. Haar gedachten aan de dood waren altijd onlosmakelijk verbonden met gedachten aan haar moeder; ze gaven blijk van een mengeling van pijn en genot, angst en troost, emoties die ruwweg in gelijke mate aanwezig waren. 'Alleen de Affenlight-mannen sterven jong,' had haar vader lang geleden gezegd in een bizarre poging zijn negen- of tienjarige dochter, met wie hij zich nooit goed raad had geweten, gerust te stellen. 'De vrouwen hebben het eeuwige leven.' Hoewel zijn stelling door een aantal praktijkgevallen werd bewezen kon ze zich niet voorstellen dat die ook voor haar opgeld deed of, God verhoede, voor hem. Ze had moeite haar vader anders te zien dan als onsterfelijk en haar eigen greep op de wereld anders dan als zwakjes.

Niet lang na haar verblijf in het ziekenhuis had ze een nieuwe, experimentele 'selectieve serotonine-heropnameremmer' gekregen: een minuscuul, lichtblauw pilletje dat Alumina heette, vermoedelijk als verwijzing naar het licht dat het in je leven zou brengen, hoewel Pella het steeds als 'Alumna' las, wat ze interpreteerde als een valse toespeling op het feit dat ze de high school niet had afgemaakt. Met een marker maakte ze het etiket onleesbaar, waarna ze het haar lichtblauwe pil noemde. Maar hij werkte, werkte beter dan wat dan ook. Ze begon weer te lezen. Ze voelde zich iets beter, was in staat om na te denken over haar leven. Het was verwarrend dat ze voortijdig haar geweldig succesvolle, bevoorrechte leeftijdsgenoten op afstand had gezet door precies datgene te doen wat haar minder succesvolle, niet-bevoorrechte leeftijdsgenoten meestal deden: trouwen, thuisblijven, het huishouden doen. Zozeer was ze afgeweken van de gebruikelijke curve dat die een cirkel was geworden en ze nu ver achterlag op de rest.

De laatste maanden deden de paniekaanvallen zich minder vaak voor en duurden ze minder lang. Nadat David in slaap was gevallen kleedde ze zich warm aan en ging de hele frisse San Francisco-nacht met een zaklantaarn op hun met planten gevulde terras in een tuinstoel zitten lezen, met in de verte de fonkelende lichtjes van het centrum en de bruggen. Ze merkte dat ze langzaam op krachten kwam, voorbereid werd op deze of gene handeling, welke wist ze niet precies. En toen, om vijf uur op een dinsdagochtend, David zat voor zaken in Seattle, belde ze opeens haar vaders nummer. Ze had hem niet meer gezien sinds ze David had ontmoet en niet meer gesproken sinds Kerstmis.

Tijdens de daling van het vliegtuig zat Pella kauwgom te kauwen. Vervolgens liep ze naar de bagageband, niet omdat ze bagage bij zich had – behalve dat mislukte huwelijk, bingo! – maar omdat haar vader haar daar altijd had opgehaald na de schooluitjes van Tellman Rose. Ze ging zitten met haar benen languit over drie plastic stoelen en zag de mond van de lopende band een aantal compacte zwarte tassen op wieltjes uitbraken. Haar vader had gezegd dat hij te laat zou komen – hoe ongelooflijk voorspelbaar – maar niet hoeveel te laat. De zwarte tassen waren allemaal verdwenen en werden gevolgd door een andere verzameling, van een volgende vlucht, en toen nog een. Was er een bar in de buurt? Vast wel, maar ze was te moe om ernaar op zoek te gaan. Het deed haar verdriet dat haar vader meteen deze toon zette. De bagage op de band begon één groot waas te vormen. Ze deed haar ogen dicht.

'Sorry,' zei iemand van het mannelijke geslacht. De kerel glimlachte hoffelijk. 'Je kunt hier maar beter niet in slaap vallen,' zei hij. 'Voor je het weet steelt iemand je tas.'

'Ik slaap niet,' reageerde Pella, waarmee ze de waarheid onmiskenbaar geweld aandeed.

De kerel glimlachte weer. Tegenwoordig had iedereen van die witte tanden, zelfs in Milwaukee. Hij gebaarde naar de bagageband. 'Kan ik je helpen met je tassen?'

Pella schudde haar hoofd. 'Ik reis het liefst met weinig ballast.'

De kerel knikte nadrukkelijk, alsof dat het meest fascinerende was wat hij ooit had gehoord. Hij stak zijn hand uit, stelde zich voor. Pella zei hem hoe ze heette.

'Goh, wat een mooie naam. Is die Brits?'

'Wull I don't rightly know, luv,' zei ze in haar slechtste Cockney. 'Would ya like it ta be?'

De jongen trok zijn wenkbrauwen op, maar hernam zich. 'Dus. Waarnaar ben je onderweg?'

'Naar huis.' Wat was dat toch met kerels in pakken? Ze deden alsof ze de hele wereld bestierden. Pella zag haar vader, bungelende das, door de lange gang komen aanlopen. 'En daar zul je m'n verloofde hebben,' zei ze.

De kerel wendde zijn blik af en keek naar de naderende man op leeftijd, daarna weer naar Pella. Zijn voorhoofd vertoonde weer rimpels. Nog even en hij raakte ze nooit meer kwijt. 'Je draagt geen ring,' luidde zijn commentaar.

'Daar heb je me tuk.'

Haar vader leek gekwetst, gedesoriënteerd, ontheemd. Bijna was hij haar al voorbijgelopen toen Pella vooroverboog en aan zijn mouw trok. 'Hé,' zei ze. Haar hart bonkte volop.

'Pella.' Ze stonden tegenover elkaar, met nog geen meter vezelig blauw tapijt tussen hen in. Vier jaar. Pella frunnikte aan de rits van haar sweater. Haar vader bewoog zijn onderarmen omhoog met zijn handen naar boven, als een verontschuldigende, bijna hulpeloze welkomstgroet. 'Sorry dat ik zo laat ben.'

'Is niet erg.' Familieleden die elkaar aantrekkelijk vonden genoten zonder meer een evolutionair voordeel – want zo beschermden ze elkaar tegen dreigingen van buitenaf – maar Pella kon zich niet voorstellen dat er iemand was die haar vader onaantrekkelijk zou vinden. Inmiddels was hij een zestiger, een leeftijdscategorie die doorgaans werd geassocieerd met verval, maar afgezien van de moeheid en verwarring in zijn ogen zag hij er exact hetzelfde uit als in haar herinnering: zijn dikke grijze haar doortrokken van zilver, het mahonie van zijn huid, zo rossig dat er geruchten over zijn mogelijke Indiaanse afkomst de ronde deden, schouders hoekig en strak als een geometrisch bewijs.

'De verloren dochter,' zei ze terwijl ze elkaar snel, onhandig omhelsden.

'De spijker op z'n kop.'

Pella snuffelde nog even aan zijn hals toen ze elkaar loslieten. 'Heb je gerookt?'

'Nee, nee. Ik? Ik bedoel, misschien dat ik er een in de auto heb gerookt. Het was nogal een lange dag, ben ik bang... Moeten we nog op bagage van je wachten?'

Pella knikte in de richting van haar rieten tas. 'Nou nee, meer dan dit heb ik niet meegenomen.'

'O.' Affenlight had gehoopt dat ze voor langere tijd zou blijven; per slot van rekening had ze geen retourticket. Maar zo'n karige bagage voorspelde weinig goeds. Hij durfde het niet te vragen; beter was het te genieten van het hier en nu. Misschien zou ze vergeten om weer weg te willen als het onderwerp vertrek nooit ter sprake kwam. 'Goed. Zullen we maar gaan, dan?'

De I-43 liep eerst door een aantal kleinere steden van Noord-Milwaukee, waarna de weg verder noordwaarts door uitgestrekte vlakke, braakliggende velden sneed. Wolken hingen voor de maan en de sterren, er was weinig tegemoetkomend verkeer. Rechts van de weg lag het Michiganmeer, dat onmerkbaar de loop van de snelweg bepaalde. Pella had verwacht meteen aan een verhoor te worden onderworpen – *Hoe lang blijf je? Heb je het uitgemaakt met David? Wil je weer gaan studeren?* – maar haar vader maakte een nerveuze en verstrooide indruk. Ze wist niet goed of ze zich opgelucht of beledigd moest voelen. Het grootste deel van de rit deden ze er het zwijgen toe, en wat ze zeiden bestond uit eenlettergrepige woorden, meer als personages in een verhaal van Carver dan als Affenlights van vlees en bloed.

De President's Quarters, knus ingericht met het donkere hout en leer dat Academia vaak tentoonspreidde, bevonden zich op de bovenste verdieping van Scull Hall in de zuidoostelijke hoek van het Small Quad. Alle rectors die Westish in de twintigste eeuw had gekend hadden in het centrum gewoond, in een van de stijlvolle witte huizen aan het meer, maar Affenlight, de eerste rector van de eenentwintigste eeuw, had besloten de oorspronkelijke filosofie achter de Quarters nieuw leven in te blazen en tussen de studenten te gaan wonen. Hij nam tenslotte geen gezin mee. Zo kwam het dat zijn kantoor maar één trap verwijderd lag van zijn appartement en hij tegen zonsopgang stilletjes naar beneden kon lopen om in alle rust een beetje te werken tot mevrouw McCallister arriveerde en de dagelijkse afspraken zich aandienden.

Hij schonk voor hen allebei een glas whisky in, het zijne met water, dat van Pella zonder. 'Ik veronderstel dat het inmiddels legaal is,' zei hij, haar het glas aanreikend.

'Waarmee het meteen nog maar half zo lekker is.' Pella nestelde zich in een hoekige leren stoel en trok haar knieën tegen haar bovenlijf. 'En. Hoe gaan de zaken?'

Affenlight haalde zijn schouders op. 'Zaken zijn zaken,' zei hij. 'Ik begrijp niet waarom ze aldoor hoogleraren Engels voor dit soort banen vragen. Ze zouden lui van Goldman Sachs moeten nemen, of zo. Ik mag van geluk spreken als ik op een dag tien minuten aan iets anders kan denken dan aan geld.'

'Hoe is het met je gezondheid?'

Hij gaf een roffel op zijn borst. 'Als een stier,' zei hij.

'Slik je je medicijnen?'

'Ik wandel elke dag langs het meer,' zei Affenlight. 'Daar kan geen medicijn tegenop.'

Pella schonk hem een verontruste, moederlijke blik.

'Ik slik ze,' zei hij. 'Ik slik en slik ze. Maar je weet hoe ik over pillen denk.'

'Slik ze,' zei Pella. 'Zie je nog weleens iemand, qua liefde?'

'O. Tja...' 'Zien' was feitelijk precies het juiste woord. 'Laten we maar zeggen dat er in dit deel van de wereld niet veel appetijtelijke vrouwen zijn.'

'Ik weet zeker dat jij ze zult weten op te sporen, mochten ze er zijn.'

'Bedankt,' zei Affenlight droogjes. 'En jij? Hoe is het met David?'

'Met David is alles goed. Hoewel het wat minder zal gaan zodra hij ontdekt dat ik weg ben.'

'Hij weet niet dat je hier bent?' Met die onthulling was hij haar spaarzame bagage meteen vergeten; Affenlight onderdrukte de neiging een triomfantelijk vuistgebaar te maken.

'Hij zit in Seattle. Voor zaken.'

'Aha.'

De laatste tijd had Affenlight de indruk dat de studenten jonger werden; misschien werd hij gewoon ouder of duurde de puberteit almaar langer, evenredig aan de gemiddelde levensduur van de mens. Universiteiten waren middelbare scholen geworden, postdoctorale instituten universiteiten. Maar zoals altijd leek Pella zich te hebben voorgenomen haar leeftijdsgenoten ver achter zich te laten. Natuurlijk zag ze er ouder uit dan hij zich herinnerde – haar wangen minder rond, haar gelaatstrekken geprononceerder – maar ze zag er ook ouder uit dan drieëntwintig. Ze zag eruit alsof ze veel had meegemaakt.

'Ben je moe?' vroeg hij. Tijdig had hij bedacht dat hij niet 'Je ziet er moe uit' moest zeggen.

Ze haalde haar schouders op. 'Ik heb niet veel slaap gehad.'

'Nou, het bed in de logeerkamer is geweldig.' Fout: hij had 'je kamer' moeten zeggen. Of zou dat te gretig hebben geklonken? Maar goed, voorwaarts: 'En de duisternis hier buiten is een hele belevenis. Volslagen anders dan in Boston. Of San Francisco.'

'Prachtig.'

'Je kunt zo lang blijven als je wilt. Uiteraard.'

'Bedankt.' Pella dronk haar whisky op, tuurde naar de bodem van haar glas. 'Kan ik je om nog een gunst vragen?'

'Brand maar los.'

'Ik zou graag colleges willen volgen.'

'Is dat zo?' Affenlight wreef over zijn kin, stond even stil bij het goede nieuws. 'Dat zou geen probleem moeten zijn,' zei hij, waarbij hij probeerde zijn stem zo neutraal mogelijk te laten klinken; te veel enthousiasme kon een averechts effect hebben. 'De deadlines voor het najaar zijn natuurlijk al geweest, maar je kunt je als gaststudent inschrijven voor de zomerperiode, en ik weet zeker dat ik, als we je aanmelden voor het eerstvolgende toelatingsexamen, de afdeling Toelating kan overtuigen –'

'Nee, nee,' zei Pella rustig. 'Meteen.'

'Je bedoelt?'

'Ik... ik hoopte meteen te kunnen beginnen.'

'Maar Pella, de zomer ís meteen. Het is al april.'

Pella grinnikte zenuwachtig. 'Ik zat meer te denken aan morgen.'

'Morgen?' Elke zenuw in Affenlights ruggengraat sidderde, deels uit liefde voor zijn dochter, deels uit verontwaardiging vanwege haar brutaliteit. 'Maar Pella, we zitten halverwege het semester. Je verwacht toch zeker niet dat je meteen aan kunt schuiven?'

'Ik haal de stof wel in.'

Affenlight zette zijn glas neer, trommelde met zijn vingers op de armleuning van zijn stoel. 'Dat je dat kunt, daar twijfel ik niet aan. Als je zin hebt ben je een uitmuntende student. Maar het gaat niet alleen om de stof inhalen. Het is een kwestie van beleefdheid. Laat ik je vertellen dat ik als hoogleraar niet blij zou zijn om plotseling te horen –'

'Alsjeblieft,' zei Pella. 'Ik zou er als toehoorder kunnen gaan zitten. Ik weet dat het niet ideaal is.'

Die eerste twee jaar na het overlijden van Pella's moeder; een acclimatiseringsperiode, zeg maar. Eerst probeerde hij dagopvang – kostbare dagopvang – maar toen Affenlight eenmaal gewend was geraakt aan het feit dat ze van hém was, leken de zonen en dochters van zijn collega-docenten hem maar vervelend, elitair gezelschap voor haar. Beter was het haar te laten omgaan met het plebs, haar via dat soort mensen in aanraking te laten komen met het echte leven – maar nee, dat zou nog erger zijn. Hij wilde haar meenemen naar een ander land, Italië of Oeganda of naar om het even welke plek waar het mogelijk was haar fatsoenlijk op te voeden; hij wilde een lap grond kopen in Idaho of Australië, met heuvels, beken, bomen, rotsen, vogels en andere dieren, waar Pella kon zwerven en ontdekken en hij achter haar aan zou lopen, haar zou zien opgroeien; op andere momenten wilde hij haar afgeven bij een weeshuis en zijn oude leven weer oppakken.

Maar er gebeurde iets, met haar en met hem, toen Pella leerde lezen. Wanneer hij zich uit bed worstelde na tot diep in de nacht te hebben doorgewerkt bleek zij al op te zijn, aangekleed en wel, zat ze in de ontbijthoek van hun herenhuis in Shepard Street te lezen in een of andere roman – Judy Blume, Trixie Belden, haar beknopte uitgave van *Moby Dick* – of anders wel een met plaatjes overladen wetenschappelijk werk dat ze had weggeplukt van de planken van de Widener-bibliotheek. Ze las met een gekleurd potlood in haar hand en noteerde de mooiste zinnen en tekende leden van haar favoriete taxonomische groepen op velletjes vouwpapier. De paar laatste Cheerio's die nog in een kom naast haar elleboog dreven las Affenlight als symbolen van haar ultieme onafhankelijkheid.

Bij het horen van een beleefd vaderlijk keelschrapen keek Pella op van haar boek, veegde een koperkleurige lok uit haar ogen en vertoonde een uitdrukking die Affenlight vreemd genoeg deed denken aan de blik die zijn promotor hem altijd toewierp wanneer hij onaangekondigd op de deur van diens kantoor klopte, een blik die Affenlight altijd omschreef als een *studius interruptus*. Nog wat groggy en ietwat geïntimideerd door de ijver van zijn dochter kroelde hij even door haar haren, zette koffie en kroop weer in bed. Als de schooldirectie haar zo graag wilde hebben moesten ze haar maar komen halen, zo redeneerde hij.

Père et fille Affenlight beleefden hierna vijf gelukzalige jaren. *The Sperm-Squeezers* kreeg diverse herdrukken. Pella was vaker niet dan wel aan te treffen in het openbaar onderwijs van Cambridge en groeide uit tot een soort Bekende Harvarder. Met haar rugzak door de Yard slenterend deelde ze tekeningen en gedichten uit aan de studenten die bleven staan om met haar te kletsen. De leden van elke nieuwe lichting eerstejaars, die tot op het neurotische af elkaar bij alle mogelijke uitdagingen de loef af wilden steken, vochten als bezetenen om Pella's genegenheid. Binnen de Freshman Union steeg je status als ze tijdens de lunch bij je aan tafel zat. Rustig woonde ze Affenlights extreem populaire colleges over het Amerika van de jaren 1840 bij, evenals zijn seminars over Melville en Nietzsche, en ze leek amper onderscheid te maken tussen zichzelf en de doctoraalstudenten, behalve dat laatstgenoemden eeuwig en altijd Affenlight wilden behagen, terwijl dat haar geen enkele moeite kostte en ze het zich dus kon permitteren om zelf na te denken.

Nadat Affenlight ja had gezegd op de baan in Westish besloten Pella en hij dat ze niet met hem mee zou gaan. In plaats daarvan schreef ze zich in op Tellman Rose, een exorbitant dure kostschool in Vermont. In educatief opzicht was dat logisch: Pella zou destijds naar de high school gaan – sinds haar elfde bezocht ze elke dag de openbare school Graham & Parks – en Tellman Rose overtrof alle high schools van Noord-Wisconsin met gemak. Maar onder die officiële reden school het evidente, onuitgesproken feit dat vader en dochter elkaars gezelschap in Boston inmiddels al nauwelijks konden verdragen, en Affenlight sidderde bij de gedachte aan wat er zou gebeuren in een onbekend, afgelegen oord als Westish. De meeste van Pella's vrienden waren ouder dan zij, en ze eiste de rechten die zij hadden verworven ook voor zichzelf op. 's Nachts kwam ze steeds later thuis, soms zo laat dat Affenlight niet meer wakker kon blijven om te controleren waarnaar haar adem rook.

Op een dag die lente van haar laatste brugklasjaar vertelde Pella dat ze erover dacht een tatoeage te nemen.

'Waarvan?' Fout: dat deed er niet toe.

'Het Chinese karakter voor het niets. Kijk, hier.' Ze wees naar haar veulenachtige heup.

'Geen tatoeages voor je achttiende.'

'Jij hebt er anders ook een.'

'Mijn achttiende ligt alweer een poosje achter me,' kaatste Affenlight terug. 'Trouwens, in Massachusetts zijn tattooshops illegaal.' Dat was geen geweldig argument, aangezien het stoelde op een geografische toevalligheid – wat als ze ergens anders woonden? – maar het stelde haar tenminste voor een logistiek probleem.

Twee weken later liep hij de keuken in en zag daar Pella voor het aanrecht staan. Door het kille maartse weer viel het hemdje dat ze droeg des te meer op. 'Hoi,' zei ze.

Op haar linkerschouder zat een tatoeage, in zwarte inkt, van een potvis die oprees uit het water. Zijn lange, vierkante kop kromde zich naar zijn staart alsof hij bezig was een hulpeloze walvisboot kapot te beuken. De huid eromheen was roze en vlekkerig. 'Waar heb je die vandaan?' vroeg hij.

'Providence.'

'Hoe ben jij in Providence beland?' Affenlight was geschokt. Niet door het feit dat ze een loopje met hem had genomen – zodra ze het woord 'tatoeage' had uitgesproken had hij geweten dat het ervan zou komen – maar door de tatoeage zelf. Die was het volmaakte evenbeeld van de zijne. Griezelig genoeg waren zelfs de afmetingen identiek. Als ze naast elkaar waren gaan staan en hun bovenarmen tegen elkaar hadden gedrukt, zouden de inktlijnen exact zijn samengevallen.

Zelfs nu nog kon hij zich nauwelijks voorstellen hoe Pella het voor elkaar had gekregen. Zijn tatoeage, destijds dertig jaar oud, inmiddels de veertig nabij, was altijd een geheim, gewijd, beladen stukje van hem geweest. Daagde Pella hem ogenschijnlijk uit terwijl ze op een lager, onderhuids niveau dichter en langduriger bij hem wilde zijn? Ze was altijd verzot geweest op Het Boek, zoals zij het noemden, en waarschijnlijk was ze ergens daarbinnen ook verzot op haar vader. Het was een band die hen beiden vanaf nu bijeenhield. Hun haar, hun ogen, hun huid leken in niets op elkaar – Pella leek onwaarschijnlijk veel op haar moeder – maar dit vormde een bewijs, een bewijs van iets, een verwantschap die zelfs nog verder reikte dan bloed...

Tenzij ze hem liep te besodemieteren, om het zo maar eens uit te drukken. Het kon best zijn dat ze hem besodemieterde, de draak stak met dingen die vreselijk, ja zelfs bespottelijk belangrijk voor hem waren. Dat ze het bespottelijke karakter blootlegde van zijn gevoelens voor haar, voor Het Boek, voor alles. *Alles wat je je leven lang hebt gedaan stelt niks voor, ouwe. Ieder ander had het beter kunnen doen, wat dan ook. Ik heb het al geflikt, en ik ben veertien.*

Affenlight was nog nooit zo kwaad geweest. Toen ze klein was had hij er nooit ook maar over gepeinsd om lichamelijk geweld te gebruiken, maar nu wilde hij haar door elkaar schudden, de arrogantie en wreedheid er finaal uit schudden, als dat inderdaad de boosdoeners waren – natuurlijk kon het ook iets heel anders zijn – uit haar lijf, op de grond.

In plaats daarvan liep hij zijn studeerkamer in en deed zachtjes de deur dicht.

In zeker opzicht betekende dat het einde van hun relatie. Affenlight vertrok naar Westish, Pella naar Tellman Rose. Ze zegde de helft van haar bezoekjes aan hem af, met schoolverplichtingen of zwemactiviteiten als excuus. Haar cijfers waren goed, maar om de zo veel weken belde een of andere bestuurder die een 'incident' wilde bespreken.

En hier was ze dan, met het verzoek of ze aan Westish mocht studeren, of hij, haar vader, zich weer over haar wilde ontfermen. Affenlight opende de bovenste la van zijn bureau en haalde zijn logboek tevoorschijn. 'Wat voor vakken had je in gedachten?'

'Geschiedenis.' Pella ging wat rechter op haar stoel zitten. Ze wilde laten merken dat het haar ernst was. 'Psychologie. Wiskunde.'

Affenlight trok zijn wenkbrauwen op. 'Geen schilderen?'

'Pa, alsjeblieft. Daar ben ik al eeuwen geleden mee gestopt.'

'Geen keuzevakken letterkunde?'

Pella geeuwde en frunnikte aan haar rits. Zo te zien was ze uitgeput: paarse wallen onder haar ogen, een pulserend ticje bij haar mondhoek. 'Eentje misschien.'

Affenlight maakte wat aantekeningen, klapte het boek dicht. Pella geeuwde weer. 'Je moet maar eens gaan pitten,' zei hij. 'Ik zal kijken wat ik kan doen.'

11

Henry drukte op de lichtschakelaar, liet zijn bagage op het kleed vallen, zeeg neer op de rand van zijn onopgemaakte bed. Hij trapte zijn schoenen uit en viel vrijwel meteen in slaap. Maar daar ging de telefoon. Hij moest opnemen. Misschien had men iets te melden over Owen.

'Skrimmer.'

'Schwartzy.' Tien minuten eerder, toen Schwartz hem afzette bij het laadplatform van de mensa, hadden ze elkaar nog gezien.

'Heb je al gegeten?'

'Nee. Niet sinds de lunch.'

Schwartz slaakte een vaderlijk verwijtende zucht. 'D'r moet gegeten worden, Skrimmer.'

'Ik heb geen honger.'

'Doet er niet toe. Neem een shake. Hoe laat ga je trappen rennen in het stadion?'

'Half zeven.' Henry lag op zijn rug met zijn ogen dicht. 'Hé. Wat ik je al eerder had willen vragen. Nog iets gehoord van je aanmeldingen?' Schwartz had op de deur geklopt bij een paar van de allerbeste rechtenopleidingen, zoals Harvard, Stanford en Yale. Veilig opgeborgen in Henry's tas zat een fles Ugly Duckling, de favoriete bourbon van de grote man, die hij hem wilde geven zodra het goede nieuws zich aandiende. Henry hoopte dat het snel zou gebeuren – de fles was niet heel zwaar, maar hij sjouwde hem al weken met zich mee.

'De post komt maar één keer per dag, Skrimmer. Ik hou je op de hoogte.'

'Ik hoorde dat Emily Neutzel is toegelaten tot Georgetown University,' liet Henry nog weten. 'Dus wie weet hoor je het gauw.'

'Ik hou je op de hoogte,' herhaalde Schwartz. 'Neem een shake. Zie je bij het ontbijt.'

Henry stond op – voorlopig voor het laatst – en haalde uit de koelkast een kan melk die hij uit de mensa had gepikt, voegde er twee schepjes SuperBoost aan toe. Sinds zijn aantreden op Westish had hij geprobeerd, almaar geprobeerd, om zwaarder te worden. Hij was nog een paar centimeter gegroeid en ruim tien kilo aangekomen: hij kon zich veertig keer opdrukken en kwam bij het bankdrukken mee met de footballers. Maar zijn afmetingen speelden hem nog altijd parten. Teams wilden monsters in het hart van hun binnenveld, jongens die homeruns konden beuken; de dagen dat je als louter defensief genie tot bloei kon komen, zoals een Omar Vizquel of Aparicio Rodriguez, waren voorbij. Hij moest een genie én een monster zijn. Hij moest eten, eten, eten. Hij deed aan gewichtheffen zodat hij zijn SuperBoost kon wegklokken, zodat hij zwaardere gewichten kon heffen, zodat hij nog meer SuperBoost kon wegklokken, heffen, klokken, heffen, klokken, zo veel mogelijk moleculen aanmaken onder de naam Henry Skrimshander. Een niet bijster efficiënte aanpak die, helaas, een berg akelig stinkend afval opleverde, wat Owen tot diens ontzetting dwong zijn toevlucht te nemen tot het hoofdschuddend afstrijken van lucifers. Maar Henry kon niet anders.

De wedstrijd was alweer uren geleden en nog steeds droeg hij zijn toque, wat niet prettig voelde. Hij ontdeed zijn kruis ervan, trok al zijn kleren uit, kroop in bed. Zijn benen en voeten, die onder het zand zaten door alle schuivers en duiken op het binnenveld, schuurden langs de lakens.

Weer die telefoon. Hij moest opnemen, er was vast nieuws over Owen, of anders was het iemand die op zoek was naar nieuws over Owen.

'Henry Skrimshander?'

'Ja, met Henry.' Geen ploeggenoot – een vrouwenstem. Waarschijnlijk de dokter.

'Henry, met Miranda Szabo van SzaboSport Incorporated. Ik heb gehoord dat felicitaties op hun plek zijn.'

'Hoezo?'

'Hoezo? Wat dacht je van het feit dat je de grote Aparicio Rodriguez hebt geëvenaard? Vandaag was het zo ver, toch?'

'O. Tja. Ik bedoel, het is... Inderdaad, vandaag.' Als een wedstrijd halverwege een inning werd beëindigd, meestal vanwege regen, stopten de officiële statistieken bij de laatste gewonnen inning. Officieel hadden de Harpooners daardoor Milford met 8-3 verslagen in acht innings. Officieel had de eerste helft van de negende inning niet plaatsgevonden. Officieel had hij geen enkele fout gemaakt.

'Prachtig,' zei Miranda Szabo. 'Luister, sorry dat ik zo laat nog bel, in je vrije tijd, maar ik ben hier in L.A. bezig een deal voor Kelvin Massey te sluiten.'

'Kelvin Massey? De derde honkman van de Rockies?'

Miranda Szabo liet heel even een zelfvoldane stilte vallen. 'Kelvin Massey, derde honkman van de *Dodgers*. Maar niets tegen Peter Gammons zeggen, die bemoeial.'

'Ik hou m'n mond,' beloofde Henry.

'Goed. De pers zal het morgen pas te horen krijgen. We zijn nog bezig de laatste puntjes op dit kleine *objet d'art* te zetten. Zesenvijftig miljoen voor vier jaar.'

'Wauw.'

'Is dat een Recessie Speciaal, of niet? Soms sta ik van mezelf te kijken,' bekende Miranda Szabo. 'Maar laten we niet afdwalen, Henry. Ik hou steeds mijn oortjes gespitst, en het enige wat ik de laatste tijd hoor is jouw naam. Skrimshander, Skrimshander, Skrimshander. Een soort tongbreker, maar dan beter. Welluidender.'

'Wauw. Bedankt.'

'Iedereen vraagt: "Waar komt dat joch vandaan?" En niemand weet het.'

'Ik kom uit Lankton, South Dakota.'

'Precies wat ik bedoel. Niemand weet waar je vandaan komt, maar iedereen weet waar je naartoe gaat. Rechtstreeks naar de top van de transferlijsten. Ik hoor geruchten over de derde kiesronde, zelfs nog eerder.'

'Eerder?'

'Eerder, naar wat ik heb gehoord. De derde, de tweede, wie weet? Maar goed. Henry.'

'Ja?'

'Luister goed naar wat ik zeg. Je bent iemand die druk doende is honkbal en studie aan een eerbiedwaardige instelling in balans te houden. We mogen elkaar dan niet goed kennen, maar ik weet genoeg van je om dat te weten. En ik weet ook dat je op het punt staat het nog heel wat drukker te krijgen. Weet je wat afgelopen jaar de gemiddelde tekenbonus was voor iemand die in de derde ronde werd geselecteerd?'

'Eh, nee.' Tot voor kort had Henry al zijn aandacht gericht op de *draft* van het eerstvolgende jaar, niet die van dit jaar – zowel derde- als vierdejaars waren verkiesbaar – en zijn doel voor de selecties van volgend jaar was om in de vijftigste ronde te worden gekozen, of misschien, met wat geluk, in de negenenveertigste. Hij had amper durven drómen van een tekenbonus. Hij had geen idee wat de vijfsterrenjongens, de hotshots van de high school en de slagcracks van Stanford en Miami, betaald kregen.

'Raad 's,' drong Miranda Szabo aan.

'Eh... Tachtigduizend?' Hij vond het gênant, hebberig, om zo'n enorm bedrag te noemen, ook al had het slechts indirect met hem te maken.

'Bijna goed. Je vergat de drie. Driehonderdtachtigduizend.'

'*Holy shit.*' Hoe lang deed zijn pa erover om zo veel te verdienen? Zes jaar? Zeven? 'Oeps. Sorry. Het was niet m'n bedoeling om te vloeken.'

'Vloek zo veel je wilt, grote vriend. Goed, daarmee ben je nog een stukje verwijderd van Kelvin Massey, maar het is een aardig bedrag, en volgens mij is het wel het minste waar je per juni redelijkerwijs van kunt uitgaan. En dat betekent dat mensen aan je gaan trekken. Je staat op een kruispunt van wegen, het is een verwarrende periode. Je zult iemand nodig hebben die optimaal opkomt voor je belangen. Je hebt een vertegenwoordiger nodig.'

'Een agent?'

'De spijker op z'n kop. Je hebt een agent nodig. Iemand die je veilig het kruispunt over helpt, in persoonlijk en financieel opzicht. Een vertegenwoordiger kiezen is een groot ding, Henry, het is niet iets waar je licht over moet denken. Je agent moet een verlengstuk zijn van jezelf. Net zoals je handschoen, wanneer je daar op het veld staat. Vertrouw je op je handschoen, Henry?'

'Tuurlijk.'

'Nou, op je agent moet je net zozeer kunnen vertrouwen. Je agent stelt niet alleen een honorarium vast om dan weer de benen te nemen. Als je tenminste een goeie agent hebt. Je agent groeit uit tot de financieel denkende, detailbewuste jij. Zodat jíj – de Henry-jij, niet de Miranda-jij – je kunt focussen op het honkbal. En je studie. Kun je me volgen, Henry?'

'Ik geloof van wel.'

'Ben je al benaderd door andere partijen die geïnteresseerd zijn om je vertegenwoordiging aan te bieden?'

'Eh, nee.'

'Dat gaat nog komen. Geloof mij maar. Alleen al het feit dat je aan de telefoon hebt gehangen met Miranda Szabo betekent dat de duvel en z'n ouwe moer je gaan bellen om vertegenwoordiging aan te bieden. Vaste prik.'

'Hoe weten ze dat u me gebeld hebt?'

'Dat is gewoon zo,' zei Miranda Szabo, en ze zuchtte vanwege de voorspelbaarheid van dat alles. 'Die lui zijn net beesten.'

De uren daarna verkeerden Henry's gedachten in rare sferen terwijl hij in bed lag te luisteren naar het zuchten van de stokoude luchtroosters van Phumber Hall. Het was vreemd dat hij Owen niet kon horen ademen. Het werd middernacht, één uur en twee uur, en hoewel hij niet klaarwakker was bleef hij zich bewust van het verstrijken van de tijd, hoorde hij de kapelklokken de kwartieren slaan. Anders dan de meeste van zijn jaargenoten, die hele nachten doorzakten en tijdens de eerste lesuren sliepen, zag of hoorde hij zelden iets van dit deel van de nacht. Hij trainde te hard en stond te vroeg op, met als gevolg dat hij maar zelden, en dan alleen in het weekend, te vinden was op een feestje. Stond hij braaf tegen een muur te leunen met een glas bier in zijn hand dat hij op de terugweg naar huis leeggoot in de bosjes. De ramen stonden op een kier omdat het in hun zolderkamer altijd warm was. Af en toe steeg een fonkeling van stemmen op van het Quad beneden, af en toe liet een windvlaag de ruiten sidderen. Waarna die doordrong tot in Henry's hoofd en de windvlaag werd die had meegeholpen zijn worp uit zijn baan te krijgen. Hij wilde dat hij Owen die avond had kunnen zien. Heel even maar, een glimp van Owen die in zijn kamer op de IC lag te slapen. Dan had hij geweten dat het goed zou komen. Het van de arts horen was één ding, het met eigen ogen aanschouwen was iets anders. In zijn halve dromen stond Owen naar hem te staren op het moment – dat als een foto was vastgelegd – net voordat hij ineenzakte, de vloer van de dug-out tegemoet, en zijn opengesperde ogen 'Waarom?' vroegen.

'Waarom' was, zo had Henry ervaren, een vraag die een sporter niet mocht stellen. Waarom had hij zo'n afschuwelijke aangooi afgeleverd, zo slecht dat zelfs Rick er met zijn handschoen niet bij kon? Kwam het door de scouts? Was hij nerveus geworden vanwege de scouts? Nee, dat sloeg nergens op. Om te beginnen waren de scouts niet eens meer aanwezig, ze waren na de achtste inning vertrokken, dat had hij zelf gezien. Bovendien kende zijn hart geen angst voor scouts, in elk geval niet dat hij wist. Kwam het doordat hij Aparicio's record niet wilde breken, niet degene wilde zijn die Aparicio's naam uit het boek met honkbalrecords wilde verbannen, omdat Aparicio Aparicio was en hij maar gewoon Henry? Wie weet. Maar hij had dan tenminste het record kunnen evenaren voordat hij er een puinhoop van maakte; dan hadden hun namen naast elkaar gestaan. Het record hád hij echter geëvenaard; zijn fout was niet meegeteld. De volgende wedstrijd zou hij de kans krijgen het te breken. Als hij het niet wilde breken zou hij er weer een puinhoop van moeten maken. Misschien zou hij er weer een puinhoop van maken. Daarom vroeg je niet waarom. Met dat waarom werkte je jezelf alleen maar verder in de nesten. Maar morgen zou hij zich beter voelen, zolang het goed ging met Owen.

Schwartz zou blij zijn vanwege Miranda Szabo. Dolgelukkig. Extatisch. Henry had zich ongerust gemaakt over wat er volgend jaar zou gebeuren, nadat Schwartz was afgestudeerd en aan de oostkust of in het westen aan een rechtenstudie was begonnen. Maar misschien was hij zelf dan ook wel vertrokken om, een jaar eerder dan verwacht, in de Minor League te spelen, met geld op zak. Nadenken over weggaan voelde bitterzoet; hij vond het hier heerlijk, maar honkbal was honkbal, en ergens klopte het dat Schwartz en hij samen zouden vertrekken. Zonder Schwartz was er helemaal geen Westish College. Was er, trouwens, zelfs amper een Henry Skrimshander.

12

Op de aanmeldingsformulieren die Schwartz naar een aantal rechtenopleidingen stuurde gaf hij, zoals meestal in het geval van reguliere
post, zijn thuisadres als volgt aan:

MICHAEL P. SCHWARTZ
UNIVERSITAIR SPORTCENTRUM
WESTISH COLLEGE
WESTISH, WI 51851

Hij huurde een driekamerwoning in Grant Street, een achterbuurt van
de campus. Dat deed hij samen met Demetrius Arsch, de andere aanvoerder van het footballteam en reservecatcher in het honkbalteam.
Maar hij kwam er zelden. Overdag waren er de colleges en de trainingen, en bovendien moest hij toezien op Henry en diens schema, en
's nachts werkte hij aan zijn scriptie – *De stoïcijnen in Amerika* – hier op
de bovenste verdieping van het USC, in een vergaderkamer met donker tapijt die hij zich lang geleden had toegeëigend als zijn privékan-
toor. Binnen de afdeling Sport bekleedde Schwartz geen officiële functie, maar hij had er de voorafgaande vier jaar zo veel tijd en energie in
geïnvesteerd dat niemand hem zijn sleutel van het pand misgunde.
Boeken met broze, geknakte ruggen en ontbrekende bladzijden die
hij verzameld had via zijn landelijke netwerk van interbibliothecaire
uitleen, lagen her en der in dronken stapels op de lange ovale tafel, in
een zee van systeemkaarten in bepaalde codekleuren, notitieblokken
met spiraalbanden en lege koffiemokken die bevorderd waren tot
spuugbakjes. Officieel was hij twee jaar eerder gestopt met de pruimtabak, maar het kauwen erop verhoogde zijn concentratie zodanig dat
hij af en toe moest zondigen nu hij op zijn eindscriptie zat te zwoe-

gen. Met een flinke homp in zijn mond, en daarbij een paar Sudafeds voor extra inspiratie, kon hij er negen of tien pagina's per nacht uit persen. Ritalin gebruikte hij niet.

Schwartz koesterde die nijvere privétijd. De hele dag berispte een stem in zijn hoofd hem vanwege zijn luiheid, nonchalance, onvermogen zich te concentreren, hoe hard hij ook werkte, wat hij ook wist klaar te spelen. Zijn inzet liet te wensen over. Zijn historische kennis was oppervlakkig. Zijn Latijn was knudde en zijn Grieks nog erger. Dacht hij nou werkelijk Aurelius en Epictetus te kunnen doorgronden, zo sarde de stem hem, als hij amper twee Latijnse woorden achter elkaar kon zetten? *Vos es scelestus bardus.* Alleen hier, ver na middernacht, wanneer alle anderen sliepen en er niets van hem werd verwacht, kon Schwartz zichzelf ervan overtuigen dat hij hard genoeg werkte. Het waren gestolen uurtjes, waarin hij op adem kon komen. De stem hield zich koest. Zelfs de pijn in zijn knieën trok zich terug.

Deze avond leek echter gedoemd niet veel rust te bieden. Het begon met het ongeluk van de Boeddha, en nu Schwartz uit de lift van het USC stapte, de gang in die alleen verlicht werd door een rood EXIT-teken, ontwaarde hij een bult in de manilla envelop die hij bij wijze van brievenbus aan de deur van zijn kantoor had bevestigd. Hij drukte zijn vingertoppen tegen het zandgele papier; ja hoor, er zat iets in, iets – met beukend hart haalde hij het eruit – waar het blauwe logo van Yale University op stond.

Schwartz ging prat op zijn oprechtheid. Als een van zijn teamgenoten er de kantjes van af liep, liet hij die teamgenoot keihard afzien, en als een van zijn studiegenoten of docenten een opmerking plaatste die hem verwarrend of kort door de bocht voorkwam, liet hij dat weten. Niet omdat hij meer wist dan zij, maar omdat de confrontatie tussen onvolmaakte ideeën voor wie dan ook, inclusief hijzelf, de enige manier was om bij te leren, beter te worden. Dat was de wijze raad van de Grieken; dat was de wijze raad van coach Liczic, die had staan rammen op het raampje van de Buick.

Dat laatste gebeurde twee jaar nadat zijn moeder aan kanker was overleden. Hij woonde op zichzelf. Zijn vader had hij nooit ontmoet – zijn ouders waren op een gegeven moment verloofd, maar zijn pa dronk, vergokte zijn geld in de sport en was al vertrokken voordat

Schwartz werd geboren. Toen een maand na zijn moeders begrafenis de vrouw van de Children and Family Services langskwam, vertelde hij haar dat hij op het punt stond achttien te worden. De papieren van de vrouw zeiden duidelijk iets anders, maar hij was al één meter tachtig, woog meer dan tachtig kilo en kon vrijwel probleemloos sigaretten en soms zelfs bier kopen. 'Kom op,' zei hij vanaf de drempel van het appartement, zijn armen voor zijn borst gekruist terwijl de hond achter hem stond te keffen. 'Zie ik eruit alsof ik veertien ben?' Verbouwereerd vertrok de vrouw, en hoewel er niet veel onderzoek voor nodig was om hem als leugenaar te ontmaskeren kwam ze nooit meer terug.

Schwartz ging vaak eten bij zijn tante Diane, die bij hem in de buurt woonde. Achteraf bezien was het misschien vreemd dat Diane hem zijn gang liet gaan, in zijn eentje, maar het was nu eenmaal zo dat haar echtgenoot en zij drie kleine kinderen hadden en een te klein appartement, en dat niet alleen onbekenden Schwartz' afmetingen gelijkschakelden met volwassenheid. Zijn moeder had wat geld opzijgezet waarmee hij de huur kon betalen.

Zijn school – in het zuiden van Chicago nabij Carr Heights – had metaaldetectors bij iedere toegangsdeur en gewapende bewakers in de gangen. De lokalen ontbeerden ramen, en de tafeltjes, die vastgeschroefd waren aan de vloer, konden Schwartz' kolossale gestel amper dragen. Hoewel hij een witte huidskleur had traden zijn leraren hem behoedzaam tegemoet; ze leken altijd de vage dreiging van te voorkomen rampspoed in hem te ontwaren. VOORKOM RAMP-SPOED zou eigenlijk een perfect motto voor zijn school zijn geweest. Voorzover Schwartz kon nagaan stelde de instelling zich vóór alles ten doel drieduizend maniakken-in-de-dop lam te leggen door middel van verveling, net zo lang tot ze dankzij een aaneenschakeling van verjaardagen in volwassenen waren veranderd. Schwartz vond het vreselijk, en de bodem van de bankrekening kwam in zicht. Vanaf de maand november van zijn tweede jaar, direct na het footballseizoen, bleef hij weg van school. Hij vond een baantje in een metaalgieterij – inmiddels was hij 1 meter 87, even lang als nu, en vroegen de mensen hem eerder naar zijn score bij het bankdrukken dan naar zijn leeftijd. Hij draaide mee met de tweede ploeg, leerde hoe hij een heftruck moest besturen, verplaatste tonnen legering van de ene kant van de gieterij naar de andere. Aan het einde van zijn proeftijd verdiende hij dertieneneenhalve dollar per uur exclusief overwerk. Er waren dagen dat hij na werktijd tot zonsopgang in z'n eentje goedkoop bier of Mickey's Malt Liquor zat te drinken. Andere dagen nam hij meisjes met wie hij op school had gezeten mee naar visrestaurants die uitkeken over het Michiganmeer. Wanneer hij bijtijds wakker werd ging hij naar de bibliotheek om het financiële nieuws te lezen; als hij een paar duizend dollar had verdiend, zo dacht hij, kon hij misschien overstappen naar de nachtdienst en overdag online in aandelen gaan handelen.

Tot augustus, toen het footballseizoen zich weer aandiende, liet niemand van school iets horen over zijn afwezigheid. Het motregende kalmpjes, de stoep was vochtig, de zoveelste werkdag zat erop en hij liep naar zijn auto: een riante, door roest aangevreten Buick zonder achterbumper die hij van zijn eerste looncheques had betaald. In de gieterij was hij weer één en al zweet en metaaldeeltjes geworden. Hij stapte in de Buick en greep onder de stoel om een biertje te pakken. Het was donderdag, het weekend kwam in zicht. Hij haalde een warm, stoffig blikje tevoorschijn. Net toen hij het lipje lostrok roffelde een van de assistent-coaches van zijn high school op het raampje aan de passagierskant. Schwartz leunde naar opzij en deed het portier van het slot. De coach wurmde zich op de rechtervoorstoel en vroeg Schwartz waar hij in godsnaam mee bezig was. Vond hij zelf ook niet dat hij maar eens moest stoppen de achterlijke latino uit te hangen en als de sodemieter terug naar school moest?

Schwartz wierp een blik op de buidel van de coach z'n sweater, die doorboog onder het forse gewicht van iets wat duidelijk een pistool was. Hij ging rechtop achter het stuur zitten en keek de coach strak aan. 'Die school is net een gevangenis,' zei hij.

'En dit dan niet?' De coach grinnikte en priemde met een duim naar het lange, lage pand van de metaalgieterij. Hij was een van de assistenten bij gym. Schwartz, die het jaar daarvoor het scholierenteam had aangevoerd, wist niet eens meer hoe hij heette.

'Dit hier is gewoon een klotegat,' zei Schwartz. 'Geen gevangenis.'

De coach haalde zijn schouders op. De pistoolvorm steeg mee en viel terug op zijn pens. 'Wat jij wilt,' zei hij. 'Maar dit klotegat heeft geen footballteam.' Hij klauterde uit de auto en verdween. Schwartz dronk zijn bier op terwijl zijn aftandse ruitenwissers de parelende regen doorsneden.

De volgende dag ging hij naar school en daarna naar de training. Niet dat het pistool hem bang had gemaakt. Maar hij was onder de indruk van het pistool als gebaar. Het leek een voorbode van, zo niet liefde zelf, dan in elk geval de mogelijkheid van zoiets. De coach had hem niet aan zijn lot overgelaten; was er niet van uitgegaan dat hij wist waar hij mee bezig was. Nee, hij had de moeite genomen de confrontatie met Schwartz aan te gaan, hem precies te vertellen wat hij van hem dacht, via de stevigste aanpak die hij kon verzinnen. Nooit eerder had iemand – familieleden, leraren, vrienden – iets dergelijks voor Schwartz gedaan, en daarna ook niet. Hij had zichzelf plechtig voorgenomen hetzelfde te doen voor anderen.

Maar de laatste tijd had hij herhaaldelijk gelogen, zelfs tegen Henry. Vooral tegen Henry, aangezien Henry er steeds maar naar vroeg. Veilig opgeborgen achter de rits van het binnenvak van Schwartz' rugzak zaten vijf opengescheurde enveloppen die hij eerder al van rechtenopleidingen had ontvangen. In alle vijf zat een brief met zo'n vreselijke openingszin: 'Tot onze spijt moeten we u meedelen... Momenteel zijn wij niet bij machte... Helaas heeft onze toelatingscommissie...'

Schwartz deed het ganglicht aan en hield de envelop omhoog. Maar die was gemaakt van degelijk papier met stevig geweven vezels, zodat hij er niet doorheen kon kijken. Misschien hield een degelijke envelop goed nieuws in; misschien stuurden ze dunne, doorzichtige exemplaren naar de losers die niet werden toegelaten. Hij legde hem op zijn handpalm, schatte het gewicht ervan, hoewel hij had gehoord dat de test met de dikke en de dunne enveloppen grotendeels flauwekul was. Hij tikte ermee op zijn hand, benieuwd of hij een antwoordkaart heen en weer voelde schuiven: 'Ik, Mike Schwartz, ga deemoedig in op uw vriendelijke aanbod.' Hij kon er geen chocola van maken.

Deze envelop bevatte zijn laatste strohalm. Als je een afgezaagde vorm van beeldspraak wilde gebruiken: hij stond achter met 0 tegen 5, en nu, met twee spelers uit in de negende inning, had hij nog één kans om zijn hachje te redden. Yale hanteerde het meest competitieve toelatingsbeleid van het land, maar de andere instellingen waar hij zich had aangemeld waren vrijwel net zo exclusief, en zijn scriptiebegeleidster was een gerespecteerde oud-studente van Yale. Gewoonlijk geloofde Schwartz niet in het lot, maar misschien was het geluk deze keer met hem. Misschien waren die vijf afwijzingen een slinkse manier om de spanning op te voeren.

Hoe dan ook was het absurd om hier te staan dubben. Een stel decanen had het besluit al weken geleden genomen; er kon niets meer aan worden gedaan. Open de envelop, lamzak, dacht Schwartz. Kijk wat erin zit, reageer erop en ga weer aan het werk.

Hij duwde een nagel onder een zijkant van de flap, maar tot meer dan dat wist hij zich niet te dwingen. Hij ging tegen de muur zitten, liet de brief vallen, tussen zijn bovenbenen door. Het kraakbeen in zijn knieën was aan flarden gereten: het gevolg van te veel uren achter de thuisplaat, te veel kniebuigingen met te veel gewicht, zo veel dat de stang zich als een komma om zijn schouders kromde. De spieren in zijn rug knelden en klopten in pijnlijke, onvoorspelbare ritmes. Hij gespte zijn rugzak open, grabbelde naar zijn flesje Vicoprofen, mikte drie tabletten in zijn mond. Tijdens zijn scriptiesessies probeerde hij het gebruik van pijnstillers te vermijden, maar deze avond was bijzonder. Het bubbelbad, daar had hij behoefte aan; het zou hem verlichting brengen en nieuwe energie geven. Hij liep terug, de lift in, en drukte op B2 met de brief tussen zijn tanden.

Op de eerste verdieping stond een gloednieuw bubbelbad waarvoor Schwartz de benodigde fondsen had geworven, toch gaf hij de voorkeur aan dit bad: een gebutst ijzeren geval in de allerdiepste kelder, naast de kleedkamer. Daar beneden was het pikdonker, maar zijn voeten brachten hem feilloos naar zijn locker. Terwijl hij aan het combinatieslot in zijn behuizing draaide, rechts, links, rechts, voelde hij een lichte neerwaartse beweging, als bij de holte van een meisjeshals, steeds wanneer hij bij het juiste cijfer belandde. Hij trok een handdoek van het bovenste plankje – het ding rook bijna schoon – en liet zich op de gesplinterde bank achter hem zakken. Hij legde de brief rechts van hem. De koudwaterleidingen druppelden; de warmwaterleidingen stonken naar verbrand stof. Traag boog hij voorover, als een oude man, om zijn broek, schoenen en sokken uit te doen. De betonnen vloer, die heel geleidelijk afliep naar de afvoerroosters, voelde door de tientallen verflagen onder zijn blote voeten glad aan.

Schwartz wist niet anders of kleedkamers waren ondergronds, net als opslag- en schuilkelders. De reden daarvoor was niet zozeer bouwtechnisch als wel symbolisch van aard. De kleedkamer beschermde je wanneer je op je kwetsbaarst was: vlak voor een wedstrijd en pal erna. (En halverwege, als het om een footballwedstrijd ging.) Voor de wedstrijd deed je het uniform uit dat je droeg om de wereld tegemoet te treden, en trok je het uniform aan waarmee je je tegenstander tegemoet trad. In de tussentijd was je in ieder opzicht naakt. Na afloop van de wedstrijd kon je je sportieve emoties niet mee de wereld in nemen – wie dat deed belandde in een inrichting – dus ging je ondergronds en bande ze uit je lichaam. Je schreeuwde en smeet met dingen en ramde op je locker uit frustratie of vreugde. Je knuffelde je teamgenoot, kafferde hem uit of ramde hem op zijn gezicht. Wat er ook gebeurde, de kleedkamer was en bleef een toevluchtsoord.

Schwartz sloeg de handdoek om zijn middel, vond de brief terug – een baken van energie in het donker – en begaf zich langs lockers en banken naar de bubbelbadruimte. Hij drukte op een schakelaar: een kaal peertje dat aan een draad bungelde wierp onzeker, stoffig licht op de ruimte. Het liefst zat hij in volslagen duisternis in het bubbelbad, maar hij moest nu wel zijn lot met eigen ogen kunnen zien. Hij drukte op een andere schakelaar. Een seconde later produceerde het bubbelbad met tegenzin een schok en een kreun, waarna het water begon te kolken en een geur van oud chloor verspreidde.

Hij ontdeed zich van zijn handdoek, die op de grond viel, en liet zich in de kuip zakken, zodanig dat zijn onderrug zich recht voor een waterstraal bevond. Zijn borsthaar golfde naar het oppervlak zoals zeeflora naar het licht reikt. Wat Westish College nodig heeft, peinsde hij, is een fulltime masseuse. Hij stond zichzelf een korte impressie van de masseuse toe: haar meedogenloze handen groeven in zijn nekspieren; haar warme adem drong door tot in zijn oor; vanachter de dunne stof van haar bloesje drukte, misschien opzettelijk, een tepel tegen zijn schouderblad. Zijn fantasie had geen uitwerking; zijn geslacht ontwaakte niet en bleef ineengekruld als een bruin slakje onder water hangen.

Bij zijn eerstvolgende blik op zijn horloge gaf dat 3:09 aan. Hij lette er altijd op dat het tweeënveertig minuten voorliep – een ietwat bizarre gewoonte, net als het omhouden van je horloge in een bubbelbad – wat betekende dat het bijna half drie was. Als hij die paar uur voor zonsopgang nuttig wilde besteden moest hij naar boven, wat pruimtabak in zijn mond en schrijven maar. Hitte en stoom maakten dat de lijm van de envelop oploste; hij hoefde slechts de klep omhoog te wippen en even een blik in de envelop te werpen. In plaats daarvan leunde hij over de rand van het bad om de oude, met verf bespatte radio aan te zetten die op de gebarsten tegelvloer stond. Hij liet zich weer in het water zakken. Rockklassiekers klonken terwijl de hoeken van de envelop slap werden en omkrulden.

Het maakt niet veel uit, dacht hij. Als het niet lukt is er altijd volgend jaar nog. In een breder perspectief betekent een jaar niets. Je keert terug naar Chicago, gaat aan de slag als juridisch assistent, als vrijwilliger bij de arrondissementsrechtbank. Zeker, je hebt twee hele jaren zitten zwoegen op de Law School Admission Test, maar je kunt altijd nog een tandje hoger opschakelen. Je harkt wat geld bij elkaar voor een vooropleiding op een instelling voor rijkeluiskinderen en gooit de beuk erin. Uiteindelijk win je, omdat je weigert te verliezen. Jij bent Mike Schwartz.

Maar dat was nou net het probleem: hij was Mike Schwartz. Iedereen verwachtte dat hij zou slagen, ongeacht de arena waarin hij stond, dus was falen geen optie meer, zelfs tijdelijk falen niet. Niemand zou het begrijpen, zelfs Henry niet. Vooral Henry niet. De mythe die aan de basis van hun vriendschap lag – de mythe van zijn eigen onfeilbaarheid – zou in duigen liggen.

'Zo te merken gaat april als een beest van start,' verkondigde de dj van de kleine uurtjes. 'Momenteel zware sneeuwval in de districten Ogfield en Yammersley. Binnen een uur zal die het gebied rond Westish hebben bereikt, dus wees voorbereid op ernstige verkeershinder. Lang leve het broeikaseffect!'

Schwartz keek op zijn horloge, trok er tweeënveertig minuten af: bijna vijf uur. In geen jaren had hij zo veel werkbare tijd verdaan, althans niet in nuchtere toestand. Een plotselinge, overweldigende drang om met Henry te praten maakte zich van hem meester. Hij klauterde uit het bad, zocht op de tast in de donkere kleedkamer naar zijn stapeltje opgevouwen kleren en trok zijn telefoon uit de zak van zijn spijkerbroek.

'Morgen.' Henry nam op nadat de telefoon twee keer was overgegaan en klonk maar een beetje brak. Het maakte deel uit van hun systeem: Schwartz kon Henry op ieder moment bellen, of andersom, waarbij de ander snel en ontspannen opnam, klaar voor wat dan ook, zonder één klacht, ongeacht het tijdstip. Want wat stelde slaap, tijd, duisternis voor, afgezet tegen het werk dat ze nog moesten verzetten? Meestal was het natuurlijk Schwartz die aan het bellen sloeg.

Hij nam weer plaats in de badkuip. 'Skrimmer,' zei hij. 'Voel je je wat beter?'

Henry onderdrukte een geeuw. 'Ik geloof van wel. Waar ben je?'

'In het usc. Mijn rug in de week te leggen. D'r is een sneeuwstorm in aantocht. Ik dacht: misschien wil je je stadiontraining hebben gedaan voor het ding toeslaat.'

'Oké. Bedankt.'

Schwartz gluurde omlaag naar de brief in zijn hand. Toen hij het nummer draaide had hij niet goed geweten waarom hij Henry aan de lijn wilde hebben; nu realiseerde hij zich dat hij hem het hele verhaal wilde vertellen. Dan konden ze samen de envelop openmaken, de ellende, extase of wat dan ook delen. De Skrimmer moest nu hém maar een keer steunen. 'Luister,' zei hij. 'Wat ik eigenlijk wilde –'

'Hé!' Opeens klonk Henry klaarwakker. 'Toen ik gisteravond thuiskwam gebeurde er iets raars.' Hij begon te vertellen over zijn gesprek met Miranda Szabo.

'De derde ronde?' herhaalde Schwartz. 'Zei ze de derde ronde?'

'Dat zei ze, ja. "De derde ronde of eerder." Denk je dat het telefoontje fake was? In gedachten zag ik aldoor een van de softbalspeelsters aan de andere kant van de lijn, met op de achtergrond een lachende Rick en Starblind.'

Schwartz hield de brief op ooghoogte, draaide hem om. Hij bracht hem naar zijn neus en snuffelde aan de opgeloste lijm. Hij wist wat Henry op dat moment van hem verwachtte, maar het kostte hem minstens een halve minuut om de woorden te vinden die klonken als iets wat hij in een normale situatie zou zeggen. 'Het is niet fake, Skrimmer. Het is het begin van je toekomstige leven. Hier hebben we de afgelopen vier jaar naartoe gewerkt.'

'Drie jaar.'

'Precies. Drie jaar.' Door het vocht was de klep van de envelop losgekomen. Schwartz lichtte hem voorzichtig op, zo ver dat hij het fraaie, veelbelovende ecru van de opgevouwen brief erin kon ontwaren. 'Waar het nu om gaat,' zo ging hij verder, 'is: stug vasthouden aan het plan. Op de selectie heb je geen invloed. En als je er geen invloed op hebt moet je er geen tijd aan besteden. Je hebt alleen invloed op je eigen trainingsschema.'

'Precies,' zei Henry.

'Als het er dit jaar van komt,' zei hij, 'schitterend. Zo niet, dan wel volgend jaar.' Schwartz deed zijn ogen helemaal dicht voordat hij een hand in de envelop stak: de in drieën gevouwen brief, nog niet aangetast door het vocht in de badruimte, voelde stevig aan, hoopgevend. Henry zei iets over Peter Gammons, de honkbalanalist, maar zijn stem klonk ver weg. De metalen wanden van de kuip trilden tegen Schwartz' schouders. Hij vouwde de brief open.

'Hallo?' zei Henry. 'Schwartzy?'

13

Henry's adem vormde lichte wolkjes voor zijn gezicht. Onder zijn windstopper, sweater en thermojack, maar over zijn T-shirt, droeg hij zijn verzwaarde vest. Het sneeuwde nog niet, maar de wolken zakten door tot vlak boven de grond, als tentdoek dat ieder moment kon scheuren. Hij schakelde over van looppas naar draf en rende via het Small Quad naar het Large Quad. Hier waren de gebouwen groter, vooral de bibliotheek met zijn getinte glas en ook de kapel, die zich aan de noordzijde verhief. De bladerloze bomen huiverden in de wind. Eén enkel licht brandde er, achter een raam op de bovenverdieping van het USC: de werkkamer van Schwartzy.

Het stadion, een spelonkachtig stenen hoefijzer met romaanse bogen, dateerde van een eeuw geleden. De afmetingen getuigden van merkwaardige ambities. Zelfs bij belangrijke thuiswedstrijden was het nooit meer dan voor een kwart vol. Vier ochtenden per week kwam Henry hier: hij rende omhoog via de hoge, brede betonnen treden die als zitplaatsen dienstdeden, en omlaag via de lagere die als trappen werden gebruikt.

In de beslotenheid van het hoefijzer rook de stilte anders. Aan strekoefeningen deed hij niet, hij hupte alleen een paar keer op zijn tenen, maakte zijn heupen los en schoot omhoog, de duisternis in. De stenen trappen waren kniehoog en diep, zodat iedere stap een sprong betekende. Een sprong op hoop van zegen, aangezien het zo donker was dat hij de volgende tree amper kon zien. De koude lucht schuurde in zijn longen. De eerste keer dat hij het deed, vlak na zijn aankomst in Westish, was hij bij Sectie 3 uitgegleden en was er een stuk van zijn tand afgebroken. Na Sectie 9 had hij zich op de grond laten zakken, een kotsaanval nabij, terwijl Schwartz ontmoedigende opmerkingen in zijn oor fluisterde. Dat was toen de grote man Schwartz nog aan stadionrennen deed, verbluffend lenig. Voordat zijn knieën te slecht werden.

Met iedere stap trok er een vrieskoude scheut door Henry's ruggenmerg. Stap. Stap. Stap. Waar dacht Schwartz dat ie mee bezig was, hem op dit tijdstip en in dit weer eropuit te sturen? Henry hield ervan om vroeg op te staan, maar dit was absurd: eerder nacht dan ochtend, geen zweem van een zonsopgang of een ontwaakte vogel die hem gezelschap kon houden. Louter zwarte kou en die neerdrukkende bewolking. Door zijn zorgen om Owen had hij nauwelijks geslapen, onophoudelijk spookte die worp door zijn hoofd. Natuurlijk, als Owen de wedstrijd had zitten volgen in plaats van te lezen zou het nooit zijn gebeurd, maar het liet onverlet dat Henry zich schuldig voelde. En afgezien van wat hij Owen had aangedaan was er nog zijn frustratie dat hij er op het veld een puinhoop van had gemaakt, iets wat hem daarvóór zo lang niet was overkomen dat hij vergeten was dat er ook fouten konden worden gemaakt. Perfectie was wat hij nastreefde daar op het veld. Geluk bij een ongeluk: de scouts waren vertrokken voordat het gebeurde.

Na een eindeloze klim bereikte hij de bovenste rij en ramde met een gehandschoende hand tegen de grote aluminium 1 die tegen de zwarte muur was geschroefd. De klap was behoorlijk fors, maar de ijzige atomen gaven nauwelijks enige weerklank. Hij hield zijn rug naar de muur toe gekeerd terwijl hij zo snel als zijn trillende benen hem toestonden naar de trap tussen de secties 1 en 2 schuifelde. Het scheelde weinig of hij kon het golvende wolkendek boven hem aanraken.

Snel trippelde hij de trappen tussen de secties af – de afdaling was het engst, hoewel die minder zwaar was voor zijn benen. In de tussentijd veegde hij met een mouw van zijn windstopper zijn neus af. Zijn oren brandden. Beneden aangekomen draaide hij zich om, maakte een sprongetje en dook even ineen, als een hoogspringer die van start gaat. 'Kom op!' gromde hij hardop, zoals Schwartz dat ook zou doen, in een poging zich te vermannen. Tegelijkertijd kwam hij weer in beweging en aanvaardde grimmig de tocht naar boven. Het ene vermoeide been na het andere sleepte hij vooruit, tot hij met een gebalde vuist tegen de 2 van bevroren metaal sloeg.

Doe dan gewoon de helft, zei hij tijdens de afdaling tegen zichzelf.

Een siddering trok door zijn lichaam toen hij zijn ledematen los-schudde. Een half stadion, zeventien secties, en dan thuis een hete douche, zo heet dat die koud zou aanvoelen op zijn verdoofde huid, wat warme chocomel uit Owens aardewerken pan en al het overige dat warm was. En daarna weer onder de dekens kruipen, de warme, hete dekens, tot vijf uur later natuurkunde begon.

Maar ergens bij Sectie 5 begonnen zijn benen losser te worden en zijn longen zich te ontspannen. Betere gedachten trokken door zijn hoofd. Hij ontwikkelde meer vaart. Het bloed doorstroomde zijn li-chaam en hield de warmte tussen zijn kledinglagen vast. Zijn voeten landden soepeler op de harde ondergrond.

Eerst trok hij zijn handschoenen uit en smeet ze naar opzij. Twee secties later graaide hij met één hand naar zijn Cardinals-pet zodat hij zich met de andere kon ontdoen van zijn windstopper. Na de pet weer op zijn hoofd te hebben gedrukt smeet hij de windstopper weg. Die bolde op door de wind en zweefde even omhoog voordat hij op de trappen landde. De hitte straalde van Henry's gezicht. Zoutig snot liep over zijn bovenlip. Een majestueuze scheet joeg hem naar de top van Sectie 12, precies waar het stadion een bocht begon te maken. Hij gaf een ram tegen het cijfer alsof hij een high five uitdeelde aan een ploeg-genoot. Er trok een gewillige rilling door het ding. Hij lag nu op kruissnelheid, de duisternis kon hem wat, hij stroopte zijn sweater en lange onderhemd van zijn lijf zonder in te houden. Hij ging door het donker, blij met het donker, deel van het donker. Alleen zijn vest en T-shirt droeg hij nog, zijn eigen hitte was zijn wapen. Een warme huls van donker in het grote koude donker.

14

Voordat Pella was gaan liggen had ze haar zwempak uit haar rieten tas gehaald en het op de David-kant van het bed gelegd om haar te herinneren aan wat ze vandaag zou gaan doen. Nu kleedde ze zich uit, trok het zwempak aan, kleedde zich verder aan. Ze had niet echt geslapen; in San Francisco was het nu half vier 's ochtends. Het pak zat een beetje strak – oké, het zat erg strak – maar iets anders had ze niet. In het voorbijgaan draaide ze haar lichaam snel, een ogenblik lang, een kwartslag voor de tafelspiegel. Als niemand haar zag, zijzelf ook niet, maakte het niet uit hoe ze erbij liep.

Ze hoorde voetstappen in de keuken, een espressoapparaat dat er onder protest een paar laatste druppels uit perste, maar het was zelfs nog te vroeg om gezellig te doen tegen haar vader. Ze sloop de trap af, het Quad op, waar zich op het gras een laag zware, zompige sneeuw begon te vormen. Ze trok de capuchon van haar sweater over haar hoofd en strikte de touwtjes: een gebaar dat wel moest worden aangemerkt als overbodig omdat het niet strikt noodzakelijk was.

Pella had in geen eeuwigheid meer in het water gelegen. Wat niet wegneemt dat er zich, toen ze overwoog naar Westish te gaan en bij haar vader in te trekken, maar één prettig vooruitzicht aan haar geestesoog bleef opdringen, en dat was baantjes te kunnen trekken bij zonsopgang. Op Tellman Rose had ze fanatiek gezwommen, met vlinderslag als specialisme. Tijdens de schoolvakanties zocht ze haar vader op en trainde ze 's ochtends vroeg in het USC, wanneer de enige andere mensen in het zwembad oude kerels waren wier onbehaarde benen nadrukkelijk uit hun strakke korte zwembroek staken. Hoogleraren natuurwetenschappen, nam ze aan; van die zalig koppige grijsaards die overal rondfietsten, zeven kleine maaltijden per dag aten en zich hadden voorgenomen honderdtwintig te worden. Ergens leek haar vader op hen, hoewel hij niet vaak zwom. Nu, op z'n zestigste, wekte hij de indruk dat hij zich nog maar halverwege zijn aardse bestaan bevond.

Pella schuifelde over de parkeerplaats met haar hoofd omlaag, weggedraaid van de wind, in een poging de opgejaagde sneeuw uit haar ogen te houden. Toen ze de treden naar het USC op liep struikelde ze over iets wat een been bleek te zijn: het blote, harige been van een enorme, bijna naakte man. Door slaapgebrek was ze kennelijk gaan hallucineren over een naakte houthakker. De houthakker zat op de trap met een sneeuwwitte handdoek om zich heen treurig voor zich uit te staren terwijl natte sneeuw zich ophoopte in zijn haar, zijn baard, zijn borsthaar. Zelfs toen Pella pootje werd gehaakt door zijn been en zich moest opvangen met haar handen om hoofdletsel te voorkomen, reageerde hij niet op haar aanwezigheid. Ze maakte een halve slag om haar lengteas en zat toen naast hem op de trap.

'Mooie handdoek.'

Geen reactie.

'Gaat het wel goed?' vroeg ze.

De enorme schouders gingen op en neer. Nooit eerder, in droom noch hallucinatie, had Pella zo veel vlees gezien, zeker niet zo vlak voor haar neus.

'Heb je jezelf buitengesloten?' vroeg ze. 'Ik geloof dat ze officieel om zes uur open moeten gaan. Zo laat zal het nu ongeveer wel –'

'De deur is open.' De houthakker slaakte een diepe zucht. 'Je komt me niet bekend voor,' zei hij op matte toon en nog altijd voor zich uit starend. 'Ben je eerstejaars?'

'Nee. Alhoewel in zeker opzicht wel, denk ik – ik ben een soort gaststudent,' stelde Pella. 'En jij?'

'Mike Schwartz.' Zijn rechterhand schoof voor zijn lichaam langs om de hare te schudden terwijl zijn hoofd op de parkeerplaats gericht bleef, op de stenen kom van het footballstadion, de duisternis van het meer erachter.

'Pella,' zei ze. Haar achternaam liet ze achterwege. Dankzij de rondwervelende sneeuw en het feit dat haar aanwezigheid Mike Schwartz blijkbaar onverschillig liet voelde ze zich prettig anoniem. Waarmee haar vaders naam weleens korte metten kon maken, vreesde ze.

'Zoals de stad.'

'Yep.'

'In 168 voor Christus geplunderd door de Romeinen.'

'Iemand heeft z'n huiswerk zitten doen.'

Als in een visioen – in dit weer en met het donkergrijs van de aanstaande zonsopgang had alles iets van een visioen – kwam een oudere man aanrijden op een fiets, stapte kwiek af en zette de fiets in een skeletachtig rek onder aan de trap. Zijn piekerige haar was bepoederd met sneeuw. Hij trok een kleine canvas tas van zijn handvatten, draafde de trap naar het USC op en knikte in het voorbijgaan. Afgaand op de minzaam-neutrale uitdrukking op het gezicht van de oude man zou je denken dat Mike Schwartz elke ochtend met een handdoek om op die trap zat om ijverige sportievelingen te begroeten. Wat inderdaad zo was, voorzover Pella wist. 'Heb je het niet koud?' vroeg ze.

'Het koud hebben is een geestestoestand.'

'Nou, mijn geestestoestand is ijskoud.' Pella stond op en veegde de sneeuw van haar dijen. 'Aangenaam kennis met je te maken, Mike.'

Op dat moment draaide hij eindelijk zijn hoofd om en keek haar voor het eerst aan. Pella zag dat zijn ogen een prachtige, gloedvolle kleur hadden, als het doorschijnende amber waarin prehistorische insecten bewaard zijn gebleven. Er school iets van gekwetstheid, van verwarring in, alsof ze had beloofd daar de hele dag te blijven zitten en die belofte plotseling verbrak. Een moment lang voelde het alsof haar ziel op een ongekend diepgaande manier werd gepeild. Toen zakte zijn blik af naar haar borsten. Pella sloeg haar armen over elkaar. Het irriteerde haar dat hij dat had gedaan en zo de magie van het moment had verbroken; extra irritatie bekroop haar omdat ze haar weinig flatteuze zwempak onder haar capuchonsweater droeg.

'Ik kom er niet in,' zei hij somber.

'Waarin?'

Hij wees naar de plek tussen zijn geteisterde blote voeten waar een envelop ondergesneeuwd raakte. 'Een rechtenfaculteit.'

'Daarom zit je hier in een sneeuwstorm? Omdat je geen rechten kunt gaan studeren?'

'Ja.'

'Zeg, je lendendoek begint wat omhoog te kruipen.'

'Sorry.' Hij schoof de handdoek terug. 'Weet je, je bent de enige aan wie ik dit heb verteld. Het is een bekentenis. Eigenlijk moet je me op m'n schouder kloppen en "ach gossie toch" zeggen.'

'Sorry.' Ze klopte hem op zijn schouder. 'Ach gossie toch. Maar waarom wilde je überhaupt rechten gaan studeren? Rechtenstudenten zijn saaier dan saai.'

'Ik was van plan gouverneur te worden.'

'Van Wisconsin?'

'Illinois. Ik kom uit Chicago.'

'Ben jij niet joods?'

'Momenteel zijn er drie joodse gouverneurs,' zei hij plechtig. 'Maar inderdaad.'

In zijn stem had geen ironie doorgeklonken toen hij zijn woest ambitieuze plannen ontvouwde. Sterker nog: zijn stem leek geen rekening te houden met de kans dat er zoiets als ironie bestond. 'Tja,' zei ze, 'je kunt het altijd volgend jaar weer proberen.'

'Tuurlijk.'

Pella rilde onophoudelijk – ze had niet eens een paar sokken uit San Francisco meegenomen – maar om de een of andere reden wilde ze niet weg. De lucht onder de wolken lichtte op en de diverse bruintinten van de eerste lentedagen waren verdwenen onder de sneeuw. Mike zat met zijn ellebogen op zijn knieën mistroostig naar zijn verstrengelde vingers te kijken.

'Maar, eh, wat vind je van Westish?' vroeg ze.

'Ik vind het geweldig,' antwoordde hij. 'Ik voel me er thuis.'

Hij was zo naïef, zo eerlijk, lichamelijk zo massief – de combinatie was op de een of andere manier spectaculair ontroerend. Ze ging weer zitten. Ergens voelde ze dat het nu haar beurt was een bekentenis te doen, om hem zijn verdriet even te doen vergeten. 'M'n pa is de rector van hier,' zei ze.

'Affy? Hij is je pa?'

'Uhuh.'

'Dan zul je wel hebben gehoord wat er gisteren tijdens onze wedstrijd is gebeurd.'

Dat had Pella niet. Mike vertelde het hele verhaal. 'Je pa is zelfs met Owen in de ambulance meegereden naar het ziekenhuis,' zei hij. 'Mede dankzij hem is Henry wat gekalmeerd.'

Pella wist niet wie Owen en Henry waren. 'Dat zal wel de reden zijn geweest waarom pa gisteravond zo laat op het vliegveld was.'

'Dat heeft ie je niet verteld? Hm. Misschien hangt hij liever in het geniep de barmhartige samaritaan uit.'

'Ik dacht dat je joods was.'

'Dat geldt ook voor de Samaritanen. Min of meer.'

De houthakkende gouverneur bleek minder onnozel dan Pella aanvankelijk had gedacht.

Hij staarde weer naar de parkeerplaats. 'Ongelooflijk dat Affenlight jouw pa is,' mijmerde hij hardop. 'Die vent kan beestachtig goed speechen.'

'Ik weet het.'

'Vanwege hem ben ik hier gaan studeren. Niet dat ik veel keus had. Maar toen ik hier kwam aanwaaien tijdens de voorlichtingsdagen hield ie een toespraak die ik nooit zal vergeten. Over Emerson.'

Pella knikte. Dat Emerson-praatje kende ze uit haar hoofd, maar Mike wilde het zo te merken graag navertellen, en als dat hem wat kon opvrolijken was ze bereid naar hem te luisteren.

'Z'n eerste vrouw overleed op jonge leeftijd, aan tuberculose. Emerson was er kapot van. Maanden later ging hij naar het kerkhof, in z'n eentje, en groef haar op. Deed de kist open en keek naar wat er over was van de vrouw van wie hij hield. Stel je eens voor! Het moet afschuwelijk zijn geweest. Een ongelooflijk afschuwelijke ervaring. Maar weet je: Emerson móest het doen. Hij moest haar met eigen ogen zien. Om de dood te begrijpen. Om de dood tastbaar te maken. Je pa zei dat die behoefte om met eigen ogen te kijken, zelfs onder de lastigste omstandigheden, de essentie is van onderw–'

'Ellen was negentien,' onderbrak Pella hem. Ze vond het afschuwelijk dat er zo veel naamloze vrouwen in verhalen figureerden, alsof ze alleen maar leefden en stierven om mannen aan hun metafysisch getinte inzichten te helpen. 'Een van de behandelingen die de artsen indertijd voorschreven bij tuberculose heette "hotsen". Wat betekende: in een wagen met hoge snelheid over enorm hobbelige wegen rijden. Maanden, weken voor ze stierf. Al die tijd hoestte ze bloed op.'

'Wauw,' zei Mike. 'Wat verschrikkelijk.'

'Ja, hè?' Pella ging weer staan en veegde opnieuw de sneeuw van haar bovenbenen. 'Nou, ik moest maar 's m'n baantjes gaan zwemmen.' Ze liep richting deur en verwachtte min of meer dat Mike haar zou volgen, maar hij bleef stug naar de aangroeiende sneeuw staren. 'Hé,' riep ze hem toe. 'Misschien kun je maar beter een broek aantrekken.'

Hij knikte afwezig, verzonken in Joost mocht weten welke gedachten: aan een rechtenstudie, haar vaders toespraken of zijn gewonde teamgenoot. 'Dat ís een optie.'

15

Pella was niet in de logeerkamer toen Affenlight er post-espresso een blik in wierp. Misschien had dat hem moeten verontrusten – hij verwachtte dat ze elk moment voorgoed kon verdwijnen – maar vóór alles was hij opgelucht dat hij geen toelichtingen of leugens hoefde op te dissen met betrekking tot de vraag waar hij naartoe ging. Te weten: het ziekenhuis.

Het was vroeg, er lag een dik pak sneeuw, in de gangen van het St. Anne was het rustig. Affenlight kreeg het kamernummer van een verpleegster en klopte zachtjes op de deurpost. Geen reactie. Voorzichtig duwde hij de deur open. Owen leek te sluimeren; lui volgde zijn blik Affenlights binnenkomst. Twee slangetjes verdwenen kronkelend in zijn spierwitte arm.

'Ha,' zei Affenlight.

Bij wijze van antwoord trok Owen zijn wenkbrauwen op. Hij zag er mooi, mooi, mooi uit, zoals een antieke Chinese vaas die eerder nog in gruzelementen lag mooi kan zijn, de ivoorkleurige scherven opgegraven en gelijmd zodat de delicate, filigraanachtige donkerrode adertjes na een onderbreking van eeuwen weer hun oorspronkelijke kronkelroutes volgen. Of was dat een smakeloze vergelijking? Buiten kijf stond dat Owen zelf een merkwaardig oude indruk maakte en begiftigd was met een Aziatische verfijning, zij het niet met Aziatisch bloed; de kleuren ivoor en donkerrood konden ook het gevolg zijn van blauwe plekken en een anemische huid; en natuurlijk was hij nu beschadigd, en zulk bewijs van zijn breekbaarheid kon alleen maar bijdragen aan zijn schoonheid...

Hoe dan ook lukte het hem op de een of andere manier om behoorlijk mooi voor de dag te komen, hoewel de linkerkant van zijn gezicht in groteske mate gezwollen, opgeblazen was. Affenlight aarzelde.

Zijn neiging naar het bed te lopen, Owen aan te raken en zo een vorm van steun te bieden, hem geluk te wensen en te bedanken vanwege het feit dat hij er weer bovenop zou komen, werd gestuit door zijn angst dat elk gebaar van zijn kant overdreven en onnatuurlijk zou lijken. Uiteindelijk liep hij langs het bed – waarbij het voelde alsof hij een minieme maar desondanks onvergeeflijke zonde beging, die van een te grote voorzichtigheid – en liet zich in de stoel bij het raam zakken.

Owen begon zijn mond te openen, maakte toen een grimas en staakte de beweging. Bij zijn tweede poging deed hij voorzichtig zijn lippen uiteen en ademde de woorden door een nauwe opening tussen zijn tanden, zonder zijn gebruikelijke retorische precisie: 'Guert. Hoe ging het overleg met de Raad van Toezicht?'

Affenlight glimlachte. 'Best goed,' zei hij. 'Volgens mij is het balletje aan het rollen.'

'Held van me.' Bij elk woord vertrok Owen zijn gezicht. Hij keek in de richting van Affenlight, maar zijn ogen leken niet goed scherp te kunnen stellen.

'Als het pijn doet moet je maar niks zeggen,' liet Affenlight hem weten. 'Ik wilde enkel even gedag zeggen.'

'Ik hou van praten.' Owen stopte even omdat het hem zichtbaar pijn deed. 'Wat is me overkomen?'

'Weet je dat niet meer?'

'Volgens de arts ben ik geraakt door een bal. Maar ik kan me niet herinneren dat ik een slagbeurt had.'

'Je zat in de dug-out. Een aangooi van Henry raakte uit de koers.'

'Van Henry? Echt? Weet je dat zeker?'

'Ja.'

'Tja, het zijn altijd degenen van wie je het het minst verwacht.' Owen liet zijn ogen dichtvallen. 'Ik herinner me helemaal niets. Zat ik te lezen?'

Affenlight knikte. 'Ik heb je gewaarschuwd. Het is een gevaarlijk tijdverdrijf.'

De kant van Owens mond die het verst van zijn verwonding was verwijderd liet het begin van een glimlach zien.

'Het is fijn om je weer te zien,' zei Affenlight.

'Ik zou niet weten waarom. Ik weet zeker dat ik er stuitend uitzie.'

'Nee.'

'Ik vind het ook fijn om jou te zien. Hoewel ik je eigenlijk niet kan zien. Ligt mijn bril hier ergens?'

Dat was het dus, besefte Affenlight, wat Owen zo anders, zo kwetsbaar en prachtig maakte, nog meer dan de zwelling en de bloeduitstortingen, nog meer dan de jaap met de zwarte hechtingen waar de naden van de bal zijn wang hadden opengereten: al die tijd dat ze elkaar kenden had hij nog nooit geen bril gedragen. 'Die heeft de ambulance niet gehaald,' zei hij. 'Hoogstwaarschijnlijk is hij kapot.'

'Aha.'

'Heb je er nog een?'

Owen knikte. 'In m'n kamer.'

'Ik zal hem voor je halen,' bood Affenlight aan.

'Nee, nee,' zei Owen. 'Je heb het te druk. Ik vraag het wel aan Henry.'

'Het is geen moeite. Op de terugweg kom ik toch hier langs.' Affenlight zocht naar een vervolg op die laatste uitspraak voordat Owen kon zeggen hoe onzinnig hij was. Het St. Anne lag bijna tien kilometer van Westish verwijderd, met niets ertussen. 'Ik haal wel een sleutel bij Huisvesting. Heb je verder nog iets nodig?'

Owen dacht even na. 'Ik heb wat stuff. In de bovenste la van m'n ladekast.'

Affenlight lachte. 'Ik betwijfel of ik die langs de bewaking krijg.' Hij hees zichzelf uit zijn stoel, wat doenlijk was nu hij een vervolgbezoek had afgesproken. Onderweg naar de deur werd hij overweldigd door een golf van moed en drukte zijn hand tegen Owens gladde voorhoofd, boven het verband en de blauwe plekken. Owen hield zijn ogen dicht. Zijn vlees voelde schrikbarend warm, zo warm dat Affenlight in eerste instantie meteen een verpleegster wilde roepen. Vervolgens drong het tot hem door dat het geen koortsige hitte was maar de gewone, dierlijke warmte van de jeugd. Vol schaamte trok hij zijn hand terug en stak hem in zijn jaszak. Hij wilde niet weten hoe zijn hand voor Owen voelde – ongetwijfeld koud en bejaard. Geen wonder dat hij eindelijk verliefd was geworden, nu hij zelf nog maar zo weinig warmte te vergeven had. Hij was waarlijk een dwaas. Verslagen liep hij verder naar de deur.

'Neem je m'n bril mee?'

'Natuurlijk.'

'Het is hier tamelijk saai. En ik heb moeite me te concentreren. Zo-dra een gedachte in me opkomt zakt die weer weg. Misschien kun je me wat voorlezen als je terugkomt.'

En net zo gemakkelijk voelde Affenlight zich als herboren.

16

De sneeuwschuivers waren al vóór zonsopgang aan de slag gegaan en de middagzon was warm. De wegen waren bijna schoon. Henry had alles bij zich wat Owen volgens hem nodig zou kunnen hebben: studieboeken, reservebril, rode sweater.

'Grappig is dat, hè?' zei hij in de auto. 'Ik maakte me vreselijk ongerust over wat er volgend jaar zou gebeuren, na jouw vertrek. Maar nu ben ik er misschien ook wel niet.' Even aarzelde hij, wierp een blik op Schwartz en opperde het idee dat hem de hele dag had beziggehouden. 'Ik zat te denken: als ik inderdaad een goeie instappremie krijg, zoals mevrouw Szabo zei, zouden we die kunnen gebruiken om het collegegeld voor je rechtenopleiding te betalen. Zodat je geen nieuwe schulden hoeft te maken.'

Grimmig omklemde Schwartz het stuur. 'Skrimmer...'

'Het zou geen lening zijn,' zei Henry. 'Meer een soort investering. Na je rechtenstudie ga je flink verdienen. Dus we zouden alleen maar –'

'Hénry. Hoeveel geld heb je op de bank?'

Henry probeerde zich te herinneren wat hij had uitgegeven aan zijn laatste voorraad SuperBoost. 'Weet ik niet. Vierhonderd?'

'Dan is dat wat je hebt.' Schwartz stuurde de enorme motorkap van de Buick om een sneeuwbult heen, de parkeerplaats van het ziekenhuis op. 'Wat een of andere hotshot van een agent ook beweert.'

'Tuurlijk,' zei Henry. 'Ik dacht enkel –'

'Je moet niet denken.' Een afgepeigerde Schwartz zette zuchtend de motor uit. 'Al degenen die je hierna bellen, agenten, scouts, wie dan ook, je zegt tegen ze dat ze coach Cox moeten bellen. Begrepen?'

'Tuurlijk,' zei hij.

Toen ze de kamer hadden gevonden bleek Owen te slapen. 'Hij krijgt heel wat medicijnen,' deelde de verpleegster hun mee. 'Ook al

was ie wakker, dan nog zou er weinig zinnigs uit hem komen.' De linkerkant van zijn gezicht was vanaf de onderkant van de oogkas tot beneden extreem gezwollen. Henry staarde naar de wildgroei aan bloeduitstortingen, de lelijke brij van tinten paars, bruin en groen. Dat had
híj zijn vriend aangedaan. Of de zwelling, of het gebroken jukbeen be-
lemmerde Owens ademhaling, want hij zoog de lucht amechtig naar
binnen, wat gepaard ging met een claxonachtig geluid. Henry legde
Owens spullen op een stapeltje naast het bed.

Bij hun aankomst op de training hoorden ze coach Cox naar Starblind
brullen: 'Starblind!'
    'Ja, coach Cox?'
    'Heb je je haar laten knippen?'
    'Eh, nee, coach.'
    'Je loopt me te belazeren. Ik heb je gisteravond nog gezien, om acht
uur. Je was zo harig als een hond.'
    Coach Cox had maar twee spijkerharde regels: 1) wees op tijd en 2)
ga niet de dag voor een wedstrijd naar de kapper. Een knipbeurt ver-
stoorde het evenwicht van een honkballer, omdat die heel subtiel het
gewicht en de luchtweerstand van zijn hoofd veranderde. Volgens
coach Cox had je twee dagen nodig om eraan te wennen. Wat Starblind onophoudelijk voor problemen stelde, want zijn ijdelheid eiste
van hem dat hij om de twee weken op maandag langsging bij zijn sti-
list.
    'Wil je morgen op de bank zitten?'
    'Nee,' zei Starblind nors.
    'Dan kun je me maar beter na de training nog twintig shuttle drills
laten zien. Om dat evenwicht op z'n plek te krijgen.'
    Starblind kreunde.
    'Nog één keer kreunen en het zijn er dertig.' Coach Cox gebaarde
naar Henry. 'Heb je effe?'
    'Tuurlijk, coach.'
    Ze liepen de gang in. 'Ik ben gebeld door de afgevaardigde van de
UMSCAC,' zei coach Cox. 'Het schijnt dat de bond wat aandacht wil
besteden aan je record.'
    'O,' zei Henry. 'Dat is niet nodig.'

'Precies, verdommenogantoe. Maar Dale wil van geen wijken weten. Levert ze wat extra publiciteit op en zo.' Coach Cox streek zijn snor glad en keek Henry recht in de ogen met een soort groot-nieuws-blik. 'Iemand daarginds heeft Aparicio Rodriguez aan de lijn weten te krijgen, en die heeft gezegd dat ie bereid is om er deze kant voor op te komen.'

'Aparicio?' fluisterde Henry. 'Je maakt een grapje.'

'Hij zei dat hij graag de man wilde ontmoeten die z'n record heeft geëvenaard.'

Henry's oren begonnen te tuiten. Aparicio, zijn held, winnaar van veertien Golden Gloves, twee World Series. De grootste korte stop aller tijden.

'Het schijnt dat hij elk jaar rond deze tijd naar de States komt om met de binnenvelders van de Cardinals te werken. En hij heeft aangeboden om hier langs te komen voordat ie terugkeert naar Venezuela. Wat waarschijnlijk het laatste weekend van het seizoen is, tegen Coshwale.'

Coach Cox ving Henry's blik op en keek hem streng aan. 'Maar goed, ik wil niet dat dit jou of wie dan ook afleidt van de essentie. Als we in de race blijven worden die Coshwale-wedstrijden enorm belangrijk.'

'Wees niet bang,' stelde Henry hem gerust. 'Er is niets wat me van de kaart brengt.'

'Ik weet het.' Een glimlach trok over het gezicht van coach Cox. 'Er zit heel wat aan te komen voor jou, Skrimmer. Verdomd veel.'

Na de training togen Schwartz en Henry naar de geïmproviseerde slagkooi van nylon netten in de sportzaal op de derde verdieping van het USC. Schwartz vulde de werpmachine en ging daarna met zijn armen over elkaar achter Henry staan. Hij bromde, schraapte zijn keel, plaatste af en toe een opmerking ter nadere instructie. Henry sloeg bal na bal door het midden van de kooi. Zijn doel was, zoals altijd, de bal zodanig op z'n kop te raken dat die exact dezelfde route terug volgde en de vuurmond van de werpmachine in vloog, zodat de grote rubberwielen in tegengestelde richting begonnen rond te tollen, alsof de tijd werd teruggedraaid. Al die honderden sessies was het hem nog nooit echt gelukt, maar hij bleef geloven dat het kon.

'Heupen,' zei Schwartz.

Beng.

'Ja, zo.'

Beng.

'Hou 'm recht.'

Beng.

Beng.

Beng.

Elke vrijdag na hun slagtraining, of het nu tijdens of buiten het seizoen was, reden Henry en Schwartz naar Carapelli, namen plaats in hun vaste *booth* en aten van de voorgerechten die mevrouw Carapelli langsbracht, gevolgd door een extra grote speciale huispizza met extra saus, extra kaas en extra vlees. Na afloop nipte Schwartz één pijpje bier leeg, nam Henry een reusachtige SuperBoost-shake en praatten ze over honkbal tot Carapelli dichtging.

Maar vanavond maakte Schwartzy aanstalten om te voet terug te gaan naar zijn huis, dat hij deelde met Arsch.

'Waar ga je naartoe?' vroeg Henry.

'Naar huis.'

'Maar het is vrijdag.'

Schwartz bleef staan, keek omlaag naar zijn knokige vingers. De wijsvinger van zijn handschoenhand was de avond ervoor omgeklapt door een achterzwaai van een Milford-slagman, met als gevolg dat de nagel donkerpaars was geworden en er snel af zou vallen. Hij had geen geld meer, maar dat was niet de reden waarom hij niet naar Carapelli wilde. Daar blij zitten doen vanwege Skrimmers aanstaande roem was wel het laatste wat hij wilde. Hij had hem nog steeds niet over Yale verteld. En niet over Harvard. Columbia. NYU. Stanford. De University of Chicago. 'Ik kan vanavond maar beter thuisblijven,' zei hij. 'Scriptiestress.'

'O,' zei Henry. 'Oké.' Hij had hem het nieuws over Aparicio na hun aankomst bij Carapelli willen vertellen, zodat ze er in alle rust van konden genieten. Maar het kon ook tot morgen wachten – en dat zou wel moeten, want Schwartz stak inmiddels al de parkeerplaats over, met zijn kraag omhoog tegen de kou.

17

Affenlight liep de trap van Phumber Hall op, speelde nerveus met de sleutel in zijn jaszak. Zijn woning bevond zich even verderop in Scull Hall, in veel opzichten een vrijwel identiek pand: dezelfde kromgetrokken trap, dezelfde ruitjesramen op de overlopen, dezelfde lastig te omschrijven geur van meerwater dat in honderd jaar oude steen is getrokken, maar hij voelde zich een complete wereld van zijn eigen huis verwijderd. Vanachter een aantal deuren klonk harde muziek. Vermoedelijk zaten de studenten in de mensa maar lieten ze de muziek gewoon doorspelen. De opzichters moesten de anderen beter op hun verantwoordelijkheden wijzen – een onderwerp om met decaan Melkin te bespreken. Vuile borden stonden op de vensterbanken. Aan de deuren hingen whiteboards met spiraaldraden waaraan zwarte viltstiften bungelden. De borden waren volgekrabbeld met telefoonnummers, citaten, taken. Op een ervan stond een mannelijk poppetje tegenover een vrouwelijk poppetje. Een pijl wees naar een erectie die tot zijn schouders reikte: THESE, stond erbij. Een andere pijl wees naar het geviltstifte haar tussen haar benen: ANTITHESE. Nou, dacht Affenlight, dat dekt wel zo'n beetje de lading.

De meeste bewoners van Phumber waren eerstejaars, die hun onlangs verworven vrijheid nog niet goed konden beteugelen. De bovenste verdieping straalde meer rust uit. Geen herrie, geen borden, geen ranzige tekeningen. Slechts twee deuren, aan weerszijden van de smalle overloop. Affenlight ging voor de linker staan en klopte erop. Hij hoopte dat Henry Skrimshander niet thuis was, zodat hij alleen kon zijn met Owens spullen – let wel: niet om rond te snuffelen, maar om er gewoon te zíjn – en was dan ook blij toen er geen reactie volgde. Stemgeluiden stegen op via het trappenhuis. Hij stak de sleutel in het slot en dook de kamer in.

Prettig genoeg was het vooral Owens kamer: netjes en vol boeken, met een zweem van marihuana in de lucht. In veel opzichten was de kamer beter ingericht dan die van Affenlight: kerngezonde planten, schilderijen aan de muren, ranke zilverkleurige elektronica. De rommel bleef beperkt tot één onopgemaakt bed.

Niet dralen, dacht hij. Niet in boeken bladeren. Pak waarvoor je bent gekomen en wegwezen. Hij ging alle vlakken en richels langs, op zoek naar een bril. Het was wel duidelijk welk bureau van Owen was: het keurigste van de twee. Terwijl hij eroverheen leunde raakte zijn pols de muis die verbonden was met Owens computer. Zoemend kwam het scherm tot leven. Hij zag wat erop stond, of hij nu wilde of niet. In de webbrowser was een foto van een man geopend: een gespierde, gebronsde, haarloze, geolieede twintiger die wijdbeens op een houten stoel zat met één hand gekromd om de top van zijn buitensporig grote gesteven lid alsof het de versnellingspook van Affenlights Audi was. Hij klapte de laptop dicht en probeerde de kruiden die in potjes op de vensterbank stonden te benoemen. Munt. Basilicum. En was dat tijm? Ja, tijm.

De eerste duidbare emotie die zich een weg naar zijn hersenen baande was teleurstelling. Owen zal mij nooit willen hebben, dacht hij. Als dat is wat Owen wil, dan zal Owen mij nooit willen hebben. Misschien had hij rondgelopen met Owen als een spiritueel schepsel in zijn gedachten, als een zuivere geest die moest samensmelten met de zijne, maar dat klopte niet helemaal, hè? Want Owen had ook een lichaam, en een behoefte aan lichamen – en als hij er nu dan toch over nadacht, wat vond Affenlight van Owens lichaam? Verlangde hij in seksueel opzicht naar Owen? Want die website, die foto, die ging over seks. Daarnaar was hij onderweg, of dat probeerde hij althans. Niet dat Owen hem wilde hebben. Maar als Owen hem wel wilde hebben – als Owen zijn ouder wordende, fletse, fantastisch-voor-een-zestigjarige, aardig-voor-een-veertigjarige, onacceptabel-voor-een-twintigjarige lichaam wilde hebben, wat met iedere seconde onwaarschijnlijker leek, zou hij dan van zijn kant Owens lichaam willen hebben? Hij dacht van wel, had erover gefantaseerd, in zekere zin, maar zijn fantasieën waren heel anders dan de strakke lijnen van die foto, gingen louter over liefkozingen en gefluisterde ontboezemingen, teder en abstract.

Twee soorten vragen buitelden over elkaar heen in Affenlights hoofd: de ene had te maken met de erotische verlangens van Owen, de andere met die van hemzelf. Beide had hij nooit in verband gebracht met harde porno. En toch was daar die website, pal voor zijn neus. Een deel van Owens leven, hoe klein dan ook: en nu, omdat hij zich niet aan zijn 'gij zult niet rondsnuffelen'-gebod had gehouden, tevens een deel van het zijne. Hij deed de laptop weer open, bereidde zich voor om te kijken en zijn reactie te peilen. Weer klonken er voetstappen op de trap – maar ditmaal stopten ze niet op de overloop van de tweede verdieping.

Tegen de tijd dat Henry de eetzaal in liep was de saladebar al opgeruimd, waren de roestvrijstalen bakken van het zelfbedieningsbuffet uit hun roestvrijstalen frames gehaald en geleegd. Hij vond een campustelefoon en belde Rick O'Shea om te vragen of hij mee wilde naar Carapelli.

'Sorry, Skrimmage,' zei Rick. 'Starblind en ik hebben daarnet al gegeten. Waar is de grote man?'

'Die werkt aan z'n scriptie.'

'Logisch. Luister, ik heb oma O'Shea aan de andere lijn. Ze was me net aan het vertellen waarom Clinton bíjna een betere president was dan Jack Kennedy. Zie je morgenvroeg, oké?'

Henry liep terug naar de mensa, waar hij twee glazen magere melk inschonk. Hij moest maar genoegen nemen met een dubbele dosis SuperBoost.

Chef Spirodocus kwam klossend op zijn klompen de keuken uit lopen, zijn blik op zijn klembord gericht.

'Hé, chef Spirodocus,' zei Henry.

Chef Spirodocus keek met tegenzin op van zijn klembord. Zijn hangogen hadden moeite met scherpstellen. Over het algemeen praatte hij liever niet met studenten. Maar toen hij zag dat Henry het was knikte hij. 'Jongeman. Wanneer kom je weer werken?'

'Gauw.' Meestal vond Henry het werk in de mensa leuk. Chef Spirodocus bracht heel wat studenten ertoe hun bijbaantje op te zeggen, met zijn uiteenzettingen dan wel tirades over het eten als kunst, de keuken als atelier, het bord als canvas, en viel er op goor canvas kunst te maken? Maar die straffe aanpak paste perfect in Henry's systeem. En toch. Als hij door de selectie kwam, als hij betaald kreeg om te honkballen, zou hij het niet meer hoeven te doen. 'Denk ik.'

In de kleine zwarte ogen van chef Spirodocus verscheen een omfloerste blik. 'Ik kan je goed gebruiken.' Zijn hand ging omhoog om Henry onhandig op zijn schouder te kloppen. 'Je medestudenten zijn idioten.'

Bij zijn voordeur in Phumber Hall aangekomen zette Henry zijn glazen melk op de vloer van het trappenhuis en grabbelde in zijn tas naar zijn sleutels. Hij vond ze, maar ontdekte toen dat de deur niet op slot zat, wat vreemd was aangezien Owen in het ziekenhuis lag. Hij duwde de deur open met zijn heup en pakte de glazen. Toen hij met een draai de kamer in stapte zag hij in een ooghoek iets bewegen. Geschrokken liet hij een van de glazen vallen. Dat landde op het snijvlak van Owens Tibetaanse kleed en de vloerdelen, met een ontploffing van glinsterende splinters tot gevolg. Melk spatte op zijn joggingbroek, de bureaustoel en de helft van het kleed.

'Henry.' Rector Affenlight stapte in twee haastige passen naar het midden van de kamer. 'Mijn hemel. Neem me niet kwalijk.'

'Rector Affenlight. Hallo. Sorry. Ik schrok van u.'

'En terecht.' Rector Affenlight begon de scherven op te rapen en gooide ze in de vuilnisbak. 'Wat een onnozele actie van mij.'

'We houden gewoon het hoofd koel, toch?' Henry smeet zijn tas op het bed en graaide een handdoek uit de wasmand. 'Wacht, laat mij dat maar doen.' Het was bizar om de rector in zijn kamer aan te treffen, maar het was bizarder om hem op handen en voeten te zien rondscharrelen over het vloerkleed, op zoek naar onzichtbare splinters.

'Het spijt me verschrikkelijk,' zei rector Affenlight. 'Ik was alleen... Tja, weet je, het ziekenhuis belde me vanmiddag op mijn kantoor. Blijkbaar hebben ze mij daar genoteerd als Owens contactpersoon, omdat ik als eerste in het ziekenhuis was. Ze zochten iemand die zijn bril kwam brengen.'

'Zijn bril? Da's vreemd. Ik heb hem vanochtend voor de training langsgebracht.'

'Aha. Hm, dat verklaart waarom ik hem maar niet kan vinden.'

'Ik heb hem naast Owens bed gelegd. Dat geloof ik althans. Ik hoop dat hij niet uit de tas is gevallen.'

'Ik weet zeker dat het gewoon een misverstand is,' zei rector Affenlight haastig. Ze gingen aan weerskanten van de druipende handdoek op hun knieën zitten om de stukjes glas van de vloerkleeddraden te scheiden. Henry zocht naar iets om te zeggen. Rector Affenlight maakte een droevige of eenzame indruk, of er was iets anders, maar misschien kwam het gewoon doordat hij daar zo over het vloerkleed gebogen hing. 'Uw stropdas,' zei Henry toen hij de punt van de zijden stropdas van de rector in een plasje melk zag verdwijnen.

'Hm? Ah. Bedankt.'

Toen ze het splinters zoeken staakten stond rector Affenlight op en knoopte zijn jas dicht. 'Nogmaals sorry dat ik je lastig heb gevallen, Henry. Je hebt een glas melk van me tegoed.'

Henry wist niet wat hij tegen rector Affenlight moest zeggen, maar ergens wilde hij ook niet dat hij wegging. Misschien was het niet de rector die eenzaam was – misschien was hij het zelf wel. 'Hoe noem je dat ook alweer,' vroeg hij, 'als je ervan uitgaat dat iemand anders dezelfde problemen heeft als jij?'

'Projectie.'

'Precies. Projectie. Hebt u daar weleens last van?'

'Je bedoelt of ik weleens mijn problemen op andere mensen projecteer?'

'Yep.'

Affenlight glimlachte. 'Hoezo, jij dan wel?'

'Ik vroeg het aan u.'

'Natuurlijk,' zei Affenlight. 'Doen we dat allemaal niet?' De deur zwaaide achter hem dicht, waarna zijn dure schoenen met een helder geluid de trap af gingen.

Henry vermengde zijn resterende melk met drie scheppen Super-Boost, klopte er een dikke brij van en at die met een lepel op. Niet echt wat je noemt avondeten, maar wat viel er aan te doen? Hij was al vóór het licht werd opgestaan en had geen puf om opnieuw de deur uit te gaan. Hij sloeg zijn natuurkundeboek open en probeerde wat te studeren, maar zag alleen de baan die de bal had afgelegd, van zijn vingertoppen naar Owens gezicht, weer, weer, weer.

De telefoon ging. 'Henry.'

'Owen! Hoe gaat het?'

'Veel beter, bedankt.'

Henry had wel verwacht dat Owen dat zou zeggen, hoe hij zich ook voelde, maar het was sowieso prettig om te horen. Tijdens het kletsen merkte hij dat Owen niet bepaald weer de oude was; hij sprak traag en af en toe vergat hij onderweg wat hij aan het vertellen was. Hij gaf alleen blijk van pit toen Henry hem over zijn gesprek met Miranda Szabo vertelde. 'Driehonderdtachtigduizend dollar?' zei Owen. 'Mijn god. Da's belachelijk. Maar geweldig. Het is belachelijk geweldig.'

'Da's het gemiddelde,' zei Henry. 'Maar jongens van de high school krijgen meestal meer dan studenten. Misschien dat ik twee vijftig krijg.'

'Een bonus vanwege een gebrek aan opleiding? Het kon dus blijkbaar nog belachelijker.' Owen begon opgefokt te raken; zijn articulatie ging erop vooruit.

'De jongens van de high school hebben een betere onderhandelingspositie,' lichtte Henry toe. 'Ze kunnen weigeren om te tekenen en in plaats daarvan gaan studeren.'

'Bah! Dat spelletje kunnen wij ook spelen. We melden je aan voor de Graduate Record Examinations, dreigen dat je eigenlijk liever gaat promoveren. We krijgen ze wel klein. O ja, ze gaan zo snel piepen...'

'Wacht effe,' zei Henry. 'We krijgen een andere lijn binnen.' Hij drukte op een knopje.

'Henry? Met Dwight Rogner. Ik ben een districtscout van de St. Louis Cardinals. Geweldige wedstrijd gisteren. M'n ballen vroren eraf, dus ik heb wat eerder de benen genomen. Maar ik hoorde dat je Aparicio's record hebt geëvenaard. Proficiat.'

'Eh... bedankt.'

'Ik zal open kaart met je spelen, Henry. Ik heb je afgelopen jaar zien spelen en daar was ik van onder de indruk, maar ik vermoedde toen dat je nog wel een paar jaar nodig had. Een collega van me zag je van de zomer en hij zei hetzelfde. Onze houding was: rustig afwachten.'

'Juist,' zei Henry. 'Rustig afwachten.'

'Tot ik vorige week geluiden opving van onze scout in Florida. "Dwight, waar heb je die Skrimshander al die tijd verborgen gehouden? Hij is beter dan Vance White."' Vance White, wist Henry, was een korte stop van de University of Miami die was uitgeroepen tot beste van Amerika. 'Sinds afgelopen seizoen heb je een gigantische vooruitgang geboekt, Henry. Je bent net twintig geworden, hè?'

'In december.'

'Je bent verdorie nog een kind. Heel wat jongens die net van de high school komen zijn negentien. Fantastisch is dat. Dan heb je nog tijd om je verder te ontwikkelen. Tja, weet wel, het is nog vroeg in het seizoen, vóór de selectie kan er nog veel gebeuren. Maar bij ons schiet je ster de lucht in. We zouden je maar wat graag in een outfit van St. Louis zien. Verdomd jammer dat we je rugnummer niet meer hanteren.'

'Ik weet het.' En Dwight wist dat hij het wist. Daarom droeg hij juist nummer 3: omdat Aparicio het achttien seizoenen lang bij de St. Louis Cardinals had gedragen.

'Heb je al een contract bij een agent?' vroeg Dwight.

'Nee.'

'Tja, officieel mag ik niet over dit soort toestanden praten. Maar wat ik je niet kan onthouden, tussen ons gezegd en gezwegen, is dat ons frontoffice je erg interessant vindt en dat we in de eerste rondes op zoek zijn naar contracteerbare spelers – jongens die geen torenhoge bedragen verwachten. Wat je dus maar beter in je achterhoofd kunt houden wanneer je een agent kiest. Een hyperagressieve agent – type Scott Borase, type Miranda Szabo – kan erg slecht uitpakken voor je populariteit bij de selecties. Als je begrijpt wat ik bedoel.'

'Tuurlijk.'

'Het is niet ongebruikelijk,' vervolgde Dwight, 'dat een team en een speler al vóór de selecties informeel tot overeenstemming komen. Bijvoorbeeld: we zouden naar je toe kunnen komen met de mededeling: "Henry, wij gaan ermee akkoord om jou met ons kiesnummer 26 in de eerste ronde aan te kopen, als jij ermee akkoord gaat om voor een redelijk bedrag te tekenen. Laten we zeggen zeshonderdduizend, of zo.'

Aan het piepje te horen was er weer een nieuwe oproep – Owen die terugbelde – maar Henry verroerde zich niet. 'Eerste ronde?' zei hij zachtjes.

'Dat mogen alleen jij en ik weten,' zei Dwight. 'Maar inderdaad. Eerste ronde.'

'Wauw.'

'Het is een hoop om ineens te verstouwen,' zei Dwight. 'En het ís wat prematuur. De selecties laten nog een hele poos op zich wachten, ondertussen kunnen er nog heel wat dingen gebeuren. Maar onze algemeen directeur wilde dat ik alvast met je in gesprek ging. De plek is geknipt voor je, Henry. Met de juiste begeleiding kun je de nieuwe Aparicio worden. Persoonlijk vind ik dat iedereen die hierbij betrokken is – jij, ik, het frontoffice – alles uit de kast moet halen om ervoor te zorgen dat je vanaf een bepaald moment een pet van de St. Louis Cardinals draagt.'

Henry stak een arm omhoog en raakte zijn klep aan. 'Ik draag er nu al een.'

18

Schwartz ging languit in zijn boxershort op de bank liggen en trok zijn tweede literfles Crazy Horse open. Tijdens de competitieperiode dronk hij nooit, en zeker niet de avond vóór een wedstrijd, maar dit was een bijzondere dag. De Dag van de Afwijzing. Zijn piemel schoof door de gleuf van zijn boxershort de openlucht in. Peinzend duwde hij hem een paar keer heen en weer, maar hij voelde levenloos, als iets wat aan een ander toebehoorde. Per half juni zou hij werk- en dakloos zijn, met een bul Geschiedenis en tachtigduizend dollar studieschuld op zak. De Crazy Horse, elke cent van zijn 6 dollar 94 waard, was betaald met wist hij veel welke van zijn creditcards die nog niet aan zijn limiet zat. Hij kon zich niet herinneren wanneer hij zich voor het laatst had afgetrokken.

Als hij niet snel naar buiten ging zou hij zich vergrijpen aan de reuzenfles Smirnoff in de vriezer. Een prettige gedachte, eens stevig, zalig bezopen te worden, maar de bus naar Opentoe vertrok al om zeven uur 's ochtends. Uit gewoonte klapte hij zijn mobieltje open, maar Henry kon hij niet bellen, niet nu hij hem met het avondeten in de kou had laten staan. Eigenlijk kon hij Henry wel degelijk bellen, maar hij had er geen zin in. Hij zocht tussen zijn boeken naar de campusgids. Het leek hem onwaarschijnlijk dat Affenlights thuisnummer erin zou staan, maar daar stond het dan toch, zwart op wit. Het zoveelste voordeel van een kleine algemene universiteit.

Rector Affenlight nam op.

'Goedenavond, meneer,' zei Schwartz. 'Met Mike Schwartz.'

'Michael. Wat kan ik voor je doen?'

'Om te beginnen wilde ik u laten weten dat het veel beter gaat met Owen. Het lijkt erop dat hij komend weekend naar huis mag.'

'Grandioos,' zei rector Affenlight. 'Bedankt voor de informatie.'

'En u bedankt voor al uw hulp gisteren.' Schwartz merkte dat hij nadrukkelijk articuleerde om de Crazy Horse te verbloemen. 'Ook de rest van het team kon het erg waarderen.'

'Graag gedaan. Maar het was natuurlijk gewoon mijn plicht. Nog een prettige avond, Michael.'

'Ik vroeg me af of ik uw dochter even zou kunnen spreken.'

'Mijn dochter? Ken je haar dan?'

'We hebben vanochtend kennisgemaakt.'

'Aha. Tja, volgens mij ben je dan aan het juiste adres. Blijf even hangen.'

Rector Affenlight hield de telefoon weg van zijn mond. 'Pella,' riep hij. 'Telefoon.' Er viel een stilte waarin Pella ongetwijfeld iets terugriep. 'Het is David niet,' reageerde Affenlight. 'Het is Mike Schwartz.'

Een halve tel later nam Pella de telefoon over. 'Je bent niet doodgevroren.'

'Hoe ging het zwemmen bij jou?'

'Ik heb het anderhalf baantje volgehouden. Daarna moest ik op de tegels gaan liggen. De badmeester kwam aanzetten voor een hartmassage, maar ik heb hem weggestuurd.'

'Klinkt heftig.'

'Ik begin het liefst kalmpjes aan,' zei Pella. 'Krijg ik meer kans om mezelf te verbeteren.' Ze sneed een ander onderwerp aan, iets over de sneeuw.

Schwartz sloeg de rest van zijn bier achterover en onderbrak haar. 'Ik vroeg me af of je vanavond vrij bent.'

'Vrij? Mijn hemel, nee. Na m'n koorrepetitie ga ik als vrijwilliger aan de slag in de gaarkeuken hier beneden terwijl ik mijn werkstuk over het wraakthema in *Hamlet* afmaak. Daarna ga ik met de vrouwelijke studentenvereniging op bezoek bij de Alfa Bèta Omega's, bij wijze van toetje komt mijn praatgroepje voor boulimiepatiënten bijeen, en daarna heb ik een date met de aanvoerder van het footballteam.'

'Ik ben de aanvoerder van het footballteam.'

Er viel een lange stilte. 'O. Nou, in dat geval. Hoe laat kun je me oppikken?'

'Je bent helemaal in stijl,' merkte hij op toen hij haar sweater van haar aannam en die aan een houten kapstok in het voorportaal van Carapelli hing. 'Een echte Harpooner.'

Pella wierp een blik op haar kleding: een marineblauwe Westish-polo onder een ecrukleurige Westish-sweater, dezelfde spijkerbroek die ze in het vliegtuig aan had gehad. 'Sorry,' zei ze. 'Er viel niet veel te kiezen in de boekwinkel.'

'Nee, nee,' zei Mike. 'Je ziet er prachtig uit.'

'Bedankt. Dus. Mag ik je iets vragen?'

'Brand los.'

'Heb je altijd een baard?'

Mike raakte even zijn wang aan terwijl hij achter het tafeltje schoof. 'Het zou motiverend moeten werken,' antwoordde hij. 'Nu ik m'n scriptie aan het afronden ben. Een soort ik-ben-zo-druk-met-schrijven-dat-ik-geen-tijd-heb-om-me-te-scherenbaard.'

'Werkt het?'

'De laatste tijd niet. Ik vermoed dat je niet zo van de baarden bent.'

Pella haalde haar schouders op. 'M'n ex heeft er een.'

'David.'

'Hoe weet jij dat?'

'Ik hoorde z'n naam vallen toen je vader je riep. Toen ik je belde.'

Een vrouw waggelde over het rode tapijt naar hun tafeltje. Bij wijze van begroeting had ze haar armen gespreid. 'Jongens, ik dacht dat jullie nooit meer –' Bij het zien van Pella slaakte ze een gilletje en schoot ze op Mike af alsof ze hem wilde beschermen. 'Waar is mijn Henry?'

'U krijgt de hartelijke groeten van Henry, mevrouw Carapelli,' zei Mike. 'Hij moet vanavond studeren.'

'Studeren! Dat vind ik helemaal niks voor mijn Henry.' Mevrouw Carapelli schonk Pella een laatdunkende, formele blik in de trant van 'Waarmee kan ik u van dienst zijn' terwijl ze een menukaart onder haar neus schoof. De kaart op zich had al iets van een belediging; Mike kreeg er geen. 'Wilt u misschien iets drinken, m'vrouw?'

Pella keek naar Mike. 'Zullen we wijn bestellen?'

'Eh... Tuurlijk.'

'Het hoeft niet.'

'Nee, nee. Een fles van uw lekkerste witte wijn.' Mike gaf mevrouw

Carapelli een geruststellend schouderklopje terwijl zij haar robuuste hielen lichtte en wegstampte.

'Mevrouw Carapelli lijkt weinig behoefte te hebben aan nieuwe klanten,' zei Pella.

'Je moet het niet persoonlijk opvatten. Henry en ik komen hier elke vrijdag, al jarenlang.'

'Maar vanavond moest ie studeren?'

Mike plaatste een elleboog op tafel en ging met een grote hand over zijn wijkende haar. 'Ik vind het momenteel lastig om met Henry te praten.'

'Vertel op,' zei Pella. Maar toen Mike van wal stak – aanvankelijk weifelend – begon haar hart op die bekende, afschuwelijke manier op hol te slaan. Ze wendde haar blik af, naar de bar, in een poging haar evenwicht te hervinden. Aan de bar zat een stelletje van ergens in de dertig te knuffelen met gebruikmaking van zowel hun handen als hun benen. De vrouw droeg een rode jurk die vloekte met het enorme, weelderig ingelijste olieverfschilderij dat boven hun hoofd hing, met daarop dikke, kwistig aangebrachte verflagen in tinten donkerder rood en goud die het licht weerspiegelden, als een slechte Van Gogh. Pella voelde hoe op haar haargrens zweet begon te parelen. Niet nu, dacht ze. Haar paniekaanvallen waren al de hele winter snel en heftig komen opzetten en ze wist hoe ze die het hoofd moest bieden, maar dit zou een verre van ideaal moment zijn. Ze overwoog zich te excuseren en naar de wc te gaan, maar dat zou onbeleefd zijn omdat Mike, inmiddels halverwege zijn verhaal, op stoom begon te komen. En trouwens: de wc leek haar hopeloos ver weg, helemaal aan de overkant van het restaurant een gang door, een hoek om en een deur door, en er hing daar vast zo'n afschuwelijke citroenachtige lucht, citroen vermengd met stront...

Mike was gestopt met praten, kantelde zijn hoofd iets naar opzij en keek haar bezorgd aan. 'Gaat het wel?'

Pella knikte en drukte onder de tafel haar handen tegen elkaar.

'Zeker weten? Je ziet wat pips.' Hij keek haar aan met die sprankelende ogen van hem en legde een hand op haar onderarm, heel even maar.

Pella probeerde zich te herinneren of ze die ochtend haar pillen wel had genomen, zowel de anticonceptiepil als de lichtblauwe. Maar wacht, ze was al maanden geleden gestopt met het slikken van de eerste. Kom op, meid. 'Een dipje, duurt niet lang,' zei ze. 'Ga vooral door met je verhaal.'

Tegen de tijd dat Mike het Verhaal van Henry had verteld was de wijn bijna op. Hij keek zo ontredderd dat Pella van de weeromstuit vrolijk werd, alsof een hoekzitje bij Carapelli maar een beperkte hoeveelheid narigheid aankon.

'Dus,' zei ze, terwijl ze een klein stukje van de extreem grote pizza nam en dat op haar bord legde. 'Laten we eens zien of ik het goed heb begrepen. Al sinds jullie elkaar kennen ben je Henry's mentor. Je hebt hem geleerd wat hij moest eten, welke colleges hij moest volgen, hoe hij een *speedball* moest slaan, wat dan ook. Henry gaat niet van A naar B zonder te denken: hoe zou Mike willen dat ik dit doe?'

'Wij noemen het meestal een fastball.'

'Fastball. En nu werpen je inspanningen hun vruchten af. Je had gelijk wat die jongen betreft: wat jij drie jaar geleden al in hem zag zien alle anderen nu ook. Maar je wordt er niet blij van, althans niet zoals je had verwacht. Sterker nog: je begint een hekel te krijgen aan die ondankbare hond.'

Mike fronste zijn wenkbrauwen. 'Henry is me wel degelijk dankbaar.'

'Maar niet dankbaar genoeg. Zonder jou was hij nu aan het werk in een fabriek. In plaats daarvan staat hij op het punt z'n droom te verwezenlijken. En bakken geld te verdienen, op de koop toe.'

Mike liet zijn kin op zijn samengevouwen handen rusten.

Ergens ervoer ze het als een opluchting om tegenover iemand te zitten die er niet voor terugdeinsde zo ongegeneerd mistroostig te zijn waar zij bij zat, alsof ze er niet was. David deed dat nooit – Davids ogen waren altijd op haar gefixeerd: aftastend, vol bewondering, in afwachting, genietend. Dat noemde hij liefde.

'Ik voel me er zo'n eikel door,' zei Mike.

'Waardoor?'

'Dat ik niet blij voor hem ben.'

'Dat ben je wél.'

'Een deel van me is het in elk geval niet, wat onlogisch is. Ik had een plan voor Henry en dat heeft goed uitgepakt. Ik had een plan voor mezelf en dat is mislukt. Eigenlijk mag ik dat niet op hem afreageren.'

'Poe, gevoelens doen niet aan logica.'

Mike drukte twee vierkante stukken pizza op elkaar zodat ze een soort sandwich vormden en propte die in zijn mond. Zijn droefenis leek zijn eetlust niet aan te tasten. 'Je zit tegenover een man die een werkstuk van tweehonderd pagina's over Marcus Aurelius aan het schrijven is.'

'Hou oud ben je?' vroeg Pella.

'Drieëntwintig.'

'Ik ook. En ik ga niet alleen van de herfst geen rechten studeren, ik heb ook nog eens de high school niet afgemaakt. Ik ben van school gegaan toen ik David ontmoette.'

'Liefde op het eerste gezicht, of wat?'

Pella haalde haar schouders op. 'Destijds dacht ik dat inderdaad. Tegenwoordig denk ik dat ik gewoon een groot gebaar wilde maken. Iets wat niemand anders van mijn leeftijd deed. David kwam bij mij op school gastlessen geven. Hij was geen academicus, maar zijn lessen Grieks waren beter dan die van m'n docent. Wel was hij getrouwd, maar dat wist ik indertijd niet.' Ze keek op om te zien hoe Mike reageerde op haar ontboezeming over die vrouw.

Mike keek haar met grote ogen aan. 'Hij kende Grieks?'

Ze knikte.

'En jij kent Grieks?'

'Een beetje.'

Hij wreef over zijn baard. 'Wauw.'

'Het was het eindexamenjaar,' zei Pella. 'Ik was net toegelaten tot Yale – in mijn jeugd doceerde pa aan Harvard, dus wilde ik net zo zijn als hij, terwijl ik me voordeed als zijn tegendeel. Van tevoren maakte ik me zorgen dat ik er niet zou binnenkomen. Maar toen dat eenmaal was gelukt begon het me stomvervelend te lijken, weet je. M'n halve klas ging naar Yale. Maar een fout eerste huwelijk... Daarmee liep ik minstens vijf jaar op de meute vooruit.'

Zat ze te bazelen? De afgelopen tijd had ze zo weinig gepraat dat ze er geen peil op kon trekken. 'David woonde in San Francisco,' zei ze, een sprongetje in de tijd makend. 'Ik vloog met hem mee terug en we gingen samenwonen in de loft die hij aan het renoveren was. Een poos lang wist ik niet van het bestaan van zijn andere vrouw; ze woonden gescheiden van elkaar. Toen ik het ontdekte neigde ik er al behoorlijk naar om te blijven plakken.'

Mike gromde op een indrukwekkende manier. 'Hoe reageerde de rector erop?'

'Ongeveer zoals je zou verwachten. Eerst belde hij om me de les te lezen, beweerde hij dat ik m'n toekomst vergooide. Daarna hanteerde hij de zwijgtactiek, die ongeveer een jaar duurde, waarbij trouwens moeilijk viel uit te maken wie hem losliet op wie. Daarna stuurde hij me elke maand een inschrijfformulier voor Westish.'

'En nu zit je hier dan.'

'En nu zit ik hier dan.' Ze keek Mike aan, die haar aankeek. 'Het kan best zijn dat ik hier nog even blijf.'

'Fijn,' zei hij. 'Voor mij in elk geval.'

Pella, van haar stuk gebracht, lanceerde de nagel van haar duim tegen haar lege wijnglas, dat even tinkelde. Ze had op z'n hoogst drie kleine stukjes pizza gegeten. Het was de grootste pizza die ze ooit had gezien; ondanks Mikes heldhaftige eetactiviteiten hadden ze hem niet helemaal op gekregen. 'Is het leuk?' vroeg ze verlegen.

'Huh?'

'Studeren, bedoel ik.'

Hij schokschouderde. 'Ik ben niet zo van het leuke.'

De twee jonge serveersters zagen er allebei uit als Carapelli's, maar dan donker en voluptueus terwijl hun moeder donker en dik was. Een van hen schoof de rekening op tafel, waarna ze de rij vierpersoonszitjes af liep en in het voorbijgaan glazen strooipotten geraspte Parmezaanse kaas en rode peper meenam. Mike ging in de weer met zijn portemonnee, haalde er een blauwe creditcard uit en legde die op de rekening. Vervolgens wierp hij een schuinse, fronsende blik op de blauwe kaart, haalde zijn portemonnee weer tevoorschijn en verruilde de blauwe voor een grijze.

Hij glimlachte dapper, maar de grijze kaart kon hem evenmin tevredenstellen. Terwijl ze praatten keek hij er aldoor heimelijk naar. 'Wacht even,' zei hij uiteindelijk. Hij schoof het zitje uit en pikte tegelijkertijd creditcard en rekening mee.

'Is alles in orde?'

'Alles is volkomen in orde,' zei hij. 'Ik ben zo weer terug.'

Het liefst kroop Pella onder de tafel; ze had zelf geen cent te makken maar had wel gedachteloos een fles wijn besteld, en bovendien had ze de pizza amper aangeraakt. Over onafhankelijkheid gesproken. Ze zakte wat onderuit en trok het boordje van haar poloshirt – dat natuurlijk gekocht was met haar vaders Visa-card, die nu op de ladekast in de logeerkamer lag terwijl ze hem net zo gemakkelijk bij zich had kunnen steken – strak tegen haar keel aan.

'De volgende keer betaal ik,' zei ze toen Mike terugkeerde met zijn jas en haar sweater. 'Ik, eh, ben m'n portemonnee vergeten.'

Mike glimlachte. 'Doe niet zo mal. Ik heb jou mee gevraagd.'

'Maar toch,' zei Pella. Anders dan de rest van die Westish-jongens had Mike niet van die roze wangetjes. Hij maakte zowel een oude als een jonge indruk – een beetje zoals zij zichzelf voelde. 'Misschien klinkt het wat vreemd,' zei ze, 'maar de vorige keer dat ik met iemand van mijn eigen leeftijd op pad was is eeuwen geleden.'

'Hoe voelt het?'

'Niet verkeerd,' zei ze met een knik van haar hoofd. In de tussentijd stak ze haar armen in de mouwen van haar sweater die Mike voor haar openhield. 'Het voelt niet verkeerd.'

Ze waren met de auto naar het restaurant gekomen, hoewel dat maar een blok of tien van de campus lag: een hoffelijk gebaar van Mikes kant, om haar uit de kou te houden, of misschien wilde hij gewoon de blits maken met zijn beestachtig grote slee. Op de terugweg namen ze een andere, langere route, langs het meer en de vuurtoren. Golven beukten tegen de golfbrekers en wierpen een gordijn van stuifwater in de lucht. Het zwart van het water, dat zich zo ver als het oog reikte naar het noorden en het zuiden uitstrekte, ging naadloos over in het zwart van de sterrenloze hemel. 'Ik was vergeten hoeveel het op de oceaan lijkt,' zei Pella, die haar raampje op een kier zette om de geur van het meer op te snuiven.

'Allesbehalve zout.'

'Toen we in Cambridge woonden reed m'n vader altijd met ons naar de oceaan. Zelfs midden in de winter verzon hij er een of andere smoes voor.' Een vleug waterige mist kwam door het open raampje naar binnen, vermengd met de stank van rottende vis.

'Ik had je moeten waarschuwen,' zei Mike. 'Dat raam wil met geen mogelijkheid meer naar boven. Hier.' Hij zette de blower op de hoogste stand en richtte de warme lucht via de roostertjes op Pella. Ze waren al om de vuurtoren heen gereden en naderden heel traag de campus. Inmiddels bevond het meer zich aan Mikes kant van de auto. Pella kreeg weer zo'n oprisping van melancholie, iets wat haar altijd tegen het einde van een verblijf buitenshuis overkwam.

'We hebben drie opties,' zei Mike. 'We kunnen naar Bartleby gaan, dat is een bar. We kunnen naar mijn huis gaan, dat is een puinhoop. Of we kunnen blijven rondrijden tot m'n auto het begeeft, dat is gauw.'

Zou het wat al te voortvarend, om niet te zeggen sletterig zijn om mee te gaan naar zijn huis? Pella wist niet zeker wat tegenwoordig de datenormen in studentenkringen waren – of het aannemen van twee stukjes pizza en een halve fles stroperige chardonnay in seksueel opzicht een koopje was. In elk geval leek het erop dat Mike een complete set datenormen van eigen makelij had. Ze wilde niet overkomen als al te voortvarend of sletterig, maar net als die ochtend op de trappen van het USC zag ze ertegenop zijn gezelschap kwijt te raken.

'Ik ga voor je huis,' zei ze.

'Je bent gewaarschuwd.'

Het huis vertoonde de klassieke studentikoze morsigheid: vuilnisbakken op de veranda, kapotte stijlen in de balustrade daarvan. Een tochtdeur die aan één scharnier hing, een omkrullende strook tape op de brievenbus die SCHWARTZ/ARSCH te lezen gaf.

'Eigenlijk zou ik het licht moeten aandoen,' zei hij toen hij met een arm naar achteren reikte om haar aan de hand door de donkere woonkamer te leiden, 'maar dat zou te gênant zijn.'

Pella rook verschraald bier en een andere gore lucht, iets à la bedorven melk. Haar schoenzolen bleven aan de plakkerige vloerdelen kleven. 'Hoe kun je ooit meisjes mee naar huis krijgen,' fluisterde ze, 'als je in zo'n tent woont?'

'Dat doe ik nooit.'

Ze liet de leugen voor wat die was. Via een lage gang kwamen ze in een andere kamer, mogelijk een eetkamer, hoewel de tafel onder de kroonluchter oogde als een pingpongtafel. Nog penetranter dan de bierlucht was hier de branderige, stoffige geur van een kelder met tweedehandsboeken waar paperbacks als *The Catcher in the Rye* en *Rabbit, Run* en romans van Leon Uris een kwart dollar kostten. 'Boeken,' zei Pella.

'Te veel.'

'Wat is dat voor geluid?'

'M'n huisgenoot.'

Weer voelde Pella zich zowel te oud als te jong voor de situatie. Ze had de tijd van huisgenoten, bierlucht en meubels van het Leger des Heils in z'n geheel overgeslagen – het was niet iets waar je per se naar verlangde als je eenmaal in een schoon, keurig ingericht huis van jezelf had gewoond. Maar toch, nu ze hier stond met Mikes enorme hand om de hare merkte ze dat een bepaalde druk die ze lange tijd op haar borstkas had gevoeld wegebde. Ze stelde zich voor hoe het zou zijn als ze zich hier een jaar of twee zou verschansen, rustig kon rondlopen tussen de bros geworden paperbacks en op een gegeven moment uitgerust, kiplekker tevoorschijn kwam. Wel zou iemand de vloeren moeten boenen. 'Hij kan geen kwaad, denk je?' vroeg ze, doelend op de huisgenoot.

'Hij snurkt een beetje. Je raakt er wel aan gewend.'

'Na hoeveel tijd?'

'Een paar weken, op z'n hoogst. Wil je iets drinken?'

'Nee.'

Oud. Jong. Oud. Jong. Ze betraden een kamer die grotendeels in beslag werd genomen door een laag bed. Mike liet haar hand los om de deur dicht te doen. Pella ging op de rand van het bed zitten. Een forse stapel boeken viel met een klap van de rand van de matras op de grond. 'Sorry,' fluisterde ze.

'Maakt niet uit.'

Ze deed haar schoenen uit, ging met haar hoofd op het kussen liggen en deed haar ogen dicht. Ze had de afgelopen vier jaar alleen met David gevreeën en kon zich de laatste keer dat ze met David had gevreeën niet herinneren. Het was minstens een jaar geleden. Ze mocht dan ooit een vroegrijp, promiscue meisje zijn geweest, inmiddels was dat niet meer zo. De wereld was haar achternagegaan en had haar ingehaald. Elk grietje van de studentenvereniging dat in dit bed kwam te liggen had waarschijnlijk meer 'ervaring', in statistisch opzicht, dan zij. Ze hoorde Mike in het donker rommelen en toen werd er een lucifer afgestreken. Het zwart achter haar oogleden werd enigszins groen. 'Een kaars,' zei ze, nog steeds met gesloten ogen. 'Hoe sfeervol.'

'Bedankt.' Een tweede stapel boeken werd van het bed gehaald, waarna ze voelde dat Mike naast haar ging liggen. De zwaarte van zijn lichaam drukte daar de matras omlaag, zodat ze zijn kant uit rolde. Hij fluisterde haar naam, wat haar om de een of andere reden trof als buitengewoon raar. Misschien controleerde hij gewoon of hij die niet was vergeten. Ze voelde zijn zachte baard – voller, zachter dan die van David – op haar voorhoofd. De kaarsvlam trilde en flakkerde, vanachter de muur klonk zacht gesnurk. Ze nestelde zich in de vorm van zijn lichaam, rook de zoet-zweterige geur van zijn nek en viel in slaap.

19

De Harpooners reden hotsend over een matig onderhouden snelweg naar Opentoe, Illinois voor hun dubbelwedstrijd, die om twaalf uur begon. Het halve team sliep. De andere helft staarde door de raampjes naar het voorbijtrekkende boerenland met koptelefoons van dj-formaat over hun honkbalpetten gedrapeerd. Het wolkerige ochtendlicht werd gefilterd door de busraampjes en verspreidde zich daarna over het vale, generfde olijfgroen van de stoelen. Schwartz' slapen bonkten van een halve kater. Tweeënhalve liter Crazy Horse behoorde niet tot zijn gebruikelijke dieet, zo vlak voor een wedstrijd. Desondanks voelde hij zich beter dan gisteren. Vandaag twee wedstrijden en morgen twee wedstrijden, en daarna, wie weet, nog een date annex avondje uit met je weet wel. Hij wilde proberen niet aan haar te denken, zelfs niet aan haar naam; wilde het feit dat ze bestond weggestopt houden in zijn achterhoofd, als een spaartegoed van duizend dollar op je bankrekening. Een slecht voorbeeld: zijn bankrekening was officieel naar de filistijnen, zijn creditcard had het etentje van de avond ervoor niet overleefd. Als hij een kop koffie wilde kopen bij een tankstation moest hij Henry vragen hem wat voor te schieten. Henry kon zich dat opeens permitteren.

Vooruit, even aan Pella denken: ze had geslapen als een marmot, en dat voor iemand die aan heftige slapeloosheid zou lijden. Hij had nagelaten zijn wekker te zetten én het alarm van zijn horloge in te stellen, wat hij normaal voor de veiligheid deed, en werd die ochtend pas wakker toen Arsch op de slaapkamerdeur roffelde en liet weten dat hij klaar was voor vertrek. Wat betekende dat ze al te laat waren, want Arsch versliep zich altijd. Schwartz ontworstelde zich aan Pella, trok een joggingbroek aan, smeet zijn besmeurde outfit weer in zijn sporttas (de Harpooners wasten hun kleding zelf, werden in elk geval verondersteld dat te doen) en zette koers naar de deur. Hij bleef even staan om een lok uit Pella's ogen te vegen, twijfelend of hij haar nu wel of niet wakker zou maken. Ze vertrok geen spier. Misschien bleef ze daar wel de hele dag liggen slapen en nog meer slapen en was het huis al die tijd stil op haar ademhaling na. Die gedachte beviel hem.

Hij haalde zijn laptop tevoorschijn en klikte zijn scriptie open. Voor het eerst sinds zijn eerste afwijzingsbrief had hij het gevoel dat hij er weer aan zou kunnen werken.

'High school!' riep Izzy, die naar een lange, raamloze constructie van grijze baksteen met torentjes wees, iets verderop.

'High school,' zei Phil Loondorf instemmend.

Steve Willoughby ging over het gangpad hangen om het te controleren. 'Da's een gevangenis,' zei hij. 'Da's je reinste penitentiaire inrichting.'

Toen de bus rammelend het gebouw passeerde bevestigde een bord met blokletters dat het om het Wakefield Correctional Center ging, dus inderdaad.

'Niet eerlijk!' zei Izzy. 'Steve heeft dat bord zien hangen!'

'Nee, dat heb ik niet. Kijk nou eens goed. Dat ding heeft schiettorens.'

'Wat maakt dat nou uit, man? Die had mijn high school ook.'

'Eén punt voor Willoughby,' zei Henry.

'O, man.' Izzy zakte onderuit op zijn stoel. 'Van Boeddha zou ie het niet hebben gekregen.'

'Ik ben de Boeddha niet,' zei Henry, en zo was het. Gezien de afwezigheid van Owen, normaal de arbiter aangaande de kwestie High School of Gevangenis, had Henry ermee ingestemd als gastscheidsrechter op te treden. De eerstejaars die onderweg naar Opentoe de meeste punten scoorde was die middag vrijgesteld van materiaaldienst. 'Daarmee is de stand twee-één-één,' verkondigde Henry. 'En nul, aangezien Quisp slaapt.'

'Wie is beter,' vroeg Izzy aan Steve en Loondorf, 'Henry of Derek Jeter?'

'Ooo... Da's een lastige.'

'Ik kies dan toch voor Jeter.'

'Henry is sowieso verdedigend beter.'

155

'Verdedigend zeker. Maar Jeter is de betere slagman.'

'Henry over vijf jaar, of Jeter?'

'Je bedoelt Jeter nu of Jeter over vijf jaar? Want tegen die tijd is ie wel afgeschreven.'

'Hij is nu al afgeschreven.'

'Jeter vijf jaar geleden. Henry over vijf jaar.'

'Zeg, zijn jullie van de pot gerukt?' Henry verkocht Loondorf een klap op zijn achterhoofd. 'Kappen.'

'Sorry, Henry.'

Elke vent in die bus, van Schwartz tot de kleine Loondorf, had er van jongs af aan van gedroomd beroepssporter te worden. Zelfs wanneer je constateerde dat je het nooit zou redden liet je de droom niet los, diep in je hart niet. En daar was Henry, die hem verwezenlijkte. Alleen hij was onderweg naar daar waar ze stuk voor stuk stiekem, vanuit de achtertuin van hun verbeelding, het merendeel van hun jeugd hadden doorgebracht: een team in de Major League.

Schwartz van zijn kant had zich lang geleden voorgenomen niet zo'n larmoyante ex-sporter te worden die zijn verblijf op de high school en de universiteit als de gloriedagen van zijn bestaan beschouwde. Tenzij je voortijdig stierf duurde het leven lang, en hij was niet van plan het de komende zestig jaar over de afgelopen tweeëntwintig te hebben. Daarom wilde hij geen coach worden, hoewel iedereen op Westish, vooral de coaches, verwachtte dat hij dat zou doen. Dat hij kon coachen wist hij al. Het enige wat je moest doen was je bij al je spelers afvragen: welk verhaal zou deze jongen willen dat anderen over hem vertellen? En vervolgens vertelde je de jongen dat verhaal. Je vertelde het met een zweem van hel en verdoemenis. Je verzweeg zijn zwakke kanten niet. Je legde de nadruk op de hindernissen die zijn succes in de weg konden staan. Dat gaf het verhaal zijn epische dimensie: de speler, de held, moest op weg naar zijn finale triomf ernstig lijden. Schwartz wist dat mensen graag wilden lijden, zolang dat lijden nut had. Iedereen leed. Het ging erom de juiste vorm van lijden te kiezen. De meeste mensen konden dat niet alleen; ze hadden een coach nodig. Een goede coach liet je lijden op een manier die bij je paste. Een slechte coach liet iedereen op dezelfde manier lijden, en had daarmee eerder iets van een beul.

De afgelopen vier jaar had Schwartz zich aan Westish College gewijd; de afgelopen drie jaar had hij zich aan Henry gewijd. Nu zouden die allebei zonder hem verdergaan. *Bedankt voor alles, Mikey. Tot kijk.* Na de dag van de selectie zouden er zat mensen zijn die Henry konden vertellen wat hij moest doen. Een agent, een manager, een batterij coaches, instructeurs en teamgenoten. Hij zou Schwartz niet meer nodig hebben. Schwartz wist niet of hij daar wel klaar voor was – klaar om niet meer nodig te zijn.

Izzy, die in de rij voor Henry zat, ging over de rugleuning van de stoel hangen om Henry's onverdeelde aandacht te krijgen. 'Als jij volgend jaar naar de majors gaat,' mijmerde hij, 'dan heb ik een basisplaats als korte stop. Dat zou te gek zijn. Maar ja, dan ben jij er niet.'

'De majors? Vergeet het maar,' liet Henry hem weten. 'Niet in de verste verte. Dan zit ik met een groentjesteam ergens in Montana of zo. Elke dag op en neer met een bus als deze hier.'

Schwartz knikte instemmend, verheugd, bij het horen van die relativerende opmerking.

'Zelfs in de minors krijg je bakken neukvoer,' zei Izzy. 'En dan heb ik het over bákken neukvoer, ja.'

'Klinkt fantastisch.' Henry tuurde afwezig uit het raam, draaide een honkbal rond in zijn rechterhand.

'Er zijn ook kerels die met je willen vechten. Je loopt een bar in en een of andere vent geeft je een ram met een fles. Dat heb ik gelezen in *Baseball America*.'

'Waarom zou iemand met Henry willen vechten?' Loondorf keek gekrenkt.

'Omdat ie een honkballer is.'

'Dus?'

'Dus is ie een speler. Hij heeft cash, kettingen, coole kleren. Hij heeft een pet met YANKEES erop en dat is het echte werk, ja. Hij heeft dat ding niet van een of andere rommelmarkt. Hij loopt een bar in en de meiden gaan van "mjammie". Sommige van die gasten worden jaloers. Ze willen z'n voorgevel verbouwen, bewijzen dat ze iets voorstellen.'

'Ze willen de man slopen,' zei Steve behulpzaam.

'Dat klopt. Slopen willen ze de man.'

Loondorf schudde zijn hoofd. 'Henry kómt niet eens in een bar.'

Henry schoof naar de stoel tegenover die van Schwartz. 'Raar dat Owen er niet bij is.'

Schwartz knikte. Zo raar was dat helemaal niet: de Boeddha zat gewoonlijk zwijgend in de bus te lezen en arbitreerde af en toe bij een High School of Gevangenis-geschil.

'Nog iets gehoord van je opleidingen?'

'Nog niet.'

'Ik wou dat ze eens wat opschoten.'

'Ik ook.'

'Ik loop hier al weken mee rond.' Henry deed een graai in zijn tas en haalde een fles Duckling-bourbon tevoorschijn. 'M'n idee was 'm meteen te geven nadat je het goeie nieuws had gehoord.'

Een al te bekend verlangen trok over Schwartz' rug. Duckling was zijn favoriete merk en hij had er de laatste tijd naar lopen smachten bij gebrek aan geld om een fles te kopen. 'Skrimmer –' begon hij, maar hij wist niet goed hoe hij verder moest. Henry had geen valse identiteitskaart, bovendien verkochten ze in de directe omgeving van de campus nergens Duckling. Hij moest er heel wat moeite voor hebben gedaan.

'Neem 'm nou maar,' zei Henry, die de fles Schwartz in zijn handen duwde. 'Ik ben het zat om ermee rond te sjouwen.'

'Ik kan het niet,' zei Schwartz.

'Zie het als een paascadeautje.'

'Het is *chomets*.'

'Wát is het?'

'Als ik aan Pesach deed zou ik hem in de vuilnisbak moeten gooien. Of door de gojim moeten laten stelen.'

'O.' Henry dacht diep na. 'Dan is het een cadeautje voor je afstuderen.'

Schwartz begon geïrriteerd te raken. Hij kon het Henry nu niet vertellen. De kleine man had al genoeg aan z'n kop: een foutloze wedstrijd vandaag zou betekenen dat hij Aparicio's record zou breken, en er zaten vast een hoop scouts op de tribune. Zodra Miranda Szabo je had gebeld was je een grote jongen en moest je presteren.

'Het kan nou niet meer lang duren,' zei Henry. 'Ik heb je al verteld van Emily Neutzel en Georgetown University, hè?'

Schwartz klemde zijn kaken op elkaar. De bus vertraagde voor de afrit naar Opentoe College. De hoofden van de andere Harpooners bewogen mee met hun playlist die voorafgaand aan de wedstrijden moest worden afgedraaid, richtten hun aandacht op de nummers die hen zouden helpen te winnen. Henry had nog steeds de fles in zijn hand. 'Da's duur spul,' zei Schwartz nors. 'Je moet hem voor jezelf houden.'

'Wat moet ik nou met een fles whisky?'

'Hem opdrinken op de dag van de selectie. Je kersverse roem en rijkdom vieren.'

Het had een verkeerde, gemene toon, en de verwarring viel dan ook van Henry's gezicht af te lezen. In zijn gedachten was Schwartz degene die op de dag van de selectie bourbon zou drinken en met zijn glas Henry's SuperBoost-shake zou aantikken om te vieren dat ze Westish verruilden voor een grotere, betere wereld. Henry stopte de fles weer in zijn tas. Hij draaide zich om in zijn stoel om naar buiten te staren.

Christus, dacht Schwartz. Hij had het Skrimmer meteen moeten vertellen, bij elke brief die hij had gekregen. Door zijn eigen stommiteit was hij nu sowieso de klos, linksom of rechtsom. Er was maar één reden om het hem niet meteen te vertellen: al Henry's aandacht moest op de wedstrijd zijn gericht – maar hij had het al verbruid door zo bruusk en bot te doen. Hij kon net zo goed open kaart spelen.

'Ik ben niet toegelaten.' Het kwam er zwaarder, melodramatischer uit dan hij had bedoeld.

Henry keek hem aan. 'Wat?'

Probeer ditmaal opgewekter te klinken. 'Ik ben niet toegelaten.'

'Waar?'

'Overal.'

Henry schudde zijn hoofd. 'Dat kan niet zo zijn.'

'Het zou niet zo moeten zijn. Maar het is wel zo.'

'Je hebt het van Harvard gehoord?'

'Yep.'

'Je hebt het van Stanford gehoord?'

Om te voorkomen dat Henry de hele lijst opsomde stak Schwartz een hand in zijn tas en haalde het stapeltje enveloppen tevoorschijn.

Henry liep erdoorheen. Hij las de brieven niet, wierp alleen een blik op de stijlvolle zegels naast de retouradressen en vinkte in gedachten alle zes af. Hij gaf het stapeltje terug aan Schwartz, keek hem wanhopig aan. 'En nu?'

De bus kwam piepend tot stilstand op de parkeerplaats van Opentoe. De Harpooners stonden op, rekten zich uit en geeuwden.

'Nu,' zei Schwartz manmoedig, zo optimistisch mogelijk, 'gaan we honkballen.'

20

Pella constateerde dat ze heel lang had geslapen. De klok naast het bed – aan Mikes kant – gaf 13:33 aan en daglicht stroomde door het gordijnloze raam. Het voelde prettig en eng tegelijk, nadenken over de vraag waar haar geest de voorafgaande pak 'm beet twaalf uur had verwijld. Ze zou graag precies willen weten hoe laat ze in slaap was gevallen, zodat ze haar prestatie kon afmeten, haar reis kon kwantificeren: zó lang heb ik geslapen!

Mike viel nergens te bekennen en ze kon zich niet herinneren dat hij was vertrokken. Ze had ook geen slaappillen genomen – alleen een halve fles wijn gedronken, amper meer dan wat artsen adviseerden. Ze liep naar de badkamer, die verrassend schoon was, in elk geval vergeleken met de rest van het huis. Ze plaste en opende voor de lol het kastje boven de wasbak; er stond alleen een deodorantstick in, voetenzalf voor sporters en een tube tandpasta. Merkwaardige wezens, die mannen. Ze smeet het douchegordijn opzij en ontdekte in het charmante oude bad-op-pootjes een gedeukt biervaatje waarvan de metalen bovenkant plakken schimmel vertoonde. Ze hadden in elk geval een douchegordijn.

Het zou leuk zijn geweest als Mike een briefje had achtergelaten – BEN ZO WEER TERUG! – maar in de slaapkamer had ze er geen gezien en in de keuken evenmin. Nu ja. Met die uitglijder kon ze leven gezien het feit dat hij zo lief was geweest om haar, een halve onbekende, in coma te laten vallen op wat ongetwijfeld precies het midden van zijn kleine bed was geweest, zodat hij met zijn grote lijf tegen de muur aan gedrukt had moeten liggen.

In de keuken stond op het aanrecht een koffiezetapparaat achter een verzameling plakkerige briefjes en opengeklapte boeken. De glazen koffiekan was niet dramatisch beschimmeld. Ze besloot wat verse koffie te zetten en die ter plekke op te drinken voordat ze terugging naar haar vaders huis. Hij zou waarschijnlijk wel nijdig zijn, want ze had hem niet verteld dat ze niet zou thuiskomen.

Tussen voordeelverpakkingen cornflakes en gigantische potten met iets wat SuperBoost 9000 heette vond ze in de provisiekast filters en een blik met ruim twee kilo merkloze koffie. Alles in het groot: dat leek de filosofie van Mike Schwartz te zijn. Terwijl de Affenlights koffiesnobs waren. Ze trok het plastic deksel los en rook aan de koffie, voorzover het spul die naam verdiende – het had de lichtbruine kleur van houtsnippers maar rook minder lekker. Het kon ermee door.

Ze gooide de oude koffie in de gootsteen, waar hij opging in het troebele water na een grillige route te hebben afgelegd langs de randen van een stapel afwas. Tot zover ging het goed. Maar toen ze probeerde de glazen kan schoon te spoelen en met water te vullen kreeg ze hem niet onder de kraan. Ze probeerde de afwas weg te schuiven om meer ruimte te maken, maar het geheel vormde een grillige toren in Jenga-stijl met een paar glazen onderop en ze was bang dat het wankele bouwsel met veel gerinkel en gekletter in zijn geheel zou omvallen.

Eigenlijk moest ze eerst de afwas doen. Sterker nog: ze voelde een hevige aandrang de afwas te doen. Ze begon het spul over te hevelen naar het werkblad, zodat ze de gootsteen kon vullen met water. Hoe lager ze kwam, hoe smeriger het werd, met borden die onder de verwaterde etensresten zaten, glazen begroeid met een dikke laag wit, bacterierijk schuim, maar haar verlangen al dat vuil de baas te worden werd er alleen maar groter door. Misschien wilde ze gewoon tijd rekken, want ze had geen zin haar vader onder ogen te komen nu ze de hele nacht niet thuis was geweest.

Terwijl ze afwasmiddel in de stroom heet water kneep begon ze te twijfelen: wat zou Mike ervan denken? Het was een aardig gebaar, iemand anders z'n afwas doen, maar het kon ook worden opgevat als een terechtwijzing: 'Als niemand deze klerezooi opruimt doe ik het zelf wel!' Inderdaad, een bepaalde variant van die interpretatie zou waarschijnlijk niet uitblijven. Ze draaide de kraan dicht. Zelfs als Mike en zij al maanden een setje vormden, dan nog zou een spontane afwasactie vraagtekens oproepen. Bemoeizuchtig. Aanmatigend. Tenzij ze het vaatwerk zelf vuil had gemaakt: dat zou iets anders zijn. Dan móest de afwas worden gedaan en zou nalatigheid op dit punt misschien weer andere problemen tot gevolg hebben.

Maar deze vaat was niet de hare en Mike en zij vormden geen setje. Ze hadden niet eens gezoend. Daarom zou afwassen alleen maar overkomen als maf, neurotisch, opdringerig. Mikes huisgenoot – meneer Arsch, van de brievenbus – zou na één blik op de orde die ze had geschapen een bijdehante opmerking plaatsen in de trant van: 'Gast, is dat wijf gestoord of zo?' En Mike zou zijn schouders ophalen en haar nooit meer bellen.

Ze keek omlaag naar de witte bellen. Uit het water steeg hete stoom op die langs haar wangen en kin streek. Haar hand rustte op de vierpuntige warmwaterknop, die zelf warm aanvoelde. Ze wilde graag, dolgraag de afwas doen. Op een dag niet lang nadat ze naar San Francisco was verhuisd wilde ze 's avonds laat graag, dolgraag een ietwat beurse avocado aan stukken snijden en met de pit over haar handpalmen wrijven. Het was een ecstasy-achtig verlangen, alhoewel ze geen ecstasy had genomen. Ze liet David haar naar drie supermarkten rijden om de juiste avocado te vinden. Ze vertelde hem dat ze naar guacamole snakte – een verlangen dat amper plausibeler was. Gelukkig was hij in slaap gevallen en kon zij, onder het voorwendsel dat ze guacamole maakte, ongestoord met de slijmerige pit over haar handpalmen wrijven. De volgende ochtend beweerde ze dat ze alles had opgegeten, terwijl ze de chips en de geelgroene smurrie diep in de keukenprullenbak had geduwd. Ze had nog steeds geen flauw idee hoe ze guacamole moest maken.

Die belevenis stond Pella bij als het oermodel van het kleine maar onweerstaanbare verlangen, maar nu wilde ze zo mogelijk nog liever deze vaat doen. Ze zag het schoongeboende wit van de vers gebleekte gootsteen al voor zich, de rijen pannen die omgedraaid op het aanrecht lagen te drogen. Misschien zou meneer Arsch helemaal niet concluderen dat ze gestoord was. Misschien zou hij opgetogen zijn. Wie wil er nou geen gratis werkster? Misschien was meneer Arsch somber, net zoals zij somber was geweest, en was de keuken daarom zo'n puinhoop. Misschien bleek een schoongeschrobde gootsteen net de oppepper te zijn die hij nodig had. Verwaarlozing hield in sterke mate verband met wanhoop – het onvermogen invloed uit te oefenen op je omgeving, enzovoort. Nu het dan toch over wanhoop ging: ze had haar lichtblauwe pil nog niet geslikt. Over een minuut of vijf zou ze waarschijnlijk stekende hoofdpijn krijgen. Ze kon maar beter van deze adempauze genieten zolang die duurde.

Terwijl die gedachten in haar door slaap aangesterkte hoofd over elkaar buitelden had ze een aantal schoongeboende borden in een waaier op het aanrecht gelegd om te drogen. Een handvol bestek daagde haar uit. Welke vergeldingsmaatregel haar ook te wachten stond, ze had in feite maar één keus: de rest van de afwas doen. Ze frutte haar vaatdoek tussen de tanden van de vorken en begon te boenen.

Tegen de tijd dat de klus was geklaard stond het zweet op haar voorhoofd en had ze veel meer behoefte aan haar lichtblauwe pil dan aan een kop koffie. Op weg naar buiten bleef ze een minuut lang vol bewondering in de deuropening staan kijken naar de lege gootsteen.

21

Bij het verlaten van de bus tikten de Harpooners de een na de ander de zwarte rubberrand boven de deur aan om geluk af te dwingen. Vier uur naar het zuiden rijden leverde heel ander weer op, met vogels die tsjilpten en een lucht die doordesemd was van een leemachtige lentegeur. Loondorf begon te niezen. De wolken braken open en krompen, zodat daartussen gemarmerde vlakken spijkerbroekblauw ontstonden. De spelers van Opentoe, gestoken in hun versleten bruin-groene outfits, waren de foutlijnen aan het bijkalken en harkten als een stel landbouwers de looppaden aan.

'Opentoe blijft Opentoe,' stelde Rick O'Shea vast terwijl hij aan zijn beginnende bierbuik krabde en de slaap uit zijn ogen knipperde. 'Dezelfde weerzinwekkende shirts.'

Starblind knikte. 'Dezelfde imbecielen.' Opentoe College had een of andere evangelische missie, aan het welslagen waarvan, onder meer, onverstoorbare vriendelijkheid en hopeloos ouderwetse uitmonsteringen moesten bijdragen. Reden genoeg voor de Harpooners om het team in kwestie te haten. Het was onbeschrijfelijk irritant dat de enige instelling binnen de UMSCAC die een kleiner honkbalbudget had dan Westish er steevast in slaagde hun klop te geven. Zelfs de braafste vorm van verbaal geweld was de spelers van Opentoe te grof. Als je door vier keer wijd een vrije loop wist af te dwingen zei de eerste honkman: 'Goed gekeken.' Als je een harde line-drive sloeg waarmee je op het derde honk belandde zei de derde honkman: 'Fijne line-drive.' Ze glimlachten wanneer ze achter stonden, en als ze voor stonden keken ze peinzend en ietwat treurig. Hun team heette de Holy Poets.

Normaal begon Owen de warming-up door zijn ploeggenoten voor te gaan in een aantal yogaoefeningen. Die dag nam Henry zijn plek in, maar Owens stroom van aanwijzingen ('Doe alsof je schouders er niet zijn, goed zo, nee, laat ze helemaal verdwijnen...') liet hij achterwege. In plaats daarvan ging hij van de ene rek- en strekoefening naar de volgende. De Harpooners deden hem machinaal na en speurden intussen met hun ogen de tribunes af. Er waren geen meisjes. Op Opentoe liepen überhaupt weinig meisjes rond. Wel kwamen er steeds meer scouts; elke scout die arriveerde was te herkennen aan ofwel zijn laptop ofwel zijn sigaar – afhankelijk van de generatie waartoe hij behoorde – en aan het feit dat hij andere scouts de hand schudde.

Na de rek- en strekoefeningen ging Arsch met Starblind naar de *bullpen* om wat in te gooien. De overige Harpooners draafden naar hun positie op het binnen- of buitenveld voor extra oefeningen. Schwartz, die zijn lichaam probeerde te sparen door rondom wedstrijden minimaal te trainen, trok zich terug in de dug-out. Het zou een lange dag worden en vanwege alle haast van die ochtend was hij bij het verlaten van zijn huis de Vicoprofen vergeten. Als een echte verslaafde haalde hij nu zijn tas leeg, inclusief de zijvakken, en gooide de inhoud op de bank. De zoekactie leverde twee gehavende, stoffige Sudafeds op, drie Advils en een veelbelovend bolletje dat pepermunt bleek te zijn. Hij gooide het allemaal in zijn mond, jammer dan van de bacteriën, en werkte het weg met een slok lauwe Mountain Dew.

Hij kuierde naar het inwerpveld om te kijken hoe het Starblind verging. Met een luide klap raakte de bal het hart van Arsch' handschoen.

'Hoe gaat ie, Meat?'

'Als een speer, Mike. Als een speer.'

'Boogballen?'

'Als een speer.'

'*Change-ups?*'

'Zo strak als wat,' verklaarde Arsch. 'Ze gaan allemaal als een speer.'

Na nog een paar worpen slenterde Starblind naar de rest van het team, waarbij hij zijn rechterarm als een bezetene rondjes liet draaien. Wanneer Starblind wierp raakte hij in een manische, quasi-autistische toestand. Als je niet beter wist zou je zweren dat hij massa's coke had gebruikt. 'Moet je die zien,' zei hij met een knikje naar de scouts, die maar bleven komen.

Schwartz haalde zijn schouders op. 'Zal zo nog het hele seizoen doorgaan. Kunt er maar beter aan wennen.'

'Waaraan wennen?' snoof Starblind. 'Die lui komen voor Henry en verder zien ze niks. Ik kan tien man laten lopen of er twintig uit werpen, het maakt allemaal geen reet uit.'

'Voor mij maakt het wel iets uit,' zei Schwartz rustig.

Coach Cox riep de Harpooners bij zich. 'Ik heb hier de slagvolgorde. Starblind, Kim, Skrimshander. Schwartz, O'Shea, Boddington. Quisp, Phlox, Guladni. Ga diep in de *count*, wees een slimme slagman. Mike, jij nog iets?'

Schwartz had niet alleen zijn pillen vergeten, hij had ook verzuimd een citaat uit te kiezen. Dat kreeg je ervan als je de avond voor een wedstrijd op stap ging met een scharrel. Hij zou moeten improviseren. Hij boog iets voorover naar het midden van het kluitje en ging met zijn ogen zijn teamgenoten langs, op wie hij om de beurt een milde versie van zijn borende blik losliet, ook wel 'The Stare' genoemd. 'Brook,' zei hij met zijn blik strak op Boddington gericht, een van de weinige vierdejaars van het team. 'Wat was onze oogst in je eerste jaar?'

'Drie gewonnen, negenentwintig verloren, Mike.'

'O'Shea. En jouw eerste jaar?'

'Eh... Tien tegen twintig?'

'Bijna goed. En vorig jaar? Jensen?'

'Zestien gewonnen, zestien verloren, Schwartzy.'

Schwartz knikte. 'Vergeet dat niet. Laat niemand het vergeten.' Hij keek om zich heen, zwengelde The Stare aan tot vijf op een schaal van één tot tien. Hij keek Henry aan, Henry keek hem aan, maar dat leverde niets op. Schwartz deed zijn pet af en veegde het zweet van zijn voorhoofd. Hij voelde zich wat afwezig, vreemd, alsof hij zichzelf speelde in een tv-serie. Hij hoorde de echo van zijn stem in zijn hoofd.

Maar de manschappen stonden te knikken, te wachten, met een gezicht dat vertrokken was van grimmige vastberadenheid: ze waren gek op Schwartz' passie en vuur. Ze verheugden zich erop. Een imitatie ervan zouden ze uitproberen op hun kleinkinderen. Hij bleef maar doorgaan: 'Al die verloren competities. En niet alleen bij ons. Ook bij alle jongens die ons zijn voorgegaan. Honderdvier jaar honkbal en Westish College, wij dus, heeft nog nooit een competitie gewonnen. Niet één.

Tegenwoordig zijn we een heel andere club. We hebben elf wedstrijden gewonnen en twee verloren. We hebben al het benodigde talent in huis. Maar moet je eens kijken naar die gasten in de andere dug-out. Kom op, kijk maar.' Hij wachtte terwijl zij keken. 'Denk jij dat het die gasten iets kan schelen wat onze score is? Welnee, man. Ze denken over ons heen te kunnen walsen omdat we van Westish College zijn. Zodra ze deze outfit zien beginnen hun ogen te glimmen. Ze denken dat dit hier om te lachen is.' Schwartz klopte op zijn borst, daar waar de blauwe harpoenier stond, op de voorsteven van zijn boot, alleen. 'Is het om te lachen?' gromde hij met aansluitend een paar krachttermen. 'Is dat het soms?' Zijn stem klonk zachter, als inleiding op de ontknoping; het was belangrijk dat je je volume en cadans varieerde. 'We laten ze nader kennismaken met deze outfit,' zei hij. 'We laten ze nader kennismaken met Westish College.' Vorsend ging zijn blik het groepje langs. Daar stonden zijn ploeggenoten: opeengeklemde kaken en opengesperde neusgaten. De meeste ogen gingen schuil achter een zonnebril, maar degenen die hij kon aankijken leken klaar voor de strijd. Hij kreeg zowaar weer wat vertrouwen.

Henry stak een geslaghandschoende hand de cirkel in, met de palm naar beneden gericht. Alle anderen volgden zijn voorbeeld. 'Bij drie is het "Owen",' zei hij. 'Een... twee... drie –'

'Boeddha.'

Starblind liep, Sooty Kim kreeg hem dankzij een stootslag naar het tweede, Henry sloeg een harde line-drive vlak langs het oor van de pitcher. Schwartz vuurde een moonshot het linkermidveld in. Het stadion van Opentoe ontbeerde de gebruikelijke buitenveldmuur; het had alleen op flinke afstand van de slagplaat een hek van harmonicagaas om het af te scheiden van het voetbalveld. Een snellere of beter gedroogde speler zou het derde honk hebben gehaald of zelfs een punt hebben gescoord, maar Schwartz kon alleen naar het tweede draven, beide handen in zijn zij plaatsen en grimassen van de pijn maken terwijl Rick en Boddington uitsloegen. Twee-nul voor Westish.

Meat had gelijk. Starblind wierp als een speer, beter dan Schwartz hem ooit had zien doen. De enige ballen die het veld in konden worden geslagen waren slappe *pop-ups* of *squibblers* die niet verder kwamen dan de pitcher. Schwartz hoorde een paar Holy Poets zachtjes vloeken wanneer ze weer eens uithaalden en misten. Ze gebruikten andere vloeken dan hij, maar de ondertoon van hun *shucks, biscuit* en *featherhead* was even negatief. Daarna keerden hun vrolijke gezichten weer terug, ofwel omdat ze zich omgeven wisten door een wereld van goede werken en wonderen, ook al verloren ze, ofwel omdat ze tegen Westish speelden en dus vroeg of laat zouden winnen.

Tussen de worpen door wierp Schwartz steelse blikken op de verzameling scouts die drie rijen dik achter de backstop zaten. Hun zonnebrillen – type *wrap-around* – verhulden hun gedachten. Het scheelde weinig of er zat één scout van elk Major League-team. Ergens wilde Schwartz dat Starblind niet zo goed zou werpen, zodat de Poets meer ballen in het spel kregen en de Skrimmer zijn defensieve kunsten kon vertonen.

In de tweede helft van de vierde inning wist een slagman van Opentoe dan eindelijk een lage bal in de ruimte tussen de korte stop en het derde honk te mikken. Henry sprong er vlot als altijd op af en plukte hem trefzeker met zijn backhand uit de lucht. Maar toen hij zijn voeten in de werpstand zette leek het alsof de bal even aan zijn handschoen bleef kleven. Daardoor moest hij zich haasten, viel zijn aangooi te laag uit en miste de bal het honk. Rick O'Shea dook er met gestrekt lichaam op af, schepte hem uit het zand en stak zijn handschoen in de lucht om de scheids te laten zien dat hij de bal had.

'Safe!'

'Wat!?' Rick sprong woest op en neer, als door een wesp gestoken. 'Ik had hem!' brulde hij, zwaaiend met de bal. 'En op tijd ook!'

De scheids schudde zijn hoofd. 'Je voet kwam van de plaat af.'

'Absoluut niet!'

Schwartz had niet goed kunnen zien of Ricks voet nu wel of niet op de plaat was gebleven. Normaal zou hij er niet tegenin zijn gegaan, maar Rick leek onvermurwbaar – en als de loper veilig was zou de aangooi als fout worden beoordeeld, waarmee het gedaan was met

Henry's reeks foutloze wedstrijden en Aparicio's record ongebroken zou blijven. Hij wendde zich tot de plaatscheidsrechter. 'Heb jij het gezien, Stan?'

'Bij mij moet je niet zijn.'

'Jij maakt hier de dienst uit.'

Stan schudde zijn hoofd.

'Ik ben zo terug.' Terwijl Schwartz naar de veldscheidsrechter liep ging die alweer op zijn hurken zitten, met zijn handen op zijn dijen en zijn blik op de thuisplaat gericht alsof de volgende pitch alweer in aantocht was. Het was zijn manier om te zeggen: waag het niet dichterbij te komen. Schwartz kwam dichterbij. 'Close play.'

De scheids hield zijn handen op zijn dijen en deed, humorloos, alsof Schwartz lucht was. 'Stan zei dat ik bij jou moest wezen.'

'Fijn voor Stan.'

Schwartz keek even naar Henry, die ernstig kijkend het zand stond aan te harken met zijn schoen. 'De worp was op tijd,' zei hij.

De scheids bleef gehurkt zitten en staarde recht voor zich uit.

'Sta op en praat tegen me als een vent,' zei Schwartz.

'Pas op, jij.'

'Pas zelf op. Jij ging daar in de fout, en dat weet je.'

'Ik weet niet wie je denkt dat je bent, mannetje, maar ik tel tot één en dan ben je opgehoepeld.'

'Mánnetje?' reageerde Schwartz. Hij draaide zijn hoofd naar beneden om de incapabele zielenpoot recht in zijn huilogen te kunnen kijken.

Of de scheidsrechter het nu opzettelijk deed, of dat zijn mond spastisch begon te doen omdat de meer dan honderd kilo's Schwartz die boven hem uit torenden hem zenuwachtig maakten, of gewoon omdat zulke dingen nu eenmaal gebeuren wanneer twee gezichten elkaar zo dicht naderen; hoe dan ook vloog er een druppel speeksel uit zijn mond, die op Schwartz' wang landde. Schwartz kreeg een rood waas voor zijn ogen. Hij had Henry nooit over die afwijzingen moeten vertellen. 'Worm die je daar bent,' siste hij. 'Op je werk is het kut, je vrouw houdt d'r kut dicht, dus kom je elk weekend maar hierheen om een stel studentjes te kunnen koeioneren zodat je je alsnog een vent kunt voelen, een godverdomde grote vent, een godverdomd groot ventje, en nou begin je naar me te spúgen? Heb je énig idee wie je hier probeert te fokken? Ik scheur je aan stukken. Ik scheur je aan stukken en eet je godverdom–'

Voor hij het wist had coach Cox zijn armen om zijn middel geslagen en voerde hij Schwartz rustig kauwgom kauwend het veld af, terwijl de laatste zich half omdraaide zodat hij kon blijven tieren naar de scheidsrechter. De scheids zat te frunniken aan zijn slag-/wijdteller en deed alsof hij het niet hoorde. Schwartz stopte halverwege een zin. Het rode waas voor zijn ogen begon op te trekken en hij vroeg zich af wat hij allemaal had gezegd. Uiteraard was hij van het veld gestuurd. Hij wierp een blik achterom naar Henry, die reageerde met een licht schouderophalen. Schwartz had het hem nooit moeten vertellen, niet pal voor een wedstrijd.

Schwartz richtte zijn ogen nu op het scorebord voorbij het rechtsveld. Daar was het dan, niet te missen in de verte, het knipperende groene licht onder de letter E van ERROR. Over de luidsprekers klonk de stem van een commentator die het einde van Henry's zegereeks verkondigde. De complete menigte, inclusief de scouts en de spelers van beide teams, stond als één man op en begon te applaudisseren.

22

Affenlight glipte zijn kantoor uit met in de binnenzak van zijn jas een dunne Whitman-bundel, als een verborgen wapen. Onderweg naar zijn auto bleef hij dicht bij de bleke stenen muren van Scull Hall, zodat hij niet kon worden gezien vanuit de bovenliggende ramen. Scull Hall mocht dan vergelijkbare afmetingen en vormen hebben als de andere gebouwen op het Small Quad, eigenlijk moest het pand er iets chiquer uitzien, aangezien het onderdak bood aan de burelen en woning van de rector. Met het oog daarop was de smalle strook grond tussen gevel en stoep al geschoffeld, bemest en voorzien van bloembollen. Uit de vochtige aarde, die bestrooid was met piepkleine witte mestbolletjes, steeg een prettig zware, donkere geur op. Affenlight had Pella laten weten dat hij tot vier uur moest werken, waarna ze naar Door County zouden rijden om nieuwe kleren voor haar te kopen.

Hij reed snel en parkeerde de Audi. De glazen deuren van het St. Anne weken uiteen om hem toegang te verschaffen. Affenlight gooide zijn sigarettenpeuk in een prullenbak en moest aan Pella's moeder denken, die haar hele leven – of in elk geval het deel dat hij haar had gekend – tussen de zieken en stervenden had doorgebracht, maar daar geen moment lichamelijk of geestelijk zwakker van leek te worden. Misschien was ze gezegend met een stevig gestel, of misschien kon ze het zich niet veroorloven te klagen of pijn te voelen, aangezien ze zo veel kwetsbare lichamen moest verzorgen. Wanneer Affenlight griep kreeg of een neerslachtige bui had fronste ze haar wenkbrauwen en negeerde hem. Hij had dat aangezien voor een gebrek aan empathie, en misschien wel voor een blijk van domheid, maar mogelijk kwam het juist voort uit wijsheid. Had hij geleerd, zou hij ooit leren de emoties waar hij niets mee kon te negeren? De vraag tegen hoeveel medeleven liefde bestand was bleef onbeantwoord.

Toen hij Owens kamer in liep zat Owen rechtop in bed. Naast hem een zo te zien bijzonder zelfverzekerde Afrikaans-Amerikaanse vrouw in een mantelpakje. Ze zat op zijn – Affenlights – stoel, waarbij zij opgemerkt dat ze hem dichter naar het bed had getrokken dan Affenlight ooit zou hebben gedurfd. 'Rector Affenlight,' zei Owen. Zijn stem klonk beter dan gisteren. 'Wat een leuke verrassing.'

De vrouw stond op en stak haar hand uit. 'Genevieve Wister.' Uit haar toon en glimlach had kunnen worden afgeleid dat de kamer haar eigendom was. Anders was ze wel een van de artsen of fysiotherapeuten; waarschijnlijk hoefden die in het weekend geen werkkleding aan. Haar rok hield iets boven haar knie op. Haar hakken mochten dan laag zijn, ze trokken bijna als vanzelf je aandacht naar de lange, gladde spieren van haar kuiten.

'Guert Affenlight.'

Ze hield zijn hand een paar tellen langer vast dan Affenlight had verwacht. 'Een persoonlijk bezoek van de rector magnificus,' zei ze op een toon ergens tussen ironie en bewondering, waar precies viel lastig vast te stellen, 'na een klap op Owens hoofd. Ik heb altijd geweten dat Owen hier in Westish in goede handen was, maar dit overtreft alles.'

Altijd geweten? Affenlights blik ging van Genevieve Wister naar Owen Dunne en weer terug, en nog een keer. Owen knikte, alsof hij zijn vraag had gehoord en die nu beantwoordde. 'Mijn moeder,' lichtte hij toe.

'Aha.' Als iemand op dit moment een pistool op zijn borst richtte, bedacht Affenlight, zou Whitman de kogel opvangen. Het boekje met zijn groene omslag drukte met een soort stiekeme, bespottelijke ernst op zijn hart. Wat een idee om gedichten mee te nemen, gedichten over stoere knapen, lenige knapen, knapen die zich tegen je heupen vlijden. Het was niet alleen bespottelijk, het was misdadig.

Nog terwijl hij dit dacht werd hij somber omdat hem nu de kans ontglipte Owen voor te lezen. Hij had er de hele ochtend van gedroomd. Maar ja, Whitman! Hoe haalde hij het in zijn hoofd? Hardop voorlezen, al van een dubieuze intimiteit, en dan ook nog één stem, twee paar oren, welgevormde woorden – je kon ook te gretig zijn. Hij had Tocqueville mee moeten nemen. Of William James. Of Plato. Nee, Plato niet.

Hij liet de hand van Genevieve Wister los en overstelpte haar met de meest charmante, slijmerige glimlach-voor-moeders die hij kon produceren. Desondanks voelde hij zich lichtelijk nerveus, alsof hij zich tot een gezagrijke bejaarde richtte in plaats van tot iemand die ergens tussen de twaalf en vijftien jaar jonger was dan hij. 'Uw achternaam zette me op het verkeerde been,' zei hij verontschuldigend.

'Toen ik van Owens vader scheidde besloot ik dat "Owen Wister" niet zo'n goed idee was.'

'Aha,' zei Affenlight, opnieuw schaapachtig. Hoe vreemd was de liefde toch! Je ontmoette een onthutsend mooi wezen dat te aantrekkelijk was om de vrucht te kunnen zijn van sperma en een eicel en de rest van dat zelden foutloze proces – en dan kwam je zijn moeder tegen.

'Goed nieuws,' zei Owen. 'Ze laten me vandaag gaan.'

'Dan hoeft u niet meer zo ver te reizen voor een bezoekje, rector Affenlight,' grapte Genevieve.

'Prachtig,' zei Affenlight. 'Dat is prachtig.' Hoe langer hij keek, hoe meer de gelijkenis tussen moeder en zoon hem opviel. Aanvankelijk was hij om de tuin geleid door de verschillen in hun huidskleur. Die van Owen kwam – afgezien van zijn bonte, metalig oplichtende bloeduitstortingen – qua tint in de buurt van die van Affenlight, hoewel de zijne naar rossig neigde en die van Owen naar crèmekleurig. Genevieve daarentegen had een extreem donkere huidskleur, zoals de bewoners van West-Afrika. Owen is zwart, dacht Affenlight. Dat had hij natuurlijk steeds geweten, maar nu hij zijn moeder zag was het zonneklaar.

De gelaatstrekken van Genevieve waren scherper, krachtiger dan die van Owen, maar hun donkere ogen waren bijna identiek en hun lichamen vertoonden echte gelijkenissen: dezelfde bescheiden, rustig afhangende schouders, dezelfde zachte ledematen en lange, sierlijke vingers. De manier waarop ze op de bedrand ging zitten en Affenlight met een levendig handgebaartje naar de vrijgekomen stoel dirigeerde had ze zichzelf misschien wel aangeleerd door talloze uren haar zoon te observeren. Of natuurlijk precies andersom.

'Ik kan echt niet blijven,' zei Affenlight. 'Ik kwam alleen even langs om er zeker van te zijn dat er goed voor Owen wordt gezorgd. Wat duidelijk' – hij schonk Genevieve een nadrukkelijke glimlach – 'het geval is.'

'Nou, heel aardig dat u zich zo betrokken betoont,' zei Genevieve.

'Graag gedaan.' Affenlight haalde zijn zakdoek tevoorschijn om zijn voorhoofd af te vegen. De laatste keer dat hij zich in andermans gezelschap zo onhandig had gevoeld was... nu ja, gisteravond met Henry, in Owens kamer. Maar de keer daarvóór was lang geleden.

'Misschien staat u me een kleine dankbetuiging toe? Owen en ik zouden het erg leuk vinden als u later vandaag bij ons aan tafel zou willen aanschuiven.'

'O, dat lukt me met geen mogelijkheid,' zei Affenlight haastig, mogelijk op het randje van het onbeleefde. 'Wat wil zeggen: ik zou dolgraag komen, en erg aardig dat u het aanbiedt, maar helaas – eh, niet helaas, natuurlijk – is mijn dochter net gearriveerd, uit San Francisco. Eigenlijk,' hij wierp snel een blik op zijn horloge, 'ben ik al te laat voor mijn afspraak met ha–'

'Uw dochter?' reageerde Genevieve. 'Dat is toch perfect! Ik dacht dat u op een zakelijke afspraak doelde. We kunnen gevieren dineren. Ik trakteer.'

Waarom, o waarom had hij niet op een zakelijke afspraak gedoeld? Zwijgend deed Affenlight een beroep op Owen, maar Owen maakte een geamuseerde en ontspannen indruk, alsof hij daar, rechtop tegen zijn kussens, naar een film zat te kijken. 'Mijn moeder komt niet elke dag deze kant uit,' lichtte hij toe.

Genevieve knikte. 'Ik ben allergisch voor de Midwest.'

'Datzelfde geldt voor mijn dochter,' gaf Affenlight te kennen, en iets in zijn stem – hij hoorde het even goed als Owen en Genevieve – gaf aan dat hij hiermee inging op de uitnodiging. 'In de buurt van de campus zit een Frans tentje,' zei hij. 'Maison Robert. Het interieur is ietwat sleets, maar het eten is er lekker.'

'Dat klinkt perfect,' zei Genevieve.

Terwijl Affenlight aanstalten maakte zich naar de deur te begeven stond zij op en stak haar armen uit als voorbereiding op een omhelzing. Affenlight probeerde het contact tot een minimum te beperken, waardoor het eerder een soort luchtknuffel zou worden, maar zij sloeg haar armen innig om hem heen. De Whitman raakte bekneld tussen hun bovenlijven.

175

'Wat is dat?' vroeg Genevieve, die hem losliet en door de stof van Affenlights jasje op het boekomslag tikte.

'Niets,' zei Affenlight haastig. 'Gewoon, een beetje leesvoer.'

'Mag ik?' Genevieve was duidelijk zo iemand die er geen been in zag andere mensen aan te raken. Nog voordat Affenlight zich kon wegdraaien schoof zij een hand achter zijn revers en diepte het boekje op. 'Owen, kijk. Walt Whitman. Je favoriet.'

'Whitman is niet mijn favoriet,' zei Owen. 'Te *gay.*'

'O, hou toch op,' zei Genevieve met een zwaai van haar beboekte arm. Affenlight overwoog de bundel van haar af te pakken, maar de kans was alweer verkeken. 'Je was altijd dól op Whitman.'

'Ja hoor, toen ik twaalf was.' Owen wierp een steelse blik op Affenlight. 'Whitman is gewild bij homo's die rond hun coming-out zitten. Hij is een soort instapdrug.'

'Ik weet zeker dat allerlei soorten mensen hem graag lezen,' zei Genevieve. 'Hij is de dichter van de democratie.'

Owens ongedeerde mondhoek krulde tot een glimlach. 'Dus zo noemen ze dat tegenwoordig?'

Affenlight had nu meer behoefte aan een sigaret dan toen hij nog een pakje per dag rookte. In welk jaar werd het roken in ziekenhuizen definitief in de ban gedaan? Wat gebeurde er als je het toch deed? Hij wilde wel en niet dat Owen hem zou ontmaskeren – de kans dat je ontmaskerd werd maakte alles echter, spannender, angstaanjagender, net als met die vunzige foto op Owens laptop – maar wat hij beslist niet wilde was dat Owen hem zou ontmaskeren in aanwezigheid van zijn moeder. Affenlight was blij dat Genevieve had gezegd wat ze zei over de dichter van de democratie, want anders zou hij het hebben gezegd, of iets in die trant, en zich een idioot hebben gevoeld.

'De hele high school lang was je verzot op Whitman,' zei Genevieve. 'Wat was ook alweer die ene over de boom? De eik?' Ze sloeg het boek open en begon vluchtig de inhoudsopgave te lezen.

'Alsjeblieft, doe dat ding weg,' zei Owen, alsof het een vieze luier was. Hij kuchte en begon het gedicht behoedzaam voor te dragen, waarbij hij probeerde zijn door medicijnen verslapte, met bloedkorsten bedekte kant van zijn mond zo veel mogelijk te ontzien: '*I saw in*

Louisiana a live-oak growing,/ All alone stood it, and the moss hung down from the branches...'

Affenlights hart hervond zijn kalmte toen hij Owen die bekende woorden hoorde voordragen. Zo veel van ons leven brachten we lezend door; het had iets logisch dat in gezelschap te doen. En hij had het gedicht altijd prachtig gevonden, bewonderde in de verteller precies datgene wat de verteller in de eik bewondert, te weten aperte onafhankelijkheid, ook al benadrukt de verteller hoezeer hij afhankelijk is van zijn vrienden.

Halverwege gaf Owen er de brui aan. 'Brrr,' zei hij. 'Mijn hoofd.'

Affenlight kon er niets aan doen. Hij schraapte zijn keel en pakte de draad op waar Owen was gebleven. Alleen over de constructie *'manly love'* struikelde hij. *'For all that,'* besloot hij, zijns ondanks naar een iets hogere declamatorische versnelling schakelend, *'and though the live-oak glistens there in Louisiana, solitary, in a wide flat space,/ Uttering joyous leaves all its life, without a friend, a lover, near,/ I know very well I could not.'*

'Bravo,' juichte Genevieve. Ze gaf Affenlight zijn boek terug.

Affenlight glimlachte onnozel. Hij voelde zich er goed maar ook kwetsbaar onder. Even vroeg hij zich af wat de exacte etymologie van het woord 'rood' was: je werd rood wanneer je blij of opgewonden was, je werd rood wanneer je vernederd werd en je werd rood nadat je als een vogel was opgejaagd en neergeschoten. Hij keek naar Owen om te zien wat Owen van zijn voordracht vond, maar Owen had zijn ogen dicht, niet omdat hij sliep, maar net als Sherlock Holmes die een opera bijwoont: oren gespitst, een vredige glimlach op zijn lippen.

'Goed,' zei Affenlight. 'Ik moet onderhand maar eens vertrekken. Pella en ik zien jullie vanavond.'

'Wat een prachtige naam.' Genevieve pakte Affenlights handen innig vast bij wijze van afscheid. 'Wie weet, O? Misschien ontpopt deze Pella Affenlight zich als je ideale vrouw. Haar vader is er aantrekkelijk genoeg voor, dat zonder meer.'

'Laat me niet lachen,' zei Owen, nog steeds met zijn ogen dicht. 'Dat doet pijn aan m'n gezicht.'

23

Rondom het honkbalterrein van Opentoe bevonden zich inclusief spelers en scouts niet meer dan tweehonderd mensen, maar ze maakten veel kabaal. Ze stampten met hun voeten op de tribunes, het gejuich zwol aan in plaats van weg te sterven, en hij besefte dat het niet zou stoppen. Behoedzaam hief hij zijn hoofd op en keek naar Schwartzy, die op de rand van de dug-out met een uitgeputte en nijdige maar toch niet ongelukkige uitdrukking op zijn gezicht in zijn Schwartz-grote handen stond te klappen. Henry knipperde een paar keer flink met zijn ogen. De potentiële elastische energie staat gelijk aan de helft van k maal x in het kwadraat, dacht hij. De potentiële gravitatie-energie staat gelijk aan m maal g maal h.

Schwartz wees naar de klep van zijn pet. Henry keek hem schaapachtig aan. Schwartz herhaalde zijn beweging en deze keer begreep Henry het. Met een hand tikte hij zijn pet aan. Het gejuich werd harder, bereikte een hoogtepunt en stierf weg. Schwartz slenterde terug naar de bus. Arsch deed zijn beenkappen en body protector om en sjokte het veld op om zijn plek achter de slagplaat in te nemen.

Twee innings later maakte Henry weer een fout. Hij leek op de eerste: hij ving een doorsnee grondbal, maakte twee zwaaibewegingen met zijn arm en dwong Rick diens honk te verlaten door een lage, niet strakke bal. Hij ramde zijn vuist in zijn handschoen, trok zijn pet zo ver mogelijk omlaag. Wat was er verdomme aan de hand? Was er iets mis met zijn arm? Nee, zijn arm voelde sterk, voelde prima aan. Niet te lang over nadenken. Gewoon laten overwaaien.

Na afloop van de wedstrijd – de Harpooners wonnen met 8-1 – liep hij naar de bus om met Schwartz te praten, maar stuitte onderweg op een breedgeschouderde blonde vent in een overhemd met een logo van de Cardinals. De rand rond zijn neusgaten vertoonde een vochtige, roze gloed. 'Henry,' zei hij terwijl ze elkaar de hand schudden. 'Dwight Rogner. We hebben elkaar aan de telefoon gesproken. Prima wedstrijd daarnet.'

''k Had graag iets beter gespeeld.'

'Maak die foutjes niet groter dan ze zijn,' zei Dwight. 'Jee, je hebt twee fouten gemaakt in tweeënhalf jaar? Konden we dat allemaal maar zeggen. Ik heb negen jaar in de minors gespeeld en heb twee keer in de majors meegeslagen. En zal ik jou iets vertellen? Vrijwel iedere vent met wie ik ooit in een kleedkamer heb gezeten is geëindigd als ofwel een alcoholist, ofwel een wedergeboren christen. Drank of God. Dat doet deze sport met je. De aard van dit spel is nu eenmaal dat je fouten maakt, en als je niet met fouten kunt omgaan zul je niet lang meedraaien. Niemand is perfect.'

Henry knikte. Dwight, wiens traanogen olijk twinkelden in het met wolk doorschoten zonlicht, schudde zijn hand weer. 'Dus we spreken elkaar snel weer,' zei hij. 'Oké?'

'Oké,' zei Henry.

Een paar andere scouts – van de Orioles, Phillies, Cubs – kwamen hem gedag zeggen, waarna Henry zich bij zijn teamgenoten voegde, die ontspannen en uitgelaten vanwege de winst in een soort cirkel op het gras kalkoensandwiches zaten te eten. Rick O'Shea bracht zijn sportdrankje-met-drinktuit boven zijn hoofd. 'Op de Skrimmer,' zei hij, 'wiens naam zal schitteren naast die van de grote Aparicio, zo lang we leven.'

'Bravo! Bravo!'

'Hup, Henry.'

'Goed gedaan, Skrim.'

In plaats van het midden van de cirkel te bezetten, wat hij doorgaans deed, lag Schwartz meer naar de buitenkant rugoefeningen te doen. Of hij wilde niet worden gestoord, of hij wilde alleen door Henry worden gestoord. Henry, die niet zeker wist wat het geval was, kwam behoedzaam als een jager dichterbij.

'Hé.'

'Hé,' zei Schwartz.

'Rottig dat je eruit werd gegooid.'

'Hij bespuugde me, de klootzak.' Schwartz zwaaide zijn knieën naar de andere kant. 'Sorry dat ik je niet eerder heb verteld over m'n afwijzingen.'

'Misschien hebben ze een fout gemaakt,' opperde Henry. 'Misschien hebben ze per ongeluk de uitslag van je toelatingsexamen verkloot, of zo.'

Schwartz schudde zijn hoofd. 'Ik heb als enige de uitslag van m'n toelatingsexamen verkloot.'

'Ik dacht dat het goed was gegaan.'

'Het ging best aardig.'

'En je activiteiten naast je studie. Aanvoerder van twee teams. Alles wat je voor Westish hebt gedaan. Alles wat je voor míj hebt gedaan.'

Schwartz strekte zijn benen en masseerde zijn knieschijven. 'Ik denk niet dat ze me daar extra punten voor geven.'

Zo bleven ze een poos op het gras zitten, in stilte, omgeven door het koele blauw van die dag.

Schwartz kwam overeind. Zijn gewrichtsbanden tikten en kraakten bij wijze van protest. 'Laten we gaan,' zei hij. 'Tijd voor een nieuwe start.'

De Harpooners wonnen de tweede wedstrijd met 15-6. Slechts twee ballen werden naar Henry geslagen. Beide keren gaf hij twee keer zinloos tussengas alvorens een zachte, aarzelende aangooi uit te voeren. Ze voelden niet als geweerschoten die recht op hun doel af gingen, maar als duiven die werden vrijgelaten uit een doos. Hij wist niet welke route ze zouden afleggen en zag vol spanning hoe ze niettemin allebei, ver van het eerste honk, in het nest van Ricks handschoen belandden.

Die avond zat hij op de lange terugrit naar Westish te dommelen tegen de bonkende zijkant van de bus, met een sweater tussen zijn wang en het raam tegen de kou. Zijn teamgenoten stuiterden van stoel naar stoel. Vrolijk maakten ze plannen, gevoed als ze werden door de successen van die dag en de geslaagde avond die ging komen, aangezien ze de volgende dag zowaar eens vrij hadden.

'Melanie Quong,' zei iemand.

'Kim Enderby.'

'Hannah Szailes.'

De namen waren plannen, gebeden en gedichten ineen. Henry's rechterarm rook naar Icy Hot. Een beeld drong zich op aan zijn geestesoog en bleef maar komen, met een even duizelingwekkend als voorspelbaar ritme: het beeld van een witte bal die zijn baan verliet en zich in Owens jukbeen boorde, en dat van Owens witte, geschrokken ogen waarmee hij Henry aanstaarde voordat hij onderuitgleed, de vloer van de dug-out tegemoet. Hij sloeg even aan het rekenen. Binnen vijftien innings had hij de vijf slechtste aangooien van zijn universitaire carrière gemaakt – de bal die Owen had geraakt, de twee fouten in de eerste wedstrijd van vandaag en de twee knullige aangooien tijdens de tweede wedstrijd. Alle vijf volgden op bekende en feitelijk vrijwel identieke spelsituaties: ballen die met hoge snelheid recht op hem af kwamen, zodat hij ruimschoots de tijd had om zijn voeten op de grond te planten en op Ricks handschoen te mikken voordat hij wierp. Eenvoudige handelingen van een genre dat hij sinds zijn puberteit niet meer had verknald. Er was duidelijk iets mis met zijn techniek. Morgen zou hij uitslapen en wat aan zijn studie doen, waaraan hij sinds Owens blessure niet meer was toegekomen. Maandag zou hij tijdens de training de mankementen van zijn aangooi uitvlooien. Net als de meeste andere problemen van het leven had dit probleem waarschijnlijk iets te maken met zijn voetenwerk.

24

Pella boog zich voorover naar de tafelspiegel, zette haar ellebogen neer en drukte een van de zilveren oorringen – die middag door haar vader gekocht – door het nauwe gaatje waar eerder haar piercing had gezeten. Maandenlang had ze geen zin gehad iets in haar oren te doen, en ze had dan ook niets van dien aard meegenomen uit San Francisco. Een druppeltje helder bloed vlijde zich tegen de rand van het gaatje en zakte weer weg. Ze vond bijna dat ze er mooi uitzag, in haar nieuwe lila jurk, die een laag uitgesneden hals en geen mouwen had, heel simpel, rechttoe rechtaan. Ze had er die middag verlekkerd naar staan kijken in een winkeltje in Door County; haar vader had aangeboden hem voor haar te kopen, een lief gebaar dat echter werd tegengewerkt door Pella's schaamte vanwege het feit dat haar eigen koopkracht nihil was. Ze moest zien uit te vinden hoe ze haar eigen boontjes kon doppen. Toch voelde ze zich best goed. De aubergineachtige wallen onder haar ogen slonken. Haar haren glansden in het lamplicht en zorgden, pas gewassen zoals nu, voor een zacht gevoel in haar nek.

Haar vaders gezicht verscheen naast het hare in de spiegel alsof ze voor een gezinsportret poseerden, maar dan wel een waarop Affenlight senior onmiskenbaar een geagiteerde indruk maakte. 'Is deze stropdas oké?' vroeg hij, zwoegend op de platte kegel van zijn halve Windsor. De bekende geur van zijn eau de toilette – gekarameliseerde appelmoes – vulde de kamer.

'Natuurlijk,' zei Pella. 'Al je stropdassen zijn leuk.'

Affenlight fronste zijn wenkbrauwen en bleef proberen de al perfecte knoop te verbeteren. 'Maar misschien heb ik een leukere. Kijk –' Met een priemende vinger bracht hij de stropdas omhoog, zodat de zilveren en bordeauxrode strepen naast zijn wang hingen. 'Zie je dat?

De kleur benadrukt de haarvaatjes in mijn wangen. Ik zie eruit als een aan lagerwal geraakte alcoholist.'

'O, da's niet waar.' Pella duwde het andere pennetje met kracht door haar oor en keek haar vader recht in zijn ogen. 'Je hebt de huid van een tienjarige. Om maar te zwijgen van je hersenen. Sinds wanneer ben jij zo ijdel?'

Affenlight deed alsof hij in zijn wiek was geschoten. 'Ik ben een boegbeeld van mijn instituut. Het is mijn plicht een goede indruk te maken op de ouders die collegegeld betalen.'

'Uhuh. Met name op de alleenstaande vrouwelijke ouders.'

Voordat hij kon reageren begon zijn telefoon te trillen. Hij haalde hem uit zijn zak en stond met een paar passen in de gang. 'Genevieve, hallo!'

Pella liep terug naar de spiegel. David zou vanavond terugkomen uit Seattle. Hoe lang zou hij erover doen om te achterhalen waar ze was? Niet lang; ze had geen vrienden, geen andere familie, alleen deze twee onvermijdelijke figuren, haar pa en David, tussen wie ze heen en weer kon stuiteren. Davids eerste gedachte zou zijn dat ze ervandoor was met iemand van haar eigen leeftijd, zoals hij altijd al had verwacht, waarna hij de loft overhoop zou halen, op zoek naar bewijzen. Maar er waren geen bewijzen. Als hij de telefoon pakte om haar terug te vinden zou hij maar één nummer hoeven te draaien.

Ze hoorde hoe haar vader zich in de gang uitsloofde aan de telefoon. Tien tegen één dat die Genevieve bij binnenkomst heel wat sexyer zou zijn dan een doorsnee moeder-van-een-twintigjarige. Pella begreep niet goed waarom ze moest worden meegesleept naar iets wat alles van een dubbele date had, maar ze wilde haar vader een beetje tegemoetkomen, het bewijs leveren dat ze weer vrienden konden zijn. Waar natuurlijk bij kwam dat hij deze jurk voor haar had gekocht.

Affenlight, die er geagiteerder uitzag dan ooit, stak zijn zilvergrijze hoofd om de hoek van Pella's deur. '*Change of plans!*' zei hij. 'Schenk iets te drinken in!' Het hoofd verdween.

Het hoofd verscheen weer. 'Iets te drinken!' herhaalde het.

Pella streek haar jurk glad, gunde zichzelf nog één goedkeurende blik in de spiegel en liep naar de studeerkamer om twee glazen scotch in te schenken, een met ijs en een zonder. Het eerste bracht ze naar de keuken, waar haar vader als een bezetene bieslook fijnhakte met een staccato dansend mes. 'Wat is er aan de hand?' vroeg ze. 'Wanneer heb je een andere das omgedaan?'

Affenlight keek omlaag, naar zijn lichtblauwe stropdas. 'Vind je hem niet mooi?' vroeg hij, teleurgesteld als een kind.

'Ik vind hem wel mooi,' zei Pella. 'Maar ik vind ook dat je je erg vreemd gedraagt.'

Affenlight knikte verstrooid en begon met één hand weer op de bieslook in te hakken. Intussen greep hij met zijn andere hand de scotch vast en sloeg twee derde achterover van wat een bijzonder vol whiskyglas was geweest. Een glimmende matrix van speldenkopjes zweet tekende zich af op zijn verhitte, roodbruine voorhoofd.

'Wat is er aan de hand?' vroeg Pella.

'Owen heeft de Trowell gewonnen.'

'De wat?'

'De Trowell. Het is een beurs. Volgend jaar mag hij in Tokio studeren.'

'Nou, dat klinkt goed. Toch?'

'Het is fantastisch.' Affenlight griste een tomaat uit de houten kom naast de gootsteen en halveerde die met een krachtig 'tsjak'. 'Veel van onze studenten hebben hem aangevraagd,' zei hij, terwijl hij de tomaat in hoog tempo tot pulp versneed, 'maar tot dusver had geen van hen hem gekregen. Het is een erg prestigieuze beurs. Stel je voor: Owen die in Tokio zit!'

'Wat maak je daar?' Pella gebaarde naar de rode puree die lag te blozen op de snijplank.

'Hors d'oeuvres.'

'Ik dacht dat we uit eten gingen.'

'Owen is er nog niet aan toe. Arme jongen, hij heeft de afgelopen dagen heel wat moeten doorstaan. Volgens Genevieve was een restaurant misschien toch iets te hectisch voor hem. Ze stelde voor dat zij en ik dan maar wat moesten gaan eten, alleen wij tweeën, maar mij leek dat niet zo gepast, want tenslotte heeft Owen iets te vieren. Dus heb ik ze maar uitgenodigd.'

'Voor een paar hors d'oeuvres.'

'Precies.' Affenlight dronk zijn glas leeg en zeeg neer op een van de stoelen die in de kleine keuken aan weerszijden van het kookeiland stonden. Met klaaglijke, vertwijfelde ogen ging hij het vertrek langs. Even zag hij er angstwekkend oud uit – tien jaar ouder dan zijn echte leeftijd, twintig jaar ouder dan zijn gebruikelijke verschijning. 'Tokio,' mompelde hij. Pella nam het mes uit zijn hand en legde het op het aanrecht. Ze wierp een blik in de koelkast: limoentjes, boter en parmantig witte zakken koffiebonen. 'Ik loop even naar de mensa,' zei ze. 'Misschien kunnen ze iets voor ons in elkaar flansen.'

25

De mensa was zwanger van een zaterdagavondsomberte; het leek alsof het feestgedruis elders op de campus hier voor een treurig vacuüm had gezorgd. De keuken was gesloten en op de braakselgroene stoelen zaten een paar eenzame achterblijvers met hun neus in een studieboek traag hun eten naar binnen te vorken. Een gigantische klok met opengewerkte ijzeren wijzers die dreigend vanaf de overkant van de zaal boven hen uit torende, verkondigde met ronkend misbaar het verstrijken van elke minuut. *Ga en sta waar je wilt*, leek het geluid te zeggen, *als het maar niet hier is.*

Pella liep door de openstaande deur naar de keuken. Een kleine maar kloeke man met de laag-bij-de-grondse bouw van een Indiaanse grafheuvel schraapte aardappelpuree in een reusachtige boterhamzak. Hij had een breed, vlezig gezicht, wijd uitstaande neusvleugels en acnelittekens onder zijn ogen. Hij droeg een ingezakte, omgeklapte koksmuts. 'Gesloten,' zei hij troosteloos, zonder op te kijken, nog voor Pella haar mond kon opendoen. 'Gesloten.'

'Ik weet het. Het spijt me dat ik u stoor. Ik hoopte dat er misschien –'

'Gesloten.' Hij sprak het zachtjes uit, als een droevige, onontkoombare waarheid, en klepperde met zijn pureeschep tegen de rand van de pan.

'Ik weet het, het is alleen zo...'

Deze keer sprak hij het woord niet eens uit, schudde alleen maar traag zijn gebogen hoofd en klepperde weer met de pureeschep tegen de rand van de pan, waarbij hij op de een of andere manier een lange, sombere O-klank wist te produceren die veel gelijkenis vertoonde met het timbre van zijn stem: *gesl-OOOOOOO-ten.*

'Precies,' zei Pella. 'Het is namelijk zo, ziet u, dat ik gestuurd ben door rector Affenlight.' Ze wachtte even en trok aan een van haar zachte, vers doorboorde oorlellen, in afwachting van de reactie die haar vaders naam teweeg zou brengen. De heuvelvormige man bracht de zak aardappelpuree op ooghoogte en voerde een subtiele polsbeweging uit, waardoor de zak langzaam een aantal keer om zijn verticale as draaide en de bovenkant een lange, strakke vlecht vormde. 'Rector Affenlight,' zei hij met een vermoeid schouderophalen in zijn stem. 'Chef Spirodocus.' Uit zijn toon sprak dat het een open vraag betrof welke van de twee de meest verheven titel was; dat ze allebei ondanks het verhevene van hun titel gewoon maar mensen waren; en dat ze, omdat ze mensen waren, stellig zouden sterven. Hij trok een enorme koelkast open en slingerde de zak naar binnen.

Achter hem, in de keuken zelf, was een kleine latino een gigantische pan met een hogedrukspuit aan het bestoken. Natte stukken verkoolde smurrie schoten omhoog en spatten op zijn shirt. Pella zag voor zich hoe de pan vanbinnen langzaam schoon werd, het zwart week voor glimmend zilver terwijl de felle waterstraal zich een weg baande door de aangekoekte laag saus, soep of – aldus de menukaart die rechtstandig op de vitrine naast haar prijkte – 'Zuidwestelijke Vegetarische Lasagne'. De vent keek niet bepaald blij, met die glazige blik en een gezicht dat droop van het zweet, maar Pella benijdde hem vanwege het concrete van zijn taak. Vies → Schoon. Een hogedrukspuit als die daar, zo dacht ze, zou een prima aanwinst zijn voor de keuken van Mike en Arsch.

'Dus...' zei ze. Ze twijfelde hoe ze er nu voor stond met chef Spirodocus, die een nieuwe zak van een reusachtige rol had getrokken en het overscheppen van de aardappelen had hervat. 'Rector Affenlight en ik – hij is mijn vader, ik ben zijn dochter – krijgen onverwachts gasten en we vroegen ons af, als het niet te veel moeite is, of u misschien iets hebt liggen wat we eventueel zouden kunnen gebruiken als voorafje.'

'Of ik iets "heb liggen?"' herhaalde chef Spirodocus peinzend. '"Gebruiken" als voorafje?'

Hij liet zijn pureeschep op de rand van de pan balanceren, drukte de muizen van zijn handen tegen de bovenkant van de vitrine en richtte nu voor het eerst zijn door vlees omstuwde ogen op Pella. Hij kwam op Pella over als een indemocratisch mens, een man van het volk. Ze baalde dat ze daar niet stond met haar gebruikelijke combinatie van capuchonsweater, futloos haar en wallen onder haar ogen, in plaats van deze mooie lila jurk, oorringen en make-up. Ze frunnikte aan een afzakkend behabandje.

'Duizend mensen.' Chef Spirodocus omsloot met één brede beweging van een plompe arm de keuken, het zelfbedieningsbuffet en de eetzaal. 'Elke dag. Met duizend mensen kun je het nooit goed doen. Je moet gewoon doen wat je moet doen. Begrijp je?'

Pella wilde net zeggen dat ze het inderdaad begreep, maar hij was alweer na een halve draai op de hoge houten zolen van zijn klompen in de keuken verdwenen. Zonder die hoge klompen zou hij pas écht klein zijn. Minuten verstreken. Hij kwam niet terug. Pella was er vrijwel zeker van dat zijn hulp zou uitblijven, maar omdat ze geen plan B had bleef ze daar staan kijken naar de borden wassende latino, die zijn hogedrukspuit de sporen gaf met een gezicht dat paars zag van de inspanning.

Ze had haar voorafjes al opgegeven maar stond nog altijd wezenloos te kijken toen chef Spirodocus terugkwam met een propvolle boodschappentas in zijn kloeke armpjes. Helemaal bovenop lag een ongebakken, sterk naar kaneel geurend brood met krenten of rozijnen erop. 'Stop dat in de oven zodra je thuiskomt,' zei hij. 'Serveer het bij de koffie.'

'Wauw,' zei Pella. 'Wauw. Hebt u dat allemaal in de gauwigheid gemaakt?'

'Op zo'n vraag geeft een chef-kok nooit antwoord.' Voor de eerste keer kreeg het gezicht van chef Spirodocus een vrolijke uitdrukking; het leek wat in te dalen en zachter te worden. Hij stak een hand in de lucht om Pella een onhandig klopje op haar rug te geven. 'Zeg maar tegen je vader dat ik m'n best heb gedaan. Ik had geen tijd, was niet vooraf ingelicht, maar ik heb m'n best gedaan. Oké?'

'Oké,' zei Pella. 'Ontzettend bedankt, chef Spirodocus. M'n vader zal er reuzenblij mee zijn.' Ze wilde zich omdraaien en vertrekken maar merkte dat ze niet loskwam van de marineblauw-met-ecrukleurige tegelvloer. Het verlangende stemmetje in haar borst was aan het psalmodiëren, zachtjes en onsamenhangend; ze bleef staan en probeerde ernaar te luisteren.

Na een poosje keek chef Spirodocus op van zijn aardappelpuree. 'Verder nog iets?'

'Eh...' Pella wipte van de ene voet op de andere. 'Ik vroeg me af, gewoon, ziet u, of u misschien nog mensen nodig hebt voor in de keuken. Borden wassen en zo.'

'Of ik mensen nodig heb om borden te wassen?' herhaalde chef Spirodocus verbaasd, met een droevig hoofdschudden. 'Ja.'

'En u kunt ze per direct gebruiken?'

'Ik kan altijd mensen gebruiken.'

'Kan ik een sollicitatie indienen?'

Zijn wenkbrauwen gingen omhoog. 'Namens wie?'

'Namens mezelf.'

De ogen van chef Spirodocus gingen haar witte sandaaltjes langs, haar bleke benen, smetteloze jurk en al het andere wat hij onderweg aantrof. Pella merkte dat zijn blik even bleef hangen, niet bij haar borsten, zoals mannenblikken doorgaans deden, maar bij haar walvistatoeage. 'Heb je weleens in een keuken gewerkt?' vroeg hij.

'Nee.' Het woord verliet haar mond en bleef voor dood in het luchtledige zweven. 'Ik ben een extreem harde werker,' voegde ze er haastig aan toe, waarna ze zich meteen afvroeg of daar links- of rechtsom enige waarheid in school.

'Ik heb nog ruimte in de ontbijtploeg,' zei chef Spirodocus. 'Die begint om half zes. Maandag tot vrijdag.'

'Half zes?' vroeg Pella.

Chef Spirodocus knikte onmetelijk mistroostig. 'Ik begrijp het. 't Is veel te vroeg.'

'Het ís vroeg,' zei Pella instemmend. 'Tot maandag, dan.'

26

Affenlight stond voor het keukenraam op de uitkijk en veegde intussen de natte rode smurrie op waarin hij de tomaten had veranderd. Daar zag hij Genevieve en Owen Phumber Hall uit komen en hand in hand, als een volmaakt tevreden stelletje, de taps toelopende gazonstrook vol lentedauw oversteken die Phumber van Scull scheidde. Bij de aanblik ervan joeg een misplaatste steek van jaloezie door zijn lichaam, niet heel anders dan wat hij had gevoeld na zijn ontdekking dat Henry Skrimshander Owens kamergenoot was. Stel je voor: jaloers op de moeder van de jongen omdat die zijn hand vasthoudt. In de hal controleerde hij zijn stropdas en manchetten in de spiegel, waarna hij voor de bel uit naar beneden ging.

Genevieve liet Owens hand los en kneep hard in beide handen van Affenlight, drukte zoenen op zijn beide wangen. 'Guert! Kun jij het geloven?'

'Nauwelijks,' antwoordde Affenlight.

'Aan de ene kant denk ik: lieverd, waarom zou je helemaal naar Japán moeten? Is het nou echt nodig om je arme moeder volledig in de steek te laten? Maar ik ben zo trots. En eigenlijk ligt Tokio niet veel verder van San Jose dan Westish.'

'En het is er warmer,' voegde Affenlight eraan toe. 'Het is er veel mooier toeven.'

'O, niet zo bescheiden,' zei Genevieve. 'Je campus is zo pittoresk, zo... negentiende-eeuws. Ik vind het gênant dat O nota bene in het ziekenhuis moest belanden om mij hier eindelijk op bezoek te krijgen.' Ze haalde een hand door haar haar. Het was zo kortgeknipt dat het Genevieve op een gelikte manier vrouwelijk maakte, terwijl het bij al haar seksegenoten potteus zou zijn geweest. Ze droeg dezelfde marineblauwe rok en witte blouse als vanochtend, maar door een paar subtiele ingrepen – rinkelende armbanden, een knoopje van haar blouse los – kwamen die volstrekt anders op de kijker over. Ze staarde Affenlight nadrukkelijk aan: 'Ik zal een keer terug moeten komen, wanneer ik wat langer kan blijven.'

'Ouders zijn altijd welkom,' zei Affenlight behoedzaam. Hij stak zijn hand naar Owen uit, voelde een siddering toen hun handpalmen elkaar raakten. 'Gefeliciteerd, jongeman. Je bent de eerste student van Westish die een Trowell heeft gewonnen.'

Owen glimlachte met de goede kant van zijn mond. 'Tja, de Trowells reiken ze nog maar uit sinds '82,' zei hij met een laconieke trots. De handdruk hield aan.

Boven trok Affenlight een fles wijn open, liet Genevieve zien waar het toilet was en moedigde Owen aan zijn schoenen uit te doen en met opgetrokken voeten op de ottomane te gaan zitten. 'Alsjeblieft,' zei hij, 'laat alle vormelijkheid hier maar varen.' Affenlight stopte een kussen achter Owens hoofd, aan de achterkant waarvan een enorme, met verband bedekte bult zat. Weer hoorde hij de vreselijke bonk waarmee dat mooie hoofd tegen de betonnen achterwand van de dugout was geklapt. 'Hoe voel je je?'

Owen knikte heel voorzichtig. 'Ik heb me weleens beroerder gevoeld.'

'Wanneer dan?'

'Eh, nooit. Maar ik kan me voorstellen hoe het is om me beroerder te voelen.' Een fuchsiakleurige halve cirkel bakende zijn oogkas af; de zwelling liep helemaal door tot zijn mondhoek die onder de bloedkorsten zat, zodat zijn woorden langzaam en matig verstaanbaar aan één kant zijn mond verlieten. 'Ik word snel duizelig,' zei hij. 'Ik heb wat moeite me bepaalde dingen te herinneren. Lastig uit te maken of dat door de hersenschudding komt of door de medicijnen.' Hij wachtte even. 'En ik hoor van die afschuwelijke, monotone, galmende klanken.'

De klokken van de Westish Chapel sloegen acht keer. 'Elk uur?' vroeg Affenlight.

'Zo ongeveer.' Owen legde zijn handen op de zachte glooiing van zijn buik en deed zijn ogen dicht. 'Ik heb me één keer echt beroerder gevoeld, denk ik. Toen Jason het uitmaakte.'

Jason. De naam overspoelde Affenlight als een golf. 'Jason?' vroeg hij.

'Jason Gomes. Je kunt je hem niet herinneren?'

Het kostte Affenlight even om de naam te plaatsen. 'Ah, ja. Jason was een van onze beste studenten.'

Owen knikte. 'En jullie appetijtelijkste.'

'Dat aspect kan ik me niet herinneren.'

'O, ik weet zeker van wel,' zei Owen bedeesd. 'Hij zag er veel beter uit dan ik. Het zou kunnen dat hij er zelfs beter uitzag dan jij.' Owen krabde aan zijn kin, zijn toon klonk taxerend en vermoedelijk ietwat plagerig. Affenlight verbleekte. Als Owen vond dat Jason er iets beter uitzag dan Affenlight maar veel beter dan Owen, dan vond Owen dat Affenlight er beter uitzag dan Owen. Wat een compliment was. Maar om nu ongunstig af te steken bij een ex-vriend: het had iets geringschattends. Maar hij had de voorwaardelijke wijs gebruikt: 'Het zóu kunnen dat hij er zélfs...' Het was net een toelatingsexamen flirten voor homo's. Niet dat flirten voor homo's anders was dan flirten voor hetero's. Maar als het niet anders was, waarom was Affenlight er dan zo slecht in? Genevieve was inmiddels terug en bestudeerde met haar rug naar hen toe, nippend van haar wijn, Affenlights boekenkast.

'Deed het zo'n pijn?' vroeg Affenlight kalm, op de verbroken relatie doelend.

'Ik was zo van streek dat ik weigerde om te eten. Henry moest het me onder dwang toedienen.' Owen opende zijn ogen en keek Affenlight aan. 'Ik vind het niet fijn, zo'n gebroken hart.'

Voordat Affenlight het allemaal kon verwerken nestelde Genevieve zich naast hem op de bank en sloeg haar spectaculaire benen over elkaar, zijn kant uit. 'Guert, dit is me het huisje wel.'

'Vind je het leuk?'

Ze keek om zich heen met bedachtzaam geheven kin. 'Ja,' besloot ze. 'Maar het is wel erg...'

'Academisch?' opperde Affenlight.

'Ik wilde zeggen: studentikoos. Of: mannelijk. Maar ik stel me zo voor dat je dochter je met dat laatste in elk geval kan helpen. Waar is ze trouwens?'

'Ze is even wat hapjes voor ons halen.'

'Hopelijk doet ze niet te veel moeite.' Genevieve zwaaide met een vinger in de richting van Affenlight. 'Het hele idee van deze avond was nu net dat ík jóu bedankte voor het feit dat je zo goed voor Owen zorgt.'

'Wat een onzin. Jullie twee zijn de eregasten. Jij hebt die hele reis moeten maken, en Owen heeft Westish een opsteker bezorgd. Het bericht over de Trowell gaat de hele wereld rond – zoiets draagt bij aan het aanzien van een universiteitshoofd als ik.'

'Het universiteitshoofd is zonder dat ook al het aanzien waard.' Genevieve glimlachte. Affenlight glimlachte terug. Was hij aan het heteroflirten? De benen leken erom te vragen. Of misschien kwam het niet door de benen, maar door het feit dat hij zich niet op een andere manier tot vrouwen kon verhouden. Wat deed je als je niet kon flirten, charmeren en vleien? Je kon met de nodige aanstellerij je eruditie tentoonspreiden, maar in Affenlights ervaring werd dat doorgaans ook als flirten ervaren. Gelukkig leek Owen in slaap te zijn gedommeld. Hoewel: misschien deed hij maar alsof.

Een fractie van een seconde had Affenlight de indruk dat Genevieves hand kietelend over zijn dij ging; onwillekeurig verstijfde hij, waarbij hij het bijzettafeltje omvertrapte en er wijn uit zijn glas klotste. Het bleek zijn mobieltje te zijn, dat trilde in zijn broekzak. Bij wijze van reactie klopte Genevieve hem op zijn bovenbeen. Ze zei: 'Rustig maar,' en plukte aan de vouw in zijn dunne wollen broek. 'Gaat het?'

'Ha, ha. Ja, natuurlijk. Neem me niet kwalijk,' antwoordde Affenlight. 'M'n telefoon.' Hij trok het duivelse geval half uit zijn zak en keek wie de beller was. De beller bevond zich in gebied 415: San Francisco. Pella, dacht hij, maar Pella had haar telefoon daar achtergelaten. David dan, die was teruggekeerd van waar hij ook was geweest en bij aankomst de telefoon van zijn vrouw op de keukentafel had aangetroffen, het logbestand propvol met zijn eigen, onbeantwoorde oproepen. Inmiddels verbijsterd; weldra razend. Affenlight nam niet op.

27

Alle vragen die Pella mocht hebben gehad ten aanzien van haar vaders vreemde gedrag verdwenen als sneeuw voor de zon toen ze de studeerkamer betrad en daar een mooie, zwarte, yogalenige vrouw aantrof die tegen hem aan geleund – of in elk geval intiem dichtbij voor een nagenoeg volslagen onbekende – op de bank verwijlde. Haar huid was jeugdig, haar haar kortgeknipt, haar benen en oogwimpers waren waanzinnig lang. De benen fonkelden en golfden sensueel als opgepoetste Brancusi-vogels toen ze ze ontvouwde en opstond om Pella te begroeten.

'Pella! Wat leuk om jou te ontmoeten.' Genevieve greep Pella's elleboog stevig vast en nam soepel de tas met etenswaren van haar over, alsof ze al honderden keren eerder zo'n overdracht hadden uitgevoerd. Naast dit gestroomlijnde wezen voelde Pella zich weer slonzig en flets. Ze sloeg haar armen over elkaar om haar papperige hangborsten en -biceps te verbloemen en nam zich heilig voor de volgende dag met hernieuwd enthousiasme in het zwembad te duiken.

'Pella, dit is Owen,' zei Affenlight. 'Owen, Pella.'

Owen glimlachte met de helft van zijn gezicht en stak een hand omhoog bij wijze van groet.

'Gefeliciteerd met je beurs,' zei Pella.

'Bedankt.' De niet-glimlachende helft van zijn gezicht was ontzaglijk gezwollen en bezaaid met paarse bloeduitstortingen. Hij droeg een bizarre combinatie van een wit onderhemd en een rode pyjamabroek bedrukt met zwart-witte yin-en-yangtekens. Maar wat haar nog het meest verraste was zijn tengere, zachtaardige voorkomen: ze wist dat hij honkbal speelde en had een enorme atleet als Mike verwacht.

'Pella en ik zijn in de keuken.' Genevieve liep met de etenswaren die kant uit alsof het appartement van haar was. 'Proberen jullie jezelf maar te vermaken, mannen.'

Pella drentelde braaf achter haar aan. Genevieve trok meteen de juiste keukenkastjes open, vond daar schalen die Pella nooit eerder had gezien en begon bedrijvig alles wat chef Spirodocus bij elkaar had gescharreld – falafel, humus, groenten, iets met druivenbladeren eromheen, iets wat naar venkel rook – uit hun plastic bakjes te scheppen. Pella zocht naar een manier om haar te helpen. Uiteindelijk zag ze het kaneelbrood met krenten op het aanrecht liggen, daar waar Genevieve het had neergelegd, en stopte het in de oven.

'Zo,' zei Genevieve terwijl ze een nieuw glas wijn voor zichzelf inschonk, 'zolang wij vrouwen in de keuken vertoeven kunnen we ons vast wel wat keukenvrouwenroddels permitteren?'

'Geen probleem.' Pella wierp een steelse blik op de knoppen van de oven. Honderdvijftig graden? Tweehonderd? Ze koos voor de gulden middenweg.

'Waarschijnlijk moet je hem eerst een minuutje voorverwarmen.' Genevieve raakte even Pella's elleboog aan om het niet als een terechtwijzing te laten overkomen.

'Natuurlijk.' Ze ramde op de knop waar VOORVERWARMEN bij stond.

'Misschien zonder het brood erin?'

'Ah.' Pella haalde de bakplaat eruit en zette die op een brander. Thuis in Buena Vista had ze een professioneel, zelfreinigend zespitsstel van roestvrij staal, maar evengoed wist ze niet hoe ze kant-en-klare gerechten niet moest laten aanbranden. Het leek haar een soort metafoor voor haar leven of de moderne tijd, of zo.

'Perfect,' zei Genevieve. 'Dus. Je vader is niet meer getrouwd?'

'Dat is ie nooit geweest,' zei Pella, gretiger dan haar bedoeling was. De laatste keer dat ze over jongens had gepraat was lang geleden; ze vond het leuk, zelfs als de jongen in kwestie haar vader was.

Genevieve knikte. 'Hij hangt de eeuwige vrijgezel uit. Verantwoordelijk zonder volwassen te worden. En dit appartement: het is net de kamer van een vierdejaarsstudent Engels, maar dan met eerste drukken in plaats van paperbacks. Waar brengt hij zijn zomers door?'

'Hier.'

'De arme man.' Genevieves haar was korter dan dat van Mike, maar zoals ze er met een hand doorheen ging wanneer ze verbouwereerd was leek ze wel iets op hem. Maar misschien was dat onzin; bij Genevieve was het een levendige, vrouwelijke, verzorgende beweging, terwijl Mike de zijne altijd vergezeld liet gaan van een treurige verzuchting. Wat aangeeft, dacht Pella, dat ik naar een excuus zoek om aan Mike te kunnen denken. Wat zou betekenen dat ik hem leuk vind. Maar misschien wil ik hem helemaal niet leuk vinden. Ze schonk wat wijn in haar lege whiskyglas en onderdrukte haar gedachten; ze was naar Westish gekomen om te proberen óngebonden te blijven.

Genevieve keek haar indringend aan.

'Neem me niet kwalijk?' vroeg Pella.

'Sorry. Vond je die vraag kwetsend?'

'Welke vraag?'

'Het zou nooit in me zijn opgekomen,' zei Genevieve haastig, op verontschuldigende toon, 'als O niet op de middelbare school dat boek van je vader had gelezen – de titel ben ik vergeten – en er verslingerd aan was geraakt. Volgens mij hoorde hij zo voor het eerst van Westish, door de naam Guert Affenlight te googelen.'

'Aha,' zei Pella. 'Dus m'n vader is homo.'

Genevieve staarde haar gespannen aan, alsof ze op een blijk van vergiffenis wachtte.

'In feite,' zei Pella, 'heeft het boek bar weinig te maken met echte homoseksualiteit. Het gaat eerder over de cultus rond mannelijke vriendschap in het negentiende-eeuwse Amerika. Jongensclubjes, walvisjagers, honkbalteams. Emotionele voeding voordat het moderne tijdperk van de seksegelijkheid z'n intrede deed.'

'Pseudogelijkheid, zul je bedoelen.'

Pella glimlachte. 'Pseudogelijkheid. Ik denk dat papa eenzaam is,' vervolgde ze. 'Toen we in Cambridge woonden had hij altijd een vriendin, twee vriendinnen zelfs, of nog meer. Maar ze zijn geen van allen heel lang gebleven. Ik denk dat m'n moeders dood toen nog te kortgeleden was.' Pella viel even stil. Eigenlijk wist ze nauwelijks hoe haar vader met de dood van haar moeder omging, en het simpele zinnetje dat ze als kind altijd voor waar had aangenomen – 'Het is nog te kortgeleden' – kwam haar nu voor als een leugen.

'Maar goed,' besloot ze, nadrukkelijk opgewekt omdat Genevieve haar aankeek met een meelevende blik van 'o nee, je moeder is dood', 'hij zou best een vriendin kunnen gebruiken.'

Genevieve schonk het laatste restje wijn inclusief droesem in haar glas. 'Dat zie ik maar als een zegen.'

Pella speelde het spelletje graag mee en tekende een kruis in de lucht tussen Genevieve en haar. Ze pakte de champagne die haar vader in de vriezer had gesmeten, en getweeën liepen ze met het eten en de champagne naar de studeerkamer.

'Op Owen,' zei haar vader terwijl hij zijn glas hief. 'Moge het hem in het Land van de Rijzende Zon net zo goed vergaan als in het Land van de Vallende Sneeuw.'

'Wat lief,' zei Genevieve. 'Bravo! Bravo!'

'We zullen hem missen' – Affenlights stem schakelde over op mineur – 'maar we zullen het leven manmoedig voortzetten.' Dat vond Pella iets te veel van het goede; zo te merken wilde haar vader wel heel graag tussen Genevieves benen belanden. Niet dat hem dat serieus te verwijten viel. Weinig vrouwen hadden na hun veertigste nog zulke benen.

Ze klonken. 'Jij maar een slokje, mannetje,' zei Genevieve, die vooroverboog om in de tenen van haar zoon te knijpen. 'Met al die medicijnen in je lijf.' Ze richtte zich tot Pella. 'Ik heb je nog niet gevraagd wat je in San Francisco doet.'

'Wat ik daar doe? Eh, tja, zie je...'

'Wacht, niks zeggen. Je bent aan het promoveren. Op' – Genevieve drukte haar vingertoppen tegen haar slapen en deed haar ogen dicht – 'iets smaakvols. Iets artistieks. Iets als... *bouwkunde*.' Ze deed haar ogen weer open. 'En, zat ik goed?'

Had David zulke diepe sporen bij haar nagelaten? Pella bewoog een hand naar de andere kant van haar bovenlijf om de nerveuze jeuk rond de walvisstaart van haar tatoeage weg te krabben. 'Je bent warm,' zei ze.

'Ik wíst het! Hoe warm?'

'Genevieve, je bent ontactisch bezig.' Owen gaapte – behoedzaam vanwege de zwelling – en wreef over zijn buik. 'Alleen Amerikanen willen per se van iedereen weten wat ze doen.'

'Tja, we zíjn Amerikanen, lieverd.'

Pella verdeelde de resterende champagne over de flûtes, waarbij ze die van Owen tot de rand vulde als blijk van dank voor zijn interventie. Hij knipoogde naar haar, nam een lange, trage slok en liet zijn weerspannige oogleden zakken. Net als zijn moeder had hij mooie wimpers. Pella verbaasde zich over het zalige gemak waarmee hij zomaar, in zijn pyjama, kon zitten doezelen in gezelschap van de rector van zijn universiteit. Ze begon een zekere bewondering voor hem te koesteren.

'Laat de straf niet groter zijn dan de misdaad,' zei haar vader. 'Zeg, Genevieve, wat doe jíj eigenlijk?'

'Ik ben presentatrice,' antwoordde Genevieve. 'Van het avondjournaal van San Jose.'

'Ah!' zei Affenlight. 'We hebben een beroemdheid in ons midden.'

'De glamour is er ver te zoeken. De hele dag zwerf je rond op internet, daarna ben je urenlang bezig met je haar en make-up... Daarom heb ik m'n hoofd met de tondeuse bewerkt, zodat ik die etappe kon overslaan.'

Genevieve hield even in om Affenlight ruimte te geven voor een opmerking over haar mooie haar, maar Affenlight lette nauwelijks op. Sliep Owen nu echt? vroeg hij zich af. Of deed hij alsof hij sliep, om te kunnen bepalen hoe zijn gastheer zich tegenover Genevieve gedroeg? Dat was wel typisch iets voor Owen: met zijn flegma controle uitoefenen over anderen.

'Je haar ziet er prachtig uit,' zei hij een paar tellen te laat.

Genevieve begon te stralen en ging met een montere hand over haar schedel. 'Zeg dat ook maar tegen m'n producer. Ik was bang dat ie me zou ontslaan. Maar ik ben zwart en werk daar al een eeuwigheid.'

'Precies,' zei Affenlight.

Owens letselvrije oog floepte open. 'Wat is dat?'

'Wat?'

'Buiten. Moet je luisteren.'

Affenlight boog voorover. 'Ik hoor niets.'

'Waarschijnlijk de wind,' zei Genevieve, maar daar klonk het weer: een gekletter dat de ruit geselde, alsof er een hand kiezelsteentjes tegenaan werd gegooid. Affenlight liep naar het raam en tuurde omlaag naar het donkere vierkante plein. Omdat hij zo niets of niemand kon ontwaren duwde hij de twee raamhelften naar buiten en deinsde een fractie van een seconde later wankelend achteruit. Champagne vloog uit zijn glas toen hij razendsnel met een hand naar zijn kaak greep. Tegelijkertijd viel een rond voorwerp, meer kei dan kiezelsteen, op de grond van de studeerkamer. 'Wie is daar?' brulde hij.

'Hallo, rector Affenlight. Dit is Mike Schwartz. Ik eh... mikte op de windvaan.'

Affenlight wreef over zijn kaak. 'Die heb je niet geraakt.'

De grijze gestalte drie verdiepingen lager – hij stond in wat morgenochtend de schaduw van het Melville-beeld zou zijn – bracht zijn armen kruiselings omhoog bij wijze van verontschuldiging. 'Ik denk dat ik een beetje moe ben. We hebben vandaag twee wedstrijden gespeeld.'

'Allebei gewonnen, hoop ik?'

'Yes, sir.'

'Goed gedaan. We kunnen dit jaar maar wat trots zijn op jou en de andere heren.' Terwijl Affenlight bij het raam vandaan stapte betastte hij de kleine bult die zich op zijn kaaklijn begon te vormen. 'Welterusten, Michael.'

'Eh, rector Affenlight?'

'Wat is er?'

'Ik vroeg me af of ik Pella even kon spreken.'

Affenlight keek naar Pella, die instemmend knikte. Aha, dacht Affenlight. 'Zal ik haar laten zakken in een emmer,' riep hij naar het raam, 'of neem je liever de trap?'

'Ik kom graag even naar boven, meneer.'

'Schiet op, dan,' gromde Affenlight quasigemeend, als eerbetoon aan al de vaders die de aanbidders van hun dochters met norsheid bejegenen. 'De champagne begint warm te worden.'

Mike Schwartz betrad de kamer onder het mompelen van verontschuldigingen en met een berouwvolle frons halverwege baard en honkbalpet. Bij de aanblik van Owen stond hij meteen stil. 'Boeddha. Je bent uit het ziekenhuis.'

'Inderdaad,' zei Owen instemmend. 'Mike, dit is m'n moeder. Genevieve, dit is Mike Schwartz, het geweten van Westish.'

Genevieve stond op van de bank – fonkelende benen onder donkerblauwe rok – om Mike de hand te schudden. 'Nu hoef ik alleen nog de beroemde Henry te ontmoeten,' verklaarde ze, 'en mijn queeste is volbracht.'

Affenlight, die in de tussentijd naar de keuken was gelopen, kwam terug met een dienblad vol whiskyglazen en flessen. 'Nodig Henry even uit,' zei hij. 'Het leek me aardig om een slokje scotch te drinken ter ere van Owens beurs.'

'Ja, bel hem op!' zei Genevieve. 'Ik zit al járen met Henry aan de telefoon, hij is praktisch m'n tweede zoon, en toch heb ik hem nog nooit ontmoet. Het is echt verschrikkelijk.'

Mike schudde zijn hoofd. 'Waarschijnlijk slaapt hij al. De Skrimmer heeft een heftige dag achter de rug.'

Owen vroeg wat er was gebeurd, waarna Mike zo diep in de kwestie dook dat Pella al snel afhaakte – een slechte aangooi, nog een slechte aangooi, enzovoort.

'Arme Henry,' zei Genevieve. 'Zo te horen zou hij best een drankje kunnen gebruiken.'

Het was goede scotch die bedoeld was om van te nippen, maar Pella schonk een flink glas voor zichzelf in en dook weg in de bank. Mike, Owen, Genevieve – het leek alsof iedereen die ze ontmoette over Henry wilde praten. Toen ze de mensa uit liep had ze op een niet-afgeruimde tafel de weekendeditie van de *Westish Bugler* zien liggen. HENRY GAAT VOOR DE 52, aldus een kop in hoofdletters, waaronder een foto van een halve pagina was afgedrukt van een jongen op een veld die een bal wierp. De klep van zijn pet overschaduwde zijn ogen; hij zag eruit als elke andere jongen op een veld die een bal wierp.

Toen het gesprek even stilviel raakte ze Mikes elleboog aan en wierp hem haar bevalligste kom-eens-hierblik toe. Hoewel het technisch gezien eerder een laten-we-hier-weggaanblik was. Hij had onbetwist een paar romantiekpunten gewonnen door kiezelsteentjes tegen het raam te gooien, ondanks dat het gooien een krachtige sportersworp was geweest, het kiezelsteentje een kei en het raam haar vaders gezicht. Hij had het geprobeerd, op een hoofse maar onhandige, beerachtige manier – hij had aan haar gedacht. En hij had die ogen, die prachtige, amberkleurige ogen...

Die ogen ontmoetten de hare zonder een greintje begrip. 'Wat?' zei hij, waarmee het gesprek stokte en alle gezichten hun kant uit draaiden.

'Misschien moesten we maar eens gaan.'

Schaapachtig keek Mike haar aan. 'Waarom?'

'We zouden die film gaan kijken, weet je nog? De film die je graag wilde zien?'

'Meen je dat nou echt?' vroeg hij. 'En deze kans om de scotchverzameling van de rector uit te proberen laten schieten? Hier heb ik jarenlang naar uitgekeken.'

'O, alsjeblieft, blijf toch!' viel Genevieve hem bij. 'Morgenochtend ga ik alweer weg.'

Daarmee was het geregeld. Affenlight, verguld dat Mike gewag had gemaakt van zijn scotchcollectie, haalde nog drie andere flessen tevoorschijn. Ze probeerden ze één voor één uit onder het mompelen van 'Ooo, turfachtig... aaah, rokerig!' en het slaken van kreetjes van genot. Ze toastten op het bezoek van Genevieve, Pella's komst, Owens Trowell, Henry bij verstek. Mike, die er gelukkiger uitzag dan Pella tot dusver had meegemaakt, liep net zo lang heen en weer voor de eindeloze boekenplanken tot hij Het Boek had gevonden: de uit de kluiten gewassen, met de hand gezette *Moby Dick* van Arion Press die Pella's vader in 1985 voor duizend dollar had gekocht en nu dertig keer zo veel waard was, hoewel je aan zo'n dierbaar en mooi geval eigenlijk geen prijskaartje kon hangen... Al snel hadden Mike, Owen en Genevieve zich vol bewondering rond Het Boek geschaard. Intussen luisterden ze verrukt naar Affenlight, die een begin had gemaakt met het verhaal over Melvilles reis naar de Midwest, zijn persoonlijke ontdekking van Melvilles verkeerd opgeborgen, beduimelde lezing en het vervolg van dat verhaal: het plaatsen van het Melville-beeld en de intrede van de naam 'Harpooners'.

Pella bleef op de bank liggen. Haar houding ten aanzien van de optredens van haar vader was gecompliceerd. Diep vanbinnen genoot ze ervan om naar hem te luisteren en vond ze dat hij eigenlijk veel beroemder had moeten zijn – op z'n minst rector van Harvard of president van een klein maar invloedrijk voormalig Sovjetland. Maar de manier waarop hij af en toe zijn verleidingskunsten de sporen gaf en zich vervolgens wentelde in de aanbidding van zijn toehoorders irriteerde haar. Ze wist dat precies daarin de kern van het professorenvak school: een repertoire van colleges opbouwen, ze gaandeweg fijnslijpen en met zo veel mogelijk charisma afdraaien. Omwille van de anderen nooit de indruk wekken dat je je eigen stem zat bent. Maar toch. Na verloop van tijd had je een lesje te vaak afgedraaid.

Na afloop van Affenlights monoloog krulde Mike een grote klauw om Pella's hand en wierp haar een tedere glimlach toe. Haar irritatie ebde weg toen ze een glimp opving van Westish College zoals het er in zijn ogen uitzag. In haar beleving was het een verouderd, al te rustiek educatief toevluchtsoord waarnaar haar vader zichzelf had verbannen; in die van Mike was het alles, zijn thuis, zijn familie, de plek, de groep waar hij zich met heel zijn ziel en zaligheid in had gestort en die van plan was hem er meteen na dit semester voor altijd uit te trappen. Hij had geprobeerd een nieuw thuis te vinden, een rechtenopleiding die hem wilde toelaten, maar dat had niet goed uitgepakt. Als thuis was waar je hart lag, dan was Westish Mikes thuis. Als thuis was waar ze je hoe dan ook móesten toelaten, dan was dit het hare. Ze kneep in zijn hand.

Eén scotch later was de avond over zijn hoogtepunt heen. Mike viel in zijn stoel in slaap, zijn bowlingbalschouders gingen beschaafd op en neer, één bebaarde wang vond steun op een handpalm. Affenlight betrapte Pella erop dat ze zijn slapende lichaam gadesloeg. Ze had nog nooit iets in een sportieveling gezien – ze waren te bekrompen, te volgzaam – maar Affenlight voelde dat deze hier aardig wat kans maakte. De afgelopen twee uur had David drie boodschappen achtergelaten op Affenlights mobiele telefoon.

Genevieve leunde met een schouder tegen de zijne maar had nu meer aandacht voor Pella; ze keken getweeën naar Schwartz en fluisterden meisjesachtig. Affenlight excuseerde zich en bracht de glazen naar de keuken. Hij pakte een theedoek en veegde wat broodkruimels van het aanrecht. Hij knipte het licht boven de gootsteen aan. Hij knipte het weer uit. Hij stond te dreutelen en wist niet waarom, of hij kon in elk geval doen alsof hij niet wist waarom, tot Owen de keuken in liep en tegen het kruimelloze aanrecht ging staan.

'Mag ik je iets vragen?'

'Ga je gang.'

'Genevieve lijkt nogal verkikkerd op je te zijn.'

Affenlight forceerde een glimlach. 'Als voormalig hoogleraar Engelse letterkunde moet ik je er eigenlijk op wijzen dat dat geen vraag is.'

'Ik zal wat directer zijn. Je bent toch niet van plan om met m'n moeder naar bed te gaan, hè?'

Voorbij de boogvormige opening, nog geen vijf meter van Affenlight vandaan, tekenden Genevieves slanke, donkere, over elkaar geslagen benen zich af tegen de bank. De bovenliggende voet wipte rustig op en neer, het sandaaltje ging mee, bungelend aan twee tenen. 'Nee,' zei Affenlight. 'Dat ben ik niet van plan.'

'Mooi zo.'

Owen keek Affenlight strak aan, en Affenlight voelde zich – tja, Affenlight voelde zich een sukkel. Wat zou er nu gebeuren? Hij gooide zijn theedoek over zijn schouder, trok hem er weer van af en wond hem om zijn hand, als de windsels van een bokser. Sinds de nacht waarin hij te horen had gekregen dat Pella's moeder was overleden en de komst van zijn dochter plotseling van een curiositeit, iets waar zijn hele faculteit grappen over maakte, in een blijvende situatie was veranderd, had Affenlight zich niet meer zo spectaculair hulpeloos gevoeld.

'Je gaat weg,' zei hij, niet op de avond maar op Japan doelend. 'Binnenkort al.'

'Ja.'

'We zullen je missen.'

Owen glimlachte. 'Wie is "we"?'

Affenlight gaf geen antwoord. Hij was iets langer dan Owen, maar nu ze zo tegen het aanrecht leunden bevonden hun ogen zich op exact dezelfde hoogte.

'Misschien dat je het nog iets langer met me moet uithouden,' zei Owen. 'Doctor Sobel heeft me gevraagd of ik de kids van de zomerschool wil helpen met het schrijven van toneelstukken.'

Drie maanden erbij – het was niet de eeuwigheid waarnaar Affenlight verlangde, maar het was meer dan niets. Hij knikte en toonde iets – niet alles – van zijn opluchting die de mededeling bij hem teweegbracht. 'De zomers hier zijn mooi.'

'Dat heb ik gehoord.'

'Vissen. Hier en daar is het heel prima vissen.'

Owen glimlachte. 'Klinkt barbaars.'

'We zouden het eens kunnen proberen,' waagde Affenlight. 'Op een zaterdagochtend.'

Weer glimlachte Owen. 'Zolang we geen vissen doodmaken.' Zijn in een sok gehulde tenen schuurden langs Affenlights instapper van Corduaans leer. 'En ook geen wormen, natuurlijk.'

Het maanlicht vormde een kleine vlek op het versleten linoleum, dat Affenlight al veel eerder had willen vervangen en hem op dat moment afschuwelijk gênant voorkwam. Wat zou er nu gebeuren? Owen boog zich naar hem toe met één wenkbrauw mild ironisch opgetrokken, zijn ogen bijna dicht, als van een profeet. Dichter- en nog weer dichterbij, de pijnlijke, gezwollen kant van zijn gezicht iets weggedraaid. De maan schoof achter een wolkenpartij, waardoor het linoleum een egale tint kreeg. Affenlights hartslag versnelde, haperde. De telefoon in zijn zak begon weer te zoemen. De kus landde teder ergens bij zijn mondhoek.

28

Zondagochtend, op Westish College het rustigste deel van de week. In de mensa werd zelfs geen ontbijt geserveerd. De kapel bood geen vroege dienst. Het USC ging pas om elf uur open, de bibliotheek om twaalf uur.

De lente was nu echt in aantocht, het getjilp van roodborstjes en mussen spiraalde omhoog naar de bovenste vakken van het football-stadion. Van hoog daarboven klonk nasaal meeuwengekrijs. Eén woord kwam almaar bovendrijven in Henry's geest. Hij spuugde het uit, op de brede stenen treden. En daar was het weer, gemeen fel als neonreclame. *Motherfucker.* Hij spuugde het uit en het kwam weer terug. Boven aangekomen gooide hij zijn knokkels tegen het bord, nummer 17, sprintte langs de bovenrand van de stenen kom naar de volgende trappenrij, rende in een driekwartsmaat omlaag. De verf op de zuidelijke doelpaal zag er mat en geschilferd uit. *Doelpalen moeten worden geschilderd, motherfucker.*

Hij rende zo hard hij kon met zijn trainingsjack helemaal dichtge-ritst, sprintte naar de top en ging in een *chop-step* weer naar beneden; alles gaf hij. Hij dacht aan motoren die oververhit raakten, de olie die over het metalen blok vloeide en verbrandde. Toen zijn blik vertroe-belde, het zweet in zijn ogen prikte, zag hij in gedachten het zout als een gebrek, een onzuiverheid, een fout – laat het druipen op het beton en zie hoe het verdampt. *Breng dat offer, motherfucker.*

Hij wilde de sacrale leegte terugvinden die zijn beste trainingen hadden opgeleverd, hij wilde dat zijn lichaam aanvoelde als een hol vat. Wilde dat het koele grijsblauw van het meer en het groen-bruin-grijs van de campus zijn longen binnendrongen en opengooiden. Maar hij was te geagiteerd, te nijdig. Hij maakte de ronde door het sta-dion af, zijn tweede, en begon opnieuw, in tegengestelde richting.

Trappensprintpijn schoot via zijn enkelbotten naar zijn schenen. Hij versnelde zijn pas.

Zijn derde stadionronde voltooide hij met een halfslachtige oorlogskreet en hij draaide zich om voor een terugblik op zijn prestaties. Zijn geest was niet tot rust gekomen, maar zijn benen had hij in elk geval kunnen reduceren tot afgematte, trillende, gedachteloze dingen. De zon was opgeklommen tot hoog boven het meer. Twee vogels staakten hun cirkelbewegingen, doken naar een onzichtbare prooi en remden af toen ze niets aantroffen, met hun poten over het water schuivend. De dauw lag zwaar op de her en der verspreide stukken nog levend gras van het footballveld: groene landtongen in omgeploegde modder. Daar stond Schwartz tegen de verst verwijderde doelpaal aangeleund koffie te nippen van een van de twee dampende kartonnen bekers in zijn handen. Hij droeg een joggingbroek van het Westish Athletic Department, badslippers, een stoer flanellen overhemd dat flapperde in de wind. Henry raapte zijn kleren bij elkaar en sprong over het lage stenen muurtje dat de tribune van het veld scheidde.

'Je bent gestoord, weet je dat?' Schwartz reikte hem een kartonnen beker aan. 'Dit zou je rustdag moeten zijn.'

Henry's neusgaten zogen de heerlijk chemische zoetheid van de warme poederchocomel op, maar zijn adem ging nog te veel tekeer om een slokje te kunnen nemen. 'Kon niet slapen.'

'Ik ook niet.'

Ze liepen over de trainingsvelden naar het USC. De zon scheen warm in hun nek, de slippers van Schwartz gingen luid smakkend door de modder. In het USC haalden ze hun handschoenen op, een knuppel, een emmer met ballen en een bezemsteel. Ze zetten koers naar het honkbalveld.

Het eerste honk bleef op zijn plek dankzij een metalen pen die in een diep, rechthoekig gat in de grond was gestoken; Henry trok het honk los, wierp het aan de kant en wrikte de bezemsteel in het gat. Hij stond een paar graden uit het lood. Hij sloeg ertegen met zijn hand om te controleren of hij stevig vast stond, dronk de resterende zoete chocomeldrab op en holde naar de positie van de korte stop.

'Hoe is het met je vlerk?' brulde Schwartz. De wind kwam aangejaagd over het water; het was moeilijk je verstaanbaar te maken.

Henry testte het schoudergewricht van zijn werparm en liet Schwartz een omhooggestoken duim zien.

'Rustig aan,' riep Schwartz. 'Een lamme arm is wel het laatste wat we kunnen gebruiken.'

'Wat?'

'*Rustig aan!*'

Schwartz hield een bal omhoog. Henry knikte, liet zich in zijn hurkzit vallen. De eerste bal kwam hoog op zijn backhandkant af suizen en vloog recht in zijn handschoen. Na een lange nacht vol gedachten voelde het goed om hier in de openlucht actief te zijn. Hij zette zijn achterste voet stevig neer, nam de bezemsteel op de korrel, zijn arm schoot naar voren. De bal sneed door de zijwind en raakte de bezemsteel vol op het hout.

In de emmer zaten vijftig ballen. Zeventien troffen de bezemsteel. De andere gingen er rakelings langs, als de messen die een circusartiest rond het fonkelende lijf van zijn assistente werpt. 'Voel je je al beter?' vroeg Schwartz toen ze hun spullen verzamelden en naar de mensa liepen.

'Niet slecht.' Henry knikte. 'Helemaal niet slecht.'

Dinsdag, Muskingum University. De lucht was een gekkenhuis van twistzieke, elkaar kruisende wolken; de lage piekerig en wit als uiteengetrokken watten, de hoge grijs tot dreigend zwart in de weerspannige onderbuiken. Op de tribunes uitsluitend scouts en plichtsgetrouwe vriendinnen. De spelers van Muskingum droegen onder hun kobaltblauwe jerseys shirts met lange mouwen. De Harpooners liepen rond met blote armen. Op dat punt was Schwartz onvermurwbaar: er kon een psychologisch voordeel worden behaald door te doen alsof het weer geen vat op je kreeg. Door te doen alsof je van staal was werd je het ook.

Henry controleerde of zijn teamgenoten op de juiste plek stonden, gebaarde naar Ajay dat hij een stap naar links moest. 'Sal Sal Sal,' scandeerde hij. '*Salvador Dalí Dolly Parton Pardon my French.*' De strijdleuzen van de binnenvelders waren niet bepaald van een academisch niveau, maar Henry kon het niet laten. Hij ramde zijn vuist in het soepele hart van zijn handschoen. '*Dot your i's, cross your t's, spread a little cheese. Spread a little Muenster, spread a little Swiss.*'

Sal scharnierde zijn stramme lichaam naar zijn stuntelige vrije stand. Henry liet zich in zijn ondiepe hurkzit vallen. Sla 'm hierheen, bad hij in stilte. Sla 'm hierheen. Het moment van de verlossing is daar. De pitch was een *forkball*, precies daar waar Schwartzy hem wilde hebben, laag en ver naar buiten. Henry vloog al uit zijn hurkzit voordat de knuppel de bal met een metalig, galmend *ting* raakte. In de laatste seconde stuiterde de bal weg via een bult die schuilging onder het gras. Henry verschoof zijn handschoen en ving hem vlekkeloos – een wegschieter bestond niet voor wie goed voorbereid was.

Hij klapte zijn rechterhand over de gevangen bal, draaide hem rond om te zien waar de naden liepen. Hij boog zijn arm, fixeerde zijn blik op de handschoen van Rick. Zijn arm bewoog naar voren, er was geen tijd om na te denken. Toch dacht hij na, over de vraag of hij zijn arm nu moest laten versnellen of juist moest afremmen. Hij merkte dat hij aan het wikken en wegen was, zijn werprichting bijstelde en nog eens bijstelde, als een scherpschutter die opgefokt is door onbekende pepmiddelen.

Zodra de bal zijn hand verliet wist hij dat hij hem verknoeid had. Rick O'Shea probeerde hem uit het zand te scheppen, maar de bal raakte de muis van zijn handschoen en stuiterde weg. Henry ging met zijn rug naar het binnenveld staan, keek omhoog naar de jachtige wolken en sprak in stilte zijn nieuwe stopwoord uit: *motherfucker*.

Schwartzy vroeg om een time-out en ploeterde naar de werpheuvel, gebaarde naar Henry. 'Alles oké?' vroeg hij met zijn catchermasker naar boven geschoven. De zwarte strepen rond zijn ogen waren al uitgelopen tot in zijn baard.

'Prima,' zei Henry kortaf.

'Zeker weten? Je arm doet geen pijn of –'

'Arm doet het prima. Met mij is alles prima. Laten we gewoon spelen, oké?'

'Oké,' zei Schwarty. 'Niemand uit. We gaan ze pakken.'

Nu moest Henry nóg een fout rechtzetten. Sla hem hierheen, dacht hij verbeten. Sla de bal naar mij. 'Sal-Sal-Salamander,' scandeerde hij terwijl hij vol walging in zijn handschoen beukte. 'Laat die vorkbom maar vallen. Ajay en ik zullen wel even een fijne *two-step* dansen.'

Opnieuw wierp Sal een forkball, een goede. De slagman vuurde een harde bal af die Henry links zou passeren. Hij onderschepte hem en draaide naar Ajay, die naar het tweede honk demarreerde. De afstand vroeg om zo'n terloopse zijwaartse gooi die hij al tienduizend keer had uitgevoerd. Maar nu wachtte hij even, liet de koppeling los. De vorige bal was te zacht geweest, hij kon er nu beter maar wat peper op doen – nee, nee, niet té hard, te hard zou ook fout zijn. Hij liet de koppeling weer opkomen. De loper kwam dichterbij en Henry kon alleen nog maar hard werpen, echt hard, te hard voor Ajay, die nog geen tien meter verderop stond; de bal gaf hem geen enkele speelruimte, schampte af op de muis van zijn handschoen, het naastgelegen rechtsveld in.

Na de inning zocht Henry Ajay op om zijn verontschuldigingen aan te bieden.

'Geen enkel probleem.' Ajay glimlachte. 'Hoeveel keer heb ik jou dat niet geflikt?'

Rick O'Shea gaf Henry een klap op beide schouders. 'Maak je niet te sappel, Skrim. Het overkomt de slechtsten van ons.'

'*Bats, bats,bats!*' brulde iemand op een roffel tegen de houten achterwand van de dug-out.

'*Bats, bats, bats! Let's get 'em back! Bats, bats!*'

Schwartzy sloeg een homerun. Datzelfde deed Boddington. Een inning later wist Henry er een driehonkslag uit te persen waarmee alle honken vrijkwamen. Na zes innings stopten de scheidsrechters de wedstrijd, toen de Harpooners met 19-3 voor stonden. De genaderegel was bedoeld om genadig te zijn voor het team dat klop kreeg, maar niemand kon zich opgeluchter hebben gevoeld dan Henry. Voor het eerst in zijn leven wilde hij niet op een honkbalveld staan. De hele terugreis lang zat hij, met zijn lichaam tegen de sidderende zijkant van de bus gedrukt, tranen van ellende weg te knipperen.

'Daar op het veld moet je je ontspannen,' liet Schwartzy hem weten. 'Ontspan je en laat het gewoon allemaal gebeuren.'

'Ik weet het.'

'Gewoon, plankgas, alsof je hem naar de bezemsteel laat jakkeren. Breek desnoods Ricks hand.'

'Oké.'

Buiten ontvouwde zich het bekende deprimerende landschap met koeien en billboards, vuurwerkloodsen en reusachtige seksshops. Schwartz koos zijn woorden zorgvuldig. 'Waarom doe je het morgen niet eens rustig aan?' stelde hij voor. 'Sla het hardlopen eens over, laat tijdens de training de teugels eens vieren, zoals ik dat doe. Het heeft geen nut om jezelf kapot te werken.'

'Ik voel me prima.'

'Ik weet dat je je prima voelt. Ik zeg alleen dat we niet meer in de voorbereidingsfase zitten. De komende twintig dagen hebben we vijftien wedstrijden. We moeten onze krachten sparen.'

Toen Schwartz weer naar hem keek had Henry zijn ogen dicht en hing hij met zijn voorhoofd tegen het groezelige raam. Uit het zenuwtrekje in zijn rechterooghoek leidde Schwartz af dat hij niet echt sliep, maar hij liet hem met rust.

Schwartz was zich bewust van wat er gebeurde, in elk geval van één aspect ervan: hij was bezig zich van Henry te verwijderen, en daar gebruikte hij Pella voor. Daarom had hij het nog geen moment met Henry over Pella gehad. Jarenlang had hij niets voor Henry geheimgehouden; nu had hij binnen een paar weken tijd twee dingen verzwegen.

Het was verkeerd van hem om afstand te nemen van Henry, hoe onwillekeurig het ook gebeurde; de Skrimmer te laten ronddobberen en ondertussen te doen alsof er niets aan de hand was – en dan ook nog eens, alles welbeschouwd, omdat hij niet goed raad wist met Henry's succes.

Hij mocht het niet laten gebeuren, niet tussen Henry en hem. Moet je zien wat er nu al misging. Misschien was het een vorm van hoogmoed dat hij zichzelf hiervan de schuld gaf, maar dat deed er niet toe. Hij zou alles op alles zetten om Henry weer op de rails te krijgen. Als het betekende dat hij om vier uur 's morgens de telefoon moest opnemen terwijl hij met Pella in bed lag, dan pech gehad. Als het betekende dat hij de komende twee maanden uitsluitend bezig kon zijn met de vraag hoe hij Henry kon helpen, dan pech gehad. Pella kon wachten. Zijn leven kon wachten. Henry had hem nodig, en de Harpooners hadden Henry nodig. Meer hoefde hij niet te weten.

29

'Vandaag,' zei professor Eglantine onheilspellend terwijl ze voor het schoolbord stond met haar voeten als een ballerina naar buiten gedraaid, en haar benige, met armbanden behangen armen een aantal krakelingachtige lussen liet maken met een starende blik op de taperecorder die de Audiovisuele Dienst had aangeleverd, 'hoop ik dat u de coulance wilt opbrengen om, in plaats van onze gebruikelijke bezigheden, samen met mij te luisteren naar een opname van onze geliefde dode antisemiet Thomas Stearns Eliot die zijn tamelijk lange gedichtachtige creatie The Waste Land voordraagt, en intussen na te denken over de manieren waarop het modernisme zich afzet tegen, vasthoudt aan of mogelijk zelfs veranderingen teweegbrengt in de traditionele elementen van het orale genre die we het afgelopen semester hebben besproken.'

Henry begreep nooit helemaal wat professor Eglantine zei, maar hij maakte er ditmaal uit op dat er weinig zou worden gediscussieerd. Opgelucht liet hij zich onderuitzakken op zijn stoel. Hij was neergestreken op de bovenste rij van de minuscule collegezaal, tussen Rick en Starblind in. Alle drie kampten ze met het ruimtegebrek van de te kleine tafels met hun concertvleugelvormige bovenblad, en torenden ze in hun toernooihemd inclusief das dan wel strikje uit boven hun kleinere, minder atletisch gebouwde studiegenoten. Ricks felgroene strikje hing als een maretak boven een enorme vlakte van gekreukelde witte oxfordstof, aan weerszijden waarvan okselvlekken verschenen wanneer hij zich geeuwend uitrekte. Starblind zag eruit alsof hij klaar was voor Wall Street of anders wel voor Hollywood, met zijn glimmende gouden stropdas boven een overhemd in het glanzende vermiljoen dat bladeren eind oktober vertonen. Henry droeg wat hij altijd droeg: een aftands blauw overhemd, een Westish-das, marineblauw met ecru. Rick en hij hadden hun Harpooners-pet op. Starblind niet, die bedekte zijn blonde, gelgladde haar alleen op het honkbalveld. Overhemden, dassen en strikken: een voorschrift van Schwartz waar coach Cox het niet mee eens was. 'Wat is er mis met een sweater?' gromde hij wanneer de Harpooners achter elkaar de kleedkamer in liepen. 'Klotestudentjes.'

Henry deed zijn natuurkundepractica tijdens het herfstsemester, zodat hij er geen last van had tijdens het honkbalseizoen. In de lente beperkte hij zich tot sportvriendelijke pretcolleges en werkgroepen waarvoor Owen of Schwartzy al de benodigde boeken had aangeschaft. 'Transformaties van de Orale Traditie', Engels 129, dat ook te boek stond als Antropologie 141, was een voorbeeld van het laatstgenoemde genre. Het was niet gemakkelijk genoeg om door te gaan voor een pretcollege, maar Rick en Starblind volgden het ook en Schwartzy had Henry's werkstuk over de *Ilias* zodanig 'geredigeerd' dat het kans maakte op een tien.

De collegezaal lag op het oosten en werd op dat tijdstip vaak overspoeld met licht, maar die dag lag het meer er zwaar onstuimig bij en zou het zo te zien gaan regenen. Een gedachte bekroop Henry, het soort gedachte dat hij nooit eerder had gehad en waartoe hij zich evenmin ooit in staat had geacht: ik hoop dat de wedstrijd wordt afgelast vanwege de regen.

'*Marie! Marie!*' gilde Eliot. Het leek een wanhopige poging Henry's aandacht te trekken. Starblind krabbelde iets op een stukje papier en legde het op Henry's tafeltje: '!?!'

Wat meer één ding kon betekenen, aangezien het van Starblind afkomstig was. Henry speurde het vertrek af naar het meisje in kwestie: een vrouwelijke nieuwkomer die naast professor Eglantine zat. Ze had kroezend haar dat op haar schouders hing, in een kleur die iets van rode wijn of een paarsige bloeduitstorting had. Ze leek te oud voor een studente maar te jong voor een docente. Misschien was ze aan het promoveren, maar op Westish liep geen enkele promovendus rond. Ze was het prototype van het soort meisje – of misschien moest Henry haar omschrijven als een vrouw – van het soort vrouw dat een mysterie voor hem was. Ze had een breed, hartvormig gezicht en kauwde op een touwtje van haar sweater, niet uit nervositeit – nervo-

siteit was een emotie die iemand met zo'n voorkomen zelden tentoonspreidde – maar om een andere, betere reden. Waarschijnlijk
kauwde ze op het touwtje omdat ze zich ernstig op het onbegrijpelij-
ke gedicht concentreerde en diepzinnige gedachten omtrent het modernisme koesterde die vast de goedkeuring van professor Eglantine
konden wegdragen.

Starblind schreef nu: '*Ik wil de orale traditie wel even bij haar transforme-
ren. Ken je haar?*'

Henry schokschouderde lichtjes bij wijze van ontkenning.

'*Ze is geen gaststudent. Ze is 25 of 26.*'

Licht knikje.

'*Een beetje afgelebberd, maar toch...*'

Daar reageerde Henry niet op.

'*Eggy's vriendinnetje?*'

Henry sloeg zijn ogen ten hemel. Alleen in Starblinds oversekste
fantasie had professor Eglantine een lesbische minnares van ergens
in de twintig die ze uitnodigde voor haar college.

'*Aan jou heb ik niks. Maak Rick eens wakker.*'

Met een minimale beweging van zijn elleboog stootte Henry Rick
aan. Tijdens de colleges van professor Eglantine praatte hij liever niet.
Niet omdat hij bang was voor represailles, maar omdat professor
Eglantine even gevoelig leek als een openliggende knie; regelmatig
begon ze tijdens haar lessen te huilen vanwege de schoonheid van een
of ander gedicht, en Henry was bang haar teleur te stellen.

Ricks kin schoot omhoog. Hij veegde een glimmend sliertje spuug
uit zijn mondhoek. 'Wah?' vroeg hij. Henry wees naar de bovenste
krabbel op het papiertje: '!?!' Rick fronste het grote bleke voorhoofd
onder zijn zandsteenkleurige haarlok, liet zijn blik door de zaal gaan.
Voorhoofd strak, voorhoofd gefronst, keek nog wat langer. 'Potverdriedubbeltjes,' fluisterde hij, terwijl hij Henry's potlood vastpakte.
Eliot zeurde door. Professor Eglantine, in vervoering, bewoog haar
blik naar het plafond terwijl ze haar flinterdunne vingers als een diri-
gent boogjes liet beschrijven. De mysterieuze meisjesachtige vrouw
kauwde op haar sweatertouwtje en trapte in hoog tempo met de hak
van de ene hardloopschoen tegen de punt van de andere, op een manier waaruit nervositeit zou hebben gesproken als zij niet was wie ze

was. Wie ze ook was. Rick streepte '25 of 26' door en schreef '22', tik-te met het potlood tegen zijn kin, streepte '22' door en maakte er '23' van. Starblind wees naar 'Ken je haar?'.

'Bijna niet herkend. Tellman Rose. 1 jaar boven mij. Pella Affenlight.'

'Affenlight, Affenlight?'

Met een knik bevestigde Rick dat ze familie waren. 'WILD,' schreef hij. 'Geschift, ook.'

'Dat betekent? Van dichtbij meegemaakt?'

'Ik niet.'

'Shocking,' schreef Starblind.

Rick negeerde de belediging. 'Ervandoor gegaan met gast die les kwam geven over Griekse architectuur.' Hij ging iets terug in de zin en laste 'oude, bebaarde' in vóór 'gast'.

'Ze schijnt een sliert kinderen te hebben.'

Starblind tuurde naar de overkant van de zaal, knikte peinzend. 'Kan die tieten verklaren.'

Henry besteedde vrijwel geen aandacht aan deze woordenwisseling, die allang niet meer op het oorspronkelijke papiertje paste en een volledige bladzijde van zijn notitieblok-met-tabbladen in beslag nam. Hij keek vooral uit het raam, benieuwd of het zou gaan regenen. Iets in hem verlangde naar regen, voelde hij. Ergens was hij nog het kind dat meende verre gebeurtenissen of de loop van de natuur te kunnen beïnvloeden met zijn geest. Westish Field was nu al zo dras-sig als begin april; een kwartier gestage regen en de wedstrijd zou ver-moedelijk worden uitgesteld. De lucht werd met de seconde donker-der. Het zaaltje raakte gevuld met een soort elektrisch geladen, korrelige grauwheid die qua tint en toon goed paste bij de tikken en krassen van de oude taperecorder. Toen T.S. Eliot het gedeelte over wat de donder zei begon voor te lezen veronderstelde Henry – die het college vluchtig had voorbereid en wist dat de donder zou komen – desondanks dat het een bewijs was van zijn eigen, onbewuste beïn-vloeding. Da da da shantih shantih shantih en de hemel zou snel open-barsten en de regen zou het veld geselen en hij zou daar vandaag niet hoeven aan te treden voor werppogingen met een bal. Maar in plaats daarvan werd het licht in de zaal een half tintje helderder toen de stem van Eliot krakerig overging in stilte en professor Eglantine haar studenten liet vertrekken. Rick, Starblind en hij deden hun rugzak om en liepen naar de uitgang.

'Henry?' zei een vrouwelijke stem die kalm, behoedzaam, aftastend klonk maar hem daarom niet minder aan het schrikken maakte. Henry verstijfde in de deuropening. Scenario's vol hel en verdoemenis drongen zich op aan zijn geest. Het was professor Eglantine, die hem voor de eerste keer van dat semester rechtstreeks aansprak. Hij had natuurlijk op z'n minst zijn *Ilias*-werkstuk moeten lezen nadat Schwartzy het had herschreven. Schwartzy had de neiging zich uit te sloven, ouderwetse, buitenlandse woorden te gebruiken, met letters die Henry in Microsoft Word niet eens kon vinden. Na bewezen frauduleus gedrag zou hij uit het team worden getrapt en misschien ook van Westish. Het kon niet verhinderen dat hij zou worden geselecteerd, dat kon alleen gebeuren door als een dweil te blijven spelen, hoewel teams rekening hielden met wat zij 'karakter' noemden; de hele week was hij na de training lang nagebleven om de maffe persoonlijkheidstesten met meerkeuzevragen te doorlopen die scouts van allerlei teams hem afnamen.

Als een van je teamgenoten je vertelt dat hij iemand heeft verkracht, wat doe je dan?
Wat vind je het leukst aan geld?
Als je een dier was, welk dier zou je dan zijn?

Het was je reinste luiheid dat hij het werkstuk niet had doorgenomen en de delen die naar Schwartzy riekten niet had herschreven; normaal was hij veel zorgvuldiger met dat soort dingen.

'Henry?' zei de stem weer, nu dichterbij, zelfs nog aarzelender. Henry constateerde dat het professor Eglantine helemaal niet was, maar Pella Affenlight, die daar boekloos stond. 'Ben jij Henry Skrimshander?'

Henry knikte zwijgend.

Ze zei hoe ze heette. 'Ik dacht al dat jij Henry was. Mike heeft me veel over je verteld.'

'O.' Henry was een tikkeltje teleurgesteld. Hij had zomaar kunnen geloven dat deze exotische vreemdelinge toevallig wist wie hij was; de laatste tijd had de lokale pers veel aandacht aan hem besteed. 'Ken je Mike?'

'Eh, tja...' Nu was het Pella die teleurgesteld leek. 'Hij zal het wel niet over mij hebben gehad.'

'Natuurlijk heeft ie het wél over je gehad,' zei Henry vaag, terwijl Schwartz op dat punt had gezwegen. 'Het is gewoon... m'n hoofd loopt om, de laatste tijd.'

'Dat heb ik gehoord.'

Rick en Starblind sloegen deze woordenwisseling gade, gelukkig zonder er iets van te kunnen verstaan. Henry wierp hun over Pella's schouder een grimmige, wanhopige ophoepelen-blik toe. Starblind sabbelde zwoel op zijn wijsvinger en maakte een gebaar alsof hij iets afvinkte. Ten slotte slenterden ze weg in de richting van de noordelijke uitgang. Henry liep de andere kant uit. Pella Affenlight week niet van zijn zijde, helemaal via de mensa tot buiten, waar ze met hun dienblad bij het Melville-beeld neerstreken. Op zonnige dagen was het een populaire plek omdat je er over het water kon kijken zonder het plein te hoeven verlaten, maar die dag vormde de lucht een laaghangende, grauwe koepel en hadden ze Melville voor zichzelf. Henry nipte van een glas magere melk die er in de buitenlucht vagelijk blauw uitzag, en wachtte tot Pella iets zou zeggen.

'Het lijkt me fijn,' zei ze, 'om ergens zo goed in te zijn.'

Ergens in het noordoosten sidderde de donder. 'Eh,' zei Henry, van zijn stuk gebracht.

'Word je daar verlegen van? Dat was niet m'n bedoeling.'

'Geen probleem, joh.'

'Ik vraag me alleen maar af hoe het is om ergens zo goed in te zijn en dat ook te beséffen. Weet je? Op de high school dacht ik een poos dat ik kunstenaar wilde worden, maar op een gegeven moment stapte ik af van dat idee omdat ik mezelf er nooit van zou kunnen overtuigen dat ik goed genoeg was.'

Henry wist niet precies wat hij hierop moest zeggen en maakte een belangstellend geluid om Pella aan te moedigen haar verhaal te vervolgen.

'Ik bedoel: ik heb een paar aardige schilderijen gemaakt, maar niets wat ik maakte lééfde echt. Begrijp je? Ten slotte zei ik gewoon van: zak in de stront. Ik stelde vast dat ik het schilderen op zich minder leuk vond dan mezelf onderkliederen en heel veel koffiedrinken. Dus doe ik dat gewoon af en toe.' Ze prikte met haar vork in haar bord kikkererwten, haalde kort haar schouders op en lachte. Als je met enige mate van zekerheid kon stellen dat iemand als Pella Affenlight het in zich had zenuwachtig te worden, dan zou het kunnen worden omschreven als een zenuwachtig lachje. Ze hief haar hoofd op en keek Henry aan. 'Dus?'

'Dus wat?'

'Hoe is het om de beste te zijn?'

Henry haalde zijn schouders op. 'Er is altijd iemand die beter is.'

'Dat is niet wat Mike zegt. Volgens hem ben je de beste – hoe heet dat... korte stop? – van het hele land.'

Henry dacht er even over na. 'Je merkt er niet echt iets van,' zei hij. 'Het valt je eigenlijk pas op als je de boel verkloot.'

Pella knikte, hield op met kauwen. 'Ik begrijp wat je bedoelt.'

Boven het meer werden de wolken uiteengetrokken tot een bleekgrijze nevel waar van achteren blauw doorheen scheen. De lucht klaarde op, steeds een lumen erbij. Hoeveel regenachtige wedstrijddagen had Henry niet uit het raam van een leslokaal of een bus zitten staren en precies naar een dergelijk perspectief verlangd? Maar nu draaide zijn maag zich om bij de gedachte te moeten spelen.

Toen hij de kleedkamer in liep waren Schwartzy en Owen over het Midden-Oosten aan het discussiëren. Henry was laat; de discussie bevond zich al in de slotfase.

'Israël.'

'Palestina.'

'Israël.'

'Palestina.'

'Israël!' brulde Schwartz. Hij beukte met de muis van zijn hand tegen het staal van zijn kledingkastje.

Owen schudde zijn hoofd en fluisterde, met onverminderde overtuiging: 'Palestina.'

Het was voor het eerst sinds zijn verwonding dat Owen weer in de kleedkamer opdook. 'Owen,' zei Henry. 'Hoe gaat het met je gezicht?'

Het was grappig dat hij nu zo blij was zijn kamergenoot weer te zien, terwijl ze kamergenoten waren en elkaar voortdurend zagen. Maar tijdens de wintervakanties of in de zomer, wanneer Owen bijvoorbeeld naar Egypte ging, zoals afgelopen zomer, of naar zijn ouderlijk huis in Californië, zoals de zomer daarvoor, dan miste Henry hem helemaal niet zo. Hoe vaker hij hem zag, hoe meer hij hem miste als hij hem niet zag.

'Wordt al beter,' zei Owen. 'Ik heb daarentegen nog altijd wat moeite met studeren. De woorden zwemmen in het rond.'

'Speel je vandaag mee?'

'Nee, nee. Ik blijf eruit tot die botten zijn geheeld. Een maand, zeggen ze. Ik ben hier om m'n kameraden te steunen.'

'Boeddha!' juichte Rick O'Shea toen hij met zijn riem los de wc uit kuierde. 'Wat is er aan de hand? Wilde je me zo graag weer eens naakt zien?'

'Ik hou niet zo van vetzakken.'

'Vet? Da's geen vet. Gewoon een beetje mos op de ouwe rotsen.' Rick sjorde zijn T-shirt omhoog en gaf een pets op zijn sponzige buik. 'Hier, voel maar.'

'Gadver. Maak dat je wegkomt.'

'Wat je maar wilt.' Rick trok zijn shirt omlaag, klapte Henry op zijn rug. 'Hé, Skrim. Hoe ging het met Pella Affenlight? Zo te zien was ze lekker je stofje aan het voelen.'

Henry keek heimelijk om zich heen, bang dat Schwartzy het had gehoord en een verkeerd beeld van de situatie zou krijgen, maar Schwartzy was al met zijn afgeroste lichaam naar de behandelkamer gesjouwd om getaped en gezwachteld te worden. Izzy's kwajongensachtige gezicht verscheen om de hoek van een rij lockers. Hij hield zijn hoofd scheef om een fonkelend diamanten knopje uit zijn oor te trekken; geen sieraden toegestaan tijdens wedstrijden. '"Je stofje aan het voelen?"' zei hij. 'Wat is dát nou voor een uitdrukking?'

'Hoezo?' zei Rick. 'Het is gewoon een uitdrukking. Het betekent dat ze 'm ziet zitten. Ze is er klaar voor. Ze voelt z'n stofje.'

Izzy schudde zijn hoofd. 'Dat is geen bestaande uitdrukking.'

'Zeker weten. In cultuurland is dat een uitdrukking.'

'Estúpido.' Izzy wipte de oorbel van de ene naar de andere hand, spuugde in een van de afvoerroosters. 'Je hebt 'm verzonnen, man. Geef maar toe.'

'Nee hoor.'

'Jawel.'

'Nietes.'

'Welles.'

'En wat als het wel zo is?' Ricks gezicht was felroze van verontwaardiging. 'Hoe komen andere uitdrukkingen dan in de wereld? Denk je dat ze allemaal ergens in een boek staan beschreven? Iemand moet ze verzinnen!'

'Íemand, ja,' zei Izzy. 'Jij niet.'

'Hoezo? Omdat ik niet zwart ben? Wat is er trouwens zo geweldig aan zwarten?'

'Wij zijn authentieker,' zei Owen.

'Ieren zijn authentieker. Moet je deze kin zien. Denk je dat deze kin niet authentiek is?'

'Helemaal geen slechte uitdrukking,' zei Henry. 'Best kans dat ik die ooit nog eens gebruik.'

Rick glimlachte dankbaar vanwege de prettige interventie, het soort waarmee Henry vroeg of laat altijd van zich liet horen. 'Bedankt, Skrim.'

Izzy spuugde weer. '*Estúpido.*'

Coach Cox stak zijn hoofd om de hoek van de deur. 'Dunne! Hoe gaat het gosternokke met je?'

'Veel vooruitgang, coach Cox.'

'Nou, je ziet er afgrijselijk uit. Skrimmer heeft die wang wat je noemt stevig toegetakeld. Skrim, heb je effe?'

'Tuurlijk, coach.'

Ze verlieten de kleedkamer en slenterden door de gangen van het USC. De leden van de schermclub deden hun partijtjes in een van de algemene ruimtes; met de ongebruikte hand op hun rug dansten ze over lijnen van afplakband. Ze droegen een maliënhemd en iets wat Henry op een piratenmuts vond lijken. In de andere algemene ruimte was het licht uit. Zoetgevooisde muziek van een klokkenspel plus houtblazers klonk uit de luidsprekers in het vertrek. De studenten zaten in kleermakerszit op de vloer. 'Als je de behoefte voelt om een wind te laten,' zei de instructeur opgewekt, 'dan is het belangrijk dat je dat ook doet.'

In de gang lag een leren, niet-ronde fysiotherapiebal. Coach Cox gaf er in het voorbijgaan een doffe trap tegen. Serieuze gesprekken waren niet zijn ding. 'Dus,' zei hij.

Henry knikte. 'Yep.'

'Een pittige week, dat was het. Maar depri worden is geen optie.'

'Ik weet het.'

'Ga gewoon ontspannen aan de slag. Scouts of geen scouts. Laat ze daar maar zitten typen op hun blitse laptops, bellen met hun blitse telefoons. Ontspan je en speel je eigen wedstrijd.'

'Precies,' zei Henry. 'Dat ga ik doen.'

'Ik weet het.' Coach Cox gaf hem een onhandig schouderklopje. 'We staan achter je, Skrim.'

Tegen de tijd dat Henry terugkeerde naar de kleedkamer had alle leut plaatsgemaakt voor ernst; de wedstrijd kwam dichterbij. Elke Harpooner zat in een halve of vrijwel complete outfit voor zijn locker mee te knikken met de nummers van de speciale wedstrijdlijst op zijn iPod. Schwartz gebruikte een stokoude walkman met cassettes; alleen Henry luisterde nooit naar muziek. Izzy draaide zijn zweetbandjes zodanig dat de Nike-logo's op één lijn zaten. Sooty Kim deed de onderste twee knopen van zijn vest dicht, maakte er een los, deed er twee dicht, maakte er een los. Detmold Jensen ging zijn leren handschoen langs met een minuscule kartelschaar en knipte een centimeter overbodige rijgveter af. Henry ging naar de wc, waar nog steeds de zware drekdampen van Rick O'Shea hingen, en begon te pissen, een lange, heldere straal. Hij zeepte zijn armen en handen in met zuurstokroze vloeibare industriezeep, spoelde ze schoon.

Zijn buik rommelde vreemd. Vlak voor een wedstrijd vernauwden zijn darmen zich altijd, niet zozeer vanwege de zenuwen; het was eerder een vorm van introversie, een verhoogde doelgerichtheid die maakte dat de gedachte aan iets eten of drinken hem bizar voorkwam. Vandaag was er echter iets mis. Achter in zijn keel proefde hij gal. Hij liep een wc-hokje in, deed de deur op slot, ging op zijn knieën met zijn hoofd boven de pot hangen. Hij had gehoord van Major Leaguers die van de zenuwen moesten overgeven. Het was niet per se een teken van zwakte of iets anders waar hij zich zorgen om moest maken. Toch hoopte hij dat niemand hem kon horen. Hij kuchte droogjes, één keer, twee keer. Hij wist niet goed hoe hij het proces kon versnellen. Hij stak zijn wijsvinger in zijn mond en bewoog hem wat in het rond, wreef over zijn tong, porde tegen de plek waar zijn tong zijn gehemelte ontmoette. Zijn vinger smaakte naar de roze zeep; niet zoet, wat hij gezien de kleur had verwacht, maar warm, afschuwelijk. Door die smaak begon zijn maag nog erger op te spelen. Uiteindelijk vond zijn vinger de juiste plek. Zijn buik schoot in een kramp, hij kokhalsde en zijn lunch stroomde als één vloeiende lawine in de pot. Hij liet zich op de grond zakken en voelde zich beter, bijna slaperig. Een aangename mix van chemische stofjes steeg op naar zijn brein.

Hij liep terug naar de kleedkamer. Inmiddels lag hij achter op zijn schema, maar hij waakte ervoor zijn voorbereidingsritueel te overhaasten: het dubbel- en driedubbelchecken van zijn toque, slidingbroek, gewone broek, T-shirt van de Cardinals, jersey, ondersokken, slobkousen, riem, slaghandschoenen, handschoen en pet. Hij testte elk onderdeel van zijn lichaam op souplesse: polsen, vingers, tenen, alle anonieme spieren die zijn borstkas omgaven en doorliepen naar zijn nek en gezicht. Hij maakte zijn veters los en strikte ze weer, zodanig dat ze optimaal aanvoelden, met genoeg druk op de wreef zonder dat ze knelden. Hij volgde zijn teamgenoten naar buiten.

'Ja, beste mensen, daaaarrrr zijn ze weeeerrrr,' zei Izzy, doelend op de scouts. Op de parkeerplaats stonden de allergoedkoopste huurauto's naast elkaar. Door het muisgrijze weer oogde hun felle lak matter. Tussen de huurauto's stonden een paar sedans met versleten banden. De vloermatten ervan waren ongetwijfeld bezaaid met fastfoodzakken en piepschuimen bekers. Je had twee soorten scouts: scouts die huurden en scouts die kochten.

Tijdens de warming-up voelde Henry's arm licht en soepel aan, beweeglijk als een vogel – maar hoe je je tijdens de warming-up voelde deed er niet toe. Je moest ook kunnen presteren met druk op de ketel. Tijdens de eerste inning sloeg hij een tweehonkslag en tijdens de derde een verre, heel verre homerun. Maar wanneer een simpele grondbal zijn kant uit kwam aarzelde hij, wierp te laag en ver naast het eerste honk, zodat Rick de bal uit het zand moest scheppen. Drie innings later deed hij hetzelfde, alleen wist Rick hem ditmaal niet te onderscheppen. De zoveelste fout, zijn vijfde binnen één week; ze stapelden zich op als lijken in een horrorfilm.

Na de wedstrijd kwam de sportredacteur van de *Westish Bugler*, Sarah X. Pessel, op hem af met haar cassetterecorder. 'Hé Henry,' zei ze. 'Zware dobber.'

'We hebben gewonnen.'

'Klopt, maar voor jezelf.'

'Ik had vier treffers.'

'Klopt, maar in verdedigend opzicht lijk je het moeilijk te hebben gehad. Vandaag weer een paar minder strakke worpen.'

'We staan op vijftien tegen twee,' zei Henry, 'de beste start in de geschiedenis van deze universiteit. We moeten gewoon steeds beter worden.'

'Dus je maakt je geen zorgen om de manier waarop je de laatste tijd gooit?'

'Vijftien tegen twee,' herhaalde hij. 'Da's het enige wat telt.'

'En je eigen toekomst dan? Telt die dan niet? Terwijl de selectie al over acht weken is?'

'Zolang het team wint ben ik tevreden.' Altijd wanneer Henry een of ander record brak of tot iemands Speler van de Week of Maand werd uitgeroepen, vroeg Sarah hem om een reactie. En dan zei hij, met de geoefende nuchterheid van een superster, dat hij met alle liefde afstand zou doen van zijn plaquettes, bekers en statistieken, dat hij zelfs lachend op de bank zou gaan zitten als daarmee bereikt werd dat de Harpooners na meer dan een eeuw van vruchteloze pogingen eindelijk eens de competitie zouden winnen. Tot dusver had hij altijd zeker geweten dat hij het nog meende ook.

'Weet je wie Steve Blass is?' vroeg Sarah.

'Nooit van gehoord,' loog Henry. Steve Blass was een briljante pitcher van de Pirates begin jaren zeventig. Vanaf de lente van 1973 was hij plotseling, op onverklaarbare wijze, niet meer in staat de bal over de plaat te werpen. Twee jaar lang ploeterde hij om zichzelf weer op de rails te krijgen en zwaaide vervolgens, verslagen, af.

'En Mackey Sasser dan?'

'Nooit van gehoord.' Sasser was een catcher bij de Mets die een verlammende angst had ontwikkeld voor het teruggooien van de bal naar de pitcher. Hij bewoog zijn werparm twee, drie, vier, vijf keer heen en weer, maar durfde niet te geloven dat hij de bal echt los mocht laten. Supporters van de tegenstander telden luidkeels en uitgelaten het aantal pompbewegingen. Spelers van de tegenstander renden alle honken langs. Je reinste vernedering. Toen het Sasser overkwam zei men dat hij de Steve Blass-ziekte had.

'Steve Sax? Chuck Knoblauch? Mark Wohlers? Rick Ankiel?'

Als Sarah X. Pessel geen meisje was geweest had Henry haar misschien een muilpeer verkocht. Haar tweede naam begon waarschijnlijk niet eens met een X; waarschijnlijk vond ze het er wel leuk uitzien, daar boven aan haar artikelen. 'Geen van die jongens was een korte stop,' zei hij.

'Je moet het niet op míj afreageren, Henry. Ik doe gewoon m'n werk.'

'Je studeert hier, Sarah. Daarnaast schrijf je voor de *Bugler*. Je krijgt niets betaald.'

Sarah tuurde even met samengeknepen ogen over het veld en keek toen weer Henry aan. 'Jij ook niet.'

30

Zoals veel andere Midwesterners toog mevrouw McCallister vroeg aan het werk. Om kwart over vier, na één overuur, ging ze naar haar huis met zijn tuin van tweeduizend vierkante meter, waar haar een meergangendiner wachtte dat bereid was door meneer McCallister, wiens linkerheup verbrijzeld was door een val van een boomplatform drie hertenseizoenen geleden, een val die hem had genoopt te stoppen met werken. Nu verbouwde hij groenten in hun tuin en verwerkte die in de sauzen voor zijn zelfgemaakte pasta. Vaak schoof mevrouw McCallister rond twaalven Affenlight een bord onder zijn neus; zelfs na te zijn opgewarmd in de kantoormagnetron smaakte de pasta nog altijd verrukkelijk.

Owen ontwikkelde de gewoonte om rond half vijf, nadat mevrouw McCallister was vertrokken, langs te gaan bij Affenlight in zijn kantoor, op dagen dat de Harpooners geen thuiswedstrijd hadden; vanwege zijn verwondingen maakte hij nog geen reizen en trainde hij ook niet mee met het team. Owen kwam dan zwijgend binnen, trok de deur achter zich dicht en ontdeed zich van zijn koerierstas, op de schouderband waarvan een regenboogkleurig speldje zat, een speldje in de vorm van een roze driehoek, een zwart-wit yin-en-yangspeldje, naast speldjes met teksten als CO_2-NEUTRAAL NU, MINIMUMLOON? JA! en WESTISH BASEBALL. Daarna ging hij op de loveseat liggen, die eigenlijk niet breed genoeg was om op te liggen en te hard om überhaupt comfort te kunnen bieden, wat Owen niet erg leek te vinden. Hij trok zijn schoenen uit, liet zijn slanke enkels gekruist op de armleuning aan de andere kant van de loveseat rusten en deed zijn ogen dicht. Zijn vingers lagen ineengeschoven op de zachte ronding van zijn jongensachtige buikje. Alleen het feit dat hij traag, bedachtzaam, de toppen van zijn duimen tegen elkaar tikte gaf aan dat hij niet sliep. Hij wilde dat Affenlight hem zou voorlezen.

Dat wilde Affenlight ook. Het voorwendsel voor deze sessies waren de naweeën van Owens hersenschudding, die maakten dat hij zich slecht kon concentreren. Nu, twee weken na het ongeluk, wist Affenlight niet zeker of er nog wel sprake was van concentratieproblemen – vaak draaide Owen zijn hoofd naar het boek en volgde de tekst ook met zijn ogen – maar hij wilde de magie niet verbreken door ernaar te vragen. Hij stond op uit zijn bureaustoel, die te oud en te kolossaal was om te verplaatsen, liep naar een van de spijltjesstoelen met het Westish-logo die daar stonden voor bezoekers, en zette hem naast de loveseat. Owen haalde zijn studieopdrachten uit zijn tas en reikte ze Affenlight aan. Die dag ging het om de laatste twee aktes van *De kersentuin* en een pompeus dramaturgisch essay uit een slordig gekopieerde syllabus. Affenlight begon te lezen.

'Vind je het niet vreemd?' mompelde Owen even later, toen Affenlight een bladzijde omsloeg.

'Wat?'

Owen wreef over zijn buik, nog steeds met zijn ogen sereen gesloten. 'Je weet wel. Dat we dit elke middag zo doen. Ik lig hier en jij leest me voor en we praten.'

'Ik weet zeker dat het heel ongebruikelijk is,' zei Affenlight instemmend. 'Ik heb zoiets in elk geval nooit eerder gedaan.'

'Dat is niet wat ik bedoel.' Owen bracht zijn bovenlijf in een zittende positie, deed zijn ogen open en keek Affenlight aan. 'Wat ik bedoel is... Het is net alsof je me niet leuk vindt.'

'Dat zie je verkeerd.' Affenlight stak een hand uit en streek met zijn vingertoppen over het knobbelige stukje bot onder aan Owens schedel, maar het gebaar leek niet te volstaan; het had zelfs iets uiterst huichelachtigs. Hij voelde zich net een geïntimideerde schooljongen. Sinds dat eerste, aftastende moment op het maanverlichte linoleum hadden ze elkaar niet meer aangeraakt.

'Ik weet niet of je weet wat je aan het doen bent.'

Ergens irriteerde het Affenlight dat Owen zijn gelukzaligheid verbrak of negeerde. Want gelukzalig vónd hij het, om hier bij Owen te zitten en hem voor te lezen, ook wanneer het gortdroge zinnen uit een slordig gekopieerde syllabus betrof. Als het ging om activiteiten die twee mensen samen in een privésituatie kunnen doen was Affenlight vooral gecharmeerd van voorlezen. Misschien kwam het door zijn hang naar eenzaamheid, naar afzondering; was het een manier om zichzelf prijs te geven en tegelijkertijd weg te kruipen achter andermans woorden. Misschien had hij acteur moeten worden. Vaak had hij gedacht dat Pella een uitstekende actrice zou zijn.

Owen schoof dichterbij, leunde naar hem toe, nam zijn gezicht tussen zijn handen en kuste hem; een echte, niet mis te verstane kus, maar ook een zachte en voorzichtige, waarbij hij het gehavende deel van zijn gezicht wegdraaide. In iets wat meer van een flits van openbaring had dan wat hij ooit had meegemaakt besefte Affenlight dat hij veel leefwijzen nooit had benoemd of uitgeprobeerd. De klokken van de kapel sloegen een lang, traag lied: zes uur. Zijn tong, Owens tong, twee tongen. Hij was in elk geval niet zo oud dat hij geen lippen meer had om te kussen. Hij dacht aan Whitmans interpretatie van het fenomeen adhesie: de aantrekkingskracht tussen gelijken. Hoewel Owen en hij niet veel op elkaar leken en het kussen van Owen in zeker opzicht veel op het kussen van een vrouw leek, vond je, als je je ogen dichtdeed, dezelfde zachtheid, hetzelfde neuswrijven, hetzelfde dikke nat aan de binnenkant van de wangen. Met dien verstande dat Affenlight bij vrouwen vooroverboog en nu achterover.

Owen trok zijn sweater uit, die zeegroen was, zacht aanvoelde en een gat in een elleboog had. Affenlight ging met zijn vingertoppen heen en weer over Owens blote arm voorbij de mouw van zijn T-shirt. De twee kusten elkaar weer, bleven kussen, en nog steeds leek het verbazend veel op wat er gebeurde tussen man en vrouw – hoewel, dacht Affenlight, ik misschien de enige op aarde ben die zo naïef is dat dit hem verbaast – en toen legde Owen een hand over de bult die aan de binnenkant van Affenlights visgraatbroek was ontstaan. Affenlight kromp ineen. Owen stopte en keek hem aan. 'Gaat het wel?'

Ging het wel? Hij was zonder meer zenuwachtig. Zelfs bang. Als Owen een meisje was, zou Affenlight zich zorgen hebben gemaakt om de politiek, de ethiek, de machtsrelatie in zo'n situatie – wat grotendeels de reden was waarom hij het nooit met een studente had gedaan – maar nu was er te veel waar hij zich zorgen om moest maken, en het was wel duidelijk wie hier de touwtjes in handen had: Owen.

Affenlight was als verdoofd, duizelig. Maar hij bevond zich nu op dit punt en kon geen reden bedenken om er ter plekke mee te stoppen. Hij knikte.

'Weet je het zeker?'

'Ja.'

Owen maakte het sluithaakje van de broek los en deed de rits open, delicaat, zilveren tand na zilveren tand, met een onpeilbare glimlach op zijn gezicht, een bijzonder complexe glimlach, schalks en gelukzalig en misschien een tikkeltje vals, een mooie man met een gladde huid – schoor hij zich eigenlijk weleens? – die niet per se oud zou worden maar beslist op een dag zou sterven. Owen gebruikte zijn handen om de grillige vormen van broek en onderbroek te ontwarren, bracht Affenlight in de openlucht – *Affenlight*, vreemde synecdoche! – boog voorover en kuste het topje van zijn lid op een vrouwelijke manier. En ging nog een paar seconden door met kussen voor hij opkeek. 'Ik geloof dat het me niet lukt,' zei hij. Hij hief zijn hoofd op, ditmaal was zijn glimlach wel te plaatsen: teleurgesteld, teder en ietwat grimmig. Hij tikte met een vinger tegen zijn gehavende kaak. 'Ik krijg m'n mond nauwelijks open.'

'Geen probleem,' zei Affenlight, en dat meende hij, hoewel zijn stem vreemd schor klonk. Hij pakte Owens sweater van de bank en begon hem op te vouwen, mouw op mouw. Hij trok de overlangse vouw strak en drapeerde de sweater over zijn onderarm, waarbij een gevoel van gelukzaligheid zich van hem meester maakte vanwege het ingetogen karakter van dit oponthoud, zo veel anders dan het onstuimige kleerscheuren van minnaars op het witte doek. Lang geleden had hij ontdekt dat hij een zekere mate van erotisch genot ervoer wanneer hij de jas van een vriendin dichtknoopte, haar sweater dichtritste tot haar kin, haar warm inpakte tegen de noordelijke kou van Westish, New Haven, Cambridge en opnieuw Westish. Na de sweater netjes te hebben opgevouwen legde hij hem op de kromgetrokken vloerplanken tussen Owens tweekleurige schoenen, die veel leken op de *saddle shoes* van vroeger. En met de souplesse van een man van onder de veertig, het gezond roffelende hart van een zeventienjarige, schoof hij uit zijn stoel en knielde op de sweater, op beide knieën van Owen een hand. Onder alle omstandigheden deed het knielen hem vrijwel onvermijdelijk denken, hoe ironisch ook, aan het avondgebedje uit zijn jeugd, aan de oude Latijnse mis – sinds het Tweede Vaticaans Concilie had hij er nog maar zelden een bezocht – en, gezien het tijdstip, aan de vesper: *ad cereum benedicendum*, zoals men altijd zei.

31

Henry en Starblind stonden tegenover elkaar perfect synchroon met zware halters te zwoegen op hun *curls*. Henry's rechterarm ging tegelijkertijd met Starblinds linker, Starblinds rechter met Henry's linker, alsof ze allebei in een spiegel keken. De ogen van Starblind schoten iets omlaag om de bloeddoorlopen bicepsen van Henry te bekijken alsof het de zijne waren; Henry van zijn kant deed hetzelfde.

De kleine Loondorf kreunde en kronkelde op de vlakke halterbank. Izzy stond over hem heen gebogen te schreeuwen: 'Kom op, Phil! Verbijt de pijn, *vendejo*. Pijn is als gas!'

'Pijn is als *een* gas,' verbeterde Schwartz hem. Hij hield toezicht vanaf een metalen klapstoel met een krant op zijn schoot en in een doek verpakte ijszakken op beide knieën. 'Pijn vult alle ruimte die je hem geeft. Dus hoeven we niet bang te zijn voor pijn. Veel pijn doet niet méér pijn en neemt ook niet méér geestelijke ruimte in dan een beetje. Aldus Viktor Frankl.'

'Kom op, *vendejo*! Pijn is als een gas!'

Henry en Starblind maakten hun honderdste curl. De halters vielen uit hun moe geworden handen en stuiterden op de rubberen vloermat. 'Laten we naar de baan gaan,' zei Henry.

Starblind ging met een ernstig bezwete hand door zijn haar. 'Nu? Je bent geschift.'

'Kom op.'

Starblind slaakte die typische zucht van hem: een lange, geërgerde, verongelijkte zucht, alsof andere mensen speciaal op de wereld waren gezet om hem dwars te zitten. Alsof hij niet Anna Veeli, de op één na lekkerste griet van de universiteit, gedumpt had om het aan te leggen met de lekkerste, Cicely Krum. Ze begaven zich naar de deur.

De baan was leeg. Een vroege maan tekende zich af tegen de paarse lucht. 'We doen honderdjes,' zei Henry.

'Hoeveel?'

'Twintig.'

'Dat is idioot. Ik moet dit weekend nog werpen.'

'Ook goed. Vijfentwintig.'

'Wat je ook dwarszit,' zei Starblind, 'laat het vooral zitten.'

Ze renden de schemering in. Starblind won de eerste honderd meter met gemak. Hij had de snelheid van een sprinter, een extra versnelling die hij in de strijd kon werpen; de atletiekcoach smeekte hem altijd om aan de start te verschijnen bij belangrijke wedstrijden, ook ongetraind. Ze liepen naar de volgende rij dwarslijnen op de baan en spurtten weer weg.

'Twee-noppes,' zei Starblind.

Henry knikte. Bij niet één van hun vele een-tweetjes had hij Starblind kunnen verslaan, niet op de trappen van het stadion, niet op de baan, noch in de winterstop, wanneer ze naast elkaar op de loopband stonden, wanneer hun gymschoenen in een steeds sneller ritme over het rafelende gevlochten rubber van de loopbanden klepperden, de motoren piepten en kreunden, ze met trillende wijsvinger een tik uitdeelden aan de knop die er nog eens tientallen meters per uur bovenop gooide, het zweet door de ruimte vloog als water van natte honden die zich uitschudden.

Starblind won de volgende twee sprints ook, en beide keren demarreerde hij vijftien meter voor de eindstreep. 'Hoe zien m'n schoenzolen eruit?' vroeg hij. 'Zijn ze schoon?'

Henry gromde. Toegegeven, hij had Starblind nog nooit verslagen, maar ze hadden in geen tijden meer echt om het hardst gelopen. Hij was fitter dan ooit. 'En dat is vier,' zei hij.

Starblind won de vijfde, de zesde en de zevende. Henry zat hem als een kwelgeest pal op zijn nek. Toen ze naar de startstreep liepen voor loop nummer acht snakte Starblind naar adem; zijn ribbenkast ging zichtbaar op en neer. Henry zorgde ervoor dat hij rustig, niet te diep bleef ademhalen. Verberg je zwaktes, behoud je voordeel. Als hij Starblind wilde verslaan zou het in elk geval niet op het punt van snelheid lukken. Hij moest zijn moreel zien te breken.

Tijdens de achtste honderd meter kwam hij op kop te liggen, maar algauw raasde Starblind hem weer voorbij. *Motherfucker*, dacht Henry. Hij wilde Starblind bij het kraagje van zijn gelikte zilveren shirt grijpen en hem naar zich toe trekken, tegen de baan smijten, op zijn borst beuken. Hij had geen speciale reden om nijdig op Starblind te zijn, maar hij wilde *pijn doen*, hij wilde iemand pijn doen, en Starblind liep er pal voor zijn neus om te vragen.

'Wat is de stand nou?' vroeg Starblind, alsof hij het niet wist.

'Acht.'

'Zo veel al?'

Naast elkaar jakkerden ze over de baan, hun benen schoten heen en weer als een grillig gevormd, vierpotig beest. 'Gelijkspel,' zei Henry gedecideerd.

'Wat? Prima. Gelijkspel.' Je moest het hem nageven: Starblind trainde hard, zijn conditie was fantastisch. Maar inmiddels stond hij voorovergebogen met zijn handen op zijn knieën naar lucht te happen. In een poging wat tijd te rekken voor de volgende sprint. Het was over en uit met hem.

Henry won de volgende. De vijf daarna ook. Zijn longen zaten halverwege zijn keel. Zijn benen trilden. Ze hadden nog nooit in dit tempo zo veel sprints getrokken, zeker niet midden in het seizoen. Henry zette zijn handen in zijn zij en gooide zijn hoofd in zijn nek. Zo duizelig was hij dat de schemerdonkere wolken als bezeten door de lucht tolden. Kom op, ging het door hem heen. Hou vol.

De volgende twee won hij ook, maar met bonkend hart en een maag die zich omdraaide. Die erna wist hij er met één neuslengte verschil nog een winst uit te persen. Henry negen, Starblind acht, één gelijkspel. Starblind zag lijkbleek en zocht met wankelende, onregelmatige pas de volgende startstreep op. Bijna vroeg Henry of het wel goed met hem ging, of ze niet voortijdig moesten stoppen – maar zo werkte het spelletje niet. Starblind kon prima voor Starblind zorgen.

De negentiende race verloor Henry opzettelijk. De stand was gelijk. Zodoende had Starblind nog een kans om te winnen en moest hij wel tot het gaatje gaan. Ze liepen naar de lijn. Henry verzamelde al zijn resterende krachten en denderde de baan over met een afgepeigerde maar immer dappere, lang nog niet versagende Starblind pal naast hem. *Maak je helemaal leeg*, hoorde Henry Schwartz zeggen. *Maak je leeg*.

Hij slaakte een oorlogskreet, demarreerde en gaf zijn adem het nakijken. Tussen Starblind en hem viel een donker gat. Een paar meter voor de finish vertraagde Starblind onder luid gehoest zijn stappen. Hij wankelde nu, steunde met zijn handen op zijn bovenbenen, leegde zijn maag op de baan. Henry, licht in het hoofd en handen in de zij, probeerde zijn eigen misselijkheid te onderdrukken. Hij slenterde weg zodat Starblind wat privacy kreeg. Op het meer spoot een felwitte nevel hoog boven de golfbrekers uit en trof een of andere lichtbron. Een mot botste op Henry's arm, botste op zijn schouder, vond ten slotte zijn natte borstkas. Hij legde er een hand overheen. Pluizige vleugels fladderden tegen zijn handpalm. Een hurkende Starblind piepte jammerlijk als een puppy. Het voelde goed om voor de verandering eens een ander te laten kotsen.

32

'Gaat het wel?'

'Ja hoor.'

'Nee, serieus. Je ziet er wat pips uit. Een beetje alsof je ziek bent.'

'Ik voel me prima,' zei Affenlight. Owen en hij zaten nu naast elkaar op de loveseat. Owens linkerbeen hing over het rechterbeen van Affenlight, ze hadden een arm om elkaars schouders.

'Als er iets is moet je het zeggen.'

'Ssst.' Affenlight had inderdaad een wat vreemd gevoel in zijn buik, maar hij was niet van plan er melding van te maken.

'Wil je dat ik wegga?'

'Nee,' zei Affenlight. 'Absoluut niet.' Maar hij vond het niet erg dat Owen zijn been en arm introk om meer ruimte tussen hen op de loveseat te creëren. Het luchtte hem zelfs op. Hij wilde niet dat Owen vertrok, maar eigenlijk kon hij hem er evenmin bij hebben.

Owen keek hem behoedzaam aan, knoopte het touwtje van zijn karatebroek vast. 'Misschien was het niet zo'n goed idee.'

'Ik voel me prima,' zei Affenlight. 'Laat me alleen even bijkomen.'

'Ik wil niet dat je dingen doet die je niet wilt. Ik wil je nergens toe dwingen.'

'Daar is geen sprake van, wees niet bang.' Affenlights maag rommelde gemeen. Hij was in de war, wist niet goed wat te zeggen. Hij wilde dat Owen zou gaan en snel weer terugkwam, maar de aanblik van hem die de deur uit liep leek hem ondraaglijk.

'Als je hetero bent, dan ben je hetero,' zei Owen. '*C'est la vie.*'

Tja, dat was hij toch ook? Affenlight beschouwde zichzelf inderdaad als hetero. In elk geval zag hij zichzelf niet als homo. Maar hij wist ook dat hij nooit meer iets met een vrouw zou krijgen. En evenmin met een andere man. Zo oud was hij nog niet, maar het leek alsof hij de slotfase van zijn seksleven had bereikt – voortaan zou hij zijn dagen delen met Owen of met niemand. Niemand of Owen.

'Zeg eens iets,' zei Owen.

'Ik weet niet goed wat ik moet zeggen.' De manier waarop zijn rechterhand in zijn buik klauwde toonde aan dat hij zich ongemakkelijk voelde, constateerde Affenlight. Hij duwde de hand onder zijn bovenbeen. 'Ik heb het nooit eerder gedaan.'

'Poe, natuurlijk,' reageerde Owen. 'Da's evident.'

Affenlight verbleekte. Niet alleen was zijn eigen gedrag vreemd, beschamend en ergens ook verkeerd – niet verkeerd in de gewone, morele zin van het woord, maar gewoon omdat hij zich op dat moment zo raar voelde, zo ongemakkelijk en sprakeloos – niet alleen dat alles, maar bovendien was hij er helemaal niet goed in. 'Was het zo slecht?'

'Het was prima.'

'Prima?'

'Beter dan prima. Het was heerlijk. Weet je zeker dat je je wel goed voelt?'

Affenlight knikte, keek Owen smekend aan. Hij wilde dat Owen het uit zichzelf zou begrijpen, al datgene waartoe hem nu even de moed en de tegenwoordigheid van geest ontbrak om het te zeggen, hij wilde dat Owen het in zijn ogen zou lezen zonder het te horen, het zou begrijpen zonder in woede te ontsteken, maar dat was van iedereen te veel gevraagd, zelfs van Owen. Of misschien begreep Owen precies hoe hij zich voelde en was dat het probleem. Owen stond op, klopte Affenlight troostend op zijn schouder en liep de kamer uit.

Na een paar minuten voelde Affenlight de buikpijn wegebben. Hij liep naar het raam. Het begon te schemeren. Een zachte lenteregen bewaterde de bloemperken, een zachte wind bracht de nieuw bebladerde bomen aan het trillen. In Phumber 405 gingen geen lichten aan. Blijkbaar was hij niet naar zijn kamer gegaan, maar waarheen dan wel? Misschien was hij iets gaan eten. Of bevond hij zich in de bibliotheek. Of in de armen van een andere, betere, geschiktere minnaar. Affenlight miste hem nu al. Waarom had hij zich niet normaler kunnen gedragen, zijn verwarring niet kunnen verbergen tot die was verdwenen? Waarom had hij zich niet kunnen uitspreken tegenover Owen? Sprak de liefde soms niet vanzelf?

Daar voor het raam van zijn donker wordende kantoor besloot Affenlight niet langer naar Owens genegenheid te dingen. Niet dat hij er na vandaag nog voor in aanmerking kwam. Owen zou nooit meer terugkomen, en dat was maar beter ook. Owen zou gelukkig zijn met iemand van zijn eigen leeftijd, iemand die beter was in homo zijn. Affenlight zou Pella bellen en haar mee uit eten nemen naar Maison Robert – dat soort dingen moest hij sowieso doen. Zo weinig tijd als ze samen hadden doorgebracht. Zijn buikpijn was een teken geweest.

Hij liep naar zijn bureau en belde naar de telefoon boven om te achterhalen of Pella daar was, hoorde hem twee keer overgaan. De deur van zijn kantoor ging weer open. Daar stond Owen, zijn gehavende gezicht baadde in het lamplicht, zijn zachte, eenzijdige glimlach oogde verhevener dan alles wat ooit uit de handen van een oude meester was gekomen. Net toen Pella opnam legde Affenlight de hoorn weer op de haak. 'Ik dacht dat je vertrokken was,' zei hij.

'Vertrokken? Zonder m'n schoenen?' Owen knikte in de richting van zijn tweekleurige schoenen: daar stonden ze, naast de loveseat, keurig naast elkaar. Stomme, onnozele Affenlight! 'Ik was even koffie gaan zetten.' Hij reikte Affenlight een dampende mok aan. IF MOMMA AIN'T HAPPY, AIN'T NO ONE HAPPY, luidde de verweerde roze leus erop. 'Zullen we een sigaretje doen?'

Affenlight glimlachte. Daar had je het inzicht dat hem steeds was ontglipt, het schakelaartje in de krochten van zijn hoofd dat moest worden omgezet zodat hij zijn vage angsten losliet en kon toegeven aan zijn huidige lichamelijke behoeften: na seks, na orale seks met je volmaakte minnaar, je volmaakte eenentwintigjarige minnaar, je volmaakte mannelijke eenentwintigjarige minnaar, was het moment voor een sigaret daar. Natuurlijk! De dingen waren eenvoudiger dan ze leken. Herhaal het als een mantra, Guert: de dingen zijn eenvoudiger dan ze lijken.

'Roken in de salon,' zei hij met een knik naar het handgeschilderde bordje terwijl hij op zijn jaszakken klopte, op zoek naar zijn sigaretten, 'is ten strengste verboden.'

Het groeide uit tot een gewoonte: na afloop van welke activiteit ook liep Owen de gang op en kwam acht minuten later terug met in zijn handen steeds dezelfde twee dampende mokken die op het stuk spaanplaat boven het koffiezetapparaat stonden: KISS ME, I'M IRISH voor hemzelf, IF MOMMA AIN'T HAPPY voor Affenlight. Ze nipten van hun koffie en rookten een sigaret, kletsten, lazen samen Tsjechov; nadat Owens hoofdpijn was weggetrokken ging het boek over en weer. De kitscherige mokken hadden ergens de afgelopen jaren de keukenkastjes van mevrouw McCallister verruild voor de campus. Hoe mal het misschien ook was, Affenlight vond het geweldig dat Owen altijd dezelfde twee mokken gebruikte en ze vermoedelijk zelfs speciaal omspoelde als ze nog niet waren afgewassen. Uit die systematiek sprak, of leek te spreken, dat Owen hun gezamenlijke middagen het herhalen waard vond, zelfs tot in de kleinste details. Het was de dromerige, paradijselijke kant van huiselijke rituelen: wanneer alle dagen dezelfde futiliteiten boden, juist omdat je het wilde.

Affenlight vertelde mevrouw McCallister dat hij weer een schema voor dagelijkse lichaamsoefeningen had opgesteld en ze daarom geen afspraken meer mocht maken voor het einde van de middag. Nachtenlang lag hij aan Owen te denken terwijl hij met een half oor luisterde of hij Pella hoorde terugkomen van Mike Schwartz. Altijd slaakte hij weer een zucht van verlichting wanneer hij haar slippers over de trap hoorde klepperen. Vóór zonsopgang stond hij op, liep zijn geliefde vaste route langs het meer en ging naar zijn kantoor om zich door het werk heen te worstelen dat hij te lang had laten liggen. Hij sliep zelden en werd zelden moe. Zijn hart voelde gevaarlijk groot daar in zijn ribbenkast, vol en mals als een vrucht zo rijp dat de schil dreigt te barsten. Hij wilde dat alle dagen en alle momenten, die met Owen, die in afwachting van Owen, zouden duren, duren, blijven duren. In zijn leven had hij lange, vrolijke periodes vol dankbaarheid gekend, maar zelden had hij er ook maar van gedroomd zo volmaakt tevreden te zijn met het leven zoals het is. Zijn chronische rusteloosheid was in rook opgegaan. Hij verlangde niet meer naar nieuwe dingen. Hij wilde slechts vasthouden aan wat hij had. Het was bijna ondraaglijk. Alles wat zijn levenswandel kruiste – een zonnige dag of een plotselinge wolkbreuk, een e-mail van een oude collega, een gesprek met Pella dat niet op ruzie uitliep – leek dusdanig zwanger van emotie dat hij elk moment in countrymuziektranen kon uitbarsten en het alleen met zijn bespottelijke ik kon uithouden door de draak met zichzelf te steken. Affenlight, melodramatische druiloor die je bent. Affenlight, mafkees die je bent.

33

Tijdens de terugtocht uit Wainwright zat Schwartz op de veerboot in afzondering te luisteren naar de aftandse, zorgvuldig samengestelde cassette met nummers van Metallica en Public Enemy waarnaar hij steevast vóór een wedstrijd luisterde. De wedstrijd was afgelopen, slecht afgelopen; hij luisterde niet om opgefokt te raken maar om zijn eigen gedachten niet te hoeven horen. De zon was onder en een koude, niet-aflatende wind vond zijn weg door de open naden van de oude veerbootcabine. Hij had drie Vicodins en een handvol Advils geslikt, zich zo goed mogelijk ingepakt en bereidde zich voor op een afscheid van het bewustzijn.

Ondanks de snoeiharde muziek en zijn niets ziende ogen bespeurde hij op de een of andere manier een levend wezen ter hoogte van zijn schouder. Hij verwachtte Henry aan te treffen, maar het bleek coach Cox te zijn.

'Heb je de Skrimmer gezien?' vroeg coach Cox.

'Hij zal wel op het dek zitten.'

'Op het dek? Daar vriezen de ballen van je lijf.' Coach Cox ging zitten, wreef in zijn handen, drukte ze op elkaar en blies erin. Schwartz zette zijn koptelefoon af en klapte het boek dat hij niet aan het lezen was dicht. De rest van het team zat benedendeks bij de snackbar poker te spelen met zoutzakjes. 'Praat jij met hem?' vroeg coach Cox.

'Zo'n beetje.'

'Redt ie het?'

Schwartz schokschouderde. 'Lijkt er wel op.'

'Geen toestanden met z'n arm?'

'Niks mis mee.'

Coach Cox streek zijn snor glad, liet een moment zijn gedachten over de situatie gaan. 'Wel verhip.'

Tweede helft van de negende. Twee man uit, loper op het tweede. Westish stond voor met 7 tegen 6. Loondorf wierp een mooie, krachtige *curve*, waarna de slagman een grondbal recht op Henry af tikte. Het enige wat hij hoefde te doen was hem naar het eerste werpen en de wedstrijd zou zijn afgelopen. In plaats daarvan drukte hij de bal één, twee keer in het hart van zijn handschoen, en nog eens, schuifelde zijwaarts richting het eerste alsof hij er niet eens zo heel stiekem naar verlangde het hele eind schuifelend te overbruggen en de bal persoonlijk aan Rick te overhandigen. Voor de vierde keer testte hij zijn handschoen uit en kwam toen – hij moest opschieten omdat de loper het eerste naderde – op de proppen met een veel te hoge, veel te harde aangooi waar Rick amper nog naar sprong. De bal passeerde het lage hek achter het eerste honk. En omdat er geen tribunes of supporters waren om hem tegen te houden schoot hij de straat op die langs het veld liep, om met veel kabaal in de wielkast van een vrachtwagen te verdwijnen. De loper scoorde de gelijkmaker. Met de honkslag van de volgende slagman was de wedstrijd beslist; de eerste verliespartij van de Harpooners in weken.

'Vóór die laatste aangooi maakte hij een goeie indruk,' zei coach Cox. 'Ik dacht dat ie de knop had omgezet.'

'Dat dacht ik ook.'

'Luister.' De barse stem van coach Cox klonk schurend tussen de windstoten door. 'Ik heb gehoord dat je geld tekort komt.'

'Wie heeft je dat verteld?'

'Niemand. Heb het ergens opgevangen.'

'Heeft Henry dat gezegd?'

Coach Cox haalde zijn schouders op. 'Laat me je wat centen lenen,' zei hij. 'Een mens moet toch iets eten.'

Schwartz had een tien-maaltijden-per-weekkaart voor de mensa. De laatste tijd had hij er tien maaltijden per week gegeten, plus alles wat hij in zijn rugzak kon meesmokkelen, wat niet veel was. De dames bij de uitgang wilden maar niet voor zijn charmes vallen; zijn afmetingen, in andere situaties een pluspunt, maakten hen achterdochtig. Pella nam na haar dienst als bordenwasser tosti's voor hem mee. Ook bood ze aan hem uit eten te nemen, op de creditcard van haar vader. De tosti's werkte Schwartz naar binnen, maar de etentjes sloeg hij af. Het was gênant om je door je vriendin te laten onderhouden. Bij de meeste van hun afspraakjes trokken ze zich terug in de kamer van Schwartz, waar ze zoute crackers aten, Lipton-thee dronken en hun boeken lazen. Op betaalavond gingen ze soms naar Bartleby. Nu ze seks met elkaar hadden gaf hij een paar dollar per dag uit aan condooms. Condooms waren kostbaar. Niet dat hij klaagde.

'Ik heb geen geld nodig,' zei hij.

'Bullshit.' Coach Cox haalde een vettig, dubbelgevouwen stapeltje met een elastiek eromheen tevoorschijn en begon er briefjes van honderd van af te halen. Die probeerde hij Schwartz in zijn handen te duwen.

'Dit kan niet,' zei Schwartz.

'Wat nou, kan niet. Stop in je zak.'

Al ver voordat Schwartz op Westish belandde ging het gerucht dat coach Cox ergens een paar miljoen dollar had verstopt. 'Hij voldoet aan het profiel,' zei Tennant altijd. 'Draagt nooit iets anders dan gratis sportkleding van de universiteit. Eet steevast bij de McDonald's. Rijdt in een auto met een paar honderdduizend op de teller. Ik zeg je: die vent bulkt van het geld.'

Schwartz had er nooit hoogte van kunnen krijgen. Coach Cox had het zelden over iets anders dan over honkbal. Op de high school was hij als derde honkman geselecteerd door de Cubs. Hij had een paar jaar in de laagste regionen van de Minor League gespeeld, waarmee hij op z'n tweeëntwintigste stopte omdat, zoals hij het formuleerde, 'ik het niet in me had. Christus, ik kon niet eens dóen alsof ik het in me had.' Hij verhuisde naar Milwaukee, werd kabelmonteur bij de lokale telefoonmaatschappij, trouwde, kreeg een kind, werd de honkbalcoach van Westish, kreeg nog een kind, scheidde, ging weg bij de telefoonmaatschappij en startte een eigen transportbedrijf met twee vrachtwagens. Dat hem, aldus de Harpooners-overlevering, miljoenen had opgeleverd.

Hun handpalmen bleven tegen elkaar aan gedrukt, zodanig dat geen van tweeën de briefjes vasthad als de ander zijn hand terugtrok. Een riskante impasse, gezien de wind. Schwartz aarzelde. Met het geld kon hij morgen Pella mee uit eten nemen. Al die keren dat ze thee en crackers hadden genuttigd kon hij zo weer goedmaken, om maar te zwijgen van de avonden dat hij hun thee-met-crackersplannen had afgeblazen om in het lamplicht van Westish Field grondballen naar Henry te slaan. Hij kon haar meenemen naar Maison Robert, die veel te dure Franse tent waar hij nog maar één keer was geweest, met zijn mentor Geschiedenis. Ze konden wijn kopen. Hij vouwde zijn hand dicht, een beetje maar.

Coach Cox stond op en verliet de voorcabine. De bankbiljetten dreigden Schwartz te ontglippen; hij schoof ze in de zak van zijn windstopper en ritste daarbij met zijn vingertoppen langs de rand van de briefjes voor een indruk van zijn zojuist verworven rijkdom. Het waren er veel: negen of tien. Hij deed zijn ogen dicht en gaf zich aan de traag rollende golven over alsof het water vloeibare Vicodin was.

Het kon een paar seconden later zijn geweest of een uur, maar plotseling stond daar Henry voor hem. Zijn lichtblauwe ogen waren vervuld van iets wat alleen kon worden omschreven als angst. Zijn onderlip trilde en zijn zachte kin trok samen tot een complex van golvende lijntjes in zijn pogingen niet te huilen.

'Skrimmer,' zei Schwartz.

'Hé.' Henry klonk schor van ellende; hij schraapte zijn keel.

'Gaat het?'

Henry knikte. 'Jawel.'

'Je hebt vandaag goed gespeeld.' Schwartz pakte de koptelefoon die om zijn nek hing en stopte hem in zijn jaszak. 'Je arm was zo te zien sterk, alles zag er sterk uit. We zijn precies waar we moeten zijn.'

'Door mij hebben we verloren.'

'Eén lullige bal,' zei Schwartz. 'Op dat moment hadden we allang op twaalf moeten staan.'

'Maar dat was niet zo.' Henry ging naast Schwartz zitten en sprong meteen weer omhoog, alsof hij zijn kont had gebrand aan het aluminium. Hij drukte beide handen boven op zijn allengs goor geworden Cardinals-pet, als een langeafstandsloper die een opkomende kramp probeert te bezweren. 'Wat moet ik doen?' zei hij. 'Wat moet ik doen?' Zijn stem klonk rustig maar ongelovig; vol ontzag zelfs, voor de situatie waarin hij was beland.

Hij draaide zijn gezicht naar het plafond en slaakte een korte, gepijnigde zucht of kreun. Hij liet zijn handen vallen, draaide ze snel een paar keer in het rond, drukte ze met een klap weer op zijn hoofd. Zijn bewegingen waren spastisch, vreemd, de bewegingen van iemand wiens gedachten als vergif zijn voor hemzelf.

''t Is oké,' zei Schwartz, 'wij zijn oké,' maar Henry's voeten voerden hem alweer naar de gammele metalen tochtdeur van de cabine – die achter hem dichtknalde – het dek op. Schwartz hees zich overeind om hem achterna te gaan. Tegen de tijd dat hij buiten stond was Henry nergens meer te bekennen. Schwartz leunde zwaar tegen de reling. Er heerste volslagen duisternis, geen ster of maansikkel die zich liet zien. Hoewel de Vicodin vrijwel niets bijdroeg aan het stillen van de pijn in zijn schenen en knieën, verspreidde het spul zich op een zalig rustgevende manier in zijn hoofd. Hij verlangde er alleen nog maar naar om thuis te zijn met zijn voeten van de vloer, ineengedoken als een kind in bed te liggen met een hand op het zachte glooiinkje van Pella's buik.

Een cabinedeur ging open en daar verschenen de donkere contouren van een mens. Die luidkeels geeuwde, mompelend een paar fijne vloeken slaakte en met gebruikmaking van de nog openstaande deur als windscherm een lucifer aanstreek, zodat de vlezige, vlekkerige, innemende boeventronie van Rick O'Shea in zicht kwam; tussen zijn getuite lippen hing een shagje. 'Schwartzy?' zei hij puffend. Zijn ogen tuurden samengeknepen in de duisternis, hij liet de deur achter zich dichtknallen. 'Ben jij dat, makker?'

'Ik ben het.'

Rick kuierde zijn kant uit, leunde tegen de reling en blies peinzend een rookwolk de nacht in. 'Wat een abominabele kutwedstrijd.'

Schwartz knikte.

'Heb je Skrim gesproken?'

Voordat Schwartz kon beslissen wat hij zou antwoorden hoorde hij in de verte een stel voeten aan komen klepperen en verscheen een andere gestalte deinend in beeld, deze met de contouren van handen op zijn hoofd, de contouren van ellebogen die als vleugels naar buiten wezen. Het hoofd ging op en neer, als op de maat van onhoorbare muziek. Toen de gestalte dichterbij kwam hoorde Schwartz korte, felle ademstoten die solliciteerden naar het predicaat hyperventilatie.

'Skrimmer.' Schwartz legde een hand op de gladde stof van Henry's trainingsjack, maar Henry vertraagde zijn pas niet. 'Ik loop gewoon wat rond,' zei hij ademloos en zonder te stoppen met knikken. 'Ik loop weer verder.'

'Gaat het wel, Skrim?' vroeg Rick. 'Last van kramp of zo?'

'Gewoon wat aan het lopen,' zei Henry. 'Ik loop en loop.'

Hij vervolgde zijn weg over het dek, naar de achtersteven, en werd opgeslokt door de duisternis.

Rick nam één laatste hijs voor hij zijn peuk over de reling gooide. Het oranje puntje stuiterde één, twee keer tegen de romp en verdween. 'Paniekaanval,' zei hij.

'Wat doen we?'

'M'n ma drinkt meestal een paar screwdrivers. Volgens haar heeft sinaasappelsap een kalmerende werking.' Rick kreeg een ingeving en ging Henry achterna. Schwartz probeerde hem te volgen, maar zijn benen stonden dat niet toe.

Het duurde niet lang of daar kwamen Rick en Henry weer aanlopen, met snelle pas. Henry knikte nog steeds met zijn handen onwrikbaar op zijn hoofd, Rick hield zijn gezicht vlak bij dat van Henry en fluisterde. Schwartz stapte opzij om hen door te laten.

Een paar rondes later vielen Henry's armen terug naast zijn lichaam en stak Rick in het voorbijgaan een duim omhoog naar Schwartz. Ze maakten nog zeven of acht omgangen, in een steeds lager tempo. Henry loosde zijn energie als een opwindpop. Toen ze eindelijk stilhielden kwam de aanlegsteiger van de veerboot in zicht.

34

Later die avond lagen Schwartz en Pella bij Schwartz thuis in bed. Zelfs met een paar post-wedstrijd-pijnstillers in zijn lijf, zelfs met het dode gevoel dat na een wedstrijd in zijn benen trok had hij er nog nooit moeite mee gehad. Terwijl ze kusten probeerde Pella hem op te porren. Haar vingertoppen gingen zachtjes kietelend over de opening van zijn boxershort, maar het hielp niet. 'Het is niet erg,' zei ze. 'Waarom vertel je me er niet iets over?'

'Waarover?'

'Je weet wel. Henry.'

''t Is foute boel,' zei Schwartz. 'Ik begin te vrezen dat het foute boel is. De laatste paar wedstrijden leek hij eroverheen te groeien. Maar vandaag... vandaag was het foute boel.'

'Weet je zeker dat hij geen blessure heeft? Misschien heeft hij z'n arm bezeerd en durft ie het aan niemand te vertellen.'

'Z'n arm mankeert niets. Je zou de aangooien moeten zien die hij tijdens trainingen doet. Of zelfs tijdens wedstrijden, bij een *bang-bang play*. Als hij geen tijd heeft om erover na te denken. Zijn arm is een triomf van de natuur.'

Pella zei niets. Het gesnurk van Meat klonk zachtjes, bijna troostrijk, door de muur. 'Het zijn altijd de makkelijke ballen,' zei Schwartz. 'De ballen die recht op hem af worden geslagen. Je ziet de radertjes rondtollen: *ga ik deze verknallen? Best kans dat ik deze ga verknallen.* Dan zou ik hem het liefst bij zijn schouders grijpen en het uit hem rammelen. Hij creëert het probleem helemaal zelf, vanuit het niets. Het niets.'

Pella drukte zich dichter tegen hem aan en ging opnieuw met haar hand over de voorkant van zijn boxershort. In de driekwart duisternis van de slaapkamer zag hij de extra donkere uitstulping van haar dichtstbijzijnde tepel onder het laken. Er was geen centimeter van haar lichaam waarnaar hij niet verlangde. Ze hield niet van haar benen, vond ze kort en plomp, haar enkels te dik om vrouwelijk te zijn – je reinste onzin, als je het Schwartz vroeg. Als hij iets wilde, dan was het wel meer van haar, almaar meer Pella om hem te verankeren in de wereld.

Na hun eerste keer seks hadden ze nooit geen seks gehad. Maar die nacht kwam het er niet van. Hij was te moe, te gespannen, had op de veerboot net even te veel pillen geslikt. Uiteindelijk zou die overgang van passie naar huiselijkheid plaatsvinden; een normale, natuurlijke en mogelijk zelfs rustgevende ontwikkeling, maar Schwartz wist zeker dat dit er niet het moment voor was. Pella zou denken dat ze geen seks hadden omdat hij zich zorgen maakte om Henry. Dat was wel het laatste wat hij wilde dat ze dacht, hoe waar het ook was.

Ze mocht dan hebben gezegd dat het niet erg was, ze bleef het proberen, zie maar. Ze schoof haar vingers door de opening van zijn boxershort en kietelde de plooi waar zijn bekken overging in zijn dij. Schwartz probeerde er iets van te voelen. Raketten, sequioa's, het Washington-monument. *Kom op*, dacht hij. *Eén keer.*

In de onderste la van zijn gehavende dressoir, onder zijn spijkerbroek, had hij een paar verdwaalde Viagra's liggen. Niets om je voor te schamen, toch? Soms – oké, meestal – was je dronken wanneer je iemand mee naar huis nam. Soms was het meisje te klunzig, te onstuimig, of domweg gewoon niet sexy genoeg. Soms had je wat extra's nodig. Een deel van zijn blijdschap dat hij Pella had ontmoet school in het feit dat hij zo volmaakt, zo diepgaand op haar reageerde. Hij was zelfs vergeten dat hij die pillen had. Maar hij wou dat hij er vanavond een had geslikt.

Pella verplaatste haar hand naar zijn buik, legde hem op zijn t-shirt. Schwartz spitste zijn oren of hij een zuchtje hoorde dat op ergernis wees – hij ving wel iets op, maar als je zijn paranoia meetelde kon het net zo gemakkelijk een geeuw zijn geweest.

'Het is een blokkade,' zei ze. 'Zoals een writer's block. Of podium-angst.'

'Precies.'

'Misschien moet hij eens met iemand gaan praten.'

'Hij praat al met iemand,' zei Mike. 'Met mij.'

'Je weet wel wat ik bedoel. Een expert.'

Schwartz reageerde gepikeerd: 'Daar zou Henry nooit voor kiezen.'

'Dat zou hij wel doen als jij het hem vroeg.'

'Hij zou bang worden. Hij zou denken dat er iets mis met hem was.'

'Nou, is dat dan niet zo?'

'Het komt goed met hem. Hij moet zich alleen wat zien te ontspannen.'

Pella's vingers beroerden weer zijn boxershort. 'Misschien moet jij je een beetje ontspannen.'

Er trok een siddering door Schwartz. 'Wat wil je daarmee zeggen?'

'Wat wil ik waarmee zeggen?'

'Dat van dat ik me zou moeten ontspannen.'

'Niets. Je lijkt me vanavond gewoon een beetje gespannen.'

Dat 'vanavond' zette kwaad bloed bij Schwartz. Hij was al de hele maand gespannen. Godsamme, hij was al zijn hele leven gespannen. Wat was er verdomme zo bijzonder aan 'vanavond'?

'Ik ben niet gespannen.'

'Ook goed,' zei Pella. 'Wat je wilt.'

Het smalle bed dwong de gebruikers tot een niet altijd even gewenste intimiteit. Schwartz lag ingeklemd tussen Pella en de muur. Voor het raam hing geen rolgordijn maar een grauw-grijs laken dat amper het licht uit de garage van de buren tegenhield.

Sinds zijn vertrek van de campus had hij maar zelden een meisje mee naar huis genomen – hij kon beter meegaan naar het huis van het meisje, met haar kussens, fotoalbums en mysterieuze geurtjes, de schone lakens op het bed en het rijtje zorgvuldig gelabelde multomappen op de plank. De kamer van een meisje in een oord als Westish ademde bijna altijd de geest van haar familie, niet alleen door de ingelijste foto's maar ook door de zorgvuldige imitatie van een kinderkamer, bijgeschaafd voor de postpuberteit; de overgebleven knuffels, het doosje condooms of het pastelkleurige ronde doosje met de pil erin dat pal in het zicht lag als eerbetoon aan de ouder die er niet was en dus ook geen bezwaren kon maken. De geest van zo'n familie had een troostende werking op Schwartz; een paar uur lang beeldde hij zich in erbij te horen.

'Hij zou eens moeten aankloppen bij een psycholoog,' zei Pella. 'Een gedragstherapeut. Iemand die ervaring heeft met sporters. Wat niet betekent dat hij vrijelijk moet associëren over z'n moeder, of zo.'

'Misschien heeft ie daar nou net behoefte aan. Vrijelijk associëren over zijn moeder.'

'Ik meen het serieus,' zei Pella.

'Ik ook,' reageerde Schwartz, maar dat was niet zo. Om de een of andere reden irriteerde Pella's positief bedoelde bemoeienis hem danig. Hij probeerde een mildere, oprechtere vorm van communicatie. 'Oké, een therapeut. Maar wie gaat dat betalen?'

'Kan Henry z'n familie daar niet mee helpen? Ik bedoel, hij staat op het punt om veel geld te gaan verdienen, toch? Het zou een goeie investering zijn.'

'De Skrimshanders hebben geen geld om te "investeren",' zei Schwartz. 'Z'n vader is geen rector van een universiteit.'

'Dat beeld had ik ook niet van hem.'

'Ik betwijfel of jij andersoortige beelden kunt hebben.'

'Zoek nou geen ruzie! Waarom zoek je ruzie?'

'Sorry.'

Ze lagen enige tijd zwijgend naast elkaar. Ten slotte zei Pella: 'Ik was van plan m'n trouwring te verkopen. Henry zou een deel van dat geld kunnen gebruiken. Als lening.'

Zodra de woorden Pella's lippen verlieten wist ze dat ze verkeerd zouden uitpakken. Het was een oprecht aanbod, oprecht bedoeld – maar het kwam op precies het verkeerde moment, en aan Mikes gezicht kon ze al wel zien hoe het zou worden geïnterpreteerd: als een poging zich in zijn relatie met Henry te mengen. Ze insinueerde dat zij, of een therapeut, Henry kon helpen daar waar hij dat niet kon. Ze wees hem nadrukkelijk op haar superieure financiële situatie. Ze herinnerde hem eraan dat ze, hoewel ze bij wijze van avondeten samen crackers aten en thee dronken, zich meer kon permitteren dan dat.

'Henry heeft al genoeg leningen lopen,' zei hij.

'Ik kan het geld ook gewoon aan hem geven. Of ik geef het aan jou, en jij handelt het verder af met de therapeut. Henry zou niet hoeven te weten wat het kost.'

'Ik weet zeker dat het erg prijzig zal zijn.'

'Tja,' zei Pella, 'het is een vrij kostbare ring.'

Schwartz voelde een steek in zijn bovenlijf. Hij had Pella's man gegoogeld, had de foto gezien op de website van zijn bedrijf: de Architect die achteroverleunend met een vulpotlood in zijn hand aan zijn tekentafel zit, terwijl hij met een brede, minzame glimlach in de camera blikt. In zijn kasjmier trui en met zijn keurig getrimde baard zag hij eruit als een gladjanus, maar hij had geld, las Grieks en was getróuwd, allejezusnogantoe, met Pella. Hoe geringschattend ze ook over hem deed, David behoorde tot een wereld van vanzelfsprekende privileges waarnaar ze elk moment kon terugkeren. 'Dat weet ik wel zeker,' zei hij. 'Ik weet zeker dat ie peperduur was.'

'Wil je weten hoe duur hij was?' Pella wist een even scherpe toon aan te slaan als hij en gooide er nog een schepje bovenop. 'Hij kostte veertienduizend dollar. Voel je je nou beter?'

'Ik voel me fantastisch,' zei Schwartz. 'Ik voel me net veertienduizend pegulanten.'

'Aha.'

Verderop, op straat, liep iemand te dribbelen met een basketbal. Elke stuit klonk door via de geribbelde afvoerpijpen die onder de opritten door liepen en de ontwatering van de ene tuin met die van de andere verbonden. 'Vergeet het maar,' zei Schwartz. 'We hebben je geld niet nodig.'

'Ik bood het jóu ook niet aan,' zei Pella. 'En trouwens, ik begrijp niet waarom je zo recalcitrant doet. Als Henry z'n elleboog bezeert gaat hij naar de dokter, niet? En je zou ervoor zorgen dat ie de beste arts kreeg die er voor geld te koop is.'

'We hebben het hier niet over Henry's elleboog. We hebben het over z'n hoofd.'

'Het is een *analogie*,' zei Pella. Ze klonk alsof ze rekening hield met de mogelijkheid dat hij het woord nooit eerder had gehoord. 'Een zuivere. Maar jij doet niet je best om het zuiver te houden, hè?'

Godverdomme, dacht Schwartz. Als ze hadden kunnen vrijen zou er helemaal niets zijn gebeurd. De Viagra lag daar gewoon, in de spijkerbroekenla: zo dichtbij en toch zo ver weg.

'Zou je het vervelend vinden,' zei Pella, 'als Henry bij een psych langsging en het zou blijken te helpen?'

248

'Wat is dát nou voor vraag?'

'Je kunt niet bang zijn dat het níet zal helpen – dat zou absurd zijn, want tot dusver helpt helemaal niets. Je bent bang dat het wél zal helpen. Waar jij bang van wordt is de kans dat hij door de selectie komt, beroeps wordt en het naar z'n zin heeft. Het ontzettend naar z'n zin heeft. Hij is dan helemaal in de wolken en heeft jou niet meer nodig. Maar zolang hij op Westish rondloopt, zolang hij in de kreukels ligt, heb jij nog de touwtjes in handen.'

Schwartz staarde naar het grauw-grijze laken dat door een bries vlak voor zijn neus opbolde en danste. 'Wat een bullshit.' Het wás bullshit, hij wist dat het bullshit was, maar het was geloofwaardige bullshit, en nu hij het hardop gezegd kreeg lag hij te snakken naar adem.

Pella was nog niet helemaal klaar. 'Wat jullie twee nodig hebben is relatieadvies. Jullie vertonen een klassiek geval van medeafhankelijkheid. De neurosen en stille wensen van de ene partner die zich manifesteren in de symptomen van de an–'

'Ach, hou je bek.'

'Dat zal ik doen, wees niet bang. Eerst moet ik je nog iets vertellen.' Haar blik werd milder, op een manier die hem verraste. 'David komt langs.'

'Dé David?'

'Dat is 'm.'

Het plaatste de hele avond – de spaak gelopen seks, de ruzie erna – in een nieuw perspectief. Schwartz was bereid geweest de schuld op zich te nemen, onder aanvoering van Henry, vermoeidheid en Vicodin als excuus. Maar Pella zat blijkbaar met haar eigen kwestie. Moest je zien hoe ze hier naar binnen danste, hem kuste, op hem kroop en vervolgens 'geeft niet, liever, 't geeft niet, maak je geen zorgen' zei, terwijl hij in werkelijkheid háár aarzelingen had bespeurd, de waarschuwingssignalen van háár lijf had opgevangen. In werkelijkheid maakte ze zich zorgen om de komst van David. Of, erger: was ze er blij om.

'Wanneer?'

'Gauw.'

'Hoe gauw?'

'Ik weet niet... Morgen, misschien?'

'Misschien,' herhaalde Schwartz. Hij had dat sarcastisch bedoeld, maar zoals het eruit kwam klonk het ongelovig en sneu. 'Misschíen?'

'Morgen,' gaf Pella toe. 'Hij komt hier morgen aan.'

'Waar slaapt ie?'

'In een hotel.'

'Waar slaap jij?'

Ze verkocht hem een klap op zijn schouder die speels had moeten aanvoelen maar waar echt kracht achter zat. 'Waar denk je? Bij m'n pa.'

'Niet hier.'

'Dat kan ik niet. Morgen niet.'

'Vanwege je man.'

'Hij is alleen m'n man omdat we nog niet gescheiden zijn.'

'Waarom komt hij dan langs?'

'Hij moet in Chicago zijn voor zaken. Of dat beweert ie althans. Hoe dan ook was het stom van me om te denken dat ik stilletjes de benen kon nemen en het daarmee klaar zou zijn. We moeten bij elkaar gaan zitten om dingen uit te praten. Af te ronden, enzovoort. Hij heeft wel tien keer per dag naar m'n vaders huis gebeld.'

'Ik praat wel met 'm.'

'O ja, fantastisch,' zei Pella. 'Dat is precies wat ie nodig heeft om af te koelen. Horen dat wij samen aan het rotzooien zijn.'

'Is dat wat wij doen? "Rotzooien"?'

'Je begrijpt wel wat ik bedoel.'

'Dat weet ik nog niet zo zeker.'

'Wat wil je dat ik nou zeg? We zijn fijn samen aan het rotzooien? Of moet ik zeggen: we waren aan het rotzooien, tot vanavond?'

Schwartz wist niet zeker of het een reactie was op hun mislukte vrijpartij of een mededeling dat ze het uitmaakte. Zijn telefoon, die op de kartonnen doos lag die moest doorgaan voor nachtkastje, begon te jengelen en te stuiteren. Pella verstijfde van top tot teen. Geen sprake van dat hij Henry te woord zou staan, niet nu – maar ja, het venijn school in de oproep zelf, en niet opnemen maakte het er niet beter op. De telefoon trilde nog een laatste keer en viel stil.

'Ik begrijp niet waarom ik ooit heb besloten hierheen te komen,' zei ze.

'Ga dan. Wat houdt je tegen?'

'Wees maar niet bang, ik ga al.' Pella stond naast het bed haar sweatshirt dicht te ritsen over haar verder naakte bovenlijf. Schwartz voelde een scheut van spijt nu al die mooie naaktheid verdween. In de deuropening draaide ze zich om, met vuurspuwende ogen. 'Je vindt het zalig, hè, om het leven ingewikkeld te maken. Mike Schwartz, Nietzsches kameel. Het gewicht van de wereld op zijn grote, brede schouders. Maar weet je? Niet iedereen wil z'n leed steeds verder vergroten. Sommige mensen vinden het al lastig genoeg om van de ene naar de andere dag te leven. Het spijt me dat ik op een dure prep school heb gezeten, oké? Het spijt me dat ik nooit in een fabriek heb gewerkt. Goed, de high school heb ik voortijdig verlaten. Ik was borden in een mensa. Maar dat is maar een beetje stoerdoenerij, nietwaar, Mike? Het is niet echt, het is geen echt líjden, het is godverdomme niet de South Side. Waarvoor ik m'n excuses aanbied. Het spijt me oprecht en *fucking* vreselijk dat m'n vader is gaan promoveren in plaats zich kapot te zui–'

'Ik dacht dat je zou vertrekken.'

'Ik ben al weg.'

De slaapkamerdeur knalde dicht, net zoals de voordeur. Toen volgde de nijdige tamboerijnrinkel van het tuinhek dat openvloog en weer dichtviel. Schwartz deed een lamp aan en probeerde te lezen maar kon zich niet concentreren, dus gooide hij twee Vikes naar binnen die geoormerkt waren voor de volgende dag en slenterde de gang op.

Vanonder de dichte badkamerdeur kwam een dunne streep licht. De wc werd doorgespoeld en Arsch' brede, roze lijf, nog breder dan dat van Schwartz, vulde de deuropening. Hij krabde aan de ballen onder zijn boxershort. 'Gaat het?' vroeg hij met samengeknepen ogen omdat hij zijn lenzen niet in had.

Schwartz haalde zijn schouders op. Hij moest de woorden uit het diepst van zijn innerlijk sleuren: 'Kan erger.'

'Het kan altijd erger.' Arsch verdween in zijn slaapkamer en kwam terug met een voorraad van zijn moeders chocoladekoekjes met walnoot en gember. 'Je moet ze een paar seconden in de magnetron gooien,' zei hij. 'Er staat melk in de koelkast.'

'Bedankt.'

Arsch krabde nog wat aan zijn ballen, kneep zijn ogen samen. Troostrijk in zeker opzicht was niet alleen zijn aardige gebaar maar ook zijn lichamelijke omvang, die op het bestaan wees van krachten groter dan die van Schwartz – krachten die Schwartz dan misschien niet echt konden beschermen, maar in elk geval zijn bescherming niet nodig hadden. 'I ain't tripping 'bout no bitches,' zei Meat, de raphit van dat moment aanhalend. 'I just worry 'bout the game.'

'Bedankt,' zei Schwartz weer. De deur van Meat ging dicht met een klik en de spiraalveren van zijn bed jankten soeverein door de muur.

Het huis was weer verlaten. Onderweg naar de keuken liep Schwartz op de tast langs de bierpongtafel. What you missed about these bitches/ Is they all can feel my fame./ My sick hits make 'em ticklish/ Till they screamin' out my name. Mijn god, de troep waarmee je hoofd zich vulde, er viel niets tegen te doen. Het was niet bepaald Milton; het was zelfs geen Chuck D. Hij moest er toch echt eens voor zorgen dat ze bij Bartleby de hiphop in de jukebox vervingen door poëzie. Wanneer je er je dollar in stopte en op 10-08 drukte hoorde je 'When I have fears that I may cease to be' en kon je zwelgen in Keats onder het genot van een biertje.

Vergeleken met de rest van het huis was de keuken griezelig onbezoedeld, nu de gootsteen glom in de aanrechtverlichting en hij bijna weer zijn originele limaboonkleur te zien gaf. Pella had de gewoonte ontwikkeld hem bij elk bezoek te poetsen, waarna Schwartz ertoe was overgegaan hem te poetsen zodat zij het niet hoefde te doen, en de laatste tijd leek zelfs Meat er een tik van te hebben meegekregen, want hij krabde vuil van het linoleum – oude kauwgom van eerdere huurders, recentere fluimen pruimtabak – en spoelde de vuilnisbak schoon. Schwartz liet de koekjes een halve minuut in de magnetron opwarmen, propte er een in zijn mond, goot een liter melk in een souvenirglas van de Chicago Bears, dronk het leeg en werkte de resterende koekjes weg in het licht van de openstaande koelkast. Arsch, die toffe peer, had een twelvepack Schlitz gekocht; Schwartz griste er twee mee, liep de muffe woonkamer in en ging in het donker op de bank zitten. Het was een stom idee, jukeboxpoëzie, toch beviel het hem wel. Hij zou willen dat hij er Pella over kon vertellen, al was het maar om te horen hoe ze hem uitlachte en uitschold voor Chicago-conservatief.

Ze hadden nooit eerder ruziegemaakt; ze was er goed in, voorzover het doel van een ruzie was de ander te kwetsen. Achter zijn woede bespeurde hij vagelijk een tegenkracht: het bevredigende gevoel dat hij dat soort pijn kon voelen, dat een meisje, een vrouw, zo veel voor hem kon betekenen dat hij door haar kon worden gekwetst, waarmee de mogelijkheid zich aandiende dat Pella gelijk had, dat hij inderdaad zo veel mogelijk wilde lijden, het gelukkigst was wanneer hij leed. Maar dat strookte alleen met de waarheid als je er 'om een bepaalde reden' aan toevoegde. Om een bepaalde reden lijden vond hij fijn. Wie niet? Maar al zijn redenen gingen in rook op. In gedachten vinkte hij ze af: rechtenstudie, proefschrift, Henry, Pella.

Hij was geen achterbuurtjoch meer. Als hij zich net als zo veel andere Schwartzes vóór hem dooddronk of er op een andere manier in slaagde zijn leven te verkloten, kon hij dat alleen zichzelf verwijten. Hij had geen excuses. Wel had hij *opties*, Yale Law School ten spijt. Hij was alleen maar tot geen enkele rechtenstudie toegelaten omdat hij zich niet had aangemeld bij een van de honderden opleidingen die hem wél wilden hebben. Hij had een trits gereedschappen: retorische, analytische en kritische gereedschappen, gereedschappen voor zelfreflectie, hij had rijke vrienden, referenties, aanzien. Man, hij had zelfs duizend dollar in zijn jaszak. Hij liep terug naar de keuken om twee nieuwe biertjes te halen.

Pella kon per uur zeventig bladzijden James, Austen of Pynchon wegtikken en alles nog onthouden ook, alsof ze ervoor gemaakt was. Hij vond het geweldig het haar te zien doen, met haar leesbril op het puntje van haar neus en gedachten die losstonden van de zijne.

Ze had een verkeerd beeld van zijn leven. Hij wílde niet dat alles moeilijk was, alles wás moeilijk. Geld deed er niet toe. Hij was niet slim zoals zij. Het enige wat hij goed kon was andere mensen motiveren. Wat uiteindelijk niets voorstelde. Manipulatie, met de poppen spelen. Wat zou hij er niet voor overhebben om zelf een talent te hebben, een talent zoals dat van Henry? Niets. Alles. Hij die het niet in zich heeft, coacht.

Traag reed een auto door Grant Street. Uit de subwoofer klonk de pompende, ronkende baslijn van het nietszeggende nummer dat Schwartz daarnet had gezongen. Hij dwong zich niet nog meer tekstflarden uit zijn geheugen op te diepen. Hij dronk de biertjes op en liep naar de keuken voor twee nieuwe. Hij legde zijn biljetten van honderd dollar naast elkaar op de salontafel. Er lag een aansteker. Hij dacht een hele poos na, nam een biljet en ging er met de vlam onderdoor, heen en weer. De zijkant van het biljet kreeg een iets donkerder kleur, maar hij was niet dronken genoeg, niet stom genoeg, of zo.

35

Pella wilde zich bij Bartleby een stuk in haar kraag scotchen, maar daar stond ze dan, midden op Grant Street met niets tussen haar voetzolen en de kiezelachtige bestrating: het resultaat van precies het soort al te spontane actie waar ze haar hele leven bekend om had gestaan, in elk geval in haar eigen perceptie, dus restte haar niets anders dan terug te keren naar Scull Hall. De footballspelers annex uitsmijters zouden haar ook zonder schoenen binnen hebben gelaten omdat ze een meisje was, en niet zomaar een meisje maar de vriendin van Mike Schwartz – ha, ha – maar het leek haar weerzinwekkend om daar blootsvoets over een vloer te moeten lopen die glibberde van het bier en de herinnering aan opgedweilde kots, waardoor ze zich nog beroerder zou hebben gevoeld dan ze al deed.

Die vervloekte Mike Schwartz ook! Hoe vaak had hij de afgelopen weken niet 's avonds met haar afgesproken, om dan op het laatste moment te bellen met de mededeling: 'Sorry, lieverd, honnepon, schatje, poepie, meiske, engel... Sorry, maar Henry en ik zitten in het krachthonk, Henry en ik staan op het honkbalveld, Henry voelt zich rot, Henry en ik zijn een dvd aan het kijken, Henry en ik zijn aan het kletsen,' zomaar, recht voor z'n raap, zoetgevooisd en zakelijk tegelijk en met nét dat vleugje paternalisme, alsof ze bíjna in staat was het fenomenale belang in te zien van Henry's stemmingen en behoeften in al hun facetten.

En had Pella al die keren ook maar even tegengesputterd? Nooit. Ze had, bijvoorbeeld, niet gezegd dat Henry een volwassen of bijna volwassen vent was die best voor zichzelf kon zorgen; noch had ze gezegd dat af en toe niet bij machte zijn een bal met volmaakte precisie van het ene naar het andere punt te werpen niet bepaald kon doorgaan voor een tragedie; noch had ze gezegd – bijvoorbeeld – dat Henry de bal vast beter zou gaan gooien als hij zich goed genoeg voelde om de bal beter te gooien, en dat iedereen hem misschien maar eens een poos met rust moest laten en de dingen maar even moest nemen zoals ze waren. Het was verbijsterend zoals mensen elkaar beperkten, elkaar dwongen om op zulke benauwende, vooropgezette manieren te functioneren, alsof de wereld zou vergaan als Henry niet *per direct* met zichzelf in het reine kwam, alsof hij op de lange termijn niet een beter mens zou worden dankzij een korte schermutseling met zijn onzekerheden, alsof er ook maar één reden was waarom hij niet even zou stoppen met honkbal en een cursus breien, cello, Gaelic ging volgen – maar o god, nee, hij moest hard werken en gefocust blijven en zijn tanden op elkaar doen en zijn rug rechten en zich ontspannen en positief denken en voortploeteren, meegaan in elk idioot cliché dat Mike of wie dan ook hem voor de voeten wierp, werken en zich zorgen maken, net zo lang tot hij godbetert paniekaanvallen kreeg, wat evenmin tragisch was maar ook bepaald geen hoopgevend teken.

Arme Henry. Alsof het iemand ook maar iets uitmaakte wat hem overkwam: een pietlut met een pietluttig probleem. Iedereen z'n problemen waren op de lange duur pietluttig, pietluttig in vergelijking met de opwarming van de aarde, de bedreiging van de biodiversiteit, een of andere door vogels of water overgebrachte ziekte die lag te loeren op een kans om ons allemaal om zeep te helpen, pietluttig in vergelijking met de altijd brute dood, maar Henry's probleem was gewoon écht pietluttig. Toch had ze hele uren verdaan met nadenken over Henry's probleem, het in gedachten van alle kanten bekeken, er ontiegelijk naar verlangd dat het zou worden opgelost, zodat Mike minder tijd hoefde door te brengen met nadenken over Henry en meer gedachten kon wijden aan haar. Want ze vond hem leuk.

Beter gezegd: ze vónd hem leuk, dacht ze toen ze zich stampvoetend door het donkere, klamme gras een weg baande naar de brede spiegelruiten van de bibliotheek – ze vónd hem leuk, verleden tijd. Want waarom zou ze hem nog leuk vinden? Een maand kenden ze elkaar nu, en nog steeds had hij die stomme baard niet afgeschoren. Ze haatte baarden. 'Ik háát baarden,' tierde ze hardop, en ze deelde met vlakke hand een klap uit aan de iele, knoestige stam van een jong campusboompje-met-boompaal. 'Háát, háát, háát.' Het feit dat ze was weggegaan bij een man met een baard en beland was in de armen van een andere man met een baard bewees dat er nooit iets zou veranderen, dat zíj nooit zou veranderen en dat haar leven, waar ze het ook leidde, gedoemd was eeuwig en altijd dezelfde bagger te zijn, enkel door haar aanwezigheid.

Op de trappen voor de bibliotheek zaten twee jongens te roken. Geamuseerd keken ze toe hoe ze afwisselend met links en rechts boze zwaaistoten uitdeelde aan de boom. 'Hierna mag je mij hebben!' gilde een van de twee.

'Nee man, mij! Ik hou wel van ruig.'

Pella draaide zich om en stak haar middelvinger op. Ze grinnikten en zwaaiden. Pella haalde uit voor nog één laatste louterende klap tegen de boom, maar sloeg te hard en trof de boomstam niet met de vlakke hand, maar zodanig dat haar middelvinger de knoestige bast verkeerd raakte. Terwijl ze de vinger haastig in haar mond stopte schreeuwde ze iets onwelvoeglijks dat rijmde op 'boer'.

'Ik wíst het!'

'Ik betaal in natura!'

De vinger was ofwel verstuikt ofwel gebroken. Ze liep in de richting van de twee jongens, die ze door het zinderende, felrode waas voor haar ogen niet scherp zag: de een droeg een gebreide muts en de ander was blootshoofds. Hun rugzakken lagen naast hen op de bovenste tree. Omdat ze een meisje was stonden ze niet op om te gaan vechten of weg te rennen, maar bleven ze met een opgewonden en verbaasde uitdrukking op hun gezicht schaapachtig zitten kijken naar wat ze deed.

'Hé,' zei een van hen. ''t Is het vriendinnetje van Schwartzy.'

Op dat moment konden ze waarschijnlijk niets zeggen wat goed viel, maar dit viel verkeerd. Onder het uitbraken van een lawine aan verwensingen spurtte ze diagonaal de trappen op. De jongens graaiden naar hun rugzak en stoven de bibliotheek in. Ze lachten en gaven elkaar een boks toen ze zagen dat ze hen niet zou volgen.

Ze liep langs de lange, koele, betonnen wand van de bibliotheek naar het Small Quad, dat donker, behaaglijk en vrij van kabaal was. Haar vinger voelde stijf aan, alsof hij op slot zat. Hij bonkte van het bloed en de pijn. De klokken van de kapel sloegen vier keer, waarop ze zich realiseerde dat het midden in de nacht was. Al was ze erheen ge-gaan, Bartleby zou dicht zijn geweest. Terwijl ze daar zo in het donker stond te mijmeren kreeg ze een gestalte in de gaten – een overvaller, verkrachter, baviaan? – die op en neer ging in een naburige boom en daarbij snuivende geluiden maakte.

'Henry? Ben jij het?'

Henry viel geschrokken uit de boom en deed wankelend een stap achteruit. 'Hoi.'

'Wat ben je aan het doen?'

'Me aan het optrekken.'

'Hoe vaak kun je dat?'

Hij haalde zijn schouders op. 'Je kunt er altijd eentje extra doen.'

Ze keek of ze op zijn gezicht iets van de enorme spanning bespeur-de waar hij volgens Mike mee kampte, maar trof niets aan. Zijn adem-haling werd weer rustig. Verstrooid maakte hij zijn polsgewrichten losser. Hij had de wezenloze blik van een goed gedrilde marinier. Even had Pella het beangstigende gevoel dat hij haar iets zou aan-doen, wat dan ook. 'Het heeft iets van Zeno's paradox,' zei ze. 'Ik be-doel dat met die pull-ups. Als je er altijd eentje meer kunt doen, dan kun je er toch eindeloos mee doorgaan?'

Henry schokschouderde. 'Dat kan niet.'

'Precies. Dat zal dan de reden zijn waarom ik je hier om vier uur 's ochtends aantref.'

Hij reageerde niet. Ze betrapte zich erop dat ze stond te frunniken aan de rits van haar sweatshirt – een gevaarlijke bezigheid, aangezien ze er niets onder aanhad. Ze trok hem zo hoog mogelijk dicht.

'Wat is er met je vinger gebeurd?' vroeg hij.

'Niets. Ik heb een boom in elkaar geslagen.'

'Wil je wat ijs? Er staat een ijsblokjesmachine in de kelder van m'n afdeling.'

'Doe geen moeite. Ik pak wel wat bij m'n pa thuis.'

'Oké.'

In het appartement van haar vader ging een licht aan. De laatste tijd hield hij er een raar tijdschema op na. Hij werd al om half vier, vier uur wakker en ging even later de trap af naar zijn kantoor. Misschien was het een teken van ouderdom, een soort penopauze. Heel Pella's jeugd had hij er als hoogleraar studentikoze gewoontes op na gehouden: tot diep in de nacht doorwerken, de wekker zetten en haar met slaperige, naar cafeïne hunkerende ogen en een volle, ongekamde bruine baard naar school brengen.

Ze had geen zin om tegen zonsopgang slonzig, blootsvoets en met een opgezwollen vinger thuis te komen en dan te worden betrapt. Misschien kon ze naar binnen sluipen terwijl hij onder de douche stond. 'Ga lekker verder met je pull-ups,' zei ze tegen Henry. 'Ik heb een zware dag voor de boeg.'

'Ik ook,' zei Henry.

Terwijl Pella de zij-ingang van Scull Hall van het slot deed sprong hij omhoog, greep een tak vast en begon aan een nieuwe reeks.

Haar vader zat, reeds geschoren en aangekleed, in de keukenhoek van zijn ochtendespresso te nippen. 'Pella,' zei hij toen ze binnenkwam, 'kan ik je even spreken?'

'Nee.'

'Laat ik het dan anders formuleren.' Hij gedroeg zich als de Boze Teleurgestelde Vader, alsof ze in de eindexamenklas zat en weer eens te laat was thuisgekomen. 'Alsjeblieft, allerliefste dochter van me, ga zitten. Ik zal verse koffie zetten.'

'Over een uur moet ik werken,' zei Pella. 'Ik heb geen tijd voor openhartige gesprekken. Sorry.'

Ze vulde een plastic zakje met ijs uit de vriezer, wikkelde er een theedoek omheen, drukte die op haar vinger.

'Wat is dat?' vroeg Affenlight. 'Laat eens zien.'

Hoe puberaal ook, Pella stak niet zonder plezier haar middelvinger naar haar vader op. Een smerige vinger bovendien: dik, stijf van het bloed, met een paarse plek die zich vanuit de tweede knokkel uitbreidde.

'O hemel. Sweetie. Wat is er gebeurd?'

'Niets. Een kneuzing.'

'Nou, hou het ijs er voorlopig maar tegenaan. Misschien moet je vandaag maar niet gaan werken.'

'Er mankeert niets aan.'

'Er mankeert niets aan? Moet je zien wat een zwelling. Ik bel de mensa om ze te vertellen dat je niet van de partij bent. Daarna gaan we naar Student Health om ernaar te laten kijken.'

'Het is te laat om iemand anders in te roosteren.'

Haar vaders lange, ongeschonden, academisch verfijnde vingers kromden zich reusachtig om zijn espressokopje. 'Doe niet zo eigenwijs. Je kunt best één dag vrij nemen.'

'Verrukt ben ik dat u mij toestemming verleent, El Presidente. Maar ik ga net zo lief wel werken. Bedankt.'

'Heus, Pella. Ik juich je arbeidsethos toe, maar –'

'En wie heeft jóu dan gevraagd mijn arbeidsethos toe te juichen?' zei ze te hard. 'Ben je soms m'n baas?'

Haar vader leek van zijn stuk gebracht. 'Eh, nee,' zei hij. 'Natuurlijk niet. Maar je gezondheid is belangrijker dan een paar uur inhoudsloos werk in de mensa.'

Pella kromp ineen. Ze wilde dat haar bijdragen in de mensa nódig waren. Was dat dan al te veel gevraagd? Mike vond haar baantje beneden haar stand, gezien haar vaders positie. Haar pa vond het een uiting van geforceerd onafhankelijkheidsdenken, vond dat ze beter Latijn kon gaan studeren, of wat dan ook. Geen van beiden had het met zo veel woorden gezegd, maar zo kwam het wel op haar over. Tenzij ze gewoon paranoïde was, weer in haar eigen hoofd leefde, maar je leefde altijd in je eigen hoofd en moest meegaan in je persoonlijke gevoelens.

'Wie kan het wat schelen als dat werk inhoudsloos is?' Opnieuw schoten rode vlekken heen en weer voor haar ogen, net als op de trappen voor de bibliotheek. 'Welk werk heeft dan wél inhoud? Het schrijven van essays? Ha! Maar dat is in elk geval niet gênant, toch? Ik ben godbetert de dochter van de rector. Pannen schoonboenen met een stelletje immigranten is wel het laatste wat ik zou moeten doen –'

'Pélla –'

'Hou op met dat ge-Pella.' Ze rukte een stoel naar zich toe en zat na een luide plof aan de keukentafel. Daaronder was amper voldoende ruimte voor hun vier benen: haar vaders elegante, met kostuum omklede exemplaren en de hare molliger, minder majestueus. 'Dus,' zei ze bits, 'waar wilde je me over spreken?'

''t Is niets,' zei Affenlight. 'Het kan wachten.'

'Waarom zouden we wachten?' Ze legde haar hand op tafel en liet daar de theedoek met het zakje ijs op zakken. De pijn was als een brandstof. 'Je hebt liever niet dat ik 's nachts bij Mike slaap.'

'We kunnen het er later wel over hebben.'

'We kunnen het er maar beter nu meteen over hebben. Zo sta ik erin. Ik ben volwassen. Ik slaap waar ik maar wil.'

Haar vader keek haar aan. Ze had hem duidelijk al gekwetst, niet in het minst door te laten merken dat hij stiekem een soort racist was. Maar de rode vlekken dansten nog steeds voor haar ogen.

'Vertel nu maar hoe jij erin staat.'

'Pella, alsjeblieft –'

'Laat me je helpen. Je denkt dat ik te weinig respect toon. Je denkt dat ik aan dezelfde regels moet gehoorzamen als toen ik een kind was, omdat ik hier woon en geen huur betaal. Je ziet me als een kind, hoewel ik al vier jaar getrouwd ben.'

Affenlight bestudeerde de koffiedrab op de bodem van zijn kopje. Stilte om hen heen. Toen hield de brom van de koelkast op en werd het nog stiller. 'Zie je?' zei Pella. 'Leuk is dit, hè?'

Haar vader sloot zijn lange vingers om het espressokopje, waardoor het uit het zicht verdween: een soort goochelkunstje dat onheilspellende taal leek te spreken. Met zijn intens grijze ogen keek hij haar droevig aan. 'Pella,' zei hij. 'Ik hou van je. Als ik je een advies mag geven – ik besef dat je het liever niet hebt – dan zou ik zeggen: begin niet te gauw iets met iemand. Blijf een poosje bij mannen uit de buurt.'

'Op de campus lopen alleen maar mannen rond.' Het 'Ik hou van je' had effect gesorteerd: de verbittering verdween uit haar stem. 'Allemaal zo geschift als een deur.'

Haar vader glimlachte. 'Schuldig bevonden aan het ten laste gelegde.'

Het ijs maakte haar wijs- en ringvinger gevoelloos. 'Mike en ik zijn uit elkaar.'

'Wat vervelend voor je.'

'En David komt morgen langs. Vandaag, bedoel ik.'

'David?' Affenlight verstijfde ter plekke, alsof hij een insluiper had gehoord.

'Hij beweert dat ie in Chicago is, voor zaken. Niet dat ik 'm geloof.

Hij is nog nooit voor zaken naar Chicago gegaan. Maar hij weet dat ik hier ben en hij wil langskomen. En ik heb hem laten weten dat dat geen goed idee is, maar hij wilde niet van wijken weten. Dus huurt ie een auto en rijdt deze kant uit. Vandaag. En dan, nadat hij weer vertrokken is, komt ie nooit meer terug.'

'Aha,' zei Affenlight.

'En ik heb je hulp nodig om me erdoorheen te slaan. Oké?'

Affenlight knikte. 'Natuurlijk.'

Pella schoof haar stoel achteruit, pakte haar zakje met smeltend ijs en kuste haar vader op zijn slaap. 'Sorry dat ik zo gemeen ben.'

'Je bent niet gemeen,' zei hij. 'In de badkamer ligt Advil.'

Ze slikte een paar Advils en waste met één hand haar gezicht. Ze liep naar de logeerkamer en kleedde zich langzaam want onthand uit, waarbij ze de mouw van haar sweatshirt stukje bij beetje over haar gewonde middelvinger trok. Gelukkig droeg ze geen T-shirt of beha waar ze zich uit moest zien te wurmen: haar beloning voor het feit dat ze die bij Mike thuis had laten liggen. Een gelukje bij een ongeluk, toch? Een uur later moest ze alweer opstaan, maar ze zou in elk geval moeiteloos in slaap vallen. Nog weer zo'n gelukje.

Ze liep naar het raam om de gordijnen dicht te trekken. De ochtend gloorde al. Ze dacht dat het plein verlaten was, maar opeens liet daar een gestalte een boomtak los en landde met gespreide benen in een ondiepe hurkzit. Het leek bijna onvoorstelbaar dat hij er nog was, maar daar had je hem. Hij wapperde met zijn handen om de pijn of de spanning uit zijn armen te schudden. Hij liep vijf keer met de klok mee rond de boom, nog eens vijf keer tegen de klok in. Hij klapte in zijn handen, één keer maar, sprong omhoog en greep de dikke tak weer vast.

36

Vlak na zonsopgang, de wolken hingen laag, liep Schwartz met acht Schlitzjes achter zijn kiezen naar het USC. Hij voelde zich dronken noch nuchter. Hij nam de lift naar zijn kantoor en opende de kast met daarin de marineblauwe mappen en een stapel kostbaar, gewatermerkt papier die hij in september had gekocht. De vergadertafel waaraan hij werkte oogde als een slagveld: overal koffiemokken vol fluimen pruimtabak, wikkels van proteïnerepen, systeemkaarten met honderden gelikte citaten en zinswendingen die hij nog nooit had gebruikt. De inleiding was nog niet af, om maar te zwijgen van de bibliografie. Afgelopen december had zijn begeleider hem op basis van zijn onderzoek en synopsis verzekerd dat hij de Geschiedenisprijs zou winnen.

Hij gebruikte zijn studentenpas om het slot van het kantoor van Sport-hoofd Duane Jenkins te forceren. Er stond daar een supersnelle kwaliteitsprinter voor flyers, posters en persberichten. Schwartz schoof zijn gewatermerkte papier in de la van de printer, sloot er zijn laptop op aan en begon de eerste versies van zijn hoofdstukken uit te draaien in een 12-punts Courier, het officiële lettertype voor idiote sportievelingen.

Terwijl de vellen rondgingen en in drievoud met Courier besmeurd raakten, pakte hij Jenkins' telefoon. 'Skrimmer,' zei hij. 'Waarom zit je niet in de collegebanken?'

'Waarom bel je mij,' kaatste Henry terug, 'wanneer ik verondersteld word in de collegebanken te zitten?'

'Skrim, je weet: een rotdag is geen reden...' Godsamme, wat was Schwartz zijn eigen clichés zat.

'... Voor een snipperdag, ik weet het.'

Henry klonk geïrriteerd: hij was ze ook zat. Schwartz kon zich niet herinneren dat zijn teamgenoot ooit een college had overgeslagen. Hij wilde het over Henry's paniekaanval hebben, maar de afstand tussen hen beiden leek daar te groot voor. 'Voel je je al beter?'

'Ik voel me prima,' zei Henry.

Wat een deel van het probleem was: Henry zei altijd dat hij zich prima voelde. Normaal vond Schwartz dat de juiste instelling – zeg dat je je prima voelt en je voelt je prima. Daarom was Henry zo'n perfecte leerling. Behalve nu helemaal niets prima was. Waarschijnlijk had Pella gelijk toen ze zei dat hij naar een therapeut moest, maar daar was überhaupt geen tijd voor. Nog vierentwintig uur tot Coshwale, nog vierentwintig uur tot Henry Skrimshander Day. 'Kom over tien minuten bij me langs op het USC,' zei hij. 'Je hoeft je niet om te kleden.'

Op een plank in zijn kantoor had Schwartz een lange rij dvd's staan van Henry die zijn slagtechniek trainde. Op datum gelabeld en geordend vormden ze een compleet overzicht van Henry's ontwikkeling als slagman onder toezicht van Schwartz, noeste week in, noeste week uit, van zijn eerste jaar op Westish tot op de dag van vandaag. Honderden uren lang hadden ze samen naar die opnames gekeken, Henry's swing beeld na beeld ontleed en weer in elkaar gezet. Als je over de juiste montageapparatuur en voldoende tijd beschikte kon je van elke dag een beeld nemen en die beelden in chronologische volgorde aan elkaar plakken, zodanig dat de Henry die de pitch afwachtte schriel en onzeker was, met een knuppel die timide hing te wiebelen boven zijn knokige rechterelleboog; terwijl de Henry die de swing afmaakte en met zo veel doelgerichte kracht doorzwiepte dat de top van de knuppel helemaal rondging en hem tussen zijn schouderbladen raakte, strak van lijf en vastberaden was, een verbeten blik in zijn ogen had, zijn krullen tot op een militaire centimeter had afgeschoren. De totstandkoming van een honkballer: hoe een geboren genie tot brute efficiency kwam.

Voor Schwartz vertegenwoordigde het de paradox die in de kern van honkbal school, of van football, of van welke sport dan ook. Je hield ervan omdat je het als een vorm van kunst beschouwde: een schijnbaar zinloze onderneming van mensen met een speciale aanleg die pogingen haar belang te duiden uit de weg ging maar op de een of andere manier toch een zekere ware of zelfs cruciale boodschap over Het Menselijk Tekort leek uit te dragen. Waarbij Het Menselijk Tekort als volgt bondig kan worden omschreven: we leven en hebben toegang tot schoonheid, kunnen die zelfs met vallen en opstaan scheppen, maar op een dag zullen we sterven en ermee ophouden.

Honkbal was een kunstvorm, maar om erin te excelleren moest je een machine worden. Het deed er niet toe hoe prachtig je sóms presteerde, wat je op je beste dag deed, hoeveel spectaculaire acties je ondernam. Je was geen schilder of schrijver – je werkte niet in je eentje en poetste je vergissingen niet weg, en niet alleen je meesterwerken deden ertoe. Waar het om ging was herhaalbaarheid, wat ook voor elke andere machine gold. Momenten van inspiratie vielen in het niet bij het uitbannen van fouten. De scouts gaven weinig om Henry's bovenmenselijke sierlijkheid; zodra ze daar serieus op letten waren ze verwijfde estheten en waardeloze scouts. Kun je op verzoek presteren, net als een auto, een oven, een vuurwapen? Kun je die worp honderd van de honderd keer doen? Als ze niet alle honderd lukken, laten het er dan vooral negenennegentig zijn.

Helemaal links op de plank met dvd's stond één videocassette zonder etiket. Schwartz trok hem er met een vinger uit en schoof hem in de stokoude videorecorder.

'Wat is dat?' vroeg Henry.

'Je zult wel zien.'

Schwartz keek wel vaker naar deze tape, in zijn eentje, 's avonds laat, net zoals hij sommige passages van Aurelius weleens herlas. De beelden voedden een of ander onbenoemd aspect van zijn persoonlijkheid dat hem dreigde te ontglippen als hij niet oppaste.

De camera was die dag bevestigd op een statief achter de thuisplaat. Een smalle strook harmonicagaas van de backstop liep scheef door het beeld. De zon blikkerde wit in de lens, vlakte het beeld aan de rechterzijde uit, met als gevolg dat wanneer Henry naar die kant liep eerst alleen zijn witte hemd en daarna zijn complete schriele lijf oplosten in een spookachtige explosie van licht.

Henry zag zichzelf een paar grondballen vangen en naar het eerste jagen. 'Is dit in Peoria?'

Schwartz knikte.

'Bizar. Hoe kom je eraan?'

'M'n Legion-team. We tapeten toen al onze wedstrijden.'

Nadat Henry op die zinderende middag zijn *field*-training had ge-staakt was Schwartz naar de camera gelopen en had ontdekt dat het rode lampje nog brandde. Die opname van wat hij had gezien wilde hij in zijn bezit hebben – om andere mensen en vooral zichzelf ervan te overtuigen dat hij Henry's talent niet had overdreven, of dat het niet één grote hallucinatie was geweest. Dus nam hij de tape mee naar huis, bekeek hem herhaaldelijk, stuurde een kopie naar coach Cox. Het ding had min of meer dienstgedaan als Henry's sollicitatie bij Westish.

Henry wist niet van het bestaan van die band. Schwartz kon niet goed uitleggen waarom hij hem de afgelopen drie jaar voor zichzelf had gehouden. Het leek alsof het een deel van Henry betrof dat meer aan hem toebehoorde dan aan Henry, dat hij met niemand wilde de-len, zelfs niet met Henry.

'Bizar,' zei Henry opnieuw. 'Moet je zien hoe mager ik toen was. Laat iemand dat joch wat SuperBoost geven.'

'Blijf nou maar kijken.'

Henry wipte een honkbal van hand naar hand, tuurde naar het scherm. 'Waar moet ik op letten?'

'Kijk nou maar gewoon, Skrim.'

'Ik dacht dat je misschien iets was opgevallen.'

'Misschien dat jóu iets gaat opvallen,' blafte Schwartz. 'Hou nou eens je waffel en kijk.'

Henry keek gekwetst. Hij stopte met het heen en weer gooien van de bal, staarde naar het scherm.

'Sorry,' mompelde Schwartz. Hij deed zo onvergeeflijk weinig om zijn vriend te helpen. Extra grondbaltrainingen, het herkauwen van stompzinnige dooddoeners als 'rustig maar' en 'laat het los' – meer dan een beetje morele steun was het niet. Zodra Henry het veld op stapte was hij volkomen alleen.

Daar had je hetzelfde alleen-zijn, op het scherm: het onverstoorba-re, solitaire, onbewogen, met zweet besmeurde gezicht van Henry terwijl hij met zijn backhand een bal ving en die in de handschoen van zijn mollige eerste honkman knalde. Niet dat Henry zich van zijn teamgenoten afzonderde; in werkelijkheid was hij op het veld drukker dan waar ook. Maar hoezeer hij ook kletste, juichte of rondstuiterde, er was altijd iets schrikbarend afstandelijks in zijn blik, als een solist die zo opgaat in zijn muziek dat hij onbereikbaar is. *Volg me niet, het lukt je toch niet*, leken die milde blauwe ogen te zeggen. *Je zult nooit weten hoe het is.*

De laatste tijd vertelden die ogen hetzelfde wanneer Henry het honkbalveld op liep, maar nu met een aanzwellende onderstroom van doodsangst. *Je zult nooit weten hoe het is.* Hoe bedaard het ook oogde, honkbal was een buitengewoon ijzingwekkende sport. Football, basketbal, hockey, lacrosse – het waren mêleesporten. Je kon er jezelf nuttig maken door harder te duwen en te trekken dan je buurman. Louter door je verlangen kon je verlossing vinden.

Maar honkbal was anders. Schwartz beschouwde het als iets homerisch – niet één groot strijdgewoel maar een reeks afzonderlijke krachtmetingen. Slagman versus pitcher, veldspeler versus bal. Je kon niet rondrazenderwijs andere mensen uitschelden en slaan, zoals Schwartz dat deed als hij football speelde. Je stond daar, wachtte en probeerde je geest vrij te maken. Wanneer jouw moment zich aandiende moest je er klaar voor zijn, want als je het verklootte wist iedereen wiens schuld het was. Welke andere sport hield niet alleen – wreed genoeg – alle fouten bij die iemand maakte, maar vermeldde die ook nog eens op het scorebord om iedereen er nadrukkelijk op te wijzen?

De video duurde in totaal tien minuten. Schwartz spoelde hem terug naar het begin, waarna ze hem vertraagd afspeelden. Daarna weer op normale snelheid. Toen nog één keer in slowmotion. Plotse lenteregen roffelde op het metalen platte dak van het USC. Het joch op het scherm ving bal na bal, doelgericht en onvermoeibaar, meegevoerd door zijn quasiverveelde extase.

'Kunnen we nu gaan?' Henry tikte nerveus met een voet op het tapijt. 'Ik heb honger.' Wat helemaal niet zo was; hij had de laatste tijd bar weinig eetlust, maar hij wilde daar weg zien te komen. Het was bizar, zelfs griezelig, zo gebiologeerd als Schwartz door de video was – alsof hij dat iele, gedachteloze kind door middel van zijn wilskracht tot leven probeerde te wekken. Alsof Henry dood was in plaats van dat hij naast hem zat. Oehoe, hier ben ik, dacht hij.

'Nog één keer,' zei Schwartz, 'De laatste.' Weer keken ze ernaar, en nog steeds hing Schwartz' vinger boven de terugspoelknop. Schwartz leek het joch op het scherm te zien als een levende code, een sfinx, een zwijgende boodschapper uit een andere tijd. *Je zult nooit weten hoe het is.* Maar Schwartz had het jarenlang geprobeerd en probeerde het nu weer, steeds opnieuw. Als hij in dat vrijgemaakte hoofd kon kruipen, het orakel kon kraken, het joch met zijn uitdrukkingsloze gezicht – *Niets drukt het uit, behalve God* – misschien dat hij dan zou weten wat hij moest doen.

Henry ging lunchen, Schwartz zette met zijn ontnuchterende stapel multomappen koers naar Glendinning Hall. Eenmaal thuis had hij drie mesjes nodig om zijn scriptiebaard af te scheren.

37

'Hier,' had Hero tijdens de ontbijtshift gezegd, 'ik het doen.'

Pella wuifde hem weg. 'Geen sprake van. Het gaat prima.' Wat inderdaad zo was: haar vinger voelde niet heel dramatisch aan. Hij was stijf en paarsig maar door de bank genomen deed hij niet overdreven veel pijn. Af en toe stootte ze hem aan een pan, bord of de schuine rand van het aanrecht, waarop ze een kreet van pijn slaakte. Chef Spirodocus had gezegd dat ze naar huis mocht, maar ze wilde niet naar huis – ze wilde bestek in bakken doen, spekvet uit koekenpannen spuiten. Na afloop van het ontbijt wilde ze de zogeheten saladebar voorzien van nieuwe ketchup, stroop en bosbessenyoghurt, de gele korst van de mayonaise schrapen, het ijs onder de roestvrijstalen bakken aanvullen. Vandaag was het vrijdag, de dag waarop ze twee diensten deed. Ze wilde werken. Ze wilde niet aan de afgelopen nacht met Mike denken, noch aan de avond die nu volgde, met David. Ze wilde hier zijn, tussen het zangerige Portugees en de blikkerige salsa die uit iemands radio blèrde, de kakofonie van afvalpers en hogedrukspuit, het water overal, met daarbij het gebrul van chef Spirodocus wanneer hij geïrriteerd raakte. Ze wilde in beweging blijven, hier, midden in het kabaal. Ze had haar leven weer een piepklein beetje in beweging gekregen; ze bezocht colleges, ging zwemmen en werken, leende boeken bij de bibliotheek, viel in slaap zodra ze in bed lag. Ze had zichzelf erop betrapt dat ze dacht: misschien zijn er wel ergere dingen dan vier jaar op Westish doorbrengen. Maar ook voelde ze hoe bescheiden die progressie nog maar was, hoe gemakkelijk het zou zijn om gas terug te nemen, de boel te stoppen en weer terug bij af te zijn: de hele dag in bed liggen zonder te kunnen slapen, doodsbang voor de dag en nog eens twee keer zo bang voor de nacht, nooit de telefoon opnemen, alleen troost ontlenen aan de gedachte dat ze nooit meer zou hoeven te worden getroost.

'Hier.' Hero gebaarde ongeduldig naar haar. Met een groot mes hakte hij een stuk wit hechtpleister van een rolletje af en draaide dat om haar geblesseerde én haar ringvinger, zodat de twee stevig bijeengebonden waren. 'Geen botsingen.'

'Hmf,' zei Pella, onder de indruk. Ze zag er stoer uit, net een footballspeelster. Na een paar uur stoom en heet zeepwater was de lijm van de tape opgelost en sneed Hero een nieuw stuk af. Toen ze de lunchafwas achter de rug hadden, haar dienstkleding onder de etensresten en het afwasmachineschuim zat, en haar huid bedekt was met een glanzende kleeflaag van goudkleurig vet, liep ze de lege eetzaal in en plofte met een vers ijszakje voor haar vinger op een stoel aan een ronde tafel van imitatiehout. Door de hoge ramen met hun verticale stijlen viel middaglicht dat eveneens een vettige goudtint begon te vertonen. Dadelijk kwam David.

Na de eerste dienst had chef Spirodocus een stevige envelop in haar hand geduwd. Nu haalde ze hem uit haar zak. Raar nerveus maakte ze een scherpe vouw in de geperforeerde randen en scheurde de envelop open. En daar was ie: een onvervalste cheque, uit te betalen aan Pella Therese Affenlight. De overheid had er belasting over geheven: sociale zekerheid, Medicare, staats- en federale heffingen, bij elkaar opgeteld $ 49,83. Haar eerste rechtstreekse bijdrage aan vuilnisophaaldiensten, openbaar onderwijs, het onderhoud van snelwegen en bibliotheken, het doden van mensen tijdens oorlogen.

Ze bleef maar naar de cheque staren, hoewel er niet veel te zien viel. De bedragen die David en zij altijd uitgaven aan hun avondeten waren hoger. Maar het was niet niks, vooral hier, midden in de rimboe, vooral wanneer je gratis kost en inwoning kreeg. En het was van háár. Ze zou haar vader niet meer om geld hoeven te vragen. Ze kon wat ondergoed kopen ter vervanging van wat ze bij Mike had achtergelaten.

Ze moest zich gaan douchen en omkleden, want David kwam altijd en overal te vroeg opdagen. Maar in plaats daarvan haalde ze een Sprite uit de drankautomaat en ging weer zitten om haar cheque nog wat langer te bewonderen. Ze was nog steeds van plan haar ring te verkopen, maar dit hier was fijner. Zoals Ismaël al zei: 'Betaald krijgen –

niets wat het evenaart!' Het was gênant, zo trots als ze erop was. De cheque bewees dat ze de afgelopen weken had geleefd, dat ze iets had bereikt, hoe triviaal ook. Daarom raakten mensen zo verzot op het verdienen van geld, zelfs van geld dat ze niet eens nodig hadden. Zo rechtvaardigden ze zich. Zo hielden ze de stand bij.

Chef Spirodocus kloste de keuken uit op zijn rugpijnverlichtende klompen. Hij keek fronsend naar zijn klembord. 'Pella,' zei hij. 'Je bent er nog.' Uit zijn mond klonk het als een grote waarheid die ze mogelijk over het hoofd had gezien.

'Ik ben er nog, ja.' Met haar goede hand schoof Pella de cheque van de tafel en drukte hem aan één kant tegen de onderzijde van het blad. Chef Spirodocus ging tegenover haar zitten. 'Je moet naar huis,' zei hij. 'Je ziet er moe uit.'

In Pella's ervaring was dat een manier om een vrouw te vertellen dat ze er slecht uitzag, oud, haar bloeitijd voorbij. 'U bedoelt dat ik wallen onder mijn ogen heb.'

Chef Spirodocus keek op van zijn klembord. 'Wallen? Welke wallen? Ik bedoel dat je hard hebt gewerkt en daar moe van bent geworden. Ga naar huis. Drink een glas wijn met je vriendje.'

'M'n "vriendje",' zei Pella, 'is naar zijn honkbaltraining.'

Chef Spirodocus zwaaide zijn plompe vingers heen en weer. 'Zoek dan een ander. Een meisje als jij kan kiezen.' Hij legde zijn klembord neer en keek haar ernstig aan. 'Je bent een prima werknemer,' zei hij op geëmotioneerde toon.

'Dank u wel.'

Hij wapperde weer met zijn vingers, alsof hij haar laconieke antwoord wilde wegwuiven. 'Luister 's goed. Je geeft om de keuken. Je poetst vlekken op de glazen weg. Je denkt dat niemand het ziet' – hij tikte tegen zijn slaap, vlak bij zijn oog – 'maar ik zie het. Een prima werknemer.'

Pella voelde haar ogen vochtig worden. Wat een belachelijke wezens zijn mensen toch, dacht ze, of misschien ben ik het alleen maar: zogenaamd intelligent, zogenaamd bekend met de manieren waarop vrouwen en loonarbeiders millennialang zijn onderdrukt – en ik krijg het te kwaad omdat iemand me meedeelt dat ik goed kan afwassen. 'Dank u wel,' zei ze weer, ditmaal met een niet-geveinsde emotie waar chef Spirodocus nog een puntje aan kon zuigen.

Hij liet een elleboog op tafel vallen, drukte met een zuigend geluid een plompe hand tegen zijn weke kin, keek haar met samengeknepen ogen melancholisch aan. 'God zit in de details, zoals men zegt. Jij begrijpt dat. Volgens mij zou je een goeie chef zijn.'

'Echt waar?'

Chef Spirodocus haalde zijn schouders op. 'Misschien,' reageerde hij. 'Als je er zin in zou hebben.'

'Eh.' In een flits zag Pella haar eigen restaurant voor zich: klein en helder, helemaal wit geschilderd maar wel in een warme tint. En af en toe pakte ze dan een witte stoel of een witte tafel en gaf er een kleur aan die strookte met haar stemming van dat moment, een deurkozijn of een deel van de gipsen versierselen, hing ze een wandkleed aan de witte muur, zodat het wit van het restaurant stukje bij beetje kleur zou krijgen. Zodat de zaak in de loop van weken, maanden en jaren, terwijl de klanten bleven aanschuiven, langzaam tot bloei zou komen en voor hun ogen zou veranderen, het wit zou verruilen voor een rauw raffinement, een woeste mengeling van groen, mango en oranje. En dan, als de klus geklaard was, wiste ze alles wat ze had veranderd met een lawine van witte verf uit en begon weer van voren af aan. Zo'n restaurant zou ze graag willen hebben. De gerechten tekenden zich minder scherp af in haar geest: ze zag witte borden kletterend over en weer gaan, maar wist niet wat erop lag. Duidelijk zag ze hoe de gerechten met hun contrasterende kleuren en texturen over de borden waren verdeeld, maar het eten zelf onttrok zich aan haar geestesoog. Wat dat betreft moest ze nog heel wat bijleren. En stel dat het restaurant zijn deuren opende, dan zou ze in werkelijkheid zo druk zijn met koken, de keuken draaiend houden, dat er geen tijd overbleef om te schilderen. Dus zou ze in feite een compleet nieuw concept qua restaurants en hoe die werkten moeten ontwikkelen, niet als interieurverzorger maar als cheffin, een concept waar ze dus nog niet over beschikte, maar dat ze op een dag misschien best zou willen hebben. Of misschien wilde ze helemaal geen cheffin zijn. Maar het perspectief íets te kunnen doen, een doel te hebben, leek voor het eerst sinds lange tijd niet alleen aanlokkelijk maar ook nog eens reëel.

'En nu ga je naar huis,' beval chef Spirodocus. Hij schoof zijn stoel naar achteren en begon weer naar zijn klembord te staren. 'En als je er niet na een maand al de brui aan geeft, zoals al die jongelui doen, kan ik je misschien een beetje kookles geven. Want uiteindelijk ben ik geen stomme loonslaaf.'

38

Owen was niet gekomen. Was nog niet gekomen. Had nog niet zijn lichte backhand, 'tik, tik, tik', tegen het zware bestuurderswalnoot van Affenlights deur uitgevoerd om vervolgens de kamer in te glippen, de deur weer achter zich dicht te trekken, onder zijn koerierstas vandaan te kruipen, Affenlights handen vast te grijpen en een ironisch gekuiste kus op zijn lippen te drukken.

Volgens het horloge van Affenlight was het 16:44, de klok op de muur gaf 16:42 aan. Was Owen ooit zo laat gekomen? Affenlight geloofde van niet. Met een ruk trok hij de middelste la van zijn bureau open. De wieltjes van de la gingen hortend en piepend over hun slecht sporende rails. Hij rommelde in een wirwar aan pennen en nietjes, sigarettendoosjes, veronachtzaamde zilverkleurige drukstrips Lipitor en Toprol, en haalde er een in drieën gevouwen schema van Westish Honkbal uit, zo groot als een portemonnee, met een foto van Henry op de voorkant.

Affenlight kende het schema bijna uit zijn hoofd; was de fanatiekste supporter van de Harpooners geworden na een leven van welwillende onverschilligheid ten aanzien van de sport. Natuurlijk ging hij om Owen te zien spelen, maar daarnaast had het team in zijn geheel, onder aanvoering van de vasthoudende Mike Schwartz, de laatste tijd een aura van competentie dat de sporthistorie van Westish mogelijk nooit eerder te zien had gegeven. En wat Affenlight tijdens zijn uren langs het honkbalveld nog wel het meest bezighield was de hoop dat Henry Skrimshander beter zou worden. 'Beter zou worden': een veelzeggende bewoording, alsof Henry aan een of andere afschuwelijke ziekte leed waarvan hij misschien nooit zou genezen. Het medeleven dat Affenlight voor hem voelde overtrof alles wat hij ooit voor een romanpersonage had gevoeld. Het stak zelfs zijn eerdere empathie voor deze of gene medemens naar de kroon. We hebben allemaal onze twijfels en kwetsbare plekken, maar de arme Henry werd er op gezette tijden in het openbaar mee geconfronteerd, waarbij de ene helft van het publiek bange hoop koesterde hem te zien scoren en de andere helft joelend om nieuwe missers vroeg. Als bij een toneelacteur was zijn innerlijke beroering manifest voor iedereen die erop lette; anders dan bij een toneelacteur werd hij na thuiskomst niet een ander. Zo heftig waren zijn worstelingen dat langsgaan bij een wedstrijd als een schending van Henry's privacy voelde. Op de ergste momenten voelde Affenlight zich schuldig dat hij er was en vroeg hij zich af of er überhaupt wel toeschouwers moesten worden toegelaten.

Affenlight draaide het schema om. THUISWEDSTRIJDEN in vette kapitalen, uitwedstrijden in een gewone romein. Hij hoopte te constateren dat er die dag een THUISWEDSTRIJD was, een wedstrijd die hij eerder niet had opgemerkt, want dat zou Owens afwezigheid verklaren, een afwezigheid die anders niet kon worden verklaard, waarna hij zich naar het honkbalveld kon haasten en nog een paar innings kon meepikken. Maar het was de laatste dag van april en die stond helemaal niet in het schema. Geen reden voor Owen om weg te blijven. Affenlight vouwde het schema dicht en stopte het weer in de la.

Gisteren was er iets gebeurd. In elk geval leek het nu, terugblikkend, alsof er gisteren iets was gebeurd. Op dat moment leek het vrij onschuldig, zeker geen keerpunt – gewoon zo'n moment waarop je je gedwongen voelt toe te geven, omdat je niet gestoord of uitzonderlijk fanatiek bent, dat je minnaar en jij twee verschillende mensen zijn die soms een andere kijk op het leven hebben. Maar misschien was het meer dan dat, misschien had Affenlight ergens een gruwelijke misstap begaan, want kijk, op zijn horloge was het 16:49, 16:47 volgens de wandklok, en Owen was nog steeds niet gekomen.

Gisteren had Owen de lange rij Westish-registers ontdekt die de hele onderste plank achter de loveseat besloeg. Ze stonden per jaar gerangschikt, steeds minder verbleekte marineblauwe ruggen, steeds vollere gouden letters als je blik van links naar rechts ging. Voor Affenlight waren de registers als meubelstukken; sinds zijn eerste, nu in nostalgie gedrenkte dagen als rector, bijna acht jaar geleden, had hij nooit meer de behoefte gevoeld er een blik in te werpen. Tot Owen, die languit op de loveseat lag terwijl Affenlight een memo voltooide, de jaargang '69-'70 eruit pikte en naar een foto van een halve pagina bladerde, een foto van een lange jongeman die met een fiets over het campusplein liep. De jongeman had brede schouders. Hij droeg een strak geperste grijze wollen broek en een overhemd met een brede puntkraag, de mouwen herkenbaar keurig opgerold; het enige blijk van rebellie waren zijn haren, die de twee jaar lang door coach Gramsci geëiste borstelkop danig waren ontgroeid, nu tot aan zijn kraag reikten en daarmee oogden als leeuwenmanen. Op de grond lagen bladeren waarvan het robuuste kraken bijna hoorbaar was terwijl de jongeman op de foto de fiets over een pad stuurde dat nog geen vijftig meter lag van waar ze nu zaten. De jongeman glimlachte niet maar leek wel behoorlijk content met zijn vrijheid, zijn herfstmiddag zonder footballtraining. Van zijn baard was nog niets te zien.

'Halleluja,' zei Owen. 'Wie is dát?'

'Ha, ha.' Affenlight verschoof in zijn stoel. Hij constateerde dat Owen een andere koffiemok van mevrouw McCallister gebruikte: DON'T TAKE YOUR ORGANS TO HEAVEN – GOD KNOWS WE NEED THEM HERE. 'Wat is er met KISS ME, I'M IRISH gebeurd?' vroeg hij zo nonchalant mogelijk.

Owen keek weg van de foto, met een niet-onvriendelijke uitdrukking op zijn gezicht. 'Ik heb gewoon deze gepakt,' zei hij. 'Ik kan hem dadelijk afwassen.'

'Nee, nee. Dat hoeft niet,' zei Affenlight. 'Het leek alleen alsof je gehecht begon te raken aan die IRISH-mok, verder niks.'

'Uhuh.' Owen wees naar iets op de foto, net onder de opgerolde mouwen van Affenlight. 'Moet je die onderarmen zien.'

'Da's alleen omdat ik zo stevig in de handvatten knijp.' Onwillekeurig wierp Affenlight toch een haastige blik op de huidige versie van diezelfde onderarmen: lang niet zo indrukwekkend.

'Wanneer was dit, je vierde jaar?'

'M'n derde.'

'Je derde. Mijn hemel. Je moet de hele campus tot een soort choreografie van collectief katzwijm hebben verleid. Jongens én meisjes.'

'Niet echt,' zei Affenlight. 'Ik was onhandig, niet echt bij de tijd. Een soort eenling.' Het klonk als valse bescheidenheid voor wie naar het parmantige loopje van het joch op de foto keek, maar het was waar.

'O ja, vast.' Owen bladerde naar achteren, wist geen namenregister te ontdekken. 'Zijn er nog meer van dit soort foto's?'

'Volgens mij niet.'

Owen hunkerde naar meer en bladerde het hele boekwerk door. Daarna trok hij de registers van Affenlights andere drie studiejaren van de plank en legde ze op zijn schoot. Hij glimlachte bij het zien van Affenlight als American footballer, zijn borstelkop, schoudervullingen en strakke broek; grinnikte vanwege de Whitman-achtige baard die hij zijn laatste studiejaar had gekweekt; kon het niet laten om aan het einde van de serie terug te keren naar de foto met de fiets. Meestal bespeurde Affenlight een vleug ironie wanneer Owen zijn aandacht ergens op richtte; nu leek hij volkomen geboeid. Affenlight nipte van zijn kouder wordende koffie en verschoof op zijn stoel-met-spijltjes-leuning. Waarom gebruikte Owen een andere mok? Waarom tuurde hij naar foto's terwijl de levende Affenlight pal naast hem zat? Wellicht had hij zich gevleid moeten voelen vanwege alle o's en ah's van Owen, maar in plaats daarvan ervoer hij het alsof hij werd buitengesloten van de uitwisseling van emoties tussen Owen en de jongeman op de foto. 'Ik wou dat ik je toen had gekend,' zei Owen weemoedig.

'Toen, en niet nu?'

Owen stak een hand uit om in Affenlights gesokte enkel te knijpen, maar bleef naar de bladzijde staren. 'Toen én nu,' zei hij. 'Altijd.'

'Toen was ik anders. Misschien had je me niet gemogen.'

'Ik weet zeker dat ik je volop had gemogen. Wat viel er niet te mogen?'

'Ik was anders,' herhaalde Affenlight. Om de een of andere reden wilde hij per se dit punt maken. Het joch op de foto was niet simpelweg zijn huidige ik aangevuld met betere onderarmen en golvend haar. Godsamme, hij kon dat haar nu ook laten groeien, en het zou er nog mooier uitzien ook, met die zilveren lokken. Maar het haar was het probleem niet. 'Indertijd,' zei hij, 'was ik niet mezélf. Niet zoals nu. Ik... ik had nooit verliefd kunnen worden.'

'Tja, logisch.' Owen, die nog steeds naar de foto keek, bleef dromerig Affenlights enkel strelen. 'Moet je jezelf daar nou zien. Waarom zou zo iemand de moeite nemen om verliefd te worden?'

Inderdaad, waarom? Owen vroeg of hij het register van zijn derde jaar mocht lenen, zei dat hij wilde proberen de foto te kopiëren, waarop Affenlight weinig anders kon antwoorden dan: tuurlijk, waarom niet, ga je gang. En ze knuffelden wat en lazen elkaar een stukje King Lear voor, en Owen vertrok. En dat was gisteren. En nu, vandaag, sloegen de kapelklokken vijf uur en geen glimp van Owen. Affenlight staarde weer naar de vette letters op het honkbalschema, in de ijdele hoop dat er alsnog, spontaan, een thuiswedstrijd op zou verschijnen. Hij schoof zijn zware stoel naar achteren en liep naar het raam, keek omhoog naar Phumber 405. Het was begonnen te regenen, het water viel in felle vlagen, een machtige lentestorm. Affenlight ontwaarde geen beweging achter de rij kruiden en grillige minicactussen op de vensterbanken van Owens kamer. Hij deed de deur van zijn kantoor open – hij zou die koffie dan maar zelf zetten, pech voor Owen.

Daar op de gang stond, drijfnat, een vuist opgeheven om te kloppen, een bebaarde man die Affenlight nog nooit had ontmoet maar die hij onmiddellijk herkende van de foto op de website van diens bedrijf.

39

Affenlight haatte David niet. Niet meer. Niet dat hij een hoge dunk van de man had, maar de laatste jaren had hij meer gedachten aan David gewijd dan aan alle andere aardbewoners, Pella en Owen uitgezonderd, en een dergelijke, niet-aflatende gedachtestroom kon mettertijd de vorm aannemen van sympathie. Hij zou David nooit kunnen vergeven, maar David was wel deel gaan uitmaken van het bestaan en Affenlight was schoorvoetend gaan beseffen dat David zou blijven rondlopen en ademen. Eerder had hij hem als een egoïstische don juan en bijna-pedofiel gezien; inmiddels beschouwde hij hem eerder als een man met wie hij een meningsverschil had. Bijna – laat het niet waar zijn – als een schoonzoon, zij het een onverteerbaar exemplaar.

Zelfs Affenlights morele verontwaardiging was onlangs weggeëbd, om evidente redenen. Hij had zelf altijd een strikte regel in acht genomen waar het ging om relaties met studenten, als gewild, jongensachtig afdelingshoofd én als gewilde, gedistingeerde professor, en zelfs tijdens de periode van CNN-achtige faam toen de *Crimson* zijn foto afdrukte met de kop LIEFJE VAN DE LETTEREN. Dat verzet tegen de constante, vaak schaamteloze verleiding had hem een stevige basis verschaft van waaruit hij iemand als David lange tijd had kunnen bekritiseren, een volwassen man die een kwetsbaar meisje met een enorm hart had verleid. Maar wat moest Affenlight nu dan zeggen? Hoe kon hij weten of David niet ten prooi was gevallen aan een vergelijkbare emotie, even zalig en onverwacht als het gevoel dat nietsontziend over hém heen was gewalst? Bovendien beweerde Pella natuurlijk dat hun huwelijk voorbij was, en een man kon van een overwinning grootmoedig worden.

En dus had Affenlight bijna medelijden met David toen hij de laatste aantrof in de gang voor zijn kantoor, waar hij, zichtbaar ellendig en geagiteerd, stond te hannesen met zijn mobieltje. Vanzelfsprekend moest hij denken aan Menelaos die Helena komt terughalen, maar de vergelijking viel enigszins in het nadeel van David uit. Buiten stortregende het, en David mocht dan overschoenen en een waterdicht jack dragen, zijn hoofd en broek waren doorweekt. Affenlight vroeg zich af wat voor soort mannen overschoenen meenamen op een dergelijke missie.

'David,' zei hij. 'Guert Affenlight. Je ziet eruit alsof je een kop koffie kunt gebruiken.'

'Waar is m'n vrouw?' vroeg David.

Plotseling kwam Affenlight tot rust. Het was een situatie die hij vaak in zijn dromen had meegemaakt: zijn Nemesis, hier, in zijn kantoor, op zijn voorwaarden. Maar het verlangen zijn recht te doen gelden, zich te wreken, was weggeëbd.

'Heb je de telefoon hierboven al geprobeerd?'

'Herhaaldelijk.'

'Waarschijnlijk is ze nog aan het werk.' Affenlight knikte naar de openstaande deur van zijn kantoor. 'Kom erin. Ga zitten.'

In levenden lijve maakte David een minder solide indruk dan de vent van de foto op de website van zijn bedrijf, die een coltrui onder zijn sweater droeg en met een welwillende glimlach achteroverleunde, weg van zijn tekentafel, een vulpotlood in zijn hand. Hij straalde, op de foto althans, de vormelijke kalmte uit die Affenlight associeerde met een bepaalde soort evangelische christen, met zijn strak getrimde baard en zo. Vandaag oogde hij aanmerkelijk minder zelfverzekerd.

'Ik veronderstel dat u flink in uw schik zult zijn met deze gang van zaken,' zei David op zachte maar ook schrille toon toen Affenlight hem een dampende mok vers gezette koffie aanreikte, of hij die nu wilde of niet.

In het vertrek stond nog zo'n stoel-met-Westish-logo als die waar David op zat; wanneer Affenlight wilde dat een gast zich gelijkwaardig voelde, op zijn gemak, nam hij daar op plaats. Nu schoof hij achter zijn kolossale, met paperassen bezaaide bureau. De laatste tijd hadden zijn beroepsmatige activiteiten beslist te wensen overgelaten. 'Het hangt er maar van af wat je bedoelt,' zei hij. 'Ik maak me zorgen om Pella.'

'Ze is míjn vrouw,' zei David rillend en nadruipend. Met een air als-of hij geen tegenspraak duldde zette hij de volle mok koffie op de rand van Affenlights bureau. Misschien oefende hij zijn recht om gastvrij-heid te weigeren uit, of wie weet dronk hij zijn koffie met melk. 'We zijn al vier jaar getrouwd.'

'Ik weet het. Hoewel ik natuurlijk niet was uitgenodigd voor de bruiloft.'

'Ik heb het recht haar te spreken.'

'Ze komt er zo aan,' zei Affenlight.

Het lenteonweer rommelde zachtjes, bliksemvrij, heel anders dan de woeste zweepslagen van juli en augustus. David pakte zijn mok van de hoek van het bureau, erop lettend dat hij geen koffie op Affenlights papieren morste, en nam een minuscuul, warmte peilend slokje. Het leek hem iets te ontspannen en te kalmeren. Hij wierp een blik om zich heen, bleef even hangen bij de ingelijste diploma's en onder-scheidingen, de rijen boekdelen op de walnoten planken. 'Fraai hout-werk,' zei hij.

'Dank je.'

'Zo wordt het tegenwoordig niet meer gemaakt. Te kostbaar. Die planken zijn uit de jaren twintig?'

''22, geloof ik.'

David knikte. 'Het jaar waarin *Ulysses* uitkwam. En Moncrieffs ver-taling van *Du côté de chez Swann*. En *The Waste Land*, niet te vergeten.'

Affenlight wist niet zeker of dit een poging moest voorstellen hem op zijn eigen golflengte te bereiken, of dat David altijd zo praatte. 'Correct,' zei hij.

'Gaat het wel goed met haar?' vroeg David, die zichzelf een tweede, nu wat steviger slok toebedeelde. 'U zei dat u zich zorgen maakte.'

'Het gaat prima met haar,' zei Affenlight. 'Veel beter dan toen ze hier aankwam.'

'Wat was er mis toen ze hier aankwam?'

De vraag verraste Affenlight; hij had zijn opmerking bedoeld als een mild prikje aan Davids adres, geen discussieonderwerp op zich. 'Tja, je weet wel. Ze had iets van een... geslagen hond.'

David schoot verontwaardigd overeind terwijl hij de armleuningen van zijn stoel stevig beetpakte. 'U wilt toch zeker niet beweren dat –'

Affenlight stak een hand op ter verzoening. 'Nee, nee, nee.'

'Dat zou ik nooit doen.'

'Natuurlijk,' zei Affenlight. Er werd op de deur geklopt – zou het Owen zijn? Beter laat dan nooit. Natuurlijk kon Owen niet blijven, niet met David hier erbij, maar dat deed er niet toe. Wat ertoe deed was dat hij besloten had langs te komen. Affenlight schoof zijn stoel naar achteren, maar de deur zwaaide al open voordat hij overeind was gekomen.

In de deuropening stond Pella, nog in haar gaarkeukenoutfit. Sinds haar jeugd had Affenlight haar niet meer met een honkbalpet op gezien. Misschien maakte ze daarom plotseling zo'n jonge indruk, of misschien kwam het door de manier waarop ze vol verwachting in de deuropening bleef dralen, alsof ze wachtte tot de grote mensen klaar waren met praten. 'Geen bloed op de grond,' zei ze. 'Da's een goed teken.'

Affenlight glimlachte. 'Voor het morsige werk zijn we naar buiten gegaan.'

David was opgestaan uit zijn stoel. '*Bella.*' Hij deed een stap in haar richting. Affenlight spande zijn spieren aan, klaar om zich tussen de twee te werpen, maar hij zat nog achter zijn bureau en het was sowieso een malle gedachte. Terwijl ze elkaar als keurig opgevoede mensen op beide wangen kusten, speurde Affenlight het gezicht van zijn dochter af op tekenen van liefde.

David hield Pella bij haar schouders vast, een armlengte van hem vandaan. 'Wat is er met je vinger gebeurd, Bella?' De toon die hij aansloeg was zo'n klassieke romantisch-ouderlijke mix, even vermanend als bezorgd.

'Ik ben tegen een boom op gelopen.'

'Dat zal hier een veelvoorkomend probleem zijn,' grapte David. 'Te veel bomen. Je vinger heeft in elk geval een mooi kleurtje gekregen.' Hij hield haar nog steeds bij haar schouders vast en bestudeerde haar bezitterig. Hij staarde nadrukkelijk naar haar besmeurde blouse. 'Ik dacht dat we uit eten gingen.'

'Dat gaan we ook.'

'Ben ik dan wat overdressed?'

Affenlight kende ze wel, van die mannen die in gezelschap van seksegenoten verlepten, maar die opbloeiden zodra ze met vrouwen te maken kregen: uiterst heteroseksueel, niet geïnteresseerd in, neerbuigend naar of bang voor andere mannen, daarnaast uiterst gevoelig voor de behoeftes en belangen van vrouwen. Precies op zo'n manier was David opgebloeid toen Pella naar binnen kwam.

'Ik moet me nog omkleden,' hoorde hij Pella zeggen. 'Heb je al ingecheckt bij je hotel?'

'Nee, Bella. Ik ben rechtstreeks naar jou gekomen.'

'Ik heb om acht uur gereserveerd in Maison Robert. Ik weet zeker dat je het vreselijk vindt, maar iets anders hebben we niet.'

'Ik weet zeker dat ik het heerlijk zal vinden.'

'Mooi zo.' Pella keek Affenlight aan. 'Moet David dan later maar terugkomen om ons op te halen? Of wat?'

'Óns?' zei David.

Óns? dacht Affenlight. Tijdens hun matineuze tête-à-tête had Pella gezegd dat ze hem nodig had wanneer David langskwam, maar Affenlight had niet bedacht dat daar een diner met de man onder viel. Niet dat hij er niet toe bereid was; als Pella hem er als buffer bij wilde hebben ging hij met alle liefde mee. Hij vond het vleiend, een hoopgevend signaal, dat ze hem erbij wilde hebben.

'Ons, ja,' zei Pella. 'Mijn vader en ik.'

'Bella,' begon David in zachte, pruilende toonaarden met het doel Affenlight buiten te sluiten. 'Ik bedoel, heus –'

Snel wierp Affenlight een blik naar buiten, naar het plein, waar hij door de afnemende regen heen zag dat achter de ramen van de dubbele dakkapel van Phumber 405 de lichten brandden. Iemand was thuis, mogelijk Henry – maar toen verscheen het uit duizenden herkenbare, slanke silhouet in het vensterlicht; het schoof het raam tweehandig omhoog, leunde naar buiten en taxeerde de lucht boven het nevelige campusplein. Hij liep weer de kamer in, kwam terug met twee lange, ranke voorwerpen tussen zijn vingers. Het ene stopte hij tussen zijn lippen, het andere liet hij achter zijn gekromde handen vonken, waarna hij het gebruikte om een oranje lichtstipje aan het eerste voorwerp te ontlokken. Owen ging weer boven het donkerder geworden plein hangen, met zijn ellebogen op de vensterbank, en begon zijn joint te roken. Het stemde Affenlight diep treurig Owen daar te zien. Niet al-

leen omdat hij niet was langsgekomen, maar ook omdat hij zo'n tevreden en onafhankelijke indruk maakte, zoals hij daar naar buiten
leunde, rookte en zijn gedachten dacht, met even weinig behoefte aan
hulp of gezelschap als een zachtaardig dier dat in de vrije natuur aan
het eten is. Affenlight voelde zich er niet alleen overbodig door, maar
ook, in vergelijking met Owens soevereine, vreedzame uitstraling,
hopeloos onrustig in zijn ziel. Hij had Owen nodig, maar Owen – zo
één met zichzelf, of daar nooit verder dan een goed gerolde joint van
verwijderd – zou hem nooit nodig hebben.

40

David ging naar zijn hotel, Pella vertrok naar boven om zich op te frissen. Affenlight toetste vijf cijfers in voor een oproep binnen de campus. De telefoon ging een, twee, drie keer over. Wie weet stond Owen onder de douche – maar nee, daar bewoog zijn schaduw door het lamplicht.

Vier keer. Vijf. Het antwoordapparaat ging aan.

Misschien was hij een dramatisch slechte minnaar geweest. Hij had altijd te horen gekregen dat hij een goede minnaar was, en volgens zijn Britse minnaressen, van wie hij er een paar had gehad – aardig wat vrouwen pendelden heen en weer tussen de twee Cambridges – zelfs een briljante. Destijds rolden Britse vrouwen altijd van hem weg onder het verzuchten van een 'Geweldig!' Maar nu was hij ouder. En die vrouwen, of ze nu Brits, Amerikaans of wat dan ook waren, waren allemaal vrouwen. Het was nog niet gezegd dat dergelijke vaardigheden één op één konden worden omgezet. Een goede vriend was niet per se een goede vader, een goede hoogleraar was niet per se een goede rector magnificus, en een goede leverancier van orale seks aan vrouwen kon niet zomaar een ommezwaai maken en aan het pijpen slaan zonder zich naar de logica van leercurves te voegen.

O jee.

Affenlight luisterde de boodschap op het antwoordapparaat helemaal af, enkel om de licht spottende, warme klanken van Owens stem op band te horen, maar hij kon geen bericht achterlaten. Om te beginnen zou het nogal pathetisch overkomen als hij Owen al na één dag afwezigheid lastig zou vallen – en wat als Owen weigerde het af te luisteren en Henry het in zijn plaats zou horen? Waarom, o waarom had hij Owens mobiele nummer niet? Het feit dat ze niet per mobiele telefoon communiceerden, niet chatten of sms'ten, kon logischerwijs worden toegeschreven aan het feit dat ze dat niet hoefden; de afstand tussen hun woningen was zo'n vijftig meter en ze zagen elkaar vijf dagen per week. Maar ja, studenten deden weinig anders dan chatten en sms'en, sms-berichten waren hun veiligste vorm van intimiteit, en het feit dat hij nooit had ge-sms't met, of sms'jes had gehad van Owen, Owen niet eens in noodgevallen mobiel kon bereiken – niet dat dit een noodgeval was – leek plotseling een grote kloof tussen hen te creëren. Aangeslagen legde Affenlight zijn telefoon neer. De schaduw ging weer door het lamplicht.

Hij liep zijn kantoor uit, het plein op. Half-en-half verdwaald in angstige gedachten, zich amper bewust van wat hij deed, merkte hij opeens dat hij Phumber Hall betrad en de trap op ging, uitgerekend rond etenstijd, wanneer het aantal bewegingen van studenten in en uit de flats maximaal was. Hij kwam godzijdank niemand in het trappenhuis tegen, passeerde geen openstaande deuren met blijmoedig groetende buren. Desondanks had Jan en alleman kunnen zien hoe hij het plein overstak en naar binnen glipte.

'Guert,' zei Owen toen hij de deur opendeed. Zijn ogen zagen glazig van de marihuana, wat hem niet belette geschrokken of verrast te reageren. Affenlight besefte dat het een roekeloze onderneming was om hierheen te komen, en niet alleen omdat hij kon worden betrapt. In zijn kantoor kon hij tenminste de schijn ophouden, of de illusie koesteren dat hij enige controle over de situatie had. Hier niet. Hier was hij gedoemd een absurde indruk te maken. De gedachte hoe oud, hoe misplaatst hij eruitzag in dit harde, studentikoze ganglicht, vond hij ondraaglijk. 'Hoi,' zei hij.

'Hoe is het?'

'Goed, hoor.' Een verdieping lager zwaaide een deur open en weer dicht. Damesschoenen gingen rap tikkend de trap af. 'Vind je het erg als ik even binnenkom?' vroeg Affenlight. 'Het zou een beetje gênant zijn als iemand...'

'Natuurlijk.' Owen deed de deur achter hem dicht, wees naar de dieproze gecapitonneerde leunstoel die wijdpoots op de denkbeeldige middellijn van de kamer stond: het enige unieke, autonome meubelstuk dat een plekje had weten te veroveren tussen de over en weer identieke stellen bureaus, bedden, dressoirs, boekenplanken en kasten van Westish College-komaf. Affenlight bleef staan en bewonderde de schilderijen aan de muren, de klimmende tentakels van de hangplanten, de verzameling wijn en scotch op de schouw. Hij rook dat Owens leven en gewoonten – wiet en kruidige schoonmaakmiddelen, boekbindlijm, harde witte zeep en de knoflookachtige, penetrante geur van zijn huid; nauwelijks een spoor van Henry, behalve een vaag aroma van geribbelde grijze sok – tot diep in de wanden en vloerdelen van de kamer waren doorgedrongen. Hij had er zijn thuis van gemaakt. In vergelijking hiermee geurde de woning van Affenlight, waarin hij drie keer zo lang had gewoond, naar een vluchtig vrijgezellenbestaan. Zijn leven was één en al vluchtig vrijgezellenbestaan geweest, ontworteldheid, de ene verantwoordelijkheid ontduikende nacht na de andere in het kosmisch logement. Per slot van rekening was het leven tijdelijk. Maar samenwonen met Owen, Owen zijn huis het hunne laten maken – dat zou echt geweldig zijn.

Owen deed de stekker van de waterkoker op de plompe koelkast in het stopcontact, waarmee het begin van een pot thee was gemaakt.

'Ik heb geprobeerd je te bellen,' zei Affenlight. Dat hield het midden tussen een beschuldiging en een excuus voor het feit dat hij onaangekondigd was komen opdagen. 'Je nam niet op.'

'Ik ben net een paar minuten thuis.'

'Ik zag je voor het raam terwijl ik je belde.'

Owens wenkbrauwen gingen omhoog: een uiting van ongeveinsde verwondering, hoopte Affenlight. 'Is dat zo?'

'Ja.'

Owen knipte met zijn vingers. 'Henry.' Hij liep naar de telefoon, inspecteerde het basisstation, zette een schakelaartje om. 'Hij heeft het belsignaal uitgezet. Als hij thuiskomt wil hij met niemand praten. Niet met de scouts, niet met z'n ouders, zelfs niet met Mike. Het is zorgwekkend.'

'Mmm.' Affenlight wilde het niet over Henry hebben, nu niet.

'Ik ben vandaag wezen trainen,' zei Owen.

'O ja?'

'Morgen speel ik tegen Coshwale. Hoewel... De kans dat ik speel is klein, omdat ik zo lang niet mee heb gedaan, maar ik trek m'n streepjesoutfit aan en hou de bank warm. Dokter Collins heeft me vanmiddag genezen verklaard.'

'Je bent naar het St. Anne geweest?' reageerde Affenlight. 'Ik had je erheen kunnen rijden.'

'Daarom heb ik het niet verteld. Ik kost je al genoeg tijd. Je hebt een universiteit aan te sturen.'

'Ach.' Affenlight, die zijn knieën voelde knikken, liet zich in de weelderige roze stoel zakken. 'Deze tent stuurt zichzelf aan.' Iets vertelde hem dat ze op een eindpunt waren beland, het eindpunt van iets wat begon toen die verdwaalde honkbal Owen in zijn gezicht trof en wat zou eindigen nu hij zich weer bij het team had gevoegd. Ze hadden samen hun tijd gehad, een tijd waarin Owen aansterkte, zijn vrijaf van honkbal. Hun tijd buiten de tijd. En nu was die tijd voorbij. En stom genoeg had hij hier aangeklopt, zodat het allemaal nog sneller voorbij was. 'Da's goed nieuws,' zei hij. 'Dat je van je arts weer mag spelen.'

Owen glimlachte flauwtjes. 'En waarom kijk je dan zo somber?'

'Niks bijzonders. Gewoon, ik heb je vandaag gemist.'

'Ik heb jou ook gemist.'

Owen reikte Affenlight een kop thee aan, woelde door zijn haar, boog voorover en kuste hem op zijn voorhoofd. Affenlight voelde zich daar onwillekeurig door getroost, als een kind wiens goudvis is doodgegaan. 'Ik wou dat je het me had verteld.'

'Dat ik je wat had verteld?'

'Dat je ging trainen. Je moet het al eerder hebben geweten.'

'Ik wist niet dat de dokter me groen licht zou geven. En daarna zijn Mike en ik rechtstreeks naar de training gegaan.'

'Mike heeft je naar het ziekenhuis gebracht.'

'Ja.'

Uit die mededeling viel niets bijzonders af te leiden, maar elke lettergreep die Owen uitsprak ervoer hij als belangwekkend. 'Elke dag ben je langsgekomen,' zei Affenlight. 'Ik kreeg daardoor het gevoel dat het eeuwig zo door zou gaan.'

'Het is maar één dag.'

'Tja, *carpe diem*, zoals het gezegde gaat. Elke dag is er één. De hoeveelheid is beperkt.'

'Guert, maak je niet druk. Ik bedoel: waar maak je je druk om? Het feit dat mijn schema één middag niet strookte met het jouwe? Je was nog nooit bij míj langsgeweest, weet je. Pas vandaag heb je hier eens aangeklopt, en dat deed je alleen om me te bekritiseren.'

'Ik bekritiseer je niet. Da's niet –'

'Verkeer je in de veronderstelling dat ik dit echt wil? Stiekeme orale seks op kantoor, als een of andere scène uit een ranzige film?'

Affenlight was verbijsterd. 'Ik kan me nauwelijks voorstellen dat je het op die manier ervaart.'

'Hoe denk je dan dat ik het ervaar?'

Owen leunde met zijn stuitje en de muizen van zijn handen tegen het houten blad van zijn bureau. Zijn lange benen kruisten elkaar bij de enkels. Een houding die Affenlight herkende: de docent aan het woord. Wat Affenlight, die nerveuzig en matig voorbereid in zijn leenstoel zat, tot de student maakte.

'Ik kom langs, we lezen en kletsen wat, we pijpen elkaar, we roken een sigaret, ik vertrek weer. Jij boent de bank schoon met Windex en we beginnen van voren af aan. Het is net een homopornoversie van *Groundhog Day*.'

'We... ik boen de bank niet schoon,' sputterde Affenlight tegen. 'Ik... we drinken kóffie.' Hij klonk smekend en hol, terwijl hij probeerde die drie eenvoudige woorden, die ene triviale handeling alle lading, alle emotie mee te geven die er voor hem in lag.

'Iedereen drinkt koffie,' reageerde Owen.

Affenlight keek smachtend naar de fles scotch die op de schouw van de afgesloten open haard stond en zag toen dat er een bekend, marineblauw boekdeel naast stond. Dat vervloekte register, dacht hij. Die vervloekte twintigjarige Affenlight. In gedachten zag hij zijn derdejaars ik over het ruitvormige patroon van de stoepen kuieren met Owens vingers verstrengeld in de zijne, hij zag hen samen een joint op de trappen voor de bibliotheek roken, kopjes thee voor elkaar inschenken in Café Oo, zich koesteren in het filmische licht van hun campusfaam. Hij had moeite het zich voor te stellen, maar pijnlijk weinig moeite zich voor te stellen dat Owen het zich voorstelde.

'Guert? Hoor je wel wat ik zeg?'

'Ja,' zei Affenlight droefgeestig.

'En?'

'En ik ben zestig. Volgende week word ik eenenzestig.'

'Da's waar,' zei Owen. 'Maar ik weet niet goed wat dat te maken heeft met ons gespreksonderwerp.'

'Te weten?'

'Te weten het feit dat bij ons niets aan een normale relatie doet denken. We zijn nog nooit uit eten geweest. We zijn nog nooit naar de film gegaan. We hebben niet eens een film gehúúrd.'

'Ik hou niet van films.'

Owen glimlachte. 'Dat komt doordat je een amerikanist en een cultuurbarbaar bent. Maar ik voel me net een schandknaap, zoals ik daar elke middag bij jou op kantoor aanbel. Een slecht betaalde bovendien.'

'Het is niet dat ik dat soort dingen niet wíl doen,' zei Affenlight. 'Ik wil het wel.'

'Maar?'

'Maar... het ligt gevoelig.'

'Ik weet wel dat het gevoelig ligt. Ik weet wel dat we niet zomaar hand in hand kunnen rondlopen. Er zijn zo van die beperkingen. Waar ik bang voor ben is dat jij die beperkingen eigenlijk wel prettig vindt. Of zelfs nodig. Wat als we in New York zaten, in San Francisco of zelfs maar iets verderop, in Door County? Wat als je met me meeging naar Tokio? Zou je dan wel met mij over straat lopen? Zou je dan een blik op een winkelruit kunnen werpen en ons daar hand in hand zien staan? Of zou je dat te nichterig vinden? Het is gemakkelijker om hier te blijven, in de kern van het probleem, waar allerlei beperkingen je beschermen.'

'Je hebt te veel Foucault gelezen,' zei Affenlight.

'Da's onmogelijk. En trouwens: ga nou niet bijdehand doen.'

Tokio dat ter sprake kwam, die woorden in die volgorde – 'Wat als je met me meeging?' – Affenlight raakte ervan in de war. Het kon wel degelijk, absoluut. Hij kon een sabbatical van een jaar nemen onder het voorwendsel dat hij een boek wilde schrijven, hij kon door Japan trekken met Owen als zijn onbevreesde gids: boeddhistische tempels, neonkatjes, thee, de Fuji, het minuscule eiland waar twee van zijn ooms waren gestorven. Bill Murray in die film die hij nooit had gezien net zoals hij *Groundhog Day* nooit had gezien, die ene met de wulpse blondine en de hotelbar, van mei tot december in een ver land.

'Begrijp me niet verkeerd,' vervolgde Owen. 'Ik wil je hier niet met een of ander akelig eisenpakket opzadelen. Ik zeg niet eens dat ik je leuk vind. Maar waarom zou ik iets willen hebben met iemand met wie ik voor God weet hoe lang nérgens naartoe kan? Ik wil leven, Guert. Ik wil me niet verschuilen in je kantoor. De eerste week was dat leuk.'

Hij sloeg zijn tengere armen over elkaar om aan te geven dat hij nu stopte als discussieleider en bereid was Affenlights reactie af te wachten. Hij zou een eersteklas pedagoog zijn als hij voor die richting koos; maar ja, hij zou op alle mogelijke gebieden uitblinken. Van zijn verwonding was alleen nog een make-upachtige veeg staalblauw over die vanonder zijn oog naar zijn slaap liep. Affenlight ging verzitten in de roze stoel. Hij wist dat dit een tentamen was, er werd van hem verwacht dat hij vragen beantwoordde, hij moest ze niet stellen, maar hij voelde zich uitgeput zoals hij daar weggezakt in zijn stoel zat, en kon er niets aan verhelpen. 'Wat moet ik dan doen?'

Owen deed zijn armen van elkaar, duwde zich weg van het bureau en beëindigde zo zijn docentenpose. Zijn ogen schoten donker vuur. 'Als ik jou was zou ik mij uitnodigen voor een etentje. Ik zou een mooi overhemd aantrekken dat goed bij m'n ogen kleurde en ik zou mij op een vrijdagavond ophalen in m'n zilveren Audi en me over de operawereld vertellen terwijl ik mij via het donkere platteland naar een visfrituur in een of ander stadje in de rimboe reed.'

'Je lust geen vis,' zei Affenlight.

'Dat weet ik. Maar ik zou zo dolblij zijn met de uitnodiging dat het me niks kon schelen. En dan zou ik mij meetronen naar een motel en de verwarming uitdoen en samen met mij in bed kruipen en tot in de kleine uurtjes kabel-tv kijken, iets waaraan flexibele volwassenen zich soms overgeven, ook al haten ze normaliter tv. En ik zou mij de hele nacht vasthouden en mijn oor kussen en alle gedichten voordragen die ik uit m'n hoofd kende en mij afgrijselijke fabriekssnacks uit de automaat op de gang voeren, aangezien ik geen hap vis zou hebben gegeten. En dan, de volgende ochtend, zou ik mij lekker vroeg terugbrengen, zodat ik nog met het team kon ontbijten voordat de wedstrijd begon.'

41

Nadat Pella zich had gedoucht en aangekleed, haar haren had ge-
föhnd en zich had opgemaakt, begon ze door het appartement te ijsberen in afwachting van Davids terugkeer. Tussen de wirwar aan papieren op haar pa's bureau in de studeerkamer lag een halfvol pakje
Parliaments. Hij rookte inderdaad weer, zoals ze al vermoedde; er was
iets met hem aan de hand. Ze moest ervoor zorgen dat hij stopte, al
moest ze daarvoor zijn arts bellen en haar vader verklikken; roken was
strengstens verboten in de familie Affenlight.

Zelf had ze nooit serieus gerookt, zeker niet sinds de junior high
school, maar één sigaretje zou haar zenuwen nu tot bedaren kunnen
brengen. Met haar niet-gewonde hand tikte ze er een uit, die ze met
een lucifer wist aan te steken zonder haar nog natte nagellak te ruïne-
ren. Ze opende het raam van de studeerkamer. Terwijl ze naar buiten
leunde om de rook uit te blazen zag ze haar vader de voordeur van het
gebouw schuin tegenover Scull Hall uit komen. Ze wist niet precies
hoe de campus in elkaar stak – met hun verweerde grijze stenen leken
de gebouwen allemaal op elkaar – maar ze wist vrijwel zeker dat in het
pand in kwestie studenten woonden, hetzelfde pand waarnaar Henry
afgelopen nacht wees toen hij aanbood ijs voor haar te gaan halen.
Haar vader keek naar links, rechts, links, als een acteur in een film
noir die vermoedt dat hij wordt gevolgd. Vervolgens stak hij het plein
over naar de steeg achter de mensa, waar hij zijn auto altijd parkeerde.

Toen ze drieënhalve minuut later de sigaret uitdrukte op de vensterbank verscheen Owen Dunne in dezelfde deuropening – wat haar
logisch leek, aangezien Henry en Owen kamergenoten waren, hoewel
het niet verklaarde waarom haar pa daar was langsgegaan. Misschien
werd het gebouw voor diverse doeleinden gebruikt; misschien had hij
die ijsmachine ergens voor nodig gehad.

De zoemer van de voordeur ging; daar had je David. De cue voor onheilspellende muziek. Ze rende naar de badkamer om te gorgelen met mondwater.

42

Ze reden met Davids hybride huurauto naar Maison Robert, de gedistingeerde, ietwat aftandse Franse zaak waar ze altijd met haar vader naartoe was gegaan in de schoolvakanties van Tellman Rose. Het voelde goed om onder volwassenen te verkeren, al waren de volwassenen in kwestie David en een stel academici die hun hoogtijdagen achter zich hadden liggen, zo ze die ooit hadden gehad; gebleekt door net even te veel winters in Noord-Wisconsin. In de praktijk fungeerde Maison Robert als een soort sociëteit van Westish. Kale knikkers glommen in het zompig gele licht, ogen achter draadstalen monturen staarden naar de zwarte menukaarten met hun onveranderlijke gerechten en dranken, dikbuikige glazen amberkleurige cognac tikten tegen bolle kelken dieprode wijn. In een hoek zat Pella's docente *Oral history*, de bespottelijk chique, in strak zwart gestoken, uitermate on-Wisconsiniaanse Judy Eglantine, in haar eentje te dineren met een opengeslagen boek voor haar neus. Een limoengroene veertjesboa kronkelde bij wijze van disgenoot over de rugleuning van de stoel tegenover haar. Pella ving haar blik op en zwaaide verlegen terwijl David haar stoel met zijn bekende onbeholpen hoffelijkheid naar achteren trok.

David gebaarde ongeduldig naar de ober en begon hem, zonder naar de wijnkaart te hebben gekeken, te ondervragen over de wijnen. De ober was van Pella's leeftijd maar had piekerig albinoblond haar, alsof de winters hem ook hadden doen verouderen en verbleken. Hij mompelde een paar keer 'eikachtig' en 'kruidig'. David bestelde een rode bordeaux.

'Hoe weet je wat ik wil?' vroeg Pella. 'Misschien heb ik wel liever wit.'

'Hij is lekker.' David blikte omhoog naar de aansnellende ober, die hij met zijn boemangedrag nu al onderdanig had gekregen. 'Ah, *mer-ci... La dame le goûtera*,' zei hij, hoewel er weinig kans was dat de arme jongen Frans sprak.

Pella leunde iets naar achteren zodat de ober kon inschenken, liet de eikachtige kruiden rondgaan in haar mond. David had verstand van wijn zoals hij verstand had van architectuur en van oud-Grieks, net zoals hij wist hoe een keuken moest worden bedraad en waar je op moest letten bij de keuze voor een beleggingsmaatschappij. Ze knikte naar de ober. 'Hij is lekker,' zei ze.

'Prachtige jurk heb je aan,' zei David.

'Bedankt.' Het was de lila jurk die haar vader voor haar had gekocht. Ze had hem nog niet aangehad tijdens een date met Mike; sinds die eerste avond bij Carapelli waren Mike en zij niet meer uit geweest, ten-zij je crackers in bed eten als een uitje beschouwde, of toekijken hoe Mike bij Bartleby bierkruiken-voor-een-dollar achteroversloeg.

'De kleur past best goed bij je vinger,' zei David. 'Wat was er ook al-weer mee gebeurd?'

'Ik ben tegen een boom aan gelopen.'

'O ja. De risico's van het studentenbestaan.'

Davids gevoel voor humor was onhandig en werktuiglijk, alsof hij het uit een boek had geleerd, maar tegenwoordig kon dat werktuiglij-ke op zich al iets grappigs hebben. Hij leek zich ook beter te kleden – misschien kleedde iemand anders hem. Of misschien kleedde hij zich alleen maar goed in vergelijking met Mike; zijn sokken waren iden-tiek en hij droeg een jasje. Hij was tenger gebouwd, zeker in vergelij-king met je-weet-wel, maar het jasje was nieuw en stond hem goed. De ober verscheen om zwijgend haar wijn bij te vullen; ze vond dat wel prettig, want zo kon je niet bijhouden hoeveel glazen je had gehad.

De tafel was voor vier personen gedekt, hoewel er voor drie perso-nen was gereserveerd. Pella hoopte dat haar vader na diens aankomst professor Eglantine bij hen aan tafel zou uitnodigen. Niet alleen om-dat met haar erbij het gesprek zich op stevige, neutrale grond zou blij-ven afspelen, maar ook omdat Pella haar enorm bewonderde en sinds haar eerste college Oral history de hoop was gaan koesteren dat pro-fessor Eglantine en haar vader op termijn iets met elkaar zouden krij-gen. Het had zich de afgelopen acht jaar niet voorgedaan – of misschien wel en was het voorbij – en het zou er dan vermoedelijk ook nooit meer van komen, maar onwillekeurig bleef ze erop hopen. Professor E. was gewoon té markant en té sexy, met haar zeldzame-vogelogen en die Sontag-achtige lichtgrijze lok in haar hip geknipte haar. Misschien niet doorsnee sexy – ze was zo frêle dat je haar net als een paraplu zou kunnen inklappen en meenemen – maar haar pa deinsde niet terug voor onorthodoxe keuzes. Als er binnen een straal van honderd kilometer één geschikte partner voor hem rondliep, dan was zij het.

'Dus je bent echt van plan om hier te blijven,' zei David. 'Studentenhap opscheppen voor kakkers.'

'Da's ook een manier om het te omschrijven.'

'Ik zou niet goed weten hoe ik het anders moet omschrijven.'

'Chef Spirodocus is geen rommelaar,' reageerde ze. 'Hij is een echte kok.'

David produceerde zijn zuinige, lankmoedige glimlachje. 'Ik weet zeker dat hij een kunstenaar op zijn vakgebied is. Als hij ergens een eersteklas restaurant wilde runnen zou dat een eitje voor hem zijn. Maar toevallig kookt hij liever snotterige eitjes voor snotneuzen.'

Pella streek de zoom van haar jurk glad en begon eraan te frunniken. Waar was haar vader? Waarom keilde Mike geen baksteen door de getinte panoramaruit van het restaurant om haar over zijn schouder te slingeren en weg te dragen? Waar had hij anders al die spieren voor? Enkel vanwege één ruzietje bleef hij thuis zitten simmen en liet hij David proberen haar terug te veroveren? Kon het nog labbekakkeriger? Ze klokte nog wat wijn naar binnen. Gered worden door mannen, een nieuwe moeder vinden – haar fantasieën werden met de seconde regressiever, een bekend risico van omgaan met David, die een merkwaardige machteloosheid in haar losmaakte.

'Desondanks vind ik het geweldig,' hoorde ze hem zeggen, 'dat je wilt leren koken.'

'Echt waar?'

'Absoluut. Ik denk dat de angst waarmee je de afgelopen maanden te kampen hebt gehad grotendeels veroorzaakt is door een gebrek aan een creatieve uitlaatklep. Nee, geen uitlaatklep – een waarachtig gevoel van creatieve doelgerichtheid. Als je het werkelijk gehad hebt met schilderen, misschien kan dit dan die leemte in je leven vullen. Het zou bovendien prettig rolpatroondoorbrekend werken. Alle eersteklas chef-koks van dit land zijn mannen. Zo veel vrouwen die lopen te sloven in keukens, zo weinig van hen die de kans krijgen naam te maken als kunstenaars. Schandalig is dat.'

Zo was het altijd gegaan – alles wat David zei was zo veelomvattend, zo vol van boude uitspraken en minuscule variaties op de waarheid dat pogingen ertegen in te gaan en hem hier of daar te corrigeren bij voorbaat kinderachtig en zinloos leken. Natuurlijk dacht hij echt dat haar 'angst' werd veroorzaakt door het feit dat ze niet aan het schilderen was, in plaats van door haar huwelijk met hem. Natuurlijk dacht hij echt dat haar 'angst' een paar maanden had geduurd en niet het grootste gedeelte van hun vastgelopen huwelijk. Gek werd ze ervan, dat hij haar nog steeds als een kunstenares probeerde neer te zetten terwijl ze in geen jaren een penseel in haar handen had gehad; dat hele kunstverhaal beschouwde ze als een relict uit haar puberteit. Dan kon ze net zo goed een zwemster worden genoemd, want ooit was ze recordhouder op de honderd meter vlinderslag voor eerstejaars van Tellman Rose. De wijn was lekker. Ze hield het tempo er goed in.

'Hoewel ik natuurlijk teleurgesteld zou zijn als je echt zou stoppen met schilderen,' ging David door. 'Je bent verbijsterend getalenteerd.'

'Niemand is "verbijsterend" wat dan ook,' zei Pella. 'Ben jij ooit verbijsterd geweest?'

'Ik was verbijsterd door jou, Bella. Zo briljant als je was. Het was een van de belangrijkste redenen waarom ik verliefd op je werd.'

'We woonden al samen toen je voor het eerst een schilderij van me zag. We woonden al samen toen ik ontdekte dat je getrouwd was. Ik begrijp nog steeds niet hoe je het 'm gelapt hebt.'

'Ik hield mijn huwelijk niet méér verborgen voor jou dan jij je schilderkunst voor mij.'

'Ík was jong,' zei Pella.

'En ik was verliefd. Maar goed, Bella, wat ik wil zeggen: als jij een chef-kok wilt worden, zal ik je honderd procent steunen. Maar ik vind wel dat je het dan op de juiste manier moet aanpakken. En ik betwijfel of inwonen bij je vader en het schoonboenen van pannen voor tien dollar per uur –'

'Zeven vijftig.'

'Mijn god. Echt waar? Zeven vijftig, dan... Of dat ook maar een béétje kans biedt om uit te groeien tot een chef-kok. Kunst, Academia, *cuisine* – waar je ook voor kiest, de enige manier om de beste te worden is jezelf omgeven met het beste.' Op het moment dat David het zei spietste hij een portie grauwe, lusteloze escargot aan zijn vork en zwaaide ermee als betrof het bewijsmateriaal. 'Ik hoef je niet te vertellen dat de Bay Area een paar van de beste en avontuurlijkste chef-koks van de wereld telt. Je treft er de Aziatische en de Europese keuken aan; visgerechten, waar je, zo weet ik, een speciale voorkeur voor hebt; om maar te zwijgen van een aardige hoeveelheid moderne consideratie voor kwesties op het vlak van duurzaamheid en ecolo–'

'Met andere woorden: je wilt dat ik terugkom. Waarom kom je daar niet meteen, openlijk mee voor de dag?'

'Ik geloof niet dat ik enorme omtrekkende bewegingen maakte. Je bevindt je onder kinderen, Bella. Wat wil je? Voor hen afwassen tot je dertig bent? Terwijl dit land problemen kent die je zou kunnen helpen oplossen.'

Destijds was Pella verliefd geworden op Davids fatsoen, en ze ondervond daar nog steeds de aantrekkingskracht van. Ze wilde een goed mens zijn, wat betekende dat ze iets goeds met haar leven moest aanvangen. Inderdaad, vanuit een zeker perspectief was de mensa van Westish een bar land, een steunpilaar van slachthuizen, een uitbuiter van immigrantenarbeid, een tredmolen van routine, herhaling en fabrieksproducten die over lange afstanden waren vervoerd en daarna inderhaast bereid en geconsumeerd werden, wat gepaard ging met grote hoeveelheden afval. Maar ze voelde zich er op haar gemak. Was dat geen basisvoorwaarde? Je moest ergens beginnen. Hoe kon je iets leren, bereiken, wat dan ook, voldoende potentiële energie verzamelen om op termijn een goed mens te worden, als je je niet op z'n minst een beetje op je gemak voelde?

Professor Eglantine ondertekende haar cheque en drapeerde haar limoengroene boa als een sjaal rond de kraag van haar zwarte jasje. Ze pakte haar grote ingebonden boek en trippelde op haar ruim tien centimeter hoge hakken naar de deur, waarbij ze enerzijds een verbluffend beheerste indruk maakte maar tegelijkertijd ook het risico leek te lopen te bezwijken onder de geniepige massa van het boek en tegen de vlakte te slaan. Pella wierp haar een smekende blik toe in de ijdele hoop dat ze hun kant uit zou trippelen en de aanzet zou geven tot een plezierig, meelevend gesprek waaruit ten enenmale zou blijken dat Westish een prima plek was voor een stijlvol, zinvol bestaan, maar professor Eglantine reageerde niet en was vertrokken. Pech gehad, geen romantiek dus, dacht Pella, en geen stiefmoeder. Waar was verdorie haar vader?

'Ik weet niet wat ik hierop moet zeggen,' zei ze. 'Ik hou van afwassen.'

David streek met zijn vingertoppen over zijn strak getrimde baard, slaakte een van *ennui* doortrokken zucht die moest aangeven dat het hem niet veel kon schelen wat Pella deed, als het maar niet zo hemeltergend was. 'Weet je, Bella, als je dan per se wilde opstappen had je dat ook op een iets beschaafdere manier kunnen doen.'

'Het leek mij aardig beschaafd,' kaatste Pella terug. 'Geen wapengekletter. Geen bloedvergieten.'

'Misschien is "volwassen" dan het woord dat ik eigenlijk zocht. Je bent geen puber meer, Bella. Je kunt niet steeds van huis weglopen wanneer de toekomst je angst inboezemt. Wat je ook dwarszat, ik zou willen dat je me erover verteld had. Ik weet zeker dat we er als volwassen mensen uit hadden kunnen komen. Ik weet zeker dat het daar niet te laat voor is.'

Pella klokte de rest van haar wijn naar binnen. Langzaam bereikte ze haar David-is-de-boemanfase van de avond. 'Juist ja,' zei ze. 'Ik weet wel hoe dat gesprek zou zijn verlopen. "Eh, David, ik ga bij je weg omdat je een dwingeland bent, onredelijk en ziekelijk jaloers. Je wilt niet dat ik werk, je wilt niet dat ik studeer, je wilt zelfs niet dat ik m'n rijbewijs haal. Dus, eh, wat wil je nou, liefie?"'

David trommelde met zijn vingers op de voet van zijn wijnglas en keek haar aan met een ontzette blik van ben-ik-hier-dan-als-enige-redelijk? 'Bella, je moet mijn woorden niet verdraaien. Ik wilde niet dat je rijles nam toen je bepaalde medicijnen slikte. Da's het enige.'

'Welke medicijnen? Ambusal? Kelvesin? In welk jaar leven we volgens jou? Iedere weggebruiker slikt het een of ander.'

'Die mensen hebben al langer hun rijbewijs. Jij bevond je destijds in een kwetsbare situatie. En San Francisco is een lastige stad voor een beginneling. Druk verkeer, een wegdek dat constant stijgt en daalt. Het leek me gevaarlijk.'

'We hadden kunnen uitwijken naar een rustiger plaats. Je had hier of daar wat kunnen regelen. Maar in plaats daarvan gebruikte je het als een excuus om me af te schermen. Stel je voor in wat voor ellende ik had kunnen belanden als ik een áuto had gehad.'

David kickte op dit soort discussies. Met iedere seconde die Pella verder doorsloeg richting waanzin werd zijn optreden rustiger en rationeler. Met dien verstande, uiteraard, dat hij de gek was. 'Bella, je verbaast me. Toen we trouwden wilde ik dat je meteen ging studeren, weet je nog? Maar jij vertelde me dat je alleen om liefde en je kunst gaf. Dus besloten we dat je niet zou gaan werken.'

Hij dreef de spot met haar, zoals hij met die grote woordjes smeet: liefde, werk, kunst. 'Dat was in het begin,' zei ze.

'En het was een mooi begin. Weet je nog, toen ik Marietta ontmoette en haar te eten vroeg? En dat we je beste werk eruit pikten, die grote collage met al die tinten zalmroze, en het aan de overkant van haar stoel ophingen? Ik voelde me net een meesterboef toen ze toehapte. Dat was me het avondje wel.'

Marietta Cheng had een galerie; ze had *Sea-Spray* voor vierduizend dollar gekocht, de eerste en enige keer dat Pella echt iets had verkocht. Pella had de deal bijna niet door laten gaan, om redenen waar ze niet goed de vinger op kon leggen, maar David overtuigde haar ervan dat het belangrijk voor haar was op termijn als kunstenaar van haar werk te kunnen leven, al hadden ze het geld niet nodig. Korte tijd daarna begon Pella zich ellendig te voelen. Ze vergooide Marietta's geld aan retrojurken en andere trivia die allang in rook waren opgegaan – ze had er beter aan gedaan haar enige kunstwerk dat ze zelf echt goed vond te houden.

'In het begin zou je me hebben laten werken,' zei ze. 'Maar later...'

'Later was je ziek, Bella. Ik wilde dat je beter werd. Da's alles.' Hij pakte haar handen vast. 'Luister. Als je wilt scheiden, dan gaan we scheiden. Ik ben niet van plan je op andere gedachten te brengen. Maar dit hier' – in één oogopslag had hij niet alleen de escargot en de ouder wordende clientèle in het vizier, maar ook de universiteit, het stadje en de hele Midwest – 'is niks voor jou, Bella. Je kunt in de loft komen wonen. Ik zal een appartement huren. Je kunt een baan in een restaurant krijgen, je aanmelden bij een culinaire opleiding, het hele zwikje fatsoenlijk aanpakken. Wie weet? Misschien vraag je me ooit een restaurant voor je te ontwerpen.'

Shit, dacht Pella. David zou haar niet terugkrijgen – en o, wat een buit was ze – maar hij zou vast en zeker korte metten maken met het minuscule beetje potentiële energie dat ze tot dusver had opgebouwd. Als ze zich zou inschrijven aan Westish College moest ze ervan overtuigd zijn dat ze zich móest inschrijven aan Westish, dat vlak bij haar vader wonen, voor chef Spirodocus werken, bij professor Eglantine studeren dé manier was om een bestaan op te bouwen. Als ze begon te twijfelen of ze daar wel thuishoorde zou ze, verlamd door die twijfels, weer in bed belanden. De situatie viel uit in het voordeel van Westish – ze kon zich inschrijven zonder de high school te hoeven afronden, hoefde geen collegegeld te betalen, ze was er al en tot dusver voelde ze zich prima. Maar hoe kon ze vrij van twijfels zijn nu ze geconfronteerd werd met hun treurig ogende voorgerechten, de aftocht van een paar uitgezakte stamgasten, haar zoals altijd spijbelende vader, Mike die ergens Henry zat te vertroetelen? Als er vanavond een referendum werd gehouden over haar aanwezigheid op Westish zou de uitslag niet positief zijn. Ze hield niet meer van David, maar de liefde had haar getraind om de wereld door zijn ogen te bezien, en door zijn ogen was dit hier een troosteloos gat.

De wijn was wit, wat betekende dat er was afgestapt van rood.

Ze leunde te veel op mannen. Mike hier, papa daar, de één was nodig om haar te bevrijden uit de greep van de ander, en zelfs chef Spirodocus was op zijn manier een man. Misschien had ze meer vrouwen in haar leven nodig; dáárom had ze natuurlijk haar zinnen op Judy Eglantine gezet. Maar ze had altijd beter met mannen kunnen opschieten, en de kans dat daar snel verandering in zou komen was klein, want de vrouwen hier waren jonger dan zij en zouden haar vast en zeker mijden, bang voor haar zijn en haar hoe dan ook uitmaken voor slet. Was dat al te pessimistisch gedacht? In elk geval zou ze op haar eigen kracht moeten vertrouwen.

Er begon iets te zoemen. David haalde zijn BlackBerry uit zijn zak, keek even naar het scherm. 'Het is je vader,' zei hij.

'Neem dan niet o–,' maar David had het al gedaan. Hij reikte haar de telefoon aan.

'Pella. Het spijt me verschrikkelijk. Ik kan er over een kwartie–'

'Maak je geen zorgen,' zei ze opgewekt. 'Ik vind dat je er goed aan hebt gedaan om niet te komen. David en ik moesten met ons tweetjes wat dingen uitpraten.'

'Echt waar?' vroeg haar vader ongelovig.

'Echt waar.'

'Je bent niet pisnijdig op me?'

'Volgende vraag!' Opgewekt maar eerlijk. Opgewekt maar eerlijk, en dronken.

'Oké... het gaat niet té goed, hoop ik?'

'Da's privé.' Op de achtergrond hoorde Pella stemmen, een soort gerinkel, muziekflarden. 'Zit je in een restaurant?'

'... Ik? Nee, nee, natuurlijk niet. Ik liep Bruce Gibbs tegen het lijf... Het bestaan van een rector enzovoort... Weet je zeker dat ik je nergens mee kan helpen?'

'Ik zie je morgen,' zei Pella.

Het kon nauwelijks later zijn dan half tien, maar overal in de zaal werden rekeningen betaald, jassen aangetrokken. Het leven in de Midwest: het journaal van tien uur en met het krieken van de dag weer op. Pella pakte de hals van de wijnfles beet, niet langer bereid de onzichtbare hand van de ober af te wachten. Ze keek David aan. 'Ik ga met iemand anders naar bed.'

'Ik geloof je niet.'

Ze wist dat hij het meende: hij geloofde haar niet. ''t Is echt zo.'

'Ik geloof je niet,' herhaalde hij. 'Ik begrijp niet eens waarom je het überhaupt zou melden. En wij dan?'

'Wat nou, wíj dan? Het is niet bepaald zo dat wíj met elkaar naar bed gaan. We hebben in geen jaar meer seks gehad.'

'Bella. Je kunt je de laatste keer dat we seks hebben gehad niet meer herinneren?'

Pella probeerde het zich te herinneren. Maar waarom zou ze ook? Ze waren steeds minder gaan vrijen, en toen waren ze gestopt. Het was niet zo dat er een soort ceremonie had plaatsgevonden, of dat er zelfs maar bewust een besluit was genomen.

'Het was op Eerste Kerstdag,' zei David. 'De dag waarop ik je deze hier heb gegeven.' Hij stak een hand in de binnenzak van zijn jasje en haalde er een piepkleine envelop van manillapapier uit. Hij trok het klepje open, en met een schuddende beweging vielen twee schitterende, traanvormige platina oorhangers met saffieren op het tafelkleed. Pella had ze nog nooit eerder gezien. Of wel?

'Je bent gek,' zei ze.

'Ik dacht: misschien wil je ze terughebben. Ik heb er zelf niet veel aan.'

Pella weerstond de verleiding er een vast te pakken. 'Op Eerste Kerstdag zijn we niet met elkaar naar bed geweest,' zei ze.

David keek haar met een kalme, medelijdende gezichtsuitdrukking aan, van het genre dat doorgaans een of ander kalm verwoord voorstel inleidde – *rustig nou maar*, of: *drink een slokje water*, of: *misschien moet je eens met iemand gaan praten*. 'Bella,' zei hij op verwijtende toon. 'Je weet dat ik het afschuwelijk vind als je dit doet.'

'Wat doet?'

'Doen alsof je je bepaalde dingen niet herinnert. Alsof je herinneringen naar believen kunt gebruiken en ze kunt weggooien als je ze niet meer wilt hebben. Ofschoon het me een raadsel is waarom je zulke prettige herinneringen niet zou willen hebben. We werden wakker. Het was zonnig. Ik maakte een ontbijtje. We luisterden naar de Tweede van Krebenspell. We vreeën. We gingen uit eten bij Trisquette. Ik gaf je deze hier.' Zijn stem klonk onaangenaam kalm. Pella had een huizenhoge behoefte aan een lichtblauwe pil, maar ze wist niet precies waar haar tasje was gebleven. Ze zocht naar de fles wijn, maar die was ook verdwenen, meegenomen door de ober met de onbehaarde handen. Waarschijnlijk had ze het ding helemaal alleen leeggedronken. David stopte altijd na twee glazen. Ze moest wel gek zijn als ze zich die oorhangers niet kon herinneren, en ze was duidelijk niet gek. Glashelder niet gek. Niet, niet, niet gek. Vagelijk herinnerde ze zich het dinertje eind december: een afschuwelijke middag in de terreur van de platina zon, de bizarre piep-krak van Deskin Krebenspell, die David als – citaat – 'de enige levende componist' beschouwde. Geen liefde die werd bedreven – absoluut niet. Maar mensen geloofden wat ze wilden. Ze had David verteld dat ze naar bed ging met Mike, en hij weigerde dat te geloven, was het ter plekke weer vergeten, want zijn brein verdroeg zulke informatie niet. Als hij wilde geloven dat ze op Eerste Kerstdag met elkaar naar bed waren geweest, moest ze hem dat maar laten geloven.

Maar de oorhangers waren iets anders. De oorhangers bestónden. Daar lagen ze, op tafel. Ze kwamen haar toch wel vagelijk bekend voor – ze hadden ze vast ergens in een of ander zaakje in Hayes Valley gezien, waar Pella had staan o-en en ah-en en David, die nota had genomen van haar o's en ahs – met cadeautjes was hij nooit zuinig geweest – had ze gekocht voordat hij hierheen was gevlogen. En nu beweerde hij dat hij ze haar al veel eerder had gegeven. Ze pakte er een om hem terug te stoppen in zijn envelopje van manillapapier. Een leuke truc was dat: als hij ze in hun gloednieuwe doosje had voorgeschoteld zouden ze gloednieuw hebben geleken. Het was een klassieke David-list om haar terug te winnen; op deze manier liet hij haar denken dat ze gek was. Door hém werd ze gek, en door niemand anders. Wat onverlet liet dat hij smaak had. De oorhanger floepte uit haar hand en belandde in de bleke droesem van haar lege wijnglas. Ze ging hem opdrinken, doorslikken – dáárna zou ze nou eens voor gek mogen worden versleten. En hij zou er gek van worden op de koop toe.

Ze hief haar wijnglas, tikte ermee tegen dat van David, dat nog half-vol was. Haar ogen keken de zijne gemeen aan, ze bracht het glas naar haar lippen. *Op de lamstraal Mike Schwartz*, was de toast die in haar opkwam. *Op de lamstraal Mike Schwartz, met wie ik later neuk*. Nooit te dronken om een woord als 'lamstraal' te gebruiken. Grappig dat ze 'later neuk' had gedacht, in plaats van 'leuker neuk' of 'lekker neuk'. 'Met wie ik lekker neuk' leek haar het treffendst geformuleerd, maar veel maakte het niet uit. David praatte en stak een hand uit. Ze ontweek die. Ze had het wijnglas bijna helemaal gekanteld, maar de oorhanger bleef haken in het holletje dat naar de steel leidde. Ze tikte met haar gewonde hand tegen het glas. De oorhanger kwam rammelend vrij en skiede via de concave glaswand haar mond in. Ze liet hem daar rondgaan, koud metaal en steen. Ze testte hem met haar tanden, schoof hem onder haar tong. Het voelde goed.

'Spuug hem uit,' zei David ontsteld.

Ze stak haar tong naar hem uit.

'Je kunt er ernstig verwond door raken.'

Een gouden dinertje. Een stukje performancekunst.

'Je gedraagt je als een kleuter,' zei David. 'Het staat je slecht.'

'Je zei dat je er zelf toch niets mee kon.'

'Stel je niet zo aan. Spuug uit.'

Ze liet hem de binnenkant van haar mond zien, als een kleuter die haar spinazie op heeft: kijk, alles weg. Na haar besluit hem in te slikken werd ze eerst opgewonden en toen bang – en wat als hij in haar keel bleef steken? Maar hij was klein en ging probleemloos naar beneden.

David keek doodsbenauwd. Hij haalde zijn telefoon tevoorschijn.

'Wat doe je?'

'Ik bel een ambulance. Dat ding rijt je ingewanden open.'

'Man, relax.' Pella schoof haar stoel naar achteren, een tikje wankel, en liep weg van de tafel. Je eigen koers varen was niet eenvoudig; het kon betekenen dat je krachtige maatregelen moest nemen. Er waren twee hokjes in de dames-wc, allebei nog vrij. Ze had nooit echt last van boulimie gehad, maar dit was iets waar ieder meisje wel raad mee wist. De oorhanger kwam mee met een vloedgolf van roze wijn en slakkensaus. Met haar linkerhand hield ze haar haar vast en met haar rechter viste ze de mooie blauwe traan uit de wc-pot. Ze liep naar de wasbak om eerst haar mond schoon te spoelen en daarna de oorhanger. Naast de kom stond een rieten mandje met een geurend mengsel van houtsnippers. In de spiegel zag ze er lijkbleek, afgepeigerd uit, minstens dertig, maar de wijn was uit haar maag, zodat ze zich alweer iets beter begon te voelen. Morgen zou ze niet eens een kater hebben.

43

Schwartz, nog vochtig van de douche na de training, stond in zijn bizar schone keuken een aantal Vicodins weg te spoelen met een slok koolzuurloze ginger ale, toen het hek rinkelde en hij voetstappen op de veranda aan de voorkant hoorde. De bel ging. Pella, dacht hij vol verlangen, maar ze was ergens naartoe met de Architect. Schwartz had erover gefantaseerd om ze achterna te gaan en de Architect de stuipen op het lijf te jagen, zo niet hem met zijn vuisten tot overgave te dwingen, maar Pella had geen mobieltje, hij wist niet waar ze uithing en moest nodig wat slaap inhalen voor de wedstrijden van morgen.

'Heren.' Hij knikte, schudde eerst Starblind de hand en daarna Rick. 'Kan ik iets voor jullie inschenken?'

'Nee, bedankt,' zei Starblind. Rick schudde ernstig zijn hoofd, waardoor zijn roze aambeeldkin traag grote bogen beschreef.

'Is er iets mis?' vroeg Schwartz. 'O'Shea lijkt in een begrafenisstemming te zijn.'

Rick staarde naar zijn Birkenstocks. Starblind liet de klep van de brievenbus een paar keer peinzend klepperen zonder Schwartz aan te kijken.

'We willen iets met je bespreken.'

'Nou, hier ben ik.'

'Juist.' Starblind nam een hap lucht en rechtte zijn rug. 'We hebben het er vandaag tijdens de training over gehad en vinden dat Henry morgen niet moet meedoen.'

Schwartz' grote lichaam verstrakte van top tot teen. 'Wie is "we"?'

'Rick en ik. Boddington en Phlox. Jensen. Ajay. Meat.' Starblind wierp Rick een blik toe. 'Wie ook alweer nog meer?'

Rick keek alsof Starblind hem had gevraagd de naam van een bepaalde jood te noemen. 'Sooty Kim,' mompelde hij.

'Juist. Sooty was er ook bij.'

'Jullie hebben vergaderd,' zei Schwartz.

Starblind schokschouderde. 'Niet officieel. Alleen met de derde- en vierdejaars. Onnodig om de jongere jongens erbij te betrekken.'

'Was de Boeddha erbij?'

'Boeddha hebben we de laatste tijd weinig gezien.'

'En ik dan? Was ik erbij?'

'Nee,' erkende Starblind. 'Jij niet.'

'Riekt naar een soort vergadering.' Schwartz' stem was zwanger van een gevaarlijke rust. 'Wat hebben jullie en de andere genieën nog meer gedaan? Jezelf tot aanvoerders uitgeroepen?'

'Schwartzy, alsjeblieft. Laat ons even uitpraten.' Ricks gezicht, normaliter blozend, was nu ontdaan van alle kleur. Zijn linkerduim probeerde een denkbeeldige aansteker aan te knippen, tikte tegen het filter van een denkbeeldige sigaret. 'Het was geen vergadering. Hoe kunnen we hier nou een teamoverleg over organiseren? Wat zouden we moeten doen? Iedereen bijeenroepen om te praten over de Skrimmer en zijn problemen? Met hem gezellig erbij?'

'Dus deden jullie het maar in het geniep,' zei Schwartz. 'Achter m'n rug om.'

'Zo was het niet. Het was een spontane discussie die een consensus opleverde. En hier zijn we dan, meteen erna, om jou, onze aanvoerder, in te lichten.'

'Wat geweldig van jullie.'

'Ik zal je vertellen wat geweldig is,' zei Starblind. 'Dit weekend. Deze vier wedstrijden. Verslaan we Coshwale, winnen we de UMSCAC. Gaan we door naar het regionale toernooi.'

'Denk je dat we Coshwale zonder Henry zullen verslaan?' zei Schwartz. 'Zelfs al zou het ons lukken, wil je daarna de regionale in gaan met hem als bankzitter? Jullie zijn gestoord.'

'Hij heeft ons gisteren de wedstrijd gekost,' zei Starblind.

'Het hele team heeft de hele wedstrijd lopen kloten! Rick hier liet een boogballetje uit z'n handen glippen, Boddington vernachelde twee grondballen, ik was als slagman uit met een loper op het derde. Die misser van Henry scheelde maar één punt. Tegen die tijd hadden we al op twaalf moeten zitten.'

'Zo had het moeten zijn,' reageerde Starblind, 'maar zo was het niet.'

Rick zuchtte mistroostig, haalde een hand door zijn rossige haar. 'Schwartzy, je weet wat ik voor de kleine man voel. Ik hou van hem en ik zou voor 'm de oorlog in gaan. Hij is als de broer die ik nooit heb gehad, en ik heb vier broers. Maar wat hij nu doormaakt, daar hebben we geestelijk allemaal last van. Waarom denk je dat we gisteren zo'n belabberde indruk maakten? Ik zeg niet dat het Henry's schuld is, maar...'

Rick deed zijn armen omhoog en liet ze weer vallen. Schwartz hield zijn mond tot hij uitgesproken was. 'Niemand weet nog wat we tegen hem moeten zeggen. De hele sfeer verandert erdoor. Als we winnen wil niemand de vlag uithangen, want Henry is onze aanvoerder, jij en hij zijn onze aanvoerders, en het is wel duidelijk dat we last van 'm ondervinden. En als we verliezen... nu ja, we hoeven eigenlijk niet te verliezen. Tegen Wainwright hadden we niet hoeven te verliezen. Daar is ons team te goed voor.'

'Tijdens de trainingen maakt Izzy een fitte indruk,' voegde Starblind eraan toe. 'Hij zou zo z'n plek kunnen innemen. We zouden er nauwelijks iets van merken.'

Een pick-up met twee biervaatjes in de laadbak reed traag voorbij onder het uitbraken van de nationale raphit van dat moment. Het was vrijdag. Voor niet-sporters was de feestavond weer in aantocht. Schwartz voelde een splinter van een gebarsten verandaplank het vlees van zijn voet doorboren. 'Morgen is het de dag van de Skrimmer,' zei hij. 'Z'n familie zal er zijn. Aparicio zal er zijn. Denk je dat hij zomaar op de bank gaat zitten?'

'Misschien wil ie niet,' zei Starblind. 'Maar het zou wel moeten. Voor het team.'

'Jezus, hij mag op het eerste honk staan als hij dat wil,' zei Rick. 'Dan ga ík wel op de bank. Wat dan ook. Als hij maar niet die aangooi van korte stop naar het eerste hoeft te maken. Daar gaat ie aan kapot, Schwartzy. Dat weet je. Iedereen kan het zien.'

'Hij heeft gewoon wat veel druk op de ketel. Hij redt het wel.'

'Als ie de afgelopen tijd al veel druk op de ketel had,' zei Starblind, 'wat denk je dan dat er morgen gebeurt?'

Het was niet dat Schwartz er nooit over had nagedacht. Het was hem niet ontgaan dat het tijdens de training bij Izzy op rolletjes liep, dat Izzy een zelfverzekerde sporter was, hoeveel hij al van Henry had geleerd als korte stop. Izzy kon niet zo goed slaan als Henry, hij kwam niet eens in de búúrt, maar in de verdediging zou het eigenlijk – bij de gedachte alleen al voelde Schwartz zich een verrader – een verbetering zijn. En misschien had Starblind gelijk; misschien zou het niet alleen stom zijn maar ook gemeen, sadistisch, om Henry daar morgen neer te zetten terwijl de druk tien keer hoger zou oplopen dan ooit tevoren. Misschien zou het joch uit elkaar knappen. Misschien was het aan Schwartz om te verhinderen dat het zou kúnnen gebeuren. 'Waarom komen jullie hiermee naar mij?' vroeg hij. 'Coach Cox beslist wie speelt en wie niet.'

'Je kent coach Cox,' zei Rick. 'Hopeloos loyaal.'

Starblind knikte. 'Herinner je je Two Thirty? Die vent was geestelijk een wrak. Maar coach Cox wilde 'm maar niet op de bank zetten. Hij wist zeker dat Toovs tijdens een wedstrijd plotseling zou beginnen te beuken zoals hij dat tijdens de training deed. Hoeveel overwinningen heeft híj ons wel niet gekost, twee jaar lang?'

'De situatie is nu heel anders,' zei Schwartz.

'Skrimmer is z'n zelfvertrouwen kwijt. Toovs heeft dat überhaupt nooit gehad.' Starblind haalde geërgerd zijn schouders op, stak zijn handen diep in de zakken van zijn glanzende trainingsjack. 'Ze hebben allebei een klap van de molen gehad.'

'Dus jullie willen dat ik beslis dat Henry morgen niet kan spelen.'

'Jij bent de aanvoerder,' zei Starblind, met een hatelijke ondertoon in zijn stem.

Schwartz balde zijn rechterhand tot een vuist en strekte toen langzaam zijn vingers, als een man die een hartaanval probeert te bezweren. Die erover denkt een paar van Starblinds oogverblindend hagelwitte tanden eruit te slaan.

'Gewoon één dagje vrij zou de Skrimmer goed doen,' zei Rick. 'Dan kan ie zich ontspannen, gas terugnemen, zondag sterker terugkomen. Wie weet reageert hij zelfs opgelucht.'

Starblind keek Schwartz strak aan. 'Vergeet niet wat je voorop zou moeten stellen, Schwartzy. Dat is niet Henry, en het is niet Henry's carrière als prof.'

Het is het team.

Het was nog niet gezegd dat Henry op de bank het beste zou zijn voor dit team – hoe ver konden ze komen zonder hun beste speler? – maar de woorden van Starblind gaven Schwartz wat adempauze. Het klopte dat hij gefixeerd was geraakt op Henry, Henry's emoties, Henry die de scouts weer voor zich probeerde te winnen. Tot dusver niet per se ten koste van het team – de successen van Henry en van de Harpooners waren altijd hand in hand gegaan – maar het was mogelijk, het kon alsnog gebeuren. Het was mogelijk dat de Schwartz die als jongere, tweedejaars houwdegen Lev Tennant net zo lang had lopen treiteren tot die was gaan slaan en Henry in de basis belandde, nu zou besluiten het nodige te ondernemen om Henry weer uit die basis te krijgen. Soms was een breuk nodig; soms moest je schoon schip maken. De jongere Schwartz had het geconstateerd. Als je niet de leiding had was het een makkelijke constatering.

'Man, wat een diarree aan theorieën.' Schwartz had het op luide, verbitterde toon willen zeggen, maar hij voelde de emotie weglekken uit zijn stem als de lucht uit een oude ballon. Hij zuchtte, wreef over zijn baard – maar zijn baard was verdwenen. Zijn hand stuitte op vers geschoren huid die afgrijselijk begon te branden. 'Ik kan het niet,' zei hij. 'We zijn gaan leven door de Skrimmer, we sterven door de Skrimmer.'

44

Hij wilde met Owen praten, maar Owen was niet thuis. Soms leek het alsof zijn leven maar twee momenten kende waarop hij vrijelijk kon praten: op de diamond en hier, in het donker, op zijn bed tegenover dat van Owen. Als je hier lag, een oor op je kussen, kon je goed bepalen hoe je je voelde en er hardop over vertellen. Je woorden begonnen je niet als een boomerang te achtervolgen, maar landden zachtjes in Owens oren en bleven daar. Dat was het mooie van een kamergenoot hebben, een kamergenoot als Owen, maar Owen was niet thuis.

Hij pakte de telefoon en belde naar Sophies mobieltje.

'Henry,' fluisterde zijn zus. 'Wacht effe.' Een seconde of twintig hoorde hij alleen gestommel. 'Sorry,' zei ze. 'Ik ben de gang op gelopen.'

'Waar hangen jullie uit?'

'Pap z'n rug doet pijn, dus mama reed, en mama werd moe. We zijn gestopt bij een motel een kilometer of tachtig verderop. Het is nogal afschuwelijk, maar ik heb wel m'n eigen bed. Waarom ben jij nog wakker?'

'Kon niet slapen.'

'Niet zenuwachtig zijn, Henry, grote broer van me. Je zult het fantastisch doen.'

'Ik weet het.' Praten met Sophie luchtte hem op – ze was geïnteresseerd in zijn geluk en totaal niet in honkbal – maar hij vreesde altijd dat ze te veel aan hun ouders zou verklappen, die hij bijna niets over zijn problemen had verteld. Gelukkig had hij hun ook bijna niets verteld over de scouts, de agenten en de enorme geldbedragen die zich aftekenden, die zich tot voor kort aftekenden, aan de horizon die juni heette. Voorzover zij wisten was hij gewoon Henry, hun studerende zoon die Aparicio's record had geëvenaard en het dit seizoen best goed deed.

'Aparicio Rodriguez,' zei Sophie. Het was de enige honkballer wiens naam ze kende. 'Ben je opgewonden?'

'Tuurlijk.'

'Niet zenuwachtig zijn,' adviseerde ze. 'Ontspan je gewoon en geniet. Zuig het in je op. Je zult het fantastisch doen.'

'Ik weet het,' zei Henry. 'Ik doe het.'

'En morgenavond gaan we uit, toch? Je had beloofd dat we dat zouden doen als ik in m'n laatste jaar zat.'

'Soph, het wordt een vreselijk druk weekend. We hebben zondag nog twee wedstrijden.'

'Hénry. Je hebt het me beloofd. Je kunt het niet maken dat ik wéér een heel weekend met pap en mam zit opgescheept.'

'Over een paar maanden ben je aan het studeren. Dan kun je uitgaan zoveel je wilt.'

'Uhuh, op South Dakota State University. Maar Westish is zo cool. Ik heb er speciaal een jurk voor gekocht. Niet aan mama vertellen.'

Zijns ondanks moest Henry glimlachen. 'Oké, oké. We gaan uit.'

Nadat hij had opgehangen was hij nog steeds niet slaperig. Als Owen hem een of andere pil aanbood zou hij die meteen van hem aannemen, maar Owen was er niet. Henry glipte zijn bed uit, schoot zijn trainingsbroek en windstopper van de Harpooners aan, trok zijn Cardinals-pet over zijn hoofd en liep naar Westish Field.

Hij ging op de klamme, zanderige grond tussen het tweede en het derde honk zitten, de plek waar hij al die honderden uren had doorgebracht, en haalde *De kunst* uit de zak van zijn windstopper. Het stukgelezen boek viel open op een van zijn favoriete bladzijden.

99. *Een bal vangen die hij nog nooit heeft gevangen, zich uitstrekken tot de verste grenzen van zijn bereik en dan nog iets verder: het is de droom van de korte stop.*

Hij bladerde door.

122. De korte stop heeft zo lang zo hard gewerkt dat hij niet meer nadenkt. Hij handelt evenmin. Waarmee ik bedoel dat hij zelf geen actie genereert. Hij reageert slechts, zoals een spiegel reageert wanneer je je hand ervoor heen en weer beweegt.

Hij bevond zich niet in een parket waaruit hij zich weg kon denken. Noch bevond hij zich in een parket waaruit hij zich weg kon ontspannen, hoe vaak coach Cox, Schwartzy, Owen, Rick, Starblind, Izzy of Sophie hem ook adviseerden zich te ontspannen, te stoppen met denken, zichzelf te zijn, de bal te zijn, niet te erg zijn best te doen. Je kon alleen zo erg je best doen om niet je best te doen dat je op een gegeven moment weer te erg je best bleek te doen. En je best doen was fout, zoals iedereen hem vertelde, helemaal fout.

Toen hij nog op de basisschool zat, in Lankton, renden zijn zusje en Scott Hinterberg 's winters altijd voor hem uit. Dan rukten ze de brievenbussen langs de straat open, waarna Henry in hun kielzog sneeuwballen in de gapende brievenbusmonden joeg; nooit ofte nimmer miste hij, tenzij er post in lag die moest worden verstuurd, want dan tikte hij met zijn sneeuwbal het rode vlaggetje omlaag, rende er keurig naartoe en zette het vlaggetje weer omhoog. Hoe kon hij toen zo goed gooien? Het stelde hem nu voor een raadsel. Een joch in een dikke jas die hem in zijn bewegingen hinderde, schrale, gevoelloze vingers van al het sneeuw rapen, telkens feilloos.

De korte stop heeft zo lang zo hard gewerkt dat hij niet meer nadenkt – dat verwoordde het prachtig. Je kon er niet voor kiezen om al dan niet na te denken. Je kon alleen kiezen voor werken of niet werken. En had hij niet voor werken gekozen? En was dat niet wat hem nu zou redden? Wanneer hij morgen dit veld op liep zou hij een complete voorraad werk met zich meenemen, het werk van de laatste drie jaar met Schwartzy, een heel leven van werk daarvóór, van onophoudelijke focus op enkel en alleen het honkbal, en op hoe beter te worden. Dat levenswerk van hem, dat was niet niks. Hij kon erop vertrouwen.

Als hij erop zou vertrouwen, kon hem niets overkomen. April was afschuwelijk geweest, maar morgen vond de echte test plaats, als een college waarvan alleen het tentamen telde. Dwight had hem verteld dat zijn marktwaarde dan wel was gedaald, maar bij lange na niet zo ver als Henry dacht. 'Teams kijken naar je potentieel,' zei Dwight, 'nog meer dan naar je prestaties. Je bent jong, je bent snel, je ragt de bal aan gort. Zaterdag zitten hier twintig teams te kijken, dat beloof ik. Trakteer ze op een show.' En wat de Harpooners betrof, die stonden maar één treffen achter op Coshwale; ze zouden voor het eerst in hun geschiedenis een competitie op hun naam schrijven, regionaal gaan spelen, als ze dit weekend drie van de vier wedstrijden wonnen. De verlossing lag hier voor het oprapen. Het deed er niet toe dat Aparicio zich tussen het publiek zou bevinden, dat zijn ouders en Sophie er ook zouden zijn, dat het Henry Skrimshander Day was. Hij hoefde alleen maar te honkballen, ervan te genieten zoals hij dat altijd had gedaan, zijn teamgenoten te helpen Coshwale te verslaan. Al het andere zou dan op zijn pootjes terechtkomen.

Reageer, zoals een spiegel reageert.

Hij krabbelde overeind, veegde de klamme zandgrond van zijn achterwerk. Hij bladerde naar de voorlaatste alinea van het boek. Wolken omstuwden de laaghangende maan, zodat hij de tekst amper kon lezen, maar dat hinderde niet.

212. *Het veld verlaten stemt me altijd treurig. Zelfs als veldspeler de laatste man uitgooien en zo de World Series winnen voelde, diep in mijn waarachtigste ik, als de dood.*

Ah, Aparicio!

45

Affenlight parkeerde de Audi in een zijstraat een paar blokken van de campus vandaan. Owen reikte langs de versnellingspook en gaf met zijn duim een rukje aan Affenlights broekzak; ten overstaan van Westishers die hun voortuin stonden te wieden en te maaien konden ze elkaar niet kussen. 'Ik moet gaan,' zei Owen. 'Ik ben wat laat.'

'Ik kom naar de wedstrijd,' zei Affenlight, die graag dat minieme stukje van hun toekomst veilig wilde stellen.

Owen glimlachte. 'Ik ook.' Hij sloot zachtjes het rechterportier en kuierde naar de noordkant van de campus, waar de sportvelden lagen. Vlak voordat hij Groome Street in liep en uit het zicht verdween gooide hij er een paar heupwiegend-parmantige pasjes tegenaan: een karikatuur van een homoloopje. Affenlight keek heimelijk om zich heen, bang dat iemand anders het ook had gezien, maar al was het iemand opgevallen, die zou er niets van vinden. Het heupwiegen was alleen voor hem bestemd – Owen wist dat hij zou blijven kijken. Het grapje was eigenlijk niet bedoeld om hem te laten lachen en evenmin om hem belachelijk te maken. Owen had het eerder bedoeld als een vorm van beeldspraak. Neem het niet te serieus, Guert. Zie er de humor van in. Hetero homo zwart wit jong oud – het leven staat of valt er niet mee.

De stilte in de Audi had iets drukkends. Affenlight deed de raampjes naar beneden zodat hij de grasmaaiers hoorde brullen en klopte op zijn jaszakken of hij iets te roken vond.

Zonder concrete bestemming waren ze een heel eind landinwaarts gereden, tot ze op een plek belandden waar niemand hen kende, wat toevallig een visfrituur in een flets verlichte kelder met een niet-rokersgedeelte was. Het zaakje serveerde pils in smalle glazen van een centiliter of 25, 30; steeds wanneer Affenlight omlaag keek was zijn glas leeg, en steeds wanneer hij weer opkeek had de hoestende serveerster met het blauwe haar het alweer gevuld. Ze bestelden twee porties gefrituurde vis – 'Om niet onbeleefd over te komen,' zei Affenlight, waarna Owen zijn wenkbrauwen fronste en zei: 'Je bedoelt: niet als homo,' waarop Affenlight hem een verwijtende blik toewierp en zijn ogen naar naburige tafeltjes schoten, en Owen zei: 'Af, tijger.' Owen at hun beider salades met ijsbergsla, partjes lichtroze tomaat en komkommerschijfjes. Affenlight at zijn eigen kabeljauw in bierbeslag en Owens kabeljauw in bierbeslag, om niet onbeleefd en niet als homo over te komen, waarna de serveerster nog meer bracht, want de formule was 'eten zo veel je wilt', waarna Affenlight dat ook maar opat, pech dan wat zijn cholesterol betrof. Hij herinnerde zich pas dat hij eigenlijk met Pella en David aan het dineren moest zijn toen hij al halfdronken was. God, wat een rampzalige vader. Aan de telefoon klonk ze verbazend onboos. Op dat moment geloofde Affenlight haar, maar hij moest ook wel; hij zat veertig autominuten verderop, een sigaret in zijn mond, diverse pilsjes in zijn bloedbaan, met de punten van zijn schoenen onder tafel tegen die van Owen aan gedrukt. Wat ze ook had gezegd, eigenlijk had hij halsoverkop naar haar toe moeten gaan om nog bij het dessert te kunnen zijn. Het motel dat Owen en hij vonden, een kilometer of zestig ten westen van Westish, heette Troupe's Inn.

Nu besloot hij de Audi ter plekke te verlaten en alsnog zijn dagelijkse ommetje langs het meer te maken. De druk in zijn slapen was die van een heuse kater. Hoeveel biertjes had hij gedronken? Hoe nerveus was hij geweest bij het vooruitzicht de nacht met Owen door te brengen, een bed met hem te delen, de liefde te bedrijven? Aardig nerveus, blijkbaar. Tweeënveertig jaar eerder was hij ontmaagd. Hij had toen geen moment gedacht dat het later nog eens zou gebeuren. Hij voelde iets van droefenis nu het achter hem lag, nu hij wist hoe het was. Niet dat het onplezierig was of niet voor herhaling vatbaar, maar omdat weer een mysterie van het leven in rook was opgegaan.

46

In een prettig zonnetje stonden de Harpooners tegen het einde van de ochtend op het buitenveld ontspannen wiffleballen over te slaan – een van coach Cox' favoriete oefeningen – toen de bus van Coshwale kwam aanrijden. 'Daar zul je de zakkenwassers hebben,' gromde Craig Suitcase, de derde catcher van de Harpooners, die in zijn haat jegens Coshwale zo hard uithaalde dat hij de wifflebal finaal miste. 'Stelletje zakkenwassers dat ze zijn.'

Voor het eerst was iedereen het met Suitcase eens. Ze zágen eruit als zakkenwassers in hun vlekkeloze, bietjesrode, satijnen Coshwale-jacks, die ze ondanks het mooie weer droegen, met hun vlekkeloze, bietjesrode Coshwale-tassen over hun schouder geslagen en hun vlekkeloze, bietjesrode hardloopschoenen – die ze even later zouden vervangen door hun vlekkeloze, bietjesrode spikes – aan hun voeten. Behalve de eerstejaars wisten alle Harpooners uit eigen ervaring dat ze onder hun jacks vlekkeloze, bietjesrode Coshwale-slagtrainings-shirts droegen, dat die aan zouden blijven tijdens de onberispelijke warming-up en ze die gelijktijdig vlak voor speeltijd zouden uittrekken. En dan verschenen – hoe kon het anders? – hun vlekkeloze, bietjesrode Coshwale-jerseys met de achternaam van de speler in kwestie tussen diens schouderbladen genaaid. Henry wist niet hoe ze het voor elkaar kregen; of ze nu voor elke wedstrijd bij een dure stomerij aanklopten of dat ze gewoon steeds gloednieuwe spullen kregen. Drie wedstrijden na de start van een willekeurig seizoen en zijn eigen geliefde streepjeskleding was smoezelig en bezweet; zijn spikes, die hij zelf had gekocht, oogden vuil en afgeragd voordat ze ook maar ingelopen waren. De afgelopen tien jaar had Coshwale acht keer de UM-SCAC gewonnen.

Al snel begon het legioen Coshwale-supporters te arriveren, stuk

voor stuk bietjesrood uitgedost. Ze brachten hun vlekkeloze bietjesrode zitkussens en parasols naar de bezoekerstribune en keerden terug
naar de parkeerplaats om hun barbecues te installeren. 'De ene na de
andere zakkenwasser,' mopperde Suitcase.

Rick kwam naast Henry staan. 'Waar is de Boeddha?' vroeg hij.
'Dacht dat ie vandaag zou meedoen.'

'Ik ook.' Voor het eerst sinds jaren was Owen de afgelopen nacht
niet thuisgekomen en had hij ook niet met de rest van het team ontbe-
ten. Waarschijnlijk werd het tijd om ongerust te worden, in elk geval
een beetje, maar Henry had geen plek voor nog meer zorgen. 'Hij
komt heus wel.'

Coshwale trok als eerste naar het veld, voor binnen- en buitenveld-
oefeningen. De Harpooners verspreidden zich in de buurt van hun
dug-out om te rekken en te strekken, te kletsen, te doen alsof ze niet
zenuwachtig waren, te doen alsof ze niet keken. Owen noemde de in-
speeloefeningen van de Coshwale Muskies ooit zo fruitig als de son-
netten van Petrarca; Rick deden ze aan het Noord-Koreaanse leger
denken. Drie potige, in bietjesrood gehulde coaches beukten op hetzelfde moment drie ballen het veld op. Van de inspanning bliezen ze
hun bietjesrode wangen leeg. Eenendertig spelers – twaalf meer dan
de Harpooners – vingen de ballen en vuurden elkaar perfecte worpen
toe in complexe, constant wisselende patronen. *Cut-off* twee, cut-off
drie, cut-off vier, derde honk naar het eerste, eerste naar derde, 5-4-3,
6-4-3, 4-6-3, 1-6-3, 3-6-1, stootslag en inkomen, stootslag en inkomen, stootslag en inkomen. Steeds drie ballen tegelijkertijd in de
lucht, nooit een gemiste cut-off, nooit een afzwaaier. Toen hun kwartier voorbij was draafden ze hanig het veld af. Best kans dat ze terug-
kwamen voor een toegift. De Coshwale-supporters gingen met
borden vol afjes van de parkeerplaats terug naar hun zitplaats-met-
kussen. De tribunes van de thuisploeg liepen ook vol, sneller en eerder dan Henry ooit had meegemaakt.

Net toen de Harpooners het veld betraden kwam Owen in vol ornaat, streepjes marineblauw op ecru, over de eerste-honklijn aankui-
eren met spikes aan zijn voeten. Hij slingerde zijn tas in de dug-out,
begroette coach Cox met een joviale buiging en draafde naar het
rechtsveld om Sooty Kim af te lossen. Henry glimlachte. Het was alsof

hij ontwaakte uit een nachtmerrie, de aanblik van Owen die voor het eerst sinds zijn verwonding zijn shirt met rugnummer o droeg. Alles wat tussen toen en nu was gebeurd kon worden vergeten. Vandaag was gaaf, gaaf was goed. De zon stond hoog aan de hemel. Supporters op de tribunes. Een kans om wat te winnen.

Izzy en hij gaven elkaar met hun handschoen een high five. Izzy ving een cut-off van Loondorf op links, keilde hem naar Boddington op het derde. 'Izz, Izz, Izz,' scandeerde Henry. 'Wat izz, wat wazz, zal zijn!'

'Kom op, *vendejos*!' brulde Izzy. 'We gaan ervoor!'

'Cut-off vier, cut-off vier!'

'We laten die *vatos* toch zeker niet bij ons thuis naar binnen stiefelen en de tent leegtrekken! Lazer op!'

'Hier, nu!' schreeuwde Quentin Quisp vanaf links, terwijl hij een door Schwartz geslagen *flyball* ving en die doorstuurde naar de thuisplaat. 'Hier en nu, o ja!' Nooit eerder dat jaar hadden ze Quisp zo'n empathische uitspraak horen doen, en zeker niet op dat volume.

'Iemand heeft Q gewekt!' gilde Henry. 'Iemand heeft de Q gewekt!'

'Q, Q, Q!'

'Iemand heeft de Q gewekt!'

'Iemand heeft Henry gewekt!'

'Iemand heeft de Boeddha teruggebracht!'

'Boeddha, Boeddha, Boeddha!'

'O, O, O!'

'We zijn thuis!'

'*Nuestra casa!*'

'O, O, O!'

Het voelde goed, zo te brullen, onzin de heldere lentelucht in te stoten. Iedereen was zenuwachtig, wat zich uitte als je reinste malligheid. Henry's arm voelde licht als een vogel, licht en levendig, klaar om op te stijgen van zijn lichaam. Hij vuurde ballen zo snel als kogels af, naar Arsch, naar Rick, naar Ajay. Iedereen vuurde elkaar ballen toe – Henry keek om zich heen, het leek wel voor het eerst, en zag hoe goed zijn team was geworden, hoeveel kans ze hadden om Coshwale die dag te verslaan. 'Izzy,' brulde hij, hoewel Izzy naast hem stond, 'hoe kan het dat de goeien *vendejos* zijn en de schurken *vatos*?'

'Zo is het nu eenmaal, *vendejo!* Zo is het nu eenmaal!'

De verre velders rondden hun gedeelte van de warming-up af en sprintten naar de dug-out onder het slaken van idiote kreten. Terwijl ook alle binnenvelders het veld verlieten fieldde Henry een *fake bunt* die coach Cox neerlegde. Henry gaf Izzy een por voordat hij in actie kwam. 'Moet je dit zien.' Hij dook op volle snelheid op de bal af, onderschepte hem met de blote hand en joeg hem achter zijn rug langs naar Rick, zonder te kijken of in te houden. In de tussentijd rende hij het veld af, de dug-out in. Perfect.

Owen zat alweer weggedoken in zijn favoriete hoek van de dug-out met zijn leeslampje op de klep van zijn pet geklemd, een boek in zijn hand. Hij keek Henry aan en glimlachte. 'Hoe is het met je vlerk, zoals de inboorlingen hier zeggen?'

Henry knikte. 'M'n vlerk is honderd procent oké.'

'Zullen we onze uitgebreide handdruk doen?'

'Goed idee.'

Owen ging staan en legde zijn boek, *De kunst van het veldspel*, als een tent op de bank. Hun handdruk omvatte – met de inzet van beide handen en beide ellebogen – een kus op de wang, nepstoten in de maag, iets wat op een handenklapspel leek en een reeks kungfu-achtige buigingen. Henry haalde zijn eye-black uit zijn tas en trok onder allebei zijn ogen een streep. Hij deed zijn pet af, kneep één keer in de door zweet verweekte klep en zette hem weer op zijn hoofd. Hij spuugde een paar druppels speeksel in Zero's fraai versleten hart en kneedde ze met zijn vuist in het leer. Klaar. De plaatscheids gespte zijn body protector vast. 'Nog twee minuten, coaches.'

Coach Cox was niet zo van de peptalks voor een wedstrijd. 'Dit is de opstelling, mannen. Starblind, Phlox, Skrimmer. Schwartz, O'Shea, Boddington. Quisp, Guladni, Kim. Ik zou niet weten waarom we die jongens niet aan zouden kunnen. Schwartzy, jij nog iets toe te voegen?'

Schwartz boog voorover en trok een systeemkaart vanonder het kniestuk op zijn beenkap vandaan. 'Schiller,' zei hij. 'De mens speelt alleen wanneer hij mens is in de volledige betekenis van het woord. En hij is alleen volledig mens wanneer hij speelt.' Schwartz zweeg even en ging traag met zijn ogen het groepje langs, hield steeds een moment bij het gezicht van elke teamgenoot stil en staarde, strak maar welwillend. Wat er nog over was van de nervositeit van de Harpooners verbrandde als gas nadat de waakvlam is ontstoken. 'We hebben de klus geklaard. Hardlopen, gewichtheffen, we hebben onze darmen uitgekotst. We hebben dit programma vanuit het niets opgebouwd. We zijn er trots op deze outfit te mogen dragen, dankzij al die inspanningen van ons. We hoeven godverdomme niemand ook nog maar íets te bewijzen. De bewijzen zijn geleverd. Vandaag spelen we.' Hij stak een hand uit naar het middelpunt van het groepje. Hij keek Henry aan en glimlachte. '"Actie" op drie. Eén-twee-drie –'

'ACTIE!'

'Maak ze af, die zakkenwassers,' zei Owen.

47

Pella zwom zes baantjes, ging aan de zwembadrand hangen, zwom er nog zes. Chloor vloeide rijkelijk door haar sinussen. Haar hoofd voelde helder. Vroeger zwom ze kilometers achtereen, vroeger had ze een strakke buik en slanke, krachtige armen – maar ja. Ze trok zich op aan de rand, verliet met bevende triceps het zwembad en ging languit op de vloer liggen om op te drogen. Ze voelde dat de badmeester haar met een schuins oog vanaf zijn hoge zitplaats gadesloeg en geen aandacht had voor de poedelende studentjes in het ondiepe gedeelte zolang ze bezig was de gladde tegels naar de kleedkamers over te steken. Toen ze langs zijn stoel liep trok ze met enige moeite de badmuts af en schudde met haar hoofd zodat haar haren over haar schouders vielen. IJdelheid is...

Ze nam een douche, kleedde zich aan en liep met nog nat haar naar buiten, haar Westish-windstopper tot aan haar kin dichtgeritst. Ze was nog nooit op het honkbalveld geweest. In de verte, voorbij de grasgroene trainingsvelden, zag ze de toegestroomde menigte. Uit haar jaszak stak de nieuwe roman van Murakami met zijn weelderig gele omslag, die ze in de campusboekhandel had gekocht om haar allereerste loonstrookje te vieren.

Overal op de campus waren de flyers op ruiten, esdoorns en prikborden aangebracht: WESTISH VS. COSHWALE! JUICH ZE TOE, DE HARPOONERS! APARICIO RODRIGUEZ! De studenten die in de mensa langs de zelfbediening schuifelden spraken de laatste tijd over bijna niets anders. Pella ging ook, als een verzoenend gebaar: ze wilde Mike steunen, wilde dat hij zag hoe ze hem vanaf de tribune toejuichte, en dat hij een beetje spijt kreeg van hun ruzie. Ze was absoluut niet van plan het honkballen zelf te volgen, want vergeleken met andere teamsporten vond ze deze uitzonderlijk saai. Honkbal was zo traag, zo pietluttig. Deze hier een bal, die daar een slag, het was één grote herhaling van zetten. In haar jeugd had haar vader haar een paar keer meegenomen naar Fenway Park, en ze keek met veel genoegen terug op die uitstapjes – het gesis van de uien en de paprika's op de koopmanskarretjes in Lansdowne Street, de strandballen die vrolijk over de tribunes stuiterden, het opwindende dringen van de onwaarschijnlijk lange, kakelende vrouwen in de smerig ruikende wc's terwijl haar pa noodgedwongen buiten stond te wachten – maar die zondagmiddagen hadden in feite weinig met honkbal te maken, voor haar noch voor hem; het waren culturele excursies, zoals een bezoek aan de concertzaal of het Museum of Fine Arts.

'Hé,' schreeuwde iemand boven het geroezemoes uit, 'kijk uit!' Een geblokte bal scheerde vlak langs Pella, die constateerde dat ze dwars door een potje campusvoetbal liep. 'Sorry,' mompelde ze, vooral tegen zichzelf. Om het goed te maken wilde ze de bal terugtrappen, maar het meisje dat zo-even had geschreeuwd kwam dichterbij. '*Wegwezen!*' gilde ze met haar kleine tandjes ontbloot. Pella ontliep de bal, daarna het meisje, en haastte zich naar de veilige zone voorbij de oranje kegels die de uitlijnen aangaven. Ze zuchtte, blij dat ze aan onheil was ontsnapt, maar ontdekte vijftig meter verderop dat ze haar boek op het voetbalterrein had laten vallen.

WESTISH 2, BEOEKERS 0. Hoera, hoera. Het veld gonsde van de mensen, niet zo veel als bij een wedstrijd van de Red Sox, maar toch: veel, een stuk of duizend, misschien wel meer. Pella ontwaarde een paar lege plekken op de tribune die op het westen uitkeek, die verder vol was met mensen in een gemeen bietjesrood. Ze baande zich een weg omhoog naar een leeg stuk aluminium op de vijfde rij, waarbij haar windstopper geërgerde blikken incasseerde van de mensen die onderweg ruimte voor haar moesten maken.

Ze speurde het veld af of ze Mike zag. Daar was ie, gesandwiched tussen de in het bietjesrood gehulde slagman en de in het zwart gehulde scheidsrechter die gehurkt op het zand stond, zijn gezicht verborgen achter een metalen raamwerk. De pitcher – de knappe blonde jongen van professor Eglantines college die dacht dat hij door God gezonden was – wierp de bal. Het zag eruit als een kaarsrechte worp, tot hij plotseling in het zand viel. De slagman haalde uit en miste. De

Westish-supporters juichten. Mike dook naar de grond om de bal te overmeesteren. De bal stuiterde omhoog en raakte hem vol op zijn borst. Was dit nou leuk? Geen wonder dat zijn knieën steeds pijn deden. En met zo'n knuppel die op een paar centimeter langs zijn gezicht zwiepte.

Bij de volgende pitch lobde de slagman, een van de BE OEKERS, een hoge bal ver het buitenveld op. Pella had medelijden met de arme verre velder zoals hij daar onzeker heen en weer liep te drentelen – want wie kon zo'n bal nou vangen, een stip tussen de wolkenflarden? – maar op het laatste moment stak hij zijn handschoen omhoog en viel de bal er, onwaarschijnlijk genoeg, in. Pella sprong omhoog en juichte. Haar tribunegenoten wierpen haar nijdige blikken toe.

Toen de Westish-spelers van het veld draafden klapte Mike zijn masker omhoog en zag Pella dat hij zijn baard had afgeschoren. Hij zag er precies zo knap uit als ze had verwacht, zelfs met die rare zwarte mascarastrepen onder zijn ogen, zelfs met wangen die nog rood nagloeiden van het scheermoment. Hij was niet zo'n vent die zijn baard nodig had om een weke kin, acne of ontbrekende lippen te maskeren. Hij had schitterende, modelachtige lippen en dito jukbeenderen. Maar waarom had hij het nú gedaan? Ze had wel honderd keer een hint in die richting gegeven, er grappen over gemaakt, waarbij ze steeds had geprobeerd uit te stralen er weinig waarde aan te hechten. En zijn enige reactie was steeds een grom geweest, die fameuze Mike Schwartz-grom. En zodra ze uit elkaar waren besloot hij het te doen. Voor het volgende meisje, misschien. Of het nieuwe meisje.

'We moeten ballen naar Skrimshander slaan,' zei de man die achter Pella zat. 'Zodat die er een paar kan verprutsen.'

Zijn buurman gniffelde.

'Ik meen het. Het joch schijnt de kluts kwijt te zijn. Lees je het blog van Tom Parsons niet?'

'We hebben het hier over de korte stop van dat record? Het joch waar alle scouts op azen?'

'Niet meer, da's geweest. Volgens Tom Parsons begonnen de scouts aan hem te snuffelen en begon hij erover na te denken. Je weet wat er gebeurt als dat gebeurt.'

'Je denkt, je denkt, en weg is je baantje.'

'Bingo.'

'Toch wil ik wedden dat het joch wel weer bijtrekt. Een betere heb ik in deze competitie niet meegemaakt. Hij is net een acrobaat, daar op het veld.'

'Zin om het niet bij woorden alleen te laten?'

'Dat wil zeggen?'

'Honderd dollar voor mij als ie d'r een in de tribune heeft gesmeten voordat de wedstrijd voorbij is.'

Kerel nummer twee dacht even na. Kom op, kerel nummer twee! moedigde Pella hem zwijgend aan. Laat kerel nummer één zien wie de baas is! 'Doe toch maar niet,' zei hij ten slotte. 'Toch jammer. Het jong was leuk om naar te kijken.'

Voordat ze besefte wat ze deed had Pella Kerel 1 toegebeten: 'Ik ga 'm aan.'

Hij zag eruit zoals je verwachtte dat hij eruitzag: een overvoede vent met glimwangen in een bietjesrode polo. Hij gooide zijn plompe armen en vingers om zijn plastic bordje gegrilde garnalen en schoot naar opzij alsof ze een wild dier was: 'Wát doe je?'

Pella klopte op het stapeltje twintigjes in de zak van haar windstopper. Zo gewonnen, zo geronnen. 'Ik ga 'm aan,' zei ze onverstoorbaar. 'Honderd dollar voor mij als Henry geen bal de tribune in smijt.' Ze stak haar hand uit om die van de ander te schudden. Hij bleef in het luchtledige hangen.

Kerel 2 grinnikte en knipoogde naar Pella, sloeg Kerel 1 op zijn rug. 'Je tong ingeslikt, Gary? Volgens mij heb je een weddenschap te pakken.'

Gary plooide zijn pafferige trekken tot iets wat op een grimas leek. 'Prima. Doen we.'

Of hij had van zichzelf zo'n slappe handdruk, of hij was zo neerbuigend dat hij zich inhield omdat ze een vrouw was. Hierna veegde Pella nadrukkelijk uitvoerig haar hand aan haar jas af.

'Veel succes met je vriendje,' zei Kerel 2, doelend op Henry.

Pella blikte in de richting van Gary. 'Jij veel succes met het jouwe.' Diverse mensen om hen heen bulderden van het lachen. Niets zo goed als wat terloopse homofobie om het publiek voor je te winnen.

Toen ze haar hoofd wegdraaide ontwaarde ze aan de andere kant van het hek, tussen de Westish-supporters, de o zo bekende met zilver doorspekte haardos. Hij was aldoor bizar druk, elke dag sloot hij zich van vier uur 's morgens tot 's avonds in zijn kantoor op, te druk om op een avond als gisteren naar het restaurant te komen; daarentegen had hij blijkbaar zeeën van tijd om het honkbal te volgen. Hij was langer buitenshuis geweest dan Pella en alweer opgestaan en vertrokken voordat zij wakker werd – tenzij hij überhaupt niet was thuisgekomen. Zijn privéleven was tegenwoordig een raadsel. Nooit had hij het erover, en zelfs haar liefste plagerijtjes over Genevieve Wister had hij laten volgen door een nietszeggende stilte.

Hij zat op de voorste rij achter de dug-out van de thuisploeg, tussen een grote, Scandinavisch ogende vent in een leren jas en een slanke latino die net als haar vader een colbert en een stropdas droeg. Zoals altijd zag haar vader er flitsend uit, als een echte schoolbestuurder, maar van dit trio leek de latino op de een of andere manier de leider te zijn. Hij had de elegante, rechte houding van een monnik, schouders naar achteren, handen rustig, met ineengeschoven vingers, op zijn schoot. Als hij iets zei bogen de twee langere mannen zich naar hem toe om er niets van te missen en knikten dan gretig. In gedachten hoorde Pella hem daar extreem bescheiden en extreem zachtjes grote waarheden verkondigen.

Na een paar minuten excuseerde haar vader zich. Hij stond op, rekte zich uit en liep langs de afrastering met het harmonicagaas naar daar waar het hek de zijkant van de dug-out raakte. In de tussentijd schudde hij de handen van ouders en studenten, een grapje hier, een grapje daar, onvermoeibaar in de flikflooistand. En daar, aan de andere kant, leunde Owen Dunne tegen het hek alsof hij op hem had staan wachten.

Pella was meteen hevig gefascineerd door wat er stond te gebeuren. Haar vader vertraagde zijn pas, kwam tot stilstand, zei iets. Owen hield zijn ogen op het veld gericht, antwoordde vanuit een mondhoek, een wijsvinger op de bladzijde van zijn boek waar hij was gebleven. Haar vader boog zijn hoofd en liet een glimlach zien die dreigde uit te groeien tot een schaterlach, maar dat toch niet helemaal deed. Samen sloegen ze het veld gade.

Er deed zich iets voor in de wedstrijd – gejuich steeg op uit de tribunes van Westish terwijl de bietjesrode mensen rondom Pella kreunden. Met één zijdelings geuit woord maakte Owen een einde aan het tafereel en verdween, de treden van de dug-out af. Pella's vader bleef dralen bij het hek, alsof hij nagenoot van de plek waar Owen ooit had gestaan; de blik op zijn gezicht was een peinzende, vol puppyliefde.

Zou het kunnen? Eerst probeerde ze de gedachte van zich af te schudden – het leek niet zozeer een ingeving als wel een flits van waanzin. Maar de gedachte bleef zich aan haar opdringen. Het kwam niet alleen door de blik op zijn gezicht, hoewel die blik al alles zei wat er kon worden gezegd. Het kwam niet alleen door de manier waarop Owen en hij daar bij het hek zo subtiel hadden staan communiceren, getweeën tussen wel duizend mensen. Het kwam vooral door haar vader die in de ambulance klauterde om met Owen mee te gaan naar het ziekenhuis; zijn onmiskenbaar springerige gedrag toen Owen en Genevieve langskwamen om iets te drinken; zijn onmiskenbare onverschilligheid, daarna, voor Genevieve; het feit dat hij gisteravond dat studentenhuis had verlaten en Owen maar iets later na hem; het feit dat hij niet thuis was toen ze vanochtend wakker werd. Je hoefde maar één premisse weg te denken – de premisse dat haar vader hetero was – en het was zonneklaar. Natuurlijk was dat wel de premisse waarop haar leven in letterlijke zin stoelde.

Een vrouw in een Westish-sweater liep op haar vader af en tikte zijn elleboog aan. Verstrooid, met tegenzin, onderbrak hij zijn gedachten aan Owen en richtte zich tot de vrouw. Pella keek naar hem daar aan de andere kant van het veld, twee hekwerken tussen hen in, en werd overspoeld door woede en angst. Haar vader had tegen haar gelogen, hij had gelogen en opnieuw gelogen, had alles op losse schroeven gezet. Maar ook verkeerde hij in gevaar: hij was zichzelf uit het oog verloren, had zich te kwetsbaar opgesteld, of anders zou hij niet zulke waanzinnige risico's nemen: in het openbaar met Owen praten, verliefd worden. Ze was bekaf. Ze wilde ineengedoken op de tribune gaan liggen slapen, maar daar was geen plek voor.

Gary kwam met zijn gezicht boven haar schouder hangen. Zijn adem rook naar garnaal en tabasco. 'Daar had je mazzel, met die bal,' zei hij.

48

De bal ging hoog en fladderde nog hoger. Zodra hij zijn hand verliet wilde Henry hem terug; al terwijl hij de aangooi voltooide graaiden zijn vingertoppen naar de bal alsof hij hem kon terughalen. *Motherfucker.*

Het ding leek voorbestemd het hek over te zeilen, het publiek in, tot Rick O'Shea op de een of andere manier zijn meer dan negentig bierbuikkilo's aan de aarde wist te ontrukken – indrukwekkend, zo veel lucht als die sprong onder zijn spikes te zien gaf – en de bal met de punt van zijn extra lange handschoen nog net uit de lucht wist te plukken. Rick landde, draaide zich om en gaf de aanstormende loper een tik met de bal. Eén man uit.

Schaapachtig stak Henry twee vingers in de lucht als dankbetuiging. Rick knikte en knipoogde – *Niks aan de hand, maatje* – en zwiepte de bal terug naar Henry voor een *around the horn.*

Henry liet de bal ronddraaien in zijn werphand. Hij voelde koud, glad, vreemd aan. Hij drukte zijn handschoen met een arm tegen zijn lijf en begon de bal met beide handen te kneden in een poging er wat leven in te krijgen. Technisch gesproken een overtreding, alleen pitchers mochten dat doen, maar de scheidsen zouden hem er niet van kunnen weerhouden. Een minuut geleden had hij zich nog prima gevoeld, of althans de indruk gehad dat hij zich prima voelde, maar nu had de gedachte aan een mogelijk fiasco in hem postgevat, en het verschil tussen een mogelijk fiasco en een onvermijdelijk fiasco leek hem akelig klein. Zijn longen vernauwden zich alsof hij tot zijn oksels in het meer stond.

Relax, laat het los. Hij had één slechte aangooi in zich gehad en die was nu uit zijn systeem. Rick had zijn hachje gered. Ze stonden met 2-0 voor. Hij bande de slechte worp uit zijn gedachten, bracht zijn ademhaling in balans, smeet de bal naar Ajay. Draaide zich om en priemde met een wijsvinger naar Quisp op links: één man uit. Zonder te kijken zag hij Aparicio op de tribune zitten, zijn zusje, zijn ouders, coach Hinterberg met de felgroene pet van Lankton High School, een eilandje thuisfront tussen al het rood en blauw. Owens stem kwam aandrijven over het gras: 'Henry, je hebt het in je! Wee je gebeente!'

Hij bewerkte zijn handschoen met zijn vuist, liet zich in zijn ondiepe hurkzit zakken. Starblind wierp een *backdoor curve* die zo te zien net door de punt van de slagzone ging. De scheids kon ermee leven. 'Goedgedaangoedgedaanhéélgoedgedaan!' brulde Henry. Laat het gaan, laat je horen. Niet verslappen, niet versagen. 'Da's je plek, Adam, da's je plek. We laten ons geen poot meer uitdraaien.' *Hoe meer jongens Starblind uitgooit, hoe minder grondballen naar mij worden geslagen.* Henry betrapte zich erop dat hij dit dacht en berispte zichzelf, betrapte zich erop dat hij zichzelf berispte en maande zijn geest tot kalmte.

De volgende slagman tikte een honkslag naar het midveld. *Als de volgende nu naar mij wordt geslagen hoef ik tenminste niet naar het eerste te gooien, dan kan ik hem naar Ajay doorsturen voor een dubbelspel. Als ie naar Ajay wordt geslagen neem ik het honk over en draai ik het dubbelspel. Daar heb ik nog nooit moeite mee gehad.*

Rustig rustig rustig.

De Coshwale-supporters stonden te fluiten, te stampvoeten. Klaar voor de aanval. Het zweet droop van Starblinds gezicht toen hij van Schwartz het teken kreeg. Hij wierp een blik op de loper en vuurde een gemene *two-seamer* af die net op tijd naar binnen draaide. De voorste voet van de slagman ging omhoog, zodat Henry al wist waar de bal naartoe ging voordat de swing halverwege was: een strakke grondbal drie passen links van hem, ideaal voor een dubbelspel. Hij stond hem al op te wachten toen de bal arriveerde. Ajay kwam aansnellen om het tweede honk over te nemen. Henry, nog steeds in zijn ondiepe hurkzit, maakte een draai en slingerde zijn arm voor zijn lichaam langs, zoals hij dat al duizenden keren had gedaan, maar op het laatste moment voelde hij dat de aangooi te hard zou uitpakken en Ajay hem niet goed kon aannemen, dus probeerde hij zijn arm iets af te remmen, maar nee, ook dat was verkeerd, maar het was al te laat, de bal verliet zijn hand en begon naar rechts af te buigen, naar het pad dat de aanstormende loper volgde, en Ajay probeerde elke centimeter van zijn één meter zeventig uit te rekken om hem te vangen, maar de bal raakte de punt van zijn handschoen en schoot het rechterbinnenveld in terwijl de loper zijn benen uitstak en in zijn harde sliding Ajay onderuitschoffelde. Tegen de tijd dat Sooty Kim de bal had bemachtigd kachelden de lopers al het tweede respectievelijk het derde honk binnen. Ajay lag plat op zijn rug in het zand te kreunen. Uit de dug-out van Coshwale toeterde een stem: 'Bedankt, Henry!'

Gary kwam weer met zijn gezicht boven Pella's schouder hangen. 'Die zullen we maar door de vingers zien.'

Haar vader zat weer op zijn plek tussen de blonde vent en de onverstoorbare latino. 'Hoezo?' zei Pella kwaad. 'Hij ging niet de tribune in.'

'We hebben alle tijd. 't Is nog maar de derde inning.'

Ajay sprong overeind en wuifde de fysio weg. Schwartz vroeg om een time-out en kuierde naar de werpheuvel; zijn bedaarde tempo moest bij zijn medespelers een gevoel van kalmte teweegbrengen. Hij gebaarde naar de binnenvelders of ze bij hem wilden komen. 'Speel diep,' instrueerde hij. 'Dat ene punt kunnen ze van ons krijgen.'

Starblind liet een kort, sarcastisch lachje horen en wierp Henry een borende blik toe. 'We zullen er wel meer moeten weggeven, we houden de klerezooi niet bij elkaar.'

'Blijf gewoon werpen zoals je werpt,' zei Schwartz rustig. 'We scoren die punten wel.'

Starblind spuugde op de grond tussen hen in. 'Aye-aye, kapitein.'

De volgende slagman werd uitgegooid. De tweede nul. Als deze inning nou maar eens afgelopen is, dacht Henry. Zodat we terug kunnen naar de dug-out om te hergroeperen.

Eerste worp: een fastball. Zoals gewoonlijk zag Henry met zijn vooruitziende blik waar de bal naartoe ging: recht op hem af. De makkelijkste bal van de wereld. Hij zette aan en ving hem op borsthoogte, net op de rand van het binnenveldgras. Rick strekte zich naar hem uit, bood hem zijn gigantische handschoen aan als doelwit. De slagman bevond zich op amper een derde van de lijn. Tijd zat. Henry verplaatste zijn gewicht naar zijn standbeen, maakte pompbewegingen met zijn arm.

Opnieuw ging die arm heen en weer, hij pakte de bal anders vast, en nog eens. Inmiddels bevond hij zich ruimschoots op het gras van het binnenveld, niet ver van de werpheuvel. Ricks handschoen kon hij bijna aanraken. Er was nog tijd.

De slagman passeerde het eerste honk. De loper van het derde passeerde de thuisplaat en boog voorover om de weggesmeten knuppel op te rapen. De loper van het tweede honk bereikte het derde en bleef staan. Henry draaide zijn hand, palm omhoog, en keek wezenloos naar de bal, eindelijk met rust in zijn hoofd.

Hij liep naar Starblind, die voor de werpheuvel stond. Starblind brulde, zijn mond bewoog, witte tanden ontbloot, maar Henry hoorde hem niet. Hij overhandigde hem de bal. Terwijl hij naar de dug-out liep bleven zijn ogen op het blauw van de lucht gericht.

Pella had nog nooit zo veel mensen zo stil horen zijn. Over haar wang rolde een traan die werd voortgeduwd door die erachter, en die daar weer achter, en wie weet hoeveel nog. Ze draaide zich om en keek Gary boos aan. 'Ik krijg een honderdje van je,' zei ze.

49

De Harpooners in de dug-out – Arsch, Loondorf, Jensen en zo het hele rijtje af – sloegen hun ogen neer toen hij de treden af liep. Griezelig veel kalmte straalde hij uit. De supporters waren stilgevallen. De spelers op het veld stonden als aan de grond genageld, met stomheid geslagen, naar de dug-out te staren. Ook de scheidsrechters staarden. Coach Cox' kaken maalden op zijn kauwgom. Niemand wist wat te doen. Het was niet duidelijk of ze zonder hem verder konden; het was niet duidelijk wat de andere opties waren.

Henry bleef voor Izzy staan, legde een hand op de schouder van de eerstejaars, wachtte tot Izzy opkeek en zijn blik beantwoordde. 'Begin je maar op te warmen,' zei hij. 'Jij gaat erin.'

Izzy keek coach Cox aan. Coach Cox kwam tot bezinning en rukte zijn kaart met de opstelling uit de achterzak van zijn sportbroek. 'Avila!' blafte hij. 'Tempo, godsamme!'

Izzy greep zijn handschoen en draafde het veld op, oogknipperend tegen het zonlicht.

Henry liep naar de punt van de bank, ging naast Owen zitten. Owen sloeg zijn boek dicht en legde het op zijn schoot, maar wist niet wat te zeggen. Henry wrikte zijn linkerspike en daarna zijn rechter los, knoopte ze lichtjes met de veters aan elkaar vast, hing ze om de draagband van zijn tas. Hij schoof zijn plastic slippers over zijn sportsokken.

Coach Cox overlegde met de scheidsrechters terwijl Izzy met wiekende armen rondstuiterde in een poging alles los te gooien. De manier waarop hij zijn schouders de shimmy liet dansen; de rechtstandige, bijna prinselijke houding van zijn hoofd en schouders – het was eng. Het leek een soort eerbetoon. Rick slingerde hem ter opwarming een grondbal toe die hij met lome gratie verschalkte.

Henry ontdeed zich van zijn jersey en vouwde die keurig twee keer dubbel, zodanig dat de harpoenier op de linkerborst met zijn gezicht naar boven keek. Zoals altijd droeg hij er zijn inmiddels bleekrood-roze T-shirt van de Cardinals onder. Hij legde de jersey in zijn tas, plaatste er zijn handschoen zorgvuldig bovenop, ritste de tas dicht en schoof die tussen zijn voeten door onder de bank. Hij leunde achterover, handen op zijn bovenbenen, en keek uit over het veld. De wedstrijd werd hervat.

50

Affenlight zat nog steeds tussen de twee honkballers.

'Blass,' zei Dwight Rogner, die hiermee een lange, afschuwelijke stilte doorbrak. 'Sasser. Wohlers. Knoblauch. Sax.'

'Ik heb jarenlang tegen meneer Sax gespeeld.' Aparicio praatte altijd al zacht, zodat je je naar hem toe moest buigen om hem te kunnen verstaan, maar nu nog zachter. 'Een prima man, zij het in politiek opzicht dubieus.'

'Chuck Knoblauch en ik waren teamgenoten. Zijn enige hele jaar in de Minor League, bij mij een van de tien.'

Aparicio knikte.

'En verder natuurlijk Rick Ankiel, bij onze club.'

Affenlight kende de namen niet. Ze verlieten Dwights mond met eerbiedige tegenzin, als een litanie van vrienden die waren omgekomen tijdens een oorlog.

'Ze noemen het de Steve Blass-ziekte,' legde Dwight aan Affenlight uit. 'Vernoemd naar de eerste speler die het overkwam. Een pitcher van de Pittsburgh Pirates. Het was net vóór mijn tijd.'

'Het waren de Pittsburgh-teams van Clemente,' zei Aparicio. 'Die hebben in '71 de Series gewonnen. Clemente werd uitgeroepen tot Speler van het Jaar, maar die eretitel had probleemloos naar meneer Blass kunnen gaan. Hij kon bogen op een uitzonderlijk goede controle over de honkbal.'

'Een jaar later, op oudjaarsavond, kwam Clemente om bij een vliegtuigongeluk, onderweg naar Nicaragua om daar humanitaire hulp te leveren. Toen de voorjaarstrainingen begonnen kon meneer Blass niet meer doen wat hij altijd had gedaan. Het gebeurde heel plotseling. Vrije lopen, wilde worpen. Eén jaar later, nog maar twee jaar verwijderd van het hoogtepunt van zijn carrière, besloot hij te stoppen.'

'Denk je dat het verband hield met de dood van Clemente?' vroeg Affenlight.

Aparicio dacht even over de vraag na. 'Door de manier waarop ik het verhaal heb verteld heb ik dat wel gesuggereerd, hè? Maar in feite heb ik geen flauw idee. In ieder geval raakte Clementes dood mij diep, terwijl ik hem nooit had ontmoet. Maar ik was een kind, een kind uit dat deel van de wereld. Voor ons was Clemente een held. Teamgenoten zijn niet per se heel erg in elkaar geïnteresseerd.'

De batter van Coshwale legde een stootslag neer. Rick O'Shea schoot er gezien zijn afmetingen opmerkelijk kwiek op af en onderschepte hem keurig, maar zijn aangooi naar het derde ging ver naast en de linksvelder bleek niet in staat om bij te springen. Nog twee lopers passeerden het thuishonk. Het stond nu 5-2 voor de BE OE-KERS.

'Jullie pitcher gooit zijn arm uit zijn lijf,' zei Dwight terwijl Starblind vol afschuw met zijn handschoen op zijn bovenbeen sloeg. 'Ook een getalenteerde vent. Maar de rest van het team maakt een verslagen indruk.'

Ze zaten pal achter de dug-out van Westish, zodat ze Henry daarbinnen niet konden zien zitten. 'Herstellen ze ooit?' vroeg Affenlight. 'Spelers met die ziekte?'

Dwight dacht even na. 'Steve Sax wel. Van de grote namen is hij misschien wel de enige. Knoblauch verhuisde van het tweede honk naar het buitenveld, waar hij er minder last van had door die verre worpen. Ankiel verkaste ook naar het buitenveld.'

'Maar een verre worp is moeilijker,' reageerde Affenlight.

Dwight haalde zijn schouders op. 'Soms is moeilijker makkelijker.'

Op Affenlight had het gesprek een kalmerende werking omdat hij zo kon proberen Henry's rampspoed te doorgronden, in een bredere context te plaatsen, maar Aparicio hield zijn blik kalm op het veld gericht. Zelfs de enthousiaste, normaal zo loslippige Dwight leek beducht voor lange uitweidingen; het had er alle schijn van dat degene die zulke kwesties uitvoerig wilde bespreken in de directe omgeving van iemand wie het ter plekke overkwam, een honkbalcode schond. Hij besloot nog één vraag te riskeren, de laatste. 'Was het echt nooit eerder gebeurd? Vóór '73?'

335

Aparicio ademde in en uit – een soort etherische versie van een schouderophalen. Hij wachtte bijzonder lang voordat hij antwoordde, als om op waardige wijze protest aan te tekenen tegen het beroep dat Affenlight op hem deed. 'Hoe vaak gebeurt iets voordat we het een naam geven? En zolang de naam niet bestaat is de aandoening er evenmin. Wellicht is het dus diverse keren daarvóór gebeurd zonder dat er een naam aan werd gegeven.

Maar toch. Het honkbal kent vele geschiedschrijvers, onder wie een aantal spelers. Er zijn statistieken, archieven, legendes, doctrines. Als eerdere spelers vergelijkbare problemen hadden ondervonden is de kans groot dat die verhalen zouden zijn overgeleverd. Waarna men er met terugwerkende kracht die naam aan zou hebben gegeven.'

1973. Bij het grote publiek stond het te boek als een extreem beladen jaar: Watergate, 'Roe vs. Wade', de terugtrekking uit Vietnam. *Gravity's Rainbow*. Was het ook het jaar waarin de Prufrockiaanse verlamming gemeengoed werd, het jaar waarin die zijn intrede deed in het honkbal? Het was niet zonder logica dat een geestesgesteldheid die de kunstenaars van één bepaalde generatie kenmerkte – de modernisten van de Eerste Wereldoorlog – er enige tijd over zou doen voordat ze zich manifesteerde onder de rest van de bevolking. En als die geestesgesteldheid toevallig kon worden omschreven als een ernstig gebrek aan vertrouwen in nut en noodzaak van individuele menselijke handelingen, dan werd die gesteldheid een epidemie wanneer ze het domein van het ultieme vertrouwen in het voornoemde betrad: het domein van de beroepssport. In feite zou het een werkbare definitie van het postmoderne tijdperk kunnen opleveren: een tijdperk waarin zelfs sporters gekwelde modernisten waren. In dat geval begon het Amerikaanse postmodernisme in de lente van 1973, toen een pitcher genaamd Steve Blass de kluts kwijtraakte.

"'Do I dare?" and, "Do I dare?"'

Affenlight vond het een opwindende hypothese, zij het van dubieuze makelij. Toen hij een steelse blik op Aparicio wierp – die zijn handen droevig samengevouwen op zijn schoot hield – sloeg zijn opwinding om in schaamte. Literatuur kon je in een klootzak veranderen; dat had hij als docent aan een *graduate school* ervaren. Literatuur kon je ertoe brengen echte mensen net zo te behandelen als personages, als voedsel voor je eigen intellectuele gewin, als kadavers waarop je je kritische vermogens kon botvieren.

'Twijfel heeft altijd bestaan,' zei Aparicio. 'Zelfs onder sporters.'

51

De Harpooners verloren met 10-2. Vóór de volgende wedstrijd maakte niemand gewag van de aangekondigde ceremonie ter ere van Henry. De Westish-spelers liepen in stilte naar hun vaste plek bij de foutpaal in de punt van het rechtsveld, waar ze her en der op het gras neerstreken en lusteloos de sandwiches opaten die de mensa had bezorgd. Het was een prachtige, zonovergoten middag geworden. Een paar ambitieuze zonaanbidsters waren zelfs in bikini op de trainingsvelden gaan liggen. Henry, die door zijn vaalrode T-shirt afstak tegen zijn teamgenoten, lag op zijn rug met zijn ogen dicht, daarmee de rest uitnodigend zonder hem door te gaan. Een verbitterde Starblind zat inwendig te koken. Hij mopperde op zichzelf en keek woest naar zijn ontblote rechterarm terwijl hij er tijgerbalsem op smeerde. Niemand die de begrafenisstemming verbrak of zelfs maar een blik wierp op de plek achter de thuisplaat waar Aparicio handtekeningen uitdeelde.

Henry tikte Izzy op zijn knie. 'Ga bij hun derde slagman iets meer richting derde honk staan. De laatste bal die hij sloeg had je kunnen hebben.'

Izzy knikte.

'Vooral wanneer Sal pitcht. Anders dan wanneer Adam daar staat moet je bij Sal iedereen één stap naar pullside laten maken. Tenzij die z'n change-up gooit. Dan moet je Mikes tekens in de gaten houden en meer op je gevoel spelen.'

Izzy tuurde naar zijn yoghurt.

'*Comprende?*' zei Henry.

Izzy knikte. '*Comprende*, Henry.'

Henry kwam overeind en liep naar het hek, waar een iel, beweeglijk meisje met golvend, lang, zandkleurig haar op hem stond te wachten.

Toen hij dichterbij kwam duwde ze haar wijsvinger door het hekwerk. Iets later raakte Henry die met zijn eigen wijsvinger aan.

'Wie is dat?' vroeg Starblind.

'Volgens mij is het Skrim z'n zus.' Rick keek naar Owen. 'Boeddha?'

Owen knikte.

'Hm,' zei Adam. 'Niet slecht.'

52

Izzy scoorde het winnende punt in de tweede wedstrijd van het dubbeltreffen, toen het 6-6 stond in de tweede helft van de tiende inning en Schwartz een tweehonkslag naar de hoek van het linksveld hamerde. De Harpooners stormden vanuit de dug-out Izzy tegemoet toen hij de thuisplaat passeerde en trakteerden elkaar op boksen, mannelijke knuffels en gesmoorde loftuitingen. Door de remise van die dag stonden ze nog één gewonnen wedstrijd op Coshwale achter in het UM-SCAC-klassement, met nog een dubbeltreffen te gaan, morgen op het thuisveld van de Muskies. 'Morgen,' zei iemand, en het werd een enthousiast ontvangen en herhaald refrein.

'Morgen.'

'*Morgen.*'

Bij hun terugkeer in de kleedkamer begonnen ze aan hun vaste persoonlijke rituelen, zoals rekken en strekken, verhitten en afkoelen, douchen en scheren en oogzwart afvegen, het plamuren van prikkelende mentholsmeersels als Icy Hot, Tiger Balm en Fire Cool, met hier en daar explosies van witte nieswolken voetpoeder, babypoeder, schimmelpoeder, kruispoeder. Schwartz liep naar de bubbelbadkamer om te liggen weken. Hij deed het licht uit, liet zich in de roffelende badkuip zakken en probeerde een paar minuten niet aan honkbal te denken, niet aan Henry te denken, terwijl de zouten en het kolkende water vergeefs zijn lijf bewerkten. Hij had Pella vandaag op de tribune zien zitten; ze was niet met de Architect op het vliegtuig terug naar San Francisco gestapt. Het was een verademing geweest om haar marineblauwe windstopper tussen al dat lelijke rood te zien.

Toen hij terugkeerde naar de kleedkamer was die verlaten. Zijn rug deed evenveel pijn als altijd. Het kostte hem twee minuten om zijn ondergoed aan te krijgen. Hij slikte een handvol Advils – iets beters had hij sinds kort niet meer – en trok zo snel mogelijk de rest van zijn kleren aan.

Tegen de tijd dat hij boven aan de brede stenen trappen van het USC stond was de zon ondergegaan, zodat de avond lentekoel aanvoelde. In het halfduister zag hij iemand op de parkeerplaats ronddrentelen als een mot. Ze bleef staan en keek omhoog toen de houten deuren zich knarsend sloten. 'Sophie,' zei hij.

'Mike?'

Op een drafje kwam ze aanzetten, aan haar schouder een hotsende rugzak, en gaf hem een meelevende knuffel. Schwartz had het gevoel dat hij haar goed kende, terwijl ze elkaar pas één keer eerder hadden gezien. Ze leek opvallend veel op haar broer: dezelfde slanke nek en elegante manier van bewegen, dezelfde zachte trekken en lichtblauwe ogen. Ze zag er ouder uit dan het meisje op de verbleekte foto boven Henry's bureau, meer jongvolwassen, maar ook even iel en naïef als Henry toen die op Westish arriveerde. De Skrimshanders waren laatbloeiers. 'Waar is Henry?' vroeg ze.

'Waarschijnlijk bij Carapelli, met de rest van het team. Ik ben wat later, ga nou die kant uit.'

'Maar ik heb de rest van het team gezien,' sputterde Sophie tegen. 'Henry was er niet bij. Ik had gedacht dat ie bij jou zou zijn.'

Godverdomme. Schwartz pakte zijn telefoon – zijn eerste impuls was Owen te bellen, maar hij wilde Sophie niet laten weten dat hij niet wist waar Henry was. Dus stuurde hij maar een sms'je: H bij jou? 'Je broer neemt graag de nooduitgang,' loog hij. 'Een van zijn ritueeltjes. Waar zijn je ouders?'

Sophie sloeg haar ogen ten hemel. 'Mam heeft pap meegesleept naar het hotel omdat hij te veel naar Henry zat te schreeuwen. Nog effe en hij krijgt een hartverzakking, bij wijze van spreken.' Ze liet haar stem zakken en gromde: ''t Joch kapt er zomaar mee. Laat z'n team in de steek. Krijgt wat ie verdient.'

'Hij koelt wel weer af.'

'Ooit. Hoe dan ook zitten we met z'n drieën in één kamer. Ik blijf daar uit de buurt.'

Schwartz wist niet goed wat te doen. Hij kon Sophie meenemen naar Carapelli om samen met het team wat te eten, dan kon ze Apari-

341

cio Rodriguez ontmoeten, niemand die er bezwaar tegen zou hebben
– maar hij begon inmiddels te vermoeden dat Henry er niet zou zijn.
Dat hij weg was. Wat 'weg' op dit campusje ook mocht betekenen.

De telefoon in zijn hand begon te trillen. Hij nam aan dat het Owen
was, maar het schermpje toonde zijn eigen vaste nummer.

'Hallo?'

'Hoi,' zei Pella. 'Waar ben je?'

'Voor het USC.'

'Met je favoriete handdoek om?'

Schwartz moest even nadenken voordat hij begreep waar ze het
over had.

'Ik moet dringend met je praten. Ben je gauw terug?'

'Ik moet naar het etentje van het team. Tegen tien uur ben ik weer
terug.'

'Zal ik naar je toe komen? Sorry, Mike. Ik weet dat je een heftige dag
achter de rug hebt. Maar ik wil je dringend om advies vragen. Het gaat
over m'n pa.'

'Sorry,' zei hij. 'Ik ben tegen tienen weer thuis.'

Pella zuchtte. 'Oké. Is het goed als ik hier blijf wachten?'

Sophie had zich teruggetrokken en zat op de onderste tree naar de
op en neer gaande tenen van haar veterloze gympen te kijken. Schwartz
kon haar niet terugsturen naar haar ouders, kon haar niet meenemen,
kon haar niet hier achterlaten. Hij wilde net ophangen toen hij iets bedacht.

'Wát wil je dat ik doe?' vroeg Pella verbaasd.

'Je hebt me heus wel verstaan.'

'Je maakt een grapje. Mike, dit was echt een vreselijk maffe dag.'

Schwartz maakte geen grapje. 'Ga je omkleden,' zei hij tegen Sophie nadat hij de verbinding had verbroken. 'Over een half uur komt
Pella je hier ophalen.' Hij stopte haar twee van coach Cox' honderdjes
toe. 'Zeg 'r maar dat je naar Maison Robert wilt.'

53

Na het eten doorzochten Schwartz en Owen de bibliotheek en de sociëteit – op zaterdagavond was er verder niets open – maar geen teken
van Henry. Hij was niet in zijn kamer, noch bij zijn ouders; Henry's
moeder had Owen op diens mobiel gebeld omdat zij hem ook zocht,
en Owen had tegen haar gezegd dat Henry een ommetje aan het maken was.

Ze liepen naar het USC en kamden het gebouw van de begane
grond tot bovenin uit, deden in het voorbijgaan alle lichten aan, her-
haalden hun zoekactie op de terugweg en deden alle lichten weer uit.
Bij het verlaten van het pand sloot Schwartz de deuren af. Vanaf het
water waaide een zachte maar ijzige bries pal westwaarts. 'Dit bevalt
me niks,' zei Schwartz. 'Dit bevalt me helemaal niks.'

'Henry is een volwassen vent,' reageerde Owen. 'Of op een haartje
na dan. Waarschijnlijk wil hij nu gewoon even alleen zijn.'

'Hij mág nu helemaal niet alleen zijn. Tenzij hij ons vertelt waar ie
uithangt.' Schwartz hield zijn horloge in het kille blauwe licht van een
beveiligingslamp. 'De bus naar Coshwale vertrekt over acht uur.'

'Misschien moeten we teruggaan naar de plaats delict.'

Ze checkten Westish Field en daarna de grote stenen kom van het
footballstadion. Niets. Er was weinig kunstlicht in de buurt en de
maan tussen de wolkendekens was zo iel als een ooghaar. Vóór zijn
aankomst op Westish had Schwartz nog nooit zo'n duisternis meegemaakt; die eerste dagen op de campus durfde hij niet in slaap te vallen, bang dat de nacht en de stilte hem voorgoed zouden opslokken.
Inmiddels vroeg hij zich af of hij ooit nog in een stad zou kunnen wonen.

'Ik denk niet dat ie elders z'n verdriet zit weg te drinken,' zei Owen.
Henry ging alleen naar een café als het moest, zoals op de verjaar-

dag van een teamgenoot of de jaarlijkse Ontgroeningsnacht van de Eerstejaars. Toch merkten Schwartz en Owen dat ze bijna als vanzelf de neiging kregen naar Bartleby te gaan. Zo groot was Westish niet, het telde maar een paar tenten die ze hoefden aan te doen.

Voor alle niet-honkballers was het drankspitsuur: zaterdag, middernacht, begin mei, met nog twee weken te gaan tot de afsluitende tentamens. De rij voor Bartleby liep helemaal tot het einde van het blok, tussen de pretparktouwen door. Meisjes in dunne jurken stonden huiverend twee aan twee tegen elkaar aan gedrukt met een zwart jasje om hen heen. Jongens hielden hun handen diep in hun zakken en deden alsof ze het niet koud hadden.

Schwartz haakte het touw van zijn metalen, met een bol afgetopt paaltje en liep naar het begin van de rij met Owen achter hem aan. Een jonge Harpooners-footballer, een *linebacker*, torende uit boven de rest omdat hij op een hoge houten kruk naast de deur zat, waar hij met zijn personenteller speelde. Schwartz verkocht hem een vriendelijke klap op zijn borstkas. 'Lopez. Dacht dat je er inmiddels wel mee zou zijn gekapt.'

Lopez schokschouderde. 'Nog niet.'

Schwartz tuurde door de getinte glazen deur. 'Nogal druk daarbinnen.'

'Tjokvol,' zei Lopez. 'Zelfs meisjes laat ik nu niet naar binnen.'

'Heb je misschien een glimp opgevangen van de Skrimmer?'

'Henry? Hier?' Lopez kneep zijn ogen samen en krabde aan zijn kin alsof hij gedwongen werd een complex raadsel op te lossen. 'Geloof van niet. Maar Adam zit wel binnen.'

'Starblind? Wat doet die hier? We moeten morgen spelen.'

Lopez haalde weer zijn schouders op. 'Schiet mij maar lek. Hij is met een of andere griet.'

'Geweldig,' zei Schwartz. 'Briljant.' Over zeven uur vertrok de bus naar de belangrijkste en – als ze verloren, wat niet zou gebeuren – laatste wedstrijd van zijn Westish-carrière. Niet alleen lag hij niet te slapen, niet alleen was hij door zijn medicijnen heen en daar chagrijnig van, niet alleen voelde hij elke hartslag in zijn half vernielde knieën, niet alleen was zijn beste speler wanhopig en zonder toestemming vertrokken, maar nu negeerde ook nog eens zijn op één na beste

344

speler het verbod om tijdens de avondklok kutjes te jagen. 'Vind je het goed als we even rondkijken?'

Lopez duwde met een vlezige onderarm tegen de glazen deur, zodat ze én de rij én de twee dollar entree omzeilden. Bartleby was vol lijven en flitslichten. Barokke neonreclames hingen fonkelend aan de muren oude lokale biermerken aan te prijzen – Schlitz, Blatz, Hamm's, Pabst, Huber, Old Style – die tegenwoordig het eigendom waren van een zuidelijk tabaksconglomeraat. Play-offs van de NBA op de tv's, derderangs hiphop uit de jukebox, twee vlezige stadsjongens die plastic geweren op de kast van *Big Buck Hunter IV* richtten. Owen boog voorover om iets in Schwartz' oor te brullen.

'Wat?' brulde Schwartz terug.

'Ik zei: ik sta in een plas bier.'

'We staan allemaal in een plas bier.'

'Maar waarom? Het is weerzinwekkend.'

Er was te veel lawaai om Owen de heteroseksuele verleidingskunst uit de doeken te doen, zelfs als hij er oren naar had gehad, dus bleef Schwartz zich maar door de mensenmassa worstelen terwijl hij boven de honkbalpetten en het glanshaar van de meisjes uit om zich heen spiedde, almaar op zoek naar Henry, wetend dat Henry hier met geen mogelijkheid kon zijn. God, wat rook dat bier lekker. Zijn stelregel was: niet drinken voor een wedstrijd, maar bij gebrek aan Vikes – vanochtend had hij zijn laatste geslikt – waren een paar biertjes haast noodzakelijk.

Owen tikte hem op zijn schouder. 'Ik zie Adam.'

'Waar?'

'Einde van de bar.'

Zijn gezicht ging schuil achter het overvloedige tarwekleurige haar van het meisje waarmee hij zat te kussen, maar het glanzende zilveren jasje was onmiskenbaar van Starblind. Na afloop van de kus trok hij een limoenschil uit zijn mond, liet die in een whiskyglas vallen en stak twee vingers in de lucht om de barkeeper een nieuw rondje te vragen. Het meisje legde een arm om zijn nek en liet haar hoofd in dronken aanbidding op zijn schouder rusten.

'O hemel,' zei Owen.

Schwartz baande zich een weg door de deinende, bijna dansende menigte. Afwisselend balde en ontspande hij zijn vuisten, in een traag ritme. De barkeeper schonk twee nieuwe glazen tequila in. Sophie stond op, deed tweehandig haar haar in een staart en bood haar nek aan Starblind aan, die er langzaam aan likte, daarna een zoutpotje van de bar pakte en wat wittigs op Sophies natgemaakte huid strooide. Sophie nam een schijfje limoen uit een bakje op de bar en deed dat tussen haar tanden, met de vruchtvleeskant naar buiten. Ze deed haar ogen dicht en legde haar hoofd in haar nek. Starblind boog voorover, likte onthaast, hagedisachtig, het zout uit haar nek, en in de aanloop naar de kus smeet hij met een snelle polsbeweging een bodempje tequila over zijn schouder, recht door het stroboscooplicht, tegen Schwartz' shirt.

'Hé jongens,' zei Schwartz.

Starblind trok wit weg. 'Mikey-o!' kraaide Sophie terwijl ze haar armen om de nek van Schwartz sloeg en zich voorover liet vallen om zijn wang te kussen. Ze had dezelfde melkwitte huid als haar broer, minus het windgebrande roodbruin van al die wintermorgens door het stadion rennen, plus de gevlekte tequilagloed die van haar wangen doorliep tot de halslijn van haar boterkleurige zomerjurk. Ze juichte 'Owen-o!' en deelde nog een knuffel uit.

De Boeddha lachte de zorgeloze glimlach die hem zijn bijnaam had bezorgd. 'Hallo, lieverd. Heb je het leuk?'

'Já. Waar is m'n broer? Ik moet m'n broer vinden. Laten we allemaal nog een borrel doen.'

'We hoopten dat jullie hem hadden gezien,' zei Schwartz. 'Waar is Pella?'

'Pella,' zei Sophie, 'is móói.'

'Helemaal mee eens. Boeddha, bestel jij een koffie voor Sophie, wil je? Ik moet even iets met Adam bespreken.'

'Aye-aye, kapitein.' Owen sloeg een tengere arm om Sophies schouders en voerde haar weg, het gecompliceerde verhaal dat hij begon te vertellen met zijn andere hand kracht bij zettend. Sophie knikte als gehypnotiseerd, met gefronste wenkbrauwen, om aan te geven dat ze, hoe dronken ook, slim genoeg was om alles te begrijpen wat Owen haar vertelde. Goeie ouwe Boeddha.

Schwartz keek Starblind aan, in wiens wangen weer wat kleur zat, maar de onderkoelde Starblind-glimlach was nergens te vinden. 'Waar is Pella?'

Nors haalde Starblind zijn schouders op. 'Ik liep Sophie en haar op straat tegen het lijf. Pella zei dat ze zich niet lekker voelde.'

'Heeft ze Sophie aan jou overgedragen?' Op Starblind kon Schwartz maar in beperkte mate nijdig worden; Starblind was Starblind zoals een hond een hond was en een haai een haai. Van een haai verwachtte je geen moreel inzicht. Maar Pella... Hoe haalde ze het in haar hoofd om Henry's zus over te dragen aan een haai? Waarom, o waarom? Waar was haar verantwoordelijkheidsgevoel? Hij vertrouwde haar, wilde haar vertrouwen, wilde voor haar dezelfde normen hanteren als voor zichzelf. En dan flikte ze zoiets. 'De avondklok voor het team is twaalf uur,' zei hij.

'Ik kan hetzelfde tegen jou zeggen.'

Door zijn grotere lengte wist Schwartz zijn borende blik extra kracht mee te geven. 'Dat raad ik je af.'

'Ik heb niet lopen drinken,' zei Starblind. 'Als dat is wat je denkt. Heb enkel Sophie op sleeptouw genomen.'

'Ze is Henry's zus.'

'En wat dan nog? Heb jij nooit geflikflooid met iemand z'n zus?'

'Ze is zeventien.'

Starblind schokschouderde. 'Tegen mij zei ze achttien. Hoe dan ook staat Skrim bij mij in het krijt. Het klootzakje heeft me vandaag een overwinning gekost.'

Schwartz tilde Starblind op zoals je een baby uit zijn badje optilt: onder de oksels, met gestrekte armen, zodat hij je shirt niet nat druipt, met dien verstande dat het shirt van Schwartz al nat was van de weggekwakte tequila. Starblind trapte en spartelde woest met zijn benen. Schwartz drukte hem hoog tegen de zijkant van de Buck Hunter-kast. Het apparaat ging sidderend heen en weer. De twee vlezige stedelingen maakten een draai om hun ongenoegen te uiten maar hielden zich in toen ze de dreigende razernij in Schwartz' ogen zagen.

Schwartz drukte zijn linkeronderarm in Starblinds schouder om hem tegen de speelautomaat te pinnen. Starblinds hoofd klapte achterover en knalde tegen het plastic. De pijn maakte Starblind woedend en van die woede begon hij te glimlachen. Eén ding moest je Starblind nageven: hij gaf niet op. 'Fuck hé, wat is er met jou aan de hand?' zei hij. 'Henry pijpt jou al jaren. Ik wilde gewoon ook eens wat Skrimshander-liefde.'

Schwartz verschoof zijn onderarm van Starblinds borstkas naar diens adamsappel. Starblind kuchte, draaide zijn hoofd opzij in een poging adem te krijgen. Hij trok een knie op naar de ballen van Schwartz – veel ruimte kreeg hij niet, maar toch: een kniestoot. Schwartz kromp ineen, kwam weer overeind, ramde zijn handpalm tegen Starblinds voorhoofd, zodat diens schedel opnieuw tegen het plastic knalde. Starblind rolde met zijn ogen. Hij draaide en kronkelde, wist één hand te bevrijden en lukraak een paar klappen uit te delen.

Ondanks het waas van zijn woede merkte Schwartz dat de stampvolle, lawaaiige bar lucht van het gevecht begon te krijgen. Hij moest hier een punt achter zetten voordat een of andere onbekende smeris kwam opdagen en hij stront aan de knikker had. Hij had zin om Starblind af te maken, maar in plaats daarvan kromde hij zijn vuist en beukte die laag, zo hard als hij kon, in diens maagstreek, een slag waar niemand iets van zou terugzien en die niet zo pijnlijk was dat hij morgen niet kon spelen. De adem zoefde uit Starblinds lijf en hij zakte langs de zijkant van het apparaat op de vloer, die glad van het bier was. Hij keek omhoog naar Schwartz en nieste larmoyant.

'Hé,' protesteerde Sophie toen Schwartz haar van drank zware arm optilde, die om zijn nek drapeerde en haar naar de uitgang dirigeerde. 'Ik dacht dat we nog wat drankjes deden. Waar is Henry? Waar is Adam?' Ze leunde naar opzij om Schwartz iets in het oor te fluisteren. 'Wat een lékker ding is dat. En ik meen het serieus.'

'Hij is een kanjer.' Owen hield de deur open, Lopez groette en ze togen de nacht in.

'M'n auto staat aan het einde van het blok,' zei Schwartz. 'Deze kant uit.'

Nog voordat ze bij de Buick waren begon Schwartz' mobieltje te rinkelen. De kans was groot dat het al veel vaker had gerinkeld maar dat hij er door het kabaal in Bartleby niets van had gehoord. Hij wierp een blik op het schermpje: THUIS.

'Hoi.'

'Hoi,' zei Pella. 'Heb je al beet?'

'We hébben een Skrimshander gevonden. Maar niet degene die we zochten.'

'Wat bedoel je?'

'Ik bedoel Sophie. Weet je nog? Sophie? Lief meisje waar jij eigenlijk op had zullen passen? Ze zat straalbezopen bij Bartleby, waar Starblind d'r gezicht aflebberde. Dus heb ik hem tegen de grond geslagen, wat ik misschien beter niet had kunnen doen, maar ja.' Schwartz was weer bloedlink en ramde met een vuist op de motorkap van de Buick. 'Waar was je mee bezig? Haar dronken voeren en meegeven aan de meest dubieuze knakker die je kon vinden? Wat bezielde je? Waar bén je?'

'Ik ben bij jou thuis.'

'Ik weet waar je bent!' brulde Schwartz. 'Waarom ben je niet bij Sophie? Waarom moet ik verdomme voor de hele universiteit de babysitter uithangen? Waarom kan ik me niet gewoon zorgen maken om datgene waar ik me zorgen om móet maken?' Ondanks de gierende wind weerkaatste zijn stem over de straat. Een groepje hooggehakte tweedejaarsmeisjes, van Bartleby onderweg naar een huisfeest, kwam kwebbelend en wankelend voorbij. Hun strapless topjes en ruchesrokken vertoonden zulke subtiele variaties qua snit en kleur dat het een zorgvuldig georkestreerd geheel leek, zoals ze daar arm in arm passeerden en deden alsof ze niet hoorden wat Schwartz zei. De laatste probeerde troost te vinden in een peinzende blik op hun tien ranke benen die felroze zagen van de kou, evenals in zijn vermoeden dat hij in een dronken, vergeten nacht tussen zeker vier of zes van die benen had gelegen, maar het was een zinloze exercitie, de meisjes kwamen hem nu absurd voor, hij kon zich niet meer voorstellen dat het bestaan een eindeloze voorraad anonieme roze dijen te bieden had waarin hij zijn zorgen kon ontvluchten. Pella zou zich nooit zo kleden.

'Sorry,' zei Pella, die eerder chagrijnig dan berouwvol klonk. 'Na het eten kwamen we Adam tegen en toen vroeg ik hem waar het hotel was, en hij zei dat hij die kant uit ging, hij zou Sophie wel even naar het hotel brengen. En waarom zou ik hem niet geloven? En daarna ben ik naar je huis gegaan om jou te zien.' Ze wachtte even en waagde zich aan een ander onderwerp toen Schwartz de stilte niet vulde met gebrul. 'Nog steeds niets van Henry vernomen?'

'Niks.'

'Wat nu?'

'Ik weet het niet,' zei Schwartz. 'Eerst moet ik Sophie ergens zien onder te brengen. Ik kan haar niet in deze toestand bij haar ouders afleveren.'

'Weten ze dat Henry nog steeds vermist is?'

'Ik ga ze zo bellen. Ik vertel ze wel dat allebei hun kinderen braaf liggen te slapen.'

'Oké.' Weer zuchtte Pella als een gewond katje in de telefoon. 'Mike. Ik weet dat het geen ideaal moment is, maar ik moet echt met je praten. Het gaat over m'n vader.'

'Ik kom eraan,' zei Schwartz. 'Gewoon blijven zitten waar je zit.'

Tegen de tijd dat hij de ouders Skrimshander had gebeld en achter het stuur van de Buick kroop, lag Sophie knus te slapen op de forse achterbank, daar waar Schwartz met de meeste van zijn schoolveroveringen was beland. Ze lag met opgetrokken knieën, haar kuiten staken zonlichtwit onder de zoom van haar verfrommelde jurk uit. Het kon zijn dat ze op haar duim zoog; in elk geval had ze haar duimnagel nadenkend achter haar tanden gehaakt. Zoals ze daar dronken lag te slapen, met een gezicht dat ontdaan was van alle tienermeisjesprovocatie en moedwillig raffinement, leek ze zelfs nog meer op haar broer. Schwartz startte de motor zo soepel mogelijk, probeerde hem in de eerste versnelling te krijgen zonder dat het leek alsof de bodemplaat wegviel en draaide de neus van de wagen weg van de stoep.

'Ik ben er niet gerust op,' zei hij.

Owen knikte. Stapvoets – Schwartz raakte het gaspedaal amper aan – reden ze door Groome Street en speurden zwijgend de bosjes af als een agentenduo dat sinds jaar en dag samenwerkt.

'We brengen Sophie naar jouw kamer, als je dat goedvindt,' zei Schwartz even later.

'Geen probleem.'

Schwartz parkeerde op het laad- en losgedeelte van de mensa. Sophie gaf geen blijk van ontwaken toen hij zijn armen onder haar gewichtloze vogellijfje schoof en haar de Small Quad over droeg terwijl de hakken van haar vetersandaaltjes zachtjes tegen zijn bovenbeen schopten. De voordeur van Phumber Hall stond al open dankzij een

krat kunstgeschiedenisboeken, zodat de elektronische kaartlezer uitnodigend groen fonkelde. Een raam op de begane grond braakte de
hiphophit van dat moment uit onder begeleiding van een kakofonie
aan extatische stemmen. Het nummer ebde weg en begon meteen
weer, bij de eerste maat, aan de pompende bas te horen.

'Bier?' stelde Owen voor.

'Ik zou niet weten waarom niet.'

Owen dook het feestje in en kwam terug met twee felblauwe, met
schuim afgetopte plastic bekers. 'Naakt,' luidde zijn commentaar.

'De meiden ook?'

'Iedereen.'

Owen liep met het bier naar boven. Schwartz volgde met Sophie.
Hun stilzwijgende hoop was dat Henry daar in bed oude nummers
van Sports Illustrated zou liggen te lezen. Waarop Schwartz harder dan
ooit tegen hem zou uitvaren – de hele avond had hij in gedachten zijn
preek in elkaar lopen draaien, fraaie volzin na fraaie volzin – en alles
weer in kannen en kruiken zou zijn. Maar de kamer was donker en
leeg. Alle woede lekte weg uit Schwartz' lijf, met medeneming van
zijn laatste energie en hoop. Hij legde Sophie op Henry's onopgemaakte bed, drapeerde een deken over haar heen en sloeg de onderkant terug zodat hij haar ingewikkelde sandaaltjes kon losmaken,
waarna hij ze bij de deur zette. Owen reikte hem een warm, al te schui-
mig biertje aan, dat hij zwijgend aannam en in één lange, trage teug
leegdronk. De tien blokken terug tot aan Grant Street, waar Pella zich
bevond, hadden net zo goed duizend kilometer kunnen zijn. Hij ging
plat op zijn rug op het bloedkleurige kleed liggen en droomde over
god weet wat.

54

Na de wedstrijd nam Henry korte tijd deel aan het feestje van zijn teamgenoten rond de thuisplaat. Intussen keek hij met een schuins oog naar de tribune achter het eerste honk, waar Aparicio Sals broertje een handtekening gaf. Hij, Aparicio, die weldra tot president van Venezuela kon worden gekozen, droeg een jasje en een das, was helemaal uit St. Louis gekomen, had een jasje en een das aangetrokken om er getuige van te zijn hoe Henry zichzelf voorgoed vernederde. Hij zag er precies zo uit als Henry zich had voorgesteld: even strak en fit als toen hij nog speelde, met zijn lange, statige nek, amandelbruine huid, schouders niet breder dan die van Henry. Dwight Rogner stond bij hem in de buurt mobiel te bellen, en Henry hoefde niet te kunnen liplezen om te weten wat hij zei: 'Schrijf dat joch van Skrimshander maar af.'

Henry greep naar zijn tas en glipte de mensenmassa in, zogenaamd om rector Affenlight de hand te schudden. De man in kwestie stond daar in zijn eentje en schonk hem precies de medelijdende blik die Henry de rest van zijn leven moest zien te vermijden. Toen rector Affenlight wegkeek schuifelde Henry om de backstop heen en stak veilig het niemandsland tussen Westish Field en het footballstadion over. Daar ging hij in de schaduw van een arcade, omgeven door de koele, zoete geuren van mos en verrotting, zitten huilen.

Hierna voelde hij zich nog veel beroerder. Wat op de diamond een felle, door adrenaline en wilskracht gevoede angst was geweest – ik wil hier weg, weg van iedereen – veranderde in een mat, akelig, uitdijend afgrijzen. Er zou een moment komen, en dan nog een en nog een. Die momenten zouden zijn leven vormen.

Hij opende de kist waarin hij het verzwaarde vest bewaarde dat hij tijdens zijn stadiontrainingen droeg, trok het over zijn Cardinals-shirt aan, gespte de borstband vast. De wedstrijd was tegen zonsondergang afgelopen en nu was het donker. Hij trok de riempjes wat verder aan, zodat het vest tegen zijn borst drukte.

Hij ging het stadion uit en liep in oostelijke richting via de trainingsvelden naar het meer. De wind, onbuigzaam en koud, kwam recht van het water. Hij klauterde het met steengruis bezaaide hellinkje naar het strand af, hield zich daarbij aan een verdwaalde struik vast om zijn evenwicht te bewaren en begon noordwaarts langs de oever te lopen.

Op de plek waar het strand ophield begon een pad. Het liep door stroachtig, door de regen gegeseld gras dat gonsde van de insecten. Na drie kilometer eindigde het pad bij een soort weiland dat in de zomermaanden werd gemaaid door het gewest en waarin de vuurtoren zich verrees. Op zijn gebruikelijke verzwaard-vestdrafje rende Henry rond de vuurtoren en gaf in het voorbijgaan een klap op de repousséletters van de plaque die de Historical Society op het stucwerk had bevestigd, waarna hij terugging zoals hij was gekomen. Verder naar het noorden bevond zich alleen nog een hoog, van scheermesdraad voorzien hek dat vanaf de waterkant helemaal doorliep tot aan de snelweg ver in het westen. Aan de andere kant van het hek lag een privébos. Voorbij het bos richting noorden lag de volgende stad. Henry wist niet hoe de stad heette; hij was er nooit geweest.

De vuurtoren was een hoge, witte, taps toelopende cilinder die niet meer werd gebruikt maar wel goed werd onderhouden. In alle winkels en restaurants van Westish hingen er schilderijen en foto's van. De toegangsdeuren met hun brede planken bevonden zich in een soort nis in de muur. Hij trok aan de pijlvormige ijzeren beugels, maar het spul zat stevig op slot. Hij liet zijn tas in de nis vallen en waadde het kille water in.

Net toen de traag rollende golven zijn kin raakten bereikte hij een zandbank, zodat hij weer vanaf zijn heupen droog stond. De wind beet door zijn natte shirt en verzwaarde vest. Hij klappertandde hoorbaar. Het water, hoe koud ook, bood meer troost dan de wind. Hij liet zich zakken om zijn hoofd onder te dompelen. Toen hij dat deed bleef zijn Cards-pet op het water drijven, alsof die weigerde mee te doen aan de idioterie – welke dan ook – waaraan hij zich overgaf; de golven namen de pet mee, buiten zijn bereik, de duisternis in. Hij bracht zijn lijf in drijvende toestand en begon te zwemmen.

Door de zwaartekracht op het vest waren de eerste tien slagen zwaar, nagenoeg onmogelijk. Maar zodra hij een beetje vaart had ondervond hij er nog maar weinig hinder van. Hij zwom langs de eerste boei, de tweede boei. De lichten van de campus achter hem werden kleiner. Hij bleef zwemmen.

Toen hij voor zijn gevoel ongeveer halverwege het meer was minderde hij vaart tot hij met zijn kin net boven het donkere water lag te watertrappelen met boven hem donkere lucht. Sterren zag hij, verder niets. Er waren geen meeuwen, het was muisstil. Mogelijk was nog nooit iemand tot hier gezwommen, zo ver uit de kust. Of misschien deden mensen het honderden of duizenden jaren geleden voortdurend. Misschien was dat hun vorm van sport. Het water leek te kreunen onder zijn eigen gewicht, het gewicht van ander water.

Hij draaide zich om zodat hij de campus zag, het handvol lichtjes dat door de verte heen priemde. Hij ontspande zijn blaas en piste in het water. Het kalmeerde zijn hele lichaam, zij het maar voor even.

Het enige waar hij in zijn leven naar had verlangd was dat alles bij hetzelfde zou blijven. Of dat bepaalde dingen alleen op de juiste manier zouden veranderen, stukje bij beetje zouden verbeteren, dag na dag, aldoor. Het klonk gek als je het zo stelde, maar dat was wat het honkbal hem had beloofd, wat Westish College hem had beloofd, wat Schwartzy hem had beloofd. De droom van elke dag hetzelfde. Elke dag was als de dag ervoor, maar net iets beter. Je rende iets sneller door het stadion. Bij het bankdrukken kon je iets langer doorgaan. In de slagkooi raakte je de bal iets harder; na afloop bekeek je met Schwartzy de video en verwierf iets meer inzicht in je swing. Je swing werd iets eenvoudiger. Alles werd eenvoudiger, stukje bij beetje. Je at hetzelfde eten, werd op hetzelfde tijdstip wakker, droeg dezelfde kleren. Haperingen, slechte gewoontes, nutteloze gedachten – alles wat je niet nodig had verdween langzaam uit je leven. Alles wat eenvoudig en nuttig was bleef. Stukje bij beetje verbeterde je jezelf tot de dag waarop alles perfect was en dat bleef. Voor altijd.

Hij wist dat het gek klonk als je het zo stelde. Perfect willen zijn. Willen dat alles perfect is. Maar nu had hij het gevoel dat hij sinds zijn geboorte naar niets anders had verlangd. Misschien hield hij niet eens van het honkbal zelf, maar van het idee van perfectie, een volkomen overzichtelijk leven waarin elke handeling betekenisvol was, en honkbal was het ideale middel waarmee hij dat kon verwezenlijken. Had kunnen verwezenlijken. Het klonk gek, zeker weten. Maar wat betekende het als je diepste verlangen, de premisse waarop je je hele leven had gebaseerd, gek klonk zodra je het onder woorden bracht? Het zou betekenen dat je zelf gek was.

Na afloop van het seizoen verslonden zijn teamgenoten, zelfs Schwartzy, alles wat voorbijkwam: sigaretten, bier, koffie, slaap, porno, videogames, meisjes, toetjes, boeken. Het maakte niet uit wat ze verslonden, zolang ze maar konden schransen. Van dat schransen voelden ze zich niet beter – je kon ze helemaal daas en uitgeput zien rondzwalken – maar ze hadden alle vrijheid om te schransen, en daar ging het hun om.

Henry wilde geen vrijheid, hij wist wel beter. Het enige leven dat de moeite van het leven loonde was het onvrije leven, het leven dat Schwartz hem had geleerd, het leven waarin je was vastgeketend aan je ene, diepste verlangen, het verlangen eenvoudig en volmaakt te zijn. Dan waren de dagen als hemelsblauwe ruimtes waar je je soepel doorheen bewoog. Je bracht offers en je offers dienden een doel. Je at tot je niet meer hoefde en dan dronk je SuperBoost, want elke gram spier telde. Je stookte de oven op, voedde de machine. Hoe hard je ook werkte, opgejaagd of jachtig voelde je je nooit, want je deed wat je wilde, dus bracht het ene moment eenvoudigweg het andere voort. Hij had nooit begrepen dat zijn teamgenoten te laat op een training konden verschijnen, of zelfs maar zo laat dat ze zich moesten haasten met omkleden. Die drie jaar op Westish had hij zich nooit inderhaast omgekleed.

Hij lag lang, heel lang te watertrappelen en voelde zo hoe een onuitputtelijke kracht zich spontaan afwikkelde van zijn ledematen. Het leek alsof hij het eeuwig kon blijven doen. Uiteindelijk draaide hij zijn lichaam naar de kust en liet zich door zijn ledematen terugzwemmen, geholpen door de golven die in zijn rug klotsten. Nadat hij de kust had bereikt ging hij op handen en voeten, als een dier, zitten slurpen van het stinkende algenwater. De vuurtoren zag hij niet, hij wist niet of die zich ten noorden of ten zuiden van hem bevond. Plotseling kreeg zijn lichaam het te kwaad. Zijn tanden klapperden dat het een lust was. Zijn schouders schokten, zijn longen zwoegden. Hij had zijn hele leven voor zich liggen; het was geen geruststellende gedachte. Hij stroopte zijn natte kleren van zijn lijf, nestelde zich zo diep mogelijk in het zand en viel in slaap.

55

Voordat de zon het water kon doorklieven werd hij wakker, samen met de vogels. De laaghangende wolken maakten de zonsopgang des te mooier; ze absorbeerden de zachte kleuren en verspreidden ze door de lucht. Sprakeloos keek hij ernaar, met bevend lijf. Op een gegeven moment waren ze bij hem op de basisschool het dagboek van Anne Frank gaan lezen. Hevig ontdaan vroeg Henry waarom Anne niet gewoon had gedaan alsof ze niet-joods was. Zoals Petrus aan de Romeinen ontsnapte door te doen alsof hij geen christen was. In de Bijbel kwam Petrus daardoor in de problemen, maar als je hetzelfde idee toepaste op Anne, die niet alleen echt was maar ook nog eens een kind, zou het dan niet logisch zijn? Wat maakte het uit welke godsdienst je aanhing als je dood was? Aldus een bijzonder ontdane Henry tijdens de gepassioneerdste en waarschijnlijk ook langste monoloog uit zijn educatieve carrière.

Zijn leraar liet weten dat de heilige Petrus om te beginnen wel degelijk een echte persoon was, en dat joods zijn hoe dan ook niet iets was wat je aan en uit kon trekken als een sweater. Hiermee was de discussie ten einde maar Henry nam er geen genoegen mee. Hij begreep niet hoe een godsdienst, iets waarvoor je vrijelijk kon kiezen, mensen zo definitief in een hokje kon plaatsen.

Het was onduidelijk waarom hij met die gedachte in zijn hoofd wakker was geworden – vast de nawee van een of andere nachtmerrie. Als het al iets te betekenen had, dan wel, zo leek het, dat hij was wie hij was en alleen maar kon terugkeren naar Phumber Hall. De bus naar Coshwale zou gauw vertrekken. Hij kon naar zijn kamer gaan, de telefoon uitschakelen en in slaap vallen. Coach Cox zou hem uit het team zetten, maar dat deed er niet toe want Schwartzy zou hem vermoorden, en dat deed er evenmin toe want Henry was moe en verdiende niet anders.

Nu het bijna licht was zag hij dat hij door zijn zwemactie een meter of honderd ten zuiden van de vuurtoren was beland. Hij boog voorover, schepte een hand groenig water op, proefde ervan, spuugde het uit. Daarna sjokte hij terug naar de vuurtoren om zijn tas te halen en ging op pad. De drie kilometer naar de campus leken er wel dertig. Hij liep blootsvoets omdat hij zijn plastic sandalen was kwijtgeraakt in het meer. Elke kei of wortel die hem dwong zijn hielen verder op te tillen ervoer hij als een beproeving. Hij had al sinds donderdag niet meer gegeten. Niet dat hij iets wilde eten.

Na thuiskomst trok hij de stekker van het knipperende antwoordapparaat uit het stopcontact, dronk een glas water en ging slapen.

Hij werd in het volle daglicht wakker door een woest gebonk op de deur. Hij trok de dekens over zijn hoofd – *Ook dit zal overgaan* – maar het gebonk hield niet op en een vrouwelijke stem schreeuwde zijn naam als een boze vraag. Hij strompelde in zijn boxershort naar de deur en morrelde aan de klink. Daar stond Pella Affenlight. 'Henry,' zei ze. 'Je ziet er vreselijk uit.'

Je ziet er zelf ook niet zo best uit, dacht Henry, en ze zág er beroerd uit, alsof ze de hele nacht was opgebleven, maar dat soort dingen zei je niet tegen anderen.

'Sorry, zo bedoelde ik het niet. Mike is razend, weet je. Hij belt me om de tien minuten, natuurlijk niet om met mij te praten, maar hé... laten we es kijken. Wat moet ik je vertellen? De sleutels van z'n auto liggen erin en z'n auto staat bij het USC. Pompen met het gaspedaal als de motor niet aanslaat. Wat nog meer? O ja. Op de voorstoel een routebeschrijving naar de plek waar je nu zou moeten zijn, waar het ook mag wezen.'

Henry knikte. 'Bedankt.'

'O, heel graag gedaan. Wat moet ik anders op m'n zondagochtend? Uw gids naar de sterren.' Ze tuurde naar Henry's voeten, die nog rimpelig en bepaald niet schoon waren. 'Wat vervelend van de wedstrijd. Je zult weleens meer geluk hebben gehad.'

'Geluk,' zei Henry haar na.

'"Geluk" zal hier niet het juiste woord zijn. Maar goed, ik wilde enkel... Als je vandaag of morgen wilt praten, laat maar weten.'

'Bedankt.'

'Je bent nogal kort van stof, wist je dat?'

'Neem me niet kwalijk.'

'Da's al beter.'

Henry verwachtte dat ze zou weggaan, maar in plaats daarvan bleef ze daar aan de touwtjes van haar sweater staan frunniken, waarbij ze beurtelings naar zijn voeten en naar de kamer achter hem keek. Hij probeerde iets te bedenken wat beleefd was én van enige welsprekendheid getuigde. 'Wil je misschien een kopje thee?'

Pella haalde haar schouders op. 'Waarschijnlijk heb je haast. Routebeschrijving op de stoel en zo.'

'Ik ga helemaal nergens heen.'

'O. Tja. In dat geval. Waarom niet? Graag een kopje thee.'

Henry kon niet bekennen dat hij nog nooit eerder thee had gezet; dat was Owens afdeling. Hij probeerde de gaandeweg harder pruttelende waterkoker op het juiste moment uit te schakelen en probeerde de juiste hoeveelheid English Breakfast in de porseleinen pot te doen, terwijl hij geen flauw idee had wat de juiste hoeveelheid was. Pella stond midden op het kleed en keek om zich heen. 'Best leuk hier,' zei ze. 'Voor een studentenkamer.'

'Het meeste is van Owen.'

'Heeft Owen dat geschilderd?' Ze wees naar het groen-witte schilderij boven Henry's bed dat hij mooi vond omdat het op een groezelig honkbalveld leek.

'Toen ik hier introk heb ik Owen precies dezelfde vraag gesteld, en hij antwoordde: "Soortement van, maar ik heb het van Rothko gejat." Ik dacht dat Rothko zoiets was als Shopko, dat hij het echt had gestolen, uit een winkel. Ik stond helemaal paf, omdat het zo groot is. Hoe kun je zoiets nou stelen? Tot ik het college "Kunst 105" volgde.'

Pella lachte. Henry had meteen spijt van zijn anekdote, omdat hij er als een sukkel uit naar voren kwam. De inspanning om iets te kunnen zeggen was enorm, als het optakelen van stenen uit een put, maar hij had zich voorgenomen zijn best te doen. Ze maakte nu in elk geval een iets vrolijker indruk.

'Jullie vinden het hier echt leuk, hè?' vroeg ze. 'Toch?'

'Wat bedoel je?'

'Ik bedoel: jullie allemaal: jij, Mike, m'n pa. Misschien Owen ook wel, hoewel ik Owen niet echt ken. Jullie lijken het allemaal heerlijk te vinden hier. Alsof je nooit meer weg wilt. Iets in mij verdenkt Mike ervan dat hij helemaal niet rechten wílde studeren, dat hij de boel ergens in z'n onderbewuste saboteerde, zodat hij geen reden heeft om deze toko te verlaten, de enige plek waar hij gelukkig is geweest. Ik bedoel: waarom zou hij zich maar bij zes opleidingen aanmelden? Die van de zes beste universiteiten van het land? Het klopt gewoon niet.'

'Hoe dan ook studeert ie af,' liet Henry weten. 'Hij kan hier niet blijven.'

'Hij kan niet blijven maar hij kan ook niet weg, niet zonder een bestemming voor ogen. En, tja, misschien geldt voor jou wel hetzelfde. Misschien ben je er gewoon nog niet klaar voor.'

Henry keek haar aan.

'Sorry.'

'Alle anderen denken dat ik te graag prof wilde worden. Jij denkt dat ik het juist helemaal niet wilde.'

'En hoe kijk je er zelf tegenaan?'

'Ik vind dat jullie allemaal maar de tering moeten krijgen.'

Pella grinnikte. 'Da's de eerste stap richting herstel.' Ze liep naar de schouw met daarop, vlak naast elkaar, een honkbal, Owens eenzame fles scotch en een dun, in leer gebonden, marineblauw boekwerk dat Henry niet herkende. 'Er is hier zelfs geen stófje te bekennen,' zei ze. Ze trok de amberkleurige fles uit zijn kartonnen koker. 'Mag ik?'

Henry knikte. Pella schonk een laagje in een whiskyglas, nam een slok en liet die keurend door haar mond gaan. 'Mmm. Niet slecht.' Ze bood Henry het glas aan.

Henry nam het van haar over en nipte van de met licht doorschoten vloeistof, die precies dezelfde kleur had als de ogen van Schwartz. De smaak overweldigde zijn zintuigen, die veel te weinig slaap hadden gehad; hij begon te hoesten en spuugde de whisky op het kleed.

'Hé, niet morsen.' Pella eiste het glas weer op en ging in kleermakerszit op Owens bed zitten. Ze pakte het marineblauwe boekwerk van de schouw – het zag eruit als een oud register – en sloeg het open. Ze keek Henry aan. 'M'n pa en Owen gaan met elkaar naar bed.'

'Je pa?' vroeg Henry. 'Rector Affenlight?'

Pella reikte hem het opengeslagen boek aan. 'Linksboven.' De afbeelding zag eruit als een jeugdfoto van een of andere toen nog niet beroemde dichter of toneelschrijver, zo'n ding dat Owen zou kunnen inlijsten om een van de weinige nog lege plekken op hun muren te vullen. Toen zag Henry dat het stel esdoorns halverwege voor- en achtergrond iets bekends hadden; en als je de lichte kleur op de voordeur negeerde kon het gebouw achter de boom moeiteloos Phumber Hall zijn. En de gelaatstrekken van de lange man die daar met een fiets liep neigden ook naar beeldpatronen die hij kende. Een afgescheurd stukje paarse Post-it markeerde de bladzijde.

'Heeft je pa hier gestudeerd?'

'In '71 begonnen. "Lach dus, makkers, lach" en meer van dat soort malligheid.'

Henry dacht aan de dag waarop hij met twee glazen melk de trap op was gekomen en rector Affenlight in hun kamer had aangetroffen.

'Wat kijk je?' vroeg Pella. 'Wist je het al?'

'Nee... nee.'

'Maar.'

'Maar... je pa was dit jaar bij heel wat van onze wedstrijden aanwezig.'

Pella knikte. 'Ik zei bij mezelf dat ik het me allemaal inbeeldde. Maar hier hebben we dit jaarboek, precies on cue. En moet je jezelf nou eens zien; je bent niet eens verbaasd. Hoeveel meer bewijs heb ik nog nodig?'

Ze nam het boekdeel van Henry over en plofte neer op het bed met haar hoofd op Owens kussen. Langdurig keek ze zonder iets te zeggen naar de foto.

De zondagmorgen vorderde en het plein beneden, voorbij het raam, lag erbij als een stiltegebied. Geen vogels, geen krekels, geen briesje dat de honkbalhandschoenvormige bladeren van de esdoorns beroerde. Toen Henry's worp Owen in zijn gezicht raakte viel iedereen stil: zijn teamgenoten, de supporters, de scheidsrechters, zelfs de spelers van Milford, alsof ze Owen met hun zwijgen konden helpen of zelfs zijn verwondingen ongedaan konden maken. En gisteren ook, toen hij Starblind de bal aanreikte en naar de dug-out liep, kon je in het sportpark een speld horen vallen, er klonk zelfs geen 'Henry is een hondenlul!' van de Coshwale-supporters. Zijn teamgenoten durfden hem niet eens aan te kijken, deden alsof ze volkomen gebiologeerd waren door de vertrapte kartonnen bekers en de zonnebloempitschilletjes op de vloer van de dug-out. Waarom niet gewoon iets zeggen, iets lomps, stoms of clichématigs? Als die stilte bedoeld was om hem te helpen, nou, hij hielp niet. Door te schreeuwen en te jammeren wilde hij zich een uitweg door die valse stiltes banen, er voorgoed korte metten mee maken. En toch zat hij hier dan weer opgesloten in net zo'n stilte, een minuscule tweepersoonsstilte, en zelfs daar kon hij geen korte metten mee maken.

Eén verdwaalde lok van Pella's wijnkleurige haar lag als een horizontale sinuscurve op het lichtgroene kussen gedrapeerd, of als een spoor van voorbijtrekkende mieren. Hij stak een hand uit en raakte tot zijn eigen verbazing de lok aan.

Pella's hele lichaam verstrakte, en ontspande zich toen.

'Het is een geweldige foto,' zei ze. 'Ik zou er een afdruk van willen hebben.'

Onder de wijde taille van haar spijkerbroek ontwaarde Henry een dun, glanzend streepje sneeuwblauwe stof. Zijn vingers aarzelden even toen ze haar haar verlieten en de zachte lijn van haar wang begonnen te volgen. Ze bewoog haar kin naar haar borst, zodat ze hem met het bovenste deel van haar ogen zag. 'Zenuwachtig?'

'Nee.'

'Goed zo.' Ze pakte zijn pols beet en begeleidde zijn hand via haar bovenlijf naar het ijzige blauw. 'Vertel eens hoe het voelde toen je het veld af liep.'

56

De lucht vertoonde nog sporen van middaglicht toen Henry wakker werd. Tocht stroomde via het wijd openstaande raam naar binnen. Zijn piemel deed pijn, ergens bij de wortel. Hij schoof een hand onder de dekens en ontdekte dat de rand van een condoom in zijn huid sneed. De golvende kustlijn van Pella's been en heup lag naast de zijne warmte uit te stralen. Hij probeerde het condoom af te rollen – het had één, twee jaar, langer nog in zijn bureaula gelegen – maar het bleef als een pleister aan hem kleven. Uiteindelijk deed hij zijn ogen dicht en scheurde het los.

Pella, constateerde hij toen hij zijn ogen opende en het gebruikte condoom in de richting van zijn voeten joeg, was wakker en keek naar hem. En nu dacht ze waarschijnlijk dat hij met zichzelf lag te spelen. Hij keek haar aan en ze liet een weemoedig-ironisch begin van een glimlach zien.

'Wat doen we nu?' vroeg hij.

'Wat bedoel je?'

'Ik bedoel... wat gebeurt er nu?'

'Er gebeurt niets. Ik ga naar huis. Jij blijft hier. Misschien kun je je kamergenoot een lol doen door z'n beddengoed te verschonen.'

'O.'

'Verwachtte je iets anders dan?' vroeg ze. 'Een of andere door seks in gang gezette apocalyps?'

'Nee.' Wat was hij ver het meer op gegaan met zijn verzwaarde vest aan, wat had hij daar lang liggen watertrappelen met een kilo of vijftien aan lood en nylon om zijn borstkas gegord, luisterend naar zijn eigen adem. Hij was verder het meer op gezwommen dan wie dan ook, wanneer dan ook, maar dat was niet interessant, want híj was het geweest. 'Je gaat het toch niet aan Mike vertellen, hè?'

'Jezus, nee. Ik zal wel een tijdje op afstand moeten blijven. Je hebt me helemaal bont en blauw geknepen.'

'Ik?' zei Henry geschrokken. 'Nee, da's niet waar.'

Ze schoof het dekbed weg en wees op de voorkant van haar schouder: een koperachtige, groen uitslaande plek, bijna letterlijk een duimafdruk. Henry's maag draaide zich om.

'Ik weet zeker dat ik er nog een paar heb.' Ze draaide zich op haar zij, zodat Henry de bijbehorende vingerafdrukken bij haar schouderblad zag. 'En deze grote hier op m'n heup.'

'Het spijt me verschrikkelijk,' zei Henry.

'Maak je niet dik. Hoort bij het maatschappelijk verdrag, toch?'

Owens beddengoed voelde zijdezacht, weelderig aan. Henry was niet zeker of hij de kracht had om te gaan staan. Zijn zwemtocht, zijn nacht in de kou hadden hem uitgeput als nooit tevoren. Pella klom over hem heen, het bed uit, en schonk een vinger scotch in twee whiskyglazen. 'Wanneer komen ze terug?' vroeg ze.

Aan het vensterlicht te zien was het bijna zes uur. 'Coshwale is behoorlijk ver rijden,' zei hij. 'Waarschijnlijk twee of drie uur. Nog wel meer.' Hij liet de scotch zijn keel verschroeien en zijn lege maag verwarmen.

'Tja, je kunt tegenwoordig niet voorzichtig genoeg zijn.' Pella had haar spijkerbroek en slippers alweer aan. Nu graaide ze op haar knieën onder Owens bed. Ze trok haar T-shirt tevoorschijn en wurmde zich erin. 'Moet je zien hoe wit het nog is,' zei ze. 'Er ligt zelfs geen stof ónder de bedden.'

'Het kan zijn dat er onder het mijne wel wat ligt,' zei Henry. 'Maar volgens mij maakt Owen daar ook schoon.'

'Wat een bikkel.' Pella ritste haar sweatshirt half dicht en begon door de kamer te ijsberen. 'Ik begrijp niet waar ik me zo druk om maak,' zei ze. 'Ik bedoel: als m'n pa homo en gelukkig is, dan is er niets aan de hand, toch? En zelfs als hij homo en ongelukkig is, dan is er nog steeds geen nood aan de man. Een bepaald aantal mensen is homo, net zoals een bepaald aantal mensen blauwe ogen heeft. Of lupus. Vraag me niet waarom ik "lupus" zei. Ik weet amper wat het is. En ik weet dat homo zijn geen ziekte is. Waar het op neerkomt: het is allemaal gewoon een kwestie van kansberekening. Getallen. Hoe kan ik me nou druk maken om getallen?'

'Dat kun je niet,' zei Henry.

'Hij is een volwassen man die kan doen wat ie wil. En het zou trouwens erger kunnen uitpakken als Owen een meisje was. Als hij een meisje was zou hij m'n pa kunnen aangeven wegens ongewenste intimiteiten, wat zou uitlopen op een schandaal, zodat m'n pa zijn baan zou kwijtraken. Dát zou pas vervelend zijn.'

Ze schonk nog een vinger scotch voor zichzelf in. 'Ik denk dat Owen hem ook zou kunnen aangeven. Maar ergens lijkt dat me minder waarschijnlijk. Misschien is dat seksistisch gedacht van me. Maar ook als Owen hem niet aangeeft, kunnen ze nog steeds gepakt worden. Wat gebeurt er dan? Dan hebben we alle poppen aan het dansen.'

'Ik denk niet dat ze gepakt worden,' zei Henry. 'Trouwens: Owen gaat naar Japan.'

Pella ijsbeerde nog steeds verontrust door de kamer. Zelfs als ze naast hem op het bed had gezeten zou hij waarschijnlijk niet het lef hebben gehad haar te knuffelen of op haar schouder te kloppen en 'Rustig maar' te zeggen. Ze kenden elkaar nauwelijks. Waarschijnlijk zou hij Pella Affenlight nooit meer aanraken.

'Misschien moet je met je pa gaan praten.' Met moeite wist Henry te gaan zitten en een trainingsbroek en een t-shirt aan te trekken. Hij rilde. 'Het lijkt erop dat jullie twee aardig close zijn.'

'Close.' Ze spuugde het woord uit alsof het een vloek was. 'Oké, we zijn close.'

In de drie jaar dat hij in Phumber Hall had gewoond was Henry een expert geworden in het herkennen van de diverse voetstappen. Zodra ze over de overloop van de eerste verdieping gingen wist hij dat het hier niet een van de meisjes op de tweede verdieping betrof, noch een van de twee Aziatische Steves aan de overkant van de gang. Owen was terug. Maar er klonk ook nog een tweede stel voetstappen. Henry stond op. Pella stopte met ijsberen en keek hem onderzoekend aan vanwege de uitdrukking op zijn gezicht, die ongetwijfeld ernstig was. Als hij meer energie had gehad zou hij haar in de douche of onder zijn bed hebben kunnen duwen, wat misschien tot een nóg mallotiger klucht zou hebben geleid.

Wat er in werkelijkheid gebeurde was dat hij met een mond vol tanden midden in de kamer stond toen Owens sleutel met een krassend geluid in het slot werd gestoken. Pella plofte neer op de al te goed gevulde fauteuil, met haar benen over één armleuning, en plukte een boek van de plank naast haar. Henry keek naar zijn voeten en dacht: ik draag geen sokken, ik draag altijd sokken.

Schwartz bleef in de deuropening staan terwijl Owen de kamer in stapte. 'Ha jongens,' zei Pella, die met het aplomb van een actrice opkeek uit haar boek – *De kunst van het veldspel*.

'Ha,' zei Schwartz.

'Fijne dag gehad?'

'Niet verkeerd.'

Aangemoedigd door het banale karakter van deze woordenwisseling deed Henry iets waar hij meteen spijt van had. Hij sprak: 'Hoe liep het bij ons?'

Schwartz keek hem even aan, toen Pella, toen weer Henry. 'Boeddha,' zei hij.

'Ja, Michael.'

'Vanochtend vergeten je bed op te maken?'

Met krachtig samengeperste lippen bestudeerde Owen het bed. Ook uit zijn gefronste wenkbrauwen sprak opperste concentratie. 'Zou kunnen,' zei hij na een hele poos, rustig knikkend. 'Zou heel goed kunnen.'

'Uhuh...' Schwartz wees naar de ruimte tussen Owens bed en de schouw. 'En is dat daar ook van jou?'

Waar de schaduwen rond de ruimte in kwestie samenkwamen lag een opgefrommeld geval van zijde, kunstzijde of een andere satijnachtige stof, ijzig blauw van kleur. Owen staarde er langdurig naar, alsof hij probeerde het met zijn wilskracht te laten verdwijnen, of het in elk geval een minder eenduidige versie te laten worden van wat nu nog al te eenduidig was. 'Nee,' zei hij ten slotte op zachte, bedachtzame toon, nadat duidelijk was geworden dat Schwartz zich had voorgenomen een antwoord af te wachten. 'Ik geloof van niet.'

Pella wilde iets zeggen, maar Schwartz maande haar tot stilte. 'Ik ben niet boos,' zei hij met luide, hese stem. 'Volgens mij ben je goddomme een heilige. Hier langs te gaan en handen op te leggen. Mond op te leggen. Wat dan ook op te leggen. Ik had je eerder moeten sturen.'

'Je had ook een ander kunnen sturen,' zei Pella. 'Jezus, je had het zelf kunnen doen.'

'Waar slaat dat nou weer op?'

'Je weet waar dat op slaat. Ik hoef niet steeds de lummel te zijn. Mike, Henry. Henry, Mike.'

Owen liep naar het midden van de kamer en stak een hand op. 'Oké,' zei hij op zijn beste, meest karamelachtige bemiddelaarstoon. 'Waarom gaan we niet gew–'

'Jij niet.' Pella wierp Owen een woedende blik toe. 'Ik weet wat jij uitspookt.'

Owen keek haar aan. Een flits van besef en consternatie trok over zijn gezicht, waarna hij zich terugtrok in een hoek van de kamer. Henry stond daar maar zich onzichtbaar te voelen. Wat hij als een opluchting had kunnen ervaren, zo vlak na wat hij had gedaan, maar nee, hij werd er kwaad van, de manier waarop Schwartz en Pella als kemphanen tegenover elkaar stonden alsof hij überhaupt niet bestond.

'Het spijt me,' zei Pella op een andere, zachte toon.

'Wat spijt je? Dat je alles hebt gefikst?' Schwartz schudde zijn hoofd. 'Nee.' Zijn amberkleurige ogen staarden voor zich uit, leeg, alsof hij blind was geworden. Hij draaide zich om en liep de trap af.

57

Mevrouw McCallister stond bij de mooie oude wasbak in de gang, die ene met zijn bochtige koperen leidingwerk als van een antieke trombone of trompet, dat ze altijd poetste tot het weer smetteloos glansde. Haar dikke grijze haar was net lang genoeg om het met een pen te kunnen opsteken in een knotje. Ze goot een dopje witte azijn in de glazen koffiekan en stond die vanuit haar elleboog rond te zwenken toen daar Pella aankwam. 'Ah, *bella Pella*,' zong ze, '*wherefore art thou? Where art thy fella?*'

Pella had haar rieten tas over haar ene schouder geslagen en haar rugzak met het Westish-logo over de andere. Samen bevatten ze alles wat ze bezat. 'Wat bent u in een akelig goeie bui,' zei ze. 'Is m'n vader er?'

Mevrouw McCallister bewoog haar ogen in de richting van Affenlights kantoordeur. 'Je treft het,' zei ze. 'Lieverd, je hebt niet weinig invloed op hem. Sinds je aankomst hier is hij zo hyper als m'n negenjarige kleinzoon. Kan zich nergens op concentreren. Ik zei tegen hem dat ik dadelijk nog Ritalin in z'n appelmoes moet gaan stoppen, net als wat ze bij Luke doen.'

'Ik weet zeker dat ie vroeg of laat wel weer tot rust komt,' zei Pella.

'Natuurlijk. En natuurlijk is het fantastisch dat je er bent. Niets zo fijn als familie.'

'God zij gedankt daarvoor.'

Mevrouw McCallister lachte vrolijk. 'Wat een geluk voor jullie tweetjes dat je elkaar hebt.'

De zware houten deur van haar vader zat potdicht. Pella klopte één keer. Haar vader deed de deur op een kier en stak zijn hoofd om de hoek met zijn mobieltje tussen schouder en kin geklemd. Misschien had hij Owen aan de lijn – misschien vertelde Owen hem in vriendelijke, neutrale Owen-bewoordingen dat zijn dochter een hoer was.

'Pella.' Hij klapte de telefoon dicht. 'Daar ben je.'

'Daar ben ik.'

Het was maandag; ze hadden elkaar sinds vrijdag niet meer gesproken, hier in zijn kantoor, toen met David tussen hen in. Ze had afgelopen nacht doorgebracht op Mikes kapotte schommel, op diens veranda, in afwachting van zijn thuiskomst, maar hij kwam niet thuis. Ze wist dat hij in het USC zat – hij zat altijd in het USC – maar na sluitingstijd viel dat fort met geen mogelijkheid binnen te komen. Hij had haar telefoontjes niet beantwoord, wat niemand hem kwalijk kon nemen; de kans bestond dat hij nooit meer iets tegen haar zou zeggen.

'Het spijt me zo van dat etentje,' zei Affenlight. 'Mijn vergadering met Bruce Gibbs duurde langer dan gedacht en...'

'Dat heb je al gezegd.'

'Nu ja, ik meende het. En het spijt me. Ik wilde er zijn om je te steunen.'

Zijn leugens voedden eerder Pella's schuldgevoel dan haar woede; daar stond ze dan met over elkaar geslagen armen en een tikkende voet, hem stukje bij beetje het touw aan te reiken dat hij niet herkende als een strop.

'En toen je het hele weekend niet thuiskwam was ik zo ongerust. We moeten zorgen dat je een nieuw mobieltje krijgt. Ik dacht dat er iets vreselijks was gebeurd.'

'Zoals dat ik was teruggegaan naar San Francisco.'

'Eh, ja. Dat was één scenario. Maar terwijl ik daar lag te malen zag ik ook angstaanjagender varianten voorbijtrekken.' Hij zag er inderdaad afgetobd uit: afhangende schouders, diepe groeven rond zijn ogen. 'Ik weet dat je niet verplicht bent me mee te delen waar je je ophoudt. Maar toen ik zo lang niets van je te zien of te horen kreeg, begon mijn geest –'

'Ik heb jou wel gezien,' onderbrak Pella hem. 'Zaterdag.'

Hij keek verbaasd. 'Waar?'

'Bij de honkbalwedstrijd. Je stond te praten met Owen.'

Affenlight verstijfde. 'Owen...' zei hij, alsof hij de naam probeerde te plaatsen. Toen hij weer begon te praten deed hij dat snel, alsof hij Pella wilde laten vergeten wat ze had gezegd. 'Ja, met Owen gaat het veel beter. Zou willen dat ik hetzelfde van Henry Skrimshander kon zeggen, de arme stakker. Weet je, ik heb ooit, toen jij nog vrij jong was, een paar stukken voor The New Yorker geschreven, na de publicatie van m'n boek. Ze hadden daar een vent werken die iedereen de Grijze Geest noemde. In de jaren zestig had hij een aantal prachtige stukken geschreven – met name één daarvan staat me nog bij, over Korea-veteranen – en sindsdien was hij eng genoeg elke dag op de redactie verschenen, van maandag tot vrijdag, ook 's zomers, zonder ook maar één opzet of artikel in te leveren. Je kon zijn typemachine achter zijn deur horen ratelen, en natuurlijk gingen er geruchten over datgene waar hij mee bezig was, het meesterwerk dat al het andere overbodig maakte, maar niemand heeft er ooit een letter van gezien. Als ik op de redactie kwam om te worden gemangeld door de feitenchecker zwierf hij met zo'n holle, verslagen blik op zijn gezicht door de gangen. Het was gedaan met hem en dat wist ie. Daar deed Henry's gezicht me aan denken toen hij dat veld af liep. De Grijze Geest.' Er waren twee soorten incompetente oplichters. Zij die te veel praatten en zij die te weinig praatten. Affenlight, die duidelijk tot de eerste school behoorde, pauzeerde even en schudde zijn hoofd. ''t Arme jong. Ik zou willen dat we iets konden doen om –'

'Is al gebeurd,' zei Pella bits. 'Kijk, pa, we moeten praten. Ik kan hier niet blijven wonen. Ik ga verhuizen.'

'Wat?' Affenlight keek stomverbaasd. 'Nu? Heeft het met David te maken?'

'Nee.' De hengsels en banden van haar tassen sneden in haar schouders. Ze liep de kamer in en liet zich op de loveseat zakken: een tussentijdse nederlaag. 'Ik moet gewoon dat appartement uit. Het is niet groot genoeg voor ons beiden. Het is niet eens groot genoeg voor jezelf. Overal stapels boeken, kasten tjokvol troep. Je bent zestig. Wil je nou echt de rest van je leven in een studentenhuis slijten?'

Affenlight begon wat onnozel naar het plafond te staren, waarboven zijn appartement lag. 'Het bevalt me hier.'

Pella tikte met een slipper op de plankenvloer, vol ergernis omdat ze om de hete brij heen draaide. Toen ze klaagde over de leefwijze van haar vader bedoelde ze dat hij volgens haar een bestaan moest leiden dat normaal – tussen ironische aanhalingstekens – was voor een man van zijn leeftijd. Met andere woorden: zonder Owen. Toch bleef ze ermee doorgaan, niet bij machte zichzelf te dwingen directer te zijn. 'Waarom koop je geen huis?'

Affenlight glimlachte droefgeestig. 'Waar was je acht jaar geleden? De universiteit wilde ons de woning van de vertrekkende rector voor een habbekrats verkopen. Maar ik stelde me zo voor dat ik te eenzaam zou worden als ik helemaal alleen moest rondscharrelen in een groot oud huis. Met als gevolg dat het in de openbare verkoop ging en weggekaapt werd door een docent natuurkunde die in de jaren negentig een reuzenslag had geslagen met aandelen in de IT-sector. Wat ik ook had moeten doen.'

'Je hebt het prima gedaan.'

'Ik heb het prima gedaan,' zei Affenlight instemmend.

'Hoe dan ook,' zei Pella. 'Ik ben geen kind meer en we zijn geen getrouwd stel. Ik denk dat het allemaal soepeler zal lopen als we elk onze eigen stek hebben. Mee eens?'

Affenlight knikte langzaam. 'Mee eens.'

'Kijk niet zo somber,' zei ze. 'Nu kun je hier logees uitnodigen.'

Affenlight gniffelde, probeerde het althans. 'Uhuh, tuurlijk,' zei hij. 'Zoals wie?'

Het was de klassieke fout van de crimineel, dat 'zoals wie' – het verlangen te worden gepakt, erkenning te krijgen voor het misdrijf. Pella zette zich schrap. 'Zoals Owen.'

Een intense, onmetelijke stilte vulde het kantoor. Uiteindelijk zei Affenlight: 'Ik was van plan het je te vertellen.'

'Wanneer, op je sterfbed?'

'Misschien,' zei hij. 'Of kort daarna.'

Pella voelde dezelfde neiging in zich opkomen als gisteren op het honkbalveld: de neiging haar vader te beschermen tegen aanstormend leed. Hij was zo naïef, zo jongensachtig. Ze herinnerde zich hoe hij eruit had gezien toen hij bij het hek met Owen stond te praten: alsof die honderden andere mensen in het sportpark niet bestonden. Alsof ze, zo ze wel bestonden, niet konden zien wat hij voor Owen voelde. Alsof ze, zo ze konden zien wat hij voor Owen voelde, het hem niet zouden aanrekenen, het hem zouden vergeven. Maar men vergaf het je niet als je deed wat goed voelde – dat was wel het laatste wat ze je vergaven.

'Hoe lang is dit al aan de gang?' vroeg ze.

'Niet lang.'

'Niet lang met Owen, of' – ze wist niet hoe het te formuleren – 'in het algemeen?'

Affenlight wendde zijn blik af van de vloer. 'Er is geen "in het algemeen",' zei hij. 'Alleen Owen.'

Hij was niet oud maar nu leek hij het wel, met zijn armen slap langs zijn lichaam, die diepe, zorgelijke groeven in zijn voorhoofd onder zijn warrige zilvergrijze haar, zijn droeve, smekende blik. Waarom was de jongste altijd de prooi en de oudste altijd de jager? Al sinds haar puberteit had Pella ervaring kunnen opdoen in de rol van de jongste, de aankleefzwaan, de beminde. Het was die idiote hoop van de mens, die altijd het onvoltooide liefhad. Het sloeg echt nergens op. Wat hoopten de ouderen dan dat de jongeren zouden worden? Iets anders dan oud? Het was nog nooit gebeurd. Maar de ouderen bleven het proberen.

Met de 'ouderen' bedoelde ze iedereen die van een jongere persoon hield – haar vader maar ook David, en zelfs de twintigers met wie ze als middelbare scholier had aangepapt. Iedereen probeerde altijd naar achteren te reiken, het verleden in, hun eigen fouten voorbij. Je zou kunnen zeggen dat jonge mensen worden begeerd omdat ze soepele lijven en een uitstekend voortplantingsperspectief hebben, maar dan ging je grotendeels voorbij aan de essentie hiervan. Er school iets veel droevigers in. Iets in de trant van eeuwige spijt, het gevoel dat je hele leven een misslag was, een vergissing, dat je het wanhopig graag over wilde doen. 'Het is een broekie,' zei ze. 'Hij is jonger dan ik.'

Affenlight knikte. 'Ik weet het.'

'En wat als iemand het ontdekt? Wat gebeurt er dan met ons?' Dat 'ons' was een tikkeltje melodramatisch.

'Ik weet het niet,' zei Affenlight.

'Maar je bent verliefd op hem.'

'Ja.'

'Nou, fantastisch,' zei Pella. '*Amor vincit omnia.*' Wat ze dacht was zelfs nog wreder: hij gaat je hart breken.

Ze hees haar tassen omhoog en liep in de richting van haar vader. Een allergelukkigste fractie van een seconde lang dacht Affenlight dat ze hem wilde omhelzen, maar ze hield haar handen stevig om de hengsels en draagbanden van haar tassen geklemd. In feite stond hij gewoon in de weg. Hij stapte opzij en creëerde zo een paar centimeter pijnlijke lucht tussen hen tweeën terwijl zijn dochter snel haar mooie portkleurige hoofd boog en aan hem voorbijschoof, de gang in, zijn blikveld uit.

58

Als je deed alsof je coach Cox niet kende en zijn onbemande kantoor in liep, op de enige bezoekersstoel ging zitten en om je heen spiedde, zou je nooit raden dat hij al dertien jaar Westish Baseball coachte. Voor hetzelfde geld was hij er gisteren in getrokken. De deur was nooit op slot. De muren waren effen, steriel wit, het metalen school-meestersbureau gaf een mat legergroen te zien. De belangrijkste teke-nen van leven waren een met plakband aan de muur bevestigd schema en een prullenbak barstensvol klein geknepen Diet Coke-blikjes. Een laag model koelkast die bezaaid was met fastfoodservetjes en zakjes mosterd maakte het meubilair compleet. Het smalle raam keek niet uit over het meer.

Op het glazen bureaublad stonden alleen een telefoon en een kleine ingelijste foto van de twee kinderen van coach Cox. Ze zaten in een kinderbadje vol bijeengeharkte bladeren – het meisje met haar arm beschermend om het jongetje geslagen zoals oudere broertjes en zusjes dat doen – en trokken rare gezichten voor de ca-mera. Henry nam hem in zijn handen voor een nadere inspectie. De kinderen droegen allebei een winterjas in aardse tinten en hadden warrig, halflang haar. De jongen was zo te zien ongeveer vier en het meisje zeven, maar de foto stond daar al zo lang als Henry zich kon herinneren, de kleuren waren vervaagd en inmiddels waren ze vast veel ouder – misschien zelfs ouder dan hij. Vreemd, zo weinig als coach Cox het over zijn naasten had; vreemd, zo weinig je gaande-weg te weten kwam over de mensen om je heen. Henry had ergens het gevoel dat de dochter Kelly heette, maar misschien deed haar ge-zicht hem gewoon aan een of andere Kelly denken met wie hij op school had gezeten. Kelly en Peter, mijmerde hij, en hij zette de foto op zijn oorspronkelijke plek terug, zodanig dat het ding uitkeek op de stoel van coach Cox en niet op de zijne. Peter en Kelly.

Coach Cox kwam de kamer in, haalde een Diet Coke uit de koelkast en liet zich op zijn kunstleren bureaustoel vallen. Het draaimechanisme piepte; het zat zo los dat zijn hele lichaam ver achteroverkieperde, alsof hij bij de tandarts was beland.

'Coach Cox,' zei Henry, 'voordat u iets zegt wil ik mijn excuses aanbieden voor wat ik gisteren heb gedaan. Ik ben weggelopen uit het team. Het was een vreselijke actie. Het spijt me oprecht.'

De Harpooners hadden zondag beide wedstrijden tegen Coshwale gewonnen, de eerste met 2-1, de tweede met 15-0. De tweede wedstrijd werd keurig volgens de genaderegel van de UMSCAC na vier innings beëindigd, en dat was de reden waarom Owen en Schwartzy al zo snel weer op de campus waren beland. De Harpooners hadden voor het eerst in hun 104-jarige honkbalgeschiedenis hun vaste studentencompetitie gewonnen. Het regionale toernooi zou een paar dagen later plaatsvinden.

Coach Cox leunde nog verder achterover in zijn stoel, zodat hij nu bijna lag, en streek zijn snor glad. 'Je beseft dat ik je zal moeten schorsen, Skrim. Niet dat ik dat zelf zo graag wil, maar er valt niet aan te ontkomen. Teamreglement. Je hebt twee wedstrijden gemist, dus nog twee erbij zou een redelijke straf zijn. Met wat geluk winnen we er een van. Zie het als een kans om pas op de plaats te maken.'

'Eigenlijk,' zei Henry, 'was ik van plan langer weg te blijven.'

Coach Cox fronste zijn wenkbrauwen. 'Wat bedoel je?'

'Ik bedoel... ik wil graag uit het team stappen.'

De frons van coach Cox werd dieper en kreeg een heel ander karakter. Hij schoot omhoog naar een zittende positie, plantte zijn voeten op de grond, keek Henry woedend aan. 'Ik wil graag twintig jaar zijn en een talent als het jouwe hebben,' zei hij. 'Maar we kunnen niet altijd krijgen wat we willen. Verzoek afgewezen.'

'Maar coach, u begrijpt het niet. Ik stap uit het team.'

'Jij stapt nergens uit. Sterker nog: je schorsing is met onmiddellijke ingang opgeheven. De training begint over een kwartier. Ga je omkleden.'

'Dat kan ik niet.'

'Wat een búllshit. En trek ouwe kleren aan. Het maakt me niet uit hoe fit je bent. Ik laat je rennen tot je moet kotsen.'

'Coach,' zei Henry rustig. 'Ik ben er klaar mee.'

Iets in zijn stem overtuigde coach Cox ervan dat hij het meende. De oudere man begon zijn snor weer glad te strijken en zei ten slotte: 'Heb je het er met Mike over gehad?'

Een fractie van een seconde dacht Henry dat coach Cox had gehoord wat er zich tussen hem en Pella had afgespeeld. Zijn keel vernauwde zich, ook al realiseerde hij zich dat de vraag iets anders betekende. Waar coach Cox op aanstuurde was het feit dat Schwartzy hem nooit zou laten gaan. 'Nee,' erkende hij. 'Dat niet.'

'Nou, dan zullen we hem eens naar zijn mening vragen.' Coach Cox wierp zijn hoofd in zijn nek en klokte zijn Diet Coke gedecideerd naar binnen. 'Kom op.'

Samen liepen ze naar de lift. Henry had kunnen weigeren om mee te gaan naar de kleedkamer beneden – had op de knop van de begane grond kunnen drukken en het USC via de voordeuren kunnen verlaten om nooit meer terug te komen. Maar iets in hem stond dat niet toe. Misschien was hij te zeer gewend om de bevelen van coach Cox op te volgen, of misschien wilde iets in hem echt mee naar beneden. Gisteravond had Mike zich domweg omgedraaid en was de trap af gelopen.

'Schwartzy,' bulderde coach Cox. 'Kunnen we je een minuut spreken?'

Schwartz, die voor zijn locker zat met op beide bovenbenen een zak ijs, keek somber op bij het woord 'we', nam één oordopje uit zijn oor. 'Wat is er?'

De andere Harpooners in de directe omgeving – Rick, Starblind, Boddington, Izzy, Phlox – staarden naar hun eigen, lege locker en deden alsof ze Henry niet hadden zien binnenkomen. En dan weten ze nog niet de helft van wat er speelt, peinsde Henry.

'Buiten op de gang.' Coach Cox gebaarde met zijn hoofd richting deur. 'Kom.'

'Ik heb hier ijs op liggen,' zei Schwartz. 'Wat is er?'

Aan zijn snelle ademstoot kon je horen dat coach Cox elk moment in getier kon uitbarsten, iets wat hij zelden deed. Henry kwam tussenbeide. 'Hier is prima.' Hij haalde diep adem en ging voor Schwartz staan. 'Ik heb spijt van wat er is gebeurd, Mike. Ik heb je in de steek gelaten, ik heb iedereen in de steek gelaten. Ik heb een fout gemaakt en dat spijt me. Het spijt me heel, heel erg...' In technische zin verontschuldigde hij zich voor het feit dat hij het team gisteren in de kou had laten staan, wat op zich al een onvergeeflijke zonde was, maar zo voelde het natuurlijk niet. 'Coach Cox wilde dat ik je liet weten dat ik besloten heb uit het team te stappen.'

Met een doffe blik staarde Schwartz in zijn locker, zijn behaarde schouders waren gebogen, die enorme zakken ijs op zijn knieën. Hij stak een hand in het kastje om een deodorantstick te pakken, trok met een zuigend *plop* de dop eraf en hief een arm boven zijn hoofd. 'Izzy is onze korte stop,' zei hij. 'Je kunt niet eens een bal fatsoenlijk werpen.'

'Ik weet het. Daarom kap ik ermee.'

Schwartz verwisselde van oksel. 'Interessant,' zei hij. 'Ik dacht dat je dat deed omdat je m'n vriendin hebt genaaid.'

'Ik naai al je vriendinnen!' gilde Henry. Het sloeg nergens op, toch gilde hij het, met gebalde vuisten. Hij had het gevoel dat hij zich op Schwartz zou kunnen storten om hem op zijn gezicht te slaan. 'Wie kan het kutkolere iets verrekken?!'

Schwartz haalde eindeloos traag een T-shirt van Westish Baseball uit zijn locker, stak zijn hoofd door het gat en ontrolde het over zijn ontzaglijke borstkas. 'Misschien wel niemand,' zei hij, met zijn ogen nog op het inwendige van zijn kledingkastje gericht. 'Rick, kan jou het wat verrekken als Skrimshander m'n vriendin naait?'

Rick, wiens locker zich naast die van Schwartz bevond, keek behoedzaam op met een ellendige blik op zijn roze gezicht. 'Ik geloof van niet,' zei hij.

'Starblind, en jij dan?'

'Neuh.'

'Izzy?'

Stilte.

'Izzy?'

'Nee, Abuelo.'

Zo ging Schwartz de hele kleedkamer af, naam na naam. Iedere volgende speler mompelde op zijn beurt dat nee, het kon hem niets verrekken als Henry Schwartz' vriendin naaide. Gelukkig was Owen er niet. Henry wist niet met wie hij het meest te doen had, maar hij wist wel wie de schuldige was: hijzelf.

'Fijn zo,' zei Schwartz. 'Laten we gaan trainen.' Hij haalde de Ziploc-zakken van zijn benen, smeet het ijs op de cirkelvormige afvoer tussen de banken en werkte zich krakend, met o-benen, de kleedkamer uit, waarbij een paar jongens zich tegen hun kastje drukten om zijn kolossale lijf uit de weg te gaan.

'Geweldig is dit,' zei coach Cox. Zijn stem zwol aan van gemompel tot het schreeuwen van een militaire drilmeester. 'Dit is godverdomme bril-jant. Iedereen nú naar het footballstadion. Jullie gaan allemaal rennen tot je ervan kótst.' Hij keek Henry aan. 'Doe je mee?'

'Nee,' zei Henry.

'Wil je dit echt, Skrim? Wil je dit godverdomme echt?'

Henry knikte. 'Ja.'

59

Affenlight zat heimelijk in zijn Audi een sigaret te roken met uitzicht op de rustige Main Street, voor Bremens woning met zijn royale veranda, de daklantaarns hier en daar, het keurige gazon dat in de aanzwellende schemering overging van groen in grijs. Nadat Pella was vertrokken had hij zich opeens herinnerd dat professor Bremen dit voorjaar afscheid nam van de vakgroep Natuurkunde; naar New Mexico zou verhuizen om te golfen, met zijn vrouw in de woestijn rond te lopen, voor de lol wat te doceren aan een online universiteit. Bremen was een paar jaar jonger dan Affenlight maar had een fortuin weten te vergaren.

Ja hoor, daar stond het, op het gazon: een bordje TE KOOP.

Pella had voor de rest van het semester een kamer gevonden bij een paar Westish-meisjes buiten de campus. Ze had het Affenlight laten weten via een bericht op de voicemail van het appartement, terwijl ze wist dat hij in zijn kantoor zou zijn. In haar nieuwe huis was een vaste telefoonverbinding, maar ze hoopte dat hij niet snel zou bellen. Ze wilde een poos met rust worden gelaten.

Affenlight drukte zijn sigaret uit in de asbak van de Audi, staarde naar de voorgevel van de Bremens. Het was een grote, witte walvis van een huis, een rector waardig, maar het had tevens iets prettig eigenzinnigs, een soort speelse strengheid. Zelfs toen het een uitgemaakte zaak leek dat hij definitief op Harvard zou blijven had hij er geen moment over gepeinsd iets te kopen. Halve Cambridge-huizen huren had hem altijd genoeg vastigheid geleken.

Het was alleen zijn bedoeling geweest er even langs te rijden om te zien of er inderdaad een bordje in het gras stond, maar nu kuierde hij zowaar over het pad naar het verandatrapje. De gestalte van Sandy Bremen, de vrouw van Tom, verscheen al achter de voordeur eer hij had kunnen aanbellen.

'Verhip, Guert,' zei ze. 'Dat ik jou hier nou toch tref.' Een grote hond schoot door de smalle opening die ontstond toen ze bezig was de deur te openen, gooide zijn voorpoten in de lucht en zette die op Affenlights borstkas. 'Ik wilde net Contango gaan uitlaten.' Ze greep de hond bij zijn halsband en trok hem met een ruk naar achteren. 'Sorry. Hij is vandaag afschuwelijk recalcitrant.'

'Geen enkel probleem.' Affenlight liet de hond aan zijn hand ruiken. Het was een mooi dier, oud en nobel, een husky met een vacht als een suikerspin en één blauw oog.

'Tom is even hardlopen,' zei Sandy. 'Heeft het haast?'

'Nee, nee. Geen enkele haast. Zie je, eigenlijk... ben ik hier gestopt omdat ik nieuwsgierig was naar het huis.'

'Aha.' Op Sandy's gezicht verscheen die vagelijk flirterige maar vooral bezitterige glimlach die de vrouwen van universitair docenten, in elk geval die met het nodige zelfvertrouwen, Affenlight graag toewierpen. In haar effen trainingspak met die hagelwitte gympen eronder was ze zo gestroomlijnd als een zeerob. Het was niet de eerste keer dat hij zich afvroeg hoe het zou zijn geweest om een aantal decennia te delen met een dergelijke vrouw – een vrouw die het gezinsleven in een soepel functionerende bedrijfseenheid wist te veranderen, die het talent bezat een niet-onaardig inkomen onuitputtelijk te laten lijken, die geld wist om te toveren in vreugde en vrolijkheid. 'Eindelijk overweeg je een duik in het diepe te wagen?'

Affenlight haalde zijn schouders op. 'Ik zag het bordje staan,' zei hij. 'Het maakte me een tikkeltje nieuwsgierig.'

'Nou, kom binnen. Ik zal je de complete rondleiding geven. Contango, boefje, het spijt me – vals alarm wat die wandeling van ons betreft.' Vriendelijk joeg ze de hond weer naar binnen, zette een hand onder op Affenlights rug om hetzelfde bij hem te doen. 'Is een biertje goed? Ik kan niet met je meedoen omdat ik halverwege een sapkuurtje zit, aanstellerina die ik ben, maar ik weet zeker dat Tom er ook een neemt als hij terugkomt. Hij heeft de afgelopen tijd heel wat kilometers gevreten.'

Affenlight omklemde de zweterige hals van zijn flesje Heineken en volgde braaf Sandy de hele begane grond en daarna de eerste verdieping door, terwijl zij hem bijpraatte over de deugden van Californiakasten, daglicht, hun onlangs gerenoveerde keuken. De twee kinderen van de Bremens waren allebei afgestudeerd en het huis uit, hun slaapkamers waren gestript en omgevormd tot opgedirkte pied-à-terres voor vakantie- en zomerbezoekjes. 'In oktober trouwt Lucy,' zei Sandy toen ze op de drempel van de weelderigst uitgeruste van de twee kamers stonden. 'De tijd vliegt voorbij.' Ze draaide zich om en ging Affenlight voor naar beneden. 'Zoals je kunt zien is het huis groot maar ook weer niet zó groot. Drie slaapkamers, Toms werkkamer, één badkamer boven, één beneden. Het is echt een heel praktisch huis, omdat het zo oud is – het is eerder gemodelleerd naar een boerderij dan naar een villa. In je eentje voel je je hier niet verloren.' Ze wierp Affenlight weer die plagerige blik toe. 'Je bént toch nog vrijgezel, niet, Guert?'

'Min of meer.'

'Ah, mistig terrein! En dat betekent?'

Ze gingen aan de keukentafel zitten. Affenlight nam het tweede biertje aan dat Sandy hem aanbood, leunde naar opzij om de hond over zijn buik te kroelen. Pella had haar hele jeugd om een hond gebedeld, maar het was er nooit van gekomen. 'M'n dochter overweegt om zich op Westish in te schrijven,' zei hij, waarbij hij zachtjes met een knokkel op de houten tafel klopte om het lot gunstig te stemmen. 'We zouden niet per se gaan samenwonen, maar...'

'Ah, maar dan heeft ze natuurlijk een eigen kamer nodig. Pella, is 't niet? Wat een prachtige naam. Maar ik dacht dat ze op Yale zat? Of inmiddels zelfs al was afgestudeerd?'

Jarenlang had Affenlight op cocktailparty's een moedwillige vaagheid betracht wat betreft Pella's doen en laten. Nu ervoer hij het als verraad. 'Yale kwam niet zo goed uit de verf,' zei hij.

Sandy knikte ernstig. 'Dat is met veel dingen zo,' zei ze, terwijl uit haar stralende, onvoorstelbaar blakende gezicht precies het tegenovergestelde sprak. 'Nou, wat kan ik je verder nog vertellen?'

Affenlight tuurde door de verandadeur naar de goed onderhouden achtertuin, de maan erboven, het meer erachter. Het was een mooi huis. Groot zonder dat je je er verloren voelt, zoals Sandy zei. Maar waarom zou hij er überhaupt over nadenken? Hij woonde nu al acht jaar op de campus, had er zich zelden opgesloten of anderszins onprettig gevoeld. Als de afvalvermaler stuk ging of er was een probleem met de verwarming, belde hij gewoon met Onderhoud en stuurden ze iemand langs. Hier was geen Onderhoud. Hij zou kamers moeten verven, een verwarmingsketel moeten vervangen, onroerendgoedbelasting moeten betalen. Om maar te zwijgen van het feit dat hij bar weinig meubels had, bij lange na niet genoeg om zo veel kamers te vullen. In welke toestand verkeerde het dak? Dat soort vragen moest hij Sandy stellen, het soort vragen dat hij, als hij een huis kocht, zichzelf eeuwig zou blijven stellen.

Was de mythe van het glorieuze huiseigenaarschap niet allang ontmaskerd? Wilde hij nou werkelijk zijn vrije tijd – en een gigantisch deel van zijn spaargeld – verruilen voor een groot, wit symbool van burgerlijke bezitsdrang? Tja, misschien wel. En onwillekeurig bleef hij maar denken hoe geweldig Pella het huis zou vinden. Ze mocht de hele bovenverdieping hebben: een slaapkamer, een studeerkamer, de derde kleinere als studio of walk-in-closet. Hij zou zelf beneden meer dan voldoende ruimte overhouden. Ze kon daarnaast een kamer op de campus nemen: een plek waar ze meestal zou zijn als ze niet bij hem was, wat hem een boel zorgen en gemiste slaap zou schelen. Momenteel was ze boos op hem, en terecht, maar ze zou het hier prachtig vinden, hij voelde het. Niet dat het plan erop gericht was haar terug te winnen.

En hoewel hij alweer decennia niet had geklust was hij technisch gezien geen onbenul – hij was opgegroeid op een boerderij, had jaren aan boord van een schip doorgebracht. Hij was niet een of andere snotneus die was opgegroeid met het internet. Hij kon een huis aan. De Bremens onderhielden hun tuin in de bekende Amerikaanse stijl: een weelderig, onberispelijk tapijt, wat niet betekende dat hij hetzelfde moest doen – hij kon al die weelde omspitten en tomaten, rabarber, bonen poten. Knoflook in de herfst. Pompoenen, waarom niet? Hij kon pompoenen poten, in zijn jeugd zijn favoriete gewas, hoe gek dat ook mocht lijken. Wie hield hem tegen? Was er soms een regel die zei dat een gazon een gazon moest zijn, met ergens in een hoekje een keurige border vol bamboestokken? Ja, vast en zeker – de gemeente Westish had vermoedelijk geen gebrek aan zinloze voorschriften en truttige buren die ervoor zorgden dat ze werden nageleefd. Maar die mensen zouden worden dwarsgezeten, aangestaard, weggejaagd door de knorrige thoreauviaanse rector met zijn pompoenen en bonen...

De telefoon in zijn zak trilde. Misschien was het Pella, misschien kon hij haar overhalen om meteen hierheen te komen en een kijkje te nemen. Hij glimlachte verontschuldigend naar Sandy, haalde het ding tevoorschijn om te zien wie belde: Owen.

'Ga gerust je gang,' zei Sandy. 'Ik weet hoezeer je in trek bent.'

Maar Affenlight liet zijn voicemail O's honingzoete stem opslokken. Als verklaring aan het adres van zijn dochter – ik ben er, ik ben betrouwbaar, vertrouw op mij, ik hou van je – stond zijn onverwachte verhuisplan hem ergens wel aan, maar ten opzichte van Owen moest het wel iets heel anders betekenen, iets wat Affenlight nog niet onder woorden durfde te brengen. Owen zou in september naar Japan gaan en nagenoeg alleen nog naar Westish terugkomen voor zijn afstudeerfeest. In dit deel van het land had hij verder niets, helemaal niets te zoeken. Terwijl Affenlight een universiteit had, een dochter, voor minstens nog vier jaar, en dan zou hij vijfenzestig zijn. De aankoop van een huis zou bewijzen dat hij in staat was aan een leven zonder Owen te denken – of in ieder geval dat hij dan maar had besloten het te proberen.

Contango ging een paar centimeter van Affenlights stoel op de lichte keukenvloer liggen, zijn nobele kop op zijn nobele poten. Samen keken ze hoe Sandy wortels en sinaasappels waste, schilde dan wel pelde alvorens ze in een sapcentrifuge te doen. 'Zo te zien heeft hier iemand een vriend erbij gekregen,' zei ze. 'Nu dan, niet dat ik onbeleefd wil zijn, maar zullen we het over de financiën hebben?'

'Volgens mij kan dat geen kwaad.'

Ze noemde de vraagprijs. Hij floot tussen zijn tanden. 'Ik dacht dat de huizenmarkt was ingestort.'

Sandy lachte. 'Je krijgt waar je voor betaalt.'

Behalve wanneer hij kostuums en scotch kocht dacht en handelde Affenlight doorgaans alsof hij arm was; het was een van de gevolgen van zijn opvoeding die hij nooit helemaal van zich af had kunnen schudden. Maar in werkelijkheid bezat hij meer dan genoeg geld; zijn uitgaven waren miniem en zijn salaris ging rechtstreeks naar de bank.

De Audi, zijn laatste uitspatting, was zes jaar oud. Het meer achter de deur naar de veranda was zo dichtbij, hij kon het bijna aanraken.

'We komen er vast uit!' schreeuwde Sandy boven de ronkende sapcentrifuge uit. 'Als we snel zijn kunnen we het huis nog weghalen bij de makelaar. Het bordje is vanochtend pas neergezet. En dan doen we het zelf en knabbelen er op die manier zes procent van af. Kitty Wexnerd heeft het geld niet nodig, God is m'n getuige. En die hele papierwinkel halen we gewoon door de versnipperaar. Ik zou het zo leuk vinden als Pella en jij verliefd worden op dit huis. Het doet me pijn hier weg te gaan.'

De voordeur knalde open en daar stapte Tom Bremen naar binnen, fit en kaal en druipend van het zweet. 'Herr Doktor Presidente,' zei hij. 'Laat ik m'n hand wassen voordat ik de jouwe schud.'

'Guert is langsgekomen om over het huis te praten.'

'Heus?' Tom kuste zijn vrouw, haalde twee biertjes uit de koelkast, zette er één voor Affenlight neer. 'Heb je de stront weggepompt en alle andere gebreken van dit krot weggepoetst?'

'Dat heb ik zeer zeker niet gedaan, want er mankeert niets aan.'

'Ik wist dat ik op je kon rekenen. Als een sexy Ricky Roma. En sluiten die deal, baby. De bouwval heeft trouwens wel een nieuw dak nodig.'

Sandy sloeg haar ogen ten hemel. 'Afgelopen zomer hebben we er een gloednieuw dak op gezet,' vertelde ze. 'Tom en Kevin hebben het zelf gedaan.'

'Vijf weken, veertien uur per dag. Kostte me bijna m'n leven. En de relatie met m'n zoon.' Hij ging aan tafel zitten, tikte met zijn Heineken tegen die van Affenlight. 'Goed om je te zien,' zei hij terwijl hij zijn shirt barstensvol zweet lostrok van zijn borst. 'Heeft Sandy je al verteld dat het sleeloze beest een gratis accessoire is?'

Affenlight keek naar Contango, die hem aankeek. Misschien kwam het door het derde biertje dat de blik van laatstgenoemde zo'n sociaal intelligente indruk maakte. 'Echt waar?'

'Zal ik maar even tolken?' zei Sandy, die met haar sapje bij hen kwam zitten. 'Contango is Kevins hond. En Kevin gaat, zoals hij het zelf omschrijft, voor "onbepaalde tijd tot permanent" naar Stockholm.'

'Met welk doel?' vroeg Affenlight beleefd, die weer vooroverboog om de hond te aaien.

Tom ving Affenlights blik op en beeldde een ampele Zweedse boezem uit.

'Thomas, alsjeblieft. En bovendien ben ik gruwelijk allergisch voor alle mogelijke huisdieren, waar ik trouwens nooit moeilijk over heb gedaan. En Contango is zich hier de afgelopen maanden erg thuis gaan voelen. Dus als de koper van het huis, wie dat uiteindelijk ook mag zijn, werkelijk, oprecht belangstelling heeft voor een dergelijke constructie...'

'We doen er voor een jaar aan Pedigree Pal en antivlooienmiddel bij,' besloot Tom. 'Verzacht dat het leed of niet?'

'Poe,' zei Affenlight. 'Wauw.'

60

Nadat de Harpooners klaar waren met omkleden liepen ze achter Schwartz aan naar buiten om door het stadion te rennen tot ze begonnen te kotsen. Niemand zei iets. Izzy bleef treuzelen tot hij als laatste was overgebleven; hij deed extra langzaam zijn zweetbanden om en stond te frunniken aan het gouden kruisje dat om zijn nek hing. Het had er de schijn van dat hij iets zou kunnen gaan zeggen, maar nee, hij liet zijn hoofd zakken en vertrok. Toen hij de gang in liep ramde hij hoorbaar met zijn vuist in het web van zijn handschoen: een éénknalssaluut aan Henry's carrière.

Henry ging voor zijn locker zitten. Zijn uitbarsting aan Schwartz' adres had hem verrast; dat zijn woede niet wegebde verraste hem nog meer. Híj had overal een puinhoop van gemaakt, niet Schwartz. Hem viel iets te verwijten, niet Schwartz. Toch was elke herinnering die in hem opkwam, daar in die kelder vol herinneringen, er een waarin Schwartz hem pijn bezorgde. Hij was kwaad op Schwartz. Ergens haatte hij Schwartz. Hij moest weer denken aan het feit dat Schwartz, nadat Henry zonder vrienden, hulpeloos, naar Westish was gekomen op uitnodiging van dezelfde Schwartz die bij Henry de indruk had gewekt dat hij hem bij de hand zou nemen, hem twaalf eenzame weken lang had laten stikken voordat hij eindelijk belde en bij wijze van excuus liet weten dat hij zo druk was geweest met football. Destijds was Henry te miserabel, te dankbaar geweest om over zijn wanhoop te beginnen, maar nu overspoelde de pijn van die begindagen hem in volle hevigheid. Hij haatte Schwartz er niet weinig om. Haatte hem ook vanwege elke ronde die hij in een verzwaard vest door het stadion had moeten rennen, elke vijf-uursessie in het krachthonk, elke set van duizend pull-ups die hij had gedaan, elke folterbeweging met een fitnessbal... Het was pijn waarnaar Henry had gehunkerd en waarom hij had gevraagd, doelgerichte pijn, of zo had het althans geleken, maar wat hem nu overspoelde was al die pijn in zijn zuiverste vorm, pijn die niets betekende, die geen verlossing bracht omdat alles slechts naar hier had geleid, en hier was nergens. God, wat haatte hij Schwartz. Hij haatte hem vanwege zijn aandacht en vanwege zijn verwaarlozing. De laatste tijd, sinds Pella's komst, was hij weer verwaarloosd. Zonder Schwartz die hem opjutte, kwelde, zou hij hier niet zijn. Schwartz had hem hier doen belanden en nu was hij de lul. Voordat hij Schwartz had ontmoet waren zijn dromen niets meer dan dromen geweest. Dingen die gaandeweg een stille dood zouden sterven zonder schade te berokkenen.

Tijd om op te stappen voordat iemand terugkwam en hem hier aantrof. Hij nam de brandtrap, glipte door een zijdeur naar buiten, verliet de campus, richting het centrum. De straten zagen er vreemd en doelloos uit zoals ze zich koesterden in het zonnige middaglicht. Behalve tijdens het hardlopen was hij hier nog nooit overdag langsgekomen.

Naast de Qdoba op de hoek van Grant en Valenti Street bevond zich een bank die even daarvoor zijn deuren had gesloten. Henry liep de rijbaan op die naar de drive-in-geldautomaat leidde. Zijn gymschoenen gingen zuigend door de kleverige olieresten die wachtende auto's hadden achtergelaten. Hij ramde zijn pincode in en haalde de laatste tachtig dollar van zijn rekening. Hij stopte de biljetten in zijn zak en liep terug, Valenti Street in, naar Bartleby.

Ook zo'n plek waar hij nog nooit overdag was geweest. Het café was verlaten afgezien van twee middelbare stellen rond een tafel die bezaaid lag met half opgegeten hamburgers, halfvolle bierpullen, geknakte mozzarellasticks waarvan de kaas er als plakken kauwgom bij lag. Achter de bar stond Jamie Lopez, een footballspeler die Henry vagelijk kende. Hij hing met een wit handdoekje om zijn nek boven een opengeslagen studieboek. Hij droeg een zwart T-shirt van Melville, de tourneevariant, met achterop een lijst data van Melvilles reizen. Henry pakte een barkruk.

Lopez trok verbaasd een wenkbrauw op. 'Hé, Skrim.' Hij wees met een roerstaafje naar zijn plek. 'Wat doe jij hier?'

Henry haalde zijn schouders op. 'Chillen.'

Lopez knikte goedkeurend, frisbeede een bierviltje naar Henry's elleboog. 'Wat kan ik voor je doen?'

Henry ging met zijn blik de lange rij tappen af. Op honkbalfeesten had hij genoeg bier gedronken om te weten hoe smerig het smaakte. Maar al het andere smaakte nog smeriger.

'Weet je wat?' zei Lopez. 'Ik zal een mix voor je maken. Het is m'n eerste dag achter de bar. Moet er wat handigheid in krijgen.'

Henry bestudeerde Lopez' gezicht, op zoek naar een teken dat hij wist wat er zaterdag was gebeurd. Hij vond niets. Toch moest Lopez ervan weten. Iedereen wist het. De halve universiteit was erbij geweest, en de andere helft was er vast meteen van op de hoogte gesteld. Diep in zijn hart gruwde Henry van dat joviale gedoe, het 'Hé, Skrim', terwijl Lopez eigenlijk medelijden met hem had, of zich superieur aan hem achtte, of zo. Waarom zeiden de mensen niet gewoon wat ze dachten? Aan de andere kant wilde Henry er liever niet over praten en kon Lopez' staaltje acteerkunst, als het dat inderdaad was, worden opgevat als een blijk van vriendelijkheid. Of misschien wist Lopez het echt niet. Op het bierviltje verscheen een pintglas gevuld met ijs en een inktzwarte vloeistof. Henry lurkte aan het dikke blauwe rietje.

'Wat vind je van m'n creatie?'

Henry begon te hoesten toen hij slikte; hij dekte zijn mond af zodat Lopez zijn reactie niet kon zien. 'Lekker.' Hij knikte. 'Perfect.'

Lopez grijnsde trots. 'Mijn variatie op een Long Island Iced Tea. 'k Heb het ding naar de mannelijker kant van het spectrum staan frutten, zeg maar.'

Henry keek naar de sterkemannenwedstrijd op de gigantische tv achter de bar en luisterde naar Lopez die doorzanikte over zijn barkeeperscursus. Het flikkerende licht op het scherm hield zijn blik gevangen, Lopez' stem baste zachtjes in zijn oor en zijn drankje verdween door het rietje, gedachteloze slok na gedachteloze slok. Lopez schonk zijn glas weer vol en zette het op het viltje. Buiten werd het donker. Biljartballen tikten tegen elkaar. De bar begon vol te lopen met mensen. Lopez dimde de verlichting tot de zaak gehuld ging in een groenige, nachtelijke gloed, hier en daar onderbroken door het felle rood en blauw van de neonreclames voor bier.

'Hé Skrim,' zei hij. 'Wil jij voor mij de jukebox een zwengel geven?'

Hij schoof een biljet van tien dollar over de bar. 'Misschien moet je maar wat aan de mellow kant blijven. Het is nog vroeg.'

Henry begaf zich naar de jukebox, schoof daar het tientje in, drukte op de knoppen waarmee je de plastic pagina's kon omklappen. De enige naam die hij kende was U2 – dat was mellow, toch? Hij ramde er een zootje U2's in en mocht daarna nog twintig andere nummers kiezen. Flap, flap, flap, zeiden de pagina's. Hij kende alleen de namen van de liedjes die Schwartz draaide terwijl ze aan het gewichtheffen waren, en die waren absoluut niet mellow. Hij gaf het op en zette koers naar de wc's.

Op een kurken prikbord boven de pisbakken hingen de sportpagina's van USA *Today* en de *Westish Bugler*. EINDELIJK BINNEN! kopte de *Bugler* breed boven een foto van een halve pagina van de Harpooners die met opgeheven armen en schreeuwende monden de diamond van Coshwale op stormden. Zelfs Owen zag er opgewonden uit. Zoals bij alle andere artikelen over het honkbalteam stond er de naam Sarah X. Pessel boven:

COSHWALE, ILL. – Honderd seizoenen lang hadden ze geen enkele studentencompetitie gewonnen. Hun tegenstanders, de Coshwale Muskies, hadden er in diezelfde tijdsspanne 29 op hun naam gezet, waaronder vier op rij. De ster van de Harpooners, Henry Skrimshander, was nergens te bekennen.

Het hinderde niet.

Zondagmiddag sloten de Harpooners een eeuw van frustraties af met een uitroepteken door de favorieten, de Muskies, met 2-1 en 15-0 af te drogen en daarmee hun eerste UMSCAC-kroon te kunnen opzetten. Hun vierdejaars aanvoerder, Mike Schwartz, ging in de verlossende wedstrijd aan de leiding met twee homeruns en zeven binnengeslagen punten, terwijl derdejaars pitcher annex midvelder Adam Starblind, die met de geblondeerde lokken en het air van een filmster, vier ballen het veld in beukte en tijdens de openingswedstrijd de *save* op zijn naam kreeg, ondanks een handicap die hij na de wedstrijd omschreef als ernstige abdominale pijn, waarbij hij zijn jersey omhoogtrok en een blauw uitgeslagen maar niettemin indrukwekkend gebeeldhouwd sixpack liet zien.

Eerstejaars Izzy Avila nam het op meer dan bewonderenswaardige wijze over van de afwezige Skrimshander door een stel punten te scoren en het centrum van het veld te bewaken zoals Crockett en Tubbs in de tijd van de vroege Madonna Miami bewaakten: met flair. Eén à twee verbluffend acrobatische ballen maakten dat sommige toeschouwers zelfs de naam van de korte stop die hij verving begonnen rond te fluisteren – een man die onvervangbaar werd geacht. 'Izzy heeft goed staan opletten,' ronkte de besnorde gezagvoerder Ron Cox, een mannelijke man met een neus voor understatements.

Schwartz wuifde met een schouderophalen de suggestie weg dat het team hinder zou ondervinden van Skrimshanders afwezigheid, schijnbaar zonder excuus, de dag nadat hij halverwege een inning het veld af was gelopen na een langdurig gevecht tegen een tanend zelfvertrouwen, juist nu ze zich opmaken voor hun allereerste regionale toernooi. 'Skrimmer is morgen weer terug,' gromde Schwartz. 'Daar kun je god- [ZIE VERDER PAGINA 3B]

Henry trok de pagina los, scheurde die in smalle, serpentineachtige reepjes en piste erop. Toen hij zijn handen waste zag hij in de spiegel hoe hij er in zijn gore sweater bij liep. Hij had zich in geen dagen meer geschoren of gedoucht. Lopez deed niet gewoon aardig – hij praatte hem naar de mond zoals je dat deed bij iemand die gek was.

Zijn knieën knikten. Hij bleef dralen bij de wc-deur tot Lopez naar de andere kant van de steeds drukker wordende bar liep. Hij schoof een twintigje onder zijn lege pintglas en haastte zich naar buiten, de spoorlijn over, het hart van het verlaten centrum in, waar weinig studenten iets te zoeken hadden.

Degene die hem tegemoetkwam, of dat althans probeerde, was Pella Affenlight.

Aanvankelijk zag ze hem niet. Ze deed haar best een vierpotig meubelstuk over de stoep te verslepen. Ze sjorde het omhoog en drukte de platte bovenkant tegen haar borstkas zodat de poten recht naar Henry wezen. Toen ze het ding eenmaal in de lucht had kon ze amper een paar passen naar voren wankelen en moest ze het met een stortvloed van gemompelde verwensingen weer laten vallen.

Toen hij vlak bij haar was kon hij het niet maken niet te stoppen; ze waren de enige twee mensen op straat. Ze keken elkaar aan, elk aan een kant van het bureau.

Pella haalde een pakje sigaretten en een aansteker uit het zakje van haar sweatshirt, tikte er een sigaret uit en stak hem aan. Henry stak zijn hand uit. Pella keek hem aan. 'Zeker weten?' vroeg ze.

Henry knikte. Ze reikte hem de sigaret aan. 'Kijk uit. Ze zijn zwaar.'

Henry kon zwaar niet van onzwaar onderscheiden. Hij deed hem tussen zijn lippen.

'Dit is niet zo idioot als het eruitziet.' Ze knikte naar het bureau terwijl ze een nieuwe sigaret voor zichzelf opstak. 'Of nee, eigenlijk is het wél zo idioot. Ik wist dat ik deze niet in m'n eentje naar huis kon sjouwen. Maar ik wilde het zo graag.'

De sigaret had niet veel effect. Henry probeerde Pella's aanpak te imiteren door ditmaal stevig aan het uiteinde te zuigen. In zijn hoofd vond een ontploffing van duizeligheid plaats. Hij plaatste zijn hand met de sigaret op het bureau om niet te vallen. De andere bracht hij naar zijn mond en hij hoestte er wat vloeibare materie in.

'Gaat het wel, Henry?'

Hij knikte.

'Kom op. We laten je een minuutje bijkomen.' Pella nam hem bij de hand en begeleidde hem naar de stoeprand, waarop ze neerstreken met hun voeten op de straat. 'Ik ben verhuisd,' zei ze om hem af te leiden. 'Naar verderop in Groome Street, met twee derdejaars die Noelle en Courtney heten. Ze hadden een derde huisgenote, maar die is halverwege het semester opgestapt – vijf tegen één dat ze in therapie is gegaan vanwege haar eetstoornis, gezien de algehele sfeer daarbinnen.'

'Toen ik op pad ging om m'n ring te verpanden en zo de huur te kunnen betalen zag ik deze schrijftafel in de winkel verderop staan. Het leek me leuk om een meubelstuk te hebben dat van mezelf is. Dus heb ik hem maar gekocht.'

'Hij is mooi.'

'Dank je. De verkoper vroeg me wanneer ik hem wilde ophalen. En ik zei: "Bezorgt u ook?" En hij kuchte wat en zei: "Tja, ik heb nu m'n

vrachtwagen hier niet staan." Misschien kon hij hem zaterdag langs-
brengen. En ik zei: "Zaterdag? Het is nou maandag!" En hij zei dat hij
wist welke dag het was. Dus zei ik: "Laat maar. Ik neem 'm wel meteen mee." Ik sjouwde hem naar buiten, kreeg hem één blok verder en
ben er bijna aan bezweken.'

'Ik kan je helpen,' zei Henry.

'Hou jij je maar even koest.'

Ze zaten daar in stilte terwijl Pella haar sigaret oprookte. Daarna
hielp ze Henry overeind en begonnen ze het bureau naar Groome
Street te sleuren. Henry moest vooruit lopen om te voorkomen dat hij
duizelig werd, wat betekende dat Pella achteruit moest lopen. Haar
trippelpasjes in combinatie met het feit dat Henry toch weer duizelig
werd maakten dat ze weinig voortgang boekten. Elk half blok moesten ze stilstaan en uitrusten.

Eindelijk kwamen ze dan bij Groome Street, waar ze in oostelijke
richting afsloegen, het meer tegemoet. 'In dit blok is het,' zei Pella.
'Geloof ik.'

'Welk nummer is het?'

Pella kon het zich niet herinneren. 'Waarom zien al die huizen er
hetzelfde uit? En zeg niet omdat het donker is. O wacht... misschien
is het hier.' Ze lieten de tafel zakken, ze stoof de veranda op en tuurde
door het raam. 'Ze lijken echt allemaal op elkaar.'

Henry hikte. De straat tolde om hem heen. 'Probeer je sleutel eens.'

'Ik ben vergeten er een te vragen.' Ze liep weer het trapje naar de veranda op en probeerde de deur – die niet op slot zat. Ze stak een hoofd
om de hoek. 'Hier is het,' zei ze. 'Laten we niet te veel lawaai maken.'

Ze sjouwden de tafel de veranda op, de donker geworden woonkamer en daarna Pella's kamer in. Ze knipte het licht aan en er verscheen
een kamer met tapijt, stofbollen en een futon op de vloer; de inhoud
van haar rieten tas en rugzak lag overal en nergens. Op de grond,
naast de futon, stond een digitale wekker die zo te zien vers uit de
doos kwam, want de kabel zigzagde symmetrisch over het tapijt. '*Voi-
là*,' zei ze. '*Mon château.*'

Ze droegen de schrijftafel naar de meest voor de hand liggende
plek, schuin tegenover de futon, en duwden hem strak tegen de muur.
Pella stapte achteruit en keek er peinzend naar met over elkaar gesla-

gen armen, gebruikte haar heup om hem een halve meter dichter naar het raam te schuiven. 'Dat moet 'm zijn,' zei ze.

Henry liep naar de wc op de gang. Op de terugweg wierp hij een blik in de keuken, waar een lamp de wasbak flauwtjes verlichtte. Op het aanrecht stond een fles wijn met een rubberen stop erin. Hij had nog nooit wijn gedronken; zelfs in de kerk sloeg hij dat hoofdstuk over. De fles was iets meer dan halfvol. Hij trok de stop eruit en sloeg de inhoud in twee lange teugen achterover. Hij duwde de fles zo diep mogelijk in de vuilnisbak.

De keukentafel was voorzien van een blauw formica blad en vier bijpassende stoelen, maar er woonden maar drie mensen. En Pella had geen stoel voor haar nieuwe bureau. Daarom pakte hij een van de stoelen en bracht hem naar Pella's kamer, waarbij hij probeerde er niet mee tegen de gangmuren te knallen.

'O,' zei Pella. 'Die kan ik maar beter niet gebruiken.'

'Wat? Hoezo?' Henry merkte dat hij een beetje wankel op zijn benen stond. 'Doe wat je wilt.' Zwierig schoof hij de stoel onder het bureau.

'Hm.' Pella sloeg onder haar borsten haar armen over elkaar en nam de situatie in ogenschouw. 'Misschien heb je gelijk. Het ziet er best leuk uit.'

Hij draaide zich naar haar om, stak zijn armen uit. 'Jíj ziet er leuk uit.'

'Henry. Kappen. Je bent dronken.'

'Ik weet het.' Hij boerde discreet in zijn vuist. 'Ik hou van je.'

'Nee, dat doe je niet.'

'Uhuh.'

'Rund dat je bent. Hoe kun je nou zo dronken zijn? Daarnet was je al dronken, maar niet zo erg als nu.'

'Ik heb de wijn opgedronken.'

'De wijn? Wat voor wijn?'

'Keukenwijn.'

'Je hebt de wijn in de keuken opgedronken? Oké. Drink jij maar zo veel keukenwijn als je wilt. Je hebt het verdiend. Maar zeg niet tegen alle mensen die je tegenkomt dat je van ze houdt. Akkoord?'

Henry knikte. Daarna deed hij zijn ogen dicht. Pella pakte zijn hand vast en begeleidde hem naar de woonkamer. Een paar uur later werd hij wakker, in het donker, met zijn gezicht in de bank gedrukt. De kamer draaide. Een hand schudde hem aan zijn schouder heen en weer. 'Henry,' fluisterde Pella.

Hij bromde.

'Het is bijna half zes. Ik moet naar m'n werk. Ga in mijn kamer liggen, zodat m'n huisgenoten niet nijdig worden.'

61

Eén dag voor het regionale toernooi ging Schwartz langs bij zijn or-
thopeed. De kliniek zat weggestopt in een winkelstrip van rode baksteen, tussen een mobieltjesoutlet en een christelijke boekhandel.
Schwartz zette de Buick op de parkeerplaats voor gehandicapten: een
komisch een-tweetje met zichzelf. Julie, de receptioniste, stak twee
vingers in de lucht om aan te geven naar welke onderzoekskamer hij
moest lopen. Hij koos altijd voor de eerste afspraak na de lunch van
dokter Kellner, zodat hij niet hoefde te wachten.

'Mike.' Dokter Kellner drukte krachtig zijn hand en hield die vast.
In Schwartz' belevenis waren orthopeden je reinste alfamannen:
breedgeschouderde bikkels, in veel opzichten zoals hijzelf, behalve
dat ze beter waren in wiskunde. 'Ik heb het team gevolgd. Kampioen
geworden. Gefeliciteerd.'

'Bedankt.'

'Het is een geweldig jaar voor joodse honkballers. Dat joch van
Braun bij de Brew Crew, dat gaat als de brandweer.'

'De Hebreeuwse Hamer,' zei Schwartz opgewekt. Dokter Kellner
ging graag met hem op de etnische toer; heel begrijpelijk in dit deel
van het land, waar alle autochtonen blond, Duits of allebei waren.

'Maar goed, wat brengt je vandaag hier?'

'Alleen m'n maandelijkse beurt.'

'Nou, prima. Spring maar op de tafel, Captain Crepitus.'

Schwartz hees zichzelf op de gewatteerde behandelbank, ging op
zijn rug liggen, sjorde de elastische taille van zijn trainingsbroek een
stuk naar beneden. Dokter Kellner onderzocht hoeveel beweeglijkheid er in zijn knieën zat, bewoog de knieschijven naar binnen en
naar buiten, deed een valgus- en varustest. 'Waar doet het het fijnst
pijn?' vroeg hij – een oud grapje van ze.

'Crepitatie': het geluid dat ontstaat wanneer onregelmatige oppervlakken kraakbeen langs elkaar schuiven, zoals bij artrose. Met elke strekbeweging klikten en plopten Schwartz' knieën steeds harder, alsof ze probeerden elkaar te overtroeven. Binnen een minuut had dokter Kellner genoeg gehoord. Hij plofte neer op een stoel, krabde aan een vlezige arm die onder de korte mouw van zijn behandelshirt uitstak. 'Niets wat we niet al wisten,' zei hij. 'Normale mensen hebben kraakbeen, jij hebt gehakt. Elke wedstrijd die je meepikt kom je weer iets dichter bij een stel kunstknieën.'

'Ik ben bijna klaar,' zei Schwartz. 'Alleen dit weekend nog het regionale toernooi.' En het nationale, als ze wonnen – nadat ze hadden gewonnen – maar het had niet veel nut dat te melden.

Dokter Kellner maakte aantekeningen op de status van Schwartz. 'Ik kan nauwelijks wachten,' zei hij zonder op te kijken. 'We sturen je naar de operatiekamer, spuiten je plat en houden een grote schoonmaak. Kraakbeen, littekenweefsel, de hele rimram. Je voorbereiden op een leven na het honkbal. Korte metten maken met dit soort oplaponzin. Hoe is het met je rug? Ben je nog langs geweest bij je chiropractor?'

'Elke week.'

'Wil je dat ik ernaar kijk?'

Schwartz haalde zijn schouders op. 'Op dit moment heeft het weinig zin.'

Dokter Kellner knikte. 'Hou de ontstekingsremmers erin. Drie keer per dag twaalfhonderd milligram is prima voor een vent van jouw afmetingen.'

'Heb ik ook gedaan.' Schwartz wachtte even, deed alsof hij de kitscherige ingelijste posters van rekkende en strekkende bodybuilders boven de behandelbank bestudeerde. 'Maar nu ik toch hier ben... Misschien moeten we nog één rondje doorgaan met de Vicoprofen.'

Dokter Kellner kantelde zijn hoofd iets. 'Daar hebben we het al eerder over gehad, Mike.'

'Maar een stuk of tien. Genoeg om me de komende wedstrijden door te helpen.'

'We waren het erover eens dat je gewenning aan die pijnstillers op het randje van ongezond is.'

'Het is geen gewenning. Ik heb pijn. Pijn die ik graag wil onderdrukken.'

Dokter Kellner kantelde zijn hoofd iets verder. 'Ik geloof je, wat die pijn betreft, Mike. Geloof nou maar dat ik je geloof. Ik ben gestopt met marathons omdat een van mijn knieën er nog maar half zo slecht uitziet als allebei de jouwe, en jij bent half zo oud als ik. En dat voor iemand die niet goed is in wiskunde. Als ik nu meteen een MRI bij je doe, zou ik je op basis van de uitslag voorgoed op non-actief moeten zetten – jij en ik weten dat allebei. Maar iemand kan verklaarbare, serieuze pijn lijden en toch verslaafd zijn. Het zijn medicijnen waar je op termijn afhankelijk van wordt.'

'De medicijnen op zich laten me koud. Ik wil gewoon niet dat m'n spel hinder ondervindt van die pijn.'

'Dan doen we nog een injectie. Cortison met lidocaïne.'

'Dat is te weinig,' reageerde Schwartz. 'De vorige keer hielp het geen reet.'

Dokter Kellner leunde met over elkaar geslagen armen achterover in zijn stoel en keek Schwartz peinzend aan. 'Wanneer heb je voor het laatst pijnstillers geslikt?'

Schwartz telde de dagen terug. Het was nu woensdag; sinds zaterdag zat hij zonder, de dag waarop Henry het veld af was gelopen. Pijntechnisch gesproken was het een heftig seizoen geweest, veel erger dan voorafgaande jaren, zelfs nog erger dan het afgelopen footballseizoen. Tot voor kort had hij pijnstillers gekregen van zowel dokter Kellner als Michelle, een verpleegster in het St. Anne met wie hij sinds zijn tweede jaar soms naar bed ging. Maar Schwartz had Michelles sms'jes niet meer beantwoord nadat hij Pella had leren kennen, en nu beantwoordde Michelle – natuurlijk – de zijne niet meer. Stom, stom, stom.

'Heb je slaapproblemen?'

'Een beetje maar,' loog Schwartz. 'Vanwege m'n rug.'

'Koude rillingen of extreme transpiratie?'

'Ik transpireer altijd extreem veel.' Goed dat hij zijn windstopper aan had gelaten. Zo kon Kellner niet zien dat zijn T-shirt doorweekt was.

'Heb je je abnormaal angstig of prikkelbaar gevoeld?'

'Ik, prikkelbaar?' grapte Schwartz.

Dokter Kellner lachte niet. 'Drink je alcohol, naast de medicijnen? Af en toe een paar biertjes?'

Schwartz negeerde de vraag. 'We hebben het hier niet over gewoontes,' zei hij. 'We hebben het over een nauwkeurig omschreven, kortdurende situatie. Ik hoef het maar tot zondag uit te houden. Zodat m'n team een kans heeft om te winnen.'

Julie stak haar blonde hoofd om de hoek van de deur. 'Dokter K. Uw afspraak van twee uur is er.'

Een van haar ogen neigde naar luiheid, maar verder was ze knap zat. Omdat ze hier werkte beschikte ze vast over een constante toevoer van medicijnen. Schwartz had al lang geleden een fundament moeten leggen; nu was het te laat. Hij had er medestudenten om gevraagd, waarbij hij op veilige afstand was gebleven van zijn teamgenoten, die er een verkeerd beeld van konden krijgen, maar het enige wat ze hadden was Adderall en coke, coke en Adderall.

Dokter Kellner wuifde Julie weg. Schwartz vervolgde: 'Mits met mate gebruikt kunnen die medicijnen geen kwaad, toch? Het zijn officiële geneesmiddelen voor talloze mensen. Mensen die een boel minder pijn hebben dan ik. Ik bedoel: je hoeft maar met een hand tegen je wang bij een tandarts naar binnen te stappen en ze geven je een rece—'

Dokter Kellner schudde zijn hoofd. 'Je stopt nu, Mike, of ik laat iedere arts, tandarts en apotheek in een straal van honderd kilometer weten dat ze je in de gaten moeten houden. "Met mate" betekent in kleine, niet-verslavende hoeveelheden. Dat geldt niet voor jou. Jij hebt een probleem met die verdovende middelen. Punt, uit. Je bent aan het afkicken, en hoe eerder je dat achter de rug hebt hoe beter. Ik zou je moeten doorsturen naar het St. Anne voor een gesprek met een psycholoog, maar ik weet dat je toch niet zult gaan en heb de tijd niet om de babysitter uit te hangen. Jij wilt cortison, ik heb cortison. Vertel jij me maar eens wat er verder in je leven is wat een beetje vergetelheid zo aantrekkelijk maakt – ik ben één en al oor. Zo niet, tot volgende maand.'

Artsen zijn de meest aanmatigende lui op aarde, dacht Schwartz. Zelf welvarend qua lijf en geld, omringd door de zieken en stervenden; het gaf ze een gevoel van onoverwinnelijkheid, en vanwege dat gevoel van onoverwinnelijkheid waren het hufters. Ze dachten te weten wat lijden was omdat ze het dag in dag uit om zich heen zagen. Ze begrepen er geen zak van. Bovendien konden ze zichzelf alles voorschrijven waar ze behoefte aan hadden zonder te moeten luisteren naar preken over het waarom van matiging, uit de mond van lui die godverdomme niet eens de Ethica hadden gelezen.

Dokter Kellner kwam overeind, keek op zijn horloge.

'Fijn zo,' zei Schwartz. 'Geef me die verdomde injectie nou maar.'

62

Op de terugweg naar de campus sprak Schwartz met zichzelf af dat hij het niet zou doen. Vervolgens reed hij toch in zijn Buick Groome Street in, om te zien of het waar was wat hij had gehoord. Hij parkeerde één huis verderop aan de overkant van de straat, in de schaduw van een kolossale esdoorn. De gordijnen in de voorkamer waren niet dicht. Een tv flikkerde blauwig, maar voorzover Schwartz het kon beoordelen zat er niemand naar te kijken. Hij zette de motor uit. De cortison hielp, moest hij toegeven. Hij voelde zich strontberoerd, zweette als een otter, zijn hart bonkte voortdurend, maar zijn knieën zouden de wedstrijden van dat weekend doorstaan. Zonder aanwijsbare reden deed hij zijn horloge af en hing het boven aan het stuur. Tien minuten gingen voorbij. Vijftien. Als hij nu niet vertrok zou hij te laat op de training komen.

Net toen hij zijn horloge losgespte en van het stuur trok liep iemand Groome Street in en daarna het lage hekje-met-harmonicagaas van nummer 339 door. Lang, donker haar, kniehoge leren laarzen, een Burberry-jas. Het was Noelle Pierson. Dan was het inderdaad het juiste adres; hij had gehoord dat Noelle er ook woonde. Maar verder geen teken van leven. Schwartz startte de motor. Noelle liep de drie treden naar de veranda op. Ze zat in haar derde jaar, hoofdvak Geschiedenis; toen hij tweedejaars was en zij nog op de campus woonde hadden ze het een paar keer met elkaar gedaan. Zodra de hak van haar laars de veranda raakte stopte de tv met flikkeren. Een gestalte in een vaalrood T-shirt sprong van de bank en snelde de kamer uit. Al die tijd had hij daar gezeten. Schwartz stuurde de Buick de weg op.

63

Die middag verliep de training van de Harpooners voor de tweede achtereenvolgende dag rommelig. Zelfs coach Cox leek futloos. Schwartz, die vanwege zijn knieën niet kon trainen en het allemaal niet langer wilde aanzien, ging terug naar de kleedkamer om te weken. Hij lag net in de whirlpool toen zijn teamgenoten naar binnen slenterden. Omdat de deur half openstond kon hij volgen wat er werd gezegd.

'Hoe goed zijn die teams volgens jou?' vroeg een van de jongere jongens, waarschijnlijk Loondorf. 'In vergelijking met Coshwale?'

'Laten we het zo zeggen,' antwoordde Rick. 'Coshwale heeft onze Upper Midwestern-competitie in tien jaar tijd pak 'm beet acht keer gewonnen?'

'Oké.'

'En ze zijn nooit doorgegaan naar de nationale. Het is altijd een of ander team van de River Nine. Of anders de WIVA. Maar meestal de River Nine. Beesten zijn dat.'

'Wat is het River Nine-team?'

'Northern Missouri.'

'Shit. Northern Missouri.'

'In '06 hebben ze de hele mikmak gewonnen.'

'Zitten ze bij ons in de groep?'

'Ik geloof van wel. Volgens mij spelen we tegen ze als we McKinnon verslaan.'

'Klote. Northern Missouri. Het wordt er niet leuker op.'

'Yep.'

'Man, we zouden Henry goed kunnen gebruiken. Al was het maar als aangewezen slagman.'

'Helemaal mee eens.'

'Het zal hoe dan ook een goeie ervaring zijn.'

'Wie weet? Misschien verslaan we McKinnon. Starblind als pitcher. Dan zien we wel wat er gebeurt.'

'Toch zouden we Henry's slagkracht goed kunnen gebruiken.'

'Eén ding weet ik zeker: na afloop gaan we feesten. Wat er ook gebeurt.'

Schwartz zat niet meer in het bubbelbad. Hij was de deur door, naakt en druipend van het vocht, kwam snel dichterbij, zijn voeten dreigden weg te glijden op de betonnen vloer. Hij draaide beide handen in Ricks T-shirt voor meer grip, drukte hem tegen de lockers en schoof hem omhoog. 'Jullie willen een feestje bouwen?' schreeuwde hij met een stem die minder weg had van een stem dan van een bezoek aan een inktzwart oord. 'Is dat wat jullie willen?'

Rick schudde zijn hoofd. Hij trilde een beetje en hield zijn buik in, bang om te ademen, alsof Schwartz hem weleens gemeen zou kunnen toetakelen. Dat had hij juist gezien. Dit was niet het studentje Schwartz dat zich nijdig voordeed om meer effect te boeken. Dit was niet Schwartz Light. Dit was honderd procent Schwartz, het soort Schwartz dat die laffe groentjes zelfs in hun nachtmerries nog niet waren tegengekomen. Niemand maakte aanstalten om tussenbeide te komen. Niemand maakte aanstalten om wat dan ook te doen.

'Na dit weekend is het niet afgelopen!' Schwartz liet Rick los; hij richtte zich nu tot iedereen. Hij beukte met zijn vuist tegen een kastje, waarbij hij zelfs vergat zijn linker te gebruiken. Er verscheen een deuk in het metaal, zijn knokkels begonnen te bloeden. 'Iedereen die er anders over denkt, iedereen die liever bij McKinnon, Chute of Northern Missouri speelt mag opsodemieteren. Ik win een regionale titel en daarna win ik een nationaal toernooi. En zal ik je eens wat vertellen? Jullie zijn ook van de partij, stelletje etterbakken.'

Coach Cox was de kleedkamer in geslenterd en sloeg het gade met zijn handen in zijn zakken, onaangedaan. Ondanks het waas voor zijn ogen zag Schwartz dat de kleine Loondorf een glazen Snapple-fles in zijn hand had; hij pakte die af, waarna het ding ongeveer een halve meter over het hoofd van coach Cox vloog. Gewoon, daarom. Het was een ongelooflijke stommiteit, maar hij had hun aandacht nodig. Coach Cox dook weg. De fles spatte tussen de klok en de wasbak uiteen op de groezelige tegelwand. Glasscherven schoten door de kleed-kamer.

'Willen jullie feesten?' Schwartz sloeg tegen kasten, sloeg op zijn borst, raakte alles wat zo achterlijk was om in zijn buurt te zijn. 'Dan godverdomme alleen met een nationaal toernooi op zak. Dat is het enige feestje waar jullie allemaal in deze kleedkamer aan meedoen. Want we gaan dit niet verkloten. Wij zijn de Westish Harpooners. Hoor je wat ik zeg? Hóór je me?'

Hij zeeg neer op een bank vol splinters. Zijn schouders schokten alsof hij in snikken was uitgebarsten, maar dan zonder tranen of ge-luiden. Hij voelde zich belachelijk. Eerder hadden zijn tirades en spee-ches altijd een showelement gehad, iets berekenends. Maar nu was het pure noodzaak. Na dit seizoen was alles voorbij. Geen honkbal, geen football. Geen pillen, geen woning, geen baan. Geen vrienden, geen vriendin. Niets. En zo moest het voor hen allemaal zijn, tot en met de laatste man. Gewoon willen winnen volstond niet. De andere teams wilden ook winnen en de andere teams hadden meer talent. Al-le Harpooners moesten net als hij het gevoel hebben dat ze zouden sterven als ze verloren.

64

Pella werd wakker in het zacht gonzende donkergrijs van een dag in wording. Haar hand schoot naar de wekker voordat die ook maar één valse *piiieeep* kon uiten waardoor Henry wakker zou worden. Zijn T-shirt, sokken en trainingsbroek, die hij elke dag had gedragen sinds hij, sinds zíj hier in waren getrokken, lagen aan zijn kant van het bed opgehoopt op het tapijt. Ze schepte het bundeltje van de grond en liep ermee naar de klamme split-levelkelder, propte het in de stokoude wasmachine, deed er een half schepje uit het pak Tide van een van haar huisgenoten in. Ze poetste haar tanden en glipte de voordeur uit, waarna ze zoals altijd om Mikes blok heen liep. Toen ze inklokte klakte Hero plagerig met zijn tong: drie minuten te laat.

De studenten bleven borden, mokken, glazen en bestek bevuilen; de koks bleven doorgaan met het laten aanbranden van pannen; de andere afwassers bleven opstappen want het was mei, het weer was goddelijk en de eindejaarstentamens kwamen eraan. Pella bleef diensten draaien. Ze volgde geen colleges meer. Je wist nooit wie je in de collegezaal of op het plein tegenkwam, en ze was sowieso niet afkerig van het geld dat ze hier verdiende, in de veiligheid van de lawaaiige, vochtige keuken. Ze miste professor Eglantine maar ging niet terug naar Oral history, waar al die honkballers zaten. Ze had al de boeken gekocht voor het college dat professor E. in de herfst zou geven. Tegen die tijd zouden Mike en Owen zijn vertrokken en zou de rest van hen haar zo'n beetje zijn vergeten. Geen flauw idee hoe het Henry zou vergaan.

Nadat ze de ontbijtafwas had weggewerkt liep ze naar het USC met de capuchon van haar sweatshirt bij wijze van boerka ver over haar hoofd getrokken. Wat natuurlijk niet voorkwam dat anderen haar zagen, maar het voorkwam dat zij anderen zag. Ze zwom vijftien baantjes in haar eigen tempo – dat langzaam progressie vertoonde – douchte zich en keerde terug voor de middagdienst.

Tegen het einde van de middag hielp ze met het klaarmaken van de saladebar voor het avondeten. Chef Spirodocus kwam uit zijn minuscule kantoor gelopen, waar hij zich had verschanst om wat aan de administratie te doen. 'Vandaag,' zei hij, 'maken we m'n favoriete gerecht. Benedict-eieren.'

Tijdens de eerste lessen was heel wat basiskennis de revue gepasseerd: hoe sta je in een keuken zonder je rug te blesseren; hoe houd je een mes vast; vervolgens hoe je snijdt en hakt, met speciale aandacht voor *brunoise* en *julienne, tranches* en *losanges*. Pella's handen zaten vol schaaf- en snijwondjes – haar nog altijd dikke vinger maakte het er niet beter op – maar ze kreeg er met de dag meer handigheid in. Chef Spirodocus had haar laten weten dat ze tegen de herfst kon worden gepromoveerd tot *chef de partie*, en dat was goed nieuws, want de afwas werd haar onderhand te saai.

De hollandaisesaus lukte perfect: romig en glad maar niet te zwaar. Pella legde het eindproduct op een schaal en liet het de medewerkers van de avonddienst proeven, die goedkeurend knikten. Ze wilde er iets van meenemen voor Henry maar wist dat hij zoiets calorierijks niet zou aanraken. Hij at bijna niets. Daarom vulde ze maar een leeg plastic bakje met soep uit de grote aardewerken kan van de saladebar en stopte dat in haar rugzak.

Toen ze thuiskwam zat Henry op de bank in de woonkamer met de televisie uit, de afstandsbediening naast zich, geen boek of tijdschrift te bekennen. Pella raakte de bovenkant van de tv aan om te voelen of die warm was – en ja. Wat voor een raar soort trots was dat, die je toestond de hele dag in andermans huis te vertoeven zonder ook maar iets te doen, maar die je daarnaast influisterde dat je niet betrapt wilde worden terwijl je tv keek?

'Iemand thuis?' vroeg ze opgewekt.

'Alleen ik.'

'Hoe was je dag?'

'Niet slecht.'

'Mooi zo.'

Ze was de verkeerde verzorgster, de verkeerde coach voor iemand met zo'n forse depressie; ze was te meegaand, te empathisch. Hij zou meer gebaat zijn bij een harder iemand, iemand die zelf nooit echt depressief was geweest en niet wist hoe dat voelde. Hij had dan tenminste nog zijn kleren van de wasmachine in de droger weten te krijgen en daarna weten aan te trekken. Dat was al iets.

Zijn holle, doodse ogen deden haar denken aan de dagen dat ze in het bed van David en haar lag, als vastgenageld door het witte zonlicht dat via de hoge ramen hun loft binnenstroomde ('There's a certain slant of light...'). Slechte dagen waren dat. 'Heb je honger?' vroeg ze. 'Ik heb wat soep meegebracht.'

Hij aarzelde, woog zijn eetfobie af tegen de milde kritiek die hij te verduren kreeg als hij het aanbod afsloeg. 'Ik zal hem even opwarmen,' zei Pella, waarna ze richting keuken liep. Ze goot de soep in een steelpan, draaide een knop van het gasfornuis om, wachtte tot de pit goed brandde.

Henry, die haar naar de keuken was gevolgd, liep naar de gootsteen en vulde zijn Gatorade-fles met water. Hij nam dat ding overal mee naartoe, in elk geval van de slaapkamer naar de badkamer naar de woonkamer naar de keuken – voorzover Pella het kon beoordelen kwam hij verder nergens. Hij dronk de fles in één teug leeg, vulde hem weer en draaide de oranje plastic dop erop. De stoppels op zijn gezicht en in zijn hals werden harig. Mannen en hun baarden. 'Je hebt de afwas gedaan,' zei ze.

'Uhuh.'

'Bedankt.'

'Okido.' Hij draaide de dop eraf en nam nog een slok. 'Je pa heeft gebeld.'

'Wanneer?'

'Toen ik naar college was. Hij heeft een boodschap achtergelaten.'

Pella betwijfelde of Henry naar college was geweest – het was trouwens zaterdag, realiseerde ze zich. Wat betekende dat het morgen zondag was, haar vrije dag. Ze roerde met een lepel in de borrelende soep en zette koers naar de woonkamer om de voicemail te gaan afluisteren.

'Ik heb hem gewist,' zei Henry. 'Zoals je me vroeg.'

'O.' Inderdaad had ze Henry gevraagd om dat te doen, dagen geleden; ze wilde een poosje niet aan haar vader denken en wilde niet dat Noelle en Courtney wanhopig klinkende berichten zouden horen waardoor ze konden gaan roddelen over de rector van hun universiteit – maar ergens vond ze het eigengereid en zelfs wreed van Henry dat hij het ook echt had gedáán.

'Hij zei dat ie je ergens over wou spreken. Hij zei dat ie vanavond naar de honkbalwedstrijd ging, maar dat ie z'n mobieltje bij zich had.'

'Oké. Bedankt.'

Henry's vingers schroefden de oranje dop heen en weer. Er was hem iets te binnen geschoten. 'Welke dag is het vandaag?'

'Zaterdag.'

'O. Wauw. Echt waar?'

'Verbaast het je?'

Hij liet zich op een keukenstoel zakken, draaide aan de oranje dop. 'Vanavond is de finale. Ze zitten in de finale. Het kan zijn dat ze door mogen naar het nationale toernooi.'

Pella wist niet goed hoe ze moest reageren. Ze pakte twee kommen uit het afdruiprek en probeerde daar de soep zonder te knoeien in te gieten. In een van de laden lag waarschijnlijk een soeplepel, maar ze wist niet in welke. Irritant was dat, ergens wonen waar niets van jezelf was, waar elke stap die je deed je het gevoel gaf dat je aan het inbreken was. Noelle ergerde zich al aan Henry's constante aanwezigheid, grapte continu met een valse ondertoon dat ze de huur maar door vier moesten delen. Pella moest het er met Henry over hebben, maar dat kon tot morgen wachten.

Ondanks de Benedict-eieren die ze had gegeten gierde Pella van de honger; de laatste tijd at ze meer, een neveneffect van al het werken en sporten. Het was kerriesoep. Hij smaakte zalig en het zou geen slecht idee zijn om te proberen het recept te achterhalen, maar meteen bedacht ze dat hij voor Henry waarschijnlijk te zwaar en te pittig was. Kijk maar, hij nam een paar happen en legde de lepel alweer naast zijn kom. Iets als kippen-noedelsoep zou beter zijn geweest, milder. Niet dat er iets te kiezen viel; de soep van de dag was de soep van de dag. Er speelde hier iets in de trant van het stockholmsyndroom, of het tegenovergestelde van het stockholmsyndroom, afhankelijk van wie je als ontvoerde en wie als ontvoerder beschouwde. Zelf proefde ze niet eens meer hoe de soep smaakte, ze stelde zich voor hoe Henry's papillen hem zouden ervaren.

Ze at haar kom leeg. Daarna at ze die van Henry leeg. Ze zetten de vuile kommen in de gootsteen en liepen naar de slaapkamer. Pella ging aan één kant van de futon op de grond staan en kleedde zich op haar ondergoed na uit, terwijl Henry aan de andere kant hetzelfde deed. Van al het zwemmen en pannen schrobben werden haar armen minder kwabbig; de lijntjes van haar tatoeage kwamen zo scherper, strakker naar voren. Een dezer dagen zou ze het definitief weer goedmaken met haar vader. De helft van haar leven hadden ze geruzied, en toch kwamen die ruzies altijd onnatuurlijk op haar over. Hoe slecht het ook tussen hen ging, ze kon altijd vooruitdenken naar een moment in de tijd waarop ze weer net zo intiem zouden zijn als toen ze zes of tien was.

Zij ging vanaf de ene kant op de futon liggen, Henry vanaf de andere. Onder de koele, droge lakens keken ze elkaar aan, elk met hun hoofd op hun eigen kussen. Het waren de lakens en kussens van de vorige bewoonster, die in de gangkast hadden gelegen: in plaats van nieuwe te kopen had Pella ze twee keer gewassen. Het hoorde bij haar nieuwe zuinigheid. Ze lag op haar linkerzij met zicht op Henry. Haar lijf drukte met een prettige, vermoeide zwaarte in de matras. Ze wist dat zijn onderdrukte geeuwen iets anders betekenden dan de hare, dat ze wezen op een ingesloten, geblokkeerde, naar binnen gekeerde energie die aan zichzelf vrat, en ze had medelijden met hem. Ze waren als kinderen of mindervaliden: om zeven uur naar bed. Haar hand schoof naar zijn heup. Hij verkrampte en ontspande zich toen.

Vannacht was het anders, vreemder dan de eerste keer, een soort overgave aan de tedere zinloosheid van het volwassen zijn. Ze zou niet toestaan dat hij haar kuste, met die baard, maar hij probeerde het ook niet. Afgezien van de baard was zijn lichaam als een platonisch ideaal van een lichaam: een glad, wit, marmeren standbeeld, hoewel alweer iets minder gespierd dan ze het zich herinnerde. Net als een standbeeld rook hij niet echt naar iets. Ze omhelsden elkaar losjes, met geopende ogen, en keken elkaar aan. Hij kwam rustig, gaf amper een kik. Volgens de goegemeente betekende volwassen worden dat al je handelingen gevolgen kregen; in werkelijkheid was het precies het te-genovergestelde.

Buiten begon zo'n typische zaterdagavond in de lente: krekels die sjirpten, dreunende luidsprekers, brallerige studenten die elkaar van-af hun veranda toeschreeuwden. Pella haalde haar hand onder het la-ken vandaan en zocht op de tast naar haar boek op het kleed. Ze las Proust, iets wat ze nog nooit had gedaan. Al jaren was ze van plan haar Frans zodanig bij te slijpen dat ze het origineel kon lezen. Maar Joost mocht weten wanneer het zo ver zou zijn.

Henry trok onder de dekens zijn boxershort aan – een bewijs van hun bizar kuise gedrag – en liep de kamer uit, waarbij hij de deur zachtjes achter zich dichtdeed. Terwijl de slaap over haar neerdaalde hoorde Pella nog net het water in het bad lopen. Hij zou daar liggen tot hij Noelle of Courtney hoorde thuiskomen, wat, aangezien het za-terdag was, pas zes of zeven uur later zou gebeuren, of helemaal niet.

65

Affenlights vergadering met de Raad van Toezicht duurde lang en de autorit nam zelfs op gevaarlijk hoge snelheid meer dan twee uur in beslag, met als gevolg dat hij pas tegen het begin van de achtste inning bij het Grand Chute Stadium arriveerde. Hoe vurig een mens er ook naar verlangde, bier hadden ze bij de kiosk niet. Hij kocht twee hotdogs, deed er mosterd en zoetzure saus op en liep naar een vrije zitplaats – geen stukje traanplaat van de tribune maar een heuse klapstoel – achter de thuisplaat. De kleuren van de UW-Chute Titans waren donkerblauw en goud met de nadruk op donkerblauw, zodat Affenlight, wanneer hij met samengeknepen ogen recht naar de grasmat keek, de mensenmassa's in zijn perifere blikveld gemakkelijk kon aanzien voor Westish-supporters.

De Harpooners stonden achter met een zeer respectabele score van 3-0. Ze hadden bewonderenswaardig spel geleverd om dit te bereiken: de finale van het regionale kampioenschap, na drie van hun eerste vier wedstrijden binnen het knock-outsysteem te hebben gewonnen, wat de verwachtingen van alle betrokkenen ver had overtroffen, met name die van hun tegenstanders, die hadden verwacht hen te verpletteren – en toch was het waarschijnlijk waanzin om ervan te dromen dat ze dit toernooi zouden winnen, zoals Owen vanochtend aan de telefoon tegen Affenlight had gezegd. De University of Wisconsin-Chute was van een ander niveau: een door de staat gefinancierde universiteit met vijftienduizend studenten en een honkbalprogramma waarin een buitengewone hoeveelheid trots en geld was geïnvesteerd, wat bleek uit hun riante, gezellige, professioneel ogende honkbalpark dat probleemloos onderdak kon bieden aan een regionaal toernooi. Om maar te zwijgen, had Owen eraan toegevoegd, van het feit dat dit voor hen min of meer een thuiswedstrijd was.

'Smoesjes, smoesjes,' zei Affenlight, maar ten dele om te plagen.

'O, we gaan er wel tegenaan,' reageerde Owen. 'Mike zou niet anders willen. Het echte probleem is het pitchen. We hebben nog nooit zo veel wedstrijden in zo weinig dagen gespeeld. Weet je nog, dat oude versje: *Spahn and Sain and pray for rain*? Voor ons gaat het van: *Starblind and Phlox and then get rocked.*'

'*And lots of walks.*'

'*And poor coach Cox.* Ik weet niet hoe lang we het vol kunnen houden. Adam heeft al twee wedstrijden lang staan pitchen. Hij heeft die maffe "Ik flik alles"-blik in zijn ogen, maar ik betwijfel of hij überhaupt zijn hand boven zijn schouder kan krijgen.'

Hoewel Affenlight dit seizoen diverse wedstrijden had bijgewoond had hij Owen nog steeds niet zien spélen. En nu, terwijl hij plaatsnam op zijn stoeltje, nam dat prachtige schepsel plaats in het slagperk voor linkshandigen, met een doorzichtig plastic gezichtsmasker aan zijn slaghelm om verdere schade aan zijn gehavende wang te voorkomen. Owen had luidkeels geprotesteerd tegen het ding, dat hij als onflatteus en mogelijk prestatieverlagend beschouwde, maar coach Cox – die goede man – hield zich oostindisch doof.

Terwijl sommige slagmannen in afwachting van een pitch stonden te draaien en te hupsen en hun knuppels door de slagzone lieten zwiepen, straalde Owen een lome rust uit. Het leek bijna alsof hij op de campus stond na te praten over een college, met een paraplu in zijn hand vanwege een licht voorjaarsbuitje. De eerste worp raasde langs de binnenkant van de slagzone, een paar centimeter van zijn heup vandaan, en trof de handschoen van de catcher met een percussief geluid dat krachtiger was dan Affenlight ooit op Westish Field had gehoord, ook met Adam Starblind als pitcher. Affenlight kromp ineen, bang dat Owen iets zou overkomen, waarvan de vingerafdrukken in zijn hotdog getuigden. Owen keek slechts achterom, de bal achterna, en schudde zijn hoofd in peinzende afkeuring toen de scheidsrechter de worp als slag beoordeelde.

De tweede kwam net zo hard aanzeilen, maar dan meer over het midden van de plaat. Na schijnbaar veel te lang te hebben gewacht bewoog Owen zijn handen naar beneden en haalde uit. Het was een honkbalcliché dat Affenlight zich vagelijk herinnerde uit zijn kinderjaren, halfbakken Braves-fan die hij toen was: linkshandige slagmannen bewegen sierlijker dan rechtshandige, met hun lange swings die soepel de slagzone doorklieven en voetzoekende worpen lieflijk weerwoord bieden. Affenlight begreep niet hoe dat kwam, tenzij de rechter- en linkerzijde van het lichaam vanaf de geboorte verschillende eigenschappen bezaten, wat mogelijk verband hield met de hersenhelften, maar Owens lome, elliptische swing ondermijnde de stelling hoe dan ook op geen enkele manier.

De bal vloog met een boog over het hoofd van de derde honkman en landde, compleet met opstuivend kalk, recht op de lijn van het linksveld. De bal was in. De supporters van de thuisploeg slaakten een nerveuze zucht die totaal niet leek te stroken met een slag in een situatie van lege honken en drie punten achterstand. Toen Owen veilig het tweede honk binnenbeende stonden ze vrijwel als één man op en begonnen te applaudisseren. Affenlight vond het heel edelmoedig van ze dat ze zo welgemeend een tegenstander toejuichten. Op de een of andere manier ontlokte Owen mensen wel vaker dergelijk gedrag.

Ook Affenlight kwam overeind om te klappen, maar toen was daar de pitcher die, terwijl het gejoel maar bleef aanzwellen, zijn pet schaapachtig aantikte. Een perplexe Affenlight vroeg de vrouw naast hem in haar goud met donkerblauwe sweater waarop de tekst CHUTE YOUR ENEMIES prijkte wat er aan de hand was. 'Die slome mazzelaar,' zei ze, naar Owen wijzend, 'heeft daarnet een eind gemaakt aan Trevors *no-hitter*.'

Op het elektronische scorebord boven het centrumveld was de o in de honkslagkolom van Westish veranderd in een 1. Affenlight vloekte inwendig: een echte fan zou het meteen zijn opgevallen. En weer vloekte hij in gedachten: er zat een mosterdvlek op zijn Harpoonersdas. Niet dat hij thuis niet nog dertig andere had liggen. 'Ik weet niet, hoor,' zei hij. 'Ik vond het anders behoorlijk vakkundig gespeeld.'

De vrouw grinnikte. 'Ik weet bijna zeker dat ie z'n ogen dicht had.'

De volgende slagman, Adam Starblind, wist er een vrije loop uit te slepen. 'Jullie pitcher lijkt ietwat van slag,' stelde Affenlight.

'Trevor? Alsjeblieft. Die kakkineuze rijkeluiskids weten hem nog niet met een balk van tig meter te raken.'

Affenlight wilde haar erop wijzen dat diverse Harpooners van uiterst eenvoudige of zelfs armoedige komaf waren, en dat de honkbal-voorzieningen van het team nog niet in de búúrt kwamen van deze luxe hier – hoe kon een openbare instelling dit in hemelsnaam bekos-tigen? – maar dat punt viel lastig te maken met zijn beste Italiaanse pak aan, en de wedstrijd was trouwens in een cruciale fase beland, met twee lopers op een honk en de mogelijke gelijkmaker op de plaat. De slagman was degene die bij de Harpooners de korte stop Henry Skrimshander verving – Affenlight ging prat op zijn kennis van de na-men van zijn studenten, maar die van de eerstejaars wilden vaak niet beklijven. De latino die niet Henry was, hoe hij ook mocht heten, sloeg herhaaldelijk snel een kruisje terwijl hij het slagperk betrad. Hij liet één slagbal gaan, en nog één. Dapper ging hij twee pittige pitches te lijf die allebei een foutslag opleverden, waarna hij een grondbal wegstuurde die bij de tweede honkman de vingertoppen van diens handschoen schampte. Alle honken bezet.

'Bíjna!' juichte Affenlight op welhaast vrolijk spottende toon. Al snel was daar de wroeging. En wat als die tweede honkman het kind van deze vrouw was? Hoe dan ook was hij iemands kind.

'Zit er een zoon van u in het team?' vroeg hij in een lijmpoging, maar de vrouw zei alleen 'Ssst' en wees naar het veld. Mike Schwartz, de bedrogen minnaar van zijn dochter, liep naar de thuisplaat.

De catcher vroeg om een time-out en holde naar Trevor om hem te kalmeren; de pitcher banjerde woest heen en weer achter de werpheu-vel en praatte daarbij tegen zichzelf. Affenlight richtte zijn aandacht op de mooie Owen. Die stond met beide voeten op dat minuscule ei-land, het derde honk, stak een hand in de achterzak van zijn outfit en haalde een rolletje pepermunt tevoorschijn. Hij bood er een aan coach Cox aan, die het aanbod met zijn armen over elkaar afsloeg, en daarna aan de derde honkman, die zijn schouders ophaalde en zijn hand op-hield.

Vergeleken met Owen – of eigenlijk met iedereen – had Mike Schwartz daar in het slagperk een boosaardige, hyperactieve uitstra-ling, als een amper beteugelde stier. Zijn achterste voet wroette in het zand tot hij een weerstand voelde die hem beviel; zijn heupen schroef-den al wiegend zijn benen in een steviger x-houding; zijn schouders gingen heen en weer terwijl zijn vuisten bruuske, springerige bewegingen maakten waardoor je de kop van de knuppel door de lucht zag zwiepen. Hij schurkte tegen de thuisplaat aan, overschaduwde hem met zijn massa, de pitcher uitdagend ruimte voor de bal te vinden. Affenlight kwam er niet achter of al die kinetische dreiging Schwartz eigen was, of dat het om een ingestudeerde act ging, bedoeld om te intimideren; waarschijnlijk zou elke poging om de grens tussen die twee opties te bepalen spaak lopen. Pas op het moment dat de bal zijn kant uit kwam liet Schwartz rust toe in zijn lijf, waarop zijn swing compact en gevaarlijk werd en de worp – een hoge fastball, vermoedelijk sneller dan 140 kilometer per uur – met een zuiver, hard, aluminium *beng* de knuppel raakte en prompt weer verliet. Affenlight sprong op, stak een vuist in de lucht. De bal landde via het linksveld in de hoge sparren achter de muur en alle vier de Harpooners – Owen, Starblind, niet-Henry en Schwartz – liepen de één na de ander met een vrolijke stamp op de thuisplaat binnen. 4-3 voor de Harpooners.

Adam Starblind, die hiervoor als midvelder in actie was gekomen, werd de laatste twee innings als pitcher ingezet. In de achtste strandde een loper van de Titans op het derde honk, en in de negende leverden niet-Henry en professor Guladni's zoon Ajay een fraai staaltje dubbelspel af, waarmee de wedstrijd was beklonken. Affenlight baande zich een weg over de tribune naar Duane Jenkins, het hoofd Sport van Westish, die vanachter de dug-out van de Harpooners de festiviteiten met zijn mobieltje stond te filmen.

'We gaan lándelijk,' zei Duane stralend. 'South Carolina. Toch niet te geloven?'

'Nu wel.' Affenlight stak zijn hand uit. 'Proficiat, Duane. Al die noeste arbeid heeft z'n vruchten afgeworpen.'

'Ik zou graag met de eer willen strijken. Maar we weten allemaal aan wie we dit te danken hebben.' Duane gebaarde met zijn hoofd naar het veld waar Mike Schwartz, die een vouwstoel had weten te bemachtigen, zich had teruggetrokken en rustig de riempjes van zijn beenkappen zat los te halen terwijl zijn teamgenoten de jitterbug dansten rond Adam Starblind, die de grote imitatiegouden beker omhoogheld.

Affenlight sloeg een arm om de spichtige schouders van Duane. 'Dat is nou precies waar ik je over wilde spreken.'

66

Volgens een decreet van de National Collegiate Athletic Association was alcohol in de kleedkamer uit den boze, maar Schwartz had met het restant van het geld dat hij van coach Cox had gekregen drie kistjes champagne gekocht – hij had er ook zijn huur van mei en zijn Visarekening mee betaald – en had, geholpen door Meat, de flessen naar een lege locker in het Chute Stadium gesmokkeld en met zakken ijs bedekt. Na de wedstrijd vond eerst de prijsuitreiking plaats, knuffelden de Harpooners hun familieleden, gingen ze op de foto en sprongen ze langdurig in het rond. Toen ze de kleedkamer in liepen was het ijs dan ook gesmolten en sijpelde het water door de kieren rond de kastdeur in een enorme poel op de blitse leistenen vloer met zijn patroon van donkerblauwe en gouden tegels. Meat deed de kast van het slot en even later stonden ze hun overwinning te vieren zoals ze dat zo vaak op tv hadden gezien: zonder shirt, in alleen hun slidingbroek, dansten ze op de Spaanse hiphop die werd uitgebraakt door Izzy's onafscheidelijke compagnon bij uitwedstrijden, zijn gettoblaster. Alleen de camera's ontbraken.

Schwartz nam een grote teug uit zijn eigen fles champagne, waarvan hij geen druppel wilde verspillen door ermee rond te spuiten, en liep naar Owen, die op een van de banken stond te swingen met zijn Harpooners-pet scheef en met de klep omhoog op zijn hoofd, als een gangster uit een achterbuurt. Hij onderbrak zijn kronkelbewegingen om Schwartz een high-five te geven. 'Ik heb m'n pet scheef gezet.'

'Ziet er goed uit.' Schwartz boog voorover om zich zonder te schreeuwen verstaanbaar te maken. 'Luister, Boeddha. Na je operatie... hebben ze je toen iets gegeven?'

Owen knikte. 'Percocet.'

Schwartz sloeg nog wat bubbels achterover. 'Huh.'

Owen deed een graai in zijn kledingkast, ritste zijn tas open en haalde een doorzichtig oranje buisje tevoorschijn. 'Dit is alles wat ik nog heb.' Hij drukte het ding op de gestrekte hand van Schwartz en vouwde diens vingers eromheen, als een grootvader die bankbiljetten of verboden snoepgoed uitdeelt.

Schwartz, die geen wanhopige indruk wilde maken, schudde het buisje niet heen en weer, maar was bij voorbaat al ontzet vanwege het geringe gewicht. 'Bedankt, Boeddha.'

'Aye, aye, captain.'

Schwartz trok zich terug in een douche om een minuut alleen te kunnen zijn en mikte twee van de resterende drie capsules in zijn mond, in de hoop dat die derde later nog dienst zou kunnen doen, maar het had iets idioots om één zo'n klein geval als een soort souvenir te laten rondstuiteren in het buisje, dus nam hij dat ook maar in. Ook drie Percs zouden geen reet uithalen.

Zelfs onder ideale omstandigheden was hij gedoemd niet echt van dit soort momenten te kunnen genieten, altijd was er die demping, die rem; nu al zat hij met zijn gedachten bij de volgende wedstrijd, hoe te voorkomen dat ze die verloren. Het was de mentaliteit van een coach, een veldmaarschalk, en ook die van hemzelf. Constante waakzaamheid omdat het onheil altijd op de loer lag. Het hoogst haalbare was een ogenblik van rust voordat er weer een strategie moest worden bedacht, een moment waarop zijn spieren zich ontspanden en hij dacht: oké, mooi, we hebben het geflikt.

Maar vandaag lukte zelfs dat hem niet. Het enige wat hem vandaag werd gegund was een laffe champagne-Percocet-roes en het besef dat er nog minstens twee wedstrijden zouden volgen – het nationale toernooi hanteerde het systeem van de dubbele knock-out – voordat hij het leven dat hij had verkloot weer onder ogen moest zien. Als Henry hier was zou Henry's blijdschap compleet zijn, bij zijn heilige-zottendans zou die van Boeddha verbleken, maar Henry was er niet. Hij had die ene laatste grens niet overschreden: zijn angst om te slagen, waarachter de wereld helemaal voor hem openlag. Schwartz zou nooit in zo'n open wereld leven. De zijne zou altijd worden ingeperkt door het feit dat zijn inzicht en ambitie zijn talent overstegen. Hij zou nooit zo goed zijn als hij wilde, niet in honkbal, niet in football, niet in Grieks of in toelatingsexamens voor een rechtenstudie. En afgezien daarvan zou hij nooit zo góed zijn als hij wilde. Nooit had hij iets in zichzelf ontdekt wat werkelijk goed en puur was, iets zonder keerzijde, iets wat niet zomaar in het tegendeel ervan kon omslaan. Hij had geprobeerd dat iets te vinden maar had gefaald, en hij zou blijven proberen en falen, of anders zou hij het proberen achterwege laten en doorgaan met falen. Scheppende kracht bezat hij niet. Mensen motiveren, manipuleren, in beweging brengen, dat kon hij; over andere talenten beschikte hij niet. Hij was als zo'n onbeduidende Griekse god waar je hoogstens vagelijk van had gehoord, zo een die door pracht en praal van wapengekletter heen kan kijken, recht in de kluwen van banaliteiten die de soldatenziel is. En die aan het einde van de rit onmachtig blijkt iets tot stand te brengen wat enigszins overeenstemt met zijn inzichten. De meer verheven, eigenzinnige goden steken hem de loef af.

Verder dan de samenwerking met Henry zou hij nooit komen; Henry kon maar één ding, wilde maar één ding, en dankzij die doelgerichtheid werd hij – werden ze allebei – puur. Maar Henry had geprobeerd zichzelf te verslaan, had zichzelf in de vergelijking opgenomen, was gaan piekeren over zijn weg naar perfectie in plaats van domweg, godverdomme, de beste korte stop uit de geschiedenis te worden, en nu was hij geen haar meer beter dan Schwartz. Hij was het evenbeeld van Schwartz: een loser in een verloren leven.

'Schwartzy!' gilde Rick. 'Als de wiedeweerga komen, wel potverdriedubbeltjes!'

Henry, dacht Schwartz, terwijl hij zich losrukte van de wasbak waarboven hij had staan staren naar zijn ingevallen maar geschoren gezicht omlijst door een ranzige mix van opgedroogde tandpasta en spuug. *Daar is Henry.* Hij liep de kleedkamer weer in met zijn lege champagnefles in een onverslapte wurggreep. De Harpooners waren midden in het vertrek in een kring gaan staan, zonder kleren en druipend van de champagne, met hun armen om elkaars schouders. Rick en Owen lieten elkaar los om Schwartz ertussen te laten. De cirkel werd groter, zodat zijn torso voldoende ruimte kreeg. Henry was er niet. Alle anderen staken hun hoofden bij elkaar en zwierden naar achteren en weer naar voren, als eindexamenscholieren op hun allerlaatste klassenfeest, en nog nooit had het schoollied zo goed geklonken.

67

Laat die avond, nadat het team was teruggekeerd uit Chute, kwam Owen langs. Terwijl ze vreeën en ook daarna, toen ze samen in het donker lagen, luisterde Affenlight met een half oor of hij Pella hoorde. Het was niet waarschijnlijk dat ze onaangekondigd zou komen opdagen, want onlangs had ze met klem verklaard dat ze een paar weken voor zichzelf wilde hebben, en nu, na middernacht, werd haar komst met het verstrijken van de tijd steeds onwaarschijnlijker. Als ze desondanks langskwam zou ze niet zomaar zijn aardedonkere slaapkamer in banjeren. Maar toch. Elk stemgeluid dat vanaf het Small Quad opsteeg vingen zijn zintuigen op. Elk nachtelijk geluid dat het appartement uit zichzelf voortbracht – een kreun van het ijs achter in de koelkast, het kraken van muren en vloeren als nam een chiropractor ze onder handen, het gekrabbel van de muis die Affenlight nooit had gezien terwijl hij wist dat hij er was – maakte dat zijn adem stokte, een seconde maar. Zijn adem stokte heel wat af, want er klonken veel geluiden.

'Gaat het wel goed?' vroeg Owen. 'Ik heb de indruk dat je gespannen bent.'

'Ik voel me prima.' Vóór alles voelde hij zich schuldig. Schuldig jegens Pella omdat Owen hier lag; schuldig jegens Owen omdat hij zelf afwezig was, verstrooid als pollen over het campusplein.

'Vertel me over het huis.'

Nu hij zich niet meer ín het huis bevond, tot zijn nek in de bezittingen van het echtpaar Bremen, en niet meer werd afgeleid door Sandy's superieure verkoopkunsten, omstuwd en onthutst door de nodeloos uitvoerig omschreven levens van de Bremens, had het pand in Affenlights gedachten langzamerhand meer vorm gekregen. Hij begon er Owen over te vertellen, aanvankelijk weifelend, maar eenmaal op stoom diepte hij zijn indrukken sneller op en beschreef hij de vorm van de kamers, de afmetingen van de ramen, de stokoude, kromgetrokken cederhouten vloer die naar zaagsel rook. Het duurde niet lang of hij scheurde verbaal vloerbedekking aan stukken, schilderde kamers, verbouwde de hobbyruimte van de Bremens tot een heuse bibliotheek met op maat gemaakte boekenkasten. De achtertuin was riant genoeg om er een kleine schrijfhut neer te zetten, aan de rand van het terrein waar je uitzicht had op het meer; best mogelijk dat zoiets wat overdreven was, gezien de toch al forse afmetingen van het huis zelf, maar het kon ook leuk zijn en een weldaad voor de geest om daar zo'n spartaanse buitenpost te hebben, een plek zonder luxe of afleiding waarin je kon zitten schrijven. Misschien – tot zijn eigen verbazing zei hij het hardop – zou hij er zelfs toe komen de roman nieuw leven in te blazen waaraan hij alweer zo'n tijd geleden was begonnen: *Nacht van de grote schaarse sterren*, waarvan de eerste 153 bladzijden nog ergens in een la slingerden. Of, nog beter, om iets nieuws te beginnen – zijn dromen van weleer najagen sloeg nergens op. Maar het bezit van zo'n hut, met dikke kleren aan een kacheltje opstoken en over het meer uitkijken en schrijven, dat zou fijn zijn. En als gasten met lopende schrijfprojecten – hij wierp een vluchtige blik op Owen – er ook gebruik van wilden maken, nou, des te beter.

'Zo te horen wil je het kopen.'

Affenlight aarzelde. 'Inderdaad.' Zijn ogen schoten benauwd naar Owens gezicht. Het voelde alsof hij hem voorstelde uit elkaar te gaan, terwijl Owen een uitermate onbekommerde indruk maakte en Affenlight maar al te goed wist dat Owen vaarwel zeggen hem in werkelijkheid even zwaar zou vallen als zijn eigen been afzagen met zijn briefopener; wat hij zou doen om Pella's leven te redden, maar waarschijnlijk niet als zijn eigen leven in het geding was.

'Het lijkt me een geweldig plan,' zei Owen.

'Echt waar?'

'Beslist. Dit appartement is, zoals m'n moeder al vaststelde, ietwat armzalig. Volgens mij zou je baat hebben bij wat meer ruimte om je dingen te doen. Ruimte die lichter is, en echt van jezelf. En Pella zou het ook leuk vinden. Vooral als je het inrichten aan haar overlaat.'

'En wij dan?' zei Affenlight met de nadruk op 'wij'.

'En wij dan?' zei Owen met de nadruk op 'dan'.

'Ik bedoel... je gaat weg.'

'Dat betekent niet dat je geen huis moet kopen. Tenzij je wilt dat ik het uit je hoofd praat? Is dat wat je van me verwacht?'

'Graag, ja.' Affenlight lag op zijn zij met een been over Owens bovenbeen en een wang op Owens schouder. Het was een typisch vrouwelijke houding, of was dat althans geweest gedurende de veertig jaar waarin hij het bed had gedeeld met een ander – de man op zijn rug met zijn handen achter zijn hoofd, de vrouw tegen hem aan gevlijd – en toch nam hij die houding nu zelf automatisch aan. Met zijn vrije hand streelde hij over Owens buik, die op zijn beurt bijna vrouwelijk aanvoelde, niet gespierd maar zacht met de krachtige, onkwetsbare zachtheid van de jeugd. Zijn zintuigen bleven uiterst alert, maar voorlopig was het plein in stilte gehuld. De studenten die uitgingen waren inmiddels allemaal vertrokken en kwamen pas later terug.

Owen sloeg een professorale toon aan. 'Dat is eenvoudig, Guert. Wat jij zo monter een huis noemt zou beter kunnen worden omschreven als een ecologische ramp. Hoeveel vaten olie zijn er wel niet nodig om een strenge winter lang zo'n grote ouwe keet te verwarmen, niet dat we nog strenge winters hebben? Enkel en alleen om een stel lichamen op temperatuur te houden?'

Onwillekeurig vroeg Affenlight zich af op welk stel lichamen hij doelde. Twee Affenlights? Een Affenlight en een Dunne? 'Ik heb gehoord dat stijve figuren onder hoge plafonds en in grote ruimtes iets losser worden,' zei hij, Emersons *The Conduct of Life* citerend.

'Ik zou jou niet bepaald omschrijven als een stijve figuur.' Owen liet een hand tussen Affenlights benen glijden en maakte daar een speelstedere beweging. 'In elk geval niet op dit moment.'

'We zijn net opgehouden,' protesteerde Affenlight, die zelfs niet op humoristische toon in verband wilde worden gebracht met die ene ouderdomskwaal, terwijl hij inmiddels onder Owens hand het bloed alweer voelde stromen.

'Thoreaus dagboeken,' zei Owen. '"Als een denker naar hoge plafonds verlangt gaat hij naar buiten." Hij koopt geen overmaats huis waarin hij 's winters gigantische hoeveelheden van die slinkende grondstoffen moet verstoken om het te verwarmen. En 's zomers om het af te koelen – laten we het maar niet over airconditioning hebben. Waarom koop je niet gewoon een McMansion, verderop, langs de snelweg, met een helikopterplatform in de achtertuin? Denk je dat je een vrijgeleide krijgt omdat het huis oud en mooi is? Zo werkt het niet, Guert. Verspilling is en blijft verspilling, nonchalance is en blijft nonchalance. Je goede smaak doet er niets aan af. Als er al een soort exclusief, privéclubachtig hiernamaals is zal Petrus in elk geval geen vragen aan de poort stellen. Je komt domweg aansjouwen met alle kolen en olie die je in je leven hebt verstookt, die voor jouw welzijn zijn verstookt, en als het pakket niet te groot is voor de poort word je toegelaten. En de poort is niet groot. Iets in de trant van het oog van de naald. Daar komt ethiek vandaag de dag op neer – niet op de vraag wie wie genaaid heeft, of wie door wie genaaid is.

Misschien ben je hier meer op je plek, Guert. Deze woning past goed bij je spartaanse inborst, waarvoor ik grote bewondering koester. Je bent een buitengewoon ballastloos mens.'

'Tjeez, O,' zei Affenlight ontstemd. 'Zo grondig hoefde je het nou ook weer niet aan te pakken.'

'Sorry.' Owen liet Affenlights half gesteven lid los, kuste hem op zijn voorhoofd. 'Dat ik me zo heb laten gaan.'

Soms was Affenlight bang dat Owen het alleen met hem deed om hem uiteenzettingen over campusbrede broeikasgasreducties te kunnen influisteren. Maar waarschijnlijk was dat een geval van reductionisme, zo niet je reinste paranoia, en trouwens: zulke dingen waren het influisteren waard. De universiteiten waaraan Affenlight verbonden was geweest – Westish eind jaren zestig en de laatste tijd, Harvard in de jaren tachtig en negentig – waren instituten waar het milieuactivisme een bescheiden rol speelde, intern zowel als extern, en waar zijn werk naar andere thema's neigde, kwesties op het vlak van politiek en maatschappelijk individualisme, de mannelijke identiteit vermengd met seks en een snufje Marx. Van huis uit was hij echter een boer, volgens zijn doctoraal een bioloog, wat zijn geboortejaar betreft een hippie en daarnaast een nijvere vorser van Emerson en Thoreau, wat maakte dat hij zich probleemloos kon inleven in Owens nadrukkelijke, groeiende belangstelling voor ecologie. Misschien was hij zelf qua intellectuele belangstelling een trendhopper, een humanist in de tijd dat menselijkheid populair was, inmiddels overgestapt naar het grotere werk; in het geval van sommige trends was het verstandig alsnog te hoppen, met als motto: beter laat dan nooit.

'Nu we het er toch over hebben,' zei Owen, 'dit hele gebouw zit op één thermostaat, hè?'

'Ja.'

'Dus wanneer er niemand beneden is, dat wil zeggen elke nacht en alle weekends, wordt het hele gebouw alleen voor jou verwarmd. En voor mij, soms. Wat een spectaculaire verspilling moet dat betekenen, wetend hoe tochtig deze tent is en hoe oud de ketel zal zijn. Je kunt maar beter het huis nemen.'

'Vast en zeker,' zei Affenlight, 'maar waarschijnlijk laten ze dan alsnog de verwarming constant aan.'

'Wie zijn "ze"? Het is jouw universiteit.'

Zo eenvoudig was het niet, maar met de basisgedachte kon Affenlight het niet oneens zijn. Enthousiast begon Owen intriges te verzinnen om Westish verder te vergroenen, en voor de installatie van zonnepanelen op het nieuwe huis van Affenlight. Die intens genoot als Owen enthousiast werd en zelfs de intriges prachtig vond, maar zijn gedachten dreven af, af, af. Naar Pella. Hij kocht het huis voor haar, in de hoop dat ze vier jaar bij hem zou blijven. Of drie – wie weet wilde ze binnen drie jaar afstuderen. En dan kon ze aan een graduate school beginnen, op Harvard of Yale, of als ze dat wilde zelfs op Stanford. Affenlight vond de gedachte dat hij haar zou moeten uitzwaaien naar Californië vervelend; tegen die staat koesterde hij een wrok omdat hij Pella al eens eerder had opgeslokt en haar vier lange jaren van hem weg had gehouden, wat onvoldoende werd gecompenseerd door het feit dat Owen ervandaan kwam.

Niet dat zo'n vervolgstudie onmisbaar was voor een respectabele levenswandel; misschien ontwikkelde Pella wel andere plannen. Affenlight van zijn kant was slechts van plan zo min mogelijk sturend op te treden. Ze kon bij hem langskomen wanneer ze maar wilde – om te eten, voor pompoensoep. Haar kamers boven, mocht ze besluiten die te gebruiken; zijn kamers beneden. Owen had gelijk, het huis was erg groot voor twee mensen, terwijl een van hen er niet eens permanent woonde, maar de zonnepanelen! Hij besloot die zonnepanelen koste wat het kost te laten aanbrengen, zelfs als de kosten-batenanalyse uitwees dat ze pas lang nadat hij statistisch gezien al zou zijn overleden begonnen te renderen. Hij zou de statistieken van de levensverzekeringsdeskundigen aan gort leven, hij zou die actuarissen hun onvermogen laten voelen, ze in een poel van ellende en schaamte doen belanden, hij zou op deze schitterende aarde blijven tot zijn ingenieuze, maatschappelijk verantwoorde, niet volstrekt onbetaalbare zonnepanelen het werk van duizend, van tienduizend vaten misdadige olie hadden verricht. En als het zo ver was zouden Owen en Pella zelf op leeftijd zijn geraakt en zou de opwarming van de aarde – Owen was het die hier sprak, terwijl Affenlight met nog maar hoogstens een half oor luisterde – de decimering van de arme equatoriale regio's op deze planeet hebben versneld en zouden we een échte lawine van geopolitieke bagger – vervolgde Owen, waarop Affenlight zijn oren spitste omdat Owen zelden grof in de mond werd – over ons heen krijgen. Zelfs toen de slaap Affenlight in zijn macht kreeg en het domein van het mogelijke vergrootte nu ook alles uit Dromenland er deel van uitmaakte, was het eigenlijk niet meer doenlijk Owens woorden mee te nemen in het rozige beeld van de wereld zoals die eruit zou zien nadat hij, Affenlight, was heengegaan, een wereld waarin Pella alsook Owen en Pella's eventuele kinderen zouden moeten leven, maar waarin ze tenminste iets nagelaten kreeg (en misschien zij allebei wel, een op de een of andere manier te delen erfenis, want het kon niet anders dan dat ze uiteindelijk hecht bevriend zouden zijn), namelijk een fraai, wit, bezonnepaneeld huis aan de rand van een meer in Noordoost-Wisconsin, en terwijl de zomers de spuigaten uit liepen en de kusten werden overspoeld en de oogsten mislukten en de machthebbers overhooplagen en panikeerden, zoals Owen nu angstwekkend gedetailleerd op zijn sonore roombotertoon beschreef, zouden er waarschijnlijk slechtere verblijfplaatsen zijn dan Noordoost-Wisconsin.

68

Henry stond in de keuken van Pella, Noelle en Courtney de afwas te doen en een eerste kopje koffie te drinken van de pot die hij net had gezet. Sinds zijn aankomst hier was hij begonnen met koffiedrinken. Dan had hij iets omhanden. Na de afwas – het waren maar een paar glazen en mokken; Pella at op haar werk en Noelle en Courtney leefden van rode wijn en Red Bull – ging hij met een bleekmiddelspray het aanrecht langs en veegde het met een sponsje schoon. Het laatste middaglicht dat door het raam viel nam gestaag af maar was nog steeds meer goud- dan theekleurig. Dit was het breekbare uur van de dag waarop hij zich goed voelde. Het uur waarop hij het bed verliet en, als hij het idee had dat Noelle en Courtney niet thuis waren, ook Pella's kamer.

Hij wrong het sponsje uit en legde het op de achterrand van het aanrecht. Nog maar een paar minuten en de zon ging onder. Als hij de dag eerder was begonnen – pak 'm beet om acht uur, of anders om tien of twaalf uur – zou hij zich de hele dag goed hebben gevoeld. Hij kon morgen maar beter vroeg opstaan. Morgen sta ik vroeg op, peinsde hij. En hij glimlachte stilletjes omdat hij zich oké voelde dankzij de koffie en gisteren hetzelfde met zichzelf had afgesproken, net als eergisteren en eereergisteren, met als gevolg dat het een *running joke* was geworden, van hem alleen.

Hij verwijderde de pulk oranje zeep op het kegelvormige tuitje van de fles afwasmiddel. Als Noelle en Courtney thuis waren, of als hij vermoedde dat ze snel thuis zouden komen, hield hij zich gedeisd, in Pella's kamer, waar hij, als hij moest, in een Gatorade-flesje piste. Pella leek het niets te kunnen schelen. Niet dat pissen – daar wist ze niet van – maar het feit dat hij er was, in het algemeen. Ze leek het prima te vinden. Hij dacht aan de *Odyssee*, die hij tijdens het college van professor Eglantine zo'n beetje had gelezen – Odysseus die niet weg kan komen van Calypso's eiland, daar zijn tijd verdoet, maar hij was Odysseus niet, hij had geen Ithaca waarnaar hij kon terugkeren, hoewel zijn baard donkerder en voller was uitgevallen dan hij had verwacht: een stekelige bruine baard die na een maand of twee gelijkenis zou vertonen met het model dat je kon aantreffen op een standbeeld van Odysseus, of dat je daadwerkelijk aantrof op het standbeeld van Melville die vanuit een hoek van het Small Quad over het water staarde.

Uit verveling trok hij de provisiekast open. Er stond niet veel in. Olijfolie, zout en peper, meisjesachtige, in pastelkleurig folie verpakte energierepen. Met eiwitten verrijkte volkorenspaghetti. Fourpacks suikervrije Red Bull. Een blik bruine bonen. In zijn begintijd hier hadden er nog twee blikken bruine bonen gestaan, toen hij nog moest wennen aan zijn gebrekkige eetlust; dat andere blik had hij leeggegeten. Hij had ook zo'n meisjesachtige energiereep verorberd. Op een dag had hij zelfs geprobeerd spaghetti te koken, op het fornuis. Het was de eerste keer dat hij pasta kookte, en het karwei werd nog eens verder bemoeilijkt door het feit dat hij steeds naar het raam in de woonkamer moest rennen om zich ervan te vergewissen dat Courtney en Noelle niet in aantocht waren; hij wilde er niet op worden betrapt dat hij hun eten stal. Hij bracht te weinig water aan de kook, daarna deed hij er veel te veel spaghetti in, daarna liet hij die veel te lang koken. Het water in de pan verdampte en toen lag de pasta erbij als een weke brij die iets van een dierenbrein had. Nu at hij liever niets. Niet omdat niet eten gelijkstond aan niet stelen, niet omdat niet eten gelijkstond aan niet koken, maar gewoon, daarom.

Ik kan maar beter stoppen met koffiedrinken, dacht hij. Bijna had hij gedacht: ... het koffiedrinken opgeven, maar dat was een misleidende zin. Er leek een bepaalde, verkeerde betekenis in te schuilen. Als je iets opgaf deed je dat vóór iemand of iets. Iets opgeven impliceerde dat je offer een doel had, en Henry wist dat dat nu niet zo was. Met het voorbijgaan van de dagen veranderden ze niet in iets beters dan dagen, hoe goed je ze ook besteedde. Zijn dagen konden niet worden besteed. Hij had geen plan. Hij was gestopt met honkballen en bonen eten, en nu zou hij stoppen met koffiedrinken. Dat was alles.

De voordeur ging open.

Henry verstijfde, hoorde zijn hart bonken. Hij was een rat in dit huis, een kakkerlak – heer en meester als hij alleen was, zwierf dan als een opperkakkerlak door de kamers maar zocht ijlings een veilig heenkomen zodra een van de mensen naar binnen stapte. Nu zat hij in de val. Hij graaide naar een pan die hij al had afgewassen, spoot zeep op het sponsje en begon de pan opnieuw af te wassen. Het was te vroeg voor Pella, die avonddienst had, en mogelijk was zelfs Pella geen onverdeeld genoegen. Ze had er bij hem op aangedrongen vaker overdag de deur uit te gaan, waarop hij instemmend had geknikt. Hij wist nooit wat hij tegen haar moest zeggen.

Hij bleef de schone pan maar boenen, zichzelf wijsmakend dat hij de voetstappen in de woonkamer niet boven het stromende water uit hoorde, dat hij de hitte van de ogen van degene die in de deuropening stond niet voelde.

'Henry.'

Het viel best te verklaren als hij op zo'n zachte stem niet reageerde.

'Hénry.'

Het viel veel minder te verklaren als hij op zo'n veel minder zachte stem niet reageerde.

'HENRY.'

Hij liet het water lopen, draaide zich om met het schuim op zijn handen.

Pella droeg haar haar naar achteren en haar oren gloeiden roze op. Ze zuchtte en liet haar rieten tas vol soep en zwemspullen op het linoleum vallen. 'We moeten praten.'

Misschien had hij een met pis gevulde Gatorade-fles naast het bed laten staan. Hij had geprobeerd er alert op te zijn, niet te vergeten de fles elke dag leeg te gieten in de wc en schoon te spoelen, maar iets in hem, het waarachtigste stukje Henry, wílde het vergeten, wilde de pis bewaren, voor altijd, en misschien was dat stukje Henry hem te slim af geweest. Het was het enige echte beetje vrijheid dat hij genoot: rond twaalven wakker worden met een blaas vol water en koffie en dan een lange, heldere stroom in de fles in de slaapkamer pissen en dus niet de gang op hoeven en bang zijn dat de badkamer bezet was, of dat er op de badkamerdeur werd geklopt terwijl hij stond te pissen en iemand boos op hem werd omdat het zijn badkamer helemaal niet was.

Hij gaf het toe: het was de vrijheid van een peuter van drie, ja. Zoals in het meer pissen op zo'n augustusavond nadat Schwartz hem had lopen afbeulen alsof hij een hond was, en dan een blik over zijn schouder werpen om naar die paar twinkelende lichtjes op de Westish-kust te kijken. Hij wilde de Gatorade-fles niet schoonspoelen, oké? Hij wilde een vaste collectie van al zijn pis en stront. Niet dat hij ooit nog moest schijten nu hij was gestopt met eten.

'Oké,' zei hij. Bellen dreven omlaag over de rug van zijn handen. 'Laten we praten.'

'Fijn.' Ze gebaarde naar de formica tafel met zijn drie bijpassende stoelen. 'Ga zitten.'

Henry ging zitten. Pella pakte een mok uit de kast en schonk koffie voor zichzelf in. Ze ging aan tafel zitten, legde beide handen om haar mok. Haar gezicht zag er magerder uit dan bij hun eerste ontmoeting, magerder maar ook gezonder. Hij overwoog haar te vragen of ze met hem wilde trouwen. De gedachte kwam spontaan in hem op, in de trant van 'wat als', zoals dat soms ook gebeurde wanneer zijn gezicht dicht bij Owens gezicht kwam en hij zich afvroeg wat er zou gebeuren als ze elkaar kusten.

'Henry, wat doe je hier? En zeg nou niet "de afwas".'

Hij keek naar het aanrecht, het sponsje, de druppelende kraan. 'Ik vind het hier fijn.'

'Nee, dat doe je niet,' reageerde Pella. 'Maar daar gaat het niet om. We hebben het hier al eens eerder over gehad, weet je nog? We hadden vastgesteld dat je hier niet de hele dag kunt blijven hangen. Nog even en we worden eruit getrapt. En wat dan?'

Henry knikte.

'Waarom knik je?' vroeg Pella met enige stemverheffing. 'Het was geen vraag waar je ja of nee op kunt antwoorden.'

Hij stopte met knikken. Pella keek omlaag naar haar koffie. 'Sorry,' zei ze. 'Wat ik wilde zeggen: ik heb vandaag met chef Spirodocus gesproken en die zei dat het geweldig zou zijn als je weer aan het werk zou willen gaan. Je weet hoe aardig hij je vindt. En je weet dat iedereen er rond deze tijd van het jaar mee kapt. Mooi weer. Tentamentijd.'

Henry keek haar aan.

'Het is niet eens m'n eigen idee. Chef Spirodocus kwam ermee aanzetten.'

Hij schudde zijn hoofd. 'Dat gaat niet.'

'Ik weet dat je niemand tegen het lijf wilt lopen. Maar dat zou ook niet hoeven. We draaien dan samen dienst. Ik hou me bezig met de saladebar en de sapmachines en al het andere spul in de eetzaal. Jij kunt gewoon achterin blijven en de afwas doen. Weer een beetje bewegen. Een beetje geld verdienen.'

'Dat gaat niet,' zei Henry. 'Nog niet.'

'Oké,' zei Pella. 'Oké. Dan heb ik een ander voorstel. Je laat me uitspreken, oké?' Ze graaide in de zak van haar sweatshirt en haalde haar buisje lichtblauwe pillen tevoorschijn, deed het dopje eraf en tikte er een in haar hand.

Henry schudde zijn hoofd.

'Ze werken,' zei Pella. 'En ik kan het weten.'

'Ik wil niet dat ze werken.'

'Je hoeft nergens bang voor te zijn. Het verandert, ik noem maar wat, je karakter niet, of zo. Je blijft gewoon jezelf. Je bent méér jezelf.' Jezus, dacht Pella, ik zou niet misstaan in een commercial.

'Het doet wel iets met je.'

Het werd donker in de keuken. Pella stond op, pakte de koffiepot, vulde allebei hun bekers bij, ging weer zitten.

Een pil was het tegenovergestelde van wat hij wilde. Een pil was een antwoord dat een ander met veel pijn en moeite had bedacht. Dat wilde hij niet. Een pil was klein en machtig. Hij wilde iets enorms en leegs. Hij had besloten geen koffie meer te drinken en nu al werd hij misselijk van de geur die uit de mok opsteeg. Hij bedekte de bovenkant van de mok, liet de stoom condenseren tegen zijn handpalm.

'Zeg iets.' Pella liet haar kin op haar hand rusten, keek hem aan. 'Praat met me.'

Hij had nooit kunnen praten, met wie dan ook, niet echt. Woorden vormden een probleem, het probleem. Op de een of andere manier waren woorden besmet – o nee, híj was op de een of andere manier besmet, beschadigd, onvolledig, want hij wist niet hoe hij met woorden iets beters kon verzinnen dan 'Hoi' of 'Ik heb honger' of 'Ik hoef niks.'

Alles wat ooit was gebeurd zat in hem opgesloten. Elk gevoel dat hij ooit had gehad. Alleen op het veld was hij soms in staat geweest zich te uiten. Buiten het veld moest het per se via woorden gebeuren, tenzij je beeldend kunstenaar, musicus of mimespeler was. Wat voor hem niet gold. Niet dat hij dood wilde. Dat was het niet. Daar had dat niet eten niet mee te maken. Evenmin met perfectie.

Wat moest hij tegen haar zeggen als hij de waarheid wilde spreken? Hij wist het niet. Praten was net zoiets als een honkbalworp. Je kon het niet vooraf plannen. Je moest gewoon loslaten en zien wat er gebeurde. Je moest woorden eruit gooien zonder te weten of iemand ze zou vangen – je moest woorden eruit gooien die niemand zou vangen, dat wíst je. Je moest je woorden wegsturen, een ruimte in waar ze niet meer de jouwe waren. Praten met een bal in je hand voelde beter, het praten aan de bal overlaten voelde beter. Maar de wereld, die buiten het honkbal, de wereld van liefde, seks, baantjes en vrienden, bestond uit woorden.

Pella nipte van haar koffie, keek naar hem, wachtte. Je kon niet voorspellen hoe ze er over drie, dertien of drieëndertig jaar uit zou zien. Misschien ontwikkelde ze wel een derde oog, of werd haar bijzondere, paarsig glanzende haar van de ene op de andere nacht spierwit. De kans was groter dat haar bizarre schoonheid jaar in jaar uit gewoon verder zou toenemen, hoewel met geen mogelijkheid vast te stellen viel, voor hem althans, welke kant die schoonheid uit zou gaan. Wat haar anders maakte dan alle andere meisjes van Westish. En daarbuiten. Niet dat hij van Pella hield. Dat was niet het geval. Maar hij kon zich voorstellen dat iemand van haar kon houden, en dat was Schwartzy. Het was bijna alsof ze voor elkaar waren gemaakt. Als hij, Henry, lang geleden, in de tijd vóór zijn aankomst op de campus, zich een voorstelling had kunnen maken van de vrouwen van Westish – twaalfhonderd meisjes van het soort met wie Mike Schwartz iets zou kunnen krijgen – dan zou hij zich twaalfhonderd Pella Affenlights hebben voorgesteld.

Maar als Pella en Schwartz een volmaakt stel vormden à la het yin en yang van Owens favoriete pyjama, of de twee helften van een honkbalhuid, twee stukken leer in de vorm van het oneindige die met rode liefdesdraad zijn vastgenaaid, dan was er geen plaats voor Henry. Als je een jongen was die van een meisje hield, dan kon je samen plannen maken. En als je een jongen was die van een jongen hield – hij dacht aan Owen en Jason Gomes die op de trappen van Birk Hall met hun hoofden naar elkaar toe gebogen een joint deelden; hij kon geen vergelijkbaar beeld oproepen van Owen en rector Affenlight – dan kon je ook samen plannen maken. De wereld zou tegen je zijn, je bedreigen en uitschelden, maar hij zou je tenminste begrijpen. De wereld had woorden voor wat je aan het doen was. Maar als je Henry was en Mike nodig had, dan was je domweg de lul. Daar waren geen woorden voor, een ceremonie die je toekomst zou veiligstellen was er niet. Elke dag was slechts een dag, een leegte, een niets waarin je jezelf en je vriendschap steeds weer vanaf nul moest zien op te bouwen. Alles wat je eerder had gedaan telde in het geheel niet mee. Het kon allemaal in rook opgaan. Zomaar. Net als dit.

'Met mezelf had ik afgesproken,' zei Pella zachtjes, 'dat ik je op straat zou smijten als je je baantje niet meer zou oppakken, de pillen niet zou uitproberen en je met niemand wilde gaan praten.'

Henry knikte, staarde naar de rug van zijn hand, de hand die de koffiegeur tegenhield.

'En je bent niet van plan daar iets van te gaan doen. Toch?'

Hij haalde zijn hand weg, keek naar de sidderende koffiespiegel. Hij dacht: ik ben van plan om geen koffie meer te drinken. Het spul was te donker, te smerig. Te voedselachtig. Bij de gedachte aan geen koffie en geen eten kreeg hij even een gelukzalig gevoel. Hij wilde die gelukzaligheid najagen – hij wilde en zou het doen. Het was een reis waarvoor hij zich inscheepte. Hij was al onderweg: hoeveel dagen geleden had hij voor het laatst meer dan een lepel soep gegeten? En met elke dag, elk uur, elke minuut vorderde de reis. Hij wist wat er gebeurde als hij at: zijn lichaam zou het eten naar buiten werken, uitpissen, uitzweten, uitschijten, het zou eiwitten op zijn schouders deponeren tot hij eruitzag als die vent op de SuperBoost-pot. Hoe hij aan die cyclus moest deelnemen, dat wist hij. Maar niet eten was nieuw. Het was nieuw en van hem alleen: hij kon Pella er niet over vertellen. Ze zou het niet begrijpen.

'Toch?'

Henry knikte. 'Het lukt me niet.'

'Oké.' Hij keek hoe ze haar moed bijeenraapte. Dat hij haar hiertoe dwong voelde niet goed. 'Oké,' zei ze. 'Dan moet je waarschijnlijk maar gaan, geloof ik.'

Henry schoof zijn stoel naar achteren en stond op. Zijn knieën knikten een beetje, een niet onprettige sensatie; hij voelde zich vrij en licht, als zo'n grote mensvormige ballon in een optocht.

Bij zijn kamer aangekomen constateerde hij dat Owen niet thuis was.

69

De training was een uur eerder afgelopen, zodat ze nu nog maar met z'n tweeën waren, daar in het schemerlicht van de sportzaal op de tweede verdieping. De kleinere man leverde voorovergebogen in de slagkooi swing na swing af, als een opwindpop; de andere man stond aan de andere kant van het kooinet, kin omlaag en armen over elkaar. Een stuk of tien line-drives op rij liet Izzy volgen door een foutslag. Schwartz stapte naar voren en onderschepte die met de blote hand. Tussen de bal en zijn hand zaten nylon draden van het net.

'Hou je handen hoog,' zei hij.

'Aye, aye, Abuelo.'

Schwartz had geen bezwaar tegen de spotnaam, die vrijwel alle eerstejaars hadden overgenomen. De naam verwees naar zijn wijkende haargrens en krakende knieën, zijn wispelturigheid, zijn neiging om wijsheden te debiteren als een oude man op een veranda, maar er school ook een boeiender betekenis in. Voor Izzy en de andere jongere spelers was Henry de vaderfiguur, degene die hen dag in dag uit opjoeg, complimenteerde en adviseerde, opvrolijkte en uitdaagde, uitspraken van Aparicio uit hun hoofd liet leren – die hun, op zijn eigen, onverstoorbare manier, de lessen gaf die Schwartz aan Henry, Rick en Starblind had gegeven. Henry was hun vader en Schwartz was de *abuelo*. Maar nu had hun vader hen verlaten, wat vaders wel vaker deden, en had de oude man weer de leiding.

'Hou je gewicht naar achteren,' zei hij. 'Je hangt te ver naar voren.'

Beng.

Beng.

Beng.

'Godverdomme, Izzy. Hou eens op met dat gekrab tegen de bal. Het is geen *catfight*.'

Beng.

In werkelijkheid zag het er goed uit wat het joch deed. Hij was geen Henry, maar voor een student zou hij beslist een fantastische speler worden. Hoogstwaarschijnlijk beter dan Starblind. Beter dan Schwartz, dat stond vast.

Zijn slaghouding was je reinste Skrimmer: de soepel doorbuigende knieën, een talent voor verreikende sereniteit, de snoekduik van de handen naar de bal. Goede spelers hadden doorgaans iets van goede imitators; als je Henry's bewegingen en eigenaardigheden even goed kende als Schwartz was het ronduit griezelig om oud filmmateriaal van Aparicio te bekijken. En nu was het om vergelijkbare redenen griezelig om Izzy bezig te zien. Hier werd onmiskenbaar een lijn voortgezet.

Duane Jenkins, het hoofd Sport van de universiteit, stond aan de andere kant van de zaal met zijn handen in de zakken van zijn kaki broek. 'Hé, Mike,' riep hij. 'Heb je effe?'

Schwartz gaf Izzy een boks door het nylon heen. 'Prima werk,' zei hij. 'We zullen het dit weekend nodig hebben.'

'Ben ik klaar, Abuelo?'

'Klaar ben je nooit. Ga maar eten.'

Schwartz liep achter Jenkins aan naar diens kantoor en probeerde zich in een minuscule, met stof beklede stoel te wurmen. Als grote mannen inderdaad de wereld bestierden, zoals je vaak hoorde, zou je denken dat ze wel voor passend meubilair konden zorgen.

'*Nationaal.*' Jenkins schudde verbaasd zijn hoofd. 'Hoe voelt dat?'

'Als we winnen zal het best lekker voelen.'

Jenkins glimlachte. 'Winnen of verliezen, het is een topjaar geweest. Vooral voor jou. Winnaar van de universitaire footballcompetitie hier. Een regionale honkbaltitel. Landelijke wedstrijden, interuniversitair. Een nieuw Westish-record homeruns.'

Schwartz keek op zijn horloge. Hij was niet in de stemming voor een Mike Schwartz Retrospectief.

'De sporters van Westish behalen over de hele linie weergaloze successen, Mike, en da's hoofdzakelijk aan jou te danken. Coach Cox werkt hier nu dertien jaar, coach Foster tien. Op de een of andere manier heb ik niet het gevoel dat ze vier jaar geleden plotseling geniaal zijn geworden. En ik kan ook niet zeggen dat ik er zelf zo veel slimmer op word. Je hebt de cultuur van de hele afdeling veranderd.'

'Waar stuur je op aan, Duane?' Schwartz mocht Jenkins, had Jenkins altijd gemogen, want al wist Jenkins niet waar hij mee bezig was, aan slap gelul deed hij tot dusver niet. Maar dit klonk verdacht veel als slap gelul.

Jenkins grijnsde schaapachtig. 'Sorry, ik probeer het rustig in te leiden, maar inmiddels zou ik wel beter moeten weten, wat jou betreft. Ik weet niet of je voor volgend jaar al plannen hebt, maar ik heb toestemming gekregen om je een baan aan te bieden.'

Schwartz' rug schoot iets boven zijn kont in een kramp. Hij kneep in de armleuningen van de te kleine stoel en ging met een grimas een paar centimeter boven de zitting hangen.

'Assistent-footballcoach, assistent-honkbalcoach en subhoofd Sport belast met scouting en fondsenwerving. Ruwweg zou je hetzelfde doen als wat je de afgelopen vier jaar hebt gedaan. Met dien verstande dat je voor dat prachtige voorrecht niet betaalt maar betaald krijgt.' Jenkins sloeg een map op zijn bureau open, nam er een vel papier vol kleine lettertjes uit en reikte het Schwartz aan. Halverwege de pagina was een bedrag omcirkeld.

Schwartz had genoeg tijd doorgebracht met het lospeuteren van geld voor de football- en de honkbalsectie om het budget van de afdeling Sport tot op de dollar te kennen. 'Dit kun je je niet permitteren.'

Jenkins glimlachte, haalde zijn schouders op. 'Er is toestemming voor.'

Het was geen salaris voor alumni van Yale Law School, het was geen salaris voor honkballers uit de eerste selectieronde, maar het was oké. Het was verrassend oké. Daar kon iemand z'n huur van betalen, z'n Visa-afrekening. Hij kon zelfs binnen afzienbare tijd een aanbetaling doen op een auto die een liter olie binnen kon houden, zodat de Boeddha ophield met zeiken over zijn CO_2-uitstoot.

'De benodigde middelen liggen voor minstens drie jaar vast,' hoorde hij Jenkins zeggen. 'Maar als je eerder weg zou willen, verder wilt studeren of wat dan ook, staat het je vrij dat te doen. Ik zou zeggen: hoe lang we je hier ook kunnen houden, één, drie of dertig jaar, voor ons zou het een zegen zijn.'

Schwartz vroeg zich af waar hij het geld vandaan had. Jenkins was niet het soort bobo dat middelen kon genereren waar ze niet waren. Om die reden was hij het hoofd Sport van een universiteit die altijd prat was gegaan op de middelmatigheid van haar sporters: hij was geen bobo.

'Dus?' vroeg Jenkins.

Schwartz schudde zijn hoofd. 'Nee, bedankt.'

Jenkins keek hem beduusd, misschien zelfs terneergeslagen aan. 'Wat bedoel je?'

'Ik bedoel: nee, bedankt, ik wil niet coachen.'

Jenkins krabde op zijn hoofd, boven zijn oor. Zijn kastanjebruine haar werd dunner. 'Maar je bént al coach,' zei hij. 'Je bent de beste coach die we hier ooit hebben gehad, en we hebben je nooit een cent betaald. We kunnen er maar beter eens iets voor terugdoen, op z'n minst een jaar.'

'Het gaat niet lukken, Duane.'

Jenkins leunde achterover in zijn stoel in een poging de boel te hergroeperen. Liet zijn blik het kantoor rondgaan alsof hij een totaalshot van de situatie probeerde te krijgen. 'Mag ik vragen wat je dan wel van plan bent?'

'Weet niet.'

Jenkins knikte. 'Maar dit gedoe ben je zat. Het reizen. Twee keer per dag opdraven. Het toezicht op de trainingen. Je halve leven in dit pand doorbrengen. De hele mikmak.'

'Ik ben het niet zat,' zei Schwartz. 'Het is gewoon –' Gewoon wat? Gewoon, hij wilde niet over twintig jaar wakker worden en achteromblikkend een sliert levens zien die door hem een andere wending hadden genomen, een eindeloze reeks, kom op jongens de beuk erin, terwijl hij zelf geen enkele ontwikkeling had doorgemaakt. Gestagneerd was. Ongearriveerd. Nog steeds in een joggingbroek naar zijn werk ging. Hij die het niet in zich heeft, coacht.

'Denk ook aan de secundaire arbeidsvoorwaarden,' zei Jenkins. 'Ziektekostenverzekering, tandartskosten. Wat je vakantiedagen betreft: het grootste gedeelte van juli sluiten we de tent. Bovendien kun je gratis eten in de mensa. Hoe aanlokkelijk dat is weet ik niet.'

'Het is een leuk aanbod.'

'Ik kan er waarschijnlijk op jaarbasis nog een duizendje of twee bovenop gooien,' zei Jenkins. 'Maar dan houdt het zo'n beetje op.'

''t Is een leuk aanbod,' herhaalde Schwartz. 'Ik kan me niet beter wensen.'

'Dus je denkt er nog eens over na?'

'Nee.'

'Denk er nog eens over na.' Jenkins pakte het contract van Schwartz af en deed het terug in de map. Hij legde de map op zijn bureau. 'De functie gaat in op 15 augustus. Er zijn geen andere kandidaten.'

70

Affenlight, die achter zijn bureau zat, trok een gesokte voet uit een bordeauxrode mocassin en wreef ermee over de instap. Die irriteerde, om precies te zijn rondom de stugge hiel van de schoen. Voor hem uitgespreid lagen verschillende versies van de begroting voor volgend jaar, met daarbij de officiële voorstellen van Studentenzaken voor een Verantwoordelijk Westish en notulen van gesprekken die Affenlight met milieuexperts, activisten en architecten had gehad, lieden die de veranderingen in kwestie al eerder op beter bemiddelde, slagvaardiger onderwijsinstellingen hadden doorgevoerd. De laatste tijd had hij zo hard gezwoegd dat mevrouw McCallister weer was begonnen hem zingend te begroeten.

Naast hem op het tapijt lag de in het geheel niet zwoegende Contango met zijn koninklijke kop neergevleid op zijn witte voorpoten. De hond was er op de proef; Sandy Bremen was in Taos hun nieuwe huis aan het inrichten.

Affenlight voelde zich duf; de bedragen onder zijn neus waren wazig en trilden. Een kop koffie, daar zou hij van opkikkeren, maar het was al 16:37 uur – 17:37 in South Carolina, waar Owen zich bevond – en mevrouw McCallister had vast voor ze vertrok de drabbig geworden koffie weggegooid. Hij zou nieuwe moeten zetten. Misschien moest hij in plaats daarvan maar met de hond gaan lopen en zo weer een beetje wakker worden.

Hij pulkte iets kleins en droogs uit de hoek van een neusgat en schoot het met zijn vingers richting prullenbak. Daarna greep hij de armleuningen van zijn antieke leren stoel stevig vast, bewoog zijn achterwerk omhoog en verschoof de stoel negentig graden naar links zodat hij met zijn gezicht naar het raam zat. De stoel was stevig en comfortabel, zeer rectorfähig – hij had het zitvlak van iedere Westishrector gedragen tot aan Arthur Hart Birk in hoogsteigen persoon aan toe – maar soms hunkerde Affenlight naar een gelikt modern exemplaar, zo een met wieltjes en een zitting die kon ronddraaien. Na de grote stoel naar het raam te hebben gedraaid leunde hij met zijn voorhoofd tegen het glas, dat ondanks het zonlicht koud aanvoelde, en ging met zijn keurig geknipte nagels over het horrengaas achter het deels geopende schuifraam, wat een krassend, metalig geluid maakte. Het woord voor wat een stoel zou moeten kunnen was hem tot dusver ontschoten: *zwenken*. Melville heeft ooit gezegd dat Amerikanen altijd op de zanikstoel zitten; de Amerikaan Affenlight verlangde naar een zwenkstoel.

Aan de andere kant van het raam haastte een mensamedewerker in een jasje met pet, beide marineblauw, zich naar buiten voor een rokertje. Een meisje in een marineblauwe korte broek met Griekse letters dwars over haar kont wierp een roze frisbee behendig weg; hij kromde zich prachtig om de bomen. Er trok een vlucht ganzen door de lucht. Tegen de zijkant van Louvin Hall waren steigers geplaatst om een lek dak te repareren. Geel, tussen witte paaltjes gespannen touw beschermde een onlangs gelegd stukje grasmat; de mensen van Infrastructuur deden hun uiterste best het terrein er voor de afsluitingsceremonie idyllisch te laten uitzien en gingen soms zo ver dat ze stukken verdord gras felgroen spoten. Pianoklanken kringelden als rook omhoog, versmolten met zachtmoedig vogelgetjilp. Een pizzabezorger kwam Louvin uit en ritste zijn rode thermotas dicht.

Affenlight voelde zich eufoor, alsof hij een glas scotch ophad en reikhalzend uitkeek naar het volgende. Pella wist nog niet van het huis – hij wilde het niet verklappen per e-mail, wat tot dusver hun enige communicatiemiddel was geweest – maar de onderhandelingen met het echtpaar Bremen vorderden rap. En Pella had gelukkig besloten zich als voltijdstudent in te schrijven voor het eerste semester. Hij miste haar, wanneer ze een kilometer verderop zat nog meer dan als het duizend kilometers waren, maar voelde dat ze hun onderlinge band nauwer hadden aangehaald, hij door het huis te kopen, zij door zich aan te melden bij Westish. Zijn toekomst als vader leek zekerder dan de afgelopen tien jaar. Er zat schot in. Mike Schwartz had het aanbod van Jenkins niet geaccepteerd, maar dat was zijn goed recht. Affenlight had in elk geval niet vanwege Pella zo zijn best gedaan om het geld te vinden waarmee die baan voor Schwartz kon worden bekostigd. Hij had het zelfs niet gedaan vanuit de gedachte dat Schwartz zijn salaris in twintigvoud zou terugverdienen dankzij de fondsen die hij eigenhandig zou werven en de pr-voordelen die betere sportieve prestaties de universiteit zouden opleveren, wat zonder meer het geval was.

Affenlight had zo zijn best gedaan omdat Schwartz zich naar zijn inschatting op dezelfde manier tot Westish College verhield als hij. Als Affenlight een lijstje moest opstellen met alles wat hem aan het hart ging zou Westish daar niet eens op figureren – dat zou hij mal vinden, net zoiets als publiekelijk verklaren dat je van jezelf houdt. De helft van zijn tijd was hij gefrustreerd, vol tegenstrijdige gevoelens en ergernis aan het werk. Maar alles wat hij op zijn pad vond waar Westish College zijn voordeel mee kon doen, hoe onbeduidend ook – alles wat Westish College werd aangedaan en zelfs wat anderen erover zeiden, nam hij serieuzer dan als dat hemzelf zou overkomen. Hij zou zijn instituut tegen alle mogelijke gevaren beschermen. Dat kostte tijd en energie – je moest constant alert zijn – maar er ging ook een stimulerende werking van uit. Het maakte dat je ik zich ver buiten zijn normale grenzen begaf. Mike Schwartz verhield zich op dezelfde manier tot Westish. Misschien had hij het zelf nog niet door – christus, Affenlight had er dertig jaar over gedaan om het allemaal uit te puzzelen – toch was het zo.

Contango was diep in slaap; jammer, dan maar geen verkwikkend ommetje. Affenlight liep de gang op en zette een pot koffie. Terwijl hij van een dampende volle mok nipte – MOMMA AIN'T HAPPY – besloot hij zichzelf voor een nuttig bestede week te belonen door de begroting even te laten voor wat die was en aan zijn praatje voor het slotfeest te werken. Tenslotte naderde het einde van het academische jaar in hoog tempo. Hij draaide zijn stoel naar een neutrale positie – bureau aan de ene, raam aan de andere kant – en sloeg een vers notitieblok open. 'We brouwen een drankje voor lippen zo zoet,' mompelde hij. 'Van walnoot, van peren, van aardbeienbloed.'

Doorgaans beleefde Affenlight geweldig veel lol aan het slotfeest. Degene die werd ingehuurd voor het openingspraatje – meestal een of andere middelmatige politicus, schrijver of directeur; nooit lieten ze een grote naam opdraven – sloeg aan het orakelen, vertelde draken van anekdotes en kwam op de proppen met merkwaardige ideeën over de angsten en verlangens van de kersverse afgestudeerden. In vergelijking met hen – niet dat het een wedstrijd betrof – was Affenlight altijd een verademing. Hij hield zijn praatje kort en stopte het vol dubieuze Westish-grappen en -grollen, waar de studenten, die sinds hun universitaire entree talloze van dat soort schuine bakken te verduren hadden gekregen, nu met daverend gelach op reageerden. Dit waren hún moppen, dit was hún universiteit, hún rector, zij konden ze als enigen begrijpen. Dreigend bracht Affenlight een hand omhoog alsof hij de lachers wilde berispen, zodat ze nog harder begonnen te lachen.

Van zijn eigen studententijd wist hij dat de professoren met de pittigste reputatie altijd het hardste gelach oogstten; bij het minste blijk van lichtzinnigheid, hoe geforceerd ook, trokken er sidderingen van giechelige opluchting door een collegezaal. Zie je wel, professor X heeft ook een hart! Tegenwoordig, alweer een aantal decennia, vielen Affenlight dat soort spontane lachstuipen ten deel. De mensen plaatsten hem op een soort voetstuk, beschouwden hem, al dan niet terecht, als het eindproduct van zestig jaar noeste studie. Wat nog niet zo'n beroerde positie was – niet zo veel erger, wellicht, dan jong zijn.

En dan, aan het einde van willekeurig welke toespraak, ging hij, heel even maar, op de hoogdravende, bombastische toer. Een Latijns citaatje, de docenten en ouders bedanken, even de eindeloze queeste naar inzicht aanroeren – een gevoelige snaar raken ging hem bijna te gemakkelijk af, maar dat kwam doordat hij elk woord meende. De studenten begonnen steevast te huilen, wat ook gold voor een aantal ouders.

De studenten hadden nog vele fouten in het verschiet, verscholen in de toekomst, een bron van latere glorie. De zijne lagen allemaal in het verleden. Misschien waren zijn eigen fouten ook wel een bron van glorie geweest – hij zou ze hoe dan ook niet met die van een ander willen ruilen. Hij had maar één verlies te betreuren: de jaren van Pella's leven die hij niet van dichtbij had meegemaakt. De aaneenschakeling van fouten die tot een dergelijk verlies hadden geleid had zo'n groot kluwen opgeleverd dat hij het uiteinde van het touw nooit kon vinden, en het dus ook niet omhoog, omlaag en in cirkels terug kon volgen om het waarom te achterhalen. Misschien was hij een te toegeeflijke, te tolerante ouder geweest en had hij Pella daarmee gedwongen te snel volwassen te worden. Of misschien was hij nooit tolerant genoeg geweest om een zo getalenteerd meisje als Pella succesvol te huisvesten. Of misschien had hij haar perfect opgevoed maar hadden alle andere ouders van deze wereld op dat punt jammerlijk gefaald, waardoor Pella, juist vanwege haar perfecte opvoeding, gedwongen was haar eigen weg te gaan.

Dat laatste was een grapje. Affenlight glimlachte. Hoogstwaarschijnlijk vormde de keten van fouten een perfecte cirkel, waardoor uiteinden ontbraken. Een mensenleven kende geen waaroms en slechts enkele hoe's. Tegen het einde kon je, als je naar bruikbare wijsheden op zoek ging, slechts terugvallen op de grootst mogelijke clichés, zoals vriendelijkheid, tolerantie, eindeloos geduld. Salomon en Lincoln: 'Ook dit zal voorbijgaan.' En verdomd als het niet waar was. Of Tsjechov: 'Niets gaat voorbij.' Evenzeer waar.

Een poosje liep hij deze gedachtegang na via zijn notitieblok, waarop hij zijn potlood neerlegde en zijn vingernagels begon te inspecteren. Ze hadden bleek-groezelige halve maantjes gekregen van de muggenhor. De zinnen die hij had opgekrabbeld waren iets te somber, iets te ambivalent voor de afstudeerceremonie, maar konden worden bijgeslepen. De inleidende spreker, de matige politicus, zou aanmoedigingen doen in de trant van hoera-hoera, benut-je-vele-talenten-en-voorrechten-ten-voordele-van-allen. Affenlight zou zich beperken tot humor en berusting.

Zijn mobieltje begon uitbundig te rinkelen. Contango stak nieuwsgierig zijn neus in de lucht. Affenlight wachtte een paar tellen voor hij opnam om niet te gretig over te komen.

'Het is ons weer gelukt,' zei Owen boven het kabaal van een kleedkamer uit. 'Acht-zeven.'

'Gloeiend goed!' Affenlight kletste met een hand op de keperstof van zijn bovenbeen. 'Ongelooflijk.'

'Je weet nog niet half wat er is gebeurd. Je zou de teams eens moeten zien waartegen we spelen. Het kan niet anders of die lui krijgen grote porties steroïden toegediend. En hun supporters voeren complete choreografieën uit.'

'En toch blijven de Harpooners maar zegevieren.'

'Tja, vandaag hebben we gezegevierd, ja. Sal wierp beter dan hij eigenlijk kan. En Adam en Mike hebben allebei een homerun geslagen. Die twee spelen als bezetenen.'

'Ongelooflijk,' herhaalde Affenlight. 'En jij?'

'Kan zijn dat ik er een slag of twee aan heb bijgedragen.'

'Twee?'

'Twee,' bevestigde Owen. 'Coach laat me als derde aan slag.'

'Ongelooflijk,' zei Affenlight voor de derde en, zo besloot hij, laatste keer. Soms maakten de gesprekken met Owen een extreme welsprekendheid in hem los; soms legden ze hem uitsluitend stompzinnigheden in de mond.

'Dus je komt hier morgen langs?' vroeg Owen. 'Voor de kampioenstitel?'

'Ik heb al een vlucht geboekt. Ik wilde je het niet vertellen, bang dat het jullie ongeluk zou bezorgen. Het vliegtuig vertrekt bij het krieken van de dag.'

'Perfect. Weet je, Guert, ik ben nog nooit zenuwachtig geweest voor een wedstrijd. Eerder begreep ik niet eens wat het fenomeen "zenuwen voor een wedstrijd" inhield. Ik bedoel: wat is het ergste wat er kan gebeuren? Je wint of je verliest. Maar nu ik denk aan morgen, de finale van het nationale kampioenschap, live op ESPN, is dat zoiets als...' Hij dempte zijn stem, alsof hij een gênante bekentenis deed. 'Ik wil wínnen.'

Affenlight glimlachte. Het was een genot om Owen, hij van de bovennatuurlijke rust en onverstoorbaarheid, te horen toegeven dat hij heftige emoties in zichzelf bespeurde.

'Heb je nog iets van Henry gehoord?' vroeg Owen.

'Gisteravond heb ik bij hem op de deur geklopt,' antwoordde Affenlight. 'En eerder vandaag nog een keer. Hij lijkt nooit thuis te zijn.'

'O, hij is wel thuis,' zei Owen. 'Hij doet alleen niet open. Je zult hem moeten betrappen. Kun je bij Infrastructuur een sleutel regelen?'

Affenlight stak een hand in zijn broekzak en voelde aan de sleutel die hij had geleend toen Owen in het ziekenhuis lag. Hij droeg hem als een talisman met hem mee. 'Ik denk van wel.'

'Je bent een lieverd, Guert. Dat vind je toch niet erg, hè?'

'Helemaal niet.'

Affenlight hing op. Buiten op het plein trad de vluchtige middagrust in; de colleges waren afgelopen en de etensdrukte moest nog beginnen. De zon scheen met zacht, filmisch licht laag over de boomtoppen. Voorzover Affenlight het kon beoordelen ondernam niemand iets op dit uur van de dag, hoewel veel studenten dwangmatige werkers waren en de loopbanden in de fitnessruimte dan wel de studiehokjes van de bibliotheek dus heel goed afgeladen konden zijn. De gele rozen van mevrouw McCallister begonnen, amper zichtbaar, uit te lopen in de smalle strook naast Scull Hall; hij haalde zijn dagboek tevoorschijn en stak in een paar zinnen de loftrompet over hun schoonheid. Er werd op de deur geklopt.

71

'*Entrez you*,' riep Affenlight: een oud woordgrapje – voor wie het grappig vond – uit de lessen Frans die Pella als basisscholier had gekregen.

En daar verscheen Evan Melkin, de decaan van Studentenzaken. Melkin was zelf nog een halve student: Lichting-'92-en-Blijven-Hangen, een cherubijn zonder kin, anders dan de voormalige deserteur Affenlight een echte Westish-plakker. Hij kleedde zich hetzelfde als het jongere grut, de kids van de prep school die geen plek op een prestigieuzere instelling aan de kust hadden weten te bemachtigen: gekreukelde kaki broek, een blauw overhemd en mocassins. Het enige wat nog ontbrak was de honkbalpet, hoewel een honkbalpet Melkin niet zou hebben misstaan; het enige aspect van zijn uiterlijk dat zijn veertig jaren verried was het grillige wijken van zijn blonde piekhaar. Affenlight kwam overeind om hem een hand te geven. Op de een of andere manier leek dat Melkin van zijn stuk te brengen. Weifelend bleef hij in de deuropening staan. Bruce Gibbs duwde hem opzij en hobbelde de kamer in.

Bruce wist dan in elk geval hoe hij een man de hand moest schudden. 'Guert.'

'Bruce.'

'Knap beest heb je daar.'

Contango krabbelde met gespitste oren overeind; hij leek de bezoekers niet helemaal te vertrouwen. Hij drukte zijn snuit in Melkins kruis en gromde. Melkin stapte voorzichtig naar achteren. 'Hij is van Tom en Sandy Bremen,' lichtte Affenlight toe.

'Die ons binnenkort verlaten,' reageerde Gibbs.

Affenlight knikte. 'Maar het kan zijn dat de hond bij mij blijft. Dit is een soort proeftijd.'

Contango gromde weer naar Melkin. Gibbs stak een hand uit, aaide de hond tussen zijn oren en wist hem vakkundig te kalmeren. 'Knap beest,' zei hij weer. 'Hoe heet ie?'

'Contango.'

'Een Braziliaanse husky?'

'Het is eigenlijk een term uit de economie,' legde Affenlight uit. 'Van recente makelij. Maar het woord "tango" is, interessant genoeg, niet afkomstig uit de Romaanse talen, wat ik altijd dacht; het is een Nigeriaans woord, dat...'

Tegen het einde van zijn minicollege wist Affenlight dat er iets aan de hand was. Melkin was gespannen, Gibbs te rustig en somber, Contango te achterdochtig.

Bruce schraapte zijn keel. 'Ik ben bang dat we een probleem hebben, Guert. Of iets wat vanuit mijn positie bezien veel weg heeft van een probleem, tenzij je enige vorm van opheldering kunt verschaffen waardoor het onproblematisch wordt.'

Affenlights geest ging op zwart. De stem van Bruce leek overal vandaan te komen: 'Het kan mij niet schelen wat iemand in zijn vrije tijd doet. In dat opzicht ben ik gespeend van enig vooroordeel. Maar zoals je weet hanteert onze instelling een strikte, met zorg opgestelde code met betrekking tot de omgang tussen student en docent, en bestuurders vallen in laatstgenoemde categorie. Met name wanneer de bestuurder in kwestie een uiterst publieke rol speelt in termen van de betrekkingen tussen de universiteit en de gemeenschap daarbuiten.'

'Hoe zijn jullie erachter gekomen?'

Bruce keek hem aan. 'Dat klinkt als een bekentenis, Guert. Op dit moment vragen we je niet per se om wat dan ook toe te geven.'

'Vertel me maar gewoon hoe.'

Melkin sloeg de map open die hij bij zich had. De map was Affenlight eerder niet opgevallen. Ze hebben een dossier, dacht hij. Melkin schraapte nerveus zijn keel en begon te lezen: 'Het onderwerp werd voor het eerst ter sprake gebracht door ouder X. Ouder X was onderweg naar Westish om de dubbelwedstrijd van het honkbalteam op 1 mei bij te wonen en stopte bij de Troupe's Inn langs Route 50 om daar te overnachten. Op de ochtend van 1 mei zag ouder X u, rector Affenlight, een kamer in het voornoemde motel verlaten in gezelschap van een student. Vervolgens belde ouder X mij op Studentenzaken om het incident te melden. Het relaas vroeg onmiskenbaar om nader onderzoek via de hiertoe geëigende kanalen. Ik wilde echter geen aantijgingen de wereld in helpen die uw reputatie konden schaden en die mogelijk later niet op de waarheid zouden blijken te berusten. Dus besloot ik persoonlijk een informeel vooronderzoek uit te voeren.'

Uit de map haalde Melkin een gefotokopieerde pagina uit het nummerbordenlogboek van de Troupe's Inn. 'Is dat uw handschrift, rector Affenlight?' Hij wees naar de naam 'O. Bulkington' naast het kenteken van de Audi. Affenlight knikte.

'Dat dacht ik al.' In Melkins sombere toon klonk door dat hij stiekem trots was op zijn literaire speurdersarbeid. 'Na bevestigd te hebben gekregen dat u inderdaad in het motel in kwestie had verbleven sprak ik met de surveillante van het woonblok van de student in kwestie, waarbij ik zo discreet mogelijk te werk ben gegaan. Zij wist te melden dat ze u het studentenblok op de middag van 30 april had zien binnengaan in een toestand die zij omschreef als geagiteerd.'

'Een paar dagen later kon ik persoonlijk vaststellen dat de student in kwestie Scull Hall 's ochtends vroeg via de privé-ingang verliet. Op dat punt aanbeland heb ik voorzitter Gibbs gebeld.'

Melkin had, met andere woorden, staan posten bij de woning van de rector. Affenlight wierp een blik op zijn stropdas. Zijn stoel stond nog steeds in een hoek van vijfenveertig graden ten opzichte van zijn bureau, zodat hij zijn hoofd moest draaien om Bruce en Melkin te zien. Hij voelde zich als een kind dat naar de hoek was verbannen, maar had de kracht niet voor een stoelmanoeuvre om hen recht in de ogen te kunnen kijken. 'Heb je Owen al gesproken?'

'De student in kwestie is onderweg naar een sporttoernooi. Tot op heden is er geen –'

Bruce stak een hand in de lucht om Melkin het zwijgen op te leggen. 'Ik wilde eerst met je praten.' Hij parkeerde zijn wandelstok tegen de armleuning van de loveseat en ging met een plof zitten. 'Guert, zelfs als Owen iedere vorm van ongepast gedrag ontkent zullen we toch een nader onderzoek moeten instellen. In dat opzicht kan ik geen andere weg bewandelen. Het betreft geen crimineel delict waarbij we van slachtoffer en belager spreken en in andermans privélevens duiken. Het doet er niet toe wat zich in die motelkamer heeft afgespeeld. Louter het feit dat je daar met een student was, volkomen zichtbaar voor de familie van andere studenten, betekent al een serieuze inbreuk op de erecode van onze academie en haar opvattingen over professioneel gedrag.

Als we inderdaad een onderzoek instellen,' vervolgde Bruce, 'zal het worden uitgevoerd door het College van Bestuur, en het college zal moeten overgaan tot het ondervragen van diverse mensen.'

'Wat betekent?'

'Wat betekent dat de kwestie in de openbaarheid komt. De studenten zullen weet krijgen van je relatie met de heer Dunne, en dat geldt ook voor de ouders en de alumni. Dit is een instelling voor de vrije kunsten, maar jij weet net zo goed als ik dat we hier ook weer niet zó vrij zijn.'

'Bespaar me dat soort fraseologie, Bruce.' Tot dusver was alle fut uit Affenlight verdwenen, maar nu kolkte er woede door zijn lijf en sloeg hij plotseling en zinloos met een vuist op de armleuning van de stoel.

Gibbs bracht verontschuldigend een hand omhoog. 'Ik weet hoe moeilijk dit voor je is, Guert. Mijn punt is dat ik moeite heb me een scenario voor te stellen waarin het doenlijk voor je zou zijn je huidige functie te behouden.'

'Je wilt dat ik ontslag neem.'

'Wat ik je vraag is of je misschien de voorkeur geeft aan het zoeken van andere uitdagingen. In plaats van zowel jezelf als Westish College te onderwerpen aan een dosis inspectie en hoon die zijn weerga niet kent. Dit soort publiciteit zou onze kansen inzake fondsenwerving weleens ernstig kunnen verkleinen. Jij denkt dat het moeilijk is geld te vinden voor die "groene" initiatieven van je? Wacht maar tot dit naar buiten komt.'

'Is dat waar het hier om gaat? Jullie zijn niet blij met mijn begroting?'

'Guert, zeg nou geen rare dingen. Het is geen samenzwering.'

'Nee, nee. Natuurlijk niet. Het is een buitenkansje.'

Bruce, die voor het eerst enigszins in het nauw gedreven leek, leunde achterover in de loveseat en zuchtte. Als je wist wat zich daar heeft afgespeeld, peinsde Affenlight vals, zou je minder ontspannen zitten.

'In termen van buitenkansen,' zei Bruce, 'voel ik mij verplicht het volgende te berde te brengen. Buitenkans één. De student in kwestie heeft drie jaar lang collegegeld noch andere gelden betaald omdat hij de winnaar was van de Maria Westish Award, een onderscheiding waarvan de beoordelingscommissie wordt voorgezeten door jou. Notulen van de vergaderingen van deze commissie wekken de indruk dat je de student in kwestie wel heel nadrukkelijk hebt gesteund, ondanks zijn middelmatige cijfers voor wiskunde en de natuurwetenschappen.'

'Zijn essays waren briljant,' zei Affenlight. 'Hij is briljant.'

'Buitenkans twee. De student in kwestie is lid van diverse milieugroepen alsook van de facultaire studentenraad die de richtlijnen voor een CO_2-neutrale universiteit heeft opgesteld waarvan jij, in mijn beleving tamelijk plotseling, een krachtig voorstander bent geworden.'

'Iedereen zou die maatregelen moeten steunen,' zei Affenlight. 'Dat zijn we ethisch verplicht.'

'"Ethiek" is momenteel niet je sterkste punt, Guert.'

Affenlight deed er het zwijgen toe. Op de details viel nog wel wat af te dingen – Owen was de beste student die Westish het afgelopen decennium had gehad; de voorgestelde begroting was keurig, sluitend – maar dat deed er niet toe. Hij had te vaak onbesuisd gehandeld, hij was zichzelf en zijn positie uit het oog verloren. Langsgaan bij Owen in zijn kamer, met Owen naar een motel gaan: het waren de misstappen van een nonchalante dwaas. En hij had ze met heel zijn hart begaan.

Hij wist dat de begroting echt niet het probleem was; hij wist dat Bruce hem er niet uit wilde werken. In vergelijking met eerdere rectors was hij goed. Bruce wist dat een alternatief niet voor het oprapen lag. Maar toch, maar toch! Wat voor conversatie zouden ze hebben als Owen een meisje was geweest? Bruce zou dezelfde formele toon aanslaan, de uitdrukking op zijn gezicht zou ook dan streng zijn, maar daarnaast zou hij een scotch voor zichzelf inschenken. De fonkeling in zijn ogen zou zeggen: proficiat, Guert. Nog altijd het mannetje, hè? Omdat het voortdurend gebeurde, tientallen keren per dag. Seksuele betrekkingen met aantrekkelijke studentes waren het op één na populairste thema in de Amerikaanse literatuur, na het ouderwetse door-snee-overspel. Het overkwam iedereen, en je kon niet iedereen ont-slaan.

Natuurlijk gebeurde het ook op deze manier volop, tussen mensen van dezelfde sekse – het was altijd volop gebeurd. Toen hij voor een slimme jongen viel ging Affenlight niet bijster innovatief te werk, qua menselijke betrekkingen. Maar ook hier gold: mensen werden voort-durend ontslagen, mensen stapten op, en zelden kwam je te weten waarom.

We kunnen ervandoor gaan, peinsde Affenlight. We kunnen ge-woon gáán. Owen en ik. Ik en O. Ik kan mijn bod op het huis intrek-ken. We kunnen naar New York verhuizen, een appartement in Chel-sea nemen, hand in hand door Eighth Avenue lopen, heen en weer. We kunnen vrij zijn.

'Weet Genevieve ervan?' vroeg hij, hoewel hij niet goed wist waar-om dat ertoe zou doen. *If Momma Ain't Happy*...

'Ouder X heeft niet rechtstreeks met juffrouw Wister gecommuni-ceerd. Die communicatie is aan ons toevertrouwd.'

'Maar als die ouder een zoon heeft die aan honkbal doet, moet die ouder zich in South Carolina bevinden, net als Genevieve. Alle ouders zijn daar nu.'

Melkin keek op van zijn aantekeningen. 'Ouder X heeft momenteel geen studerende zoon die meereist met het team.'

'Wat?' zei Affenlight. 'Maar hoe is dat in vredesnaam moge...' Zijn stem stierf weg toen hij zich realiseerde wat Melkin hem hier mee-deelde. Wat hij liever niet van Melkin meegedeeld kreeg. 'O. Ik begrijp het.'

Zo ging de wereld te werk: onverbiddelijk. Onherroepelijk. Maar altijd via bepaalde mensen. Affenlight voelde zich futloos, eigenaar-dig. Hij keek naar Contango, die zich verschanst had in zijn eigen vorm van onverstoorbaarheid: kop op poten op tapijt op vloer. De zwarte neus en het ene blauwe oog van de hond leken zich aan hem te onttrekken, weg te racen met de topsnelheid van de Audi. Affenlight greep de armleuningen van zijn stoel vast. 'En Pella dan?'

Bruce' hoofd kantelde iets. 'Pardon?'

'Z'n dochter,' zei Melkin.

'M'n dochter. Ze is toegelaten voor het eerstvolgende semester. Maar alleen informeel. Haar situatie is een tikkeltje speciaal. Officieel komt ze een paar studiepunten te kort.'

'Dat zou geen probleem hoeven te zijn.'

'Hoe zit het met haar collegegeld?'

Bruce aarzelde. Affenlight vroeg zich af of hij nu vrijpostig was of niet, láng niet vrijpostig genoeg. Moest hij niet zijn vuisten laten werken? Moest hij niet als een razende tekeergaan tegen die zelfgenoegzaamheid, die godverdomde zelfgenoegzaamheid, die hypocriete, kutkolerische zelfgenoegzaamheid? Contango's blauwe oog racete naar een of ander eindstation, stopte toen, draaide om en kwam teruggeracet.

Bruce zei iets. 'Ik kan me niet voorstellen dat de dochter van een voormalige rector hier op Westish College collegegeld betaalt. Of zijn kleinkinderen of de kleinkinderen van zijn kleinkinderen. Zo werkt het systeem niet.'

Het systeem. Affenlight knikte, wierp een blik op zijn stropdas, bracht een trillende hand omhoog om hem zinloos glad te strijken. Hij probeerde aan Chelsea te denken, een appartement in Chelsea, Owen en hij in Eighth Avenue, hand in hand, of anders Tokio, wat dacht je van Tokio, maar een beeld daarvan bleef uit. Zijn hand viel op zijn schoot. Hij zat diep weggedrukt in zijn stoel, niet in staat zich te bewegen, niet in staat zijn krachten bijeen te rapen. In een vloek en een zucht was hij een oude man geworden, een verlepte, volgzame oude man.

'Als je per het einde van het academische jaar ontslag neemt,' zei Gibbs, 'zal de Raad van Toezicht, namens dewelke ik hier eenzijdig als spreekbuis optreed, geen nader onderzoek instellen. Je zult frank en vrij zijn om elders een hoogleraarschap of functie als rector te zoeken. Decaan Melkin zal die map van hem door een papiervernietiger halen.'

Affenlight voelde een hevige, matte pijn op het kruispunt van hals en schouders. Hij graaide naar de sigaretten in zijn jaszak, stak er klungelig een op terwijl Bruce nog aan het woord was. Dát konden ze hem in elk geval niet afnemen.

'De heer Dunne is door de afdeling Drama in de arm genomen als instructeur voor de zomerperiode, die 12 juni begint. Als je voornemens bent je huidige positie na die datum te blijven bekleden rest ons niets anders dan juffrouw Wister in te lichten en een grondig onderzoek in te stellen.' Bruce keek Affenlight aan. Zijn bureaucratische zelfbeheersing vertoonde barsten, en een fractie van een seconde lang leek zijn verwarring, zijn ontzetting bijna die van Affenlight naar de kroon te steken. 'Begrijpen wij elkaar?'

72

Affenlight roffelde op de deur. Geen reactie. Hij haalde de gestolen sleutel uit zijn broekzak en stak die in het slot.

Een gemene stank als die in een ongeventileerde kleedkamer vloog hem al naar de keel voordat hij de drempel over was. Hij stapte achteruit de overloop op, nam een hap schone lucht en betrad de kamer, die in avondsombere gehuld was. Geen Henry. Hij trok de rolgordijnen omhoog en gooide de ramen open. Her en der op Henry's lichtkleurige houten bureau stonden diverse cilindrische plastic kuipjes van het soort waar vaak yoghurt of boter in zit. Fruitvliegjes klein als stippen zwermden rond de exemplaren zonder deksel. Zo te zien zaten er allerlei soorten dikke soep in. Affenlight verjoeg de vliegen, pakte twee van de bakjes en liep ermee naar de badkamer met zijn geblokte vloer om de inhoud door de wc te spoelen.

De badkamerverlichting was uit; toch zag hij Henry in de badkuip liggen, naakt. Het water stond tot aan zijn hals, zijn huid vertoonde een onprettige, lichtgele tint. Zijn borst ging op en neer, wat het water deed trillen. Hij sliep.

Vluchtig wierp Affenlight een blik op de soep in zijn handen. Links kippen-noedelsoep met een floers van vet op het oppervlak; rechts erwtensoep. Henry zag spookachtig bleek, afgezien van zijn pluizige bruine baard en bijpassende schaamhaar. Zijn slaphangende handen waren gerimpeld als witte rozijnen, zijn lichaamssappen vermengden zich met het ruime water in het bad. Zijn onderkaak verkrampte en ontspande zich weer. Zoals hij daar opgepropt in dat ondermaatse bad lag met zijn ingevallen wangen, verslapte spieren, ondergedompeld in het stilstaande water, leek hij zowel te groot als te klein voor zichzelf, precies de verkeerde maat.

Affenlight verliet stilletjes de badkamer, zette de soep op het bureau en stak een sigaret op. De pijn had zich een poos koest gehouden maar kwam nu weer terug, ditmaal in zijn borst. Hij ging op de armleuning van de roze stoel zitten roken en wachten tot de pijn wegebde. Die hevig was maar niet bijzonder verontrustend – hij had de laatste tijd na een forse inspanning weleens vaker een vergelijkbaar gevoel gehad, ofwel met Owen, ofwel op de loopband boven, en hij wist dat het voorbij zou gaan. Toen het zo ver was probeerde hij te bedenken wat hij met Henry moest aanvangen.

In Henry's ladekast lagen zo te zien geen schone kleren, dus keek hij in die van Owen en trok er de mannelijkst ogende onderbroek uit. Hij groef verder tot hij een schoon wit T-shirt en een soort joggingbroek had gevonden. Hij nam een handdoek van een kastplank, wikkelde die om de kleren en glipte de badkamer in na zijn schoenen te hebben uitgetrokken om minder geluid te maken. Het bundeltje legde hij op de geblokte vloer naast het bad. Daarna deed hij de badkamerdeur dicht en klopte erop. 'Henry?' riep hij. 'Ben je daar?'

Klotsgeluiden klonken vanachter de deur. 'Ogenblikje,' kreunde Henry. Hij klonk verzwakt en geïrriteerd. Affenlight hoorde badwater weglopen; het gorgelde door de afvoerpijpen en zweeg na een laatste slurpende draaikolk. Hij drukte zijn sigaret uit en mikte hem door het openstaande raam naar buiten. Een minuut later stapte Henry in Owens kleren de badkamer uit. 'Hallo,' zei hij.

'Hallo,' reageerde Affenlight met geveinsde vrolijkheid die hij God weet waar vandaan haalde. 'Ik hoop dat ik je niet gestoord heb bij het badderen. Ik wilde je alleen maar laten weten dat...' Welk woord moest hij gebruiken? De Harpooners? Het honkbalteam? Jij? Wij? Affenlight maakte nog minder deel uit van dat 'wij' dan Henry op dit moment, wat Henry trouwens niet wist. '... We vandaag hebben gewonnen.'

'Ik weet het.' Henry's stem klonk mat, dof, als smeedijzer. 'Owen belde.'

'O. Heb je Owen gesproken?'

'Hij heeft iets ingesproken.'

'Ah.' Hij zag er vreselijk uit, uitgemergeld; grauwe, ingevallen wangen boven zijn baard. 'Wanneer heb je voor het laatst gegeten?' vroeg Affenlight.

Henry dacht even na. 'Ik weet niet.'

'En die soep dan?'

Hij schokschouderde. 'Pella zet die hier neer.'

'Maar je eet er niet van.'

'Nee.'

De loonlijst van Westish wemelde van de psychologen, mensen die geschoold waren in de kunst van het contact leggen met studenten die aan boulimie of anorexia leden, die aan de drank waren, depressief, in paniek, drugsverslaafd, suïcidaal. De juiste stap zou nu vermoedelijk zijn om Henry aan zo'n psycholoog toe te vertrouwen. De campus moest een telefonische hulpdienst krijgen, iemand die het klokje rond te vinden was op de verpleegpost, of hoe heette dat ding tegenwoordig. Iemand Om Mee Te Praten. Een onpartijdige persoon: Affenlight had hoogstens zo'n tien minuten in Henry's gezelschap doorgebracht, maar hun levens waren desondanks te zeer met elkaar verweven. Owen. Pella. Henry's ouders. Al die kennis vulde de kamer en dreigde een gesprek onmogelijk te maken.

Daar had je dat vervloekte register; het stond nog steeds op de schouw boven de open haard. Affenlight pakte de honkbal die ertegenaan lag. De gladde, witte huid van de bal werd hier en daar onderbroken door slijtplekken die zachtjes langs zijn vingertoppen schuurden. Ondanks zijn verwarde en gekwetste geest viel het hem op hoe mooi een honkbal ontworpen was – het ding leek erom te vragen te worden weggeworpen, hij kreeg zin hem fijn veel energie mee te geven, door het openstaande raam, het duifgrijze plein over. Terwijl hij de bal van handpalm naar vingertoppen liet rollen en weer terug, realiseerde hij zich dat hij iets zei.

'Morgenochtend vlieg je naar South Carolina.'

Henry staarde hem wezenloos aan.

'Ik heb je ticket al gekocht,' zei Affenlight.

Henry ging op het onopgemaakte bed liggen, met een oor op het kussen. Zijn lichaam kromde zich tot het bijna een gesloten geheel vormde, als een oude artritische hand of een daglelie bij zonsondergang. 'Kan niet,' zei hij. 'Ik heb morgen een afsluitend tentamen.'

'Morgen is het zaterdag. Alleen eerstejaars hebben afsluitende tentamens.'

'Vandaag,' zei Henry vermoeid. 'Ik had het vandaag.'

'Je kunt het later doen. Als de anderen van het team de hunne doen.'

Het werd donker. Affenlight stond midden op het tapijt, op zijn sokken, de honkbal van de ene naar de andere hand te gooien. 'Je kunt hier niet eeuwig blijven,' vervolgde hij streng. 'De studentenwoningen moeten het volgende weekend zijn verlaten.'

Henry's gezicht verslapte nu helemaal. Hij begon te snikken, en wel zo hard dat Affenlight niet anders kon dan naast hem op het bed gaan zitten, op zijn schouder kloppen en dingen toefluisteren die naar hij hoopte een kalmerende werking hadden, dingen als 'ssst' en 'hé' en 'rustig maar'. Henry nam gas terug tot er een soort gejammer overbleef en hij ieder moment op adem leek te kunnen komen, maar toen zwol het snikken weer aan en werd hij bijkans hysterisch; zijn hoofd hing naar achteren en zijn mond stond wijd open. Hij begon te hikken. Snot bubbelde uit zijn neus bij iedere reuzenhap adem die hij nam en weer uitblies. Een donkere laag zweet verscheen achter in zijn nek. 'Ssst,' zei Affenlight zachtjes, terwijl hij over Henry's rug wreef: cirkelbewegingen, met de klok mee, tussen de schouderbladen. 'Rustig maar. Rustig maar.' Hij voelde het tochten, met name op de streep huid tussen de omhooggekropen zoom van zijn broek en zijn sokken.

'Sorry,' zei Henry, zijn ogen droogwrijvend toen de reeks huilbuien voorbij was.

'Zoet nou maar,' zei Affenlight. 'Doe maar kalm.'

Affenlight haalde een stuk wc-papier waarmee hij zijn neus kon snuiten. Op de vensterbank lag een trosje bananen, een extreem grote verpakking Rice Krispies en bijpassend servies en bestek. Affenlight trok de minikoelkast open en trof daarin een tweeliterpak melk aan; dat alles ongetwijfeld achtergelaten door Owen, die in zijn afwezigheid Henry wilde helpen. Affenlight deed de Rice Krispies in een kom, sneed met een lepel partjes banaan af, voegde er melk aan toe. Het was niet zo dat hij Henry voerde, maar hij zat wel naast hem met een hand op zijn schouder en mompelde goedkeurend bij elke doorgeslikte hap. Met zijn vrije hand stak hij een sigaret op, en daarna nog een. Henry grimaste bij de eerste lepel, en toen de inhoud daarvan zijn maag bereikte keek hij alsof hij wilde overgeven, maar na een paar happen verliep het al heel wat soepeler. Hij wist de kom bijna leeg te eten en ging slaperig liggen.

'Je moet vroeg op om je vlucht te halen,' zei Affenlight. 'Ik zal je wekker zetten.'

Henry knikte.

'Ik breng je wel naar het vliegveld. We treffen elkaar bij het standbeeld. Stipt om zes uur.'

Henry geeuwde en knikte opnieuw. Het was onduidelijk of hij echt luisterde, of dat Affenlight hier morgen weer moest langskomen om hem van zijn bed te lichten; het maakte hem niet uit. Affenlight liep met de ontbijtkom en de door vliegen bestormde soepbakjes naar de badkamer, gooide alles leeg in de gootsteen, spoelde de kom en de bakjes om en zette ze op Owens bureau om te drogen. Onderweg naar buiten knipte hij het licht uit.

'Rector Affenlight?' zei Henry.

Affenlight bleef in de deuropening staan. 'Ja?'

'Trusten.'

Affenlight glimlachte. 'Vergeet je outfit niet.'

73

Terwijl de deur dichtzwaaide raakte hij iets met zijn voet, waarna het omviel: een plomp bakje zoals de exemplaren die hij net had geleegd. Gelukkig zat het deksel goed dicht en liep er niets uit. Toen hij het oppakte voelde hij de hitte van de soep door het plastic heen. Hij liep ermee de trap af, stak bij het verlaten van het pand een sigaret op.

De avond was koel en droog. Affenlight ging op de brede stenen sokkel van het Melville-beeld zitten. De warmte van het soepbakje tussen zijn handen voelde prettig; hij trok het deksel eraf en liet de stoom naar zijn neus opstijgen. Chowder met zeevruchten op z'n Bostons. Het rook fantastisch. Hij bracht het bakje naar zijn mond en nipte ervan, deed zijn lippen uiteen om een aardappelblokje te laten passeren, een beetgaar hapje mossel. De textuur, de volle room, de hoeveelheid zout en peper, dingen die zo eenvoudig leken maar waarop het vaak misging – Affenlight was bepaald geen leek op chowdergebied, en dit was een bijna ideale uitvoering. Het meer spreidde zich voor hem uit als de ultieme oceaan. Serveerden ze dit tegenwoordig in de mensa? Dat kon toch niet? Als het wel zo was moesten ze bezuinigen. Als het wel zo was had hij er vaker moeten eten.

Toen de soep op was stak hij weer een sigaret op. De pijn op zijn borst was teruggekeerd en hij voelde hem bovendien in zijn schouder, of bij zijn sleutelbeen – ergens in die buurt. Bij elke hijs aan de Parliament leek de pijn te verergeren. Als de pijn niet overging, weer terugkwam, moest hij misschien maar eens overwegen de dokter te bellen.

Tegen de tijd dat hij zijn kantoor binnenging voelde zijn borst beter. Contango begroette hem hartelijk. Affenlight krabde de husky in zijn donzige nek, deed zowel de deur van zijn kantoor als de buitendeur open, zodat Contango het plein op kon kuieren. Vervolgens belde hij de luchtvaartmaatschappij om zijn vliegticket op Henry's naam te zetten, belde zijn chauffeursdienst en bestelde een rit naar het vliegveld voor zes uur. Hij hoefde Henry niet naar het vliegveld te rijden. Henry kon zelf beslissen of hij naar South Carolina wilde, net zoals Mike Schwartz zelf kon beslissen of hij die baan bij de afdeling Sport wilde. De jongens waren zijn kinderen niet; het waren niet eens kinderen.

Hij deed zijn stropdas wat losser, schonk een fors glas scotch in, liep naar de chique glimmende stereo in de boekenkast en zette Gounods *Faust* op. Hij stak een Parliament op en ging achter zijn computer zitten om Pella een e-mail te sturen.

Lieve Pella,
Ik wil je alleen maar even laten weten dat ik vandaag Henry heb gesproken. Hij ziet er wat pover uit, maar hij komt er wel weer bovenop.

Hij stopte, wist niet goed wat verder nog te zeggen. Hij wilde in alle openheid schrijven, maar met betrekking tot de allergrootste, meest onbespreekbare kwestie was hij niet van plan de waarheid te vertellen. Als hij Pella de waarheid vertelde zou ze dit oord verlaten en het hem nooit vergeven. Hij wilde dat ze bleef. Om praktische redenen, zei hij bij zichzelf; ze was toegelaten. Ze zou geen cent collegegeld hoeven te betalen, mits Gibbs z'n woord hield. Gezien de waslijst disciplinaire maatregelen die ze op Tellman Rose om haar oren had gekregen, het feit dat de resultaten van haar toelatingsexamen niet meer geldig waren en ze geen middelbareschooldiploma had, zou het waarschijnlijk twee jaar kosten om haar op een andere solide opleiding te krijgen.

Maar hij had ook zelfzuchtige motieven, en misschien liet hij zich in werkelijkheid daar vooral door leiden. Hij had haar hier nodig. Ze zouden hem hier zo snel en zo grondig mogelijk uit de annalen wissen; zij was het deel van hem dat mocht blijven. Dat was de deal. Zelfs als hij elders verbleef – Joost mocht weten waar hij naartoe ging – zou hij haar hier nodig hebben. Was dat een krankzinnige gedachte? Waarschijnlijk wel, na wat er vandaag was gebeurd. Maar hij kon niets aan zijn verlangens veranderen, alleen omdat ze van krankzinnigheid zouden getuigen. Hij kon dit oord niet haten, alleen omdat het hem had verstoten. Evenmin kon hij toestaan dat Pella of Owen het zou gaan haten. Het was hier niet erger dan elders, en hier voelden ze zich thuis.

Contango kuierde weer naar binnen, maakte een rondje door het kantoor en legde zich te rusten op het tapijt met zijn kop op zijn poten. Affenlight dronk zijn scotch op, stak een volgende sigaret aan. Hij wist niet goed wat hij Pella moest zeggen; misschien was het voorlopig het veiligst om niets te zeggen. Hij moest eerst zijn verhaal op orde krijgen. Ook wat Owen betreft. Dat zou zelfs nog moeilijker zijn; hoe moest hij Owen opgeven zonder dat Owen te horen kreeg waarom? Het was vrijwel zeker dat Owen het zou achterhalen, er waren immers meer dan genoeg aanwijzingen voor een reconstructie van het gebeurde, maar Affenlight mocht het Owen niet láten achterhalen. Hij mocht Owen in geen enkel opzicht belasten met het waarom van zijn verbanning. Hij mocht voor Owen geen bron van neteligheden worden, of het onderwerp van medelijden. Bij de gedachte aan dat soort verwikkelingen schoot er een pijn door zijn borst die heviger was dan de feitelijke pijn, tenzij dat de feitelijke pijn wás en hij de twee soorten pijn met elkaar verwarde. Hoe dan ook moest hij eerst zijn verhaal op orde krijgen voor hij met Pella ging praten. Vervroegd pensioen, bevel van de dokter, stress, het verlangen te reizen, te schrijven, weer te gaan doceren – dat soort onzin. Hij sloot zijn mailprogramma en zette zoals elke avond de computer uit.

Toen het scherm zwart werd voelde hij zich zo intens, zo zalig moe dat zelfs naar boven lopen hem ondoenlijk leek. Met moeite wist hij zijn logge stoel naar achteren te schuiven en de loveseat te bereiken. Hij ging zitten en was langdurig bezig de veters van zijn brogues los te krijgen. Contango lag te slapen op het tapijt. Affenlight ging liggen, kruiste zijn enkels en drapeerde zijn jasje over zijn bovenlijf om het niet koud te krijgen. Hij had de gewoonte ontwikkeld de thermostaat van het pand aan het einde van een werkdag omlaag, ver omlaag te draaien.

De muziek die in zijn droom begon te klinken was niet van Gounod of Mozart of iets anders waar hij zo van hield. Het waren de eerste noten van het oude strijdlied van Westish: sentimenteel, pretentieloos, gespeeld door een fluit of een ander kwinkelerend blaasinstrument. De rest van de muziekkapel kwam erbij, koperachtig en vol. *Eighty-six maple go. Eighty-six maple go. Hut, hút!* De bal kwam terug tussen Neagles goudkleurige dijen door, schoot in de handen van Affenlight. Het genot van het greinleer dat langs zijn handpalmen schuurde. Cavanaugh op de *go route*, rapste man van het team, een wonder van snelheid maar de handen van een onbenul. Affenlight maakte een *drop step*, een schaarbeweging, *drop*, schaarbeweging. De eindspeler zou vanuit zijn blinde hoek komen. Cavanaugh was dol op de go route, rende hem als een Ivy League-student hoewel hij geen bal kon vangen, wat een kwal was het toch, zo veel ijdele hoop met zijn renpaardenpassen, nek-aan-nek met zijn man maar niet lang meer, geen *safety* die ooit diep genoeg ging om op tijd te zijn en lof te oogsten wanneer Cavanaugh de bal liet vallen. Desondanks was er altijd een kans dat dit de ultieme actie zou zijn. De volgende was altijd de ultieme actie.

Hoeveel dagen waren er verstreken sinds Affenlight in de kelder van de bibliotheek dat bundeltje papieren had gevonden? Nu, met de scrimmage van snuivende, tuimelende *linemen* om hem heen, herinnerde hij zich de muziek van H. Melvilles woorden. Wat vreemd. Normaal was zijn concentratie volmaakt, net als die van alle anderen, dat moest ook wel, daardoor leverde hij iets op, de algemeen geldende afspraak dat de wedstrijd vóór alles ging, maar nu had de buitenspelsituatie iets prachtigs, een glimp van een wereld achter de wereld van het groen-witte veld. Dat was het moment, toen hij zijn zevenstaps drop step afrondde en Melvilles woorden hoorde en Cavanaugh zag weglopen van zijn man, waarop Affenlight wist dat hij klaar was met football, klaar, voor altijd, hij zou het jaar erna niet terugkomen. Andere dingen wachtten hem. Het was fijn om jong te zijn en dat eindelijk eens te beseffen. Er viel nog zo veel te ontplooien. Hij had de bal bij zijn veters vast, klopte erop. Van achteren denderden voetstappen op hem af. Er stond geen zuchtje wind, de nachtmerrie van een kapitein, de droom van een quarterback. *Volgend jaar kom ik niet terug.* Hij zette af en wierp zo hoog en zo ver als hij kon, de bal kromde zich door het blauw in de richting van Cavanaughs onbenullige handen, maar het kon hem niet meer schelen of Cavanaugh hem ving of niet, en toen de eindspeler hem bereikte en zijn adem hem verliet kon hij zich niet herinneren of voorstellen dat het hem ook maar iets had kunnen schelen. Hij was vijf of zes, samen met zijn vader sneed hij pompoenen in de zon. De minuscule, verdorde naaldjes op de stelen priemden door zijn katoenen handschoenen heen en prikten in zijn handen. Toch was hij verzot op die pompoenen, de grote kon hij niet optillen, en overal om hem heen was het veld herfstbruin.

74

Schouder aan schouder stonden de Harpooners langs de derde-honk-lijn. De kleppen van hun petten overschaduwden de harpoeniers die hun gestreepte torso sierden. Schwartz staarde voor zich uit over de smaragdgroene diamond van de Atlanta Braves, die deel uitmaakte van hun fonkelnieuwe triple-A-faciliteit in Comstock, South Carolina. Het veld onder de hoge lichtmasten geurde hemels, het gras was nauwkeurig gemaaid in een supernovaësk patroon van licht- en donkergroene stralen. Achter de eerste-honklijn stonden de supporters van de ploeg van Amherst College al rechtovereind. Ze scandeerden, juichten en zwaaiden met hun paarse vaantjes. Een vlezige man in een te strak zittende smoking ontworstelde zich aan de onderste rij op de tribune en waggelde met een draadloze microfoon in zijn hand naar de thuisplaat, gevolgd door een sluipende cameraman in een polo van ESPN. De smokingman draaide zich om naar het publiek, zette zijn witte cowboyhoed – model *ten-gallon* – af en drukte die tegen zijn vlezige borst.

'Waarom staat hij in het slagperk?' mompelde Izzy. 'Hij vernachelt de kalklijnen.'

Suitcase, die naast Izzy stond, knikte en spuugde. 'Het is het nationale kampioenschap, jezusnogantoe. Ze hadden op z'n minst een lekker ding kunnen vragen het volkslied te zingen.'

'Ja, precies. Een lekker ding in een jurkje. Zo moeilijk is dat toch niet?'

'Sssst,' siste Loondorf. 'Da's Eric Strell.'

'Wat is ie?'

'Eric Strell. "Don't Fence Me Out". Weet je wel?' Loondorf, die als tenor meezong bij de Westish Wails, begon zachtjes te croonen: '*Don't… fence me out./ In my heart there is no doubt…*'

'Country is homomuziek,' zei Izzy.

'Het is een mooi nummer,' protesteerde Loondorf. 'Ik zou erop kunnen soleren.'

'Homo.'

'Het gaat over Mexicaanse immigranten. Zoals die pa van je.'

'Ho-mo.'

Owen schraapte zijn keel.

Izzy bedekte zijn mond met zijn pet. 'Sorry, Boeddha.'

'Kappen, allemaal.' Schwartz klonk bits maar was in zijn hart blij dat de jongere jongens ontspannen genoeg waren om een beetje te dollen. Hij had zelf al twee keer van de zenuwen moeten kotsen – één keer onopvallend in een wastafel in een kleedkamer, één keer minder onopvallend bij de foutpaal op het linksveld, tijdens de warming-up. Als een bal in die hoek werd geslagen zou Quisp of de linksvelder van Amherst op een gore verrassing worden getrakteerd.

Eric Strell gooide echt alle remmen los. Het was geen kleine jongen, slechts een fractie kleiner dan Schwartz, en hij stond daar in die smoking gepropt, compleet met laarzen, *bolo tie*, de hele rimram, wangen met de alcoholische kleur van rauwe tartaar – vooral toen hij, rechterhand om de bol van zijn hoed geklauwd, zijn hoofd als luchtafweergeschut naar boven scharnierde en het HOME... OF THE... BRAAYYYYYVE er lijzig-bombastisch uit braakte. Het laatste woord duurde zo lang dat hij na afloop voorovergebogen hing, uitgewrongen en afgepeigerd als Arsch na een jogrondje vuurtoren. Het gejuich was oorverdovend. Eric Strell rechtte zijn rug, zwaaide met zijn cowboyhoed naar de tribunes. Hij bracht de microfoon dicht bij zijn inmiddels paarse gezicht, een vlezige hand stevig om de windkap gekromd, blikte in de lens van de camera en begon zoete broodjes te verkopen aan elke Amerikaan die zijn tv had afgestemd op ESPN2 in de hoop herhalingen van bowling- of biljartwedstrijden te zien en in plaats daarvan de honkbalfinale van de studenten-D-III kreeg voorgeschoteld: '*Puh-lay baawwwl!*' schmierde hij.

Schwartz zette zijn pet op, knipperde een eigenzinnige druppel zout water weg. Wat het volkslied betreft was hij altijd al een watje geweest, en dat dan in combinatie met de bijna jaloersmakende schoonheid van het professionele honkbalstadion, het kostbare, weelderige groen van het gras, de preegdrukachtige uitsnedes rondom de honken, het terrein in z'n geheel, dat onderhouden werd als een levend kunstwerk. Toen hij zich naar de dug-out omdraaide en een blik op de tribunes wierp leek het alsof het kleine contingent in marineblauw gehulde supporters volledig uit moeders bestond: Rick z'n ma werd geflankeerd door de oncharmante tienjarige O'Shea-tweeling; de ma van Sal Phlox leunde bejaard en witharig tegen de elleboog van papa Phlox; terwijl alle anderen stonden bleef Meats moeder vanwege haar jicht met al haar zitvlees op het stoeltje zitten en bood zo, in haar XXXL Westish-shirt, de aanblik van een uit haar krachten gegroeide vrouwelijke bosbes. De moeders van Owen en Izzy zwaaiden als cheerleaders met hun Westish-vaantjes. De ma van Loondorf, die het afgelopen seizoen talloze krakelingen voor het team had meegebracht; Ajays piepkleine Indiase moeder met haar vele armbanden; enzovoort het hele rijtje af. Een eindeloze voorraad moeders, hoewel de moeder naar wie je verlangde er natuurlijk nooit was.

Hij plofte op de bank neer om zijn body protector te bevestigen. Iets verderop ging een mobieltje over. Hij keek om zich heen, klaar om iemand uit te schelden – geen telefoons in de dug-out – tot hij hoorde dat het zijn eigen ringtone was. Hij ritste het zijvak van zijn tas open, tuurde naar het scherm: Pella's nieuwe nummer. Er waren ook een paar gemiste oproepen, stuk voor stuk van haar. Wat een geweldig moment om contact op te nemen. Hij zette de telefoon uit, greep zijn masker en handschoen en liep de treden van de dug-out op om zich bij de rest van zijn teamgenoten te voegen.

Coach Cox las de opstelling op de bekende manier voor, maar aan de snelle halen langs zijn snor merkte je dat hij op was van de zenuwen. 'Starblind, Avila, Dunne. Schwartz, O'Shea, Boddington. Quisp, Phlox, Guladni.' Hij wachtte even, bestudeerde hun gezichten, streek zijn snor nog eens glad. 'Belangrijke pot vandaag. Heel belangrijk. Maar jullie zijn er klaar voor, mannen. Speel samen en er kan niks gebeuren. Zoals jullie weten ben ik geen type voor toespraken, maar ik wilde enkel zeggen dat... ik erg trots ben, op jullie allemaal. Jullie kunnen allemaal honkballen als de besten, mannen.' Coach Cox liet zijn blik rondgaan en streek zijn snor glad, gegeneerd vanwege zijn bloemrijke interventie. 'Mike, had jij er nog wat aan toe te voegen?'

Toen hij 's nachts in de hotelkamer had liggen luisteren naar een snurkende Meat – tijdens deze trip hadden ze zowaar aparte bedden – had Schwartz steeds sterker het gevoel gekregen dat Henry de volgende dag zou komen opdagen. Het sloeg nergens op, het kon met geen mogelijkheid zo zijn; toch had het voorgevoel met het verstrijken van de dag aan kracht gewonnen. Daarom verbaasde het Schwartz nu dat hij Skrimmers blauwe ogen niet in de menigte ontwaarde. Niet dat Henry hier iets te zoeken had. Zelfs als toeschouwer zou zijn aanwezigheid storend werken. Schwartz speurde de hele cirkel af, schroefde The Stare op van 7 naar $7^1/_2$. Zelf was hij gladgeschoren – de branderige scheeruitslag was eindelijk verdwenen – maar zijn teamgenoten hadden toernooibaardjes gekweekt. Die varieerden van treurige plukjes tot kambare weelde, en vormden bij elkaar opgeteld de Harpooners-look: die van een groep morsige woestelingen. Ja, mede dankzij Henry waren ze zo ver gekomen, ongeacht het eindresultaat stonden ze bij hem in het krijt, maar om deze laatste twaalf wedstrijden te kunnen winnen hadden ze zo snel mogelijk het gat dat zijn vertrek had geslagen moeten vullen, en met de genezing van de Henry-wond was er geen plek meer voor Henry. Zelfs Owen had een laagje zacht, grijzig dons op zijn gezicht.

Terwijl hij wakker lag probeerde Schwartz een peptalk in elkaar te draaien die zijn team danig zou ophitsen. Een onvervalste donderpreek op basis van zijn lievelingsthema, het tijdloze bijbelse thema van de underdog die de favoriet de baas is, de onderdrukte die de onderdrukker op z'n bek slaat. Eerst zou hij de debiele mascotte van Amherst ter sprake brengen. Het team heette The Lord Jeffs, naar Lord Jeffrey Amherst, de achttiende-eeuwse Britse generaal die pleitte voor de inzet van met de pokken besmette dekens tegen de Indianen. En in de afgelopen driehonderd jaar was er weinig veranderd, aldus Schwartz in zijn speech. De Amherst-spelers waren nog altijd lords, zwommen nog altijd in oud geld en de bijbehorende privileges: moest je hun trainingsfaciliteiten eens zien! Moest je eens zien welke banen ze na hun afstuderen kregen! In vergelijking met hen waren de Harpooners pokkendekenlurkers. Ze zouden jongens als die van Amherst eens en voor altijd van repliek dienen. De gemiddelde startsalarissen die afgestudeerden van beide universiteiten ontvingen lagen mijlenver uit elkaar – Schwartz had dat zelf uitgeplozen. Hetzelfde gold voor het gemiddelde aantal toelatingen aan instellingen als Harvard, Yale en Stanford Law School. Hun eerste, beste en laatste kans om *ex ante* wraak te nemen was hier, nu, vanavond. Verpletter de Lords of wees voorgoed verpletterd.

Dat soort geleuter borrelde aldoor in Schwartz' geest op terwijl hij naar het plafond van de verrassend gerieflijke Comstock Inn lag te staren met naast hem een boomstammen zagende Arsch. Maar peptalks stonden of vielen niet met statistieken of leuke associaties. Hijzelf uitgezonderd was er niet één Harpooner die belangstelling kon opbrengen voor een vergelijking tussen de sociaaleconomische situatie van Amherst-alumni en die van Westish, misschien dan afgezien van Rick, die zuipenderwijs zijn geboorterecht op een Ivy League-universiteit had verspeeld en naar Westish was verbannen. Geen teamgenoot van Schwartz had schwartziaanse ambities. Ze wilden alleen een honkbalwedstrijd winnen. Wat prima was, meer dan prima, perfect, maar hij had er nog geen speech mee. Hij was op van de zenuwen. Daar kwam het allemaal op neer.

Hij probeerde The Stare op te voeren naar een 8, nam wat gas terug toen hij merkte dat de starende blikken die hij terugkreeg op niveau 9, misschien wel $9\frac{1}{2}$ zaten. Baard niet meegerekend. Starblind schraapte als een stonede stier met zijn schoen over het zand. Zelfs de normaal zo zachte grijze ogen van Owen straalden een dodelijk vuur uit, daar boven zijn zachte grijze pluisbaard. Tijdens zijn sportieve carrière had Schwartz een afschuwelijke hoop bullshit over het thema strijdbaarheid uitgekraamd, vooral in de rust van footballwedstrijden, maar vóór vandaag had hij nog nooit het gevoel gehad dat een van zijn teamgenoten – wie dan ook – hem elk moment een oplawaai kon verkopen. De Skrimmer was hun bovenaardse talent geweest, maar nu hij er niet meer was hadden de achttien Harpooners onvermoede krachten in zichzelf ontdekt. Een paradox die hij maar beter kon laten voor wat hij was: misschien hadden ze het met hun beste speler erbij nooit zo ver geschopt. Schwartz liet nog één keer zijn blik de kring rondgaan. Wat hij terugkreeg was iets wat vertrouwen te boven ging: het gevoel dat de wedstrijd net zo goed al achter de rug kon zijn. Hij wist niet of hij zelf klaar was voor de wedstrijd – zijn geest verbleef overal en nergens, slapeloos, verstrooid en sentimenteel – maar zij waren het zonder meer. Als hij de Achab van deze onderneming was en dit toernooi het mikpunt van zijn manie, dan waren zij Fedallahs geheime bemanning.

'Verdomme,' zei hij zachtjes, op terecht respectvolle toon, 'wat een stelletje angstaanjagende klootzakken zijn jullie.'

Niemand die lachte, er was zelfs geen glimlach te zien; ze knikten slechts en gingen van start.

75

Henry droeg zijn outfit niet. De portier wilde hem niet zonder kaartje het stadion in laten, ondanks de absurd grote Westish-tas die aan zijn schouder bungelde. 'Over vijf minuten begint de wedstrijd,' zei de portier – oud en pezig, lange witte bakkebaarden – terwijl hij voor Henry ging staan om hem de doorgang te belemmeren. 'De spelers zijn al uren hier.'

'Moet u deze enorme tas nou eens zien.' Vermoeid klopte Henry op het Westish-logo. De tas voelde vandaag inderdaad enorm aan, als een last. 'Zou ik dit ding meeslepen als ik niet bij het team hoorde?'

'Weet niet.'

'Moet u nou eens zien. Het is een honkbaltas. Dit gedeelte is extra lang, zodat je je knuppel erin kunt stoppen.'

'Ik zie geen knuppel.'

'Ik héb geen knuppel,' zei Henry.

'Dat lijkt me onlogisch.' De portier gebaarde dat Henry opzij moest stappen zodat hij de kaartjes van twee jonge meisjes in een bloeme-tjesjurk kon scheuren en ze een aai over hun bol kon geven. Daarna haalde hij een programma uit zijn achterzak en ontrolde het. 'In welk team zit je?'

'Westish. Kijk, daar staat m'n n–'

De portier trok het programma naar zich toe. 'Wie staat er als eer-ste genoemd?' blafte hij. 'En hoeveel weegt ie? Je mag er twee kilo naast zitten.'

In gedachten ging Henry de ploeg in alfabetische volgorde langs. 'Israel Avila. Korte stop, nummer één. Chicago, Illinois. Weegt...' Ik weet niet wat ie weegt. 68 kilo.'

'Sorry, jongen. Het is Demetrius Arsch. 118 kilo.' De portier rolde het programma op en zwaaide ermee naar de parkeerplaats. 'Neem je grootje in de zeik.'

Pas nadat Henry zijn tas op de grond had gezet en had opengeritst en na wat gezoek zijn gekreukte jersey tevoorschijn had gehaald, gebaarde de man dat hij erdoor mocht, grommend alsof het oponthoud Henry's schuld was.

Onzeker liep Henry door de krioelende mensenmenigte met een bonkende tas op zijn rug. Het was een gloednieuw stadion dat binnen de Minor League nauwelijks zijn weerga kende – het soort stadion dat nog maar een paar weken geleden zijn toekomstige speelplek leek. Met zijn outfit nog in zijn hand zwaaide hij naar een tweede portier en betrad de tribune aan de kant van het eerste honk.

De teams waren klaar met inspelen op het binnenveld en stonden in groepjes voor hun respectieve dug-outs terwijl de hoofdcoaches met de scheidsrechters overlegden. Henry keek recht op het brede nummer 44 op de rug van Schwartz. Die had zijn ene arm om Arsch en de andere om Izzy geslagen. Langzaam draaide zijn hoofd heen en weer terwijl hij de speech afstak die hij al zijn hele leven had willen afsteken.

Henry ging op een lege stoel aan het gangpad zitten. Met geen mogelijkheid kon hij dichter bij het team komen. Nu al vroeg hij zich af waarom hij zo dichtbij was gaan zitten. Hij wilde geen onheilsbrenger zijn, de albatros die het einde van de zegereeks van de Harpooners inluidde. Ze hadden de laatste twee wedstrijden met hem erbij verloren en de laatste twaalf zonder hem gewonnen. Zulke cijfers spraken voor zich.

'Pardon, jongeman.' Een gezette man in een pak met stropdas tikte Henry gewichtig op diens arm. 'Volgens mij zit je op een van onze stoelen.'

Een vrouw met blond geverfd haar en een gaasachtige sjaal over haar schouders gedrapeerd stond naast de man. Ze hield haar handen angstvallig in de sjaal gewikkeld, alsof het koud was. Ze torende boven zijn kalende hoofd uit.

'Sorry,' zei Henry, en hij wurmde zijn tas tussen de stoeltjes vandaan. Terwijl hij opstond viel het groepje Harpooners uiteen. Owen ving Henry's blik op en zwaaide met een brede glimlach. Een paar andere jongens draaiden zich om en keken ook. Owen wenkte hem met zijn handschoen. Rick deed hetzelfde. Izzy deed hetzelfde. Als er vlakbij een lege stoel was geweest had hij kunnen terugzwaaien zonder van zijn plek te komen, maar dat was niet zo. Daar stond hij, in de val; uiteindelijk leek er geen andere mogelijkheid te zijn dan de trap af lopen naar de onderste rij en op het betonnen dakje van de Amherst-dug-out klauteren, waarop het donkerblauw-met-limoengroene logo van de NCAA World Series was geschilderd. Eerst gooide hij zijn tas omlaag, daarna liet hij zijn in gympen gestoken voeten op het o zo mooie veld zakken.

Omdat de Harpooners de toss hadden gewonnen zouden zij als de thuisploeg worden aangemerkt en als laatste aan slag zijn. De stadionspeaker stelde op ronkende toon de opgestelde Harpooners voor, die hun posities innamen terwijl de menigte vriendelijk juichte. Er waren veel meer supporters van Amherst dan van Westish, maar het gros van de toeschouwers, omwonenden of supporters van een van de zes uitgeschakelde teams, was neutraal.

Henry bleef stokstijf staan na op het gras van het foutgebied te zijn geland. Coach Cox had hem ook in de gaten gekregen en wenkte dat hij moest komen, maar om de dug-out van Westish te bereiken moest hij pal langs Schwartz lopen, die gehurkt achter de thuisplaat de laatste opwarmworpen van Starblind ving. Henry, die zich naakter en kakkerlakkiger voelde dan hij zich ooit in Pella's keuken had gevoeld, bleef stokstijf staan met twee passen verderop een cameraman van ESPN en – in zijn beleving – tienduizend ogen op hem gericht. Uiteindelijk stak Schwartz zonder zich om te draaien zijn rechterhand uit en gebaarde naar de dug-out van Westish. *Schiet op, schiet op.*

Henry holde achter hem langs. Hij had hier duidelijk niet goed over nagedacht. Als de Harpooners verloren zouden ze het hem kwalijk nemen, terecht, voorgoed, omdat hij het halve land door was gereisd om ze te beheksen. Wat had hem bezield om hier langs te komen? Wat had rector Affenlight bezield? Hij kon het rector Affenlight niet kwalijk nemen, het was zijn eigen, foute beslissing, maar rector Affenlight had het voorgesteld, en wanneer de rector van je universiteit iets voorstelde was het akelig eenvoudig er gehoor aan te geven. Albatros, dacht hij. Wat een bagger, bagger, bagger.

Voor het gat van de dug-out begroette coach Cox hem met een opgewekte, bottenbrekende handdruk. 'Kleed je om,' gromde hij.

'O, ik dacht van niet,' reageerde Henry. 'Dat zou niet –'

'Ik wil dat je het eerste honk coacht. Trek verdomme dat pak aan.'

Henry liep de donkere gang naar de kleedkamer in om zich om te kleden. Zijn uitrusting was goor en een beetje onfris want sinds de pot tegen Coshwale niet meer gewassen, maar hij trok alles met zijn gebruikelijke plechtige rust of althans een imitatie daarvan aan, in een poging de schikgodinnen te kalmeren. Het eerste honk coachen was geen ramp – het bood hem een manier om een bijdrage te leveren, hoe minimaal ook, en het betekende dat hij op het veld zou staan wanneer de Harpooners aan slag waren en Schwartz in de dug-out zat.

Starblind had al snel twee slagmannen weten uit te werpen voordat Henry de dug-out betrad. De reserves zaten boven op de smalle rugleuning van de bank en tuurden bozig naar het veld. Sinds de start van het regionale toernooi had niemand zich meer geschoren, hoewel dat bij Loondorf en Sooty Kim lastig viel vast te stellen. Ze vertoonden allemaal dezelfde grimmige gezichtsuitdrukking, alsof ze aan het pitchen waren. Henry koerste naar het andere uiteinde van de bank, tot voorbij Meat, waar hij voor iedereen die dat wilde ongezien bleef, en ging zitten.

'Adam kan verdomme maar beter een *shut-out* werpen.' Arsch mikte zonnebloempitten in zijn mond. 'We hebben geen pitchers.'

'Wie is er dan verder nog?' vroeg Henry.

'Sal heeft gisteren acht innings gedaan, dus die is kapot. Quisp heeft ook idioot veel geworpen. Zelfs Rick moest een paar innings pitchen – niet te geloven dat we díe ellende hebben overleefd. Dus wat vervangers betreft hebben we Loonie...' – Arsch' ogen gingen de dug-out langs – 'en Loonie, min of meer.'

'Mijn poot doet behoorlijk zeer,' bracht Loondorf in herinnering. 'Ik heb niets in huis.'

'Loonie heeft niets in huis,' herhaalde Arsch met een droef hoofdschudden.

Starblind wierp de derde slagman van Amherst uit en liep parmantig naar de dug-out, een triomfantelijke pompbeweging met zijn stalen arm makend. Henry stapte in het licht van de hoog oprijzende schijnwerpers het veld op en zette koers naar het coachvak bij het eerste honk. Zijn knieën knikten; hij moest zich concentreren. Het eerste honk coachen mocht dan niet moeilijk zijn, je kon het beslist verknal-len.

Starblind sloeg bij de eerste pitch een strakke éénhonker op links. Izzy legde een perfecte opofferingsstootslag neer om hem naar het tweede te krijgen en liep terug naar de dug-out, waar hij een lange rij felicitaties in ontvangst mocht nemen. Tot dusver alles onder contro-le. Owen nam plaats in het slagperk, onderdrukte beleefd een geeuw met de rug van een geslaghandschoende hand. Bij de vierde pitch stootte hij een honkslag door het midden. Starblind rondde sprintend het derde honk en schoof over de thuisplaat terwijl de aangooi met een boog zijn doel miste. Eén-nul voor Westish.

'Je bent een bikkel!' liet Henry Owen weten.

'Ik ben een bikkel!' Owen tuurde met samengeknepen ogen naar de tribune. 'Heb jij Guert gezien?'

'Er is iets tussen gekomen,' zei Henry. 'Hij redde het niet.' Zonder goed te weten waarom loog hij. Nadat vanochtend zijn wekker was gegaan had hij zijn tas vanonder zijn bed weggegrist, zich afvragend of die hele ontmoeting met rector Affenlight de avond ervoor mis-schien een hallucinatie was geweest. In zeker opzicht dreef die onze-kerheid hem voort; hij was niet zozeer de trap af gegaan omdat hij per se naar South Carolina wilde vliegen, als wel om te achterhalen of het bezoek van Affenlight een droom was geweest.

Anders dan afgesproken stond rector Affenlight niet bij het Melvil-le-beeld. Maar op het laad- en losgedeelte van de mensa wachtte in stilte een zwarte limousine. De chauffeur deed het raampje omlaag. 'Skrimshander?'

'Ja.'

De chauffeur liet prompt de kofferbak opengaan. Henry gaf hem te kennen dat hij op iemand stond te wachten. De chauffeur zei: 'Jij bent Skrimshander, niet dan?' De klokken van de kapel luidden eenmaal, macaber genoeg, om aan te geven dat het kwart over zes was; rector Affenlight had zes uur gezegd. Misschien had Henry het verkeerd be-grepen; misschien was Affenlight niet van plan geweest met hem mee te gaan. Het kostte maar heel even om zijn tas in de kofferbak te hij-sen en op de achterbank te gaan zitten. Zodra de chauffeur het zware, geluid dempende portier achter hem had dichtgedaan kon hij niet meer terug.

'Hij heeft me gevraagd of ik je veel geluk wilde toewensen,' zei Henry tegen Owen.

'Geluk? Ik heb geen geluk nodig. Niettemin onfortuinlijk dat Guert niet kon komen.'

De Harpooners behielden hun voorsprong tot de derde inning, toen Amherst een geraakte slagman, een honkslag en een opofferingsslag aan elkaar reeg en zo langszij kwam. Westish had het slechter kunnen treffen. Izzy dook, met lopers op de hoeken en twee man uit, succesvol naar een bal die door het midden werd geslagen en wipte, plat op zijn buik op het gras van het buitenveld, de bal naar Ajay voor een dubbelspel.

'Hij is geen Henry Skrimshander,' zei Arsch. 'Maar hij is verdomd aardig goed.'

Izzy kwam naar de dug-out gesprint; hij beukte zijn vuist in het web van zijn handschoen en schreeuwde zoals je dat doet wanneer een prachtige actie je bloed sneller door je aderen laat stromen. Terwijl Henry naar het eerste honk draafde gaf hij Izzy een klap op zijn kont. 'Mooi gedaan,' zei hij.

Izzy straalde. 'Bedankt, Henry.'

Achter de dug-out van Amherst stonden zes studentes naast elkaar. Op hun wangen waren paarse symbolen geschminkt en ze droegen oversized paarse T-shirts met witte letters erop die samen het woord A-M-H-E-R-T vormden. Vier van hen oogden, kloek en hoekig, min of meer potteus. De vijfde – de E – stond, donker haar naar achteren in een paardenstaart, zijzelf meer dan één tachtig lang, te wiegen in de wind. De zesde – de A – was een petieterige blondine die haar paardenstaart aan de achterkant van haar paarse honkbalpet door het gat van het verstelriempje had gehaald. Henry vermoedde dat het softbalspeelsters van Amherst waren die naar het zuiden waren gereden om hun mannelijke tegenhangers te steunen. De ontbrekende letter S lag waarschijnlijk op apegapen in het motel na een dag te stevig te hebben gefeest.

Hoewel ze half zo lang was als haar teamgenoten voerde A hen aan; zij begon als eerste te stampvoeten en te juichen en zij dronk de indrukwekkendste hoeveelheden van de paarse vloeistof die de letters M en R aanreikten. Wat in toenemende mate openlijk gebeurde, van naar binnen gesmokkelde plastic flessen tot uit het stadion afkomstige Pepsi-bekers. Enthousiast hing ze over de reling, haar gezicht vuurrood van al het drinken en schreeuwen. Henry had haar meteen al in de gaten gekregen. En toen, in de vierde inning, kreeg zij tot Henry's ontzetting hem in de gaten.

'Hé, Henry!'

Hij schrok ervan, maar kon zich niet omdraaien of er op enige andere manier aandacht aan besteden.

'Hé, Henry! Waarom laten ze je niet spelen?'

Met vrij grote zekerheid wist hij dat de stem toebehoorde aan A, want hij klonk schel en hanig met een ondertoon van gemene speelsheid. Zijn moed zonk een heel eind.

Een tweede stem, lager maar minder zelfverzekerd, reageerde: 'Misschien is ie een vastloper.'

'Een vastloper?' vroeg A, verbazing veinzend. 'Henry is een vastloper?'

'Dat heb ik ergens opgevangen.'

'Waarom loopt Henry vast?' vroeg A hanig.

'Misschien kan ie de druk niet aan,' opperde iemand met een sterk Bostons accent.

'De druk?! Henry kan de druk niet aan?' A klonk als door de bliksem getroffen, alsof ze Henry al heel lang kende en nog niet in haar stoutste dromen had gedacht dat het ooit zo ver zou komen.

Henry staarde aandachtig naar het spierwitte vierkant van het eerste honk in een poging te veinzen dat het allemaal langs hem heen ging, terwijl hij zijn best deed ieder woord op te vangen. Schwartzy liep als eerste van die inning. Hij smeet zijn knuppel opzij, trok zijn elleboogbeschermer los en rende snel naar het eerste. Henry klapte één keer in zijn handen, hield zijn ogen op het honk.

A had in het glossy programmaboekje Henry's vierregelige biootje ontdekt – het langste van het hele team. 'Henry Skrimshander,' verkondigde ze. 'Derdejaars. Lankton, South Dakota. Eén meter zevenenzeventig. Zeventig kilo. Als tweedejaars uitgeroepen tot Conference Player of the Year. Had dit jaar een slaggemiddelde van .448, met negen homeruns en negentien gestolen honken. Deelt als korte stop met Hall of Famer Aparicio Rodriguez het record foutloze wedstrijden op rij.'

Henry was pijnlijk onder de indruk van de feilloze, glasvezelige helderheid waarmee ze een aanzienlijk deel van het stadion van deze informatie voorzag. De toeschouwers achter het eerste honk waren stilgevallen; ze luisterden naar wat ze zei.

'Hé, Jen, dat zijn toch best leuke scores voor een eerste-honk-coach?'

'Ik zou zeggen van wel.'

'Misschien is Henry te góed om voor dat trieste teampje te spelen. Mee eens, Jen?'

'Nou en of.'

'Misschien vond Henry het gewoon leuker om daar met z'n kontje onze kant uit te staan wiebelen.'

Jen gilde 'Ja!' en barstte los in hysterisch gelach. Henry's gedachten gingen uit naar zijn billen om zich ervan te vergewissen dat ze er roerloos bij hingen.

'Pittig publiek,' zei Schwartz, niet tegen Henry maar tegen de eerste honkman.

De eerste honkman haalde zijn schouders op. 'Da's Miz.'

'Miz?'

'Elizabeth Myszki. Tweede honkvrouw van het softbalteam.'

'Allercharmantste griet,' zei Schwartz.

De eerste honkman haalde weer zijn schouders op. 'Ze heeft iets met mid-binnenvelders.'

Rick O'Shea ramde een one-hopper naar de derde honkman van Amherst, die een eenvoudig dubbelspel in beweging zette. Boddington sloeg een flyball naar het midveld: de derde nul. Henry, die niet al te gretig wilde overkomen, wachtte een halve seconde eer hij terugsprintte naar de dug-out. Eenmaal veilig binnen kon hij zich eindelijk omdraaien en een langdurige blik werpen, zij het van verre, op de extreem knappe, ongelooflijk nare Elizabeth Myszki.

Het begin van de vijfde. Het scorebord gaf voor beide teams 1-3-0 aan: één punt, drie honkslagen, geen fouten. Het veld lag erbij als een kasteeltuin uit een sprookjesboek. Starblind gaf de eerste slagman een vrije loop na vier worpen waarvan er niet één in de buurt van de slagzone was gekomen.

'O, o,' zei Arsch. 'Daar gaan we.'

Starblind liet de volgende slagman ook lopen. Tussen de worpen nam hij veel tijd, hij mompelde tegen zichzelf en veegde uitvoerig het zweet van zijn gebronsde voorhoofd. Schwartz vroeg om een time-out en draafde naar de werpheuvel voor een onderonsje. Coach Cox streek zijn snor glad en observeerde de mannen in de dug-out, van de eerste tot de laatste. 'Loonie,' zei hij. 'Hoe is je vlerk?'

''k Weet niet, coach. Ik kan altijd een poging wagen.'

Coach Cox staarde met een borende blik naar Starblind alsof hij diens ziel probeerde te doorgronden, recht door het streepshirt heen. 'Meat,' zei hij. 'Ga met Loonie naar het inwerpveld om een beetje warm te worden.'

'Doen we, coach.' Arsch graaide naar zijn body protector, waarop Loondorf en hij wegliepen langs de foutlijn. Starblind tikte met zijn teen het rubber aan, wierp een blik op de lopers en produceerde een fastball waar de slagman een doodsmak aan gaf, helemaal naar de omheining van het linksveld. Een soepel behaald punt. Quisp hield de andere lopers op het tweede en het derde: 2-1 voor Amherst, niemand uit.

'Godverdomme.' Coach Cox pakte de telefoon van het inslagveld en wachtte tot Arsch opnam. 'Zorg dat Loonie gauw opgewarmd is.' Hij gebaarde dat hij een time-out wilde en kuierde naar de werpheuvel voor een praatje met Starblind. Henry wist dat Loondorf de kans geven zich fatsoenlijk in te werpen het eigenlijke doel van deze actie was. Coach Cox sprak, Starblind knikte krachtig en ramde de bal in zijn handschoen. Iedereen op de Westish-bank kon zijn lippen lezen. *Er is niets aan de hand. Niets aan de hand.* 'En of er wat aan de hand is,' gromde Suitcase terwijl hij een stukje zonnebloempitvel tussen zijn tanden door uitspuugde. 'Z'n tank is leeg.'

De volgende slagman van Amherst kreeg een vrije loop, waarmee alle honken bezet waren. En daar kwam een linkshandige, mager als een bonenstaak, die de knuppel rechtop boven zijn hoofd hield alsof het een bliksemafleider was. Met twee slag en nul wijd leunde hij achterover bij een uiterst trage *curveball* en mepte die in tegenovergestelde richting net langs een duikende Boddington.

De loper van het derde scoorde, de loper van het tweede scoorde en daar kwam de loper van het eerste, die bij het derde de bocht om ging toen Quisp de bal uit de hoek van het linksveld griste. Quisp kwam mee omhoog met de bal en begon aan een impulsverhogende galop, waarbij hij als een kozakkendanser eerst zijn rechter- en daarna zijn linkerknie hoog optrok. Hij lanceerde de bal uit alle macht richting thuisplaat en tuimelde bij het loslaten voorover in het gras.

Het was een worp waar je je wasgoed aan kon drogen, van begin tot eind op ooghoogte en met slechts een afwijking van één stap. Een worp uit duizenden. Schwartz plukte de bal aan de binnenveldkant van de plaat uit de lucht en dook terug voor een tik op de arm van de loper die kwam aanglijden.

De scheidsrechter stak zijn armen uit met de handpalmen omlaag. 'Safe!'

'Wat?!' Schwartz sprong overeind, staarde de scheidsrechter woest aan en dook in de verbijsterde, smekende, knieknikkende, ongelovige, handopheffende, wat-flik-je-me-nouhurkzit van de onheus bejegende integere sporter. Hij graaide de bal uit zijn handschoen en schudde die dreigend heen en weer, alsof hij hem tegen het hoofd van de scheidsrechter wilde beuken.

'Drie!' gilde Henry toen hij de resterende honkloper zag wegspurten. 'Drie, drie, drie!' Schwartz tolde om zijn as richting het derde, maar het was al te laat, en de kerel die de bal had geslagen, de linkshandige bonenstaak, gleed zonder een aangooi naar het honk. Schwartz ramde de bal in zijn handschoen. Door zijn onoplettendheid had Amherst een extra honk gekregen, maar die vreselijke scène met de scheidsrechter was nu in elk geval voorbij. Nog een halve seconde langer en hij zou iets hebben gedaan waardoor hij het veld af zou zijn gestuurd, zo niet gearresteerd. Nu beende hij briesend weg van de scheidsrechter in de richting van het derde honk. Coach Cox draafde het veld op, ogenschijnlijk om de beslissing aan te vechten, maar vooral om tussenbeide te komen als Schwartz weer zou ontploffen.

Quisp lag plat op zijn buik in het linksveld. 'Wat is er met Q aan de hand?' vroeg Henry. Voordat iemand antwoord kon geven ging de telefoon van het inslagveld. Henry zat er het dichtst bij. 'Hallo?' zei hij.

'Was die uit?' vroeg Arsch.

'Daar zag het absoluut naar uit.'

'Shit.' Arsch klonk zacht en verslagen. 'Loonie kan niet komen. Hij haalt pak 'm beet net honderd per uur.'

'Oké,' zei Henry.

'De coach is deze inning al naar de heuvel gelopen. Als hij weer gaat zal hij een andere pitcher moeten inzetten.'

'Juist.' Henry liet de telefoon vallen, spurtte het veld op en ging aan de arm van coach Cox hangen, die onderweg was naar de heuvel om Starblind uit de wedstrijd te halen. 'Phil kan niet meedoen,' zei Henry. 'Lamme arm.'

Ze stonden halverwege de thuisplaat en het werprubber. Henry vroeg zich af vanaf welk punt een tocht naar de werpheuvel werd aangemerkt als een tocht naar de werpheuvel. 'Dan gaan we verder met Quisp,' zei coach Cox.

Henry wees naar het linksveld. 'Quisp is ook uitgeschakeld.'

'Jezus Kerstmis z'n ballen,' mompelde coach Cox. 'Wat is er godverdomme aan de hand?'

Twee fysio's draafden het veld op om naar Quisp te kijken, die zo veel kracht in die magnifieke aangooi had gelegd dat hij een buikspier had gescheurd. Uiteindelijk lukte het hem op te staan en terug naar de bank te strompelen, daarbij ondersteund door Steve Willoughby en coach Cox. Sooty Kim greep zijn handschoen en rende naar links, in paradepas om zijn koude benen wat te strekken. 5-1 voor Amherst. Loper op het derde, niemand uit, clean-up hitter op de slagplaat. De A-M-H-E-R-T-meisjes hingen als paarse furiën over de omheining en schreeuwden door hun zelfgemaakte Pepsibekermegafoons. Albatros, dacht Henry. Die jongens gaan me dit nooit vergeven.

Het voelde alsof de wedstrijd al een eeuwigheid stillag, maar net toen de slagman klaar ging staan vroeg Schwartz om een time-out. De scheidsrechter willigde het verzoek met zichtbare tegenzin in. Schwartz rende naar voren en overlegde haastig met Starblind, die één keer knikte en het zweet van zijn voorhoofd wiste.

Starblind staarde naar de loper op het derde, vuurde een *four-seamer* recht op de kin van de slagman af, die zijn handen voor zijn gezicht sloeg terwijl hij naar de grond dook om geen schade op te lopen. De bal kaatste via de hals van de knuppel naar de dug-out van Amherst. De coach van Amherst, die al het veld op stormde om Starblind uit te schelden, stapte opzij om een nijdige trap tegen de rondtollende bal te geven. De scheidsrechter had Starblind gemakkelijk het veld af kunnen sturen – en ook Schwartz, die de bal onmiskenbaar had besteld – maar in plaats daarvan, en misschien ter compensatie van zijn foute beslissing bij de thuisplaat, gaf hij alleen een waarschuwing en stuurde de coach van Amherst terug naar de dug-out.

De slagman sloeg het zand van zijn jersey en stapte dapper weer in het slagperk, maar in zijn onderbewuste had zich een onheilsgedachte genesteld. De volgende pitch, een trage boogbal, liet zijn knieën knikken voor slag twee, waarna Starblind een matige fastball wierp, hoog op de buitengrens van de zone, waar de slagman zonder overtuiging naar uithaalde.

Starblind stapte van de heuvel en maakte een pompende vuistbeweging. Plotseling leek hij te zijn opgeleefd: schouders naar achteren, kaken ontspannen. De volgende slagman dreef hij met zijn beste fastball van de wedstrijd in het nauw, wat een slappe *pop fly* naar Ajay opleverde. Vervolgens gooide hij de eerste honkloper van Amherst uit, waardoor de loper op het derde vast kwam te zitten. Toen de Harpooners van het veld renden en elkaar toeschreeuwden dat ze nog leefden, zeg nooit dood, tijd om wat punten op het bord te krijgen, verbaasde Henry zich – niet voor het eerst – over het griezelige vermogen van Schwartz om situaties naar zijn hand te zetten. Hoe wist hij dat de scheids Starblind niet zou wegsturen, waarmee de Harpooners zonder pitcher zouden zijn komen te zitten? Hoe wist hij dat die ene slagman zo gemakkelijk kon worden geïntimideerd? Hoe wist hij dat Starblind na één man te hebben uitgeworpen zijn krachten zou hervinden, voor zolang het duurde?

Vermoedelijk luidde het antwoord dat Schwartz niets van dat alles had geweten. Wel had hij een plan bedacht, iets wat hij wilde uitproberen, en was hij zo dapper geweest het uit te proberen.

Loondorf en Arsch keerden terug van het inwerpveld. 'Loonie,' zei Henry, een arm om de hangende schouders van de eerstejaars slaand, 'ik wil dat je het eerste gaat coachen.'

'Oké, Henry.' Loondorf draafde naar de kant van de A-M-H-E-R-T-meisjes.

Owen ging naast Henry zitten en haalde een bibliotheekexemplaar van Kierkegaards *Vrees en beven* vanonder de bank tevoorschijn. 'Je moet me tegen zwerfballen beschermen,' zei hij terwijl hij zijn boekenlegger onder de klep van zijn marineblauwe pet schoof. 'Ik heb kwetsbare botten.'

'Ik dacht dat je van coach Cox niet meer mocht lezen.'

'Dat klopt. Tegen coach Cox moet je me ook beschermen.'

Tot de tweede helft van de achtste inning leek geen van beide teams nog te gaan scoren, tot Starblind en Izzy met een honkslag lopers op de hoeken wisten te krijgen met niemand uit. Owen sloeg een linedrive naar het eerste die werd gevangen – een combinatie van een goed geraakte bal en een beetje pech – en draafde terug naar de dugout om verder te lezen.

Henry voelde hoe een elektrificerende gedachte zich traag door het honkbalstadion verspreidde toen Schwartzy naar de plaat stapte en met zijn spike maat 48 over de wit opstuivende achterlijn van het slagperk schraapte. Hij stond boven aan de decennia oude homerunstatistieken van Westish, en dat viel aan hem af te zien. Met uitzondering van Elizabeth Myszki hielden de Amherst-supporters opeens hun mond. Het kleine contingent Westish-ouders stond te fluiten en te klappen. De andere zesduizend mensen schoven naar het puntje van hun stoel en zorgden tezamen voor een subtiele verandering van de atmosfeer, wat niemand in het stadion ontging. Afgezien van Henry en Owen hingen alle Harpooners over de rand van de dug-out luidkeels milde blasfemieën te roepen om de pitcher af te leiden terwijl ze inwendig baden, hun vingers en tenen in deze of gene figuur draaiden die naar hun gevoel het meeste geluk zou brengen. Bijgeloof zorgde voor heel wat gewiebel en heen- en weergeschuif; niemand wilde te veel bewegen, wat op zich al garant stond voor ongeluk, terwijl ook niemand in een ongelukshouding wilde blijven zitten.

Ook Henry, die twee stappen achter zijn geagiteerde teamgenoten en een paar centimeter van Owens elleboog vandaan zat, probeerde een houding te vinden die geluk zou brengen. Diep vanbinnen, ging het door hem heen, geloven we allemaal dat we God zijn. Stiekem geloven we dat de eindstand van de wedstrijd van ons afhangt, zelfs als we alleen maar toekijken – afhangt van de manier waarop we inademen, de manier waarop we uitademen, van het T-shirt dat we dragen, onze ogen, die we al dan niet dichtdoen als de bal de hand van de pitcher verlaat en koers zet naar Schwartz.

Swing, mis: slag één.

Ieder van ons gelooft diep vanbinnen dat de hele wereld uit zijn eigen, dierbare lichaam voortvloeit, als beelden die vanaf een minuscule dia op een scherm zo groot als de aarde worden geprojecteerd. Maar ja, nog dieper vanbinnen weet ieder van ons dat hij zich daarin vergist.

Swing, mis: slag twee.

'Zet in... petten!' gilde Rick O'Shea vanaf de on-deckcirkel. Iedereen – behalve Owen, die zijn neus in zijn boek begraven hield – draaide zijn pet binnenstebuiten zodat de skeletachtige witte stoffen binnenkant zichtbaar werd. Henry deed mee met de rest.

Maar het mocht niet baten. Schwartz haalde voor de derde keer gigantisch uit, blikte woest naar de onberoerde *barrel* van zijn knuppel en beende met gebogen hoofd terug naar de dug-out. De Amherst-supporters brulden. Twee man uit.

Rick O'Shea stapte naar de plaat met de hoop Schwartz verlossing te kunnen bieden en ging, linkshandig, klaarstaan. *Kom op*, dacht Henry. *Eén keer*. Izzy, die stiekem was begonnen het eerste honk te verlaten, gaf gas. De pitch was een fastball, laag, precies daar in de slagzone waar Rick hem graag had. *Eén keer*. Rick liet zijn handen zakken, tordeerde zijn heupen op machtige wijze en zijn gestreepte buik kwam daar vertraagd, als een zak pectine, achteraan. De bal kwam op enkelhoogte, maar Ricks rondzwiepende swing trof hem recht op het dikke gedeelte van de knuppel. De harde, heldere toon sneed recht door het kabaal dat de mensenmenigte produceerde. De bal legde een parabolische baan door de donkere Carolina-lucht af, klom en klom nog hoger, tot ver boven de lichtmasten, zo hoog dat hij alleen nog maar recht naar beneden kon komen en ofwel buiten het veld zou belanden, ofwel gevangen werd. De rechtsvelder schuifelde achteruit, achteruit, tot hij met zijn rug tegen de omheining stond. Hij boog zijn knieën, alert als een kat, sprong, schoot met zijn vrije arm over de bovenkant van de omheining en strekte tegelijkertijd zijn handschoen naar de pijlsnel dalende bal uit...

'Yes!' Owen, die zich schijnbaar volkomen had laten opslokken door zijn boek, smeet het opzij en was met één sprong de dug-out uit, de trap op. 'Yes, yes, yes, yes, yes!' De bal belandde op het inwerpveld van Amherst, een meter achter de omheining. Owen, die als eerste bij de thuisplaat arriveerde, sloeg als een bezetene met beide handen op Ricks helm en ging als een kikker aan zijn schouders hangen terwijl het hele team, Henry incluis, ronddanste. 'Yés!'

De Harpooners stonden nog maar één punt achter. Boddington volgde met een venijnige honkslag op rechts, waarna de coach van Amherst dan eindelijk richting inwerpveld gebaarde dat hij een verse pitcher wilde. De rechtshandige die naar de werpheuvel draafde zag er meer als een boekhouder uit dan als een sterpitcher: net als Henry was hij groot noch klein, hij had bleek haar, amper een kin en afhangende, smalle schouders. 'Dougal heet ie,' deelde Arsch Henry mee. 'Heeft gisteren de hele wedstrijd tegen West Texas gepitcht en stond ze maar twee treffers toe. Het is een smeerlap.'

Henry knikte. Het vermogen een honkbal te werpen was iets alchemistisch, het geheime wapen van een superheld. Je kon nooit precies voorspellen wie erover beschikte.

Sooty Kim liep naar de plaat. Dougal keek naar de loper op het eerste, voerde bekwaam een *slide-step* uit, de heuvel af, en lanceerde zo een bal die zich met meer dan honderdveertig per uur in Sooty's schouder boorde. Sooty sloeg tegen de grond en lag daar een poosje te kronkelen. Hij krabbelde overeind en liep naar het eerste, waarbij hij met een van pijn vertrokken gezicht zijn bovenarm kneedde.

'Deed ie dat met ópzet?' vroeg Arsch zich hardop af, niet zonder een vleug bewondering in zijn stem, terwijl de inmiddels ernstig misnoegde scheidsrechter beide ploegen een waarschuwing gaf.

Henry haalde zijn schouders op. Het zag er zonder meer uit als opzet. Het zag eruit alsof Dougal wraak wilde afdwingen voor de *brushback pitch* die Starblind drie innings eerder had geworpen – een roekeloze, bijna gestoorde actie in een wedstrijd die zo gelijk op ging. *Jij wilt m'n maat ondersteboven gooien? Prima. Ik zet de go-ahead run op het honk en maak jullie vervolgens af.* Dat was precies wat hij nu deed: Sal Phlox met vier worpen uitgooien. 'Wat een smeerlap,' herhaalde Arsch. 'Een echte smeerlap.'

Het begin van de negende inning. Terwijl Starblind zich opwarmde bleef coach Cox maar fronsend de bank van de dug-out afspeuren, zoals iemand die honger heeft maar ook een lege koelkast en het ding steeds maar weer opent in de ijdele hoop dat hij iets over het hoofd heeft gezien. Hij had een andere pitcher nodig maar had die niet. Starblind was kapot, die kon nagenoeg alleen nog boogballen bij de thuisplaat krijgen, maar zou dat nog één inning moeten doen.

De eerste slagman poeierde een tweehonkslag in het gat tussen Sal en Sooty Kim. De volgende slagman ramde een line-drive langs de lijn van het linksveld, waarop de spelers van Amherst blij hun dug-out uit stormden, maar hij landde net achter de foutlijn. Starblind leek verlamd, van top tot teen, afgemat. Schwartz schoof zijn masker omhoog en keek smekend naar de dug-out. *Zelfs ik*, zeiden zijn ogen, *zelfs ik gooi misschien wel beter dan hij nu.*

Misschien moet ik me maar aanbieden, dacht Henry. Ik kan even hard gooien als Starblind. Nog wel harder. Daar gaan staan, een paar fastballs over de plaat jagen, het bloeden stoppen. We komen terug en winnen in de tweede helft van de inning. Eind goed, al goed. Wat maakt het uit dat ik een tijd niets heb gegeten?

Nog voordat hij verder durfde te fantaseren wierp Starblind weer zo'n weifelbal. De slagman vuurde het ding op ooghoogte door het midden. De spelers van Amherst stormden alweer richting het veld, klaar om het volgende punt te vieren. Izzy kwam languit vanuit het niets aanvliegen, recht door de lucht. De bal werd opgeslokt door zijn handschoen. Izzy landde op zijn buik en stak zijn rechterhand uit om het tweede honk aan te tikken, waarmee de verblufte loper een dubbelspel om z'n oren kreeg. Twee man uit. Starblind ontlokte de slagman op de een of andere manier een flyball en de inning was voorbij. Terwijl de Harpooners het veld af sprintten brulden ze de grootste onzin. Eén punt achter, nog één kans.

'Arsch,' blafte coach Cox. 'Pak een knuppel. Jij slaat in plaats van Ajay.'

Arsch knikte vastberaden, had al een knuppel beet. 'Een smeerlap?' mompelde hij tegen zichzelf, starend naar de heuvel. 'Ik zal hem leren wat smerig is.'

De telefoon van het inwerpveld ging. Coach Cox leunde voorover de dug-out in en graaide naar de hoorn. 'Mike?' zei hij. 'Mike is nogal allejezus druk momenteel.' Hij maakte al een beweging alsof hij wilde ophangen, bracht de telefoon toen weer naar zijn oor. 'Hé. Allemachtig. Probeer effe te kalmeren.' Stilte. 'Blijf hangen. Blijf hangen. Ik ga 'm halen.'

Henry keek met één oog naar Arsch terwijl de grote man plaatsnam tegenover de schijnbaar zachtmoedige Dougal, en met het andere naar Schwartz, die de telefoon tegen het ene oor drukte en een groezelige hand tegen het andere om het geroezemoes van zijn teamgenoten te dempen. Aanvankelijk hield ook Schwartz het veld in de gaten – Arsch liet een slagbal lopen – maar zijn ogen schoten al snel naar de betonnen vloer. 'Weet je dat zeker?' zei hij rustig.

Bal één. Schwartz liet zich drie meter van Henry vandaan op de bank zakken. 'Schatje. O schatje. Wat afschuwelijk.'

Zijn groezelige hand ging traag over zijn wijkende haar, viel hulpeloos op zijn schoot. Behalve zijn masker had hij zijn complete uitrusting aan. Hij zei nog iets in de telefoon, zo zacht dat Henry er niets van verstond, en gaf de hoorn aan Jensen, die hem terughing.

Meat haalde uit en was uit. Nog twee man uit en het seizoen was voorbij. Owen sloeg zijn boek dicht en stond op, strekte zijn armen boven zijn hoofd, vingers ineengeschoven, en neuriede een deuntje; hij zou slaan als Starblind of Izzy een honk bereikte. Henry keek naar Schwartz, die omlaag staarde naar de platgetrapte kegelvormige bekertjes waarmee de vloer bezaaid lag.

Owen haalde zijn slaghandschoenen uit zijn achterzakken, sloeg er gedecideerd mee tegen zijn dijen en stapte naar het knuppelrek. 'Boeddha,' zei Schwartz zachtjes. Owen draaide zich om.

Uit Schwartz' gezicht sprak een onzekerheid die Henry nog nooit bij hem had gezien. 'Boeddha,' herhaalde hij, nog zachter. 'Dat was Pella. Het ging over haar vader. Mevrouw McCallister heeft hem vanochtend gevonden. Hij is...' De stem van Schwartz stokte. Diepe groeven liepen door het vuil op zijn voorhoofd. Henry wist al – de hele dag had hij het geweten, zo voelde het – wat hij ging zeggen. 'Hij is dood.'

Owen verstijfde. 'Je maakt een grapje.'

'Nee.'

Ze staarden elkaar aan, Owens rookgrijze ogen tegenover de grote okerkleurige van Schwartz, eindeloos lang, zo leek het. De knuppel van Starblind produceerde een luid, veelbelovend *beng*. Henry wierp snel een blik in de verte en zag hoe de derde honkman van Amherst zijn handschoen om een harde line-drive kromde. Twee man uit. Starblind gilde smartelijk en wierp zijn knuppel met een dreun op de thuisplaat. Owen – zijn gezicht bleef zonder uitdrukking – sloeg zijn ogen neer en knikte, als om te zeggen: oké, ik geloof je.

'Het spijt me,' zei Schwartz.

'Hoezo? Heb jij hem vermoord?'

Owen gleed wezenloos langs Schwartz en zeeg neer op de bank. Schwartz ging naast hem zitten. Henry schoof dichterbij, zodat ze alle drie naast elkaar zaten met Owen voorovergebogen in het midden.

'Je bent zo aan slag,' zei Henry.

'Dus?'

'Dus...' Henry keek naar Schwartz of die kon helpen, maar Schwartz merkte het niet of weigerde zijn blik te beantwoorden. Henry wilde tegen Owen zeggen dat hij een bal moest slaan voor rector Affenlight, dat hij op dit moment verder niets kon doen, dat ze later al het andere zouden afhandelen, maar het waren absurde woorden die bleven steken op zijn lippen. Hij klopte Owen zwakjes op zijn rug. 'Ik zeg het wel tegen coach Cox.'

Izzy voerde met één voet in het slagperk zijn gebruikelijke *batter-ri-tueel* uit: zo snel mogelijk vijf kruisjes slaan. 'Izzy!' gilde Henry vanaf de dug-outtrap. 'Wacht!' Zijn stem verwaaide in het gebrul van de menigte. '*Izzy! Wacht!*'

Verward deed Izzy wat hij vroeg. Henry rende naar coach Cox en probeerde hem uit te leggen dat rector Affenlight was overleden en Owen daarom niet kon slaan. Niet-begrijpend, geërgerd streek coach Cox zijn snor glad.

'Owen kan niet slaan,' zei Henry. 'Het lukt hem gewoon niet.'

'Waarom niet, godverdomme?'

'Geloof me,' smeekte Henry. 'Het lukt hem gewoon niet.'

Coach Cox ging met zijn blik de dug-out langs. De enige jongens die nog op de bank zaten waren degenen die zelden speelden – jongens die geen enkele kans maakten tegen een handelaar in smerigheid als Dougal. 'Pak een knuppel.'

'Ík?' reageerde Henry. 'Maar coach... Ik draag niet eens een toque.'

'Wil je die van mij? Pak een knuppel en geef verdomme die bal een hengst, Skrimshander.'

O, *jezus*, dacht Henry. Hij wist niet wat minder erg zou zijn. Kwam hij niet aan slag, dan was het omdat Izzy drie keer had gefaald en de wedstrijd was afgelopen. Kwam hij wel aan slag, dan was hij de pineut. Hij haastte zich naar het rek om een knuppel uit te zoeken – hij koos een lichtere dan normaal, ter compensatie van zijn verzwakte lijf – en maakte een paar aftastende zwiepers door de avondlucht. De knuppel voelde als lood in zijn handen.

Dougal bewoog heen en weer en vuurde. De pitch was een fastball: laag en langs de buitenkant van de slagzone. Een overklaste Izzy stak zijn knuppel uit. De bal krulde loom over het hoofd van de tweede honkman en kwam iets verder links in het rechtsveld neer. O, *man.*

Coach Cox trok zijn verkreukelde kaart met de slagvolgorde uit zijn achterzak en zwaaide ermee naar de plaatscheidsrechter. Dougal stond pissig heen en weer te springen achter de werpheuvel, waarbij hij zijn harszakje met de bovenkant van zijn vingers opwipte. Henry drukte een slaghelm op zijn hoofd en zette traag koers naar de thuisplaat. Met één voet raakte hij voorzichtig de grond van het slagperk aan, alsof het een mogelijk te koud zwembad was.

'Kom op, vrind,' gromde de scheidsrechter. 'Het seizoen kan niet eeuwig duren.'

Henry stapte in het slagperk en tikte drie keer tegen de harpoenier op zijn borst. Onder de stug geworden stof voelde hij minder spierweefsel dan waaraan hij gaandeweg gewend was geraakt. Dougal tuurde naar de catcher, knikte op een teken. De Amherst-aanhang begon te scanderen. De eerste worp, een insmerige *slider*, stoof voorbij: slag.

Henry wist dat hij de pineut was. Dougal kon die smerige bal nog twee keer gooien en zijn knuppel zou er niet eens in de búúrt van komen. Het was een slider van professionele snit, had in zijn krankzinnig snelle vlucht minstens één voet gebroken. Om een dergelijke worp te raken had je een timing nodig die niet alleen een kwestie van behendigheid was, maar ook van constante training. Een baaldag en het werd al moeilijk; een baalmaand en het werd onmogelijk. Misschien dat Schwartzy hem op een dag zou hebben vergeven voor wat

486

hij met Pella had gedaan, maar nu zou hij het nooit weten – want Schwartz, die daar op de on-deckcirkel met twee verzwaarde knuppels op zijn schouder stond, zou hem dit nooit vergeven.

Hij besloot bij voorbaat om uit te halen naar de tweede bal, al was het maar om Dougal aan het denken te zetten. Dougal veegde het zweet van zijn voorhoofd, keek eerst naar Izzy. De worp die volgde was opnieuw een slider, identiek aan de eerste. Henry haalde uit en miste. Twee slag.

Hoe dan ook had hij iets bij Dougal teweeggebracht, want hij schudde nee na een teken, ook na het volgende, en gebaarde toen naar de catcher, die om een time-out vroeg en kwam aandraven om te overleggen. De Amherst-supporters brulden als gekken. Dougal deed zijn handschoen voor zijn gezicht en sprak door het vlechtwerk van het web om te voorkomen dat Henry zijn lippen kon lezen. In een plotse opwelling van mildheid, van sympathie, daagde het hem – misschien omdat hij zich zo licht in het hoofd voelde – dat Dougal en hij broeders waren, leden van een stam van mannen met een sterke arm, mannen die er ongevaarlijk uitzagen maar wier kracht vanbinnen zat en die vastbesloten waren je te verslaan, en hij wist op welk punt Dougal het oneens was met zijn catcher. De catcher beschouwde Henry als een makkelijke prooi – wilde hem rücksichtslos afmaken, met nog zo'n slider over de plaat. Waarschijnlijk had de catcher gelijk. Maar Dougal zag iets anders in Henry, rook een snufje gevaar (*We zijn broeders, Dougal, broeders...*) en voelde de behoefte hem op zijn dood voor te bereiden – hem die fastball te tonen, hoog en dicht op de man, om te eindigen met de slider, laag en ver weg. In zeker opzicht was het vleiend dat een pitcher als Dougal zich zo veel moeite getroostte om hem uit te werpen. En in zeker opzicht was het onnozel van Dougal zulk raffinement te willen tonen, zich zo te beroemen op zijn vakmanschap, te proberen de dingen naar zijn hand te zetten, in plaats van Henry gewoon zichzelf te laten verslaan.

Henry ging verder van de thuisplaat staan dan normaal, wat Dougal moest aansporen zijn hoge strakke fastball nog iets strakker te werpen dan hij anders zou hebben gedaan. Henry voerde zijn stokoude ritueel uit – met het uiteinde van de knuppel het zwart aan de buitenkant van de plaat aanraken, drie keer de harpoenier op zijn borst aantikken, de knuppel één keer horizontaal door de slagzone laten snijden – maar nu had het een andere betekenis, een gefingeerde betekenis, of helemaal geen betekenis, aangezien hij niet van plan was uit te halen naar de pitch.

Dougal wierp een blik op de honkloper, zette zich aan zijn elegante, efficiënte slide-step richting thuisplaat. Henry klemde zijn kaken op elkaar. Vreemd was het, zo helder en schoon als de lucht voelde. Zijn geest ging langzaam over tot een soort gebed. *Vergeef me, Schwartzy, dat ik het team in de steek heb gelaten.* Hij stapte bruusk naar de plaat en duwde in één en dezelfde beweging zijn schouder omlaag alsof hij een slider verwachtte en erin dook, laag en ver weg.

76

Hij was rector Affenlight, was zijn eerste gedachte, en hij was dood, maar alleen al het feit dat hij iets dergelijks dacht betekende dat het niet waar kon zijn. Waar hij ook mocht zijn, het was er donker. Hij probeerde zijn linkerarm op te tillen om zijn hoofd aan te raken waar het pijn deed, maar de beweging werd gestuit door twee slangetjes die aan zijn onderarm waren vastgeplakt. Een bittere smaak irriteerde zijn mond. Schwartz zat op een stoel bij het bed, roerloos in het donker.

Alleen al bij zo'n simpele beweging als het laten zakken van zijn kaak schoten duivelse pijnscheuten door zijn hersenen, erger dan hij ooit had meegemaakt. Toen hij eindelijk iets wist uit te brengen was het een zacht gemummel. 'Wie heeft gewonnen?'

Schwartz kantelde zijn hoofd iets. 'Weet je dat niet meer?'

'Nee.' Hij herinnerde zich de pitch: een minuscule witte kogel die schouderhoog opdoemde. Hij herinnerde zich dat hij probeerde weg te draaien zodat de bal hem op zijn helm zou raken in plaats van vol in zijn gezicht.

'Je hebt het winnende punt gescoord,' zei Schwartz fronsend.

'Echt waar?'

'Die fastball raakte je midden op je oorbeschermer. Iedereen in het stadion dacht dat je dood was. Net als ik. Maar je stuiterde weer overeind en rende naar het eerste. De fysio's wilden checken of het wel goed met je ging, maar dat stond je niet toe. "Doorspelen," zei je steeds. "Doorspelen!" Je hield niet op. Coach Cox probeerde Loonie in te zetten als *pinch-runner*, maar je gilde net zo lang naar hem tot ie terugging naar de dug-out.'

Er stond Henry niets van bij. 'Wat gebeurde er toen?'

'Dougal werd van het veld gestuurd. Hij schreeuwde moord en

brand, maar de teams hadden al een waarschuwing gekregen. Hij was weg. Ze zetten hun op één na beste pitcher in.'

'De eerste pitch mepte ik tegen de omheining. Ik sloeg bijna té hard, want hij stuiterde terug, recht op de linksvelder af. Maar jij vloog over het veld. Ik heb je nog nooit zo snel zien gaan. Tegen de tijd dat ik bij het eerste kwam ging jij het derde voorbij. Coach Cox probeerde je tegen te houden, maar je kéék niet eens naar hem.'

'Een fractie van een seconde later en je was uitgetikt. Iedereen dook boven op je, inclusief coach Cox. Wat zeg ik? Ook de helft van alle ouders lag op je. En toen iedereen opstond bleef jij liggen.'

Henry bestudeerde het gezicht van Schwartz, of wat hij daarvan in het halfduister kon ontwaren. Om te zien of hij de waarheid sprak. Niet dat Schwartz ooit loog, maar om te zien wat de verhouding was tussen verdriet vanwege Affenlights dood en vreugde vanwege het winnen van het nationale kampioenschap; om te zien of zijn vriend, wie weet, begonnen was hem te vergeven.

'Dat had je niet moeten doen,' zei Schwartz streng.

'Wat?'

'Dat weet je best. Die bal koppen.'

Henry's achterlijke lippen deden er eindeloos lang over om woordklanken voort te brengen. 'Ik dacht dat het een slider was.'

'Bullshit.'

Henry kokhalsde. Hij probeerde een hand voor zijn mond te doen, maar door de slangetjes was zijn bewegingsvrijheid beperkt. Een paar Rice Krispies, vochtig van gal, dropen via zijn onderlip over zijn kin.

'Bullshit,' herhaalde Schwartz. 'Ik heb het live gezien en ik heb het op *SportsCenter* gezien toen ik in die klotewachtkamer van die klotepoli zat. Je dook in dat ding alsof het een zwembad was.'

Henry zei niets.

'Je ging zelfs verder van de plaat staan zodat hij meer naar binnen moest gooien om je te kunnen *buzzen*. Je hebt hem staan uitlokken.'

Henry was niet van plan het toe te geven, net zomin als hij van plan was ertegenin te gaan.

'Wat bezielde je, Henry? Hoe hoog moesten de dooien zich die dag opstapelen?'

Schwartz was nijdig, geen twijfel mogelijk, hoewel hij zonder stemverheffing had gesproken en amper een spier had vertrokken, alsof hij zo'n niveau van uitputting had bereikt dat hij nooit meer in staat zou zijn zich te bewegen of te schreeuwen. 'En de Boeddha dan? Arme Boeddha. Heeft net dat van Affenlight gehoord en moet dan toekijken hoe jij probeert jezelf om zeep te helpen? Je had beter thuis kunnen blijven.'

'Ik dacht dat ik m'n schouder ervoor kon gooien, om zo een vrije loop te krijgen,' zei Henry. 'Ik had niet verwacht dat ie hem zo hoog zou gooien.'

'Tja, Dougal is een geschifte klootzak. Alleen net effe minder geschift dan jij.'

Iets aardigers had Schwartz nog niet gezegd. Een raar wuft gevoel trok kietelend over Henry's rug, zijn zware hoofdpijn ten spijt. 'Veel opties had ik daar niet,' zei hij.

'Uithalen en missen. Zodat we het vliegtuig naar huis konden nemen. Dat was een optie.'

'Ben je niet blij dat we gewonnen hebben?'

In de kamer begon achter het dichte gordijn voor het enige raam een beetje licht te verschijnen. Schwartz' horloge, geel-groen opgloeiend in het grijs, gaf 5:23 aan – Henry was te verward om er tweeënveertig minuten van af te trekken, maar het was iets van vier uur nog iets in de ochtend.

'Jawel,' zei Schwartz ten slotte. 'Dat ben ik wel.'

Het wufte gevoel overspoelde Henry van zijn tenen tot zijn nek. Het had iets prachtigs, als engelengezang. Misschien had Henry zich in een bepaald opzicht bij zijn vriend vrijgepleit, hoe boos Schwartz ook was geweest.

Het wufte gevoel werd intenser, ging over in gelukzaligheid. Het ontbrak zijn ledematen aan energie om te bewegen, maar de energie die er wel doorheen trok was bijzonder, kwam ergens tussen zijn botten en organen vandaan, golfde eruit, schrobde en schuurde hem van-binnen, overspoelde hem tot aan zijn huid. Misschien kwam het doordat Schwartz er was, misschien kwam het doordat de Harpooners het nationale kampioenschap hadden gewonnen – maar zijn gelukzaligheid lachte om dat soort dingen; Henry constateerde dat ze in vergelijking met zijn gelukzaligheid niets voorstelden. Misschien voelde sterven zo.

'Mankeer ik iets?' vroeg hij.

'Hangt ervan af wat je bedoelt. Je hebt een hersenschudding. En niet zo'n kleintje ook. Dougal gooit honderdvijftig per uur, weet je. Maar volgens de artsen ben je daar niet door ingestort. Een analyse van je bloed heeft uitgewezen dat je zo'n beetje alle mineralen en voedingsstoffen hebt opgesoupeerd die je nodig hebt om te leven. Zelfs al je zout. Het is niet makkelijk om al je zout op te souperen. Naar mijn idee lig je hier nog wel even.'

'...'

'"Heeft geprobeerd zich van binnenuit te verdrinken," zo formuleerde een van de artsen het.'

Henry keek naar de witte onderzijde van zijn onderarm, waar doorzichtige tape de naalden en gaasjes op hun plek hield. 'Is dat morfine?'

Schwartz glimlachte flauwtjes. 'Als dat zo was had ik ze er allang uit gerukt en in m'n eigen arm geduwd. Het zijn alleen maar voedingsstoffen, allebei de infusen.'

'Hm.' Hij was gaan vermoeden dat zijn gelukzaligheid het gevolg was van morfine of een ander spectaculair tintelend verdovingsmiddel dat zijn bloed in werd gesluisd. Maar misschien voelde hij zich zo dankzij doodordinaire voeding. In dat geval loonde het misschien de moeite vaker een paar weken niet te eten, als het dit soort euforie opleverde. 'Hoe is het met Owen?'

Schwartz schudde zijn hoofd, alsof hij wilde zeggen: begin er maar niet over. 'Na de wedstrijd is hij meteen teruggegaan. Om voor Pella te zorgen.'

'Hoe is het met Pella?'

Schwartz stond op, keek op zijn horloge. 'Ik wil proberen de vroege vlucht te halen,' zei hij. 'Een paar andere jongens zullen waarschijnlijk later nog langskomen, als ze op tijd wakker worden. Ze zijn nu aan het feesten.'

'Oké,' zei Henry.

'Begin maar niet over Affenlight. Ze komen er gauw genoeg achter.'

'Oké.'

Een beetje ochtendgloren sijpelde door de degelijke ziekenhuis-gordijnen. Daar stond Schwartz, een logge schaduw in het halfdon-ker. Met niet te verhullen moeite hees hij zijn enorme, afgeragde rug-zak omhoog en gooide die op zijn rug, waarna hij de riempjes bijstelde om te voorkomen dat ze in het vlees van zijn borst sneden. Vervolgens hing hij zijn even enorme materiaaltas aan zijn schouder.

'Dit is de psychiatrische afdeling.'

Henry knikte. 'Oké.'

'Ik dacht: ik zeg het maar effe. Je krijgt zielenknijpers op bezoek om met je te praten, over dat niet-eten van je. Je anorexia, zoals zij het noemen.'

'Oké.'

'Ik heb ze laten weten dat alleen cheerleaders anorexia krijgen. Jij bent een honkballer – jij hebt last van een mentale crisis.' Daar ver-scheen Schwartz' glimlach weer, ditmaal de smartelijke variant. 'Ze dachten dat ik het serieus meende.'

'Tja,' zei Henry. 'Je bent een serieus type.'

Schwartz had er nooit echt als een student uitgezien, en nu oogde hij ronduit oud, uitgeput en versleten, met diepe groeven in zijn voor-hoofd. Zijn knieën knikten onder het gewicht van zijn tassen. Hij greep de stang boven het voeteneinde vast om zijn evenwicht te her-vinden. 'Kom een beetje tot rust, Skrimmer.'

Zijn grote lijf overschaduwde de deuropening en verdween de gang in. En steeds zachter klonken het gebonk van zijn sjokkende voetstap-pen en het schuren van de rugzak langs zijn jas.

77

De telefoon ging. Hij had zin om niet op te nemen, maar hij had net met dokter Rachels gesproken over het oplossen van problemen zodra ze zich voordeden, hier en nu, één tegelijk, en hier diende zich een probleem aan dat hij waarschijnlijk kon oplossen: een telefoon die overging.

'Henry, met Dwight. Dwight Rogner.'

'Hallo, Dwight.'

'Gefeliciteerd, vriend. Het is me een geweldig genoegen je te kunnen informeren dat de St. Louis Cardinals je hebben gekozen in de drieëndertigste ronde van de amateurselectie.'

'Wat?' Henry liet zich op het onopgemaakte ziekenhuisbed zakken. Zijn eerste gedachte was dat hij Adam of Rick aan de lijn had, die zo'n absurde grap met hem uithaalden dat de kwalificatie 'wreed' niet eens van toepassing was. 'Je zit me te dollen.'

'Ik weet dat je op iets anders aasde, wat de ronde betreft. Maar volgens mij is het een uitgelezen kans voor je. En, eerlijk is eerlijk, ook voor de St. Louis Cardinals, die in dit stadium van de selectie een sporter van jouw kaliber hebben kunnen krijgen.'

'Maar...' protesteerde Henry. 'Ik bedoel... ik speel niet eens meer. Ik ben uit het team gestapt.'

'Henry, ik weet dat je niet het makkelijkste seizoen hebt gehad. Maar de selectie gaat over één woord, en dat woord is "potentieel". En ik mag hangen als de Cardinals in de drieëndertigste ronde een andere speler met een potentieel als het jouwe zullen vinden. Iemand die ik met gesloten ogen probleemloos voor me zie als een ster, in deze competitie. Een onvervalste ster, jarenlang.'

Henry zei niets, maar dat leek geen probleem omdat Dwight bleef praten: 'Mike en jij hebben een fantastische klus geklaard met je training, rekening houdend met wat er voorhanden was. Maar het verschil tussen Westish College en de St. Louis Cardinals is er een tussen dag en nacht. Bij ons krijg je de beste coaches, de beste fysio's, de beste voorzieningen. Alles wat we doen is erop gericht een betere honkballer van je te maken.'

'Ik ben lichter geworden,' zei Henry.

'Je wordt wel weer zwaarder. We gaan rustig te werk. Niemand verwacht dat je morgen in de Major League speelt. We verwachten alleen dat je elke dag hard werkt. Dat je probeert je droom te verwezenlijken.'

'Ik lig in het ziekenhuis,' zei Henry op luide toon. 'Op de psychiatrische afdeling. Ik kan niet gooien.' Hij sloeg met zijn hand op het bed. Woede kolkte door zijn lijf. Hij wilde niet over dromen praten. Hij wilde over het hier en nu praten.

'Ik weet dat je het zwaar te verduren hebt gehad,' zei Dwight. 'Dat overkomt de besten van ons.'

'Jullie menen het serieus,' zei Henry. 'Jullie hebben me geselecteerd.'

'Nou en of. Jouw sportieve plafond ligt veel hoger dan dat van de meeste anderen uit een latere selectieronde, en we bieden je dan ook een navenant hogere bonus aan om je te overtuigen te tekenen. Wat dacht je van honderd?'

'Dollar?'

Dwight lachte. 'Duizend. Honderdduizend dollar, in het vooruit. Maar goed, daar kunnen we het later over hebben. Je hebt tot eind augustus om een contract te tekenen. Als je niet tekent raken we onze rechten op je kwijt en word je doorgeschoven naar de selectie van volgend jaar. In welk geval ik je ontwikkeling nauwlettend zal volgen.'

Henry zei niets. Er viel niets te zeggen. Honderdduizend dollar om te mogen honkballen: precies wat hij altijd had gewild.

'Trouwens,' voegde Dwight eraan toe. 'De Cubbies hebben je maat Adam Starblind binnengehaald. Hij heeft pak 'm beet de afgelopen maand behoorlijk wat indruk gemaakt.'

'Wauw. Da's... wauw.' *Laat het ná mij zijn geweest. Laat het alleen ná mij zijn geweest.* 'In welke ronde?'

'De tweeëndertigste,' zei Dwight. 'Net vóór jou.'

78

Pella liep over het Large Quad. Ze voelde zich weer een beetje de oude. Het was een verzengende dag aan het begin van augustus, twee maanden na de dood van haar vader, en haar drukste dag sinds die eerste, afschuwelijke week, toen ze werd bedolven onder de bloemen en condoleances. Mevrouw McCallister ontfermde zich over het geregel en de bedankjes. In de tussentijd lag Pella met Mike naast haar in het logeerbed van haar vaders woning en weigerde te huilen.

Vanochtend had ze een korte dienst in de mensa gedraaid. Daarna had ze geluncht met professor Eglantine, die had aangeboden haar in het najaar één op één te begeleiden en erop had aangedrongen dat ze haar Judy noemde. Pella vreesde dat professor Eglantine, Judy, het alleen uit vriendelijkheid deed, maar aan de andere kant leek ze er lol aan te beleven en zou het geweldig zijn om haar als mentor te hebben en misschien zelfs, als het niet te veel gevraagd was, als vriendin. Het studieschema dat ze hadden opgesteld terwijl professor Eglantine weinig overtuigd in haar Cobb-salade zat te prikken, richtte zich vooral op de brieven van Mary McCarthy en Hannah Arendt. Al met al was het een erg opbeurende lunch geweest.

Nu was ze onderweg naar het kantoor van decaan Melkin op de begane grond van Glendinning Hall voor de laatste puntjes op de i van haar inschrijving voor het najaar. Pella wist niet precies om hoeveel puntjes het ging, noch waarom decaan Melkin, die ze nog nooit had ontmoet, er zo op gebrand was ze op de i te zetten. Toegegeven, het was alweer augustus, maar hij had de hele zomer lang naar het appartement van haar vader gebeld – waarmee hij veel te snel na haar vaders dood was begonnen – met het dringende verzoek of ze bij hem langs wilde komen. Pella had hem afgescheept met een aantal korte e-mails waar ze geen haast mee maakte en waarin ze meldde dat ze nog niet de kracht had voor een gesprek onder vier ogen maar dat ze wel al contact had gehad met Toelating, met het secretariaat, met de studentenartsen. Die afdelingen van Westish mailden haar gewoon een paar formulieren, die door Mike werden ingevuld en ingeleverd. Terwijl decaan Melkin smekende boodschappen op het antwoordapparaat achterliet.

Decaan Melkin, die zat te bellen toen Pella behoedzaam haar neus om de hoek van zijn op een kier staande deur stak, glimlachte en wuifde met twee vingers om aan te geven hoeveel minuten hij nog bezig was. Na precies dat aantal minuten nodigde hij haar uit binnen te komen: een tengere man in een kaki broek en een te groot colbert met een pied-de-pouledessin voorzien van elleboogstukken, jeugdig op de enigszins foetale wijze van bepaalde afstammelingen van de noordelijker gelegen Britse eilanden, met zijn lichte haar dat zich aan alle kanten grillig terugtrok.

'Pella.' Hij glimlachte rozig. 'Bedankt voor je komst. Ik weet dat het een erg zware zomer voor je is geweest.'

Pella knikte met een niet-verslagen blik om aan te geven dat ze het daar niet over hoefden te hebben.

'Mocht je er op een gegeven moment over willen babbelen,' vervolgde hij, ''s ochtends, 's middags of 's avonds, aarzel vooral niet. Ik heb m'n 06-nummer op je antwoordapparaat ingesproken, maar ik kan het je nu ook even geven.'

'Bedankt,' zei Pella.

Ze gingen zitten. Op het bureau van decaan Melkin lag een hoge stapel paperassen voorzien van een Post-it met daarop haar naam – paperassen betreffende de basisvereisten, online inschrijving, vreemde-talenkennis, het Advanced Placement-programma, de mensa, ziektekostenverzekeringen. Hij begon ze met haar door te nemen, probeerde dat althans, maar keer op keer was Pella's reactie, na een korte stilte voor de beleefdheid, dat ja en ja en ja, het al afgehandeld was. Steeds opnieuw prees decaan Melkin, die merkwaardig nerveus leek, haar gewetensvolle houding en ging hij verder met de volgende reeds afgehandelde kwestie.

'Last but not least,' zei hij. 'Huisvesting. Het was niet eenvoudig je geplaatst te krijgen – we zijn beperkt flexibel inzake late toelatingen –

maar na wat foefjes hier en daar is het me niet alleen gelukt een kamer voor je te vinden, maar ook nog eens een uitstekende kamergenote, volgens mij.' Blij leunde hij achterover in zijn stoel. 'Je deelt een kamer met een jonge vrouw die Angela Fan heet, die niet alleen de winnares is van de Maria Westish Award – zoals je wellicht weet een beloning voor uiterst voortreffelijke academische prestaties – maar die bovendien onlangs bij een kleine uitgeverij in Portland een geïllustreerde poëziebundel heeft uitgebracht. En afgelopen jaar heeft ze een jaar vrijaf genomen om op een biodynamische boerderij in Maryland te werken, dus ze is ook nog eens iets ouder dan de kamergenote die je anders zou hebben gekregen.'

'O nee,' zei Pella. 'Het spijt me verschrikkelijk. Niet te geloven dat ik dit niet eerder heb gemeld. Ik heb het plan opgevat om buiten de campus te gaan wonen. Sterker nog: ik heb net een huurcontract getekend. Met m'n vriendje.' Ze wist niet waarom ze dat laatste over dat vriendje eraan toevoegde; het leek te aanstootgevend voor de roze oortjes van de decaan.

Decaan Melkin keek diepbedroefd. 'Aha,' zei hij. 'Hm... Tja, het beleid van deze universiteit stelt dat alle eerstejaars op de campus moeten wonen. We zijn van oordeel dat het studenten aanmoedigt zich diep onder te dompelen in het academische leven. Zelfs de zij-instromers onder onze studenten...' Er leek zich een oorlog in zijn binnenste af te spelen tussen zijn trouw aan de beleidslijn van zijn werkgever en zijn wanhopige verlangen haar tegemoet te komen. Onwillekeurig liet Pella zich wat onderuitzakken in haar stoel om haar verdriet kracht bij te zetten – verdomme, desnoods wilde ze wel doen alsof ze op de campus woonde, bij Mike en haar thuis wegglippen naar wekelijkse popcornfeestjes in de kamer van de afdelingsoudste.

'Ik weet zeker dat het kan worden geregeld,' besloot decaan Melkin haastig om haar te plezieren. 'Waar het vooral om gaat is dat je je thuisvoelt op Westish.'

Pella bedankte hem omstandig, bedankte hem opnieuw en stond op om te vertrekken. Maar inmiddels keek decaan Melkin zo onthutst, op de een of andere manier zo behoeftig, dat ze haar achterwerk weer op de stoel liet zakken.

'Het gaat dus wel goed met je?' vroeg hij.

Pella knikte.

'Je vader was een erg interessante man. Hij had iets... iets bijzonders.' Decaan Melkin plukte aan de goudgelakte manchetknopen van zijn jasje. 'Niets vond hij zo belangrijk als jou hier te hebben.' Hij keek haar aan en zijn gezichtsuitdrukking nam qua onthutsing alleen maar verder toe, zodat er zelfs van pijniging kon worden gesproken. 'Het is heel plotseling gebeurd,' zei hij.

'Inderdaad.' Pella knikte met de somberte die van haar werd verwacht en die ze bovendien probleemloos kon oproepen.

'Dat wil zeggen... het wás toch heel plotseling, nietwaar? Er was geen sprake van een of andere... ziekte in een vergevorderd stadium?'

'Nee,' zei Pella. 'Absoluut niet.'

'Ah. Aha.' Decaan Melkin plooide zijn enigszins foetale wipneus. Dat er geen ziekte in een vergevorderd stadium had meegespeeld leek hem te ontmoedigen. 'Het was dus heel plotseling, maar het was geen... dat wil zeggen, het was...' Hij aarzelde, tuitte zijn lippen. 'Zijn dood had een natuurlijke oorzaak?'

'Tuurlijk.' Pella tuurde naar decaan Melkin in een poging te achterhalen waar hij op doelde. 'Wat voor andere oorzaken zijn er dan?'

'O, tja. Geen, denk ik.' Hij richtte een ernstig gepijnigde blik op haar. 'Maar er was in geen enkel opzicht sprake van de mogelijkheid dat het... dat er opzet in het spel was?'

Wát? Plotseling had ze het gevoel dat hij het hele gesprek, om maar te zwijgen van zijn zomerlange jacht op haar, had toegewerkt naar dit moment van schichtige, onfrisse nieuwsgierigheid. 'Mijn vader is overleden aan een hartaanval,' zei Pella bits. 'Daar heeft mijn familie een sterke genetische aanleg voor. De mannen, althans. De vrouwen blijven eindeloos leven.'

'Ah.' Decaan Melkin zakte dieper weg in zijn stoel. Hij zag er onmiskenbaar opgelucht uit, hoewel hij zich blijkbaar nog steeds ongemakkelijk voelde. 'Nu ja. Het was onafwendbaar, nietwaar?'

Wat was er aan de hand? Dacht decaan Melkin soms dat haar vader zélfmoord had willen plegen? Hoe kwam hij daar in vredesnaam bij? Misschien doordat haar vader altijd zo van gezondheid had geblaakt, zo fit, zo energiek was geweest? Misschien had decaan Melkin moeite zich voor te stellen dat haar vader gewoon gestopt was met leven.

Maar hij was altijd zo opgewekt geweest, hij had zo hartgrondig ja gezegd tegen het leven, in ieder geval in de nabijheid van derden, dat zij zich van haar kant niet kon voorstellen dat iemand met de gedachte speelde dat haar vader misschien had wíllen sterven. Nee, die er niet mee speelde maar de gedachte zo serieus nam dat hij haar ernaar vróeg, zoals decaan Melkin daarnet in feite had gedaan, wat werkelijk bizar, om niet te zeggen uiterst onprofessioneel was.

Tenzij decaan Melkin een reden had om die gedachte te koesteren. Een of ander trauma, schandaal of onfris geheim uit haar vaders leven waar zij geen weet van had maar andere mensen wel. Draafde ze door? Leefde ze weer in haar eigen hoofd?

Maar decaan Melkin zat daar pal voor haar neus zo raar te doen, nog steeds te pielen met de manchetknopen van zijn te grote imitatie-decanencolbert, niet dat hij geen echte decaan was, maar hij zag er eerder uit als een flets joch dat ooit decaan wilde worden, en waar het haar om ging was dat ze hier in een prima bui was binnengestapt – zelfs in haar beste bui van de hele zomer – en dat decaan Melkin met zijn nervositeit haar nu ook nerveus maakte, haar met zijn vreemde gedrag en vreemde uitspraken vreemde gedachten influisterde. Het kwam niet door haar. Het kwam door hém, en ze moest dit tot op de bodem uitzoeken. En als ze aan trauma's en schandalen met betrekking tot haar vader dacht, nou, dan schoot haar maar één mogelijkheid te binnen. Eén persoon.

'Natuurlijk,' zei ze met grote ernst, 'is dit alles buitengewoon zwaar geweest voor Owen.'

Decaan Melkin keek onthutster, gepijnigder dan ooit tevoren. Maar niet op een manier van wie-is-Owen-en-waarom-kom-je-ineens-hier-mee-voor-de-dag. Nee, het was eerder de onthutsing van iemand die hard zijn best doet een reactie te verzinnen op nieuws dat hij al kent. 'Natuurlijk,' zei hij, bedachtzaam knikkend. 'Ik kan me voorstellen dat het erg zwaar is.'

Hij weet ervan, dacht Pella. Hij weet van Owen. De studentendecaan weet van Owen. Hij weet van Owen en vraagt zich af of mijn vader zelfmoord heeft gepleegd. En nu vroeg zíj zich af of haar vader zelfmoord had gepleegd. Want de decaan van Studentenzaken wist ervan. En als hij ervan wist, was hij niet de enige. Wat betekende dat haar vader in het nauw was gedreven, of elk moment in het nauw had kunnen worden gedreven, of zoiets.

Kon hij zelfmoord hebben gepleegd? Was er een manier om zelfmoord te plegen die voldoende op een hartaanval leek om mensen om de tuin te leiden die ervan uitgingen dat je was gestorven aan een hartaanval? Eh, ja, zo'n manier was er vast. Maar het kon gewoon niet zo zijn. Haar vader had niet één zwartgallige cel in zijn lijf, was altijd een vreselijke angsthaas geweest waar het de dood betrof. Hij hield niet van artsen, met uitzondering van, in elk geval deels, haar moeder, en hij hield niet van de pillen die hem er paradoxaal genoeg aan herinnerden dat hij ooit zou sterven. Nee, het kon niet zo zijn dat hij zelfmoord had gepleegd, hoewel hij de laatste tijd toch écht te veel had gerookt – het speet haar dat ze zich dat niet eerder had gerealiseerd, er niet meer over had gezanikt. Mevrouw McCallister had hem gevonden met zijn rechterhand op zijn borst, een hand die een pakje Parliaments zo hard omklemde dat het danig verkreukeld was.

'Ik neem aan dat zo'n beetje iedereen van de staf dat van Owen en hem wist,' zei ze.

'Nee, nee, nee.' Decaan Melkin ging rechtop in zijn stoel zitten, trok aan de boord van zijn witte overhemd. 'Nee, nee. Alleen Bruce Gibbs en ik, en volgens mij heeft Bruce nog een à twee andere leden van de Raad van Toezicht erover benaderd, op uiterst discrete wijze, enkel om te peilen welke opties er waren. Of er überhaupt opties waren.'

Dat was het dus. Hij was gesnapt. Hij was gesnapt en ze hadden hem de deur gewezen. De klootzakken. En haar vader, wat een idioot. Hij had het haar niet verteld. Had hij het iemand anders verteld? Had hij het Owen verteld? Nee, dat kon hij niet. Dat was niets voor hem. Als Owen het had geweten, als zij het had geweten, dan hadden ze hem misschien kunnen kalmeren, troosten, opvrolijken. In plaats daarvan had hij het allemaal weggestopt in dat hart van hem.

Ze moest hier weg zien te komen. Niet alleen uit de werkkamer van decaan Melkin, nee: uit Westish, weg van Westish. Voorgoed, zeg maar.

Decaan Melkin liet zijn manchetknopen maar niet met rust. Hij had duidelijk naar dit moment toegeleefd, had de hele zomer met een bizar schuldgevoel rondgelopen. 'Pella,' zei hij. 'Het spijt me verschrikkelijk. Ik zou willen dat de zaken anders hadden kunnen lopen. Natuurlijk was je vader mijn leidinggevende. Ik had wat dit aangaat geen echte invloed, maar het idee dat er een of ander verband zou kunnen zijn tussen zijn ontslag en zijn overlijden is, nu ja, afschuwelijk, domweg afschuwelijk...'

'Ik had het niet béter kunnen formuleren,' zei ze vinnig als veelbelovend begin van een lange tirade, maar ze voelde zich te ellendig om er een scène van te maken. Ze slaagde er warempel in overeind te komen en de kamer, Glendinning Hall uit te zweven, en liet haar stapel gidsen en stencils op de rand van Melkins bureau liggen.

Ze moest eindeloos ver hiervandaan zien te komen. Mike werkte vanavond bij Bartleby, was er waarschijnlijk al – zodra ze gekalmeerd was zou ze erheen lopen en whisky gaan drinken en hem vertellen waarom ze moest vertrekken. Zou hij met haar meegaan? Zeker weten. Ze was bereid overal heen te gaan, wat hij maar wilde, zolang het weg van hier was. Zelfs Chicago zou al ver genoeg zijn.

Zwetend in de heiige middagzon struinde ze langdurig als een wild dier over de campus, in hulpeloze, hopeloze cirkels, tot aan het strand en weer terug, helemaal naar het footballstadion en weer terug, overal en nergens. Ze dacht aan haar vader en hoe ze hem kon wreken. Hoe ze Westish zo ver mogelijk uit haar wezen kon bannen. Hoe ze de hele universiteit en iedereen die ermee te maken had kon laten weten en inzien dat haar vader en zij ze zo ver, zo oneindig mogelijk uit hun wezen banden. Ze kookte van woede maar wist geen echte wraakacties te verzinnen.

Ze wilde niet aan decaan Melkin denken, hij was wel de laatste kwelgeest-schuine-streep-man aan wie ze wilde denken, maar iets wat hij had gezegd bleef maar door haar hoofd schieten, het schoot en het schoot, heen en weer, tot het ten slotte tot stilstand kwam en al het andere blokkeerde. 'Niets vond hij zo belangrijk,' had Melkin gezegd, 'als jou hier te hebben.' Het was waar, toch? Het was maar al te waar. Nooit zou ze te weten komen hoe de laatste minuten, uren of dagen van haar vader waren geweest, maar één ding wist ze, en dat was dat decaan Melkin gelijk had en dat wat er ook gebeurd was tussen haar vader en Westish, haar vader haar hier had willen hebben.

Als ze naar Westish uithaalde, op welke machteloze manier dan ook, zou ze dat voor zichzelf doen, niet voor hem. Als ze iets voor hem wilde doen zou het iets anders moeten zijn.

Ze zou het niet aan Owen vertellen. Als ze het aan Owen vertelde zou hij zich alleen maar vreselijk schuldig voelen, alsof hij had bijgedragen aan de dood van haar vader, en wat schoot zij daarmee op? Haar eigen stemgeluid te kunnen horen. En Mike erover vertellen was al helemaal niet nodig. Ze zou het tussen haar en haar vader houden. En ze zou Westish College de naam Affenlight door de strot duwen, telkens weer, maar niet zo, niet wraakbelust; ze zou het doen zoals haar vader zou willen dat ze het deed. Ze zou hier neerstrijken. Ze zou de brieven van Hannah Arendt en Mary McCarthy bestuderen. Voorzover het maar enigszins mogelijk was zou ze rust vinden.

Zonder het te beseffen hadden haar omzwervingen Pella tot bij de begraafplaats gebracht, waar ze sinds de uitvaart niet meer was geweest. Ze verzamelde moed, passeerde de poort en liep door tot haar vaders graf in zicht kwam. Ze kwam niet te dichtbij; het was al genoeg, het was al moeilijk genoeg om hier te staan, een meter of dertig ervandaan, en te weten dat zijn grafsteen in de buurt van de forse, knoestige boom lag die ze herkende ondanks het waas waarmee zijn teraardebestelling in haar hoofd was omgeven.

De komende vier jaar zou zij hier doorbrengen, maar hij was weg, weg van hier, weg van overal, voorgoed. Dat is de deal, dacht ze, en de gedachte leek van elders te komen, als een mystieke visitatie. Dat is de deal.

Ze draaide zich om, met haar rug naar de grafsteen, en keek uit over het meer. Beenhoge golven wierpen zich tegen de golfbrekers. Ze moest denken aan iets waar ze op een begraafplaats altijd aan dacht: haar vaders anekdote over Emerson die het lichaam van zijn vrouw Ellen opgroef. Terwijl ze naar het water bleef staren herinnerde ze zich het vroegere wachtwoord van zijn e-mail op Harvard, dat ze als meisje had gekraakt zonder dat hij ervan wist: landloosheid. Hoe voorspelbaar kon iemand zijn? Langzaam kreeg ze een idee. Haar vader was als rector van Westish overleden, zijn begrafenis had alle mogelijke pracht en praal gekend, hij was hier op een ereplek begraven. Dat was allemaal niet niks. Maar in het feit dat hij hier begraven lag school ook iets bedrieglijks. Nu hij dood was kon hij hier en niet hier zijn; zíj, de Melkins en Gibbsen van deze aarde, zouden denken dat hij hier lag, terwijl zijn dochter de waarheid zou kennen. Hij hoorde daar thuis, in het water, waar hij verzot op was.

Het mocht misschien iets dwaas hebben om je e-mail te bewaken met je diepste wens, maar nu het idee in haar had postgevat wist ze dat het goed was. 'Opnieuw de algehele landloosheid van de gebeukte zee.' Natuurlijk kon ze het niet alleen klaarspelen. Ze maakte rechtsomkeert naar het appartement van haar vader, waar ze nog altijd verbleven, en wachtte op Mikes thuiskomst.

79

De nieuwe baan van Schwartz zou half augustus ingaan, wanneer het footballseizoen en het nieuwe begrotingsjaar van Westish van start gingen. Tot die tijd werkte hij bij Bartleby, waar hij zo veel mogelijk diensten draaide, maar tijdens de rustige zomermaanden was er weinig behoefte aan uitsmijters, en zelfs als hij zoals vanavond inviel achter de bar liep hij aangeschoten naar huis met hoogstens veertig dollar op zak.

Bij zijn thuiskomst zat Pella ineengedoken te slapen in een leren leunstoel in wat de studeerkamer van haar vader was geweest. Schwartz nam haar in zijn armen – ze was een paar kilo lichter dan in april, een ontwikkeling waar hij niet blij mee was. Ze mompelde en kronkelde, sloeg haar armen om zijn nek maar werd niet wakker. Met één hand ondersteunde hij haar billen; met de andere plukte hij haar boek uit een spleet in de stoel.

Ze kreunde en rolde op haar buik toen hij haar op hun bed legde. Hij schoof haar hemdje naar boven en haakte haar beha los, wreef heel zachtjes over de twee roze deukjes waar de sluiting in haar huid had gedrukt. Het ging niet slecht. De laatste tijd leek ze haar verdrietigste fase achter zich te laten, die zomerlange comateuze toestand waarin ze dutte en las, las en dutte, met droge Xanax-ogen. Een paar nachten geleden hadden ze weer gevreeën en dat had gevoeld als de eerste keer.

Het was een warme nacht, te warm voor dekens. Schwartz vond in de gangkast een extra laken en spreidde het zeeschelpendessin uit over Pella's slapende gestalte. Ze hadden nu allebei geen ouders meer.

Hij ging naar de keuken en kookte water voor een kop oploskoffie. Hij maakte hem sterk, precies zoals hij hem graag dronk, en voegde er een vinger scotch uit de drankkast van rector Affenlight aan toe. Hij had de scotch langzaam soldaat gemaakt, beginnend bij de goed-koopste. Een week geleden had Pella hem gevraagd of hij ook voor haar een glaasje wilde inschenken en dat was het volgende goede te-ken; stap voor stap keerde haar levenslust terug.

Het was na enen. Hij nam de smalle trap naar het kantoor van rec-tor Affenlight, waar hij zijn nachten, zijn zonsopgangen en veel van zijn dagen had doorgebracht. Contango volgde hem de trap af en ging ineengedoken op het kleed liggen, zijn vaste plek. Het financiële papierwerk was afgevoerd door accountants en advocaten, maar de boeken en andere papieren, het resultaat van een leven lang leren, wa-ren gebleven. Eind augustus arriveerde de nieuwe rector en voor die tijd moest er iets mee worden gedaan, moesten ze in elk geval zijn in-gepakt, maar Pella had tot dusver geweigerd deze kamer te betreden, de kamer waar haar vader was gestorven. Dus was het aan Schwartz om de getypte notities en vergeelde dagboeken uit te kammen; de op-zetten voor essays, vol koffievlekken, en de verkreukelde doorslagen van decennia oude correspondentie; de boodschappenbriefjes en krabbels; de uitvoerig geannoteerde vooroorlogse gebedenboeken en inleidingen in de poëzie. Aan hem om te besluiten wat moest worden bewaard en wat weggegooid. Het was één en al papier, papier, papier – uit de studeerkamer boven had hij nog eens twintig dozen paperas-sen gehaald en die stonden nu in de hoeken van het kantoor. De com-puter op het bureau van Affenlight leek er vooral voor de show te heb-ben gestaan.

Op een doos vol kaarten van 10 bij 15 centimeter stond kortweg SPREKEN. Op sommige van die kaarten stonden grappen of anekdo-tes vergezeld van een datum en de gelegenheid waarbij ze waren ge-bruikt. Schwartz herinnerde zich veel van de recentere gelegenheden, net als de grappen. Andere kaarten toonden aforistisch getinte stelre-gels in Affenlights nette handschrift: *Gebruik assonantie bij een kleine groep, evenals in geschriften; alliteratie bij een grote groep.*

Vaak kwam Owen even langs, laat, om een uur of drie, vier 's nachts, een mok thee in zijn hand. Met hem deelde Schwartz zijn nieuwste ontdekkingen; Owen luisterde en plooide zijn lippen tot iets wat op een glimlach leek. Ze sloten hun avond af met het roken van een joint, zwijgend op de trappen voor Scull Hall. Maar vanavond kwam Owen niet. Schwartz, in een nogal literaire bui, had Affenlights *Riverside Shakespeare* mee naar beneden genomen en installeerde zich achter het bureau om erin te bladeren. Zijn blik ging snel over de kanttekeningen, hij hield even in om bekende passages te lezen. Om de een of andere reden voelde hij zich innig thuis hier in Affenlights kantoor, omringd door Affenlights gedachten, vlak bij Affenlights dood. Innig thuis maar ook met een blik op de deur; hij zag het als een voorrecht dat hij de facto als de beheerder van Affenlights papieren fungeerde, maar was constant bang dat iemand die dichter bij Affenlight stond of in elk geval beter was ingewijd in de Amerikaanse literatuur kwam opdagen om hem eruit te trappen. Wat echter nog niet was gebeurd, en met het trage vorderen van de zomer leek het steeds onwaarschijnlijker dat het er alsnog van zou komen. Wat Schwartz in zekere zin droevig stemde; hoe briljant, diepzinnig was Affenlight toch geweest, en hoe snel zou hij worden vergeten.

The *Sperm-Squeezers* was een mooi boek, een vroeg voorbeeld van een bepaald literair-kritisch genre; misschien zouden gevorderde studenten het nog een jaar of tien lezen en zouden experts op het vlak van de ideeëngeschiedenis er nog een jaar of tien langer uit citeren. En misschien kon Schwartz terwijl hij al die papieren voor de universiteitsbibliotheek uitzocht een tweede, postuum boek in elkaar draaien, een verzameling essays en lezingen waar een academische uitgeverij misschien belangstelling voor had. Maar Guert Affenlight was geen Herman Melville; zou niet na zijn dood plus vijftig jaar vergetelheid plotseling weer in de belangstelling komen. Zijn portret zou in de mensa naast dat van de andere oud-rectors komen te hangen; over vier jaar zou alleen het keukenpersoneel zijn gezicht nog herkennen. Ongetwijfeld zou een vergaderkamer of een bibliotheekafdeling naar hem worden vernoemd – of, dacht Schwartz op dat moment, wat te denken van het honkbalveld? De huidige naam, Westish Field, was zo'n typisch geval van gebrek aan beter. Affenlight Field klonk heel aardig. Was het alliteratie of assonantie? Doorgaans bleven de aantallen toeschouwers beperkt, waar weleens verandering in kon komen nu ze de nationale kampioen waren.

De deur van het kantoor ging knarsend open. Schwartz, die achter Affenlights bureau had zitten dommelen, werd wakker. Ochtendlicht sijpelde door de jaloezieën. Schwartz sprong overeind omdat hij niet betrapt wilde worden door mevrouw McCallister, die liever had dat de hond en hij boven sliepen. Maar het was Pella, die net uit de douche kwam en haar werkkleren al aanhad. De hele zomer had ze nog niet één keer haar hoofd om de hoek van de deur gestoken. Ze zei: 'Hoi,' plofte op de loveseat en vertelde hem wat ze wilde doen.

Een poos lang deed Schwartz er het zwijgen toe, achterovergeleund in de stoel van de rector. Ze heeft te veel zitten lezen, dacht hij; is stilletjes wat je in boeken leest gaan verwarren met wat je in het echt zou kunnen doen. 'Volgens mij moeten we er nog eens goed over nadenken,' zei hij uiteindelijk.

'Ik héb er goed over nagedacht.'

Misschien kwam het door het ochtendlicht of was het de hitte van de douche die nog steeds haar wangen deed blozen, maar hoe dan ook zag ze er alerter en geheeld uit. 'We moeten het doen,' zei ze. 'We moeten het doen.'

'Je kunt niet zomaar een lichaam opgraven.'

'Waarom niet? Het is míjn vader. Het is míjn doodskist.' Ze maaide met een hand door de lucht. 'Jij hebt al dit spul bekeken. Laat jij me dan maar eens zien waar hij schrijft: "Stop me in een kist. Versierd met nepgoud. En stop 'm dan onder de grond." Laat jij me maar eens zien waar hij dát schrijft.'

Schwartz liep naar de loveseat en ging naast haar zitten. Hij ritste haar capuchonsweater dicht tot aan haar kin en knoopte voorzichtig de touwtjes vast. Het was een handeling die haar altijd had geïrriteerd. En nu irriteerde die haar ook, maar intussen had ze wel achterhaald wat de betekenis ervan was: je bent van mij.

'Het klopt gewoon,' zei ze. 'Mijn vader was dol op dat meer. Hij heeft jarenlang op een schip gezeten. M'n halve jeugd heeft hij roeiend op de Charles doorgebracht. Hij zou het zelf zo hebben gewild.'

Schwartz had de zomer tussen al deze door Affenlight geannoteerde Melvilleania doorgebracht, de logboeken van walvisschepen, handelsschepen, marineschepen, en kon het alleen maar beamen. 'Ik begrijp waarom je het zo wilt aanpakken –'

'We hadden het meteen zo moeten aanpakken. Als ik de tijd had gehad om eens goed na te denken was het al gebeurd. Als ik niet zo overstuur was geweest.'

508

'Ik begrijp waar je heen wilt. Maar het gaat gewoon niet. Om te beginnen is het een misdrijf' – Schwartz blufte, maar naar zijn inschatting ging zoiets al snel door voor een misdrijf – 'en verder moet je niet vergeten hoe diep dat gat is. En hoe zwaar die kist is. Het zou een eeuwigheid duren. Eén voorbijganger en we zitten in de bak.'

'Heb ik geen moeite mee.' Pella glimlachte en Schwartz wist dat hij de tweestrijd had verloren, hij had die al verloren voordat ze eraan waren begonnen. Hij ging met zijn hand over zijn haar, dat zich almaar terugtrok, krabde op zijn zachter wordende buik. Hij had al sinds mei niet meer getraind.

Ergens hoopte hij dat Owen zijn veto over het plan zou uitspreken, maar Owen knikte slechts en zei: 'Bel Henry.'

80

'Henry,' zei Owen hartelijk terwijl hij zijn slanke vingers om de resterende biceps van zijn kamergenoot kromde. 'Ben jij het echt? Je bent magerder dan ik.'

Schwartz stak zijn vuist uit en Henry stootte ertegen met de zijne. Aan de ernstige, plechtige uitdrukking op hun gezicht zag Pella dat hun vete, of hoe je het ook moest noemen, voorbij was. Mannen waren zulke rare wezens. Ze duelleerden niet meer, zelfs vuistgevechten hadden een barbaars imago gekregen, het af en toe opduikende geweld van vroeger werd tegenwoordig gekanaliseerd door een systeem van conventies, maar ze vonden het onverminderd prachtig om hun aloude codes in stand te houden. En wat ze nog mooier vonden was elkaar over en weer vergeven. Pella had de indruk dat ze mannen goed kende, maar kon zich niet voorstellen hoe een bestaan als man zou zijn, hoe het zou zijn om zonder vrouw erbij als mannen onder elkaar te verkeren, deel te nemen aan hun stille rites van berouw en verlossing.

'Hoi,' zei Henry tegen haar.

'Hoi.' Het leek vreemd om elkaar niet te omhelzen, dus deden ze het na een korte oprisping van schoolfeestonhandigheid alsnog. Hij rook onfris, als een puber die nog niet gewend is aan het feit dat hij deodorant moet opdoen. Het komt doordat hij de hele dag in de bus heeft gezeten, dacht ze, hopend dat ze gelijk had – dat hij niet al sinds juni zo rook. Ze hield hem een extra seconde vast, lang genoeg om een vleug plakkerig Greyhound-kunstleer in zijn huidsgeur te bespeuren.

Ze hadden hier bij het Melville-beeld afgesproken. De middag was zinderend heet geweest, het broeiende vocht had zich opgehoopt, met roffelende neerslag als resultaat die nu, vlak na zonsondergang, overging in dichte mist. Het meer, naschuimend maar kalm, zag eruit als vers gestort cement. De dagen waren al merkbaar korter dan in juni.

Twee spades, een koelbox, een picknickmand en een reusachtige vinyl footballtas stonden voor de verweerde grijze bakstenen van Scull Hall. Ze pakten het materiaal op en vertrokken. Henry vroeg niet waar ze naartoe gingen, noch waarom; misschien had hij het zelf al uitgeknobbeld of was hij vergeten erover na te denken. Henry was vaak ondoorgrondelijk, en bovendien wist Pella niet welk effect de zomer op hem had gehad. Toen ze hem bij zijn ouders thuis in South Dakota had gebeld had ze alleen gezegd: 'We willen dat je ons met iets helpt voordat Owen vertrekt.' En hij had alleen gezegd: 'Wie zijn "we"?'

In stilte staken ze gevieren, zij aan zij, eerst het Small Quad en daarna het Large Quad over. Contango kuierde achter hen aan, zijn ogen volgden de hier en daar wegschietende mussen met luie achterdocht. Het lange gras van de trainingsvelden was door de eindeloze hitte kaki verbrand.

'Laten we even stoppen. M'n armen kunnen niet meer.' Owen zette de met bier gevulde koelbox neer en nam van Pella de picknickmand over, die hij zelf had ingepakt. Hij klapte het rieten deksel open en haalde een fles scotch uit de collectie van Affenlight tevoorschijn. 'Jij eerst,' zei hij, haar de whisky aanreikend. Ze bracht de fles naar haar lippen en nam een lange, trage teug die de hele weg naar haar buik prettig gloeiend aflegde. Stelletje slimmeriken, dacht ze. Ze klopte op de flacon in de zak van haar windstopper terwijl ze de fles teruggaf, waarna Owen ervan dronk en hem Mike aanreikte. Daarna ging hij naar Henry en weer naar Pella. Toen de fles halfleeg was stopten ze hem in de mand en vervolgden hun weg.

Op Affenlights graf waren drie grasrollen gelegd. Hoewel het gras lang en klam was geworden tekenden de zijkanten van de rollen zich nog af. Een van de spades had een plat, rechthoekig blad, terwijl de andere meer de vorm van een hart had. Mike nam de platte en stak hem pal voor een grasnaad in de grond. Langzaam, na een aantal lichte plofjes en kreuntjes, bezweken de wortels van het gras onder de druk die hij op de schop uitoefende. Zo ging hij de drie rollen helemaal rond. Henry en hij tilden ze op en legden ze naast het graf.

Ze werkten nagenoeg in stilte, Mike met de platte schop, Henry met de hartvormige. Owen, die zijn leeslampje op de klep van zijn pet had geklemd, hield de zaklamp vast en voorzag hen van blikjes High Life uit de koelbox. Pella zat vlakbij op een rechtstandige grafsteen scotch te drinken en aaide over Contango's vacht. Door de pas gevallen regen was de bovenste grondlaag zacht geworden en kon die gemakkelijk worden weggegraven, maar daaronder was de aarde bleek en keihard. Algauw vorderden ze minder snel.

Soms trok een wolkeloze lap hemel langs de sikkelvormige maan, zodat de contouren van Mikes gezicht voor Pella iets meer contrast kregen. Vreemd was het, zoals hij van haar hield: een zijdelingse, bijna terloopse liefde, alsof het vanzelf sprak dat hij van haar hield, alsof het te natuurlijk was om aandacht aan te besteden. Het rijmde met hun eerste ontmoeting, op de trappen van het sportcentrum, waarbij hij haar amper een blik had toegeworpen. Met David en iedere jongen vóór David was die zogenaamde liefde altijd een kwestie van rechtstreekse confrontatie geweest, over en weer; ze had zich altijd bekeken, geobserveerd gevoeld, als de topattractie van een dierentuin, en gaandeweg was ze gaan ijsberen, paraderen, achteromblikken om aan de verwachtingen te voldoen. Terwijl Mike zich altijd naast haar bevond. Stond ze door het keukenraam naar het Melville-beeld aan de rand van het campusplein te kijken met daarachter het strand en het deinende meer, constateerde ze opeens dat Mike wie weet hoe lang al naast haar naar hetzelfde stond te staren.

Het begon zachtjes te regenen. Henry stopte met graven en leunde op zijn schop. De rand van het gat bevond zich ergens ter hoogte van zijn scheen. De hond was in slaap gevallen. 'Ik zal je aflossen,' zei Owen, maar Henry wuifde hem weg. De nacht was dicht, soepig, zodat de regen voor hun gevoel niet zozeer viel als wel werd afgescheiden door de natte lucht, en het zweet dat van Mikes en Henry's wangen en neus druppelde vermengde zich met die afscheiding. Henry maakte een uitgeputte indruk. Owen verklaarde dat het tijd werd voor een pauze; ze gingen op de grafstenen zitten en aten sandwiches paté-en-Triscuit, dronken nog wat bier. Pella liet haar scotch rondgaan. Daarna hield Henry de zaklantaarn vast terwijl Owen en Pella om de beurt groeven, naast Mike.

Het duurde niet lang of Schwartz knalde met zijn schop tegen een van de metalen handgrepen op het deksel van de kist. Door het plotselinge contact trok een felle siddering door zijn onderarmen, alsof hij bij koud weer een foutbal sloeg met de hals van de knuppel. Bij het horen van dat geluid stopten ze allemaal en keken elkaar in de maanloze bijna-duisternis aan. Hun plan was nu meer dan een plan. Met elke seconde voelde Schwartz zijn onrust toenemen. Niet omdat hij bang was dat ze werden gesnapt; zijn onrust, zijn angst was van duisterder aard. Hij moest aan zijn moeder denken. Hij keek naar Pella, die fel, misschien dronken, hoe dan ook gedecideerd knikte. ''t Is oké,' zei ze.

Schwartz had de opgraving zo nauwkeurig mogelijk gepland. Eerst maakten ze het gat breder en dieper om de zijkanten van de kist bloot te leggen; daarna groeven ze aan het hoofdeinde een ruimte die zo diep was dat Schwartz erin kon gaan staan. Van de directeur van de begrafenisonderneming had hij gehoord dat de eikenhouten kist 110 kilo woog; dat plus het gewicht van Affenlight was fors, maar hij hoefde maar één kant ervan op te hijsen. Hij liet zich in zijn diepste catchershurkzit zakken, greep met beide handen het metalen handvat aan het hoofdeinde vast en bad in stilte dat zijn rug het zou houden. Hij zette af vanuit zijn hielen, rukte vanuit zijn armen en schouders, voelde de pijn door zijn ruggenwervel snijden. Kwam hier het woord 'deadliften' vandaan? Vast niet, maar het was wel dezelfde beweging.

Die eerste poging was nodig om de kist uit de onderliggende aarde te krijgen. De tweede zou het meest tricky zijn; eerder een *power clean* dan een *deadlift*. Hij boog diep voorover, schudde heen en weer met zijn lijf om nog lager te komen. Met een krachtsexplosie kwam hij omhoog, stootte zijn handen naar zijn kin. Terwijl het hoofdeinde van de kist omhoogkwam nam Schwartz gas terug, liet zijn heupen weer zakken, wist zijn handen en een schouder ternauwernood onder de bodem van de kist te manoeuvreren. *Mooi zo.* Daarna was het een kwestie van doorduwen tot het ding overeind stond, het laten overhellen zodat het bijna volledig verticaal tegen de andere kant van het gat leunde. Het regende een beetje. Het was geen subtiele werkwijze – hij voelde Affenlights lichaam in de kist schuiven – maar de klus werd tenminste geklaard.

513

Henry, Pella en Owen grepen van bovenaf de handvatten van de kist vast. Van daaruit trokken zij terwijl hij van onderaf probeerde te duwen. Hij had gedacht dat deze fase minder zwaar zou zijn, maar zijn vrienden waren niet sterk en hun voeten vonden op het natte gras weinig grip. De kist ging centimeter na centimeter omhoog terwijl hij van onderen het gewicht droeg. 'Bij drie,' zei hij. 'Owen, jij telt.' En terwijl Owen telde zakte Schwartz zo laag mogelijk door zijn knieën, kreunde, deelde een laatste olympische stoot uit. Henry, Pella en Owen deinsden struikelend achteruit. De kist schoof over de rand van het graf en belandde ondersteboven naast de zandheuvel die ze hadden gecreëerd.

De regen was verder afgenomen. Schwartz graaide in zijn materiaaltas naar de hygiënische artikelen die hij had meegenomen: mondkapjes, neuspluggen, rubberhandschoenen die tot de elleboog reikten. Een set daarvan gaf hij aan Henry. Pella en Owen trokken Contango weg naar de overkant van de begraafplaats. Mike hoorde haar klaterende lach in de duisternis; ze klonk ietwat overspannen, maar niet zorgwekkend. Hij was blij dat ze eindelijk dronken was geworden.

Schwartz stak een in rubber gehulde hand in de koelbox en haalde er twee blikjes bier uit. Hij trok ze allebei open en reikte er een Henry aan. In één lange, trage teug dronken ze hun blikje leeg.

'Klaar?' vroeg hij, en Henry knikte.

Met enige moeite lieten ze de kist overlangs twee slagen maken. Schwartz haalde de klemmen los. Terwijl hij het deksel optilde, zo ver mogelijk van de kist, hield hij zijn adem in, zijn hoofd opzij, en liet de eerste vlaag van wat er ook vrijkwam de vochtige nacht in verdwijnen.

''t Is oké,' zei Henry. 'Wij kunnen dit.'

Schwartz knikte. Hij vroeg zich af hoe Emerson het had gedaan – óf Emerson het eigenlijk wel had gedaan. Het was één ding om rector Affenlight het verhaal te horen vertellen, het was iets anders om je Emerson voor te stellen terwijl hij in zijn pak geknield in het zand zat, de tranen in zijn baard, en het eenvoudige houten deksel van een eenvoudige houten kist haalde. Je geest was en bleef gericht op het doorgronden van de emotie, de intellectuele aspecten, de symboliek. Emerson werd een personage in een toneelstuk en zijn handeling werd een mythe, een bron van betekenis. Je dacht er niet bij na hoe Ellen Emersons ontbindende lijk eruitzag of hoe het rook; al probeerde je het, het lukte niet.

Schwartz voelde zijn krachten wegebben. Zijn gezicht was nog afgewend en zo wilde hij het ook houden.

''t Is oké,' zei Henry zacht. 'Zo eng is het niet.'

Schwartz, gesterkt en tegelijkertijd in verlegenheid gebracht door de rust van de Skrimmer, keek voor zich. Er ging een schok door hem heen, weer zo'n golf van duistere angst, maar de schok trok weg en Henry had gelijk: zo eng was het niet – of in elk geval niet enger dan de barbaarse gang langs de geopende kist tijdens de begrafenis. Affenlights lichaam was naar het voeteneinde van de kist geschoven en was op een vreemde, zielige manier verwrongen, maar de balseming leek de hete zomer goed te hebben doorstaan en zijn lichaam leek nog op hem.

Ze tilden hem aan de revers van zijn kostuum en zijn broekzakken op. Ze lieten hem in de reusachtige footballtas van vinyl zakken die Schwartz van het USC had gepikt en waarin hij stalen staven had gestopt om er zeker van te zijn dat het lichaam zou zinken. Hij ritste de tas dicht. Ze trokken hun handschoenen uit, deden hun mondkapjes af, gooiden die in de kist, klapten hem dicht. Met hun neuspluggen nog in goten ze verdund chloorwater over hun armen, sjorden de tas omhoog en droegen hem naar het strand. Aan de oever voegden Owen en Pella zich bij hen, daar waar een lange roeiboot lag te wachten. Gelukkig was het water kalm. Ze bonden Contango aan de kleine steiger en roeiden het meer op, zwalkend, want ze waren dronken en geen van hen kon roeien.

81

Ze zaten ver, ver op het water, gevaarlijk ver voor wie in die termen wilde spreken, en zelfs de weinige lichten van Westish die de verte nog overbrugden leken elk moment te kunnen verdwijnen. Mike, die het zwaarste roeiwerk had verricht en al voortdurend had gegrimast van de pijn, stopte en tilde zijn riemen uit het water. Henry, achter hem op de boegplaats, volgde zijn voorbeeld. Het kraken van de dollen ebde weg, evenals het regelmatige slurpgeluid van de bladen. Het enige wat bleef was het klappen van de golven tegen de romp van de roeiboot, de zwarte lucht daaromheen.

Pella zat in de achtersteven met Westish in haar rug, het meer voor haar, met dien verstande dat ze eigenlijk alleen Mikes bezwete borst zag, het op en neer gaan van zijn grote schouders terwijl hij naar adem zat te snakken. Wat een gezicht, dacht ze. Laat het nooit meer bebaard zijn.

Helemaal voorin, op de plek van de stuurman dan wel de aanvoerder, zat Owen met zijn rug naar de rest gekeerd. Hij keek uit over het donkere water, zijn hand rustte kalm op het vinyl van de tas waarin Pella's vader lag.

Ze dobberden nu. De neus van de roeiboot draaide langzaam naar bakboord, naar het noorden. Het moment was daar. Mike keek naar Pella en wachtte tot ze zou zeggen dat het moment daar was, maar hoewel het haar vader en haar idee was realiseerde ze zich dat ze op Owen wachtte. Owen zou weten wat te doen. Onder haar zitplaats vond ze een warm blikje bier; het bier hadden ze meegenomen, de koelbox niet. Ze trok het open en reikte het Mike aan. Mike reikte het Henry aan en zij vond nog een blikje.

Eindelijk draaide Owen zich om. Hij had zijn Westish-pet met de geharpoeneerde W op, en het gezicht onder de zwakke straal die zijn leeslampje verspreidde was nat. Hij glimlachte, keek Pella aan. 'Vinden jullie het goed als ik iets zeg?'

Er vond een herschikking plaats: Owen en Henry op één bankje, Pella en Mike op dat ertegenover, Pella's vader tussen hen in. Owen gaf de fles scotch door en iedereen dronk ervan.

'Misschien moeten we ons hoofd buigen,' zei Owen. 'Wees niet bang. Ik zal geen op brood gebaseerde godsdiensten van stal halen.'

Ze bogen hun hoofd. De straal van Owens leeslampje bewoog van de een naar de ander, richtte zich toen op de marineblauwe vinyl tas aan hun voeten. 'Guert,' begon hij.

'Laat ik, met het risico sentimenteel te worden, zeggen dat je lange tijd deel hebt uitgemaakt van mijn leven. Ik las je boek op mijn veertiende en ontleende er moed aan toen ik moed nodig had.

Dat we elkaar drie jaar geleden ontmoetten kwam doordat je me had voorgedragen voor de Maria Westish Award – nog zo'n reden waarom ik je altijd dankbaar zal blijven. Want anders zou ik nooit op Westish zijn beland en zou ik nooit de mensen hebben ontmoet die hier nu bij me zijn. "Mijne lieve vrienden", zoals de dichter zei.

Pas onlangs zijn jij en ik vrienden geworden. En natuurlijk betreur ik het dat onze tijd, jouw tijd, zo kort heeft geduurd.'

De stem van Owen haperde. Hij deed zijn ogen dicht en weer open. 'Je hebt me ooit verteld dat een ziel niet iets is waarmee de mens wordt geboren, maar iets wat moet worden opgebouwd, met vallen en opstaan, studie en toewijding. En jij hebt het met meer toewijding gedaan dan de meesten van ons, dat opbouwen van een ziel. Niet omdat je er zelf beter van wilde worden maar om de mensen in je omgeving te helpen.

Deels daarom valt je dood ons zo zwaar. Het valt ons zwaar te accepteren dat een ziel als de jouwe, waar een leven lang aan is gewerkt, kan ophouden te bestaan. Om die reden zijn we boos, woest op het universum, dat je niet meer in ons midden bent.

Maar natuurlijk blijft je ziel bestaan, Guert, omdat je anderen er zo overvloedig in liet delen. Hij leeft door in je boek en op deze universiteit en ook in ieder van ons. Daar zullen we altijd dankbaar voor blijven.' Owen keek op, de straal van zijn leeslampje ging mee en bescheen weer elk van hen. Hij glimlachte. 'En we missen je lichamelijke verschijning, die ook leuk was.'

Pella huilde hartstochtelijk, zo stilletjes mogelijk. Dat verhaal over het maken van een ziel – ze vroeg zich af of haar vader dat echt zo had gezegd, of dat Owen een samenvatting had gemaakt van ideeën die haar vader had gekoesterd. Hoe dan ook was het heel bijzonder, en voor het eerst begon ze te beseffen hoe hecht de band tussen Owen en haar vader was geweest, dat hun relatie geen statische versie van eenzijdige, smoorverliefde verering was geweest, zoals ze zich die gemakshalve had voorgesteld, maar iets wat serieuze, krachtige vormen had aangenomen.

Ze rilde, waarop Mike een arm om haar heen sloeg. Ondanks de ontstellende hitte van de voorafgaande dag en de dag die ging komen, ondanks de warmte van de scotch waarvan ze had gedronken en gedronken, zowel uit Owens fles als uit haar eigen flacon, ervoer ze de bries die over het water trok als snijdend koud. Het werd tijd dat zíj iets zei, iets waarmee ze haar vader op de een of andere manier recht deed, maar het lukte niet, er viel te veel te zeggen en er was geen manier om het te zeggen.

Owen boog voorover en gaf haar iets. Een velletje papier dat in vieren was gevouwen. Ze vouwde het open, maar het was te donker om iets te zien.

'Hier.' Owen deed zijn Harpooners-pet af – Pella leunde naar voren – en zette die op haar hoofd. In het batterijlicht zag ze wat hij haar had gegeven: een getypte versie van 'Aan lagerwal', het korte hoofdstuk uit *Moby Dick* dat het favoriete schrijfsel van haar vader was geweest, de oorsprong van zijn vroegere wachtwoord en, niet toevallig, het poëtische grafschrift van een dappere en knappe man.

Ze kende het al sinds haar zesde uit haar hoofd. Zodra ze was begonnen had ze het blaadje niet meer nodig. Wanneer haar vader de tekst tijdens een college voordroeg deed hij dat met de bravoure van een toneelspeler; schreeuwend trok hij langs de uitroeptekens, alsof hij zijn studenten eraan wilde herinneren dat oude boeken hevige emoties bevatten. Ze kon dat nu niet opbrengen, maar op fluisterende toon probeerde ze toch de passage te geven wat die verdiende. Mike kneep in haar hand.

Na afloop hiervan haalde Mike een schaar tevoorschijn en knipte een aantal gaten in de tas, zodat die zich met water zou vullen en zou zinken. Henry en hij knielden naast het lichaam, kromden er onderlangs beide armen omheen, tilden Affenlight op, heel langzaam om te voorkomen dat ze gezamenlijk zouden kapseizen, en lieten hem overboord.

82

Alle vier – vijf met Contango erbij – stonden ze op een rotsig gedeelte van het strand dat eerder in de zomer was strakgetrokken door het Parks Department en daar nog de langgerekte parallelle strepen van vertoonde, als een pas aangeharkt binnenveld.

'Neem jij de hond mee?' vroeg Pella aan Mike. 'Ik moet werken.'

Schwartz fronste zijn wenkbrauwen. 'Je had beloofd dat je een snipperdag zou nemen.'

Ze drukte de riem in zijn handen, knipoogde met een uitgehuild oog naar Henry. 'Een rotdag is geen reden voor een...'

Ze bedolf Owen onder een langdurige knuffel, ze fluisterden dingen tegen elkaar en daarna vertrok ze richting mensa. Haar slippers klepperden over het ingeklonken zand.

De wolken dreven uiteen en de zon verscheen boven het meer. Binnen een paar tellen vertrok Owen naar San Jose, vanwaar hij naar Tokio zou afreizen. Henry wilde wanhopig graag iets passends tegen Owen zeggen, hem bedanken voor het feit dat hij zo'n fijne vriend en kamergenoot was geweest, hem vertellen hoe erg hij hem zou missen, maar nu liepen zijn eigen ogen vol en kon hij er niet eens meer een 'Hou je taai' of ''k Zie je' uit persen. Owen kneep troostend in zijn schouder. 'Henry,' zei hij. 'Je hebt het in je. Wee je gebeente.'

En toen stonden daar alleen Henry en Schwartz nog, in hun smoezelige T-shirts. De moddervegen op Schwartz' gezicht en de gemeen ogende vijf-uursschaduw daaronder deden Henry aan hun eerste ontmoeting denken, in Peoria. De inhammen in het haar van Schwartz hadden sindsdien terrein gewonnen en zijn forser geworden schouders en borst vertoonden een soort voortijdige verzadiging. Maar zijn ogen hadden nog altijd die pure ahornstroopkleur, dat licht waartoe mensen zich aangetrokken voelden als waren ze motten.

'Hoe laat begint de training?' vroeg Henry.

'Niet vóór zevenen.' Schwartz keek op zijn horloge. 'Als we op-schieten kunnen we dat gat nog dichtgooien.'

Ze begaven zich naar de begraafplaats en schepten het zand terug in wat Affenlights graf was geweest. Nadat de zoden waren terugge-legd zag de grond er een beetje hobbelig uit, alsof er een plaatselijk aardbevinkje had plaatsgevonden, maar de kans dat het iemand zou opvallen of storen leek klein. Met hun schep over hun schouder liepen ze terug naar de campus.

'Waar is je nieuwe huis?' vroeg Henry.

'Grant Street. Anderhalf blok voorbij m'n ouwe huis.'

Een poosje liepen ze in stilte. Hoewel het nog vrij vroeg was zag Henry in de verte een Ryder-wagen, en daarna nog een. Het was de grote verhuisdag voor de eerstejaars.

'De nieuwe footballers zijn niet slecht,' zei Schwartz toen ze stil-hielden op de parkeerplaats van het USC. 'Misschien dat ik er vandaag een paar laat kotsen.'

Tijdens zijn verblijf in het ziekenhuis in South Carolina had Henry elke dag zijn psychiater gesproken, dokter Rachels. Ze had sympathie voor hem opgevat of in ieder geval belangstelling voor hem gekregen, en was in de weekends langsgekomen om hun sessies voort te zetten. Soms spraken ze wel twee uur met elkaar, of nog langer. De in moreel opzicht dubieuze dingen die Henry had gedaan – met Pella vrijen, uit het team stappen – waren volgens dokter Rachels te rechtvaardigen en zelfs op het randje van heroïsch omdat hij hiermee aangaf onaf-hankelijk van Schwartz te kunnen opereren. Dokter Rachels be-schouwde Schwartz als een dwingende, tirannieke, oedipale figuur in Henry's bestaan, een hypothese die in haar visie eens en voor altijd werd bevestigd toen Henry vertelde over het moment waarop Schwartz en hij elkaar in Peoria hadden ontmoet, met inbegrip van het scheld-woord dat Schwartz hem daarbij had toegefluisterd.

'"Lúlletje",' zei dokter Rachel. Ze tikte met haar potlood tegen de armleuning van haar stoel en kon haar enthousiasme ternauwernood onderdrukken. 'Voordat jullie ook maar één ander woord tegen elkaar hadden gezegd.'

Terwijl zijn actie die in eerste instantie best dapper leek – omwille van het team zijn hoofd in de baan van een aanstormende fastball gooien – nota bene voor laf kon doorgaan.

'Wat komt er in je op als ik het woord "opoffering" gebruik?' vroeg dokter Rachels.

'Stootslag.'

'Stootslag? Wat een merkwaardige associatie.'

'Stootslag,' zei Henry, en hij hield een denkbeeldige knuppel horizontaal voor zijn borstkas. Anders dan hij stiekem had verwacht had dokter Rachels geen sofa; hij zat op een harde houten stoel. 'Een stootslag neerleggen.'

'Is het een honkbalterm? Gebruik 'm eens in een zin.'

'In plaats van een stootslag neer te leggen haalde ik flink uit.'

'Wat ik interessant vind,' zei dokter Rachels, 'is dat je kiest voor de constructie "Een stootslag neerleggen". Neerleggen, opgeven, afstand doen van. Het leven, bijvoorbeeld. Ken je deze passage uit het Johannes-evangelie? "Niemand heeft meerder liefde dan deze, dat iemand zijn leven zette voor zijn vrienden".'

'Ik heb er niet voor gekozen om dat zo te zeggen,' zei Henry. 'Een stootslag neerleggen. Dat zegt iedereen.'

'Je kiest áltijd voor iets,' reageerde dokter Rachels met iets bits in haar stem. 'Maar wie is Mike Schwartz? Waarom moet je je leven voor hem geven?'

'Dat hoef ik niet.'

Ze klapte in haar handen. 'Precíes! Waarom deed je het dan toch? Ben je soms een lulletje rozenwater?'

In de zomer had Henry heel regelmatig op die vraag zitten broeden, en zodoende was hij er meer filosofische diepte in gaan ontwaren dan in De kunst van het veldspel, de Persoonlijke notities van Aurelius of enig ander werk dat op een van Owens vele boekenplanken stond. Voor dat broeden had hij meer dan genoeg tijd gehad, eerst in South Carolina in het ziekenhuis, daarna in Lankton tijdens de talloze keren dat hij golvende colonnes zilverkleurige winkelwagentjes over de parkeerplaats van de Piggly Wiggly duwde, wat hij gisteren nog had gedaan en volgens het rooster morgen weer zou doen.

Nu stak hij een hand in de achterzak van zijn spijkerbroek, haalde er wat velletjes papier uit en gaf ze aan Schwartz. 'Ik neem aan dat je hier al over hebt gehoord,' zei hij.

Schwartz vouwde het contract open en bladerde erdoorheen. Daar stond het, zwart op wit: $ 100.000. Hij gaf het terug. 'Je kunt het maar beter op de bus doen,' zei hij. 'Augustus is al bijna voorbij.'

'Ik wil het niet op de bus doen,' zei Henry. 'Ik wil terugkomen.'

'Doe dat dan. Je studeert hier.'

'Ik wil honkballen.'

Schwartz ontdekte iets interessants onder de nagel van zijn linkerduim en begon het aandachtig te bestuderen.

'Starblind speelt in de Minor League,' zei Henry. 'Owen is onderweg naar Japan. Rick is de enige vierdejaars en Rick is een sufferd. Je hebt een speler nodig die het team leidt. Een aanvoerder.'

Schwartz bleef in de weer met zijn nagel. Hij zou zich niet zomaar gewonnen geven.

'Je bent nu een betaalde werknemer,' vervolgde Henry. 'Buiten het seizoen mag je dus geen sessies in het krachthonk leiden, dat is tegen de regels. Wie moet er dan de jongens opjutten, vanaf vandaag tot het begin van de trainingen? Wie krijgt ze dan aan het kotsen?'

Schwartz verplaatste zijn blik van de nagel naar Henry. 'Coach Cox en ik benoemen je dus tot aanvoerder en alles is een poos in kannen en kruiken, tot je weer in de problemen komt. Wat dan?'

Henry deed zijn mond open om te antwoorden, maar Schwartz was hem voor. 'Als je dat contract opstuurt kun je aan jezelf denken, je wedstrijd, vierentwintig uur per dag, zeven dagen in de week. Zit je hier, is het een heel ander verhaal.'

'Ik weet het.'

'Wat er ook met je arm gebeurt, wat er ook in je hoofd gebeurt, het doet er niet toe. Wat het beste is voor het team is het beste voor jou.' Schwartz keek Henry indringend aan, voerde The Stare verder op. 'En er is geen garantie dat je je plek terugkrijgt. We hebben een nationaal toernooi gewonnen met Izzy als korte stop. Wat mij betreft blijft dat zijn plek.'

Bij al Schwartz' voorgaande woorden had Henry staan knikken. Nu richtten zijn ogen zich plotseling op het asfalt. Dit was het ultieme offer, de ultieme vernedering of iets dergelijks: ophouden zichzelf als korte stop te zien.

'Als we je nodig hebben op het tweede, speel je daar. Als we je nodig hebben op het rechtsveld, speel je daar. Akkoord?'

Hierin meegaan, opnieuw zijn oren laten hangen naar de voorwaarden en de tucht van Schwartz, was misschien niet wat dokter Rachels in gedachten had gehad. Maar Henry wist dat Schwartz gelijk had.

Mist hing loom boven de oever te wachten tot de zon hem weg zou branden. Hij knikte. 'Akkoord.'

Schwartz ontsloot de deur van het USC, glipte naar binnen en kwam een paar tellen later terug met een knuppel, een emmer van twintig liter en zijn veldhandschoen. Hij wierp Henry de handschoen toe, waarna ze de kaki trainingsvelden overstaken terwijl Contango goedmoedig naast hen meesjokte. Op het Large Quad, dat er vanuit de verte uitzag als een klein mierennest, waren de derde- en vierdejaars van het Welkomstcomité bezig rijen klapstoelen op te stellen in de aanloop naar de opening van het academische jaar: de eerste toespraak van Valerie Molina als rector van Westish.

Schwartz bond de riem van Contango vast aan het hek. Henry sjorde het eerste honk los, dat met een metalen paaltje in de grond was verankerd, en smeet het opzij. Hij ramde de houten steel van de vierkante spade in het gat van het paaltje. Hij zat als gegoten en het blad van de spade hing op borsthoogte, precies waar Ricks uitgestrekte hand zou zijn.

Hij liep naar de positie van de korte stop, schoof Schwartz' handschoen over zijn hand. Sinds zijn negende had hij uitsluitend Zero aan zijn hand gehad. Deze hier voelde lomp aan, reusachtig, en Schwartz, die altijd alleen zijn catchershandschoen gebruikte, had hem nooit goed ingespeeld. Henry verzamelde het beetje speeksel dat hij nog in zijn mond had na een nacht met veel whisky en bier en zonder water, spuugde op de leren palm van het ding en wreef het spuug er met zijn vuist in.

Het was een ongekend hete zomer geweest en de regen van de afgelopen nacht had het zand van het binnenveld nauwelijks kunnen verzachten. Hij veegde erover met de punt van zijn gymschoen, stuiterde op de ballen van zijn voeten, gaf zijn pijnlijke ledematen de sporen.

Schwartz hield een bal in de lucht. 'Klaar?'

Henry knikte. Boven hem zweefde een eenzame meeuw. Schwartz liet zijn knuppel loom de lucht doorsnijden, waarna de bal, een routineuze *two-hopper*, op Henry af stuiterde. Iets in hem gaf aan hoe traag de bal zich voortbewoog, en toch bereikte die hem zo snel dat hij amper kon reageren. Hij gooide de handschoen van Schwartz ervoor en de bal raakte met een pijnlijke klap de muis van de handschoen. Hij greep naar de bal en draaide hem rond op zoek naar de naden; zijn vingers waren verkrampt, verstijfd door het vele scheppen. Hij stapte opzij in de richting van het blad van de spade. Zijn arm voelde zwaar en onbekend, alsof hij hem van een lijk had geleend. *Kom op*, dacht hij. *Eén keer.*

De aangooi zeilde op flinke afstand langs het metaal, stuiterde en landde in het nogal hoge gras aan de voet van de omheining. Schwartz bukte om een andere bal te pakken.

Weer een trage grondbal, twee stappen links van hem. Henry's benen voelden zwaar, hij had zijn spijkerbroek aan, was de hele nacht op geweest. Hij stak de handschoen uit en onderschepte de bal op een stuntelige manier. Zijn aangooi vloog hoog over, rechts van de schop.

De volgende bal ketste tegen een kiezel en trof hem op het vlees van zijn schouder, of waar eerder het vlees van zijn schouder had gezeten. Hij raapte hem op, joeg hem onderhands weg en miste danig. De ballen bleven komen. De ochtendlucht was alweer stroperig en verstikkend; na een stuk of tien grondballen was hij uitgeput, hij droop van het zweet, zijn hoofd bonkte door alle scotch en slaapgebrek, maar zijn arm werd losser en de aangooien begonnen in de buurt van het spadeblad te komen.

Schwartz bukte, kwam omhoog en sloeg; bukte, kwam omhoog en sloeg. Hij hoefde niet te tellen omdat er altijd vijftig ballen in de emmer zaten, toch telde hij. Achttien. Negentien. Twintig. De Skrimmer mocht dan minder vaardig overkomen op zijn gympen die uitgleden over het zand, Schwartz' te grote handschoen die van zijn hand gleed, zijn worpen die het blad bovenlangs, onderlangs, links en rechts voorbijvlogen, hij beschikte nog steeds over een elegantie en een doelgerichtheid die Schwartz elders nooit had aangetroffen, niet op een honkbalveld of waar dan ook.

Algauw lagen er bijna vijftig ballen onder aan de omheining, een oogst van groezelig wit fruit. Schwartz staakte zijn swings en hield een bal in de lucht: de Laatste.

Henry knikte. Zweet druppelde van het puntje van zijn neus. *Kom op*, dacht hij. *Eén keer.*

De bal raasde weg van de knuppel: een laag schot in het gat tussen Henry en het derde honk. Zo snel als zijn wankele benen het toestonden stoof hij naar het gebied rechts achter hem. Aan de rand van het buitenveld dook hij. Met Zero zou hij hem hebben gemist, maar de handschoen van Schwartz had een paar extra centimeter leer. De dichtstbijzijnde helft van de bal wist hij te omklemmen, zodat handschoen en bal een soort ijshoorn vormden. Op de een of andere manier lukte het hem de bal vast te houden terwijl zijn buik op de grond klapte. Omdat het gras nog glad was van de dauw schoof hij door richting foutlijn. Hij krabbelde overeind, drukte zijn hak in de grond, voelde een blaar scheuren. *Kom op.* Mist of zweet vertroebelde zijn blik, waardoor hij het spadeblad niet goed kon zien, het was niet meer dan een ongrote grijsheid die op de middellange afstand opdoemde. Zijn vingers vonden de naden van de bal. Hij draaide met zijn heupen en joeg zijn arm naar voren. Niets voelde hij, minder dan niets, geen voorgevoel, geen verwachtingen, geen kracht, geen gewicht, geen jeuk of tastzin in zijn vingertoppen, geen angst, geen hoop.

De bal sneed door de ochtendmist, volgde iets wat op een heuse baan leek. Hoe verder hij ging hoe meer Henry verwachtte dat hij zou afwijken van zijn koers, maar halverwege zag het er goed uit, en op driekwart van de weg zag het er nog beter uit. *Eén keer.*

Het spadeblad klonk als een klok, trilde nog nadat het geluid was verdwenen. Contango jankte alsof hij de worp probeerde te evenaren. De bal viel recht op het zand van het binnenveld. Het gevoel dat door Henry trok was lekkerder dan het magische infuus dat hem in het ziekenhuis van Comstock was toegediend, lekkerder dan alles wat hij ooit op een honkbalveld had gevoeld. Een halve seconde later was het gevoel weg. Hij had één perfecte aangooi uitgevoerd. En nu?

Schwartz boog behoedzaam voorover, stak een hand in de emmer. 'Grapje,' zei hij. 'Ik heb er nog één.'

Henry knikte, ging op zijn hurken zitten. De bal vloog weg van de knuppel.

Dankbetuiging

Het verhaal over Ralph Waldo en Ellen Emerson is ontleend aan het uitstekende *Emerson: The Mind on Fire* van Robert D. Richardson Jr.

Bedankt, Keith Gessen, Matthew Thomas, Rebecca Curtis, Allison Lorentzen, Chris Parris-Lamb, Michael Pietsch, Andrew Ellner, Stephen Boykewich, Brian Malone, Timothy 'Viper' Lang, de Hucks, de Blausteins, Kevin Krim, Brad Andalman, Emily Morris, Jean McMahon en iedereen van n+1.